BASTEI
LÜBBE

Taschenbücher von MICHAEL MOORCOCK
im BASTEI-LÜBBE-Taschenbuchprogramm:

13 058 Der Herzog von Köln
13 074 Der Weg nach Tanelon
13 157 Das Bordell in der
Rosenstraße

Die Cornelius-Chroniken
22 036 Das Cornelius-Rezept
24 109 Der Opium-General

22 072 Das Buch Corum
20 117 Der ewige Held

Michael Moorcock

Byzanz ist überall

Roman

Ins Deutsche übertragen
von Michael Kubiak

BASTEI LÜBBE

BASTEI-LÜBBE-TASCHENBUCH
Allgemeine Reihe
Band 13 231

Erste Auflage: Februar 1990

Deutsche Lizenzausgabe 1984/90
Bastei-Verlag Gustav H. Lübbe GmbH & Co., Bergisch Gladbach
Originaltitel: Byzantinum Endures
Titelillustration: Sebastian Boada/Norma Agency, Barcelona
Umschlaggestaltung: Quadro Grafik, Bensberg
Druck und Verarbeitung:
Brodard & Taupin, La Flèche, Frankreich
Printed in France
ISBN 3–404–13231–9

Inhalt

Dem Andenken an Babel und Mandelstam gewidmet.
Für Ernst, einen Vater, und für Josef, einen Bruder

Für Jill

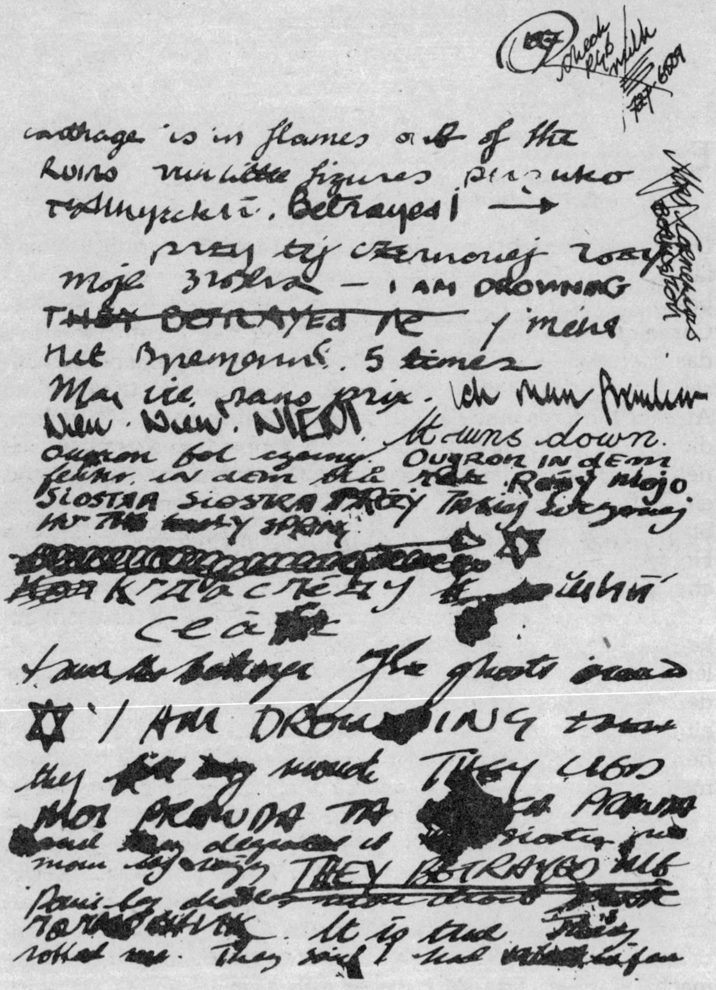

Faksimile einer Seite aus Pyats Originalmanuskript

Einführung

Der Mann, der jahrelang in der Gegend um die Portobello Road als »Colonel Pyat« oder manchmal schlicht als »der alte Pole« bekannt gewesen war und der in den 60ern und 70ern als Mrs. Cornelius' regelmäßige Abendbegleitung das Blenheim Arms, das Portobello Castle und das Elgin (ihre bevorzugten Gasthäuser) besuchte, erlitt während des Karnevals von Notting Hill im August 1977, als eine Gruppe schwarzer Jungen und Mädchen, die für die Altershilfe sammelten, in karibischen Kostümen seinen Laden (einer der wenigen, die geöffnet hatten) betraten und eine Spende verlangten, einen Kollaps. Sein Herz hatte ihn im Stich gelassen. Er starb einige Stunden später im St. Charles Hospital. Er hatte keine Angehörigen. Schließlich, nach erheblicher unangenehmer Publicity, erbte ich seine Aufzeichnungen.

In den beiden voraufgegangenen Jahren hatte ich ihn recht gut kennengelernt. Er hatte herausbekommen, daß ich professioneller Schriftsteller war, und ich konnte ihm danach kaum noch aus dem Weg gehen. Er verfolgte mich. Er behauptete, wir könnten einen Gewinn aus seinen Erinnerungen an Mrs. Cornelius ziehen, die 1975 gestorben war. Er wußte, daß ich sie bereits in meinen Büchern, wie er es ausdrückte, »ausgeschlachtet« hatte. Er hatte mein ernsthaftes Interesse an lokalgeschichtlichen Themen erkannt, als er mich einige Jahre zuvor beim Fotografieren des alten Klosters der Armen Klarissen, kurz vor dessen Abriß, beobachtet hatte. Viel später war er wieder auf mich gestoßen, als ich die Slum-Terrassen vom Blenheim Crescent und der Westbourne Park Road filmte, ehe auch sie dem Erdboden gleichgemacht wurden. Damals hatte er sich zum erstenmal an mich herangemacht. Ich hatte versucht, ihn zu ignorieren, doch als er von Mrs. Cornelius als einer guten Bekannten sprach und sie als eine »berühmte britische Persönlichkeit« bezeichnete, wurde ich neugierig. (Natürlich hatte ich an dieser außergewöhnlichen Frau mein ganz eigenes Interesse.) Pyat bot all seine Überredungskünste auf. Die Welt sei begierig zu lesen, was er über sie geschrieben habe. Sie sei doch fast genauso berühmt wie die Königin Elizabeth. Freundlich wies ich daraufhin, daß sie lediglich eine lokale Größe in einer winzigen Gegend von Nord-Kensington gewesen war. Meine eigenen Berichte über sie waren größtenteils reine Fiktion. Niemand betrachtete sie als eine ›Persönlichkeit‹. Doch er beharrte darauf, daß man mit Hilfe jener breiten Öffentlichkeit, von der er annahm, daß sie begierig sei, die »wahre Geschichte des Lebens der Mrs. Cornelius« nachzulesen, eine Menge Geld machen könne. Er war an den *Daily Mirror* und die *Sun* herangetreten und hatte versucht, diesen Zeitungen seine Geschichte zu verkaufen (eine gewaltige Sammlung von Manuskripten, handgeschrieben in sechs Sprachen auf Papier von nahezu jeder Größe und Farbe, gesammelt in elf Schuhkartons), hatte sich jedoch mißtrauisch zurückgezogen, als man ihm empfahl, das Manuskript lieber mit der Post zu schicken als es persönlich dem zuständigen Redakteur vorzulegen. Er vertraute mir, wie er mir sagte, wie er niemandem sonst vertraute außer Mrs. Cornelius selbst. Offenbar erinnerte ich ihn an Michael VIII., »den letzten großen Erlöser Konstantinopels«, und es war sogar möglich, daß ich eine Reinkarnation dieses byzantinischen Kaisers war. Er zeigte mir die Schwarz-Weiß-Reproduktion einer Ikone. Wie bei allen Ikonen hätten die Figuren darauf so gut wie jeden Menschen darstellen können. Sie alle trugen Bärte. Der wesentliche Grund für sein Vertrauen zu mir, so nehme ich an, war die Tatsache, daß ich ihn ertrug. Dieses Verhalten entsprang aufrichtiger Neugier, was sowohl sein Leben und Wirken wie auch das von Mrs. Cornelius betraf (hinsichtlich ihrer Vergangenheit war sie stets ziemlich vage gewesen). Hier wurde meine Reaktion natürlich von starkem Eigeninteresse bestimmt. Colonel Pyat war keine sonderlich angenehme Persönlichkeit, und seine Intoleranz und seine leidenschaftlich vorgetragenen extrem rechten Ansichten waren schwer zu verdauen. Ich spendierte ihm Drinks in denselben Kneipen, die er gemeinsam mit Mrs. Cornelius besucht hatte. Ich hoffte, auf diese Weise Rohmaterial für weitere Geschichten und Romane zusammenzubekommen; doch er hatte andere Pläne. Ohne mich ausdrücklich zu fragen, entschied er, daß ich gegen ein Honorar von zehn Prozent seines Vorschusses als sein literarischer Berater fungieren sollte. Wir würden, so sagte er mir, gemeinsam ein Manuskript erstellen. Dies sollte ich dann meinem Verleger abliefern; mein Name und meine Beziehungen (ebenso wie der Ruhm von Mrs. Cornelius) würden es uns ermöglichen, das Buch für »mindestens fünfzigtausend Pfund« zu verkaufen.

Schon bald brach ich meine Versuche ab, ihn zu überzeugen, daß Vorschußzahlungen für Erstlingswerke selten fünfhundert Pfund übersteigen und daß ich keine besonders einflußreichen Beziehungen hätte. Statt dessen besuchte ich ihn in seiner Mietwohnung und fing an, ihm beim Sammeln und Sortieren seiner Unterlagen zu helfen. Ich fand einen Übersetzer – meinen alten Freund und zeitweiligen Mitarbeiter M. G. Lobkowitz –, der bereit war, sich des beträchtlichen Manuskriptteils anzunehmen, der in Russisch, schlechtem Deutsch und Tschechisch abgefaßt war, wenngleich der überwiegende Teil in schlechtem Englisch geschrieben war und amüsanterweise sämtliche sexuellen Anspielungen in Französisch. Ich ließ ihn auf mich einreden, wobei ich versuchte, die Lücken in seiner Geschichte aufzufüllen.

Ich weiß nicht, wie sich das Projekt weiterentwickelt hätte, wenn er am Leben geblieben wäre. Zweifellos hatte meine eigene Arbeit zu leiden begonnen. Meine Frau erzählt mir, daß ich fast den Verstand verloren hätte, so besessen sei ich von Pyat gewesen. Ich konnte nicht von ihm lassen. Er war mit einer Reihe politischer und kulturell führender Persönlichkeiten aus den Jahren zwischen den Kriegen zusammengetroffen (oft, ohne sich deren Bedeutung bewußt zu sein), und obwohl er einen hoch entwickelten Instinkt für Verschleierungstaktiken besaß, enthüllte er ab und an, wie es schien unabsichtlich, recht erstaunliche Einzelheiten. Wegen seines leidenschaftlichen Antisemitismus, seines Hasses auf die Einheimischen in seiner Umgebung und seiner bösartigen und reaktionären Ansichten über das moderne Leben hatte ich anfangs meine Schwierigkeiten, sein Alter und seine Lebenserfahrung zu achten und mich ihm gegenüber zurückzuhalten. Es war Lobkowitz, der viel von dem, was Pyat erlebt hatte, selbst gesehen hatte und der mir half, mit ihm umzugehen. »Die großen Tragödien der Geschichte«, sagte er, »sind die Summe all unserer individuellen Tragödien. Es braucht mindestens einige Millionen Pyats, um das Schicksal der zwölf Millionen aufzuwiegen, die in den Konzentrationslagern umgekommen sind. Er ist ein gebrochener Mensch.« Zuerst hielt ich diese Haltung für übertrieben wohlwollend, sogar sentimental; doch im Laufe der Zeit machte ich sie mir selbst zu eigen. Mehr noch, meine Faszination war stets stärker als mein Abscheu. Ich suchte ihn an Sonntagnachmittagen auf, um seine Monologe auf Tonband mitzuschneiden, von denen ich einige, wie ich feststellen konnte, wortwörtlich in seinem Manuskript wiederfand. Viel von jenem obskuren, multilingualen Material, das er hinterließ, habe ich nicht verwendet, doch um dem Leser einen Eindruck von dem zu geben, womit ich mich eingehend beschäftigen mußte, gebe ich in Anhang A einen recht wesentlichen Teil der Aufzeichnungen wieder, um damit vor allem auch einen Beweis zu liefern, mit welchen Schwierigkeiten das Übersetzen, Ordnen und Interpretieren der Aufzeichnungen verbunden war. Das Faksimile einer Manuskriptseite zu Beginn dieses Buches ist eine der besser lesbaren Passagen.

Pyat war kein Narr im herkömmlichen Sinn. Viele seiner Bemerkungen waren erstaunlich tiefblickend. Es war seine Unbeständigkeit in nahezu allen Dingen, welche mich zu dem Entschluß brachte, sein Material nicht zu stark zu vereinheitlichen. Deshalb wird der Leser nur wenige literarische Anspielungen finden, und die Verwendung bestimmter Techniken des modernen Romans erfolgte eher spärlich: seine Erzählung ist nicht entsprechend normalen Erwartungshaltungen hinsichtlich üblicher Erzählmuster geglättet worden. Es wäre besser, den Stoff nicht als Biographie anzusehen, wie Pyat sie angeboten hat (Mrs. Cornelius taucht nur vereinzelt in diesem Band auf), sondern als Autobiographie. Es ist die Geschichte eines außerordentlichen Lebens und enthält daher außerordentliche Zufälle, Paradoxa und gelegentliche Trugschlüsse. Für den ersten Band, der uns bis zum Ende des ersten Weltkriegs und in die letzten Aktionen des Russischen Bürgerkrieges hinführt, habe ich Material ausgewählt, das sich relativ eindeutig mit dieser Periode in Pyats Leben beschäftigt. Das völlig abschweifende Material habe ich entweder ganz verworfen oder zur Verwendung in späteren Bänden aufgehoben, wo es eher hinpassen müßte. In bestimmten Angelegenheiten drückte er sich reichlich vage aus – der Zeitabschnitt, den er als Gefangener in Kiew verbracht hatte, ist ein gutes Beispiel dafür –, doch der Leser dürfte in anderen Teilen dieses ausführlichen Berichts Hinweise darauf finden, warum er es vermeidet, auf diese Erfahrungen einzugehen. Ich habe mich bemüht, beim Ordnen der Geschichte nicht zu werten und es dem Leser zu überlassen, was wichtig ist und was nicht; denn die Spekulationen des Lesers sind hier bestimmt ebenso gut wie meine.

Lobkowitz' Probleme bei der Übersetzung waren enorm. Pyat machte den größten Teil seiner Aufzeichnungen in umgangssprachlichem Russisch, und, so Lobkowitz, seine Sprache kommt oft der gesuchten Kunstfertigkeit von Belij, Piln'iak und den späteren ›skaaz‹-Autoren nahe, bei denen sich, wie Lobkowitz behauptet, Nabokov reichlich bedient hat. Ich bin, wie ich zugeben muß, mit der modernen russischen Literatur nicht vertraut, daher habe ich mich sehr stark auf Lobkowitz' Interpretationen und Anmerkungen verlassen. Natürlich empfinde ich für meinen Freund erheblichen Respekt. Niemand sonst wäre mit den Problemen so gut fertig geworden. Falls Colonel Pyat einen bewußten »Stil« pflegte, so änderte der sich doch ziemlich häufig. Bearbeitung und Straffung ergaben einen Verlust des uneinheitlichen Charakters des Originals (ein weiterer Grund dafür, Pyats eher manische Prosa in einem Anhang aufzunehmen, statt sie dem laufenden Text beizufügen), obwohl ich glaube, daß das, was von dieser »Bewußtseinsstrom«-Manier übriggeblieben ist, wenigstens einen kleinen Einblick in jenen bedauernswerten, verwirrten, angstgeplagten Geist gewährt. Lobkowitz konnte ein oder zwei Passagen nicht übersetzen, weil die dort benutzte Sprache bisher nicht identifiziert werden konnte. Eine »geheime« oder erfundene Sprache ist manchmal ein Element, das von Leuten mit paranoiden Tendenzen eingesetzt wird. Ich nehme an, es ist richtig, wenn ich enthülle, daß Pyat in späteren Jahren wegen psychischer Probleme in Behandlung war und für einige Zeit sogar in ein Sanatorium kam.

Man hat mir geraten, in diese Einleitung kurzgefaßte Hintergrundinformationen zur zweiten Hälfte dieses Buches aufzunehmen, die sich mit Pyats Erlebnissen während des Russischen Bürgerkriegs befaßt, einer der verheerendsten Kriege seiner Art in der gesamten Geschichte.

Einen kurzen Bericht findet man in Anhang B. An den wenigen Stellen, wo ich zum Verständnis des Berichtes erklärend eingreifen mußte, habe ich mich vorwiegend auf Lobkowitz' Beurteilung der damaligen Situation in der Ukraine verlassen. Eines ist offensichtlich: es stand dort viel auf dem Spiel. Mit seiner Geschichte blutiger Kosakenkämpfe, seinen entsetzlichen Pogromen (besonders dem von 1905–06), seiner geographischen Lage als »Grenzland« (dies ist die eigentliche Bedeutung des Wortes *U-kraine),* reich an Bodenschätzen und landwirtschaftlichen Nutzflächen, hatte das Land in unruhigen Zeiten immer unter Gewalt zu leiden. Doch ohne Einmischung der Bolschewiken und der Alliierten, so muß man fairerweise sagen, wäre dem Land sicherlich nicht so übel mitgespielt worden (Stalins staatlich verfügte Hungersnöte eingeschlossen), bis zur deutschen Invasion im Jahr 1941, als die damaligen Schrecken sich heftiger und wirkungsvoller wiederholten. In vieler Hinsicht kann man die jüngste Geschichte der Ukraine als eine Art komprimierter Geschichte unserer Epoche betrachten. Die meisten politischen Verwicklungen sind uns vertraut. Die meisten Methoden, nach denen diese Fragen gelöst werden, sind uns ebenso vertraut. Ereignisse in der Ukraine waren Vorläufer von Ereignissen in der übrigen Welt, und dies ist einer der Gründe, warum ich von Pyats Bericht derart fasziniert war. Deshalb glaubte ich, es wäre den Versuch wert, eine Art von geradliniger Geschichte aus einer Fülle von Material zu machen, das in seinem Urzustand vollkommen assoziativ und alles andere als geradlinig und geordnet war.

Für die Ukraine oder ihre Probleme interessierte ich mich nicht im mindesten, bis ich Colonel Pyat kennenlernte, und ich muß eingestehen, daß viele meiner Vorstellungen über das Russische Zarenreich, die ich aus seinen Informationen bezog, sich als – gelinde gesagt – ungenau erwiesen haben. Seine Sicht der Ereignisse in Rußland zwischen 1900 und 1920 ist ebenso voreingenommen wie jede andere seiner Ansichten, und Lobkowitz rät mir, dem Leser klar zu machen, daß Pyats Schilderungen nicht immer als authentische Eindrücke von Geschehnissen in diesem Zeitraum zu nehmen sind, wenngleich sich viele seiner Behauptungen, soweit es um simple Tatsachen geht, weitgehend verifizieren lassen.

Ihn auszufragen war schwierig und erschöpfend, und die Arbeit mit ihm füllte zwei Jahre meines Lebens. (Den Rest seines Manuskriptes zu ordnen und zu bearbeiten, welches seine Lebensgeschichte bis zu den Konzentrationslagern und dem Jahre 1940 enthält, wird wohl noch mehr Zeit in Anspruch nehmen). Dennoch blicke ich mit einem Gefühl der Nostalgie zurück auf jene Sonntagnachmittag-Sitzungen, wenn meine Frau und ich ihn in seiner ewig unaufgeräumten zweistöckigen Mietwohnung aufsuchten und seinen oft harschen, manchmal zynischen, manchmal sentimentalen Ausführungen lauschten, wenn er gegen diese und jene Rasse Beschimpfungen ausstieß, sich gegen diese oder jene Partei aussprach, gegen alle, die sich – aus seiner Sicht – verschworen hatten, ihn um den gerechten Lohn auf Erden zu betrügen.

Die Wohnung befand sich über seinem Laden. Ursprünglich war es ein gewöhnlicher Laden für gebrauchte Kleidung gewesen, in dem ich als Junge oft abgelegte edwardianische Mode gekauft hatte. Ich glaube, es war einer von Mrs. Cornelius' Söhnen – bestimmt war es Frank –, der in den sechziger Jahren empfohlen hatte, das Geschäft in »The Spirit of St. Petersburg Used Fur Boutique« umzubenennen, um den Tourismus- und Modeboom auszuschöpfen, für mich eine höchst unwillkommene Entwicklung. Das Geschäft wird jetzt von einer Hindufamilie geführt, die Kleidung aus den neuen Fronfabriken im East End verkauft.

Colonel Pyats Laden roch nach den früheren Eigentümern seiner Waren: nach Mottenkugeln, schalem Parfüm und säuerlich nach hohem Alter; nach Borschtsch und nach einer von ihm bevorzugten polnischen Wodkamarke namens Starka, einem gereiften, milden Wodka von der Farbe irischen Whiskeys. Der Wodka war seine einzige Extravaganz, und ich glaube, er trank ihn nur wegen einer persönlichen Bindung an das Rußland seiner Kindheit. Aus irgendeinem Grund ist dieser Wodka billiger als andere Marken wie zum Beispiel der Stolichnaya, der im Westen bekannter ist, war jedoch in England so gut wie gar nicht zu kaufen. Ich vermute, daß Pyat seinen Vorrat immer mit Hilfe russischer Seeleute auffüllte, die ihren Landurlaub in London oder Tilbury verbrachten. Der Starka hatte einen etwas strengeren Geruch als die meisten anderen Wodkas, und außerdem war er stärker. Nur einmal bot er uns ein Glas an, und zwar als Gegenleistung für einige Papyrossi-Zigaretten, die ich ihm während meiner eigenen Reisen besorgt hatte.

Wenngleich gegenüber der englischen Kultur unangenehm ignorant (seit er unter Berufung auf seine polnische Nationalität im Jahr 1940 eingereist war, hatte er die meiste Zeit mit Mrs.

Cornelius in den ärmeren Vierteln von Notting Hill verbracht), war er weder ein primitiver noch ein dummer Mensch. Seine aktuellen kulturellen Bezüge waren sonderbar – er holte sich seine Informationen vorwiegend aus Fernsehsendungen und Kinofilmen –, und doch verachtete er die Engländer wegen ihres Mangels an »verfeinerter Sensibilität«. Er verachtete uns auch wegen unseres Mangels an Idealismus, wegen unseres Pragmatismus und wegen unserer Heuchelei, und doch machte er für nahezu jedes Problem, das er nicht den Juden oder den Bolschewisten anlasten konnte, unsere »Schwäche« bei der Preisgabe des Empires verantwortlich. Dank Lobkowitz' Einsichten begriff ich, daß das Leben Pyat derart schlimm mitgespielt hatte, daß er seine Zuflucht in Phantastereien und Frömmelei suchte; doch es konnte manchmal richtig unangenehm sein, diesem bösen und nur zu vertrauten Rassismus zu lauschen, mit dem er uns oft maßregelte, vor allem seit er mich als eine Art verwandten Geist ansah, als »einen der wenigen Intellektuellen, die ich in diesem Ihrem Lande angetroffen habe«. Er beharrte darauf, daß von einem kulturellen Leben in England so gut wie nichts übrig geblieben sei, was es davon noch gebe, sagte er, verrate nur unsere mitleiderregende Dekadenz. Seine alltäglichen Erfahrungen waren die vieler anderer bourgeoiser europäischer Flüchtlinge, die, ohne ein Wort Englisch zu sprechen und mit wenig Geld und kaum Freunden, vor dem Krieg in Amerika und England ankamen. Sie mußten sich in den Vierteln der Arbeiterklasse unserer großen Städte niederlassen und trafen dabei auf viele engstirnige Leute, die den meisten politischen Fragen und dem kulturellen Hintergrund der Immigranten total desinteressiert gegenüberstanden. Die Feinsinnigkeiten und der Humor des Londoners aus der Arbeiterklasse gingen völlig an ihm vorbei, und die freundliche Toleranz der Mehrheit bestätigte seine Ansicht, daß die Engländer sorglos und faul waren, und das hatte irgendwie seinen Glauben in sie erschüttert. Er hatte sich eine romantische Einstellung zu diesem Land erhalten, wie Sie noch sehen werden.

Es war natürlich dieser begrenzte Erfahrungshorizont, der ihn zu der Annahme führte, daß Mrs. Cornelius genauso berühmt sei wie die Queen. Alle Leute, mit denen er in der Gegend zusammentraf, schienen ein größeres Interesse an Mrs. Cornelius zu haben (und ihr Name schien ihnen auch viel geläufiger zu sein) als an, sagen wir, Adolf Hitler oder Margaret Thatcher. Deshalb war Pyat auch ernsthaft davon überzeugt, daß seine Zeitgenossen ihm mehr für seine Erinnerungen an eine irgendwie schon ungewöhnliche, doch weitgehend unbekannte Cockney-Lady bezahlen würden als für seine persönlich erlebten Anekdoten von bedeutenden Diktatoren. (Ich muß gestehen, daß Mrs. C. meine Phantasie weitaus mehr beflügelte als Mussolini, doch mir war gleichzeitig klar, daß es sicherlich nur wenige gab, die meinen Enthusiasmus teilten. Man könnte auch argumentieren, daß ich ein besonderes Interesse daran hatte, ihr – und auch dem Colonel – zu einer gewissen Berühmtheit zu verhelfen, da ich beide in ein oder zwei Büchern verwendet hatte, ehe ich den Colonel überhaupt persönlich kennenlernte.)

Zu dem Zeitpunkt, als ich ihn kennenlernte, war aus ihm eine unauffällige Erscheinung geworden. Er war ein alter Mitteleuropäer, dunkelhäutig, gebeugt, mürrisch, etwas schmuddelig, mit einem faltigen Gesicht, fleischigen Lippen und einer großen Nase. Seine Haut wirkte ungesund. Er trug unmoderne, muffige Anzüge oder Freizeitkleidung, und seine Kleidung hob sich lediglich durch die weiße Golfmütze ab, die er sommers wie winters trug. Er sammelte Schrott (die oberen Räumlichkeiten seiner Wohnung waren voll davon) und besaß eine ansehnliche Kollektion nutzloser Fahrradteile, Benzinmotoren, alter Zündkerzen, elektrischen Krimskrams und so weiter; die Behausung roch oft stark nach ranzigem Maschinenöl. Seine Sammlung von Fotografien und fettigen Zeitungsausschnitten waren der einzige Beweis für seine Beteuerungen, einmal attraktiv und umgänglich gewesen zu sein. Meine Frau meinte, er sähe »liebenswert« aus, doch alles, was ich sah, war ein recht gutaussehender Mann mit Augen, die niemals etwas Bestimmtes anzuschauen schienen. Da waren Aufnahmen von ihm, wie er neben Luftschiffgondeln stand, wie er in Pilotenkanzeln von Wasserflugzeugen saß, wie er an offiziellen Feierlichkeiten anläßlich der Eröffnung von Staudämmen und Brücken oder beim Stapellauf neuer Schiffe teilnahm. Er war viel herumgekommen und hatte sich in Gesellschaft vieler bekannter Persönlichkeiten aufgehalten. Mrs. Cornelius tauchte nur in wenigen Zeitungsausschnitten auf, aber seine Fotosammlung bestand fast nur aus Bildern von ihr, aufgenommen in verschiedenen Ländern, was ihre Behauptung bestätigte, daß sie »in jüngeren Jahren ziemlich viel herumgekommen war«. Dieses ganze Material und seine Manuskripte gab er in meine

Obhut. Fraglos betrachtete er mich als den Erben seiner Memoiren und als seinen literarischen Nachlaßverwalter. Die verblüffenden Forderungen von Mr. Frank Cornelius, gegen die ich mich vor Gericht erfolgreich zur Wehr setzte, haben sich längst als völlig unbegründet erwiesen, und ich habe nunmehr ein gerichtlich verbrieftes Anrecht auf das Manuskript, wenn auch nicht auf die Bilder. Es stimmt schon, daß ich Colonel Pyat nicht allzulange und -gut gekannt habe, doch im Laufe der Zeit, so glaube ich, wurde ich sein einziger Freund. Oft versicherte er mir dies und versprach, ich würde »die Papiere erben«, falls ihm etwas zustoßen sollte. Ich konnte Zeugen beibringen, die bestätigten, daß er mich in der Öffentlichkeit oft als »den Sohn, den ich nie hatte«, bezeichnete und als denjenigen, der Beweise seiner früheren Bedeutung in Händen halte und der Öffentlichkeit zugänglich machen sollte. Ich sollte die Erinnerung an ihn lebendig halten. Ich bewahre sein Manuskript zu treuen Händen. Ich hoffe, daß ich all das vollbringe, was er von mir gewünscht hat.

Wie ich bereits sagte, sah ich mich bei der Bearbeitung dieser Memoiren einer ganzen Reihe technischer und moralischer Probleme gegenüber. Der Colonel überließ es mir, Mrs. Cornelius' charakteristische Redeweise wiederzugeben, bestand jedoch darauf, daß ich mich eng an seine ›Philosophie‹ halte. Die ätzenden Randbemerkungen (zu Sexualität, Rasse und Kultur) erfolgten nahezu immer in einer anderen Sprache als in Englisch, so daß sie vom übrigen Text abgetrennt werden konnten. Sie völlig zu streichen, hätte dem Leser einen Einblick in das vorliegende Material und in Pyats Persönlichkeit erheblich erschwert. Es besteht kein Zweifel, daß der Colonel ein Poseur war, ein Lügner, ein Scharlatan, ein Drogensüchtiger, ein Verbrecher, doch daß er auch einmal über einen gewinnenden Charme verfügt hatte, wird aus seinen Erfolgen ersichtlich. Die Leute verspürten das Bedürfnis, ihn zu beschützen, und rissen sich fast ein Bein aus, ihm – oft unter großen Mühen – behilflich zu sein. Diese Beweise waren es, und nicht so sehr seine eigenen Behauptungen, die mich davon überzeugten, daß er nicht immer die zerstörte Persönlichkeit gewesen war, die ich kannte. Mehr noch, er war nicht ohne Kultur. Er hatte ein Verständnis für technische Dinge, das für einen Mann seiner Herkunft und seiner Zeit durchaus ungewöhnlich war. Er kannte sich in der Kunst und in der Literatur aus (wenn auch, wie Sie noch sehen werden, sein Geschmack manchmal zu wünschen übrig ließ), dennoch blieb er auf eine sonderbare Art unschuldig und naiv.

Ich ziehe es vor, den Leser entscheiden zu lassen, was Lüge und was Wahrheit ist. Deshalb habe ich an dem Material so wenig wie möglich verändert, sondern habe nur knappe erzählende Passagen hinzugefügt, wo immer eine derartige Verbindung notwendig war. Ich glaube, daß Mr. G. Lobkowitz' Übersetzungen hervorragend den Geist des Originals wiedergeben. Ich habe viele Sätze neu formuliert und überarbeitet, um ihre Lesbarkeit zu verbessern, jedoch habe ich hier und da einige sprachliche Unebenheiten stehen lassen für den Fall, daß der Leser an der Echtheit und Authentizität der Memoiren zu zweifeln beginnen sollte. Der Umfang war auch ein Problem, und ich habe einige Episoden gestrafft (allerdings nicht, wie man annehmen könnte, die Szenen im Gefängnis). Gewöhnlich habe ich mich literarischer Methoden bedient – zum Beispiel der Paraphrasierung, wodurch eine klarere, deutlichere Version des Originaltextes entsteht. Die Alternative, bestimmte Sektionen in Form einer Zusammenfassung wiederzugeben, wäre weniger reizvoll gewesen. Ich war sorgfältig darauf bedacht, so viel vom Original wie möglich zu erhalten, weil ich Colonel Pyats Geschichte für einzigartig halte. Er ist viel herumgereist und war zwischen 1920 und 1940 mit einigen der wichtigsten technischen Experimente jener Jahre befaßt – Jahre, die durch eine euphorische, optimistische Haltung gegenüber der Technologie charakterisiert wurden, die wir seither nicht mehr wiedergewonnen haben, die unser Held aber bis zur Neige ausgelebt hat. Ich glaube, daß er ein feines Gespür für Charaktere besaß, wie man es kaum bei professionellen Chronisten findet. Dieses Einfühlungsvermögen könnte man zu einer reinen Beobachtungsgabe reduzieren, die ihm gestattete, Persönlichkeiten von seiner speziellen Art zu erkennen, doch ich glaube, er war, wie er es selbst einmal formuliert hat, ein Überlebensfähiger: sein Überlebensinstinkt, wenn auch nicht sein moralisches Empfinden, war extrem stark ausgebildet. Er befähigte ihn, auf Anhieb jene zu erkennen, die er für seine Zwecke einspannen konnte, und jene, die glaubten, ihn benutzten zu können. Sicherlich erscheint er uns nicht, auch nicht in seiner eigenen Schilderung, als eine noble Persönlichkeit. Entweder stand er den Schwachen sehr feindselig gegenüber, oder er kümmerte sich überhaupt nicht um sie; starken Persönlichkeiten begegnete er sehr entgegenkommend und geradezu widerlich liebenswürdig. Dennoch ist er ein Beispiel für den Geist seines Zeitalters. Man könnte erwidern, daß er den Geist allzu betont verkörpert, doch ähnliches könnte man heutzutage von vielen unter uns behaupten.

Ich habe die meisten seiner außerordentlich grandiosen Behauptungen hinsichtlich seines Genies ebenso stehenlassen wie eine Reihe seiner naiven Bemerkungen, Beispiele für seinen unbewußten Humor, und ich habe auch nicht den Versuch gemacht, die Fehler in seinen wissenschaftlichen Theorien zu berichtigen oder Datums- und Ortsangaben von bestimmten Ereignissen zu ändern. Wieder würde ich es vorziehen, den Leser selbst über die Authentizität oder, auf der anderen Seite, Colonel Pyats oft unwahrscheinliche Schilderungen einer Ära urteilen zu lassen, die so viele Parallelen mit unserer eigenen Zeit hatte und einen ganz gezielten Einfluß auf sie ausgeübt hat. Lobkowitz hat einmal zu mir gesagt: »Pyats Geschichte ist ungewöhnlich, doch seine Wunden sind es nicht.«

Übrigens habe ich mich auch bei der örtlichen Serbischen Kirche und bei der Russischen Kirche in Bayswater erkundigt, und niemand dort erinnert sich an Pyat. Die Beschreibung, so meinte man, trifft auf die meisten von denen zu, die »mal eben hereinschauen«.

Noch einmal möchte ich allen, in deren tiefer Schuld ich stehe, meinen aufrichtigen Dank aussprechen, als da sind: Prinz Lobkowitz, Leah Feldmann, die einige von Pyats Erinnerungen an Machno bestätigen konnte (sie war Näherin in seinem Gefolge), Stuart Christie und Albert Meltzer, Charles Platt, Maxim und Dolores Jakubowski, Georges und Boris Hoffman, das Ukrainische Institut der Harvard-Universität; dann John Clute, Hilary Bailey und Giles Gordon, die mir halfen, das Manuskript der letzten Fassung fertigzustellen; meine Frau; Jill Riches, die so lange mit Pyat hat leben müssen und anschließend noch länger mit seinem Geist, und schließlich Simon King und Tim Shackleton, die Lektoren, die entschieden, daß Pyats Memoiren einer Veröffentlichung in Buchform wert seien.

Michael Moorcock
Ladbroke Grove,
Mai 1979

Eins

Ich bin ein Kind meines Jahrhunderts und so alt wie das Jahrhundert. Geboren wurde ich im Jahr 1900 am 1. Januar in Südrußland: dem alten wahren Rußland, aus dem unsere großartige slawische Kultur hervorging. Natürlich wird es nicht mehr Rußland genannt, ebenso wie selbst der Kalender geändert wurde, um angelsächsischen Vorstellungen gerecht zu werden. Nach modernem Verständnis wurde ich deshalb am 14. Januar 1900 in der Ukrainischen Sozialistischen Sowjetrepublik geboren. Wir leben nun mal in einer Welt, wo viele Formen der Regression sich mit der Aura des Fortschritts schmücken.

Ein Jude, wie es immer von den Analphabeten behauptet wird, unter denen zu leben ich gezwungen bin, bin ich nicht. Die große kosakische Adlernase wird im Westen ständig mit dem blutsaugerischen Geierschnabel verwechselt.

Ein Narr bin ich auch nicht. Ich kenne mein eigenes slawisches Blut. Es schäumt in meinen Adern; es pocht, ebenso wie die mächtigen Flüsse meines Vaterlandes dröhnen, in ewiger Sehnsucht, mit unserer heiligen und geheimnisvollen Erde wiedervereint zu werden. Mein Blut gehört ebenso zu Rußland wie der Don, die Wolga und der Dnjepr. Mein Blut vernimmt noch immer den Ruf unserer weiten, ewigen Steppe, unter deren grenzenlosem Himmel Aristokrat und Bauer, Kaufmann und Arbeiter zwergenhaft klein erschienen und begriffen, wie gering materieller Besitz zu achten ist; daß sie in Gott vereint und Teil seines unergründlichen Plans waren. Fremdartige westliche Ideen kamen, um dieses Verständnis zu erschüttern. Es geschah in den Fabrikstädten, wo Schornsteine wuchsen und unser unvergleichliches russisches Licht verdunkelten, wo Menschen des Schutzes und der Sicherheit von Gottes weitem Dach, Gottes kühlen und gnädigen Auges entbehrten, wo die Synagogen sich ausbreiteten, daß die Russen sich selbst zu erhöhen begannen und Gott herausforderten, wie nicht einmal der Zar es gewagt hätte; wie nicht einmal Rasputin, der für Lenins Antichristen den Baptisten spielte und die Fäulnis von innen her verbreitete, es riskiert hätte. Unter dem Einfluß jüdischer Sozialisten in Charkow, Nikolajev, Odessa und Kiew verleugneten diese Heizer und Nieter zuerst den Herrn. Dann verleugneten sie ihr Blut. Und dann verleugneten sie ihre Seelen: ihre russischen Seelen. Und wenn ich meine Seele nach fünfzig Jahren des Exils nicht verleugnen kann, wie könnte ich dann ein Jude sein? Irgend ein Petrus? Ein Judas vielleicht? Ich glaube nicht.

Zugegeben, ich war nicht immer religiös. Ich bin erst ziemlich spät zur griechisch-orthodoxen Religion gestoßen, und vielleicht ist das auch der Grund, warum ich sie so verehre, ähnlich wie jene Millionen Verfolgten in der sogenannten Sowjetunion sie wertschätzen und ihr mit einer Inbrunst huldigen, wie man sie nirgendwo in der christlichen Welt antrifft. Mein ganzes Leben lang habe ich unter rassischen Anfeindungen gelitten, und dafür mache ich meinen Vater verantwortlich, der seinen Glauben ebenso leichtherzig im Stich gelassen hat wie seine Familie. Seit meiner Kindheit in Zaritsyn kenne ich diese Anfeindungen, und es wurde noch schlimmer, als meine Mutter (mittlerweile wahrscheinlich schon Witwe) nach dem Pogrom mit uns nach Kiew umzog. Meine Mutter war Polin, kam aber aus einer Familie, die schon lange in der Ukraine lebte. Meine Mutter erzählte mir, mein Vater wäre ein Nachkomme der Saporoschjischen Kosaken gewesen, die jahrhundertelang die Slawen gegen den Orient verteidigt hatten und die dem fremden Imperialismus aus dem Westen widerstanden hatten. Radikale Ideen hatte mein Vater zuerst als Angestellter in Charkow aufgenommen und später während seines Militärdienstes. Als er die Armee verließ, blieb er erst einmal zwei Jahre lang in St. Petersburg, ehe er mit den amtlichen Stellen Schwierigkeiten bekam und nach Zaritsyn deportiert wurde. Viele dieser Namen sind dem modernen Leser sicherlich fremd. St. Petersburg wurde 1916 in das russische Pyotr-grad (Petrograd) umbenannt, als wir in unserer Hauptstadt auch nicht den Hauch des Deutschen duldeten. Nun heißt es Leningrad. Zweifellos ändern sie den Namen mit jeder neuen politischen Mode. Zaritsyn wurde Stalin-grad und dann Wolgograd, als die Vergangenheit zum x-ten Male umgedeutet und die unausweichliche Zukunft und die flüchtige Gegenwart in frischeren Slogans proklamiert wurden, was ausreicht, um die normalsten Bürger schizophren werden zu lassen. Wahrscheinlich hat Zaritsyn mittlerweile einen völlig anderen Namen. Niemand weiß es: am wenigsten jene emigrierten ukrainischen Nationalisten, mit denen ich mich manchmal nach dem Gottesdienst unterhalte. Sie sind mittlerweile ebenso unwissend wie alle anderen, die hier leben. Es ist schwer für mich, meinesgleichen zu finden. Ich bin ein gebildeter Mann, der in St. Petersburg eine höhere Bildung genossen hat. Doch was nützt einem schon eine gute Erziehung in diesem Land, außer man gehört zum Club der alten Kameraden oder man ist homosexuell und arbeitet im Zentralen Informationsbüro oder bei der BBC, oder man ist Prinzessin Margarets Liebhaber, wie so viele Intellektuelle von eigenen Gnaden, die herüber kommen und sich selbst als primitive Bauern entlarven, die sie wahrscheinlich auch sind. Es ist unglaublich, wie leicht diese Tschechen, Polen, Bulgaren und Jugoslawen es schaffen, als Akademiker und Künstler durchzugehen. Ich sehe ihre Namen tagaus, tagein: auf Büchern in der Bibliothek, in den Vorspannen von Sexfilmen. Dazu würde ich mich niemals herablassen. Und was die Mädchen angeht, so sind sie alle Huren, die im Westen fettere Beute gefunden haben. Zwei von ihnen sehe ich fast jeden Tag, wenn ich im Laden des Litauers Brot einkaufe. Sie stellen ihre langen blonden Haare zur Schau, präsentieren ihre großen, angemalten Lippen, ihre grellen Kleider; ihre Haut ist mit Make-up vollgepappt, und sie stinken nach Parfüm. Dauernd plappern sie Tschechisch. Sie kommen in meinen Laden und fragen nach Pelzcapes und seidenen Unterröcken, aber ich weigere mich, sie zu bedienen. Sie lachen mich aus. »Der alte Jude hält uns für Russinnen«, sagen sie. Ach, wenn sie es doch wären. Gute Russen bekommen bei mir immer Rabatt. Diese Mädchen sprechen russisch, aber sie sind natürlich ganz eindeutig Tschechinnen. Glauben Sie mir, ich weiß, daß ich damit den Verdacht auf mich lenke, denn ich darf niemandem, nicht einmal den britischen Behörden, meinen richtigen Namen nennen. In seinen revolutionären Tagen wechselte mein Vater seinen Namen ein Dutzend Mal. Aus unterschiedlichen Gründen mußte auch ich andere Namen annehmen. Ich habe immer noch Verwandte in Rußland, und es wäre ihnen gegenüber nicht fair, ihren Titel zu benutzen, da wir auf beiden Seiten der Familie sehr enge aristokratische Verbindungen hatten. Wir alle wissen ja, was die Bolschewiken über den Adel denken.

Wissen Sie, diese Mädchen gehören zu einem ganz bestimmten Typ. Sie sind vom Kommunismus längst verdorben, ehe sie in den Westen kommen. Ohne Moral. Die Tschechen kennen da einen guten Witz: die Kommunisten haben die Prostitution abgeschafft, indem sie jede Frau zur Hure machten. Ich erinnere mich an Mädchen wie sie, aus angesehenen Familien, die auch noch Französisch sprachen. Vor fünfzig Jahren kletterten sie über die Befestigungen des verlassenen Chateau Fisch bei Alexandria, während die Granatsplitter durch die Dunkelheit schwirrten und die halbe Stadt in Flammen stand. Sie waren verdreckt und nackt und aalten sich in den Pelzen, die Grigorieffs Banditen ihnen geschenkt hatten. Einige waren nicht älter als vierzehn oder fünfzehn. Ihre kleinen Brüste baumelten, ihre schamlosen Münder standen weit offen, um uns aufzunehmen, sie waren völlig verdorben, und es war offensichtlich, daß sie Gefallen daran fanden. Ich war wie betäubt und ergriff die Flucht, wobei ich sogar mein Leben aufs Spiel setzte, und mir wird immer noch schlecht, wenn ich mich an alles erinnere. Doch kann man den Mädchen einen Vorwurf machen? Damals, nein. Heute, in der freien Welt, sage ich: »Ja, man kann es ihnen vorwerfen.« Denn hier haben sie die freie Wahl. Und außerdem repräsentieren sie die slawische Frau, die so lange als rein, feminin, mütterlich galt. Doch so kommt es, wenn die Religion verleugnet wird.

Obwohl polnischer Herkunft, fühlte meine Mutter sich mehr zur griechischen als zur römischen Kirche hingezogen, wenngleich ich mich nicht daran erinnern kann, daß sie jemals an einem Gottesdienst teilgenommen hätte. Sie beachtete sämtliche orthodoxen Feiertage. An Ikonen kann ich mich nicht erinnern (auch wenn sie sicherlich solche besaß). Stets stand ein Bild meines Vaters in Uniform in einer Nische mit brennenden Kerzen davor. Dort betete meine Mutter auch. Niemals übte sie Kritik an meinem Vater, doch sie ließ keine Gelegenheit aus, mich daran zu erinnern, wie er vom Wege abgekommen war. Er hatte Gott verleugnet. Als Atheist war er an den Aufständen von 1905 beteiligt gewesen. Ganz sicher kam er zu dieser Zeit ums Leben, obwohl die genaueren Umstände niemals geklärt wurden. Sogar meine Mutter drückte sich stets nur vage aus, wenn das Thema zur Sprache kam. Meine eigene Erinnerung ist etwas durcheinandergeraten. Ich sehe noch die Szene vor mir, schreckerfüllt, ich versteckte mich, glaube ich, unter einigen Treppenstufen. Andererseits war die Folgerung klar und deutlich genug: Gott hatte seine Gnade und seinen Schutz von meinem Vater als Form direkter Bestrafung abgezogen. Abgesehen von der Tatsache, daß mein Vater Offizier in einem Kosaken-Regiment gewesen war und seine Karriere praktisch weggeworfen hatte und daß er aus guter Familie war, diese ihn aber enterbt hatte, wußte ich nur sehr wenig von ihm. Aus einem gewissen Taktgefühl heraus wurde niemals über unsere Verwandten gesprochen. Nur Onkel Semjon in Odessa spielte ab und zu auf ihn an, und zwar immer nur, indem er auf ihn fluchte und sagte: »Ein Narr, aber ein Narr mit Grips. Und das sind die schlimmsten.« Auf jeden Fall habe ich keine Erinnerungen an ihn, denn er war nur selten zu Hause, selbst in den Tagen in Zaritsyn, und meine Erinnerungen an Zaritsyn beschränken sich auf einige wenige schmale, staubige, unauffällige Nebenstraßen; denn 1907 zogen wir wieder nach Kiew, wo meine Mutter eine Schwester hatte. Dort arbeiteten sie beide als Näherinnen. Dies war ein schrecklicher Abstieg für eine Frau wie meine Mutter, die außerordentlich sensibel war, mehrere Sprachen beherrschte und in allen Formen von Literatur und Bildung zu Hause war. Später wurde sie Geschäftsführerin in einer Dampfwäscherei, und nachdem meine Schwester wieder heiratete, zogen wir in die Zwei-Zimmer-Wohnung bei der Arbeitsstelle meiner Mutter. Dies war in einem Stadtteil mit vielen alten Bäumen, kleinen Buschgruppen, Parks und sogar einigen Feldern sehr nahe bei der Babi-Schlucht (der »Alte-Frauen-Schlucht«) welche mit ihren Grasflächen, den Felsen und dem Fluß schon bald zu meinem bevorzugten Spielplatz wurde.

Hier verteidigte ich Kiplings Khyber Pass und durchstreifte als Karl Mays »Old Shatterhand« die Rocky Mountains. Ich schlug die Schlacht von Borodino. Ich verteidigte Byzanz gegen die Türken. Seltener wanderte ich hinunter zu den Ufern des Dnjepr und war Huckleberry Finn, Ahab, Kapitän Nemo. Selbst damals schon hatte Kiew seine Probleme mit der Revolution. Die Agitation ging vorwiegend von den Arbeitern der Industrievororte jenseits des Botanischen Gartens aus: Mietskasernen so eintönig und verrußt, wie man sie auch heute antreffen kann. Die Regierungsorgane mußten darauf sehr dramatisch reagieren, doch ich bekam davon nur etwas mit, wenn meine Mutter mich zu Hause behielt oder mir verbot, zur Schule zu gehen. Insgesamt spürte ich jedoch in Kiew nicht viel von den unangenehmen Seiten des Lebens. Es war eine wundervolle Stadt, um darin seine Jugend zu verbringen. Nicht weit von unserem Heim gab es eine Straße, die in die Schluchten führte. Diese Gegend war unter dem Namen »Kiewer Schweiz« bekannt. So stand mir das Beste beider Welten zur Verfügung – Land und Stadt –, auch wenn wir nicht reich waren. Kiew, die ganze Ukraine, inspirierte Kunst und intellektuelle Aktivitäten jeglicher Art. Die Hälfte der großen russischen Schriftsteller schrieben ihre besten Arbeiten dort. Die besten russischen Ingenieure kommen von hier. Selbst die Juden wuchsen über sich selbst hinaus. Doch sie waren natürlich nie zufrieden.

Auf Hügeln über dem Fluß erbaut; voll von Kathedralen und Klöstern mit schimmernden Zwiebeltürmen, grünen Kupferdächern, Gold und Lapislazuli; voll von großzügigen öffentlichen Gebäuden, gebaut aus jenen zartgelben Ziegeln, für die Kiew berühmt war; dazwischen mit Schnitzereien versehene Holzhäuser, belebte Straßenmärkte, Statuen, Monumente, die großen Kaufhäuser und Theater des Kreschkatik, unserer Hauptstraße, die Universität und ihre verschiedenen Institute, die Botanischen Gärten, der Zoo, moderne Straßenbahnen; ihre Plätze wimmelnd von elektrischen Anzeigen, Reklameschriften, Kiosken, Theaterplakaten; ihre Straßen erfüllt von Motorfahrzeugen und Pferdekutschen, Karren und Omnibussen; mit Bäumen, Parks und Grünflächen überall, mit dem mächtigen wirtschaftlich genutzten Fluß, gespickt mit Dampfern, Yachten, Leichtern und Flößen (Kiew wurde von den skandinavischen Rus gegründet, um die wichtigste Handelsroute zu schützen), war Kiew kein Provinzort, sondern die Hauptstadt des alten Rußland und sich dieser Tatsache durchaus bewußt. Früher einmal, es liegt schon einige Jahrhunderte zurück, war Kiew eine mit einer Mauer umgebene Garnisonsstadt aus wehrhaftem Stein und rohem Holz: »Mutterstadt aller russischen Provinzen. Das Rom Rußlands.« Und die Ungläubigen kamen, und die Ungläubigen wurden wieder zurückgedrängt oder bekehrt oder aufgesogen, vielleicht auch nur vorübergehend, und Kiew und was immer die Stadt beschützt hatte, überlebte. Jetzt war die Stadt das Gelbe Kiew, voller Wärme und Gastfreundlichkeit für alle. Im sommerlichen Sonnenlicht erschien sie, als wäre sie aus purem Gold erbaut;

denn ihre Steine leuchteten, während ihre Mosaike und Plakate, ihre Blumen und Bäume wie Juwelen funkelten. Im Winter war sie ein weißer Traum. Im Frühling war das Ächzen und Krachen des Eises auf dem Dnjepr in der ganzen Stadt zu hören. Im Herbst vermischte sich Kiews mildes Licht mit den welken Blättern, so daß die Stadt ein Kaleidoskop Tausender verschiedener warmer Brauntöne war. Anfang des zwanzigsten Jahrhunderts erlebte sie die volle Blüte ihrer Schönheit. Nun war daraus – dank der Bolschewiken – eine glanzlose Muschel geworden, ein gewöhnlicher Bienenstock mit einigen unbedeutenden Betondenkmälern, um die Touristen zu befriedigen. Die Vernichtung Kiews wurde den Deutschen zugeschrieben, jedoch ist es allgemein bekannt, daß die Tschekisten den größten Teil der Stadt während ihres Rückzugs 1941 in die Luft gesprengt haben. Sogar die noch vorhandenen Denkmäler sind lediglich Kopien. Kiew konnte auf eine Geschichte zurückblicken, die älter war als die der meisten Städte Europas; sie brachte die Kultur hervor, welche die Slawen zivilisierte. Aus ihr kamen die erhabensten Epen. Wer hat nicht voller Begeisterung den Film *Bogatyr und die Bestie* über Ilja Mouremetz und die Helden von Kiew, die Verteidiger des Christentums gegen die tatarischen Horden, gesehen? Ironischerweise – was die Tataren nicht geschafft hatten, gelang den Armeen der Bolschewiken und der Nazis mit rücksichtsloser und stupider Gründlichkeit.

Wir waren arm, aber um uns herum blühten Reichtum und Schönheit. Unser Vorort, Kurenwskaja, war ziemlich heruntergekommen, dennoch malerisch verländlicht mit vielen Holzbauten und Gärten zwischen neueren Mietshäusern (welche nach französischem Vorbild um Innenhöfe herumgebaut waren). Wenn ich Lust dazu hatte, konnte ich hinunter ins Stadtzentrum spazieren oder mit der Straßenbahnlinie Nummer zehn an der St. Cyril vorbei nach Podol fahren, und wenn mich die Szenerie und die Gerüche des jüdischen Viertels nicht anlockten, konnte ich den St.-Andreas-Berg zur gleichnamigen großartigen Kirche hinaufsteigen, außen weiß-blaue Mosaike und innen in üppigem Gold, um auf den fernen Dnjepr und auf die Truchanow Insel hinunterzublicken, wo sich der Yachtclub befand. An nebligen Herbstabenden konnte ich über den breiten Kreschkatik-Boulevard spazieren mit seinen Kastanienbäumen und hellerleuchteten Läden und Restaurants. Doch der Kreschkatik war zu Weihnachten am schönsten, wenn die Straßenbeleuchtung brannte und der Schnee an Wänden und in den Straßenrinnen aufgetürmt war und verzauberte Verbindungen von Tür zu Tür schuf. Ich erinnere mich an den Duft nach Tannen und Eis, nach Gebäck und Kuchen und an jenen speziellen Geruch nach frisch geschnittenem Holz mit einem Hauch frischer Farbe – der Geruch des Weihnachtsspielzeugs. Kaleschen und Dreiergespanne rollten durch die goldene Dämmerung; die Atemwolken der Pferde waren weißer noch als der Schnee; warme, ratternde Straßenbahnen verströmten orangefarbenes elektrisches Licht. Das alles ist wie ein magisches Bild in meinem Bewußtsein. Es existiert nicht mehr. Die Bolschewiken schlugen alles in Trümmer, als sie sich vor den Nazis zurückzogen, die ihnen nur wenige Monate vorher bei der Plünderung Polens geholfen hatten.

Als Junge war ich im allgemeinen mehr an Taten als am Zuschauen interessiert. Mein Ruf ist der eines Intellektuellen, jedoch bin ich im Grunde meines Herzens ein Handlungsmensch. Meine Bildung verdanke ich fast vollständig meiner Mutter. Sie bestand darauf, daß ich eine bessere Ausbildung genoß als die meisten Kinder in der Nachbarschaft. Glücklicherweise hatte sie eine Anzahl Freunde, die, wie ich annehme, allesamt mögliche Ehekandidaten meiner Mutter waren (sie war eine überaus schöne und temperamentvolle Frau), und sie halfen ihr mit Ratschlägen, welches die besten Schulen waren und welche Fächer ich dort studieren sollte. In unserer Wohnung hielt sich stets mindestens ein Besucher auf. Oft waren es mehrere, und es waren auf keinen Fall ausschließlich Russen. Speziell war das Captain Brown, der schottische Ingenieur, ein Herr, der in beschränkten Verhältnissen lebte. Er hatte ein Zimmer auf der anderen Seite unserer Treppe. Angeblich sollte er aus der indischen Armee desertiert sein. Zweifellos wußte er eine ganze Menge über die Nord-West-Grenze. Afghanistan und auch den Kaukasus, wo er einige Jahre verbracht hatte (was die Gerüchte über sein Desertieren nur glaubhafter machte). Kaum je erlebte ich es, daß er eine Geschichte wiederholte, er wußte so viele zu erzählen: über Kasachs, Turkmenen, Tajiks und kirgisische Banditen, über Kabul und Samarkand oder über die Probleme des Eisenbahnbaus in Georgien. Er war ein kleiner, dunkler Mann, stets freundlich, doch auch mit einer Andeutung gezügelter Aggressivität, wenngleich er zu meiner Mutter in jener bedächtigen, maskulinen, feinen Art sanft und zuvorkommend war, wie man sie bei jemandem beobachten kann, der Angst vor seiner eigenen Kraft und Energie hatte. Er brachte mir nicht nur die ersten englischen Wörter bei, sondern gab mir auch einen Jahrgang des *Pearson's Magazine*, das der Lesestoff meiner Jugend wurde und einen nachhaltigen Eindruck auf meine Phantasie und meine Neigungen ausübte. Ich mochte ihn wohl deshalb am liebsten, weil meine Mutter in ihm eine so gute Gesellschaft fand. Sie ging öfter mit ihm in die Oper oder ins Theater als mit anderen Verehrern.

Kurenwskaja war ein höchst kosmopolitischer Vorort. Meine Mutter war bei ihren Kunden bekannt und beliebt, bei denen es sich vorwiegend um unverheiratete Männer oder Diener wohlhabender Leute handelte. Einige von ihnen dehnten ihre Besuche, zweifellos aus Langeweile oder aus Einsamkeit, bis in die Wäscherei aus. Einige alte Stammgäste wurden ab und an in ihr privates Büro eingeladen, ein kleiner Raum am Mittelgang der Wäscherei, wo Mutter ihnen ein Glas Tee oder etwas Gebäck anbot. Captain Brown konnte man dort manchmal antreffen, doch öfter waren die Besucher niedere Beamte, darunter auch Gleb Alfredowitsch Korylenko. Groß, dünn, kummervoll, mit der Erscheinung eines verschreckten Storchs, war er der Briefträger des Viertels. Früher einmal hatte er bei der Schwarzmeerflotte gedient, bis er nach dem Desaster mit den verschlagenen Japanern im Jahr 1904 als Invalide nach Hause geschickt wurde. Gleb Alfredowitsch war voller Klatsch, und meine Mutter und ihr kleiner Freundinnenkreis waren willige Zuhörerinnen, obwohl ich vermute, daß der Briefträger und noch einige andere sich der Gunst meiner Mutter nur deshalb erfreuen durften, weil sie zu meiner Ausbildung beisteuerten. Manchmal durfte ich zuhören, wenn Korylenko seine Geschichten von den reichen Nachbarn erzählte. Ich saß dann in einer Ecke mit einem Stück Kuchen in der einen und einem Teeglas in der anderen Hand und erfuhr von Welten, die mindestens ebenso so romantisch waren wie die von Captain Brown. Ich habe eine Erinnerung an den Geruch nach Tee, nach Zitrone, nach Kuchen und nach der schweren Mischung aus Seife und Lauge, Stärke und Farbe, an die heiße Klammheit des Dampfes, der alles einhüllte, so daß Illustrierte und Zeitungen sich stets wellten und Stuhlpolster und Tischdekken und Teppiche sich immer ein bißchen feucht anfühlten.

Hin und wieder kam der Briefträger in die Wohnung, zusammen mit ein oder zwei Frauen und manchmal auch mit Captain Brown. Sie brachten dann eine Flasche Wodka mit und diskutierten über den neuesten Klatsch aus Moskau und St. Petersburg und über jeglichen Skandal (natürlich mit angemessener Ehrfurcht) im Zusammenhang mit Rasputin und der Zarin. Rasputin war zu seiner Zeit sehr bekannt – ein umherziehender Mönch mit einer hypnotischen Persönlichkeit und der außerordentlichen Fähigkeit, unbemerkt irgendwelche Drogen in Getränke zu schmuggeln, der sich in die St. Petersburger Gesellschaft hineingeschlängelt hatte, wo er ein total verruchtes Leben führte und sogar die jüngsten Töchter des Zaren verführte. Nach einem oder zwei Gläsern Wodka schickte Korylenko sich immer an, seine Haßtiraden gegen den Hof und seine Degeneriertheit anzustimmen. Er glaubte, daß es stärkerer Männer bedurfte, um die Frauen unter Kontrolle zu haben, daß Zar Nikolaus jedoch zu nachgiebig war. Doch meine Mutter fuhr ihm über den Mund. Sie wollte von Politik nichts hören. Bei derartigen Reden wurde sie aus verständlichen Gründen immer unruhig. Wahrscheinlich war dies die Ursache dafür, daß ich immer die Spannungen gehaßt habe, die durch politische Diskussionen ausgelöst werden, welche im Grunde völlig sinnlos sind. Ich habe niemals jemanden danach beurteilt, welche Partei er wählt, solange er mich nicht zwingt, seiner Meinung zu sein. Und natürlich wird nur ein Narr sich in die Sklaverei des Sozialismus hineinwählen. Im Laufe meines Lebens habe ich alle möglichen Arten von Menschen kennengelernt. Und deren politische Überzeugung hatte meistens wenig mit ihren Handlungen zu tun.

Während dieses Zeitabschnitts war mir die Gesellschaft von Erwachsenen weitaus vertrauter als die Freundschaft mit Kindern. Ich hatte schon immer Schwierigkeiten, mit Kindern zurechtzukommen. Ich nehme an, daß ich die Kinderwelt als langweilig empfand, nachdem die Welt der Erwachsenen für mich offenstand. Ich war sowieso nicht sonderlich beliebt, weil ich am Leben der Erwachsenen teilnahm und meinen neidischen Spielkameraden dadurch frühreif und hochnäsig erschien.

Es gab ein kleines Mädchen, das mich anbetete. Esmé war die Tochter eines Nachbarn, eines Gentleman, der früher einmal, wie ich vermute, zu Mutters Verehrern gehört hatte. Mutter war überzeugt, daß er Anarchist war und unter falschem Namen lebte, weil er aus Sibirien geflohen war. Deshalb hatte sie ihn abgewiesen. Es gab zwar keinen Beweis für ihren Verdacht, jedoch hatte meine Mutter gelernt, vorsichtiger zu sein. Niemand kann ihr daraus einen Vorwurf machen. Der Name, den jener Herr angab, lautete Loukjanov. Er hatte in der Kavallerie gedient (er hatte den typischen Gang eines Reiters) und lebte offensichtlich von einer Pension. Korylenko erzählte uns, daß Loukjanovs Ehefrau ihn in Odessa wegen eines englischen Schiffskapitäns verlassen hatte und mit ihm ihre gemeinsame Tochter, die kaum ein Jahr alt war. Loukjanov ging nur selten aus. Gewöhnlich sahen wir von ihm nur seine Wäsche, die von Esmé in die Wäscherei gebracht wurde. Esmés Bewunderung schmeichelte mir. Unsere Freundschaft wurde von meiner Mutter mißtrauisch beobachtet, die in einem Pferd mit roter Schleife am Schweif auch einen *agent provocateur* gesehen hätte. Esmé, ein bildhübsches blondhaariges Wesen, stets adrett gekleidet, fungierte als Haushälterin ihres Vaters und teilte daher mein erwachsenes Benehmen. Wir müssen einen spaßigen Anblick geboten haben, wenn ich sie manchmal von der Wäscherei nach Hause begleitete: zwei Achtjährige, die über die Weltprobleme diskutierten.

Ich genoß Esmés Gesellschaft, weil wir gleichstanden, empfand jedoch nie etwas Romantisches für sie. Mein Herz war das vollständige Eigentum eines dunkeläugigen Mädchens, das an einer Straßenecke in der Nähe der Straßenbahnhaltestelle von einem Tablett gebrauchtes Zinnspielzeug verkaufte. Manchmal hatte sie auch einen Käfig bei sich, in dem ein abgerichteter Kanarienvogel hockte, der Buchstaben und Symbole in einer bestimmten Reihenfolge aufpickte, um den Leuten die Zukunft vorauszusagen. Wie ich damals hörte, war das Mädchen eine echte Zigeunerin aus einem Lager in einer der Schluchten. An einem bedeckten Nachmittag wagte ich es, mich dem Lager zu nähern. Es war nicht so, wie ich es erwartet hatte. Es gab keine bemalten und mit Schnitzereien versehenen Planwagen, sondern nur eine Ansammlung von Baracken und Karren und Feuern, deren Rauch in die Luft stieg. Es war nicht der Himmel, den ich mir immer ausgemalt hatte. Eher war es eine Szene aus der Hölle. Bis zu einem gewissen Grad dämpfte dieser Anblick meine Absichten, und ich hatte nicht mehr vor, meine Geliebte nach der Sitte ihres Volkes zu heiraten (wobei natürlich der König der Zigeuner zugegen war), sondern ich kaufte dafür soviel Spielzeug aus ihrem Bauchladen, wie ich mir leisten konnte, bekam von ihrem Kanarienvogel stets eine rosige Zukunft vorhergesagt und erfuhr, daß ihr Name Zoja lautete. Sie hatte rote Lippen und lockige schwarze Haare und eine Art, die, damals schon, völlig berauschend war. Ich glaube, ihre Eltern stammten aus Rumänien. Sie zeigte nicht jene passive Weiblichkeit meiner Freundin Esmé. Sie war weder zurückhaltend noch wortkarg. Sie bediente sich einer Sprache ähnlich dem rollenden südukrainischen Dialekt, in der es vor Worten wimmelte, die ich nicht verstand und in denen sämtliche 'a's und 'o's vertauscht waren. Sie bewegte sich schlendernd wie ein Junge. Dennoch glaubte ich, daß sie an mir Gefallen gefunden hatte. Vielleicht zogen mich jene Augen an, mit denen sie in sexueller Berechnung jedes Lebewesen abzutaxieren schien. Meine Mutter fand sie noch weitaus beängstigender als Esmé und hatte, als ich den Vorschlag machte, Zoja zum Tee einzuladen, einen ihrer schlimmsten hysterischen Anfälle. Danach war Esmé nicht mehr so sehr die *persona non grata* wie in früheren Zeiten.

Eines Tages stand Zoja nicht an ihrer Straßenecke, und ich ging hinaus zur Barackenstadt, um sie zu suchen. Das Lager war weg. Alles, was übrig geblieben war, war der Abfall, den Zigeuner immer der Welt hinterlassen. Von einem Spaziergänger erfuhr ich, daß die Verwaltung das Lager geschlossen und die Zigeuner zum Weiterziehen gedrängt hatte. Die Kesselflicker seien auf der Straße nach Fastow unterwegs und wollten vielleicht zur Schwarzmeerküste oder zur Krim. Er sei froh, sie abwandern zu sehen. Er habe mehr als nur ein Huhn verloren, seit sie ihr Barackendorf errichtet hatten. Ich fühlte, daß ich viel mehr verloren hatte als eine billige Quelle deutscher Spielsachen.

Die Hoffnung führte mich zur Bessarabskaja, als könnte ich sie zwischen den Drehorgelspielern, Bettlern und Verkäufern exotischer Tiere, dem Lärm und dem Farbengewirr des Marktes finden. Halb erwartete ich, ihre Karren zu entdecken, beladen mit Tonöfen, Regenrinnen und Samowarkesseln. Da waren auch einige Spielwarenhändler mit ihren Bauchläden. Es waren ausschließlich alte Männer mit langen Bärten und falschem Grinsen. Da waren auch Kesselschmiede, die sich anboten, Töpfe und Schuhe zu reparieren, doch meine Zigeunerin war vor dem ersten Schnee aufgebrochen und unterwegs zur Sonne. Ich kaufte als Trost einen Ring Balabhuka, eine Leckerei, für die Kiew bekannt ist, und ging nach Hause. Ich glaube, ich sollte Zoja irgendwann wiedersehen.

Während des folgenden Frühlings und Sommers unternahmen Esmé und ich häufig Spaziergänge in den nahegelegenen Kirilawäldern. Am deutlichsten erinnere ich mich an die Schluchten und an den Geruch des Flieders im Sommerregen, als wir oberhalb einer Senke Schutz suchten und auf ein anderes Zigeunerlager hinuntersahen. Der Regen dauerte an. Zigeunerfeuer schleuderten orangefarbene Flammen und schwarzen Rauch ins Halbdunkel. Wir wurden naß genug, um den Mut aufzubringen, um Schutz vor den Wasserfluten zu bitten. Ich führte Esmé den schlüpfrigen Abhang hinunter, kam dem farbenfrohen Treiben der armseligen Gestalten immer näher, die uns anfangs nicht beachteten, uns dann jedoch mit berechnender Vorsicht begrüßten und fragten, ob wir Spielzeug oder einen Glücksbringer kaufen wollten. Als diese schmierigen Waren uns aus noch schmierigeren Händen angeboten wurden, schüttelten wir nur stumm den Kopf und, da der Regen aufgehört hatte, stolperten wieder den Hang hinauf. Am nächsten Morgen kehrten wir zurück, immer noch fasziniert von unserer Entdeckung, bis Esmé sich in die Vorstellung verrannte, wir könnten entführt werden, und floh, so daß es wieder einmal mir überlassen blieb, die Angebote abzuschlagen und dem verschlagenen Grinsen und den einschmeichelnden Stimmen standzuhalten. Diese eine Sippe wurde wenige Tage später von der Polizei verscheucht, und ich bin überzeugt, daß die Beschwerde meiner Mutter der wesentliche Grund für diese amtliche Aktion war. Mir wurde verboten, jemals wieder ein solches Lager aufzusuchen.

Nicht lange nach diesem Ereignis wurden Esmé und ich in einer hervorragenden Schule angemeldet, die von einem von seiner Aufgabe besessenen deutschen Ehepaar namens Lustgarten geleitet wurde. Daß wir zur selben Zeit angemeldet wurden, war, wie ich von meiner verärgerten Mutter erfuhr, lediglich ein unglücklicher Zufall. Ich begriff soviel, daß ein Verwandter bei der Bezahlung des Schuldgeldes mithalf, jedoch erfuhr ich niemals, wer dieser Verwandte war. Vielleicht war es mein Onkel Semjon – Semja, wie wir ihn immer nannten.

Er war streng und sehr schnell dabei mit seinem Spazierstöckchen, unser hohlwangiger, grauäugiger Herr Lustgarten, aber er war ein enthusiastischer Lehrer. Seine größte Freude fand er in

Schülern, in denen eine echte Begierde nach Wissen brannte. Ein sehr großer Mann mit pendelnden Armen, trug er stets einen formellen Gehrock und einen Stehkragen. Seine schwarzen Stiefel waren stets spiegelblank poliert. Ich sehe ihn jetzt vor mir, wie er mit rudernden Armen und Beinen, die an im Wind flatternde Schals erinnern, und mit dem Zeigestock über dem Kopf herumfuchtelnd irgendeinen Lehrsatz der Algebra erklärt. Ich war einer der Schüler, die er am liebsten hatte. Es wurde schnell offenbar, daß ich eine natürliche Begabung für Sprachen und Mathematik besaß. Ich eignete mir Kenntnisse des Deutschen und Französischen an, dazu ein wenig Tschechisch, das die Lustgartens übrigens hervorragend beherrschten, hatten sie doch einige Jahre in Prag gelebt, und ich konnte bereits etwas Polnisch, das ich von meiner Mutter gelernt hatte. Englisch kam vorwiegend von Captain Brown (der mich weiterhin in all meinen Studien bestärkte). Wie so viele meiner Zeitgenossen kannte ich nur einige wenige Worte Ukrainisch. Meine erste Sprache war das Russische. Die nationalistische Manie hatte sich noch nicht in der Ukraine breitgemacht. Jemand hatte vor gar nicht allzulanger Zeit gemeint, daß die Ukrainer, durch die Roten um ihre Pogrome gebracht, sich dem Nationalismus als billigem Ersatz zugewendet hätten. Nun, ich bin kein Judenfreund, aber ich bin auch kein Nationalist. Herr Lustgarten war, wie viele Deutsche seiner Generation, in etwa philosemitisch eingestellt. Meine Mutter wäre entsetzt gewesen, hätte sie seine Diskurse über den russischen Charakter gehört. Einen seiner Lieblingsaussprüche kenne ich heute noch Wort für Wort: »Die russischen Menschen«, sagte er, »sind genauso wie die Amerikaner. Sie haben keinen Sinn für Ethik, sondern nur für Frömmigkeit. Ihre Kirche, unterstützt von der Bürokratie und vom Militär, liefert ihnen ein Lebensrezept. Deshalb suchen sie bei den Schriftstellern nach ethischen Modellen, und deshalb wird auch den Romanciers soviel Bedeutung beigemessen und Respekt zuteil. Deshalb äffen junge Männer und Frauen Charaktere von Tolstoi und Dostojewski nach. Diese Schriftsteller sind nicht nur Romanschreiber, sie sind auch Lehrer; Asketen, die den Platz der Mährischen Brüder in Deutschland und Böhmen, den Luthers oder John Wesleys oder den der Quäker einnehmen. Im großen und ganzen sind die Russen ein Volk ohne moralische Überzeugung, sieht man einmal von der simpelsten Form ab, »Gott und dem Zaren zu dienen«.

Ich habe mich an Herrn Lustgartens Worte erinnert, da sie in gewisser Hinsicht prophetisch waren. Die Russen sind wieder im Begriff, stelle ich fest, die Bedrohung der zionistisch-freimaurerischen Verschwörung zu erkennen. Ich höre, daß beim Militär Informationsschriften verteilt werden, in denen die Soldaten vor den Gefahren des internationalen Zionismus gewarnt werden. Was die Gelbe Gefahr betrifft, so sind die meisten Slawen sich dieser speziellen Drohung durchaus bewußt. Die große Weltanschauung, die Professor Lustgarten nie begreifen konnte, war die Idee des Pan-Slawismus, welcher in der Ukraine aufblühte, dem Kernland und Geburtsort des größten slawischen Staates der Welt. Möglicherweise ist dort das Herz eines einzigen slawischen Staates, der Polen, Litauen, die Tschechoslowakei, Bulgarien, Jugoslawien, sogar Teile von Griechenland einschließt. Das Land könnte eine Bastion westlicher Kultur ganz eigener Prägung bilden, eine Bastion gegen die Dekadenz, repräsentiert durch Amerika, oder die Barbarei, vertreten durch das neue Tatarische Reich unter Mao. Die haarspalterischen Zwangsideen germanischer Theologie sind uns nicht angemessen. Wir denken nur an unsere Bestimmung. Ukrainischer Nationalismus liegt nicht auf der gleichen Linie wie Pan-Slawismus. Deshalb war ich nie ein Nationalist. Ich wurde im Russischen Reich geboren, und es ist mein größter Wunsch, dort zu sterben, obwohl ich fürchte, daß es noch einige Zeit dauern wird, bis das russische Volk sich aus tiefstem Herzen zu seiner wahren Herkunft bekennt.

Herrn Lustgartens Geschichtsbild stimmte nicht immer mit dem meinen überein, dennoch war ich sein gelehriger Schüler. Er war darüber sehr erfreut und gab mir abends zusätzlichen Unterricht. Er versicherte mir, daß ich eines Tages, wenn ich weiterhin meine Studien ernsthaft betreibe, zu akademischen Ehren gelangen würde. Meine Mutter geriet darüber fast aus dem Häuschen, und es gab mir ein Gefühl innerer Befriedigung, daß ich ihr die Opfer, die sie für mich gebracht hatte, vergelten konnte. Ich hatte, nach ihren Worten, den Intellekt meines Vaters geerbt, allerdings hatte ich von ihr das feine Gespür für Werte. Ich war entschlossen, mein Gehirn nicht genauso zu verschwenden, wie mein Vater es getan hatte. Mutter übernahm Näharbeiten, um für die zusätzlichen Unterrichtsstunden aufkommen zu können, und von meinem elften Lebensjahr an (dem Jahr, in dem Stolijpin in Kiew einem Attentat zum Opfer fiel) erhielt ich von Herrn Lustgarten Unterricht in Mathematik und Naturwissenschaft, und Frau Lustgarten lehrte mich Sprachen und Literatur. Diese wunderbare Frau, die ebenso ruhig und zurückhaltend und klein und dick war wie ihr Ehemann lebhaft und schlank, machte mich mit den Büchern bekannt, die einen so tiefen Eindruck auf mich hinterlassen sollten. Grimmelshausen, Dickens, Goethe, Hugo und Verne waren meine Lieblingsautoren, kaum daß ich dreizehn Jahre alt war. Ich las außerdem in den *Pearson's-Heften,* die Captain Brown mir zur Verfügung gestellt hatte. Insgesamt waren es achtundzwanzig. Ich wünschte, ich hätte sie noch. Selbst wenn es sie noch gäbe, würde es ein Vermögen kosten, sie zu kaufen. Wie vieles andere gingen sie während des Bürgerkrieges verloren, der nach Lenins Griff nach der Macht entbrannte. Sie waren einheitlich gebunden, Gold, Blau und Dunkelgrün auf Rindsleder. Ich glaube, ich habe jedes Wort darin mindestens zweimal gelesen. Dort fand ich die Geschichten von H. G. Wells, Cutcliffe Hyne und Max Pemberton. Guy Boothby, Conan Doyle, H. Rider Haggard, Rafael Sabatini und Robert Barr sind andere Namen, die man heutzutage nur selten hört. Der Film, das Radio und das Fernsehen haben die Literatur vollkommen vernichtet. Die Sozialisten haben ihr Ziel erreicht: alles wird auf das platteste Niveau herabgezogen. Zu meiner Zeit kämpften wir darum, uns weiterzuentwickeln. Heutzutage ist das allgemeine Ziel, sogar in den angeblich gebildeten Kreisen, so dumm und unwissend zu erscheinen wie nur eben möglich.

Um 1913 bestand mein bewußtes Leben nahezu vollständig aus Arbeit und Lesen. Ich sah Esmé nur auf dem Weg zur Schule (Mädchen und Jungen wurden getrennt unterrichtet), und wir sprachen kaum über etwas anderes als unsere Ausbildung. Ihr Vater war sehr krank, und sie fehlte immer häufiger im Unterricht, um für ihn zu sorgen. Sie war ein Engel. Abgesehen von meiner engen Freundschaft mit ihr war ich im Grunde ein einsames Kind und hatte nur wenige Bekannte. Dies und mein Streben nach Wissen bescherte mir den Neid der meisten anderen Jungen, und ich mußte die schlimmsten Beleidigungen über mich ergehen lassen, was ich gewöhnlich ohne Widerspruch tat. Für kurze Zeit hatte ich einen Freund. Sein Name war Juri, und er war etwa in meinem Alter, wenngleich viel ärmer als wir. Er kam gewöhnlich zu uns und hockte am Ofen, wenn ich abends lernte. Ich half ihm immer bei den Hausaufgaben. Meine Mutter freute sich, daß ich einen neuen Spielkameraden hatte. Doch dann fehlte eines Tages Schmuck, und nur Juri konnte ihn entwendet haben. Am nächsten Tag sagte ich ihm den Diebstahl auf den Kopf zu. Er gab ihn auch unumwunden zu. Ich fragte ihn, warum er uns, die ihm soviel Güte erwiesen hatten, bestohlen hatte, und bekam darauf eine schockierende Antwort.

»Weil ihr Juden seid«, sagte er. »Juden sind Freiwild. Alle sagen das.« Von dieser Anschuldigung zutiefst getroffen, beschwerte ich mich bei Herrn Lustgarten, der in einer seltsamen Weise unbeteiligt zu sein schien, die ich mir bis heute nicht erklären kann. »Ich bin der Sohn eines Kosaken«, erklärte ich ihm und seiner Frau. »Kommen Sie mit zu mir nach Hause, und ich werde es Ihnen beweisen.« Herr Lustgarten brachte Juri zu uns, so daß, wie er sagte, der Dieb die Dinge, die er gestohlen hatte, persönlich wieder zurückgeben konnte. Es war nicht mehr alles da, doch was sich wiedergefunden hatte, wurde meiner Mutter ausgehändigt. Unter der Drohung von Herrn Lustgartens Rohrstock entschuldigte Juri sich, obwohl es offensichtlich war, daß er sich zu unrecht bestraft fühlte. Ich holte die handkolorierte Fotografie meines Vaters in seiner Schapka, seiner Kosakenuniform – Beweis, falls immer ein solcher gewünscht wurde, für seine Herkunft. Ich zeigte Juri das Bild. Seine Antwort ließ meine Mutter in Tränen ausbrechen.

»Das ist nur ein Bild. Jeder weiß, daß du ein Judenbastard bist. Was beweist ein Bild schon?«

Ich stürzte mich auf ihn, riß dem Lehrer den Rohrstock aus seiner mageren Hand und ließ ihn auf Juris Kopf niedersausen. Niemals zuvor hatte ich eine derartige Wut verspürt. Und dieses Mal, völlig unerwartet, war Herr Lustgarten auf meiner Seite. Juri stieß Drohungen aus, die auf die Schwarzen Hundert anspielten (Patrioten, die das schleichende Ausbreiten jüdischer Macht zu unterbinden versuchten), und wurde richtig reumütig, als Herr Lustgarten ihm drohte, ihn von der Schule zu weisen und seinen Eltern den Grund dafür mitzuteilen. Das war das Ende meiner Freundschaft. Juri sammelte später eine Reihe von Gleichgesinnten um sich – auf keinen Fall ausschließlich aus der Klasse der Ärmsten – und fing an, viel Leid in mein Leben zu tragen. Diese Bande verfolgte mich auf meinem Heimweg von der Schule. Sie boten mir einen »fairen Kampf« an, und als ich ablehnte, jagten sie hinter mir her und schrien Schimpfworte wie »Kleiner Rabbi«

und »Judenjunge« – Bezeichnungen, die im damaligen Kiew nicht nur schlimme Verleumdungen waren; sie konnten, unter bestimmten Umständen, so viel wie ein Todesurteil bedeuten. Anschuldigungen wie diese waren jedoch in meiner Kindheit nahezu üblich und hatten so gut wie keine Bedeutung. Nicht mehr, zum Beispiel, als wenn man einen geizigen Menschen einen Juden nennt, selbst wenn es offensichtlich ist, daß kein Tropfen semitisches Blut in seinen Adern fließt. Nichtsdestoweniger waren es diese Beleidigungen mehr noch als andere – »Streber«, »Kröte«, »Petze« oder sogar »Klotzkopf« –, die mich die Kontrolle über mich selbst verlieren ließen und mich in unsinnige Steinschlachten und Faustkämpfe verwickelten.

Dieses Stadtgesindel, von denen viele fremder Herkunft waren, neidete mir wahrscheinlich mein altes kosakisches Geburtsrecht. Meinem atheistischen Vater mit seinen lächerlich progressiven Vorstellungen war es nicht nur gelungen, meine Mutter in ein ärmliches, schmachvolles Witwendasein zu treiben, sondern er hatte sich mit meinem kleinen Körper persönliche Freiheiten herausgenommen – wie meine Mutter mir erklärte, aus hygienischen Gründen. Zwar war ich von vollkommen nichtjüdischem Geblüt, doch war ich mit dem Zeichen des Judentums gebrandmarkt. Damals wußte ich noch nicht, wie nahe mich in späteren Jahren die Handlungsweise meines Vaters dem Tode bringen sollte. Ebensogut hätte er versuchen können, mir gleich nach der Geburt die Kehle durchzuschneiden. Heutzutage ist es nicht unüblich, jene spezielle Operation vornehmen zu lassen, doch in der Ukraine war es zu Beginn des zwanzigsten Jahrhunderts praktisch gleichbedeutend mit einem Übertritt zum Judentum. Den Juden erscheinen die ukrainischen Ressentiments reichlich mysteriös. Dabei ist überhaupt nichts Mysteriöses darin. Die Juden, die von den abwesenden polnischen Landjunkern Grund und Boden gepachtet hatten, haben in den vorhergehenden Jahrhunderten unsere Bauern und Tagelöhner ausgepreßt. Als die Kosaken die Polen in ihr Land zurücktrieben, revanchierten sie sich auch gleich an deren dienstbaren Geistern. Und die Juden verteidigten die Polen mit Musketen und Säbeln. Ich will für die grausamen Metzeleien keine Entschuldigung suchen. Jedoch ist der Jude auf keinen Fall so harmlos und friedfertig, wie er sich heute gerne darstellt. Wenn ich Jude wäre, würde ich die Gründe für die ukrainische Feindseligkeit ruhig offen zugeben. Das könnte einen positiven, besänftigenden Effekt haben. Doch die Juden sind dazu zu stolz.

Was hätte meine Mutter meinem Vater alles vorwerfen können. Und wie wenig warf sie ihm vor. Sie sprach von ihm stets mit aufrichtigem Respekt (außer wenn es um seine atheistische Einstellung ging) und erinnerte mich regelmäßig daran, seinen Namen in Ehren zu halten. Und dies ist etwas, das zu tun ich niemals fähig war, nicht einmal ihr zu Gefallen. Wie ich schon bemerkte, hat er mich mit so vielen Mängeln behaftet auf die Straße des Lebens gesetzt, daß ich mich wundere, wie ich es überhaupt bis hier geschafft habe. Alles, was ich von ihm geerbt habe, war sein Geist, der mich schon mehr als einmal vor Tod oder Folter bewahrt hat; meine Phantasie und mein Einfühlungsvermögen konnte nur von meiner Mutter stammen, wie sie einmal sagte. Seine Rebellion gegen sein großes Kosakenerbe, seine russische Religion und Kultur, bescherte ihm Angst und Vernichtung. Seinen Hinterbliebenen blieb nur die Sorge und Not. Und was erreichte seine Revolution, als sie erfolgreich endete? Mehr Tod; mehr Erniedrigung. Wir sagten immer: »Lieber als Jude im zaristischen Minsk denn als Nichtjude im sowjetischen Moskau.« Sieht so der Fortschritt aus?

Möglicherweise habe ich von meinem Vater noch eine andere Charaktereigenschaft geerbt: jener selbe Glaube an die Zukunft, der bei ihm eine Verdrehung der Wirklichkeit war, eine Art Ersatzreligion, war in mir ein Glaube an den rein wissenschaftlichen Fortschritt. Verne und Wells und auch die vielen Artikel und Geschichten in *Pearson's* sollten mich mit einem kindlichen Staunen vor den Wundern der Wissenschaft und Technologie erfüllen. Noch ehe ich diese Autoren jemals las, hatte ich längst entschieden, Ingenieur zu werden. Mein Motiv dafür war eine leidenschaftliche Liebe zu jenem Wissenszweig überhaupt. Ich verwässerte sie nicht mit irgendwelchen pseudo-humanitären Rationalisierungstrategien, wie irgendein ängstlicher Mönch aus dem Mittelalter sein Interesse an der Alchemie damit zu entschuldigen versucht, daß ja alles »Gottes Werk sei«. Ich empfand eine tiefe Abneigung gegen jedwede politische Frömmelei. Ich sah mich selbst als einen von denen, die ihren slawischen Charakter der Wissenschaft schenken und ihn in den Dienst der slawischen Seele stellen. Indem sie nicht zugehörige Themen in ihre Geschichten aufnahmen, richteten Verne, der Anarchist, und

Wells, der Sozialist, bei ihren Lesern großen Schaden an, da sie ihre Visionen so veränderten, daß sie auf völlig unwissenschaftliche Themen paßten, ähnlich wie Rasputin die Religion so umdeutete, daß sie für jegliche sexuelle Perversion eine einleuchtende Begründung lieferte. Wir lebten in einer Zeit, in der ein reines Herz und eine ehrliche Zunge eine große Verpflichtung waren. Selbst Jack London, der so einfühlsam die Natur und den Adel des ungezähmten Nordens beschrieb, verschleuderte seine Gabe mit Geschichten voller Pessimismus und Polemik; denn es wurde von ihm so gefordert, sonst hätte ihn niemand ernst genommen. Er hätte bei den sogenannten Liberalen, die die Welt in unseren heutigen, armseligen Zustand heruntergewirtschaftet haben, viel an Ansehen verloren. Jedermann bemüht sich um gutes Ansehen bei seinen Nachbarn, doch manchmal ist der Preis, den wir für dieses Ansehen bezahlen, zu hoch.

Ironischerweise wurde ich in meinem Streben, Ingenieur zu werden, schon beflügelt, ehe ich die englische Sprache gut genug beherrschte, um die Geschichten in *Pearsons's* zu lesen. Esmé und ich gingen irgendwo im Stadtzentrum, vielleicht sogar auf dem Kreschkatik selbst, spazieren, als wir an der Ecke einer Straße nahe bei einem Theater ein großes Kaufhaus fanden. Auch erinnere ich mich an einen jener alten Kioske mit einem Kuppeldach, dem französischen Vorbild nachempfunden, und an ein öffentliches Pissoir, ebenfalls im französischen Stil. Die meisten Ingenieure, die ich später kennenlernte, waren von ihrer ersten Fahrt mit der Eisenbahn oder ihrer ersten Begegnung mit einem Automobil oder einem Eindecker nachhaltig beeindruckt und zu ihrem Beruf gedrängt worden. Bei mir war es der Anblick eines simplen englischen Fahrrades. Wie es für viele Läden in Kiew in der damaligen Zeit üblich war, wurden die Fenster nicht zur Auslage der Waren benutzt, aber man konnte in das Innere des Ladens blicken und das Fahrrad auf seinem Spezialständer sehen. Esmé schien damals meine Begeisterung für die Maschine geteilt zu haben (obwohl sie mir damit wahrscheinlich nur einen Gefallen tun wollte). Sie überlegte sogar, wie wir sie kaufen könnten oder wie man den Ladeninhaber dazu bewegen könnte, uns die Maschine als Entschädigung für irgendeinen wichtigen Dienst, den wir ihm leisteten, zu überlassen. Es war ein strahlender Frühlingsmorgen. Die Kastanienbäume trugen die ersten Blüten. Hinter uns auf der gepflasterten Straße fuhren Pferdewagen und

Handkarren, Kutschen und Automobile hin und her. Es war nicht nur ein erwachendes Jahr. Es war der Beginn einer Ära. In dem Laden wurden auch Grammophone, Pianolas, mechanische Orgeln, Gitarren und Balalaikas verkauft, doch das Fahrrad war das edelste Stück. Es war wie ein attraktives schwarzes Ungetüm (ein Raleigh »Royal Albert« Gent's Roadster, den es schon lange nicht mehr gibt) mit hellroten Gabeln und auf Hochglanz polierten Stahlapparaturen. Es war für mich völlig unerschwinglich. Es war noch teurer als die importierten deutschen und französischen Fahrräder, soweit man solche zu kaufen bekam. Ich erinnere mich nicht, auch nur vage den Gedanken gehegt zu haben, daß das Prachtstück irgendwann einmal mir gehören könnte. Ich dachte noch nicht einmal daran, den Laden zu betreten, um einen interessierten Käufer zu mimen, damit ich die Maschine untersuchen oder gar berühren konnte; denn ich hatte überhaupt nicht den Wunsch, auf einem solchen Ding zu fahren. Esmé hatte wohl versucht, mich zum Betreten des Ladens zu bewegen, und hatte dann angeboten, für mich hineinzugehen, doch ich hatte abgelehnt. Von der Funktion der Maschine war ich bei weitem nicht so fazsiniert wie von dem, wofür sie in meinen Augen ein Symbol war. Das Fahrrad repräsentierte für mich alle großen Erfindungen des neunzehnten und des zwanzigsten Jahrhunderts. Es stand dort für das Luftschiff und das Flugzeug; den Elektrowagen, die Dampfmaschine, den Motorbus, die Straßenbahn, das Telefon, die drahtlose Radioübermittlung; es stand für Stahlbrücken und Wolkenkratzer und mechanische Erntemaschinen. Es war abstrakte Mathematik, die plötzlich greifbar geworden war. Ich studierte die Bremsen, die Kette, die Speichen, die Schrauben und die Stahlrohre des Rahmens. Ich war beeindruckt von der göttlichen Einfachheit des mechanischen Systems, welches durch einen auf die Pedale ausgeübten Druck das Kettenrad in Drehung versetzte, das wiederum das Hinterrad bewegte und so den Menschen befähigte, ohne großen Kraftaufwand so weit und so schnell vorwärts zu kommen wie jede lebende Kreatur auf Erden. Über diese Erkenntnis – nennen Sie es ruhig Offenbarung – hinaus hatte ich kein sonderliches Interesse an dem Gerät. Sicherlich hatten fast alle wissenschaftlichen Erfindungen irgendeinen Nutzen für die Menschheit, doch für mich ruhte die Schönheit der Dinge in der simplen Tatsache ihrer Existenz. Sie funktionierten. Sie waren gelöste Probleme. Kruppsche Kanonen und

Nobels Dynamit weckten in mir die selben ästhetischen Gefühle wie eine hydraulische Schleuse oder ein Mercedes-Krankenwagen. Ich war von der Maschinerie als solcher inspiriert und nicht von ihrem Gebrauch und ihrer sozialen Bedeutung. Kolben und Zylinder, Stromkreise und Meßgeräte stimmten mich so lange zufrieden, wie sie ihre ihnen zugedachte Aufgabe wahrnahmen und lösten: ein Schiff anzutreiben, ein Flugzeug in die Lüfte steigen zu lassen, eine Botschaft zu senden. Mir wäre es damals reichlich unangemessen erschienen, auch noch metaphysische oder soziologische Überlegungen hinsichtlich ihres Gebrauchs anzustellen. Als später der Krieg anbrach und wir von den britischen Panzern erfuhren, war ich überhaupt nicht überrascht. Ich hatte sie mir bereits in Gedanken vorgestellt. Sie waren eine Vision, die sich in die Wirklichkeit von Plattenstahl, Gummi und einer Verbrennungskraftmaschine verwandelt hatte. Einen ähnlichen Eindruck empfing ich von den Sikorskij-Bombern, der Dikken Bertha und den riesigen Zeppelinen, die Paris und London bombardierten, und ich hatte bereits begonnen, eigene Ideen zu entwickeln, die, wäre ich ein oder zwei Jahre früher zur Welt gekommen, den Verlauf des Krieges hätten ändern und damit die gesamte Weltgeschichte in andere Bahnen hätten lenken können. Aber ich muß mich darum bemühen, mich nicht zu grandios hinzustellen. Trotz allem bin ich ein Opfer der Geschichte und gehöre nicht zu ihren Lenkern, und wollte ich den Versuch machen, so zu tun, als wäre das Gegenteil der Fall, würde mich dies als senilen dummen Greis erscheinen lassen. Ich habe nicht vor, den Eindruck jener Tölpel zu bestätigen, die in mir nichts anderes sehen als einen komischen alten Russki, der in der Portobello Road einen Handel mit gebrauchten Kleidern betreibt.

Nun, sollen die Leute doch über mich denken, was sie wollen. Um so erstaunter werden sie sein, wenn sie dies hier lesen und erfahren, was ich alles vollbracht habe. Das ist meine ganz geheime Freude: zu wissen, wie das Pack der Bauern und Faulenzer, der Abschaum dreier Kontinente, mich sieht, mir hingegen gleichzeitig bewußt zu sein, was ich wirklich bin. Es gibt einige wenige, die Achtung vor mir haben, und diesen verrate ich meine Geheimnisse. Doch jetzt möchte ich noch keinen Ruhm. Und Ehre wird mir reichlich zuteil werden, wenn ich erst einmal tot bin. Ich habe so viele Politiker und deren Politik kennengelernt, daß es für mehr als nur ein Menschenleben ausreicht. Mein Herz würde wahrscheinlich das Aufsehen, das mir jetzt zuteil werden könnte, nicht überstehen. Zugegeben, eine kleine Pension, ein Orden oder vielleicht sogar ein Adelstitel würden mir in meinem hohen Alter schon beträchtlich helfen, da ich mittlerweile völlig ohne Anhang dastehe. Mrs. Cornelius war die einzige, die mir Gesellschaft geleistet hat. Um in ihrer Nähe sein zu können, bin ich in diese Gegend gezogen. Ich hätte mich auch in Earls's Court niederlassen können. Ich hätte bei der Regierung arbeiten können. Doch vorerst möchte ich nicht über Mrs. Cornelius reden. Auf sie werde ich zurückkommen, wenn Sie, der Leser, die Person kennen, die über jene bemerkenswerte Persönlichkeit schreibt, welche berechtigterweise ebenso wie ihre begabten Kinder eine Berühmtheit ist. Nur eins an dieser Stelle: sie hat mich niemals im Stich gelassen.

Ich kehrte immer wieder zu dem Laden mit seinem einsamen englischen Fahrrad zurück, bis es unabwendbar verkauft war. Einmal sah ich es noch, als es über die Brücke in der Nähe des Zoologischen Gartens fuhr, und das war es dann. Doch das machte mir nichts aus. Das Symbol blieb. Viele Jahre später las ich H. G. Wells' *Wheels of Chance* (»Räder des Schicksals«) ganz, war jedoch enttäuscht. Es enthielt die Vorboten seines späteren literarischen Niedergangs. Es war alles in allem zu oberflächlich und enthielt nichts von dem visionären Staunen, das ich in *The War of the Worlds* (»Krieg der Welten«) gefunden hatte, den ich in *Pearson's* las. Seine *Sea Lady* (»Meerprinzessin«), die ebenfalls in *Pearson's* veröffentlicht wurde, war ähnlich wertlos. Der Drang, auf griffige Art und Weise zu unterhalten, kann die besten unter uns infizieren. Wie kommt es sonst, daß ein Schriftsteller in einem Buch so voller Optimismus und Vertrauen sein kann und in einem anderen so töricht und zynisch? Meine Studien über Freud – der, wie ich erfahren sollte, ein mißgelaunter, misanthropischer Wiener Jude war, der bereitwillig jeden vor den Kopf stieß, den er für sozial unterlegen hielt – müssen mir zu diesem Rätsel erst noch die richtige Antwort liefern. Nicht daß ich sonderlich viel Respekt vor den sogenannten Psychologen hätte, vor allem nicht vor denen aus eben jener schmutzigen Wiener Schule. Sie können es mir gauben, daß die meisten von ihnen sich den größten Teil ihres Lebens an der Schwelle zum absoluten Wahnsinn bewegten. Während meines einzigen Zusammentreffens mit H. G. Wells hatte ich ihn fragen können, warum er soviel Zeit auf seine nicht-wissenschaftliche Romane verwendet hätte, und er gab mir zur Antwort, daß er geglaubt habe, »mit Hilfe der Komik dasselbe Ziel zu erreichen«. Damit verblüffte er mich. Ich muß annehmen, daß er sich über mich lustig machte oder betrunken war oder sich, wie es vielen Künstlern geht, in einem Zustand vorübergehenden Schwachsinns befand. Es ist ebenso möglich, daß er mich falsch verstanden hatte, denn wenngleich mein Englisch exzellent ist, wie dieser Bericht beweist, hatte ich anfangs erhebliche Schwierigkeiten, mich angemessen verständlich zu machen. Mein Umgangsenglisch lernte ich fast ausschließlich von Mrs. Cornelius. Meine Versuche, es derart abzuwandeln, damit man sich meiner nicht zu schämen brauchte, waren nicht immer erfolgreich. Während meines ersten Jahres in England kam es öfter vor, daß ein Freund mich völlig unwissend in die eine oder andere peinliche Lage brachte. Tatsächlich konnte ich mich besser verständlich machen (wie ich es schon in den zwanziger Jahren gemacht hatte), indem ich das *Pearson's*-Englisch benutzte, das wenigstens ohne weiteres von allen erkannt und verstanden wurde. Mein aufrichtiges und bewunderndes »Wie geht's dir, alter Sack?« zu Mr. (später Lord) Winston Churchill bei einer festlichen Veranstaltung für prominente polnische Emigranten wurde nicht so freundlich aufgenommen, wie ich es erwartet hatte, und ich konnte mich nachher nicht mehr bei ihm für die aufrichtige Unterstützung bedanken, die er der Sache der rechtmäßigen Herrscher Rußlands hatte zuteil werden lassen.

Ich weiß mittlerweile, daß die Engländer etwas mit den Japanern gemein haben, die es nicht gerne hören, wenn ihre Sprache von Fremden zu perfekt gesprochen wird. In Japan, so hörte ich, müssen Leute, die sehr gut Japanisch sprechen, oft so tun, als beherrschten sie es kaum, nur um gesellschaftlich akzeptiert zu werden. Gemeinsam mit allen Orientalen haben unsere Nipponesischen Freunde einen ausgeprägten Sinn für Etikette, der sich Fremden nicht immer eindeutig mitteilt. In geringerem Ausmaß, habe ich die Erfahrung gemacht, trifft das auf alle Länder zu. Im Grunde meines Herzens bin ich einer der diplomatischsten Menschen, doch manchmal war es mein Schicksal, daß meine Absichten völlig mißverstanden wurden, weil ich mich in der jeweiligen Fremdsprache als ungehörig gewandt erwiesen hatte.

Taktgefühl ist für mich etwas Selbstverständliches. Schon als Kind verfügte ich darüber. Diese Tugend wurde von meiner

Mutter in ihrer immerwährenden Angst vor dem Stigma, das an die Aktivitäten meines Vaters erinnerte, gepflegt und weiter ausgebildet. Öfter als einmal, wenn es in Kiew irgendwelche Schwierigkeiten gab, erhielt sie Besuch von der Polizei. Im großen und ganzen handelte es sich bei den Männern um freundliche, wohlwollende Beamte, die lediglich ihre Pflicht taten. Selbst wenn sie mit der Aufklärung eines schwerwiegenderen Verbrechens befaßt waren, zeigten sie nicht jenen verkniffenen Fanatismus von Lenins ›Ledermantel‹-Tschekisten. Tatsächlich waren sie echte Repräsentanten des Zaren; freundlich, onkelhaft, in vielen Dingen sogar etwas weltfremd. Sie glaubten, daß unsere jungen Männer durch romantische Ideen vorwiegend französischen, deutschen und amerikanischen Ursprungs in die Irre geleitet wurden. Ich erinnere mich, gehört zu haben, wie der Zar, als er nach der ersten Revolution mit Kerenski zusammentraf, voller Herzlichkeit meinte: »Er ist ein Mann, der Rußland liebt, und ich wünschte, ich hätte ihn schon früher kennengelernt, denn er hätte mir sehr nützlich sein können.« Eine solche Großzügigkeit (mehr, als ich unter den gegebenen Umständen aufgebracht hätte) war typisch für den Mann und typisch für das System, dem aus so vielen Bereichen heftige Kritik entgegenschlug. Wenn es galt durchzugreifen und entschlossen zu handeln, dann ging es gründlich und ohne Rachsucht vor. Für jeden Angriff der Kosaken gab es tausend Vorfälle, die ihm vorausgegangen waren. Junge Männer aus angesehenen Familien wurden wegen ihrer Missetaten selten erschossen, sondern ins Exil geschickt, oft genug zu ihren nächsten Verwandten, bis ihr hitziges Blut sich etwas abgekühlt hatte. Nur die hartnäckigsten oder bösartigsten Revolutionäre der Arbeiterklasse bekamen lange Gefängnisstrafen oder mußten mit dem Leben büßen. Dies verstand meine Mutter, ebenso wie sie begriff, daß die Polizei ihre Pflicht tun mußte. Wenn die Beamten erschienen, wurden sie stets zuvorkommend empfangen und eingeladen, ein Stück Kuchen zu essen und eine Tasse Tee aus unserem Samowar zu trinken. Ich erinnere mich deutlich an die dicken blauen und goldenen Uniformmäntel, wie sie am Herd dampften. Mein Eindruck von diesen Männern war in keiner Weise beängstigend. Ich bewunderte ihre prachtvollen Uniformen, ihre gepflegten Vollbärte und Schnäuzer. Ich erinnere mich auch, wie ich mindestens eine Gruppe dieser Besucher ergötzt hatte, als ich ihnen ganz ohne Ironie erzählte, daß ich, falls es mir nicht bestimmt sein sollte, ein großer Ingenieur zu werden, den Wunsch hätte, Polizist oder Soldat im Dienst des Zaren zu werden.

Wie es nun mal so geht, gingen meine beiden Wünsche in der Folgezeit in modifizierter Form in Erfüllung, wenngleich ich auch dort vom Pech und Mißverständnis meiner Umwelt heimgesucht wurde. Meine Mutter war auf meine Einstellung außerordentlich stolz und bekam von den Beamten zahlreiche Komplimente zu hören. Einer von ihnen, der ihn wahrscheinlich gekannt hat, bemerkte, daß ich doch erheblich vernünftiger sei als mein Vater. Meine Mutter hatte dazu gelächelt, doch es fiel mir nicht schwer festzustellen, daß sie von dieser Schändung der Erinnerung an meinen Vater zutiefst verletzt war. Sie konnte keine Kritik an ihm ertragen, selbst wenn diese Kritik auf sie und auf ihren einzigen Sohn gerichtet war. Die Polizisten verabschiedeten sich gutgelaunt (ich glaube, sie hatten auch etwas Wodka zum Tee), und ich erinnere mich, wie meine Mutter tief einatmete und mich seltsam ansah, ehe sie mich aufforderte, meine Abendmahlzeit fortzusetzten, die durch den Besuch unterbrochen worden war. Sie lehnte sich gegen das Bord über dem Herd, auf dem ich im Winter normalerweise meinen Schlafplatz hatte. Sie keuchte, als hätte man sie unerwartet mit einem Eimer kalten Wassers überschüttet. Da sie eine gestandene Frau war, erholte sie sich rasch wieder, war jedoch für den Rest des Abends unansprechbar. Später erfuhr ich, daß mein Vater nicht der einzige Rote in meiner Familie war. Mutters Bruder war ebenfalls einer. Ich vermutete damals, daß er nie vor ein Gericht gestellt worden war. Es gab Gerüchte, daß er sich in Genf aufhielt. Mutter bekam von ihm keine Briefe.

Kein Waschzettel oder Pamphlet, das auch nur andeutungsweise als radikal einzustufen gewesen wäre, wurde im Haus geduldet. Die harmlosesten nationalistischen Schriften waren mit dem Bannstrahl belegt. Mutter war darin so wachsam und genau, daß sie sogar das Einwickelpapier des Fleisches und der Fische auf gefährliche Propaganda untersuchte. Man hatte erlebt, daß sie ein ganzes Paket auseinandergenommen hatte, um ein Blatt aus *Die Gedanken Kiews* fortzuwerfen, anstatt es nach Hause mitzunehmen. Sie war fürchterlich nervös, und auch dafür mache ich ihren Ehemann verantwortlich.

Sie hatte Alpträume, die Frau, die ich Jelisaweta Filipowna

nennen muß (ein Name, den ich einem unserer Nachbarn ausgeliehen habe, der immer nett zu uns gewesen war; ihren richtigen Namen jedoch teilte sie mit einer prominenten Prinzessin). Des öfteren wurde ich mitten in der Nacht wach und hörte sie auf ihrer Couch fieberhaft vor sich hinmurmeln. Ich linste dann immer von meinem Bord nach unten und sah sie wie eine Leiche beim Jüngsten Gericht von ihrem Bett aufstehen. Dann schrie sie: – ein langgezogener mitleiderregender Ton. Und manchmal rief sie auch etwas: »Vergib mir!« Dann betete sie im Schlaf oder rang die Hände und weinte stumme Tränen, wobei ihre ungebändigten schwarzen Haare ihren blassen Kopf umgaben wie ein mystischer Lichtschein einen Dämon. Ich weiß, daß ich mir mehr Sympathie hätte anmerken lassen müssen, doch ich hatte dauernd Angst. Sie schien sich schuldig zu fühlen (vielleicht weil sie nicht am Bett ihres Vaters gesessen hatte, als er starb), doch ob ihr Schuldgefühl eine echte Ursache hatte, weiß ich nicht. Sie sank dann wieder in Schlaf, ohne zu begreifen, was geschehen war, doch manchmal mußte ich sie wecken, wenn sie Gefahr lief, sich Schaden zuzufügen. Im Laufe der Zeit gewöhnte ich mich an diese Alpträume und konnte, als ich angestrengter lernte, sogar die Nacht durchschlafen. Meine Fähigkeit, auch beim wildesten Durcheinander schlafen zu können, war für mich später gleichermaßen von Vorteil wie auch von Nachteil. Die Alpträume meiner Mutter kamen öfter im Herbst und im Winter. Sie waren auch der Grund, warum ich damit aufhörte, Esmé zu uns einzuladen, wenn ihr Vater manchmal ins Krankenhaus gehen mußte. Meine Mutter ließ mich »das Haus des Revolutionärs« nicht betreten, dafür kümmerte Captain Brown sich um Esmé, wann immer er konnte. Captain Brown fing regelmäßiger zu trinken an, und gelegentlich hatte meine Mutter die traurige Pflicht, ihn wegen seiner Trunkenheit zum Verlassen unserer Wohnung aufzufordern. Allerdings leistete er sich keinerlei unziemliche Annäherungen.

Mutter hatte außerdem Grund zur Sorge hinsichtlich des in Odessa ansässigen Zweiges der Familie. Viele der entfernteren Verwandten hatten Schwierigkeiten mit dem Gesetz hauptsächlich wegen kleinerer Sachen. Das war der Familienzweig der Schwarzen Schafe. Mit Ausnahme meines Großonkels Semjon waren es allesamt Vettern und Cousinen ersten und zweiten Grades meiner Mutter. Manchmal kamen sie nach Kiew, und sehr selten blieb einer von ihnen über Nacht in unserer Wohnung – sehr zum Mißfallen meiner Mutter. Stets bekamen wir irgendwelche Luxusartikel als eine Art Bezahlung für unsere Gastfreundschaft mitgebracht: duftende Seife oder Lebensmittelkonserven fremder Herkunft oder eine Flasche französischen Weins. Mutter verkaufte das Zeug, wenn irgend möglich, ja, lieber schenkte sie es weg, als es im Haus zu behalten. Ich glaube, die jungen Männer aus Odessa waren Schmuggler. Verglichen mit ihren armen Verwandten aus Kiew waren sie richtig wohlhabend. Onkel Semja war ein erfolgreicher Schiffsagent, weitaus angesehener und reicher als die dubiosen Nichtstuer, die ihre Blutsbande so ungeniert ausschlachteten, doch er versicherte, er sei eben nicht in der Lage, sie unter Kontrolle zu behalten. Es war Onkel Semja, wie ich annehme, den meine Mutter bei der Zahlung der Gebühren für Herrn Lustgarten um Hilfe anging.

Ebenso wie ich Literatur, Sprachen und Mathematik studierte, beschäftigte ich mich auch mit Geographie und lernte einige naturwissenschaftliche Grundprinzipien kennen. Eine fundierte naturwissenschaftliche Ausbildung lag jenseits der Fähigkeiten des freundlichen Deutschen. Ich las eine ganze Menge und war besonders von einem amerikanischen Buch beeindruckt, das ich von einem meiner Cousins aus Odessa übernommen hatte und in welchem moderne Methoden zum Bau von Flugmaschinen empfohlen wurden. So waren damals die Zeiten: man konnte das Fliegen nicht nur ohne einen speziellen Lehrer lernen, sondern man fing damit an, daß man sich sein eigenes Luftfahrzeug konstruierte. Das Buch war voll von sorgfältig angefertigten Zeichnungen komplett mit handgeletterten Unterschriften, die jedem reichlich mysteriös vorkommen mußten, der mit den modernen Flugmaschinen nicht *au fait* war: *Optimaler Anflugwinkel – Schwerpunkt – Abtriftzentrum – Propellerluftstrom* – und so weiter. Auch das Buch fiel der Revolution und dem Bürgerkrieg zum Opfer. Damit hätte ich ein vollständiges Fluggerät (mit Ausnahme des Motors) vom Rahmen bis hin zu den Flügelbespannungen bauen können.

Als ich dreizehneinhalb Jahre alt war, kamen Herrn Lustgarten, wie er mir sagte, die ersten Zweifel, ob er mir noch mehr beibringen könne. Ich vermute, ich hatte sein Wissen erschöpft. In den Jahren kurz vor dem Großen Krieg war das Technische Institut von Kiew (wo ich logischerweise meine Studien hätte fortsetzen sollen) eine Brutstätte des Radikalismus. Meine Mutter wehrte sich dagegen, mich dorthin zu schicken, und das trotz meiner Beteuerungen, ich wolle dort nichts anderes als lernen. Niemals hätte ich von der nihilistischen Gefühlsduselei jener jungen Männer infiziert werden können, die, anstatt ihr Wissen über die Welt zu mehren, diese eher dahingehend ändern wollten, daß sie mit ihrer Ignoranz besser darin leben konnten. Das ›Zuteilungssystem‹ des Institutes war zu liberal. Außerdem gab es da noch das Problem meiner Ausweispapiere. Die Hand meines toten Vaters ließ nicht ab, in meinen Werdegang hineinzupfuschen. Ich ging davon aus, daß die Aufnahmekommission keinerlei Schwierigkeiten machen würde, doch Mutter meinte, ich solle lieber auf bestimmte mündliche Prüfungsgebiete vorbereitet sein, ehe ich einen Eintrittsantrag stellte. Diese Entscheidung wurde am Ende ihres letzten Gesprächs mit Herrn Lustgarten getroffen, als er sie warnte, das Aufnahmekomitee würde mich möglicherweise als zu »halbgebildet« beurteilen. Es ist in dieser Welt gewiß nicht von Vorteil, über mehr als durchschnittlich viel Grips zu verfügen. Um mit dem Strom zu schwimmen, kam man am Ende überein, daß ich abends »büffelte« und mich dabei mit einem ganz bestimmten Teilgebiet beschäftigte, um meinen Eintritt in das Institut vorzubereiten, und daß ich tagsüber, wie Herr Lustgarten es ausdrückte, »praktische Erfahrungen sammeln sollte«. Ich sollte bei Sarkis Michailowitsch Kouyoumdjian arbeiten.

Dies war der Name eines allgemein bekannten örtlichen Mechanikers, den ich anfangs zutiefst verachtete. Er war ein russifizierter Armenier, stammte aus Batoum und war Christ. Er hatte mal als Schiffsingenieur gearbeitet. In Odessa hatte er ein ukrainisches Mädchen kennengelernt und hatte sich mit ihr in Kiew niedergelassen, wo er zuerst für eine Flußschiffahrtsgesellschaft, später für die Eisenbahngesellschaft und schließlich für sich selbst arbeitete. Er kam mit nahezu jeder Art von Maschine zurecht, vom elektrischen Generator über Dampfmaschinen, Kompressoren, Verbrennungsmaschinen bis hin zu Fabrikanlagen, die den vielen kleinen Industriekonzernen gehörten, die in Kiew aufblühten. Die meisten seiner Kunden waren Juden aus Podol mit ihren schrecklichen, dreckigen kleinen Fabriken und Werkstätten. Er war billig, und er war ein Optimist. Ich glaube, er war das, was die Engländer einen Pfuscher nennen. Er wurde nicht dafür bezahlt, neue Maschinen zu warten. Er bekam sein

Geld dafür, daß er uralte Maschinen bei einem Minimum an Kosten in Gang hielt. Er wohnte in seinem heruntergekommenen Haus zwei Straßen weiter nach Osten von unserem eigenen entfernt in der Nähe der Kirillowskaja. Es war ein Holzhaus voll mit Einzelteilen ausrangierter Maschinen und verschiedener »Erfindungen«, die er begonnen, aber nicht zu Ende gebracht hatte. Niemals hörte er sich meine Ratschläge an, die schon damals außerordentlich vernünftig waren. In Wahrheit verfügte er gar nicht über die Phantasie eines wahrhaft großen Ingenieurs. Er sei der letzte seiner Familie, erzählte er mir. Alle übrigen Verwandten, Männer, Frauen und Kinder, hätten sich unter den hundertfünfzigtausend Armeniern befunden, die die Türken zu Beginn des Jahrhunderts in die Wüste und damit in den Tod getrieben hatten. Es ist heutzutage schick, die Nazis als Erfinder des modernen Völkermords zu bezeichnen, dabei hätten sie eine ganze Menge von den Türken lernen können, die ihr Armenier-Problem mit viel weniger Aufsehen und erheblich geringeren Kosten gelöst hatten. Wir aus der Ukraine lernten die Drohung aus dem Osten zu fürchten, lange bevor wir mit dem Westen im Krieg lagen.

«Türke« war das schlimmste Schimpfwort, das ich Sarkis Michailowitsch jemals habe murmeln hören, doch dieses Wort allein sandte mir mehr noch als jeder andere Fluch einen kalten Schauer über den Rücken.

Es paßte mir gar nicht, Gehilfe eines armenischen Reparaturfritzen zu werden, doch meine Mutter bestand darauf, daß ich dieses Handwerk erlernte. Und so wurde ich im Juni 1913 Sarkis Michailowitsch Kouyoumdjians »Kumpel«. Ich begleitete ihn zu fast jedem Auftrag und führte sogar die eine oder andere einfache Arbeit auf eigene Verantwortung aus und machte mich dabei mit den ersten Geheimnissen des Ingenieurswesens vertraut. Meine Mutter hatte recht gehabt. Meine Tätigkeit begann mir Spaß zu machen. Es war ein herrlicher Sommer. Sogar im Ghetto von Podol sah man saftige Grünflächen und ein wahres Blütenmeer.

In einer Hinsicht war es jedoch schwierig, von meinem ersten Chef etwas zu lernen. Niemals spendete er Lob oder äußerte irgendwelche Kritik. Sein kleines, dunkles Gesicht war stets zu einem leichten Lächeln verzogen, seine schwarzen Augen zeigten den Ausdruck geheimen Vergnügens, ganz gleich wie die Situation war, als lebte er nicht in dieser Welt. Er war ordentlich, gewandt und geschickt; in allem, was er tat, ging er sehr ökonomisch vor. Er redete kaum mit den Kunden, sondern hörte sich geduldig deren Problem an und ging dann auf der Stelle ans Werk, es zu lösen, wenn er konnte. Im Kampf gegen die Maschinen wich er keiner Herausforderung aus, und gewöhnlich ging er als Sieger aus einer solchen Auseinandersetzung hervor (wenngleich einige dieser Siege nur von kurzer Dauer waren). Ganz gleich, wie schwer oder wie einfach ein Auftrag auszuführen war, stets widmete er sich der Arbeit mit dem gleichen Ernst und der gleichen Sorgfalt. Seine Art konnte ziemlich verwirrend sein. Die Leute dachten, sein Verhalten drücke Verachtung oder zumindest Ironie aus. Manchmal wurde er von zornigen Unternehmern angeschrien, er brauche den Auftrag nicht anzunehmen, wenn er das nicht wolle. Er ignorierte sie und ging mit seinen Schraubenschlüsseln, Schraubendrehern und noch spezielleren Werkzeugen zu Werke, und früher oder später wurden die Auftraggeber für ihr Warten belohnt. Dann wischte Sarkis Michailowitsch Kouyoumdjian sich, immer noch lächelnd, die Hände ab, wies mich an, das Werkzeug zusammenzupacken, rechnete im Kopf die Kosten aus und nannte lakonisch eine Summe. Sehr selten nur regten sich selbst die ungemütlichsten Kunden über einen solchen Preis auf. Sarkis Michailowitsch wußte, daß er billig war, und anders als jeder andere Armenier, den ich je kannte, haßte er es zu feilschen.

Allmählich begriff ich, daß Kouyoumdjian überaus schüchtern war. Er war ein umgänglicher Mann. Er bewies im Umgang mit mir eine erstaunliche Geduld und gewährte mir einen Einblick in die positiven Charaktereigenschaften der Armenier. Trotz meiner theoretischen Kenntnisse und Fähigkeiten machte ich mehr als einen praktischen Fehler. Kein tadelndes Wort kam je über seine Lippen. Ernsthaft und mit Nachdruck zeigte er mir den richtigen Weg, an die Dinge heranzugehen, und damit hatte es sich dann.

Durch ihn lernte ich sämtliche Industrieviertel Kiews kennen, wobei Podol die Gegend war, wo wir vorwiegend arbeiteten. In jener Zeit befand die Ukraine sich in einem großen Aufschwung. Während sie zum einen der landwirtschaftlich am weitesten entwickelte Teil des Reiches war, so war sie zum anderen auch am intensivsten industrialisiert. Der Kohle- und Erzbergbau belieferte die Fabriken von Juziwka, Charkow (wo die großen Lokomotiven-Werke stehen) und Katerynoslaw und noch eine Reihe anderer Städte, welche um die neuen Minenanlagen und Maschinenfabriken entstanden waren. Ich sollte erwähnen, daß ich unter den jungen Ukrainern nicht der einzige war, der von den Wundern moderner Technologie inspiriert wurde. Sikorskij, der Erfinder des Hubschraubers, war in Kiew geboren und machte seine Versuche ein oder zwei Jahre, ehe ich mit den meinen begann. Ich hatte nicht wie er eine reiche und einflußreiche Familie hinter mir. Tausende von uns waren die erste Generation, die die Zukunft erkannte und begriff und die das übrige Rußland und die restliche Welt mit vielen ihrer größten Techniker versorgen sollte. Wir ukrainischen Kosaken sind irgendwo einmal die »Schotten Rußlands« genannt worden, und in diesem Zusammenhang wie auch in anderen ist der Vergleich durchaus zutreffend. Kiew war jedoch in keiner Weise eine Industriestadt. Im wesentlichen war es vom Handel und vom Bankenwesen geprägt. Zu dieser Zeit meines Lebens bekam ich keine der größeren Fabriken zu Gesicht. Meine Kontakte damit beschränkten sich auf Besuche in Fabriken für leichtere Maschinen, textilverarbeitende Betriebe und so weiter, die gewöhnlich nicht mehr als zwei Produktionshallen hatten. Doch in keiner anderen Stadt hätte ich Gelegenheit gehabt, für einen Mann wie Sarkis Michailowitsch zu arbeiten, der sich auf keinem besonderen Gebiet spezialisiert hatte. So lernte ich Automotoren, Dampfpumpen, Dynamos und mechanische Apparaturen kennen. Diese vielseitige Ausbildung sollte mir in späteren Jahren zugute kommen, obwohl auch dies eine Kehrseite hatte, hielt man mich doch für jemanden, der von allem ein bißchen wußte, aber auf keinem Gebiet gründliche Kenntnisse besaß.

Die Arbeit bei dem Armenier weckte all meine erfinderischen und schöpferischen Gaben. Unter seiner Obhut entwickelte ich meine eigenen Ideen, die auf Informationen basierten, die ich in *Pearson's* und ähnlichen Journalen gelesen hatte. Mir schien, ich könnte eine Ein-Mann-Flugmaschine entwickeln, welche auf den üblichen Flugzeugrumpf verzichtete und dafür den menschlichen Körper selbst benutzte. Der Schwerpunkt würde von der Lage des Motors bestimmt statt von der Position des Piloten. Während Sikorskij große und größere Fluggeräte wie zum Beispiel die *Ilya Mourometz* im Sinn hatte, träumte ich von einer Art »fliegender Infanterie«. Jeder Mensch bekäme seine eigenen Flügel und seinen Motor. Die Flügel würden an den Armen befestigt, der Motor käme mitsamt einer Rahmenkonstruktion auf den Rücken, damit der Propeller sich frei drehen kann. Schwanzleitwerk und Ruder würden von den Füßen bedient.

Meine Ideen erklärte ich Esmé, die nun ganztägig ihren kranken Vater versorgte, und sie war zutiefst beeindruckt. Sie wollte wissen, wann man den ersten Menschen über den Kuppeln der Kathedrale herumfliegen sehen könnte. Ich versprach ihr, daß es bald soweit sei und daß sie Zeuge bei meinem allerersten Flug sein solle.

Nachdem ich mich zu einer solchen Prahlerei hatte hinreißen lassen, mußte ich nun das Versprechen auch einlösen. Ich durfte vor Esmé nicht als ein Narr erscheinen. Mittlerweile war sie zu einer überaus hübschen jungen Frau herangewachsen mit langem, feinem goldenem Haar und großen blauen Augen. Sie hatte eine zarte, helle Haut und den kräftigen, wohlgerundeten Körper, wie dies für die ukrainischen Frauen typisch ist. Dennoch sah ich in ihr nichts anderes als eine alte und vertraute Freundin, obwohl ich in keiner Weise frei von sexuellen Begierden war. Mein hauptsächliches Vergnügen bestand darin, des Nachts über die Kresckatik zu bummeln und die teuren Huren zu beobachten, die dort auf und ab flanierten. Dann konnte ich nachmittags Kirchheims Café aufsuchen, ein für seinen Kaffee und seinen Kuchen berühmtes Etablissement, und den jungen Schönheiten zusehen, die sich dort in Begleitung ihrer Mütter einfanden. Es gab mehr als nur ein Schulmädchen, das meine leidenschaftlichen Blicke erwiderte, doch es gab keine, die mit meiner wunderbaren, so früh verschollenen Zoja zu vergleichen gewesen wäre. Die Sehnsucht nach ihr trieb mich immer noch zu den Schluchten vor der Stadt, wo die Zigeuner einst ihr Lager aufgeschlagen hatten; doch sie kehrten nie zurück.

Seit ich zum erstenmal die Idee von einem fliegenden Menschen entworfen hatte, sind ähnliche Projekte erfolgreich gewesen, doch in jenen Tagen wurden die Prinzipien des Verhältnisses zwischen Leistung und Gewicht noch nicht in ihrem vollen Umfang verstanden. Außerdem war der Motor, den ich benutzen wollte, für diese Aufgabe nicht richtig geeignet. Ich hatte Esmé versprochen, daß ich schon am darauffolgenden Sonntag meinen ersten Flug machen wollte. Ich sagte nichts davon meinem Chef, der mich ausgelacht hatte, als ich ihm zum erstenmal meine Erfindung erklärte, dabei stammte der zur damaligen Zeit einzige verfügbare Motor aus seiner Werkstatt. Er sollte repariert werden. Es war ein kleiner Verbrennungsmotor, der normalerweise ein Dreiradfahrzeug einer der größten Bäckereien in Podol antrieb. Der Motor war hervorragend intakt und war nur deshalb ausgebaut worden, weil Kouyoumdjian die Antriebskette und das Hinterrad justieren mußte. Eine leichte Sache. Jetzt ist mir längst klar, daß es von mir völlig falsch war, den Motor ungefragt auszuleihen, um so mehr, da er einem sehr wichtigen Kunden gehörte, doch das Esmé gegebene Versprechen war das einzige, was mich damals interessierte.

Als Sarkis Michailowitsch an einem Samstag Feierabend machte und es mir überließ, die Werkstatt abzuschließen, wie er es übrigens des öfteren machte, nahm ich einen kleinen Handkarren und holte damit den Rest meiner Ausrüstung. Ich hatte die Rahmenkonstruktion, die ich auf meinen Rücken schnallen wollte und die dem Propeller genügend Raum zum Rotieren ließ, bereits vorbereitet. Dieser Propeller wurde an der Antriebswelle des Motors befestigt. Der größte ästhetische Genuß hatte sich eingestellt, nachdem ich den Rahmen fertiggestellt hatte. Ich hatte eine Konstruktion aus Holz, bespannt mit präparierten Stoffbahnen als Flügel und einem doppelten Schwanzleitwerk gebaut, in das meine Füße genau hineinpaßten. Indem ich die Füße zusammenhielt, glaubte ich, ein funktionierendes Leitwerk zu besitzen. Ich testete den Motor und stellte zu meiner Freunde fest, daß die Luftschraube sich wunschgemäß drehte. Mitternacht war längst vorüber, daher ließ ich alles stehen und liegen und ging nach Hause. Meine Mutter befand sich in einem Zustand großer Aufregung. Sie hatte bereits geglaubt, ich sei ermordet worden. Sie machte sich deshalb solche Sorgen um mich, weil tatsächlich ganz in unserer Nähe ein Kind ermordet worden war. Es war ein Ritualmord gewesen, verübt von einer Bande fanatischer Zionisten, und ich glaube nicht, daß man die dafür verantwortlichen Juden jemals geschnappt hat. Die Kindesleiche war in einer Höhle in einer Schlucht versteckt worden, und deren Entdekkung, soweit ich mich erinnern kann, hatte einen besonders rigorosen Pogrom zur Folge gehabt. Ich bedaure zutiefst die Sorge, die ich meiner Mutter mit meinen Eskapaden bereitete, doch sie konnte einfach nicht begreifen, daß gewisse Opfer nicht nur von denen verlangt werden, die sich dem Fortschritt und der Wissenschaft verschrieben haben, sondern auch von denen, die unser Leben teilen.

Früh am Sonntagmorgen traf ich Esmé und suchte mit ihr die Werkstatt auf. Dort half sie mir beim Aufladen der Gerätschaften auf den Handkarren, und wir wanderten zur Babi-Schlucht, die, da sehr breit, für mein Experiment hervorragend geeignet war. Mehrmals mußte ich Esmé beruhigen und ihr versichern, daß der Flug überhaupt nicht gefährlich sei. Natürlich gab es gewisse Erfahrungsmomente, denn dies war ein erster Test, doch ich rechnete nicht mit ernsten Problemen. Mit Esmés Hilfe kroch ich in das Fluggerüst und schnallte die Flügel an. Ich stand am Rand des steilen Abhangs auf einem Pfad, der zu einem kleinen Vorsprung und einer Bank führte, wo sich oft verliebte Paare einfanden. Ich hatte vor, über den Pfad bis zur Felskante zu laufen, um genug Tempo zu bekommen und mich über die Senke hinwegschwingen zu können, durch die ein kleiner Fluß strömte. Es war ein herrlicher Morgen. Esmé trug ein weißes Kleid und eine rote Kinderschürze. Ich trug meine ältesten Klamotten. Nebel stieg aus der Schlucht auf, und die Sonnenstrahlen durchdrangen ihn. Der Himmel über uns zeigte ein makelloses, helles Blau, und in der Ferne trieb der Rauch aus den Schornsteinen der nimmermüden Fabriken von Podol über die glitzernden Kuppeln und Turmspitzen der Kirchen dahin. Der Morgen war sehr ruhig. Während ich Esmé erklärte, wie der Propeller in Gang zu setzen war, begannen die Sonntagsglocken sämtlicher Andachtsstätten zugleich zu läuten. Ich sollte also meinen ersten Flug zu hundertfachem Lobgesang machen!

Ich erinnere mich, wie das Gebrüll des Motors den Klang der Glocken überdeckte. Dann war ich unterwegs. Mit langen Schritten rannte ich den Pfad entlang. Esmé hielt für ein Stück des Weges mit mir Schritt, blieb aber dann zurück. Ich erreichte die Kante und breitete die Arme aus, streckte die Beine aus – und begann zu fallen . . .

Der Sturz dauerte nur ein paar Sekunden. Ein Schlag mit den Armen, und ich gewann wieder an Höhe. Höher und höher stieg ich über der Schlucht, bis ich ganz Kiew unter mir sehen konnte, dahinter den Dnjepr, der sich der Steppe entgegenwand und auf seinem Weg zum Ozean den Saporoschjischen Fällen entgegenströmte. Ich konnte Wälder, Dörfer und Berge sehen. Und als ich wieder nach unten sank, sah ich Esmé, rot und weiß, die mich voller Bewunderung und Verehrung ansah. Es war Esmés Gesicht, wodurch ich abgelenkt wurde. Irgendwie verlor ich die Kontrolle. Der Motor blieb stehen. Ich hörte die Luft vorbeirasen. Ein Schrei erklang. Dann begannen die Glocken wieder zu läuten, und ich stürzte hilflos dem Fluß auf dem Grund der Schlucht entgegen. Mein letzter Gedanke, ehe ich in den Fluten versank, war, daß ich wenigstens einen ehrenvollen Tod fand. Ein zweiter Ikarus!

Zwei

Die Meldung von meinem Flug war von allen Kiewer Zeitungen gebracht worden. Einige Minuten lang war ich über der Stadt gekreist. Viele Leute, die an jenem Sonntagmorgen auf dem Weg zur Kirche waren, hatten diesen Flug verfolgen können. Bis zu dem Zeitpunkt, als die Bolschewiken die Herrschaft über die Ukraine an sich rissen, war meine Leistung eine verbürgte Tatsache: ich war am wolkenlosen Himmel auf und nieder geschwebt; ich war über den Kirchen St. Andreas, St. Sophia und St. Michael gesehen worden. Ich erinnere mich an eine Zeichnung von mir in einer der Zeitungen, wo ich dargestellt war, wie ich auf der grünen Mittelkuppel der Kirche der Drei Heiligen saß. Diese Akten wurden von der Tscheka in dem wahnwitzigen Bestreben vernichtet, die Vergangenheit zu simplifizieren in der Hoffnung, gleichzeitig damit auch die Gegenwart einfacher erscheinen zu lassen, welche sie überaus verwirrte und die mit ihrem überrationalisierten Credo so wenig übereinstimmte. Wäre ich Kommunist gewesen oder Mitglied ihrer revolutionären Jugendorganisation oder so etwas, wäre es sicher eine ganz andere Geschichte gewesen. Es ergab sich nun mal, daß da mehr als nur ein Wurm in meinem Apfel steckte. Ich wurde von einigen Soldaten, die meinen Sturz beobachtet hatten, aus dem Fluß gefischt. Ich erwachte kurz (der Propeller war nach vorne gekippt und hatte mich bei meiner nassen Landung bewußtlos geschlagen) und hörte einen von ihnen lachen und sagen: »Der kleine Jude wollte fliegen.«

Meine letzten Worte vor meiner Rückkehr ins Uferlose waren: »Ich bin kein Jude. Und ich bin wirklich geflogen.« Ich gehe davon aus, daß es natürlich ein reichlich seltsamer Zufall war, daß so viele jüdische Seelen aus dieser Schlucht, wo die Deutschen während des Zweiten Weltkriegs eines ihrer berüchtigten Konzentrationslager einrichten sollten, gen Himmel steigen sollten.

Man sollte an dieser Stelle anmerken, daß nicht nur Juden in Babi Jar gestorben sind: slawische Soldaten und Bürger kamen dort ebenfalls zu Tausenden ums Leben. Wie gewöhnlich macht man ausschließlich die Juden zu Märtyrern, während alle anderen vergessen werden. Sie sind wirkliche wahre Meister im Ausschlachten ihres Leidensweges.

Esmé, die den steilen Abhang hinunterrutschte und dabei ihr Kleid zerriß, um mich zu retten, kam gerade zurecht, als die Soldaten mich aus dem Wasser zogen. Sie war es, die den Soldaten mitteilte, wo ich wohnte, und sie brachten mich zu meiner Mutter, die sofort in Ohnmacht fiel und von einem bereits erheblich berauschten Captain Brown geweckt werden mußte, der kurz vorher mit der Suche nach mir betraut worden war.

Ein großes Glück war es, daß der Motor nicht beschädigt war und ein oder zwei Stunden später von Sarkis Michailowitsch geborgen wurde. Ich hatte einen Schädelbruch, einen gebrochenen Arm und einen Knöchelbruch davongetragen. Doch ich schwebte wie auf Wolken. Ich war geflogen! Ich hatte eine Leistung vollbracht. Ich würde das Experiment so bald wie möglich wiederholen, obwohl ich beschloß, beim nächsten Mal ein kleineres Kind zu nehmen – das leichter wäre als ich selbst – und das ich darauf trainieren würde, den Flug auszuführen. Auf diese Art und Weise würde ich auch besser beobachten können, was geschähe, wenn irgend etwas schief ginge.

Während der ersten Tage meines Aufenthaltes im Krankenhaus erhielt ich Besuch von Esmé und, begierig, eine Bestätigung zu erhalten, bat sie, mir zu versichern, daß ich tatsächlich geflogen war. Ich war wie im Delirium und konnte meinem eigenen Erinnerungsvermögen nicht trauen. Esmé bestätigte mit leidenschaftlichem Ernst, daß mir der erste künstlich angetriebene Flug ohne Fluggerät gelungen war. Ich bleibe bei ihrem Wort und verweise auf die Meldungen in den Zeitungen, welche viele Jahre später wieder in einem britischen Magazin, *Reveille*, und in einer amerikanischen Zeitung, *The National Enquirer*, erschienen. Ich wünschte, mir stünden noch die originalen russischen Berichte zur Verfügung, doch die sind mit so vielen anderen Dingen für immer verloren. Sogar damals hatte nicht jeder Vertrauen zu mir. Nur wenige Wochen später erfuhr ich, daß Sarkis Michailowitsch, aus Verärgerung darüber, daß ich den Motor ausgeliehen hatte, beschlossen hatte, sich von mir zu trennen. Ich vermute, er wollte damit seinen Kunden, die Bäckerei, besänftigen. Während meiner Genesungszeit sagte meine Mutter nichts. Herr Lustgarten wurde gelegentlich gebeten, mit mir meinen gelernten Stoff aufzuarbeiten, und meine Mutter verbrachte den größten Teil ihrer »Freizeit« damit, Briefe an Verwandte zu schreiben, wie entfernt auch immer diese sein mochten, und sich nach Möglichkeiten für meine weitere Ausbildung zu erkundigen. Was ihr eigenes Wohlergehen betrifft, war sie selbstlos bis zur Unvernunft, und wenn es um mich ging, gab es nichts, was sie nicht versucht hätte.

Esmé durfte mich besuchen, und ihr offenbarte ich meine weiteren Pläne für eine modifizierte »Vogelmensch«-Maschine. Als ich ihr von all jenen erzählte, die meinem Erfolg skeptisch gegenüberstanden, erwähnte ich auch die Behauptung der Soldaten, ich sei lediglich den Abhang in die Schlucht hinuntergestürzt. Sie war empört. »Natürlich bist du geflogen. Aber selbstverständlich. Du bist meilenweit geflogen. Über ganz Kiew!« Das war eine Übertreibung, klar, geboren aus ihrer Loyalität zu mir, doch Esmé war dafür bekannt, daß sie immer die Wahrheit sagte, und dafür, daß sie so liebevoll ihren Vater versorgte, nannte man sie in der Nachbarschaft »die kleine Heilige«.

Wenn Esmé nicht da war (was allzu oft leider der Fall war), begnügte ich mich damit, Lektüre in verschiedenen Sprachen zu lesen und weitere Pläne für meine »Fliegende Infanterie« zu entwerfen. Ich schrieb Briefe an unser Kriegsministerium, in denen ich auf meinen Erfolg hinwies, erhielt jedoch keine Antwort. Es ist durchaus möglich, daß irgendein neidischer Bürokrat, vielleicht Sikorskij selbst, dafür sorgte, daß sie nicht in die richtigen Hände gelangten. Ich entwarf ebenfalls einen Handgelenk-Teledrucker und machte mir über die Möglichkeit Gedanken, zwischen Berdiansk und Jenikale eine Brücke über das Asowsche Meer zu bauen, wobei halbschwimmende Pontons eingesetzt werden sollten. Dies waren nur zwei von vielen Entwürfen, welche ich während des Bürgerkriegs verlieren sollte, doch sie waren ihrer Zeit weit voraus. Ich bedaure zutiefst, keine meiner Erfindungen patentiert haben zu lassen. Ich war zu vertrauensselig. »Ehrenwort« und »Handschlag«, welche für die ehrlichen Menschen in meiner Jugend ausreichten, waren, als ich erwachsen war, lediglich Indizien für einen vollkommenen Trottel. Wäre ich weniger naiv und zutraulich gewesen, könnte ich jetzt Millionär sein. Tatsächlich wäre ich bereits mehrfacher Millionär allein durch die Verwertung meines Ultraviolettlicht-Projektors.

Im Krankenhaus entwarf ich außerdem meinen Lebensplan, wie es bei den Deutschen Mode war. Ich zeichnete eine Tabelle für die nächsten Jahre, in die ich all meine Ziele sorgfältig eintrug. Da war meine Ausbildung, meine Arbeit für die Regierung. Das Engagieren von Agenten, die Zoyea für mich ausfindig machen sollten, das Haus, das ich für meine Mutter bauen wollte, wo Esmé und Captain Brown, die ich gegen guten Lohn einstellen wollte, für sie sorgen könnten. Damals gab es keinen Grund, diesen Plan als unrealistisch abzutun.

Doch Revolutionäre und Fanatiker verschworen sich gegen mich, als ich im August 1914 genügend wiederhergestellt war, um ernsthaft darüber nachzudenken, die Prüfung zur Aufnahme in das Technische Institut abzulegen. Diesmal führte ein Attentat in Sarajewo – »der Schuß, der um die Welt hallte« – zu einem furchtbaren Armageddon, dem Ersten Weltkrieg, und meine Mutter überbrachte mir die niederschmetternde Nachricht, daß Herr und Frau Lustgarten, diese sanften und harmlosen Gelehrten, aus dem Land geflohen waren, wahrscheinlich nach Böhmen. Sie fürchteten Repressalien aufgrund der anti-deutschen Haltung in der Bevölkerung, unter der bereits eine Reihe Kaufleute mit deutsch klingenden Namen in den Kiewer Vororten zu leiden gehabt hatte. Und so, von Armeniern und Deutschen gleicherweise im Stich gelassen, hatte ich plötzlich keinen Lehrer und keinen Arbeitgeber mehr!

Es blieb meinen Verwandten überlassen, mich zu retten. Einige von jenen, die meine Mutter angeschrieben hatte, hatten bis zum Herbst geantwortet, darunter meine Großeltern väterlicherseits, die ich nie kennengelernt hatte, sowie mein Onkel Semja. Es wurde davon geredet, daß ich meine Ausbildung in St. Petersburg fortsetzen solle (dies erfüllte mich mit Begeisterung, da sich dort die besten technischen Institute befanden), aber zuerst wollte mein Onkel Semja, daß ich Urlaub machen sollte, und zwar bei ihm in Odessa, und die Kosten würde er übernehmen. Warum er mich sehen wollte, hat er niemals näher begründet. Ich nehme an, er wollte sich einmal seine »Investition« anschauen. Meiner Mutter kam Onkel Semjas Interesse an mir ziemlich verdächtig vor. Sie hatte für ihn nicht allzuviel übrig. Mittlerweile erscheint es mir, daß er wohl im Laufe der Jahre alle seine Hoffnungen auf mich konzentriert hatte, da es ihm nicht vergönnt war, Söhne zu haben, die sich einen Deut darum scherten, etwas zu lernen. Keiner meiner Vettern war sonderlich gebildet. Ich glaube, das enttäuschte ihn. Er hätte sich keine Sorgen zu machen brauchen. Sie sollten die Zukunft Rußlands mitgestalten. Zwei von ihnen wurden während der schrecklichen Hungersnöte in den zwanziger und dreißiger Jahren mächtige Kommissare. Die Bolschewiken erachteten brutale Gewalt, Schlauheit und blinde Gefolgstreue für weitaus wervoller als Bildung. Mir war es weitgehend egal, warum mein Onkel Semja sich mit meiner Mutter hinsichtlich meiner Ausbildung einigte, während er sonst in keiner Angelegenheit zum Einlenken bereit war. Daß er in der Lage war, mir eine Ausbildung angedeihen zu lassen und gleichzeitig noch für meinen Urlaub aufzukommen, reichte aus. Die nächsten Monate boten eine aufregende Perspektive. Wenn ich schon Kiew verblüfft hatte, wie würde ich dann die trägen Bewohner unserer südlichen und kosmopolitischsten Metropole aufrütteln oder gar die der Welt überdrüssigen Bürger unserer Hauptstadt?

In den drei Wochen vor meiner Abreise war meine Mutter ständig in Tränen aufgelöst. Sie packte meine wenigen Kleider, um sie gleich wieder auszupacken. Sie ließ mich schwören, daß ich mich nicht mit den Radikalen einlassen würde. Daß ich nicht die affektierte Art der Bürger von Odessa annehmen würde. Sie ließ mich versprechen, daß ich nichts mit »jenen Gaunern von Moldowanka« zu tun bekäme (wer die Berichte des als Kommissar tätigen Journalisten Babel je gelesen hat, wird wissen, was ich meine). Sie weinte, als sie mich an das vermutliche Schicksal ihres Gatten erinnerte. Sie weinte, als sie mich anhielt, regelmäßig die Unterwäsche zu wechseln. Sie war die wunderbarste, besorgteste Mutter, die ein heranwachsender Junge sich wünschen konnte. Ich bedauere jetzt, daß ich ihr nicht die Freude machte, die ich ihr hätte bereiten sollen. An dem Abend vor meinem Abschied von Kiew kam Esmé an unsere Tür und brachte ein Christopherus-Medaillon, das ihr Vater aus irgendeinem fremden Land mitgebracht hatte. Dieses hängte sie mir voller Andacht um den Hals. Dann umarmte sie mich. Sie küßte mich auf die Wangen. Und sie weinte. Als sie gegangen war, inspizierte meine Mutter das Medaillon, da sie den Verdacht hatte, daß es irgendwie mit

Aufwiegelung und Volksverhetzung zu tun haben könnte. Nur widerstrebend und unter Tränen legte sie die Kette wieder um meinen Hals. Ich empfand das Medaillon als zuverlässigen Schutz und trug es noch lange Zeit, erinnerte es mich doch stets daran, daß ich wenigstens in Esmé eine treue Freundin hatte.

Kurz nachdem Esmé sich verabschiedet hatte, erschien mein Vetter Alexander. Er wurde von allen nur »Shura« genannt und bestand auch selbst auf diesem Namen. Er war ein wieselgesichtiger, frecher Junge mit kurzgeschorenen Haaren und einem rotweißkarierten Schal, der unter seinesgleichen damals in Mode war. Er ließ seinen kleinen Koffer bei uns stehen, lehnte das Angebot meiner Mutter, eine Kleinigkeit zu essen, ab, trank widerstrebend ein halbes Glas Tee aus unserem alten Samowar und ging in die Stadt, um dort etwas herumzulungern. Er kam mit einer Dose Schokolade und etwas in einem Sack zurück, den er sofort in seinem Koffer verstaute, was meiner Mutter Angst machte. Er hatte mehr als nur einen Schluck Wodka intus (unsere Prohibitionsgesetze wurden damals kaum beachtet) und stand am Herd, rieb sich die Hände und zwinkerte mir unentwegt zu.

Meine Mutter stand kurz vor der Ohnmacht und scheuchte ihn in unser anderes Zimmer, wo er schlafen sollte. Er ging nicht sofort zu Bett. In der Dunkelheit, als ich zum letztenmal auf meinem Regalbrett lag, hörte ich ihn in seinem weichen Odessa-Akzent ein geheimnisvoll obszönes Lied singen, zu dem meine Mutter auf ihrer Couch eine komplizierte Begleitung schniefte. Ich fühlte aufrichtig mit ihr: Shura war nicht gerade die vertrauenerweckendste Begleitung für ihren Sohn, der zum erstenmal in seinem Leben die Stadt verlassen sollte.

Sie begleitete uns zum Bahnhof. Bereits im September 1914 hatte der Zusammenbruch des Eisenbahndienstes begonnen (auch wenn Sonderzüge zu wichtigen Orten wie Odessa eingesetzt wurden), und es wurde zunehmend schwieriger, Fahrkarten zu bekommen. Nichtsdestoweniger brachte Shura uns heil durch alle Formalitäten, durch die frühmorgendliche Menge von uniformierten Soldaten und Polizisten und Seeleuten – ein Meer aus vielfarbigem Tuch und goldenen Litzen –, durch die Schar der Süßwarenhändler, Getränkeverkäufer, der Verkäufer von Landkarten und grellbunten Magazinen oder Zeitungen. War doch Rußland in jener Zeit voll von Männern, Frauen und Kindern, die alle Tabletts vor dem Bauch trugen. Durch seine Kenntnis des Bahnhofs und dessen seltsamen Sitten und Erscheinungen konnte Shura am Ende meine Mutter wenigstens etwas beruhigen. »Ich denke, wenn du schon in die Welt hinausziehen mußt, dann ist es wahrscheinlich besser, wenn du einen weltläufigen Führer zur Seite hast«, meinte sie, als Shura sich für einen Moment entfernt hatte und in eine heftige Diskussion mit einer spitzgesichtigen Maid verwickelt war, ehe er stolzierend wie ein Pfau und mit einer Handvoll langer Zigaretten wieder zu uns zurückkam. Er bot mir eine an, die ich natürlich ablehnte. Meine Mutter erzählte Shura von den Gefahren des Rauchens und warnte ihn, daß Onkel Semja sicherlich zornig würde, wenn er erführe, daß sein »kleiner Gelehrter« derart verdorben worden sei. Shura ertrug dies alles mit einer Art mitleidiger Toleranz für uns beide und verkündete dann, daß der Zug eingefahren sei und wir einsteigen sollten.

Meine Mutter kam mit uns. Sie folgte uns durch den Gang unseres Waggons und hinderte mich daran, dessen wunderbare Einrichtung – seine Küche, seinen Ofen – angemessen zu würdigen. Dies war einer der schönsten Expreßzüge der Südwestlichen Eisenbahnlinie. Die Lokomotive war eine echte Schönheit (ich glaube eine 4-6-4, obwohl ich mich nicht mehr erinnern kann, um welchen Typ genau es sich handelte), deren Farbanstrich aus Dunkelgrün, Gold und Creme sich an den Wagen wiederholte. Es war ein sehr langer Zug, der ausschließlich aus Waggons erster und zweiter Klasse zusammengestellt war. Es gab keine dritte Klasse auf diesem Kiew-Odessa-Expreß, der die Strecke normalerweise in weniger als vierzehn Stunden schaffte. Selbst der Dampf der Lokomotive erschien weißer und sauberer und weitaus beeindruckender als der Dampf anderer Züge. Auf einigen Plattformen weiter vorn sah ich Truppentransporte mit schwerer Artillerie auf Lafetten, und diese, zusammen mit einer großen Anzahl uniformierter Soldaten im Bahnhof selbst, waren eine deutliche Erinnerung daran, daß wir uns in einem kriegführenden Land aufhielten. Und wieder verspürte ich den seltsamen Wunsch, eine Uniform anzuziehen. Ich meinte zu Shura, daß er sicher dem Augenblick entgegenfieberte, in dem er den Dienst für unser Land antreten dürfe. Seine einzige Reaktion darauf war eine Rauchwolke aus seiner Papyrossizigarette und ein Zwinkern in meine Richtung. Meine Mutter brach bei dem Gedanken, daß ich der Armee beitreten könnte, in Tränen aus, und sie wurde von dem unbeschwerten Shura mit großzügiger Herablassung getröstet. Mit Hilfe irgendeines Tricks besorgte er uns beiden Sitzplätze im Abteil und ließ mir Zeit für meinen Abschied von der Mutter, während er unsere Plätze freihielt.

Der Kragen meiner neuen Jacke war feucht von ihren Tränen, ehe der Beamte sie freundlich aufforderte, den Waggon zu verlassen. Shura rief ihr zu, sie brauche keine Angst zu haben. Falls der Zugführer sich verfranze, würde er, Shura, uns schnell wieder auf den richtigen Weg zurückbringen. Dies löste lautes Gelächter bei den anderen Insassen des Wagens aus und entlockte sogar meiner Mutter ein letztes Schniefen oder auch zwei. Dann küßte sie mich und ging zurück auf den Bahnsteig, tupfte mit einem Taschentuch ihre Augen ab und brachte ab und zu sogar ein freudiges Lächeln zustande. Ich nahm meinen Platz ein. Shura und ich stachen von den übrigen Passagieren insofern ab, als daß wir jünger waren und keine Uniformen trugen. Die meisten Leute in unserem Wagen waren Soldaten, Seeleute und Krankenpfleger, von denen alle uns mit jener milden Herablassung anlächelten, die Uniformträger gewöhnlich für die reservieren, die in Zivil gehen.

Dies sollte meine erste lange Reise sein, an die ich mich mit hinreichender Klarheit erinnern konnte (von unserer Reise von Zaritsyn nach Kiew sind nur vage Impressionen übriggeblieben). Sie sollte den ganzen Tag lang dauern, von acht Uhr dreißig in der Frühe bis tief in die Nacht, aber ich wäre glücklich gewesen, wenn sie für immer weitergegangen wäre. Der Zug brachte mich in eine neue Welt der Romantik, die zum Teil aus Hopes Ruritania, teils aus Puschkins Dichtung und aus Greens Buch *Die Tarnkappe* mit seinen Geschichten von exotischen Häfen und makellosen saphirgrünen Meeren bestand. Ich ging davon aus, den ganzen Tag auf meinem Platz sitzen zu bleiben, doch Shura scheuchte mich hoch, kaum daß wir den Bahnhof und das schlaff winkende Taschentuch meiner Mutter hinter uns gelassen hatten. Er wollte mir die Erster-Klasse-Waggons zeigen. Also unternahmen wir einen Spaziergang durch den Zug, und immer, wenn ein Eisenbahnangestellter uns fragte, was wir suchten, spielten wir die Ahnungslosen, indem wir ihm weismachten, wir fänden nicht mehr in unseren Waggon zurück.

Ich wunderte mich über den Luxus der Ersten Klasse, über den knöcheltiefen grünen Teppich, die polierten Messing- und Holzteile. Shura erzählte mir, er sei schon mehr als einmal Erster Klasse gereist, doch ich glaubte ihm nicht. Wie er meinte, wußte er, wie man sich als Gentleman zu benehmen hat. »Eines Tages wird dies zu meiner Arbeit gehören.«

Ich hatte nicht die geringsten Vorstellungen, an welches Gewerbe er da dachte. Was sollte ihn schon auf Dauer in diese Welt des Plüschs und des Glitzerkrams aufsteigen lassen? Jedoch hatte ich gegen seine Absichten nichts einzuwenden. Diese wunderschönen Waggons sahen aus wie Engelshäuser, und sie rochen wie gepflegte Raubtiere. Und die Leute, die sie bevölkerten, waren Halbgötter. Ich liebte sie. Ich sehnte mich danach, ihr Leben zu teilen, von ihnen aufgenommen zu werden.

Stets sollte ich an den Annehmlichkeiten des luxuriösen Reisens meine Freude haben, ganz gleich, wie oft ich es genießen konnte. Es riß mich aus tiefster Trübsal hinauf zu einem Gefühl allumfassenden Wohlergehens. Einige Jahre sollten vergehen, bevor ich mit jener so überaus angenehmen Art des Reisens rundum vertraut war. Heutzutage wird sie durch die Zweckmäßigkeit von Plastik und Nylon ersetzt. Ich denke an die öden, charakterlosen, »effizienten« vom Staat geführten Eisenbahn- und Luftlinien. Und nicht nur die Züge sind ins Jenseits abgedampft. Die großen Schiffe, die Prachtstücke der Cunard- und P & O-Linien sind völlig verschwunden. Was haben wir statt dessen? Autofähren. Kein Wunder, daß alle Transportsysteme mit Verlust arbeiten. Welches menschliche Wesen hat schon Lust, in etwas zu reisen, das einen an ein nicht ganz sauberes Krankenhauszimmer erinnert? Als jemand, der jede Form des modernen Transportes genutzt hat, von den großen Vorkriegsmodellen bis hin zu den so schmerzlich vermißten Zeppelin-Passagierschiffen, kann ich in aller Offenheit feststellen, daß die Demokratisierung vollkommen gegen jedermanns Interessen gewirkt hat, das öffentliche Interesse eingeschlossen. Außer ein paar armseligen Kreuzfahrtschiffen ist von den Flugbooten und den Luxusdampfern nichts übrig, welche so überzeugend die Maxime untermauerten, daß es schöner war zu reisen als anzukommen.

Wenn ich voller Nostalgie in der Kneipe von den C-Klasse-Flugzeugen der Kaiserlichen Fluggesellschaft berichte, lacht man mich aus. Jene ignoranten Hochmutspinsel in ihren einförmigen Behausungen hassen jeden, der sich an die Zeit erinnert, in der »Zivilisation« etwas mehr bedeutete als Arbeitsämter und städtische Kunstgalerien. Die Romantik ist aus ihren Leben verschwunden. Sie könnten sie noch nicht einmal erkennen, wenn man sie ihnen auf einem goldenen Teller servierte (wie man ihnen alles andere auch vorsetzte). Sie machen sich über die Vergangenheit lustig. Sie äffen lediglich deren kitschigen und aufgedonnerten Aspekten nach. Für sie ist alles zu einer Sensation geworden. Sie kultivieren den Zynismus, wie ihre Väter und Mütter »guten Stil« gepflegt hatten. Sie sind ebenso lächerlich wie jene Verkäuferinnen und trübsinnigen Angestellten, die in den zwanziger und dreißiger Jahren die Tanzhallen füllten und von der wahren High Society gemieden wurden. Sie haben auch noch etwas anderes gemeinsam: Sie haben keinen Respekt vor der älteren Generation. Sie haben keine Phantasie. Dennoch strömen sie zusammen, um sich Filme wie *Mord im Orient-Expreß* anzusehen. Glauben sie etwa, daß man ihresgleichen erlaubt hätte, auch nur einen dreckigen Fuß auf das Trittbrett eines solchen Zuges zu setzen? Zu meiner Zeit wußten die Skinheads und die Teddy-boys, wo sie hingehörten. In den Rinnstein! Sie haben genau das Transportsystem, das sie verdienen: verborgen in tiefen Verliesen voller Lärm und Schmutz und klaustrophobischer Enge, einzig und allein geschaffen für H. G. Wells' tierische Morlocks.

Wenn ich mich auch nicht so ganz wie ein Eloi fühlte, als wir zu unseren Plätzen zurückkehrten, so kam ich mir doch ganz sicher wie ein Prinz vor. Dieses Flair des Komforts und der Sicherheit war überall im Zug zu spüren. Und es war offensichtlich, daß viele unserer Mitreisenden ebenso empfanden. Natürlich war jeder Platz im Abteil besetzt. Uniformierte drängten sich auf den Korridoren. Es war nahezu unmöglich, an ihnen vorbei auf die reifen Weizenfelder der ukrainischen Steppenlandschaft hinauszublicken, die nun mit Weizenspreu bedeckt waren und auf denen Getreidegarben und Heuhaufen standen; denn die Ernte war gerade erst eingefahren worden. Der Himmel leuchtete in einem wundervollen blaßgoldenen und silbrig-blauen Farbton, eine Mischung, die immer gegen neun Uhr morgens aufzieht und meist einen warmen Herbsttag ankündigt. Die beiden katholischen Ordenskrankenschwestern, eine in den Zwanzigern und die andere kaum zur Frau gereift, fragten, ob das Fenster geöffnet werden könnte, und wir alle waren einverstanden und meinten, daß es sicher gut wäre, frische Luft hereinzulassen. Ich bot mich an, es für sie zu öffnen, kam jedoch mit dem Zugriemen-Mechanismus nicht zurecht. Zu meiner grenzenlosen Verlegenheit mußte Shura mir behilflich sein. Der Wind blies den Duft der ländlichen Gegend ins Gesicht, süß und schwer, und meine Laune besserte sich wieder. Ebenso wie die Schwestern, die Fensterplätze inne hatten, teilten wir uns die Sitzecke mit zwei jüngeren Marineoffizieren; einem Kosakenhauptmann in grauer Schapka, Kaftan mit Patronentaschen und einem breiten Gürtel, in dem ein Dolch steckte und an dem ein typisches Kosakenschwert hing; einem besseren Herrn mit einem dunklen Homburg und einem Mantel mit Astrachankragen; mit einem griechischen Priester, der nur wenig Russisch redete, uns aber die ganze Zeit anlächelte, als wolle er uns damit segnen. Der Kosakenhauptmann saß neben Shura und mehr oder weniger mir gegenüber. Er hatte ein glattrasiertes Kinn, dafür aber einen mächtigen krausen graugetönten Schnurrbart mit gewachsten Spitzen. Er saß da, seinen Säbel zwischen den Knien, den Rücken steif und nicht von der Lehne gestützt, als hockte er auf einem unsichtbaren Pferd. Er benahm sich so, wie man es bei Kosaken oft beobachten kann, wenn ihr Pferd in der Nähe ist, und ich vermutete (wenngleich ich aller Wahrscheinlichkeit damit ziemlich schief lag), daß im Gepäckwagen am Ende des Zuges ein brauner Hengst stand.

Nachdem sie darum gebeten hatten, das Fenster zu öffnen, saßen die Nonnen einander gegenüber und sahen sich in offensichtlich telepathischer Kommunikation an. Während der gesamten Reise sprachen sie kein Wort, wodurch es geradezu peinlich war, wenn wir ans Fenster mußten, um den Bahnsteighändlern Ware abzukaufen, nachdem der Zug in einen Bahnhof eingefahren war. Diese Händler waren zwar nicht so gewieft wie die Kiewer Krämer, aber sie waren mindestens ebenso laut. Barfüßige Landfrauen boten Kuchen oder frische Milch an, und ihre Großväter folgten ihnen mit Samowars auf Handkarren und priesen mit heiseren Stimmen die erfrischenden Qualitäten ihres Tees an. Kinder liefen in Scharen herum, verkauften aber selten etwas, sondern bettelten uns lediglich um einige Kopeken an. Die Nonnen saßen nur da, wobei ihre Füße kaum den Boden des Abteils berührten und ihre Röcke so fielen, daß die Zehen stets bedeckt waren, während wir alles in unserer Macht stehende versuchten, jeglichen physischen Kontakt mit ihnen zu vermeiden (das heißt, wir alle außer Shura). Es war Shura, nach einer hastigen Expedi tion über den Bahnsteig erst halb im Eisenbahnwagen, der seine Hand in einem Nonnenschoß wiederfand und sich dafür entschuldigte. Später, im Gang, gab er murmelnd einige rüde Bemerkungen von sich, als sie nicht hinzuhören schienen, und stellte Vermutungen über »ihre enormen Ausmaße« an. Ich verstand seine Bemerkung so gut wie gar nicht, doch die Marineoffiziere, die alles mitgehört hatten, lachten über den Scherz. Ich errötete. Der griechische Priester stimmte verständnislos in das Gelächter mit ein, während der Mann im Astrachankragen etwas Unverständliches in seine Ausgabe des Magazins *Neeva – Der Getreideanbau* hineinbrummelte.

Shura kam mit dem Kosaken, der ihn zu mögen schien, ins Gespräch. Der Hauptmann erzählte, er sei Versorgungsoffizier und unterwegs nach Odessa, um für Nachschub und Ausrüstung für seine Einheit zu sorgen. Mehr könne er uns natürlich nicht verraten. Er reagierte belustigt, als ich erwähnte, daß mein Vater ebenfalls Kosake gewesen sei. Auch Shura lachte und bat mich, still zu sein. Derartige Behauptungen, meinte er mit einem Seitenblick auf den Hauptmann, könnten mich in Schwierigkeiten bringen. Die Seeleute kamen alle aus Moskau, wo sie ihren Urlaub verbracht hatten, und erzählten laufend Geschichten über die Zerstreuungen in Rußlands zweitprächtigster Stadt. Welcher Art diese Zerstreuungen waren, wurde Shura mit vielsagendem Lächeln flüsternd angedeutet. Er war nur wenig älter als ich, schien jedoch weitaus welterfahrener zu sein und verstand den Hintersinn der Andeutungen, die besonders verklausuliert wurden, um die Nonnen nicht zu schockieren, obwohl sie, wie Shura behauptete, äußerst aufmerksam zuhörten.

Der umgängliche Kosake bot bald darauf Wodka an, der vom Priester angenommen, von dem besseren Herrn mit Hut abgelehnt und von den Nonnen ignoriert wurde. Der Hauptmann schob sich seine Schapka auf den graumelierten Hinterkopf und knöpfte seinen Kaftan auf. Zum Vorschein kam ein reichbesticktes Hemd in Rot und Schwarz. Er trug außerdem blaue Reithosen und Stiefel aus weichem Leder und erschien auf einmal viel freier und soldatischer als alle anderen Insassen des Zuges. Auf unsere Bitten hin zeigte er uns seinen langen Säbel, seinen kurzen Dolch und seine Pistole, doch er gestattete uns nicht, einen der Gegenstände selbst in die Hand zu nehmen. Von seinem Säbel sagte er, daß er »nur gezogen werden dürfe, um in Blut getaucht zu werden«, wenngleich er ihn ein Zoll oder zwei aus der Scheide zog, so daß wir die eingravierte Inschrift (nach meinem Dafürhalten in georgischer Sprache) auf dem Knauf sehen konnten. »Diese Klingen«, sagte er, »sind so scharf, daß eine Motte, die sich darauf niederläßt, sofort in der Mitte zerteilt wird, ehe sie bemerkt, daß ihr etwas zugestoßen ist. Das stellt sie erst fest, wenn sie versucht wegzufliegen.«

Ich war ziemlich beeindruckt. Ich meinte, mein Vater habe sicherlich einen ähnlichen Säbel gehabt. Er fragte mich jovial, in welchem *sech* mein Vater gedient hätte, ich sagte, in Saporoschkaja. Er fragte, wie alt mein Vater sei. Ich sagte, das wüßte ich nicht. Er wollte wissen, ob ich sicher sei, daß mein Vater kein *inogorodi* gewesen wäre. Ich verstand ihn nicht. Dies sei ein kosakisches Wort, erklärte er, für die Großrussen, die unter ihnen lebten. Das Wort bedeutete mehr oder weniger Außenseiter. Ich versicherte ihm, daß Vater nie ein Außenseiter gewesen sei. Er habe bei einem Kosaken-Regiment in St. Petersburg gedient. Er fragte mich, in welchem. Ich erwiderte, daß wüßte ich nicht. Wieder lachte er und empfand es offensichtlich als belustigend, daß jemand für sich beanspruchte, Kosakenblut zu besitzen, selbst wenn dies, wie er glaubte, nicht der Fall war.

Ich erregte mich und bekräftigte vehement, daß ich die Wahrheit erzählte. Ich erinnere mich, wie Shura dann einwarf: »Sein Vater ist tot, verstehen Sie?« Woraufhin der Kosake sich beruhigte, mein Knie tätschelte, mir den Säbel in der Scheide hinhielt und lächelte. »Sei nicht traurig, Kleiner. Ich glaube dir. Bald reiten wir Seite an Seite, du und ich. Und killen Juden und Deutsche, ganz nach Belieben, was?« Die Marineoffiziere (und der Priester als ihr Echo) stimmten in sein Gelächter mit ein, ebenso wie mein Cousin, und ich empfand vor Glück ein Gefühl der Wärme. Die Zugfahrt ist als eine der kameradschaftlichsten Zeiten meines Lebens in meinem Gedächtnis unauslöschlich haftengeblieben. Der Name des Kosaken lautete Hauptmann Bikadorow.

Shura fragte die Marineoffiziere, wie nach ihrer Meinung der Krieg weiterginge. Wie war die Lage in Moskau? Sie meinten, alle seien voller Zuversicht, beim Zaren angefangen. Unsere Verbündeten sagten voraus, daß »die russische Dampfwalze die Deutschen innerhalb weniger Wochen zerdrückt haben wird«. Tannenberg wäre durch unsere Selbstüberschätzung ein völlig unerwarteter Rückschlag gewesen. Wir hätten unsere Lektion mit Japan gelernt und wären so stark wie nie zuvor. Wir würden jetzt das Kriegsspiel weitaus vorsichtiger, aber dafür auch wirkungsvoller betreiben. »Schon deshalb«, hob einer von ihnen hervor, »weil Japan jetzt unser Verbündeter ist!« Das hatte weitere Unmutsäußerungen des Herrn im Homburg zur Folge.

»Und die Türken?« fragte ich. »Wann werden sie besiegt, so daß der Zar in der Hagia Sophia in Konstantinopel die heilige Messe feiern kann?«

»Die sollen nur aufmucken, und schon sind sie so gut wie erledigt«, sagte Hauptmann Bikadorow. »Obwohl es sicherlich keinen besseren Feind gibt als den Türken.« Es sei schon sinnvoll, »Tsargrad« (Konstantinopel) zu befreien, aber seine größte Sorge seien derzeit die Franzosen. Seit Napoleon seien sie erheblich verweichlicht. Sie seien bereits von den Deutschen mehrmals besiegt worden. Außerdem sei er auch nicht so ganz überzeugt, daß die Engländer zuverlässige Verbündete sind, »waren sie selbst doch nahezu Deutsche«. Die Franzosen wären das wahre schwache Glied der Kette. Nach den Erfahrungen, die sie mit den Franzosen in Odessa gemacht hatten, waren die Marineoffiziere sich einig: »Die Froschfresser sind ebenso weibisch wie hochtrabend.« Ein Franzose betrachtete sich niemals als sterblich. Sobald es zum Kampf käme, wurden sie geradezu tollkühn. »Sie sind keine Feiglinge. Sie sind lediglich von einer göttlichen Selbstherrlichkeit besessen.«

Der Herr hinter der *Neeva* erhob sich, verbeugte sich vor dem Marineoffizier und sagte, er stamme aus Odessa und habe die Ehre, einen französischen Namen zu tragen. Sein Großvater sei Franzose gewesen. Er setzte sich wieder, hob seine Zeitung, ließ sie dann aber wieder sinken, um hinzuzufügen: »Napoleon, Freunde, wurde nicht von unseren Soldaten, sondern von unserem Schnee besiegt. Und für diesen Schnee können wir nur Gott danken.«

»Und ich bedanke mich bei Gott auch für unsere Soldaten«, sagte Shura.

Bei dieser zweiten Nennung des Namens Gottes schlug der griechische Priester die Hände zusammen, während die Nonnen gleichzeitig die Köpfe zum Fenster hin drehten.

Nachdem er die Nonnen gebeten hatte, sich zu melden, falls sie etwas dagegen einzuwenden hätten, daß er rauche, holte Hauptmann Bikadorow eine großkopfige Pfeife heraus und begann sie zu stopfen, während Shura, durch dieses Beispiel ermutigt, im Wagen von seinen Papyrossi anbot. Die Marineleutnants griffen dankbar zu, der ältere Herr französischer Herkunft lehnte knurrend ab (zündete sich dann, als alle rauchten, jedoch eine Zigarre an), und bald war der Wagen voller Tabakrauch. Glücklicherweise stand das Fenster offen, so daß weder die Nonnen noch ich sonderlich belästigt wurden. Nun verbinde ich in Gedanken den Geruch mit der ausgeglichenen Stimmung der damaligen Situation. So selig fühlte ich mich, daß ich, nachdem wir ein Picknick veranstaltet hatten, an dem sogar die Nonnen und der ältere Herr teilnahmen, meinen ersten Zug an Shuras Zigarette machte. Mir tat es um die Wurst, das Brot, das kalte Kalbfleisch und die Hühnerbrust und sogar um den Tee leid, den wir im Bahnhof gekauft hatten. Mein Unwohlsein mischte sich mit einem ziemlich angenehmen, benebelten Gefühl. Bei nächsten Halt stieg ich aus. Ich glaube, es war in Kazatin, einer verträumten ländlichen Idylle. Auf Shuras Drängen hin nahm ich eine zweite Zigarette. Steig immer sofort wieder auf das Pferd, das dich abgeworfen hat, meinte er. Unter seinem Einfluß (und er besaß wirklich Überredungskunst) erlebte ich zum erstenmal in meinem Leben die Freuden der Sünde. Gemeinsam mit allen anderen eilten wir zurück auf unsere Plätze, als der Zug sich wieder in Bewegung setzte. Wir drängten uns an den Knien der Nonnen vorbei, und als wir saßen, bot Shura mir einen Schluck aus Bikadorows Wodkaflasche an. Ich zwinkerte ihm zu und nahm dankend an.

Bis zum Abend war ich wohl ein wenig betrunken. Ich betrachtete die roten und schwarzen Wolken, wie sie über den Horizont rollten, vor dem sich die Silhouetten eines gelegentlichen Hügels oder einer Kirchenkuppel abhoben. Dann sah man wieder die Umrisse eines vollständig weiß gekälkten Dorfes oder die Umrisse von schlanken Pappeln und Zypressen, welche von glücklichen Landbesitzern auf ihren Grundstücken gepflanzt worden waren, die zu jenen gehört haben könnten, die Tolstoi in seinen Büchern beschrieben hat, ehe er den Verstand verlor. Als die Sonne unterging, begann der Kosakenhauptmann ein melancholisches Lied zu singen, das von einem Mädchen, einem Pferd, einem Fluß und einem Leichentuch handelte. Er wollte, daß wir in den Refrain mit einstimmten, doch nur Shura schien dazu fähig zu sein:

Tote Augen starren kalt am Grund des Wassers,
Weiße Mähne flattert hell im Wind,
So lebe wohl, o kleine Katja, bald fällt der Schnee, du süßes Kind.

Und so weiter. Dies ist eine andere Seite des kosakischen Temperaments. Wenn er nicht gerade auf seinem Pferd sitzt und in der Schlacht Köpfe abschlägt, dann singt er am liebsten von der Traurigkeit des Sterbens und vom Verlust geliebter Menschen. In seiner tiefen, geradezu abergläubischen Ehrfurcht vor der Religion und seiner Liebe zu traurigen Liedern hat er etwas mit dem amerikanischen Neger gemeinsam. Mit dieser Bemerkung, die ich im Bekanntenkreis schon häufiger gemacht habe, will ich zeigen, daß ich keinerlei rassistische Vorurteile hege. Die Anerkennung des Charakters einer Rasse hat Verständnis und nicht Haß für besagte Rasse zur Folge. Ich bin der erste, der sagt, wie hoch ich den Verstand des Juden einschätze. Niemand kann seine Klugheit und seine überragenden Fähigkeiten, einen guten Witz über sich selbst und sein Volk zu erzählen, in Abrede stellen.

Es kam mir etwas kühl vor, als wir im Glawnaja Bahnhof, dem größten Bahnhof im Herzen Odessas, eintrafen. Gelb leuchtende Gas- und Öllampen sowie der grelle Schein elektrischer Glühbirnen illuminierten das Bauwerk. Es glich der Kathedrale eines Michelangelo mit einer Überfülle prächtiger Perspektiven und betäubender Gerüche, daß ich mich doppelt so betrunken fühlte, wie ich wirklich war. Beim Aussteigen bewies Shura wiederum seine Weltgewandtheit. Er winkte Bikadorow und den anderen Offizieren zum Abschied freundlich zu, verbeugte sich höflich vor den Nonnen, bedachte den älteren Herrn mit einem sardonischen Grußwort und zog mich dann mit erstaunlichem Tempo durch die Menge, vorbei an Bahnbeamten, Fahrkartenkontrolleuren, Soldaten, Seeleuten, fliegenden Händlern, geschminkten Damen, Familien, Griechen, Chassidim, steifen Engländern in Khakikleidung und hinaus auf eine Straße voll Gaslicht und düsteren Schatten.

»Sollen wir nicht ein Taxi nehmen, Shura?« Ich erinnerte mich an die Instruktionen meiner Mutter.

»Wenn du fünfzig Kopeken zum Fenster hinauswerfen willst«, erwiderte er. »Außerdem sind die sowieso schon alle weg. Komm schon.«

Unter den vielfältigen Düften nach Gewürzen und Parfüm

gewahrte ich einen anderen Geruch, der vom Südwind herangetragen wurde. Es war der Geruch nach Salz. Süßes Ozon. Beseeligt begriff ich, daß dieser Geruch vom Meer kam.

Aus der Nacht, wie ein Ungeheuer aus den Tiefen des Ozeans, tauchte eine Odessa-Straßenbahn mit zwei Waggons auf: hellgelb und messingblitzend, mit strahlenden Lampen. Und schon waren wir eingestiegen – Shura hatte das Fahrgeld bezahlt – und saßen auf geräumigen hölzernen Bänken und schauten durch die Fenster nach draußen. »Heute siehst du nur Scheiße«, sagte Shura. »Morgen werde ich dir ein paar richtige Sehenswürdigkeiten vorführen.« Er hatte bis zur »Haltestelle Güterbahnhof« bezahlt. Würden wir dort in eine andere Linie umsteigen? »Bis zur Ecke Sirotskaja und Chutorskaja«, erklärte er. Das waren offensichtlich Hauptverkehrsstraßen. Er brauchte mir nichts mehr zu erklären. Ich genoß den Zauber einer fremden Stadt und hätte jede Beschreibung ihrer Begrenzungen mit Bedauern angehört. Ich habe es schon immer gehaßt, wenn man mir den Straßenplan einer neuen Stadt zur Verfügung stellte, außer es ist absolut notwendig, sich daran zu orientieren.

Wir stiegen aus der Straßenbahn aus und schleppten unsere Koffer über eine gepflasterte Straße und an einem Park mit hohen Bäumen entlang. Wir überquerten eine weitere Straße und gelangten auf einen hell erleuchteten Platz mit großen, repräsentativen Herrenhäusern, Wohnblocks und Kaufläden. Vor den Eingangsstufen eines der Häuser blieben wir stehen. Daneben befand sich ein Bürobau, neben dessen Eingang der Nachname meines Onkels auf einer Tafel stand. Wir waren am Ziel.

Shura stieg vor mir die Treppe hinauf und betätigte die Hausglocke. Geöffnet wurde uns von einem drallen Hausmädchen, das meinem Vetter mit freundlicher Respektlosigkeit begegnete. Wir betraten eine gediegen eingerichtete Eingangshalle. Sofort kam eine hochgewachsene, dunkeläugige Frau in einem grünen Seidenkleid auf uns zu. »Du solltest doch anrufen, Shura! Wir hätten ein Taxi oder eine Droschke geschickt. Wie seid ihr denn hergekommen?«

»Mit der Straßenbahn«, lautete Shuras lakonische Antwort.

Sie war bekümmert, lächelte ihn jedoch an, »Du hättest auf deinen Onkel Semja warten sollen, damit er . . .«

»Dann würden wir immer noch dort bei den Proleten stehen«, entgegnete Shura. »Warst du in letzter Zeit mal dort? Jetzt, wo

Krieg ist, ist das der reinste Wahnsinn. Taxis? Ein reiner Glücksfall.«

Sie tätschelte seine Bürstenhaarfrisur. »Semja hat noch zu tun. Gerne hätte er . . . ach ja . . .«

Ich stellte mein Gepäck auf den Teppich. Sie breitete die Arme aus. »Maxim!« Ein Seufzer. »Ich bin deine Tante Genia.«

Wir umarmten uns.

»Wir freuen uns ja so. Und wie geht es deiner lieben Mutter?«

»Ihr geht es gut. Danke, Tante Genia.«

»Eine solche Bürde. Und so eine tapfere Frau. Und so stolz. Nun, es gibt solchen und solchen Stolz.«

Ich nahm das Lob an, spürte ich in den Worten doch keinerlei Kritik an meiner Mutter. Als ich später über die Vergangenheit nachdachte, kam ich zu der Vermutung, daß zwischen den beiden Frauen eine gewisse Rivalität bestanden hatte. Vielleicht hatte meine Tante Eugenia, die Schwägerin meiner Mutter, einmal Hilfe angeboten und war auf Ablehung gestoßen. Vielleicht hatten sie sogar denselben Mann, meinen Vater, geliebt. Es wimmelt in Familien von derartigen Eifersüchteleien. Sie sind es niemals wert, sich darüber den Kopf zu zerbrechen. Ich habe erlebt, wie reife Männer und Frauen sich zu totalen Narren gemacht haben, indem sie bemüht waren, Ereignisse anders zu schildern, als sie sich wirklich zugetragen haben. Wir alle wollen uns am liebsten im besten Licht sehen, aber welche Klimmzüge einige unternehmen, um das zu gewährleisten, ist einfach lächerlich.

Etwa zwanzig Minuten lang saßen wir in der Halle, während Tante Genia weiterzwitscherte wie ein aufgeregter Kanarienvogel. Mir wurde bewußt, daß meine Augenlider bereits heruntersanken, als sie wie ein Papagei rief:

»*Essen!*«

Ich wurde hellwach. Wir betraten einen anderen Raum. Das Haus war ein richtiges Schloß. Hier standen rote und weiße deutsche Suppenteller und eine Terrine mit Borschtsch, die mit Ansichten von Danzig oder München bemalt war. Es gab zwei verschiedene Sorten Brot, bereits geschnitten, und Butter. Ich nahm sofort Platz, doch Shura schüttelte den Kopf und sagte, er müsse gehen.

Ich hatte es gelernt, niemals eine angebotene Mahlzeit abzulehnen. Überdies war ich damals mehr und mehr unfähig, die

Wirklichkeit von meiner Phantasie zu unterscheiden, so daß ich annahm, eine Mahlzeit würde mich wieder auf die Erde zurückholen. Es war ein wundervoller Borschtsch. Es war ein odessanischer Borschtsch, und man genoß ihn, als trinke man schweren Rotwein. Er war geschmackvoll und sättigend. Während Tante Genia weiterredete, aß ich zügig weiter. Ich war bis obenhin voll, als der Papagei sich wieder meldete:

»Zu Bett!«

Das dralle Mädchen mit dem rötlichen Haar und einem freundlichen Gesicht erschien wieder. Sie hatte wenig Ähnlichkeit mit dem, was man sich unter einer hochherrschaftlichen Dienerin vorstellte. »Wanda, zeige Maxim Arturowitsch sein Zimmer.«

Mein Koffer wurde mit einer nassen roten Hand aufgenommen, während die andere zur Tür wies. Ich folgte. Tante Genia zwitscherte ein ›Gute Nacht‹ und gab mir einen Kuß. Falls ich noch etwas wünschte, sollte ich Wanda fragen. Und schon waren wir unterwegs, stiegen mit dicken Teppichen belegte Stufen empor durch unterschiedlich riechende Stockwerke, bis wir in der obersten Etage des Hauses anlangten und Wanda eine Tür öffnete. »Ich schlafe nebenan«, sagte sie. Sie trat vor mir in einen bronzefarbenen Halbdämmer und drehte an einem Knopf, damit das Gas etwas heller leuchtete. »Da wären wir.«

Ich hatte nicht damit gerechnet, daß ich ein Zimmer für mich allein haben sollte. Ein richtiges Bett, einen Waschtisch, Schränke mit Schubladen, Rolläden, die ich ganz nach Wunsch schließen oder öffnen konnte, ein Fenster. Ich trat an mein Fenster. Ich blickte hinaus auf den Platz – ein dunstiger Schein von gelben Lampen und dunklen Schatten. Aus einem der fernen, geheimnisvollen Häuser drang ein schrilles Lachen, einem Schrei ähnlich, welches auf dem Platz widerhallte, denn es war spät, und sogar halb Odessa war schlafengegangen. Wandas warmriechender Körper drängte sich von hinten an mich. Sie zeigte mir, wie man die Fensterläden bediente. »Am besten läßt du sie zu, wenn das Gas brennt«, riet sie mir. »Motten.« Ihre Stimme klang träge, weich und freundlich. Später sollte ich erfahren, daß dies eine typisch südliche Stimme war, doch damals dachte ich, sie sei zu mir besonders entgegenkommend. Sogar diese grobschlächtige Kreatur rollte ihre R's mit einer Inbrunst, die sexuellen Ursprungs sein mußte. Ich hatte sie nicht richtig verstanden. »Was?«

»Motten.«

»Aha.« Ich erinnerte mich an die Motte auf dem Kosakensäbel. Ich dachte an die vielfältigen Wunder meiner Reise, das berauschende Vergnügen meiner ersten Eindrücke. Fast weinte ich, als ich mich bei Wanda bedankte und sie mich verließ. Ich hatte einen Riegel an meiner Tür. Ich hatte Wasser in einer Kanne auf dem Waschtisch. Ich hatte einen Nachttopf und einen Bettvorleger und saubere weiße Laken und eine aus vielen Teilen zusammengesetzte Bettdecke und zwei Kissen in bestickten Bezügen. Wie großzügig diese Verwandten doch waren. Und wie reich. Ich hatte keine Vorstellung von ihrem Reichtum gehabt. Mutter hatte mir erzählt, ihnen ginge es gut, doch sie hatte niemals erwähnt, daß sie ein ganzes Haus besaßen, wahrscheinlich sogar zwei (denn nebenan befanden sich die Büros). Erneut trat ich ans Fenster. Der schwere Duft von Levkojen und sterbendem Flieder stieg von dem Platz hoch. Ich spürte ein oder zweimal den Hauch des Südwindes, den Atem des warmen, nächtlichen Meeres. Dann ging ich zu Bett. Entschlossen, meine Freiheit bis zur Neige auszukosten, masturbierte ich eine Weile, dachte erst an Wanda und ihren großen, passiven Körper, dann an Zoja und schließlich, als es vorbei war, an »den kleinen Engel« Esmé. Wie beeindruckt sie von meinen Geschichten über Odessa sein würde. Ich lag auf dem Rücken in der Dunkelheit und blickte aus dem offenstehenden Fenster und genoß die prickelnde Spannung, zum erstenmal nachts allein in einem Zimmer zu liegen. Ich verschränkte die Hände hinter dem Kopf. Ich lächelte vor Wohlbehagen. Ich wendete mich an imaginäre Freunde und erzählte ihnen von meinem Glück. Als ich einschlief, wurde mir bewußt, daß ich Shuras selbstsichere Gestik imitiert hatte. Ich war schon halb in seiner Gewalt. Und ich war darüber froh.

Drei

Blinzelnd erwachte ich von der Wärme der Sonnenstrahlen. Ich lauschte für einen Moment und hörte alle möglichen fremdartigen Geräusche: das Rattern von Straßenbahnen, das Rumpeln von Güterzügen, Pferdehufe und Karrenräder auf Kopfsteinpflaster; laute Rufe, Gelächter. Und dann war da noch ein einmaliger Geruch: eine Mischung aus Meer und vergorenem Obst und faulenden Blumen, als wenn das gesamte Grünzeug der östlichen Meere mit der Morgenflut angeschwemmt worden wäre. Langsam ging ich zu meinem Fenster. Viele der stattlichen Häuser am Platz waren noch geschlossen, denn es war erst kurz nach Tagesanbruch. Odessa lag im herbstlichen Morgenlicht. Jedes Dach, jedes Geländer, Stein, Baum, Gebüsch und Mauer reflektierte den rötlichen Schein. Die sanften Farben schimmerten kaum wahrnehmbar in der pulsierenden Luft der Stadt.

Kiew hatte seine eigene Schönheit, doch die erschien blaß im Vergleich mit diesem zauberhaften Gemälde. Jede Kontur, gehörte sie nun zu einem Tier, einer Pflanze, Stein oder Holz, war von einem schwachen Leuchten umrahmt. Ein rotgoldenes Automobil überquerte den Platz und blieb vor einem soeben geöffneten Gemüseladen stehen. Es war wie eine Kutsche aus dem Märchenland. Die Männer und Frauen darin trugen weiße Anzüge, Pfauenfedern, japanische Seide, Lackleder und schienen aus einer Galavorstellung der *Lustigen Witwe* ensprungen zu sein.

Jeden Moment glaubte ich, Musik zu hören, doch dies blieb das einzige, was zu diesem Bild fehlte. Ich reckte mich und blickte über die Mauer in die Richtung, in der ich das Meer vermutete. Alles, was ich zu sehen bekam, waren Kopfsteinpflaster, Bäume, vermutlich ein Park. Ich roch Kaffee. Ich sah Mädchen in schwarzen und weißen Uniformen auf die Straße laufen, wo sie sich am Wagen des Milchmannes Kannen füllen ließen. Ich roch frisches

Brot und entdeckte die Quelle dieses Duftes: die Bäckerei am fernen Ende des Platzes. Ein Briefträger schlenderte über die Straße und verteilte seine Last. Frauen riefen sich von Haus zu Haus Scherzworte zu. So hatte ich mir Paris vorgestellt, aber niemals unser eigenes Odessa. Man konnte verstehen, warum die Russen diese Stadt vulgär fanden und warum so viele Maler und Schriftsteller sie liebten. Puschkin zum Beispiel hatte hier gelebt.

Ich war zugleich entspannt und erregt. Ich hatte Ferien. Diese Erkenntnis dämmerte mir erst jetzt. Ferien, zum Beispiel in der Schule, bedeuteten, daß man zu Hause arbeitete. Doch hier hatte ich, soweit ich wußte, keine Arbeit zu erledigen. Ich war Gast. Man würde mir ein Unterhaltungsprogramm präsentieren. Ich begann hungrig zu werden.

Wanda klopfte an meine Tür und rief meinen Namen. Ich bemerkte, daß ich nackt war, und schämte mich meines Körpers, vielleicht das einzige Mal in meinem Leben (wenngleich ich mich mein ganzes Leben lang für das Zeichen meines Vaters an meinem Penis schämte). Möglicherweise erinnerte ich mich auch an meinen Traum von Wanda. Ich rief ihr zu, zu warten, und zog Hose und Hemd an. Ich entriegelte die Tür und sie trat lachend ein. »So ein anständiger kleiner Junge.« Sie war nur ein Jahr älter, aber es scheint, als seien alle Odessaner weitaus älter als Kiewer. Sie vermitteln den Eindruck, als seien sie von einer uralten, sardonischen Bosheit besessen. Vielleicht liegt das an der Mischung des Blutes. Eigenschaften jedes Landes kann man in odessanischem Blut finden. Doch der typischste Anteil stammt aus dem Nahen Osten. Odessa hat seinen Namen nach dem griechischen Helden Odysseus, und fast die Hälfte seiner Bevölkerung war zur damaligen Zeit jüdisch oder fremdländisch. Deshalb waren während der frühen Jahre unseres Jahrhunderts auch die Pogrome so grausam. Die Leute waren auf die Macht der Eindringlinge eifersüchtig, wobei ich allerdings der erste wäre, zuzugeben, daß Odessa seine Atmosphäre der exotischen Bevölkerung verdankte. Auf keinen Fall lebten nur Juden und Kriminelle in der Moldowanka. Die Phantasie der Schriftsteller hat diese Gegend farbiger gestaltet, vor allem in den Arbeiten von Isaak Babel, der nicht länger als eine Woche dort wohnte und schließlich von wütenden Bewohnern verjagt wurde, die seine lästigen Fragen und seine Verzerrungen satt waren. Es hieß, jemand sei ermordet worden als Folge einer Lüge, die er geschrieben habe. Mein Onkel Semjon zum Beispiel war ein angesehener Kaufmann, der durch sein Frachtbüro mit Dutzenden von fremden Ländern Handel trieb. Er nahm den Import und Export aller möglichen Waren vor. Zwanzig oder dreißig Büroangestellte arbeiteten ganztägig in seinen Büros nebenan, und niemals haftete seinen Aktivitäten irgend etwas Skandalträchtiges an. Und ebensowenig, sollte ich hinzufügen, hat es jemals einer gewagt, ihn zu überfallen und das Lohngeld aus seinem Safe zu stehlen.

Es heißt, daß die Russische Krankheit ein schlecht entwickelter Sinn dafür ist festzustellen, was real ist und was nicht, und daß wir denken, wir könnten alles herbeireden. Möglich, daß es so ist. Ich persönlich kann sehr leicht zwischen Wahrheit und Fiktion unterscheiden.

Wanda brachte mir auf einem Tablett als »kleines Frühstück« etwas Kaffee und ein Brötchen. Der Luxus dauerte an. Sie schien an diesem Morgen aufmerksamer zu sein, und ihre Worte hatten weniger sexuellen Hintersinn. Vielleicht war ihre Stimme am Abend vorher nur müde gewesen, und ich hatte Müdigkeit mit Rätselhaftigkeit verwechselt. Ich konnte sie ganz normal begrüßen und ihr das Tablett abnehmen. »Was mach' ich, nachdem ich das hier aufgegessen habe?«

»Ich hör' mich mal um.« Sie drehte rötliches Haar im Nacken um einen Finger. »Madame ist in bester Laune. M'sieu ebenfalls.«

Ich sollte mich an den Gebrauch der französischen Sprache in Odessa noch gewöhnen. Die Stadt betrachtete sich selbst sowieso als halb französisch, obwohl die Deutschen den größten Anteil an Fremden ausmachten und sogar ein eigenes Journal, *Odessaer Zeitung*, herausgaben. Viele Bücher, die ich während meines Aufenthaltes dort las, waren ebenfalls in Deutsch. Außerdem las ich die englischen Tauchnitz-Ausgaben der Werke von W. Clark Russell, H. G. Wells und W. Pett Ridge.

Schließlich war es nicht Wanda, die zu mir kam, sondern mein Cousin Shura. Bekleidet mit einem Hemd, einer Fliege und einem dreiteiligen grauen Anzug sah er an jenem Morgen etwas respektabler aus. In der Hand hielt er einen Strohhut. Er war ein gutherziger Junge und hatte längst erkannt, daß ich mir in der neuen Umgebung ziemlich fremd vorkommen mußte. Er trat ein, ohne anzuklopfen, und lehnte sich gegen den Türpfosten, wobei er mir wie üblich zuzwinkerte. Dann schloß er die Tür und fragte mich, ob die Kleider, die ich trug (eine ordentliche dunkle Jacke und eine Knickerbockerhose), das waren, was mir am besten gefiel. Ich erklärte ihm, daß ich fast nichts anderes hätte. Er meinte, das ließe sich ändern, und riet mir dann, meine Haare nach englischer Mode mit einem Scheitel in der Mitte zu kämmen, und bot mir seinen Kamm an, der nach Brillantine roch. Er schob mich vor den Waschtischspiegel und teilte meine Haare durch eine ziemlich gerade Linie. Dann fuhr er mit dem Kamm durch seine eigenen kurzgeschorenen Stoppeln und nickte zufrieden. Ich zog einen Pullover und eine Jacke an. »Ich glaube, so geht's«, meinte Shura. »Man erwartet, daß du aussiehst wie ein Schuljunge.«

»Das bin ich ja auch«, bestätigte ich. »Deshalb hat Onkel Semja mich zu sich kommen lassen. Um sich anzusehen, wen er da in die Schule schickt.«

Shura grinste boshaft. »Natürlich wird er das, dieser alte Philanthrop.«

Ich wurde wütend. »Er ist sehr großzügig. Er hat für meine Mutter und für mich eine Menge getan. Er vertraut auf mich. Mehr jedenfalls, als mein richtiger Vater es tat.«

Shura lenkte ein. »Du hast ja recht. Dann komm jetzt.«

Wir kamen auf der Treppe an einer errötenden Wanda vorbei. Sie schien von Shura ebenso fasziniert zu sein wie ich. Er kniff ihr in die Wange und flüsterte ihr etwas ins Ohr. Sie seufzte selig und setzte ihren Weg fort.

Als wir die gekachelte Eingangshalle des Hauses erreichten, stieg uns bereits der appetitliche Duft des Frühstücks in die Nasen. Die Sonne schien durch farbige Glasfenster. Sie beschien Wandteppiche, Gemälde, Hutständer und Spiegel. Wir gingen in den hinteren Teil des Hauses, vorbei an dem Salon, wo ich mit Tante Genia gesessen, und am Eßzimmer, wo ich meine erste Mahlzeit eingenommen hatte, und gelangten zu einer Mahagonitür, an die Shura, plötzlich ausgesprochen würdig erscheinend, laut anklopfte.

»Herein.« Die Stimme klang offen, einladend. Wir traten ein. »Maxim Arturowitsch, dein Großonkel Semjon Josefowitsch.«

Ich hatte einen imposanten Patriarchen mit langem grauem Bart in einem Straßenanzug erwartet. Ich erblickte einen kleinen Mann von zierlicher Gestalt mit einem Spitzbart, in Leinenjacke und Leinenhose, einem glänzenden Kragen, unter dem ein sauber geknoteter schwarzer Binder auf einer gestärkten Hemdbrust lag. An seinen Händen konnte ich eine Reihe silberner Ringe und ein oder zwei Tintenflecken sehen. Er schien schüchtern zu sein. Er nahm seine Brille ab, die er in der linken Hand hielt, während er mir die rechte durch das Zimmer entgegenstreckte. Er erwischte meinen Arm in Höhe des Ellbogens, fand schließlich meine Hand, die er drückte und schüttelte. Er war nur einige Zentimeter größer als ich. »Mein Junge. Mein Neffe. Das einzige Kind meiner Nichte. Was für eine Freude. Ist deine Mutter auch richtig stolz auf dich? So stolz wie ich auf sie? Ich bin dein Großonkel Semja. Shura hat es dir schon gesagt. Er hat sich ein wenig um dich gekümmert. Er ist ein guter Junge. Aber du mußt ihm beibringen, was du alles weißt. Du wirst sicherlich der Gelehrte der Familie, nicht wahr?« Er strich mit der Brille über seinen Spitzbart, als fände er besonderen Gefallen an dieser Vorstellung. »Du willst nach Peter gehen und dort der Jesus im Tempel sein, was?« Peter war die Kurzbezeichnung für St. Petersburg. Großonkel Semja drückte sich deutlicher aus als die meisten Odessaner, doch manchmal verfiel er in den odessanischen Dialekt, als wolle er damit seinen Worten mehr Nachdruck verleihen. »Du wirst zu uns zurückkehren und für uns alle sprechen. Für die Jurisprudenz hast du wohl nicht viel übrig?«

»Ich fürchte nein, Semjon Josefowitsch . . . Naturwissenschaften sind –«

»Schön, schön. Dann gibt es eben keinen Rechtsanwalt in der Familie. Noch nicht. Doch ein Naturwissenschaftler paßt auch ganz gut. Ein Professor hat auch mit Rechtsanwälten zu tun, und das ist schon fast ebensogut, als hätte man einen in der Familie. Die Advokaten in Odessa, kleiner Max, sind alle Ganoven. Aber das gilt wohl für die meisten Berufe. Doch wenn man erst einmal zur Intelligenzia gehört, dann kommt man an die besten Ganoven heran, was? Sie verraten einem ihre Geheimnisse und behandeln einen als ihresgleichen. Du bist unser einziger Intellektueller. Du bist für uns sehr wertvoll. Du wirst der Stolz unserer Familie sein. Magst du Shakespeare? Puccini? Ich auch. Wir werden gemeinsam ins Theater und in die Oper gehen.« (Er hielt Wort. Ich langweilte mich, doch ich eignete mir dadurch ein Grundwissen im Schauspiel und in der Musik an, was mir sonst nicht möglich gewesen wäre.)

Ich fing an zu begreifen, warum Onkel Semja sich so sehnlichst wünschte, daß ich in St. Petersburg Karriere machte. Alle seine anderen Verwandten hatten auf kaufmännischem Gebiet Erfolg. Ich war das Mitglied der Familie, das sich mit abstrakteren Dingen beschäftigen sollte.

»Hat Shura dir schon angeboten, dir die Stadt zu zeigen?« erkundigte Onkel Semja sich. »Das sollte er tun. Ich würde es ja gerne selbst machen, doch mich ruft das Büro. Seife muß nach Sewastopol geliefert werden, Kaffee kommt aus Rio. Auch wenn die Deutschen friedliche Frachtschiffe angreifen. Nicht daß der Krieg schlecht fürs Geschäft ist. Im Gegenteil. Das heißt, solange man seine Geschäfte weiter betreiben kann. Shura soll dir Odessa zeigen. Es wird dir gefallen.« Er knöpfte seine Jacke auf und gab Shura aus seiner Brieftasche einen Zehn-Rubel-Schein. »Genehmigt euch irgendwo eine kleine Mittagsmahlzeit. Ich sehe euch dann beim Abendessen. Viel Spaß. Und pack nicht zuviel in deinen Kopf. Spar ihn dir für St. Petersburg auf.« Er rollte das ›r‹ in jeder Silbe, als redete er von einer wohlschmeckenden Köstlichkeit. Und wir waren entlassen.

Vor dem Arbeitszimmer meines Großonkels trafen wir Tante Genia, die einen Stapel heller Kleider auf dem Arm trug. »So kannst du nicht ausgehen. Es ist viel zu warm. Hier sind Wanjas Sachen. Die werden dir passen. Und er hat ja seine Uniform.« Ihr Sohn war bereits in der Armee. Sie war beträchtlich jünger als Onkel Semja. Weise hatte er mit dem Heiraten gewartet, bis er sich angemessen etabliert hatte. Ich nahm mir vor, seinem Beispiel zu folgen. Mein Vater hatte sehr jung geheiratet, und dabei war nichts Gutes herausgekommen.

Mit Wanjas alter Sommerkleidung suchten wir wieder mein Zimmer auf. Unter Shuras kritischem Blick wählte ich einen schokoladenbraunen Anzug, ein Seidenhemd mit weichem Kragen und einen Panamahut. Mir, der ich aus dem Norden stammte, erschien die Zusammenstellung etwas grell und auffällig, doch Shura fand Gefallen daran. »Ein richtiger Dandy«, sagte er. »Wanja hat es hier ganz schön wild getrieben, ehe sie ihn kaschten.«

»Ihn kaschten?«

»Ja, für die Armee.«

Wanja sollte sechs Monate später fallen. Ich habe ihm niemals dafür danken können, daß er seinen Teil dazu beitrug, mich in das Leben an der »Russischen Riviera« angemessen einzuführen.

Ich ließ meine Knickerbocker auf dem Bett liegen. Arm in Arm mit Shura rannte ich die Treppe hinunter, rief Tante Genia und Wanda, die im Salon mit irgendwelchen Haushaltsangelegenheiten beschäftigt waren, einen Abschiedsgruß zu und eilte auf den Platz.

Von meinem Fenster aus hatte der Platz wie ein Märchenland ausgesehen. Doch aus der Nähe betrachtet, war er noch wunderbarer. Seit dem frühen Morgen hatte er sich gefüllt. Verkaufsstände waren in einem kleinen Parkgelände in der Mitte aufgestellt worden. Männer mit verwegen aussehenden Mützen und dunklen Schürzen spazierten herum und unterhielten sich. Fette Frauen in roten und blauen Kopftüchern arrangierten Flaschen und Kartons. Früchte und Gemüse, von denen ich einige noch nie gesehen hatte, und Blumen und buntes Tuch lieferten weitere Farbtupfer. Hohe Bäume überschatteten die Zelte. Es roch nach Pferden, nach Fleisch und nach Blut (als Metzger ihre Waren auf Holzbrettern ausbreiteten und Fliegen verscheuchten). Doch vorherrschend war der Duft nach Blumen und Ozon. Hunde bellten vorbeirennende Kinder an. Ein Straßenmusikant schnallte sich ein Akkordeon um. Er wurde von einer rundlichen Frau in ukrainischer Bluse angeschrien und ging fort, ohne einen Ton gespielt zu haben.

Aus der Ferne hörte ich ein tiefes Röhren und kurze Huptöne, die zu Schiffssirenen gehören mußten. Shura fragte mich, ob ich mit der Straßenbahn zum Hafen fahren wollte oder ob ein Fußmarsch mir lieber wäre. Ich entschied mich für den Fußmarsch, obwohl ich es kaum erwarten konnte, das Meer zu sehen. »Prima«, meinte er. »Dann gehen wir durch den alten Friedhof. Das ist von hier aus der kürzeste Weg.« Wir bogen in eine Straße ein. Obwohl es auch hier von Menschen wimmelte, die sich über den Wasserwagen beschwerten, der ihnen im Vorbeifahren die Stiefel durchweicht hatte, war die Lautstärke hier etwas gedämpfter. Benommen gelangte ich auf die nächste Hauptstraße und konnte gerade noch eine Kavallerieschwadron sehen, deren Lanzen mit Wimpeln geschmückt waren und deren rote und blaue Uniformen in all dieser Farbenpracht beinahe alltäglich erschienen. (Ich glaube, die Reiter waren Teil einer Rekrutierungsparade.) Durch ein Tor gelangten wir in die Stille des alten Friedhofs. Grandiose Grabdenkmäler aus schwarzem Marmor, Granit und Kalkstein, riesige Mausoleen, uralte Trauerweiden. Als wir die andere Seite erreicht hatten, meinte Shura, es sei möglich, durch eine Lücke in der Mauer zu klettern, doch er wollte weder meinen noch seinen Anzug schmutzig machen. »Ich bin schon lange nicht mehr hier gewesen«, sagte er, als wolle er mir klarmachen, daß er derartige kindliche Vergnügungen längst hinter sich hatte.

Eine andere große Straße, diesmal der Kreschkatik ähnlicher, wie mir schien. Sie war sehr breit und mit Bäumen bestanden (Ulmen, glaube ich). Luxusläden mit blauweißen Markisen; Kioske wie kleine gotische Kathedralen; kleine hölzerne Stände, wo Veteranen modisch gekleideten Damen mit Sonnenschirmen aus weißem Brokat oder japanischer Seide Zeitungen verkauften. Pferdedroschken – jene offenen vierrädrigen Fahrzeuge mit phantasievoll gekleideten Kutschern – *izvoshchiks* nannte man sie – in denen man sich herumfahren lassen konnte wie ein orientalischer Prinz – standen am Straßenrand und warteten auf Kundschaft aus den Hotels, Restaurants, Geschäften und Büros. Damals gab es immer mehr Droschken als Kunden. Heute gibt es noch mehr Droschken, doch fast jeder glaubt, sie nach Belieben benutzen zu dürfen. Ich habe Frauen aus der Arbeiterklasse mit vier oder fünf Kindern beobachtet, wie sie Londoner Taxis anhielten.

Die Straßen von Odessa schienen endlos zu sein. Als ich zum erstenmal zwischen zwei Häusern hindurch das Meer sehen konnte, war ich schon fast erschöpft. Dann stiegen wir eiserne Stufen hinauf und gelangten auf eine Eisenbahnbrücke, von wo aus wir auf den Hafen und auf die grüne Wasserfläche und die Schiffe blicken konnten. Ich war sprachlos.

Shura meinte, ich wäre enttäuscht. »Warte nur, bis wir weiter oben sind. Dort sind die Vergnügungsboote. Sieh mal nach hinten.«

Mein Blick folgte der geschwungenen Steinmole, die sich, wie mir schien, meilenweit hinaus aufs Meer erstreckte. Jenseits der Mole sah ich den Horizont, so endlos weit und heilig wie die Steppe. Und plötzlich war der Rest der Welt viel weiter weg, aber zugleich auch viel realer für mich. Hinter diesem Horizont lag China und Amerika und England, und die Schiffe, die ich sah (einige waren Kriegsschiffe, die Kohle bunkerten), waren dort gewesen und konnten auch mich dorthin bringen. Ich sah kleine Schlepper, die durch den Hafen tuckerten und das grüne Wasser mit weißem Schaum krönten. Ich sah die schwarzen Rauchwolken der Ozeanriesen, die roten Rümpfe der Trampdampfer und dahinter das Netzwerk der Kräne und Förderbänder.

»Ich gebe zu«, sagte Shura, »daß ich an diesen Anblick gewöhnt bin. Ich bin damit aufgewachsen. Deswegen liebe ich das alles.« Er schlenderte über die Brücke. »Komm, wir gehen zu den Terrassen. Davon wirst du sicherlich überwältigt sein. Und dann können wir mit der Straßenbahn zu den Quellen oder zu den Limans fahren. Hast du schon von den Limans gehört?« Ich kannte die Salzlagunen von Odessa, wo die Reichen sich gesundpflegen ließen. Doch ich wollte sie nicht sehen. Ich wollte nichts anderes als auf der Brücke stehen, während unter meinen Füßen die Züge zwischen dem Hauptbahnhof und dem Hafenbahnhof hin und her fuhren, und von Shanghai und San Francisco und Liverpool träumen. Ich wollte noch nicht einmal einen Schritt gehen und mußte mich von Shura weiterzerren lassen. »Hör doch. Es gibt noch viel mehr. Viel besseres.« Ich wollte in diesem Moment nichts sagen und ließ mich statt dessen von ihm mitziehen, vorbei an Lagerschuppen und Montagehallen und den prächtigen Landungsbrücken der großen Schiffe, vorbei auch an einer anderen Mole und einem völlig anderen Hafen (Odessa hatte mehrere Häfen), vorbei an den Maschinen zum Ent- und Beladen, vorbei an Kohlebunkern und Geschäften, in denen Angelhaken und Köder verkauft wurden. Dann ging die am Meer entlangführende Straße in eine Strandpromenade über, und man konnte einen anderen Hafen ausmachen, wo kleine Segelyachten und Raddampfer eilig hin und her kreuzten. Shura brachte mich zum Fuß der berühmten Granittreppe, Szene der geschmacklosen, in Odessa spielenden ›Treppenepisode‹ aus einem Bolschewikenfilm mit dem Titel *Panzerkreuzer Potemkin*.

Mir erschien sie wie die Treppe zum Himmel. Hinter uns stand die Nikolauskirche mit ihrer goldenen Kuppel. Ich wollte im Hafen bleiben, doch Shura bestand darauf, daß wir uns zur rechten Seite der Treppe begaben. Hier zahlten wir an einem Kartenschalter vier Kopeken und wurden in eine kleine Drahtseilbahnkabine eingelassen. Sobald der Aufsichtführende entschied, daß genügend Leute eingestiegen waren, schwebten wir entlang den Klippen himmelwärts. Das Meer wurde immer grüner und der Horizont weiter, als wir den Gipfel erreichten und in die Wärme und den Luxus des Nikolaus-Boulevard entlassen wurden. Hier, erzählte Shura, seien während des Sommers die wichtigen Leute von Odessa anzutreffen. Hier gab es Restaurants und Hotels mit Blick aufs Meer. Direkt unterhalb befand sich ein Kohlehafen, wo zwei Fregatten und ein Kanonenboot der Kaiserlichen Flotte eine beeindruckende Vielfalt von Farben zeigten. Auf der einen Seite standen die neo-klassizistischen Bauwerke, und auf der anderen Seite sah man die Bäume der Lustgärten. Wir hörten den Klang einer Musikkapelle. Private Kutschen hielten an und fuhren wieder ab. Elegante Damen und Herren schlenderten über die Promenade. Der Hafenlärm klang gedämpft herauf.

Ich war sehr froh, daß ich Wanjas Sachen trug, denn hier war alles in hellen Farben gehalten: weiße Seide und Pfauenfedern und helle Gehröcke und cremefarbene Uniformen. Die Stufen führten tatsächlich in den Himmel.

»Und jetzt gehen wir wieder hinunter.« Shura faßte mich am Arm. Langsam stiegen wir vorbei an Souvenirverkäufern, Zeitungsautomaten, Spielwarenhändlern und Fotografen abwärts. Shura kaufte uns Eiskrem und zeigte nach rechts. Dort waren die Thermalquellen mit den Sommerdatschas und den Parks. In der einen Richtung konnte man das Meer sehen, in der anderen die Steppe. Doch die richtig »teuren Hütten« standen links von uns, dort wo die Limans und die Bäder waren. »Da laufen jede Menge verrückte alte Damen herum, die nichts anderes zu tun haben, als den ganzen Tag lang ihre Schecks einzulösen oder jemanden zu finden, der sie für sie einlöst. Dort gibt es auch Spielkasinos. Ich habe Freunde in den Kasinos. An irgendeinem Abend gehen wir mal hin.« In der Ferne sah man weitere prächtige Gebäude und Kirchen und Denkmäler (Odessa war voll davon) und großzügige Grünflächen. »Eine Menge richtig reicher Leute wohnt dort oben. Sie hausen in einer uneinnehmbaren Festung. Sie sind nur verwundbar, wenn sie auf der Nickita spazierengehen oder im Kaufhaus Wagner einkaufen.«

Ich verstand nicht ganz, was Shura meinte. War er neidisch auf die Reichen? Dachte er an Revolution? Niemals hatte er sich offen dazu geäußert. Vielleicht redeten alle Bewohner von Odessa so.

Shura führte mich wieder in die Stadt zurück. Ich wollte in einem der kleinen Cafés über dem Hafen eine Kleinigkeit essen, doch Shura meinte, dort wäre es zu teuer. Außerdem sei das Essen schlecht. »Wir gehen in eine meiner Stammkneipen. Dort wirst du meine Freunde kennenlernen.« Diese Aussicht beunruhigte mich, denn ich war kein Gesellschaftsmensch. Doch meine Stimmung war weitaus unbeschwerter als sonst. Ich spazierte mit Shura durch den rosigen Sonnenschein und betrachtete bewundernd alle möglichen Reklametafeln, sogar die, auf denen die Armee um Rekruten warb. Die meisten der Tafeln waren in Sprachen beschrieben, die ich lesen konnte. Auf einigen war der Text jedoch in Griechisch oder in asiatischen Schriften, was mir trotz meiner in Podol aufgeschnappten Hebräischbrocken unverständlich blieb. Odessa schien zugleich die älteste und modernste aller Städte zu sein. In den Straßen drängten sich Soldaten und Seeleute aus dem Hafen. Da waren Franzosen, Italiener, Griechen und Japaner. Vereinzelt sah man man auch türkische Matrosen, vorwiegend von Handelsschiffen, neben Engländern aller Rangstufen. Die Türken und Japaner blieben in großer Anzahl zusammen. Sie betrachtete man in dieser Stadt, die so eng mit dem Krieg verflochten war, als nächstkleineres Übel zu den kriegslüsternen Deutschen. Die galizische Front war gar nicht so weit entfernt, und seit unseren ersten Erfolgen in Ostpreußen hatten wir einige Rückschläge hinnehmen müssen.

Die Stadt war, in Shuras Worten »ein bißchen zu voll«, doch das bedeutete für die Eingeborenen gute Geschäfte. Der Schwarzmarkt blühte auf. Die Huren mußten »drei Kunden auf einmal bedienen. Sie hätten noch einen vierten akzeptiert, wenn sie nur größere Bauchnabel hätten.« So unschuldig und ahnungslos war ich damals, daß ich nicht die geringste Ahnung hatte, was er genau meinte.

Wir drängten uns durch Gruppen von Franzosen, die noch verwirrter waren als ich. Mit Shura an meiner Seite hatte ich allmählich das Gefühl entwickelt, als hätte ich schon immer in Odessa gewohnt. Wir brachten uns durch waghalsige Sprünge vor ratternden Straßenbahnen in Sicherheit, ließen Kutschpferde zurückschrecken und brachten alte Damen dazu, hinter uns her zu schimpfen, und wir lachten sie nur aus. Wir betrachteten die Schaufenster des Magasin Wagner (des Harrods von Odessa) und flirteten dort mit den Blumenverkäuferinnen, dann verließen wir die eleganteren Straßen und drangen in ein Labyrinth enger Gassen ein. Dies war ein Getto. Kleine Läden, in denen gebrauchte Stiefel und Werkzeug verkauft wurden, jüdische Metzger und Bäcker priesen ihre Waren in Jiddisch an; Schneider und Bestattungsunternehmer und Beschneidungssalons (wie wir jüdische Grog-Stuben nannten) standen Seite an Seite. Da waren Wäscheleinen und johlende Kinder und keifende alte Weiber und feilschende, schwarz gewandete chassidische Männer und Rabbiner und Bettler und eine reiche Mischung von Kitsch, Konservendosen, Bauernschnitzereien, deutschem Spielzeug, Konfektionskleidung, Eisenwaren, Geflügel, lebenden Vögeln, Angelausrüstungen, Musikinstrumenten und gekochtem Essen. Niemals zuvor hatte ich ähnliches gesehen. Wie die Juden war diese Gegend abstoßend und reizvoll, beängstigend und romantisch, anheimelnd und beunruhigend, und wäre ich allein gewesen, hätte ich nie gewagt, sie zu betreten.

In einen jener finsteren Slobodka-Keller tauchte Shura mit mir ein, und durch eine ramponierte Tür betraten wir den lärmenden, verrauchten Halbdämmer einer Kneipe. Alte Reiseplakate hingen an den Wänden, alle mit handschriftlichen bissigen Kommentaren versehen. Auf dem Boden konnte man die Überreste einer geschmackvollen Kachelung finden. Am anderen Ende des Raums stand eine gekachelte Theke mit einem monströsen Samowar und zwei Krügen darauf, aus denen man sich mit Wodka oder Grenadine bedienen konnte. Dahinter saß ein alter, bärtiger Jude, der mit einer Hand eine eiserne Registrierkasse bewachte und dessen Gesicht einen immerwährenden Ausdruck von einer Mischung aus Grausamkeit und Güte trug. Er war völlig in Schwarz gekleidet, abgesehen von einem kragenlosen, grauen Hemd, und hatte die Jacke trotz des Rauchs und der Hitze bis obenhin zugeknöpft. Shura begrüßte den Juden wie einen alten Bekannten und erhielt als Antwort das unmerkliche Neigen des Kopfes. Auch Frauen und Mädchen waren dort, neben Jungen und Männern, alle im auffälligen Odessaner Stil gekleidet, und sie aßen alle das gleiche Gericht – eine dicke Borschtsch-Suppe, Lammsfüße *(kleftikon)*, ein Schaschlik in würziger, fetter Sauce, dazu Makkaroni und Schwarzbrot. Es gab auch einen Teller mit Pfefferschoten, Essiggurken und Tomaten, den man einfach als »Salat« bezeichnete. Sicher gab es auch andere Gerichte bei »Esau dem Haarigen«, wie dieses Lokal hieß, doch niemals sah ich, wie jemand etwas anderes bestellte, und ich hatte selbst auch nie den Mut, es zu versuchen. Eine schmalgesichtige schwarzäugige Jüdin brachte Shura und mir Schüsseln mit Borschtsch und etwas Brot, kaum daß wir einen Sitzplatz gefunden hatten. Ich war ein wenig nervös; meine Mutter hatte es nie gern gesehen, wenn ich mich bei Juden aufhielt, doch diese hier schienen mich zu akzeptieren, und ich nahm mir vor, zu leben und leben zu lassen. Und in der Tat, ich muß gestehen, daß ich mich unter den Juden Odessas, die eine völlig andere Rasse darstellen, richtig heimisch fühlte.

Nahe der Theke, einen gestiefelten Fuß auf eine Bank gestützt, spielte ein Akkordeonist bekannte Lieder über berühmte Schauspieler und Schauspielerinnen, über Rasputin, über unsere Niederlagen und Siege im Krieg und über örtliche Berühmtheiten (diese Lieder waren am beliebtesten, sagten mir jedoch gar nichts). Die Lieder störten mich mehr als die Gesellschaft. Einige der Lieder schienen gefährlich radikal zu sein. Ich flüsterte Shura zu, daß die Kneipe wahrscheinlich schon von der Polizei beobachtet und bald gestürmt würde. Dies ließ Shura in lautes Gelächter ausbrechen. »Sie wird von Mischa beschützt«, verriet er mir. »Und Mischa herrscht über den Slobodka-Distrikt. Niemand – weder die Armee, noch die Polizei, noch der Zar persönlich – würde es wagen, bei Esau eine Razzia zu machen. Nur Mischa hätte den Mut dazu. Aber warum sollte er? Schließlich gehört der Laden ihm.« Ich fragte, wer Mischa denn sei, und einige Gäste, die meine Frage mitgehört hatten, schlugen mir auf die Schulter. »Frag lieber, wer oder was Gott ist?« riet mir einer. Wie ich erfuhr, war die Rede von einem in der Gegend bekannten Gangster, dem Al Capone von Odessa, nämlich von Mischa dem Japs. Angeblich standen fünftausend Männer unter seinem Kommando, und die Behörden verhandelten lieber mit ihm, als daß sie sich mit ihm anlegten. Fast jeder in Odessa hatte einen Spitznamen. Ich wurde von Shura als »Max der Hetman« vorgestellt, da ich kosakische Vorfahren hatte. »Er ist Hetman von Kiew«, sagte Shura.

Obgleich seine Freunde das als einen Witz auffaßten, betrachteten sie mich doch mit Respekt. Mir dämmerte, daß ich aufgenommen war. Einen Tag zuvor wäre ich bei der Vorstellung, mich in Gesellschaft solcher Bohemiens aufzuhalten, entsetzt gewesen, doch nun hatte ich die Odessaner Toleranz kennengelernt. Ich war fest entschlossen, sie nicht nach ihrem Äußeren zu beurteilen, so wie sie mich nicht nach meinem Äußeren einschätzten. Shura hatte ein einnehmendes Wesen, und im Esau war er auch bei den älteren Männern und Frauen sehr beliebt. Er hatte Dutzende von Freunden in seinem Alter, und alle hatten etwas Besonderes: »Dies ist Viktor der Geiger, er wird eines Tages mal ein großer Musiker. Dies ist Isaak Jakobowitsch, der gewiefteste Spieler der Szene. Das ist die kleine Granja, die solltest du mal tanzen sehen. Und hier Boris – er sieht nach nichts aus, aber Zahlen sind seine Domäne, alle wollen, daß er ihre Finanzen verwaltet –, Ljowa ist ein besserer Maler als Manet, bitte ihn, dich einmal zu sich einzuladen – kauf ihm ein Bild ab, wenn du es dir leisten kannst. Er ist der neue Chagall!«

Shura konnte aus der armseligsten Erscheinung eine strahlende Persönlichkeit machen. Ehe die Mahlzeit beendet war, hatte ich mich zum größten Erfinder meiner Zeit aufgeschwungen mit Dutzenden von Patenten für die unterschiedlichsten Maschinen, mit zehn Goldmedaillen von der Akademie und einer sicheren Karriere in St. Petersburg. Ich fing an, daran zu glauben. Zumindest vertraute ich auf Shuras Optimismus. Er sollte sein Leben lang ein Optimist bleiben.

Ich war berauscht vom Wodka und vom Granatapfelsirup und von der Gesellschaft junger Mädchen und Petticoats und hellen Blusen, mit ihren schweren, dunklen Haaren und lockenden orientalischen Augen. Die Welt war ein einziges Vergnügen. Ich lachte. Ich versuchte, in ein Lied mit einzustimmen, den Arm um eine fette Matrone geschlungen, die nach Eau de Cologne und georgischem Wein roch und mir den Text vorsagte.

Während ich sang, zeigte jemand in unsere Richtung. Ein Mann in einem Nadelstreifenanzug, mit gelber Weste, gelber Fliege und gelbweißen Schuhen stand an der Tür und strich sich über den Schnurrbart. Er schlängelte sich zwischen den Tischen hindurch und gab Shura ein Zeichen. Er sprach ein perfektes Russisch. Ich wandte den Kopf und meinte, er müsse Franzose sein. Er lächelte und bestätigte es. Wir wechselten einige Sätze. Dann redete er wieder mit Shura, den er wohl kannte. »Ich bin immer noch an dem Zahnarztmaterial interessiert. In Paris ist das Zeug schwer zu bekommen.«

»Der Krieg läßt alles mögliche knapp werden, M'sieu Stavitsky.« Shura war belustigt. »Im letzten Jahr waren Sie im Export-Geschäft, jetzt sind Sie im Import tätig. Mit dem Holländer lassen sich gute Geschäfte machen. Seine Beziehungen sind erstaunlich.«

»Wo ist er zu finden?« wollte Stavitsky wissen.

»Ich arrangiere ein Treffen. Er mag es nicht, wenn man ihn in seiner Praxis belästigt. Haben Sie etwas zum Schreiben?«

Stavitsky holte ein silbernes Notizbuch hervor. Shura schrieb mit einem Bleistift ein paar Worte. »Ich erwarte Sie hier um sechs. Ich lasse Sie nicht hängen.«

Stavitsky drückte Shuras Schulter. »Ich weiß. Er soll besonders zuverlässig sein.«

Seit meinem Unfall hatte ich ab und zu Zahnschmerzen, wahrscheinlich ein lockerer Backenzahn. Als Stavitsky gegangen war, fragte ich nach dem Zahnarzt.

Shura lächelte. »Die ganze Familie geht hin. Wenn du Zahnschmerzen hast, solltest du ihn aufsuchen. Er ist ziemlich exklusiv, aber wir haben gemeinsame Interessen, deshalb wird es billiger für uns. Du erhältst bei ihm die beste Behandlung in Odessa. Du kannst ja mitkommen, wenn ich irgendwann hingehe. Eine perfekte Entschuldigung.«

Ich versprach Shura, falls es schlimmer würde, ihn beim Wort zu nehmen. Die Beziehungen meiner Familie schienen über soziale Schranken hinweg zu reichen. In England oder Amerika ist das nicht ungewöhnlich, doch im Rußland des Jahres 1914 gab es unzählige soziale Kasten. Nur in Künstler- oder Intellektuellenkreisen kam man zusammen, und das war manchmal auch nur unter Schwierigkeiten. Deshalb war ich auch von Esau, dem Haarigen, in Slobodka so beeindruckt. Ich spürte keine geheimen Spannungen. Mit einem Wort, ich war unschuldig, ahnungslos. Nichtsdestoweniger verlor ich über Nacht alle Vorurteile und vorgefaßten Meinungen. Bis ich einen gesunden Menschenverstand entwickelte, sollte es noch einige Monate dauern. Denn ich sollte in Odessa aufwachsen.

»Er ist Holländer«, fügte Shura hinzu, »obwohl ich schwören könnte, er ist ein verkleideter Hunne. Ich hoffe, niemand merkt etwas davon.«

»Meinst du, ein Spion?« fragte ich. Ich hatte die Zeitungen gelesen.

»Das ist auch ein Gedanke.« Shura grinste. »Das habe ich allerdings nicht gemeint. Komm, wir gehen nach Fountain. Du sollst etwas vom Land sehen. Und ich könnte frische Luft gebrauchen.«

»Ich würde lieber hier bleiben«, meinte ich.

Das gefiel ihm. »Du kannst herkommen, wann immer du willst. Man weiß jetzt, daß du mein Freund bist.«

Als wir gingen, wurde gerade ein Lied über einen Chinesen

gesungen, der sich in eine Russin verliebt hatte, zurückgewiesen wurde und in seiner Enttäuschung ein ganzes Wohnhaus angezündet hatte. Das war vor kurzem in Sewastopol wirklich passiert. Den Chinesen ist in Rußland nie so ganz über den Weg getraut worden. Während der Revolution konnte man sie dann auch mit den Juden Hand in Hand arbeiten sehen: die Juden mit dem Hirn, die Chinesen mit ihrer Grausamkeit. Man kann uns Slawen die Abneigung gegen die Orientalen durchaus nachsehen, haben sie doch seit Hunderten, wenn nicht gar Tausenden von Jahren versucht, sich auf unserem Gebiet einzunisten.

An einer Haltestelle in einer stillen, breiten Straße bestiegen wir die Linie 16 nach Klein-Fountain. Während der Fahrt zeigte Shura mir einige Sehenswürdigkeiten, an die ich mich jedoch nicht mehr erinnern kann. Ich habe nie viel Sinn für Kirchen oder Museen gehabt. Wir fuhren in freies Land hinaus. Dahinter lag das weite smaragdgrüne Meer. Shura meinte, wir hätten nicht viel Zeit, deshalb fuhren wir mit der offenen Straßenbahn sofort nach Arkadia zurück. Er müsse mich rechtzeitig zum Abendessen nach Hause bringen, und er hätte um sechs einen Termin. Unschuldig fragte ich ihn, worin seine Haupttätigkeit bestand. Ich dachte, ich hätte ihn in Verlegenheit gebracht, doch er antwortete freundlich, wenn auch ziemlich vage. »Ich bringe für alle möglichen Leute Dinge in Ordnung. Aber im wesentlichen arbeite ich für die Familie.«

»Für Onkel Semja.«

»Stimmt. Für seine Geschäfte braucht er Informationen. Ich bin eine Art Verbindungsoffizier.«

Mir wurde einiges klar. Shura hatte mit seinen Beziehungen stets die Finger am Puls der Stadt. Meine Hochachtung vor Onkel Semjas Pragmatismus wuchs. Er bezahlte meinen Cousin, damit dieser mit Leuten verhandelte, an die er selbst niemals heran käme. Ich fragte Shura, wie er Esau den Haarigen zuerst gefunden hätte. Mit seinem Instinkt, antwortete er, er sei in der Gegend groß geworden. Er hätte für seinen Lebensunterhalt selbst sorgen müssen. Seine Mutter war eine Witwe, wie die meine. Als er zehn Jahre alt war, folgte sie einem Erntemaschinen-Verkäufer nach Warschau. Sie mußte gespürt haben, wie er es audrückte, daß er alt genug war, um für sich selbst sorgen zu können. Ich drückte ihm mein Mitgefühl aus, doch er lachte nur. »Sei wegen mir nicht traurig, Max. Sie hat mich nur behindert. Kaum war sie weg, wurde ich reich.«

Ich sagte nichts über Onkel Semja. Klar, Shura hatte ihm leidgetan. Er machte das beste aus Shuras Fähigkeiten, wie er auch das beste aus meinen herausholen würde.

Bei unserem Spaziergang durch Fountain stieg uns der Duft der letzten Akazien in die Nase. Saubere Strände, ginstergelbe Felsen, die weißen Herrenhäuser der Industriellen, die etwas bescheideneren Häuser der Leute, die sich aus gesundheitlichen Gründen in Odessa niedergelassen hatten. Berühmte Künstler lebten ebenfalls dort, erzählte Shura.

Vor Onkel Semjas Haus trennten wir uns. Shura hatte es eilig, zu seiner Verabredung zu kommen. Es war etwa fünf Uhr. Wanda informierte mich, daß um sechs gegessen würde. Ich hatte Zeit, mich zu waschen und umzuziehen. Das Fenster in meinem Zimmer übte nicht mehr den früheren Reiz auf mich aus, also ging ich nach unten in den Salon, um mich mit Tante Genia zu unterhalten.

Der Salon wurde vom Licht der Straße erleuchtet. Ich sah stapelweise Bücher und Zeitungen und Magazine. Überall standen Topfpflanzen und Fotografien und gemütliche Sessel herum. Ein Spiegel, in dessen Rahmen Dutzende von Postkarten, die meisten von Wanja, geklemmt waren, hing über einem modernen Art-nouveau-Stück. Bilder mit romantischen Szenen aus einer ländlichen Ukraine hingen an der Wand. Tante Genia ließ ihr Buch sinken. Sie bedeutete mir, ich möge in dem Sessel ihr gegenüber Platz nehmen und fragte mich, wie es mir in Odessa gefiele. Ich erzählte ihr fast alles und ließ all das weg, von dem ich glaubte, daß es sie beunruhigen könnte. Sie meinte, falls »Gott ihr gnädig gesonnen sei«, würde sie sich auch eines Tages in Fountain zur Ruhe setzen. Früher hätte es dort eine Quelle gegeben, die ganz Odessa mit Wasser versorgt hätte. Mittlerweile wären die meisten Häuser während des Winters unbewohnt. Seit ihrer Kindheit benutzte man sie mehr und mehr als Ferienhäuser. Dort gäbe es, meinte sie, zu viele Restaurants und Lustgärten. Ob ich Arkadia gesehen hätte? Ich bejahte. Dort, meinte sie, wäre es am schlimmsten. Ein Gong ertönte. Seufzend erhob sie sich. »Das Abendessen.« Auch wären im Sommer in Fountain zu viele Kinder und im Winter zu wenige, während sich in den Limans auf der anderen Seite der Stadt ausschließlich alte Leute aufhielten, die danach trachteten, ihr Leben um einige armselige Monate zu verlängern. »Solche Frauen suchen die Unsterblichkeit«, meinte sie, »in Schlammbädern oder in den Armen der Mönche. Eine große Auswahl hat man nicht.« Ich fragte mich, ob das wieder eine Anspielung auf Rasputin war. Odessaner hatten ein erstaunlich loses Mundwerk.

Onkel Semja hatte sich ebenfalls zum Essen umgezogen. Er trug einen dunklen Anzug, und an seinen Händen waren keine Tintenflecken mehr. Wanda bediente uns drei und setzte sich dann zu uns. Onkel Semja redete von »Vereinbarungen« und »Frachtkosten«, während wir eine Jushka genossen, die nach »Bauernart« zubereitet war. Während Wanda den eingelegten Hering holte, klagte Onkel Semja über die »Moskauer Gauner«, die ihn bei einigen Fässern Oliven um seinen Gewinn gebracht hätten. Beim Hauptgang, gekochtes Rindfleisch mit Meerettichsoße und Butterkartoffeln, hatte er sich beruhigt und ließ sich über die Folgen des Krieges aus. Ich konnte nicht auf die Erkenntnisse meines Onkels hören, da ich vom Essen überwältigt war. Gang folgte auf Gang. Schon nach der Suppe fühlte ich mich satt. Dann fand ich noch Platz für den Hering. Und nun kämpfte ich mich durch das Rindfleisch hindurch. Zum erstenmal hatte ich Schwierigkeiten, eine Mahlzeit zu bewältigen. Dabei schienen solche Mengen, wenn man Onkel Semja zusah, völlig normal zu sein.

»Du bist müde«, hörte ich Tante Genia zu mir sagen. »Du hast gar keinen Hunger. Das war alles zu aufregend, was, Maxim?«

Ich nickte. Ich hatte das Gefühl, wenn ich den Mund aufmachte, würde eine Kartoffel herausflutschen.

Und das Schreckliche geschah. Onkel Semja unterbrach seine Betrachtungen über den Krieg und wandte sich mir zu. »Was hast du heute gemacht?«

Ich brummte. Onkel Semja lächelte milde. »Hoffentlich übt Shura auf dich keinen schlechten Einfluß aus. Ich hab' ihm erzählt, daß du ordentlich erzogen wurdest und in Kiew ziemlich zurückgezogen gelebt hast. Er hat dich doch nicht ins Spielkasino mitgenommen?«

Ich schüttelte den Kopf und hatte Angst, daß Shura Schwierigkeiten bekam, nur weil ich nicht reden wollte.

»Oder in dieses Haus. Wie heißt es noch?«

»Wir waren im Hafen«, sagte ich. »Und in Fountain.«

»Oh.« Es sah beinahe so aus, als sei Onkel Semja enttäuscht. »Dann hast du also das Meer gesehen?«

»Hmm.« Die Kartoffel kam noch nicht hoch. »Zum erstenmal.«

»Daran gewöhnt man sich leicht. Doch wenn man am Rande des Ozeans lebt, so wie wir, dann hat man immer einen wachen Geist. Man behält den Überblick. Man ist sich bewußt, daß man überaus verwundbar ist. Durch die Naturelemente genauso wie durch seine Mitmenschen.« Er schien dies sichtlich zu genießen. »Zu leicht vergessen wir Städter, daß auch wir sterblich sind. Doch das Meer erinnert uns daran. Aus dem Meer sind wir gekommen, und ins Meer werden wir irgendwann wieder zurückkehren.« Ein Früchtekompott wurde vor mich hingestellt. »Das Meer ist unser aller Mutter.«

Dies war meine erste Begegnung mit dem milden Pantheismus meines Onkels. Damals meinte ich, er redete über irgendeine Evolutionstheorie.

Nach dem Essen ging Onkel Semja in sein Arbeitszimmer, und ich saß mit Tante Genia und Wanda zusammen und las einen wissenschaftlichen Artikel im Magazin *Zanye (Wissen)*, das wegen seiner radikalen Ansichten in unserem Haus verboten war. Ich fand verschiedene Ausgaben. In allen standen Artikel, die mich interessierten, doch ich war noch damit beschäftigt, die Eindrücke des Tages zu verarbeiten. Ich las einige Absätze und ertappte mich dabei, daß ich an warme Körper und lachende Münder, an anzügliche Lieder und an eine gemütliche Menschenrunde dachte. Das Gefühl, endlich irgendwo hinzugehören, erfüllte mich. Odessa war Leben, und ich war bereitwillig aufgenommen worden.

Vielleicht sollte ich für Shura jetzt eine gewisse Bitterkeit empfinden, doch das kann ich nicht. Ich glaube, er tat nichts anderes, als mich in eine Welt einzuführen, die er leidenschaftlich liebte und von der er glaubte, daß ich sie lieben würde. Und ich liebte es, in den paar Monaten. Das Ende bedauere ich. Damals hatte ich noch keinen Sinn für Großzügigkeit. Shura zeigte mir Odessa in der ganzen Pracht ihrer letzten, glorreichen, dekadenten Tage, ehe Krieg, Hunger, Revolution, der Triumph bourgeoiser Tugenden sie in eine Hafenstadt wie jede andere verwandelten, wo die Menschen in Betonklötzen zu beiden Seiten von Zubringern, Überführungen und Ausfallstraßen zusammengepfercht wurden. Er zeigte mir die Dekadenz, und ich sah sie nur als Leben und

Schönheit und Freundschaft. Die heiße Sonne von Odessa hatte diese Frucht reifen lassen. Nun, vielleicht verfaulte sie im letzten Sommer der alten Welt.

Tante Genia blickte von ihrem Roman auf. Ich sähe blaß aus. Ich müsse mich schonen, damit meine Mutter sich keine Sorgen mache. Ich solle mich von der Sonne Arkadias bräunen lassen und mich von Shura nicht »in jene finsteren Löcher voll von jungen Verschwörern« schleppen lassen.

Ich gestand, daß ich müde war, doch an Schlaf war nicht zu denken. Mein Verstand hatte so viel zu verarbeiten. »Du wirst schon schlafen«, sagte sie. »Ich spiel' dir etwas Musik vor.« Sie ging zu einem großen Grammophon, das entweder aus Deutschland oder aus England stammte (auf dem Markenschild war ein kleiner Hund dargestellt), und fragte mich, ob ich irgendwelche musikalischen Wünsche hätte. Ich sagte, die hätte ich nicht. Sie hatte eine ansehnliche Sammlung dicker schwarzer Schallplatten mit farbenfrohen Etiketten, wie man sie damals erstehen konnte. Sie spielte mir einige Opernarien von Caruso vor (das war das erste Mal, daß ich Puccini oder Verdi hörte), etwas Mozart, zwei oder drei populäre Lieder von einem beliebten Sänger der damaligen Zeit (ich glaube, es war Isja Kremer) und einen aktuellen Tango, der, vielleicht weil das Gerät am Ende immer langsamer wurde, einen seltsam unheimlichen Eindruck auf mich machte, der mich bis in den Schlaf verfolgte und mich auch jetzt, da ich dies schreibe, frösteln läßt. Ich fiel fast augenblicklich in einen tiefen Schlaf.

Vier

In den darauf folgenden Tagen machte Shura mich mit neuen Zerstreuungen bekannt, denen ich mich nicht entziehen konnte. Meine Mutter hatte mich vor Revolutionären gewarnt, doch nicht vor den wahren Reizen und Gefahren Odessas: der fröhlichen sardonischen Gesellschaft lässiger Bohemiens, die sich einen Teufel um Karl Marx oder den Zaren scherten und glaubten, daß ihre Stadt die Welt war und daß es keinen schöneren Ort auf Erden gab. In mancher Beziehung hatten sie recht. Schnell paßte ich mich ihnen an. Odessaner werden vom übrigen Rußland ähnlich betrachtet wie Kalifornier von New Yorkern. Helle Kleidung war für uns selbstverständlich, ebenso selbstverständlich wie das rosige Licht, das die Stadt strahlen ließ und an einem anderen Ort vulgär gewirkt hätte. Selbst gelegentliche Diebereien wurden in Odessa nicht allzuernst genommen. Fast schien es, als wäre alles in der Stadt Gemeinbesitz, es sei denn man hängte sein Herz so sehr an etwas, daß man nicht umhin konnte, es zu übernehmen, wenn es einem abgeschwindelt wurde. Natürlich dachten nicht alle so. Immigranten oder Beamte sahen das anders; sie reagierten wie die protzigen Geldsäcke in ihren Strandhäusern oder die Urlauber, die herkamen, um zu baden und in der Sonne zu liegen. Die Frauen suchten Flirts mit Seeleuten oder unseren Odessaner Jungen.

Die Jungen von Odessa hatten dunkle Augen, weiße Zähne und bunte Schals. Sie trugen buntbedruckte Krawatten, zeigten Manschetten mit handgefertigten Manschettenknöpfen, liebten Krawattennadeln und riesige Ringe und verwegene Hüte und schokoladenfarbene Gamaschen. Ihre Westen waren aus gelbem Mohair oder chinesischem Brokat. Die Mädchen von Odessa trugen Federhüte, dunkle, ukrainische Stolen, gestärkte weiße Blusen und leichte, schwingende Röcke. Sie flanierten in kleinen kichernden Gruppen über die Promenaden und bevölkerten die Gärten, die abends von Ketten kleiner elektrischer Glühbirnen erleuchtet wurden. Dann verwandelte der große Mond von Odessa das Meer in wogendes Quecksilber, während Akkordeons oder Musikkapellen die aktuellsten Melodien spielten sowie die neuesten Lieder aus Frankreich, Amerika, sogar aus England und Deutschland. Soldaten und Seeleute spazierten Arm in Arm mit ihren Freundinnen durch die Menge, Gigolos hielten Ausschau nach Ehefrauen oder Witwen selbstzufriedener Kaufleute; Kaufleute hielten nach willfährigen Mädchen Ausschau, und dazwischen tummelten sich Taschendiebe, Trickbetrüger, Fotografen, Straßenmusikanten und Postkartenverkäufer. Auch hier sah man ganze Familien chassidischer Juden in ihren auffälligen schwarzen Kleidern, Schals und anderem Plunder. Sie waren ein Ärgernis für alle, bürgerliche Juden wie Nichtjuden. Dennoch wurden sie geduldet, wie sie nirgendwo sonst geduldet wurden, und das trotz der Tatsache, daß Mitglieder der Schwarzen Hundert, die zehn Jahre zuvor mit den Progromen begonnen hatten, fast den gesamten Stadtrat von Odessa stellten.

Shura machte mich mit Mädchen bekannt. Sie küßten mich auf die Wangen und meinten, ich wäre »hübsch« und »ein Schatz«, was nicht ganz der Eindruck war, den ich auf sie machen wollte. Ich erlernte jedoch schnell die reiche, blumige Sprache der Stadt, wie ich jede andere Fremdsprache sehr schnell erfaßte, und beherrschte sie schon bald. Diese Fähigkeit war es, die mir in vielen Situationen half, die ich aber im Laufe der Jahre mehr und mehr einbüßte. Was Sprachen anging, da war ich ein wahres Chamäleon.

Shura freute sich über meine Fortschritte. Er nahm mich zu den Limans mit, jenen seltsamen, dunklen, smaragdgrünen Teichen voll Schlamm und Mineralien. Dort lernte ich auch, für reiche Damen die verschiedensten Besorgungen zu machen. Man konnte sehr viel verdienen, denn von jeder an der jeweiligen Transaktion beteiligten Partei erhielt man ein Trinkgeld. Bei anderen Gelegenheiten machten wir unsere Geschäfte bei den Docks, wo es immer etwas zu tun gab. Schiffe wurden beladen und entladen, und es trieben sich dort immer Händler herum, die für jede Information zu zahlen bereit waren. Shura kannte sie alle, und auch ich wurde ihnen dank meines Spitznamens »Max der Hetman« schon bald ein Begriff. Shura garantierte mir auch einen festen Platz im innersten Kreis der Bohemiens. Man redete bereits davon, ich sei in Kiew eine »ganz heiße Nummer«. Bald konnte ich mich auch ohne Shuras Begleitung frei bewegen, doch die Docks suchte ich niemals ohne ihn auf. Jene graue Welt der Hochbahnen, Kräne und abgetriebenen Karrenpferde erschien mir gefährlich. Dort kamen die meisten Revolutionäre her.

Unterdessen versuchte ich natürlich, den Wünschen meiner Mutter nachzukommen. Ich lernte weiterhin an den Abenden (wenngleich diese immer kürzer wurden, je mehr ich den Tag in die Länge zog) und hielt mich viel in der frischen Luft auf, um zur Freude meiner Tante meine Hautfarbe zu verbessern. Onkel Semja schien von mir nichts anderes zu erwarten, als daß ich »ein bißchen die Welt kennenlernte, ehe ich wieder in die Schule zurückkehrte«. Ich bin seiner Philosophie und seiner Erfahrung dankbar, welche mir erst recht die Augen für den Wert der Bildung geöffnet hat. Doch der Wein und die Euphorie konnten mich nicht ständig mit frischer Energie versorgen, so daß ich manchmal gezwungen war, ganze Tage im Bett zu verbringen, um mich von den Exzessen zu erholen, zu denen mein Enthusiasmus mich getrieben hatte. An einem dieser Tage tauchte Shura grinsend bei mir auf. »Ich hab' gehört, dir geht es nicht gut. Ich hab' dich ja gewarnt, bei dem armenischen Wein etwas vorsichtiger zu sein, nicht wahr?« Er griff nach einem meiner Journale. Seine Lippen bewegten sich, als er versuchte, den deutschen Text zu lesen. »Was ist das?« Er zeigte auf einen Aufsatz über Oddys Arbeiten mit chemischen Isotopen. Es war der Anfang vom Ende der praktischen Wissenschaft. Gemeinsam mit Bohrs Atomtheorien erschienen Oddys Überlegungen eher wie die wahnsinnigen abstrakten Gemälde der »Modernisten«, die zur gleichen Gesellschaft gehörten wie die Bewunderer der wissenschaftlichen Theorien. Ich erklärte Shura, daß dies alles wahrscheinlich Unsinn war. Seine Antwort bestand in einem Lachen. »Schon klar. Du verstehst das Ganze nicht, was?«

»Immerhin gut genug, um es zu durchschauen«, entgegnete ich. »Warum bist du hergekommen?«

Shura massierte seine Nase. »Ich dachte, du hättest vielleicht Lust, mit mir nach Arkadia hinauszukommen. Du brauchst ein Mädchen.«

»Ich hab' keine Energie«, gestand ich ihm. »Ich kann nicht einmal richtig denken.«

»Du brauchst einen Arzt.«

»Unsinn.«

Zögernd zog er etwas aus seiner Westentasche. Er warf seinen Schal über die Schulter, faltete eine Zeitung auf und hielt sie mir hin. »Atme nicht zu heftig, Max, sonst fliegt eine Menge Geld weg.«

Ich blickte auf eine kleine Menge eines weißen Puders, die in der Knickfalte der Zeitung lag. Es erinnerte an die Substanz, die man gegen Kopfschmerzen oder Übelkeit nahm. »Was ist das? Gegen Kater?«

»Genau.« Shura legte die Zeitung vorsichtig auf den Waschtisch. Dann drehte er einen Rubelschein aus seiner Brieftasche zu einem dünnen Röhrchen. Ich verfolgte die Prozedur gespannt. »Was um alles in der Welt soll das Theater?«

Er brachte die Zeitung und den zusammengerollten Rubelschein an mein Bett.

»Man zieht es mit der Nase hoch.«

»Aber was ist das?«

»Kokain. Man nimmt es, um wieder auf die Beine zu kommen. Jeder nimmt es.«

In jenen Tagen brachte man Kokain nicht unbedingt mit Sucht in Verbindung. Es war nicht verboten, es zu konsumieren oder zu verkaufen, doch es war teuer und daher ein Privileg der Reichen. Als ich unbeholfen die ersten Kristalle in die Nase sog, hatte ich nicht unbedingt das Gefühl, daß ich etwas Schlimmes tat, sondern ich ahnte, daß ich eines Luxus teilhaftig werden sollte, der ursprünglich für weitaus Höherstehende reserviert war. Zuerst hatte ich nur ein taubes Gefühl in meinen Nasenlöchern, und ich war enttäuscht. Ich sagte Shura, daß ich entweder immun dagegen sei oder eine größere Menge brauchte. Er blätterte weiter in meinen Büchern herum. Allmählich entstand in mir ein ekstatisches Wohlgefühl. Gutes Kokain vermittelt einem nicht nur das Gefühl, als erwache der ganze Körper zu intensivem Leben, sondern es liefert auch einen ästhetischen Genuß. Man liebt die Droge selbst, die Welt, die sie hervorbringt, man findet plötzlich zu einem totalen Verständnis der Mächte und Beziehungen, die die Gesellschaft lenken. Ein erfahrener Kokainkonsument (ob er nun spritzt oder schnupft) sollte es beizeiten lernen, die von der Droge freigesetzten Energien zu lenken und die Wirklichkeit von den Phantasieeindrücken zu unterscheiden, doch damals befand ich mich ebenso in der Macht der Droge, wie ich von Shura gelenkt wurde. Natürlich empfand ich mich als völlig freier Herr meines Willens. »Es funktioniert prima«, sagte ich. »Ich fühle mich schon hundertmal besser.«

»Das wußte ich. Kommst du nun mit nach Arkadia?«

Ich dachte an die Mädchen und wie ich dort auftreten würde. Ich dachte an all die Fremden, die ich kennenlernen konnte, an die Erfindungen, die ich machen würde, während ich mich im Sand aalte. Ich zog Wanjas beste Kluft an (dazu ein oder zwei Accessoires, die ich selbst dazu gekauft hatte). »Wie spät ist es?«

Shura schüttelte den Kopf und lachte laut heraus. »Oh Max, du bist vielleicht ein lustiger Vogel. Es ist etwa Mittagszeit. Erst essen wir bei Esau eine Kleinigkeit.«

Wir gelangten nie nach Arkadia. Statt dessen blieben wir bei Esau, und ich redete über alles, was ich wußte, in allen Sprachen, die ich beherrschte. Meine aufmerksamste Zuhörerin war die kleine Katja, ein oder zwei Jahre jünger als ich selbst, aber bereits eine allseits beliebte und gefragte Hure. Sie nahm mich, der immer noch im Kokaindunst schwebte, bei der Hand, führte mich nach draußen auf eine Gasse und in ein Haus. Dort gelangten wir in einen sonnigen Raum mit einem Fenster, durch das man die umwölkten Spitzen von Moldowanka und Vorontzowka sowie landeinwärts die uralte Steppe sehen konnte. Katja zog mir alle Kleider aus und entblößte meinen Körper und bewunderte ihn und streichelte ihn und entfernte ihre eigenen Seiden- und Baumwollgewänder und legte sich auf ihr weißes Bett und lehrte mich die erregenden Freuden des Mannseins, so daß bis zum heutigen Tag Kokainkonsum und Kopulation in meinem Denken eine Einheit bilden. Mein Leben lang habe ich regelmäßig Kokain geschnupft, und bis auf ein paar kleinere Beschwerden mit den Schleimhäuten habe ich bei mir keine negativen Nachwirkungen feststellen können. Während ich das Haschisch- und das Opiumrauchen ablehne, denn beides betäubt den Geist und den Willen zum Handeln, die höchste aller menschlichen Tugenden, kenne ich viele große Persönlichkeiten, die Kokain benutzt haben, damit es ihnen bei ihrer Arbeit half. Natürlich kann es auch mißbraucht werden – ich erinnere an Bolschewiken und Popstars zum Beispiel –, doch das trifft auf alle Gaben zu, die uns auf Erden zur Verfügung stehen.

Nach meinem Erlebnis mit Katja schlief ich sehr fest. Am

nächsten Morgen stellte ich fest, daß sie noch immer da war, immer noch so zärtlich wie am Abend, doch ängstlich darauf bedacht, daß ich ging, denn sonst wäre das schlecht für ihr Geschäft gewesen. Ich fragte, wann ich wiederkommen dürfe. Sie meinte, ich sollte sie am nächsten Tag besuchen, wenn sie wieder ihren normalen Dienst aufgenommen hätte. Meine Leser wundern sich sicher, daß ich auf ihre Kunden nicht eifersüchtig war. Ich habe nie versucht, meine Gefühle zu analysieren. Meine Liebe zu Katja mit ihrem zierlichen, jungenhaften Körper, der Mähne schwarzen Haares, ihren mitfühlenden und unschuldigen Augen, ihren schwellenden Lippen und zarten Fingern, war eine der reinsten Lieben, die ich je kennengelernt hatte. Auch wenn ich sie mit ihren »Freunden« sah, empfand ich nichts anderes als eine tiefe Zuneigung zu ihr. Ich glaube nicht, daß ich, trotz allem, was noch geschehen sollte, jemals wieder eine derart harmonische Beziehung gefunden habe. Mein Leben mit Mrs. Cornelius war insgesamt komplexer und ihr Verhalten mir gegenüber, zumindest in den Anfangstagen, eher mütterlich.

Meine Begegnung mit Mrs. Cornelius fand nur einen Tag nach meinem ersten Geschlechtsakt statt. Meine Zahnschmerzen waren schlimmer geworden, und Onkel Semja meinte, ich müßte mich in die beste zahnärztliche Behandlung begeben. Wieder war die Rede von Cornelius. Wanda sollte mich sofort zur Preobraschenskaja (eine der elegantesten Straßen Odessas) bringen, wo der Zahn gezogen würde. Mein ausschweifendes Leben hatte mich bleich werden lassen, und meine Augen waren rot gerändert. Ich glaube, er hielt meine Zahnschmerzen für schlimmer, als sie wirklich waren.

In einem schnittigen Steiger, der Fahrer als steife Silhouette auf dem Fahrersitz vor uns, fuhren Wanda und ich durch die nebligen, herbstlichen Straßen. Blätter raschelten, und überall sah man schemenhafte Damen in ihren braunen Herbstmänteln und Hüten und Herren, ebenfalls in dunkleren Farben, auf das Herannahen des Winters warten.

Als das Taxi in die lange, gerade Preobraschenskaja einbog, kam ich mir in meinem neuen dreiteiligen Anzug mit weißem Hemd, steifem Kragen und Krawatte wie ein Graf auf dem Weg zum Prinzen vor. Meine Angst vor dem Zahnarzt hatte ich mit einer Portion Kokain betäubt. Gerade als die Sonne ihre ersten Strahlen in die Straßen der Stadt schickte, stiegen wir vor einem imposanten Gebäude aus (wir befanden uns in einem Viertel in nächster Nähe des Theaters und der Universität). Wir betraten einen Hausflur, stiegen ein paar Treppen empor und gelangten an eine Tür mit einem polierten Messingschild mit der Aufschrift *H. Cornelius, Zahnarzt.*

Wir wurden erwartet, doch im Wartezimmer hielt sich bereits ein anderer, unangemeldeter Besucher auf. Zumindest teilte uns dies die Sprechstundenhilfe mit, als sie uns einließ. Leider kann ich das wundervolle Englisch der Dame nicht wiedergeben, daher soll dies jemand anderem überlassen werden. Sie schien sehr selbstsicher zu sein, als sie so mitten im Raum stand, in der Hand ihren lachsfarbenen Sonnenschirm und in der anderen eine farblich passende Handtasche. Sie war nahezu vollständig in Rosa gekleidet, mit einigen weißen Verzierungen und einem Hut in verschiedenen Farben. Sie schien einer Illustration aus einem meiner französischen oder englischen Magazine entsprungen zu sein. Die Federn glitten herum wie die Schlachtreihe eines kriegführenden Monarchen, als sie sich zu uns umdrehte. Sie hatte blonde Haare (was in der damaligen Zeit nicht sonderlich in Mode war) und ein rosigweißes Gesicht mit wenig Make-up darauf. Sie lächelte auf uns herab, obgleich sie nicht ausgesprochen groß war, und sie hätte die Zarin selbst sein können, die mir die Gnade ihrer Aufmerksamkeit zuteil werden ließ. Wie ich schon erwähnte, sprach sie Englisch und war etwas ungehalten über die Dummheit der Sprechstundenhilfe, die sie in Deutsch und dann in Französisch angeredet hatte.

»Ich hab' ihr gesacht, ich wollt' mein' Cous' sprechen.«

Die englischen Worte erkannte ich, allerdings nicht ihren Sinn. »Die Dame ist Engländerin«, informierte ich das Mädchen, das in ihrer weißen Tracht aussah wie ein verwirrter Schäferhund. Ich zog meinen Hut. »Kann ich Ihnen behilflich sein, Mademoiselle?«

Die Engländerin reagierte erfreut. Sie schien sich zu entspannen. »Kannze dieser blöden Kuh klarmachen«, sagte sie »das ich mein' Cousin Haitch besuchen wollte – Mr. Cornelius? Ich bin Miss Honoria Cornelius, die er sicher noch als kleines Gör kennt, das auf sein' Knie herumhopste. Ich hab' 'n bißchen Malessen gehabt und muß ihn privat sprechen.«

»Sie sind nicht gekommen, um sich von seiner kundigen Hand von Leid und Qual befreien zu lassen, meine Dame?«

»Watt soll ich?« erinnere ich mich sie fragen zu hören. Das

verwirrte mich. Sie fügte hinzu: »Wat hasse gesacht?« Ich ging davon aus, daß sie mich nicht verstanden hatte.

»Haben Sie keine Probleme mit den Zähnen?«

»Nee, wieso denn? Die sind weiß wie Perlen und kerngesund. Watt meinen se' denn, wie alt ich bin?«

Nun wandte ich mich in klarem, deutlichem Russisch an die Sprechstundenhilfe. »Diese Dame ist eine Verwandte seiner Exzellenz, des Zahnarztes. Ihr Name lautet Mademoiselle Cornelius. Ich glaube, sie ist eine Cousine.«

Die Sprechstundenhilfe atmete auf. Sie lächelte und geleitete die englische Dame in ein anderes, noch luxuriöser eingerichtetes Zimmer. Mit einem »Vielen Dank, Iwan«, in meine Richtung verschwand Mrs. Cornelius. Wie ich später erfuhr, war sie mit dem Zahnarzt überhaupt nicht verwandt. Seinen Namen hatte sie aus dem Baedeker und hatte daraufhin spontan beschlossen, ihn zu besuchen. Sie war mit einem persischen Aristokraten gereist, einem wohlbekannten Playboy jener Jahre, als sie in einem Hotel (im Central) eine Meinungsverschiedenheit hatten. Er war mit einem früheren Dampfer abgereist und hatte die Rechnung nur bis zum Morgen bezahlt. Sie konnte kein Wort Russisch, trotzdem machte sie das beste aus ihrer Lage. Sie war mir, wie sich später herausstellte, überaus dankbar, denn sie war so gut wie am Ende. Daher erkannte sie mich auch, als wir uns später erneut über den Weg liefen. Sie hatte jede Hoffnung aufgegeben, in Odessa jemanden zu finden, der Englisch sprach, und ich war ihr »von Gott geschickt worden«, obwohl ich, wie sie's ausdrückte, »redete wie ein verdammtes Buch.«

Nachdem sie gegangen war und Wanda und ich Platz genommen hatten, war alles, was an sie erinnerte, der Duft ihres Parfüms (Rosenblüten). Ich wurde ins Behandlungszimmer gerufen, und Wanda begleitete mich neugierig. Ein attraktiver Mann mittleren Alters schaute mir in den Mund, schnalzte mit der Zunge, murmelte etwas Holländisches vor sich hin, setzte mir eine Maske auf und bedeutete der Sprechstundenhilfe, den Hahn an einem schlanken Zylinder zu betätigen. Ein seltsamer Geruch verdrängte den Rosenduft. Ein Betäubungsgas. Ein komisches Summen setzte in meinen Ohren ein – zhe-boo, zhe-boo –, und schwarze und weiße Kreise verschmolzen zu einer rotierenden Spirale. Mir wurde schlecht, und ich träumte von Zoja und Wanda und der kleinen Esmé und dem warmen und angenehmen Körper meiner Katja. Sie alle trugen das gleiche pinkfarbene Kostüm wie die englische Dame, die die Cousine von Heinrich – oder hieß er Hans? – oder Hendrik? – Cornelius war.

Ich erinnere mich, daß ich mit einem leereren Kiefer, aber dafür mit einem volleren, dröhnenden Kopf aufstand. Als ich fragte, was mit Mademoiselle Cornelius wäre, kicherte Wanda. »Ihr Cousin schien ihr nur zu gern geholfen zu haben.«

Dank regelmäßiger Kokainlieferungen von Shura und aus anderen Quellen konnte ich meine Studien und mein neues, abenteuerliches Leben fortsetzen. Ich begründete eine tiefe Freundschaft mit Katja. Und irgendwann verliebte ich mich in sie genauso heftig wie in Zoja. Die Ferien schienen nicht enden zu wollen. Onkel Semja hatte gemeint, ich solle nur so lange bleiben, bis mir ein Platz im Polytechnikum sicher sei. Und wann das der Fall wäre, konnte niemand sagen. Manchmal blieb ich von vierundzwanzig Stunden insgesamt zwanzig Stunden wach. Manchmal schlief ich überhaupt nicht. Die Briefe an meine Mutter waren immer voller Optimismus und wurden regelmäßig abgeschickt. Mein Leben bestand nicht nur aus Abenteuern. Onkel Semja und ich besuchten regelmäßig das Theater und die Oper (gewöhnlich nur wir beide). Er erwies sich als ein erstaunlich toleranter Gastgeber.

Natürlich war das Leben mit den vergnügungssüchtigen Bohemiens von Odessa nicht ganz frei von Problemen. Fast jeden Tag gab es Streit, oder zumindest wurde damit gedroht. Meistens konnte ich solchen Schwierigkeiten aus dem Weg gehen, indem ich eine freundliche oder neutrale Haltung einnahm (etwas, was mir später zur zweiten Natur wurde), oder indem ich mich herausredete. Doch nicht immer konnte ich mich von den Revolutionären fernhalten, vor denen mich meine Mutter gewarnt hatte.

Im allgemeinen wurde ich durch politische Gespräche sofort verscheucht, außer es handelte sich um auf Odessa begrenzten lokalen Verwaltungsklatsch. Doch als etwas von meinen technischen Kenntnissen und meinen wissenschaftlichen Fähigkeiten bekannt wurde, suchte mich mehr als nur ein Sozialist auf. Ein ganz spezieller Bursche war darunter, der mir Probleme hätte aufgeben können: ein trübsinniger und introvertierter Georgier »auf Urlaub« aus Sibirien, wie er es ausdrückte. Ich sollte ihm ein paar Bomben für einen Anschlag auf den Postzug Odessa–Tiflis basteln. Ich bebte vor Angst, daß jemand uns belauscht haben könnte. Wenn meine Mutter davon erfahren hätte, sie wäre tot umgefallen. Doch ich konnte ihn nicht so einfach stehenlassen. Dieser finstere Bandit mit dem ungewöhnlichen Namen ›So-So‹ hatte eine gedämpfte, drängende Stimme und glühende Augen, die aus einem unrasierten, pockennarbigen Gesicht herausstarrten. Allein diese oberflächlichen Eindrücke waren es, die mich zu ihm höflich sein ließen. Ich versprach, mich einmal mit dem Bau von Bomben zu beschäftigen. Und bei unserem zweiten Zusammentreffen wollte ich ihm dann erklären, ich hätte kein Material bekommen können. Ich hielt es für klug, wie versprochen die Kneipe aufzusuchen, doch er war zu meiner großen Erleichterung nicht da. Ich sah ihn nie wieder. Vielleicht war er verhaftet worden. Vielleicht hat ihn sogar die Polizei erschossen. Vielleicht fischte man ihn aber auch aus dem Quarantäne-Hafen wie den Mann, der Mischa den Japs bei einem Morphiumgeschäft hatte übers Ohr hauen wollen. Unter den Dieben von Moldowanka gab es eine gewisse, begrenzte Form von Ehre. Jeder, der sein Vertrauen brach, wurde einer glatten und schnellen Gerechtigkeit zugeführt, einer Gerechtigkeit, die, falls die zaristische Polizei sich ihrer bedient hätte, jede Revolution sofort im Keim erstickt und mit den Bolschewiken und anderen Elementen kurzen Prozeß gemacht hätte.

Es ist sogar denkbar, daß die Türken mich vor So-Sos geschwätzigem Mund beschützt hatten. Am nächsten Tag war es, ich lag neben Katja, als ich von einem schrillen Heulen und dem Wummern einer fernen Explosion aus einem wunderbaren, schläfrigen Halbtraum gerissen wurde. Ich dachte zuerst, in den Fabriken hätte ein Unfall stattgefunden oder daß ein Schiff in die Luft geflogen war. Doch die Schreie und Explosionen erfolgten nun regelmäßiger, und während ich mit Katja die Treppe hinunterrannte, stürzte ein hagerer Freund von mir, es war Nikita der Grieche, an mir vorbei auf die Straße und schrie, daß die Deutschen die Stadt beschossen. Hinaus in den Nebel gingen wir, getrieben von einer vagen Vorstellung, daß es wohl gefährlich wäre, unter einem Dach zu bleiben. Wir eilten über einen kleinen, von Bäumen umrahmten Platz, der einem impressionistischen Herbstgemälde glich, und immer noch wurden wir mit jenem seltsamen, pfeifenden Ton überschüttet. Dies alles war uns völlig neu. Alle rannten in Panik umher. Es war schrecklich, so viele ängstliche Leute aus dem Nebel auftauchen und wieder darin verschwinden zu sehen. Die meisten Salven waren für den Hafen und die darin liegenden Schiffe der Alliierten gedacht, und bald nahmen die Verteidigungskräfte von Odessa den Kampf auf. Die wesentlichen Beschädigungen gab es in Persuip, im Industriegebiet am Meer, wo die Werften standen. Der Feind wurde vergleichsweise problemlos ins Meer zurückgetrieben. Am folgenden Tag erfuhren wir, daß es die Türken gewesen waren, die uns beschossen hatten. Damals befand sich die Türkei mit Rußland noch nicht offziell im Krieg. Zwei Tage später sandten wir den grausamen und gerissenen Muselmanen unsere Kriegserklärung.

Bis zu diesem Bombenüberfall hatte ich ernsthaft überlegt, ob ich nicht in Odessa bleiben und die dortige Technikerschule besuchen sollte (die sehr gut war, obgleich sie nicht einen so hervorragenden Ruf hatte wie die Institute in St. Petersburg). Ich glaube, Onkel Semja hätte nichts dagegen gehabt, wäre nicht dieses Bombardement gewesen, das zeigte, wie verwundbar Odessa tatsächlich war. »Das Meer erinnerte uns nachhaltig genug an die Vergänglichkeit und den Tod«, stellte er an diesem Abend bei Tisch sinnend fest. Zum erstenmal lud er mich ein, ihm und zwei Gästen Gesellschaft zu leisten. Der eine war der örtliche Polizeichef, und der andere war der Kapitän eines französischen Schiffs, das während des Bombenregens leicht beschädigt worden war. Onkel Semja bedauerte, daß er mit seiner Familie nicht nach Kiew oder Moskau fliehen könne. Seine Geschäfte seien so komplex, daß er deren Erledigung niemandem sonst überlassen dürfe. Daraufhin mußte der Polizeichef lachen, was Onkel Semja offensichtlich mißfiel, doch schließlich brachte auch er ein schwaches Lächeln zustande. Er hätte daran gedacht, sich im Unterhaltungsgeschäft umzutun und sein Glück mit Kino-Vorführungen zu versuchen. Das sei es, was die Leute im Krieg wollen. Alle waren sich einig, daß das »Kino« das Geschäft der Zukunft war. In Amerika wurden damit bereits Vermögen verdient. »Es käme mir gerade recht«, meinte Onkel Semja, »mich wenigstens in einem Bereich um die Kunst verdient zu machen.« Er hätte ursprünglich ein Theater eröffnen wollen, doch wäre die Zeit zu unsicher, um das Risiko umfangreicher Investitionen einzugehen. Kinoausrüstung könne man von Ort zu Ort transportieren. Man könne ein solches Programm in Scheunen, wenn nötig sogar unter freiem Himmel vorführen. Er sah schon sich selbst und Tante Genia in einem Pferdewagen – »frei wie die

Zigeuner auf den Straßen der Welt« – mit seinem Projektor und seinen Filmen von Stadt zu Stadt ziehen. »Wie berühmt wir wären. Und wie die Leute sich freuten, wenn wir zu ihnen kämen.«

»Die Leute freuen sich immer, Sie zu sehen, Semjon Josefowitsch«, sagte der Polizeichef. »Sie leisten der Allgemeinheit auch wichtige Dienste.«

»Überhaupt der ganzen Welt«, sagte der Kapitän als Repräsentant des Internationalismus. »Sie sind in Marseille und Cardiff wohlbekannt. Ich habe die Leute von Ihnen reden gehört.«

»Was, in Frankreich und in England?«

»Aber ganz gewiß.«

Onkel Semja war darüber außerordentlich erfreut. »Ich hoffe, man hält mich für einen ehrlichen Kaufmann.«

»Aber ja doch, das tut man bestimmt!« Wieder mußte der Polizeichef lauthals lachen. Bis heute ist mir dieser sogenannte Humor ein Rätsel. Vor dem Rang des Mannes empfand ich angemessenen Respekt, hingegen erschien mir sein rotes, aufgedunsenes Gesicht, der verfilzte graue Bart und sein verschlagenes Grinsen ziemlich unattraktiv, vor allem nach einigen Gläsern Wein. Der Kapitän war weitaus angenehmer. Er hatte hellgrüne Augen und von Wind und Wetter gegerbte Wangen. Sein Verhalten war reserviert und höflich, als wohne er dem Essen nur aus einer Pflicht heraus bei oder weil er mit Onkel Semja geschäftliche Verhandlungen zu führen hatte. Möglich, daß ihm das polternde Auftreten des Polizeichefs ebenso mißfiel wie mir.

Am darauffolgenden Morgen erhielt ich einen deprimierenden Brief von Esmé. Ihr Vater war an einer Lungenentzündung erkrankt und ganz plötzlich im Krankenhaus gestorben. Sie schrieb, meiner Mutter ginge es anscheinend gut, wenngleich sie mich vermisse. Ein- oder zweimal sei Esmé mit ihr und Captain Brown ins Theater gegangen. Sie hätten auch Kinofilme vom Krieg gesehen. Sie berichtete, daß unsere Soldaten den Feind an nahezu jeder Front zurückdrängten. Die Neuigkeiten, die Kiew betrafen, erschienen mir doch sehr provinziell. Ich las den Brief mit einem gewissen Gefühl der Überlegenheit. Esmé schrieb, sie wolle sich als Krankenschwester an die Front melden. Ehe ich mich zu Katja aufmachte, antwortete ich ihr umgehend und schrieb, ich hielte diese Tätigkeit für einen Menschen von ihrem Temperament und Charakter für geradezu ideal.

Bevor ich den Brief zur Post bringen konnte, rief Onkel Semja mich in sein Arbeitszimmer. Er fragte, ob der Brief aus Kiew von meiner Mutter sei. Ich berichtete ihm, daß er von Esmé käme, einer Freundin aus meiner Kindheit. Er schien darüber erleichtert zu sein. »Ich habe darüber nachgedacht, ob ein weiterer Aufenthalt in Odessa für dich Sinn haben könnte. Bisher hat es sich für dich gelohnt. Du bist erwachsen geworden. Und das hatte ich im Sinn. In dieser Welt wärest du bald unter die Räder geraten, wenn du dich nicht vom Rockzipfel deiner Mutter gelöst hättest . . .«

Ich schickte mich an, meine Mutter zu verteidigen, doch er hob eine Hand. »Ich will die arme Jelisaweta Filipowna nicht kritisieren. Sie hat es mit dir sehr gut getroffen. Besser als andere Mitglieder der Familie, die ebenfalls Kinder haben. Wanja hat seine Tugenden, doch ich habe keinen Sohn, auf den ich so stolz sein könnte wie sie auf dich.« Ich fühlte mich geschmeichelt. »Deshalb möchte ich auch jegliche Gefahr von dir abwenden. Es hat länger gedauert als geplant, Verbindung zu den wichtigen Leuten in St. Petersburg aufzunehmen, doch der Erfolg ist in greifbare Nähe gerückt (du mußt dich fotografieren lassen). Es ist nicht sicher, ob du mit deinem Studium wie geplant im Januar beginnen kannst. Soll ich dich nun in Odessa behalten, wo du deine Lebenserfahrungen ausweiten kannst, oder soll ich dich ins sichere Kiew zurückschicken?«

»Meinst du, es kommt wieder zu einem Bombenangriff, Semjon Josefowitsch?«

»Die Türken haben uns überrumpelt. Das gelingt ihnen kein zweites Mal. Aber was wird deine Mutter dazu sagen? Bestimmt wird sie dich zu Hause haben wollen.«

»Aber ich fühle mich hier wohl.«

Er war zufrieden. »Genia Mihailowna und ich haben schon darüber gesprochen, wie gut du dich entwickelt hast, wieviel Selbstvertrauen du gewonnen hast. Du wirst in Peter sehr viel für mich tun können.«

»Natürlich, Onkel. Das würde mir eine Ehre sein.«

»Ich glaube, wir haben einen guten Mann vor uns.« Er runzelte die Stirn. »Aber du mußt dich vor den Mädchen in acht nehmen, Max.« Nicht zum erstenmal benutzte er diese Verkleinerungsform. »Es gibt da gewisse Krankheiten. Hast du schon davon gehört?«

»Ich denke schon.« Ich wußte über Geschlechtskrankheiten Bescheid, die in einem Hafen wie Odessa stets grassierten. Ich traf auf Katjas Anraten entsprechende Schutzvorkehrungen, und bisher hatten wir damit keinerlei Probleme gehabt.

»Warst du auch schon in den Kasinos?«

Ich bejahte.

Onkel Semja lebte richtig auf. »Dort hat es mir immer gut gefallen. Der Trick besteht darin, nie mit seinem eigenen Geld zu spielen. Man sollte ein System anbieten und sich nach Geldgebern umsehen. Wenn man gewinnt, dann teilt man den Profit. Und wenn man verliert, dann muß das System eben verbessert werden, doch man selbst hat keinen Schaden. So habe ich mein Grundkapital zusammenbekommen.«

Ich war verblüfft, ja, fast schon schockiert über dieses offene Geständnis, doch es war zugleich eine Feststellung, daß ich zumindest in seinen Augen erwachsen geworden war.

Onkel Semja wechselte das Thema. Er seufzte. »Vor etwa einem Jahr wollten wir nach Berlin emigrieren, wo ich einen Bruder habe. Doch nun wollen wir erst einmal abwarten. Angeblich sollen wir uns mit den Deutschen gegen die Türken verbünden. Dabei hat man in Peter vor den Türken weniger Angst als vor den Deutschen. Wir sollten mehr ins Zentrum ziehen. Vielleicht nach Charkow. Im Zentrum eines Landes ist es immer am sichersten. Aber es gibt Gründe . . .« Er beschrieb mit der Hand eine geheimnisvolle Geste. »Mal sehen, was deine Mutter davon hält.« Seine Miene verdüsterte sich. Er sagte etwas, ich glaube auf deutsch, über die Juden, doch er sprach so leise, daß ich ihn nicht verstehen konnte. Er holte einen Paß aus seinem Schreibpult, betrachtete ihn mit gedankenvollem Lächeln und legte ihn dann wieder zurück.

Mit dem Gefühl, in Zukunft noch mehr Freiheit zu haben, und in der Hoffnung, daß sich meine Mutter keine allzu großen Sorgen machte, kehrte ich in mein Zimmer zurück. Nachdem ich mich zur Stärkung aus meinem Kokainvorrat bedient hatte, machte ich mich auf den Weg zu Katja, um sie zu fragen, ob sie mich zu Esau begleiten wollte. Ihre Mutter, die im hinteren Teil des ersten Stockwerks wohnte und ebenfalls als Hure arbeitete, informierte mich, daß Katja gerade beschäftigt sei. Taktvoll wie ich war, hinterließ ich eine Nachricht und suchte alleine das Restaurant auf. Shura war nicht da, und so unterhielt ich mich angeregt mit zwei Tänzern aus einem der Kabaretts. Der Mann und die Frau hatten gerade eine Tournee hinter sich und beklagten sich über Nikolajev, das sie ein »armseliges Nest« nannten.

Kurz darauf erschien Shura und begrüßte mich mit einem freundschaftlichen Klaps auf den Rücken. »Du gehst also nach Peter, wie ich hörte.«

Ich meinte, ich wüßte noch nicht genau, wann. Er bestellte ein Glas Tee und trank gierig. Er nickte. »Dort mußt du dich an die jungen Damen an der Universität heranmachen. Ihre Väter sind reiche Leute. Gestern lernte ich ein solches Mädchen in Fountain kennen. Sie mochte mich. Ihr Vater ist Fabrikbesitzer in Cherson. Als er mich mit seiner Tochter erwischte, warf er mich raus. Aber er ist genau der richtige Typ. Ein Industrieller, der deine Patente finanzieren kann.« Er zwinkerte wieder.

Ich meinte, es klänge, als wolle er mir zu einer Gaunerei verhelfen, und er lachte. »Ist nicht alles ein großer Schwindel, Xima, Freund? Und wenn der Krieg ewig dauert? Wenn die Welt für den Rest unseres Lebens so aussieht? Wir müssen vorsorgen.«

Ich teilte die öffentliche Meinung, daß Deutschland und Österreich-Ungarn mehr geschluckt hatten, als sie verdauen könnten. Die Habsburger Dynastie war durch und durch verrottet.

»Und du meinst, das ist bei den Romanoffs nicht der Fall?«

In Odessa hatte ich über den Zaren und seine Familie mehr Skandale gehört als in meinem ganzen bisherigen Leben. Es sah wirklich nicht gut aus. Wie ich gehört hatte, sollen die Zarin und ihr Hof rauschgiftsüchtig gewesen sein. Die Minister und die hohen Militärs waren allesamt korrupt. In Odessa fiel es leicht, das alles zu glauben. So wie meine Mutter es immer geraten hatte, ließ ich dieses Thema jedoch schnell fallen. Ich meinte nur: »Rußland hat die Kraft, mit jedem Gegner fertig zu werden.«

Einige von unseren Freunden traten ein und kamen an unseren Tisch. »Klar, wir haben sicherlich mehr Kanonenfutter als alle anderen.« Während die Jungen und das Mädchen sich niederließen, sah Shura zur Bar. Dort sang eine junge Frau, begleitet von einem Akkordeon, ein leidenschaftliches Lied. Sie war schlank, und neurasthenisch, während ihr Musikerkollege stämmig und dreckig war, als käme er direkt aus einem heruntergekommenen Schtetl, von denen ich gelesen hatte, die ich aber Gott sei Dank niemals hatte kennenlernen müssen. »Aber wie die Wikinger zu sagen pflegten, kämpfen freie Männer viel besser.«

Ich wies ihn darauf hin, daß es so etwas wie Freiheit gar nicht gab und daß es sich dabei in meinen Augen um die Vorstellung eines Revolutionärs vom Himmel handelte. Das amüsierte ihn. Nikita der Grieche (dessen Name das einzige Griechische an ihm war) schob seine Arbeitermütze in den Nacken und lehnte sich mit einem bösartigen Grinsen über den Tisch. »Nur ein Mensch ohne Seele ist ein freier Mensch«, erklärte er. »Man kann ein freies Leben führen, aber nur, wenn man auf seine Unsterblichkeit verzichtet. Das ist meine Meinung.« Nikita hatte Priester werden sollen, bis er von Cherson weglief. Er fügte hinzu. »Man kann nicht Gott und die Freiheit gleichzeitig haben.«

Das war in etwa das, was ich gesagt hatte. Ich sah Shura triumphierend an, doch er hatte das Interesse an der Diskussion verloren. Sonnenblumenkerne kauend starrte er die ausgemergelte Sängerin an. Hinter Shuras Rücken zwinkerte Nikita mir vielsagend zu. Ich grinste. An dieses Grinsen sollte ich mich noch mit Bitterkeit erinnern, doch damals sagte ich: »Die Türken haben uns wachgerüttelt und auf gewisse Gefahren aufmerksam gemacht. Jetzt werden wir entsprechend kämpfen. Nichts kann Rußland vernichten.«

Lyova der Maler kam mit einem Arm voll Gläsern und stellte sie auf den Tisch. Sein dunkles Haar fiel ihm in die Stirn, und er strich es zurück. »Das hat man auch von Karthago behauptet. Es hieß: ›Karthago ist unbesiegbar. Es ist eine der ältesten Zivilisationen der Welt.‹ Und was passierte? Über Nacht haben die Römer die Stadt vernichtet. Und warum? Weil niemand es für möglich hielt. Sie konnten ihr Schicksal einfach nicht fassen. Wäre es anders gewesen, dann lebten sie wahrscheinlich noch heute.«

»Das tun sie doch«, warf Boris der Buchhalter ein und rückte seine Brille zurecht. »Warum gibt es so viele Semiten in Odessa? Das hier ist Neu-Karthago.«

»Dann schon eher Neu-Gomorrha«, schlug Shura vor und leerte sein Teeglas. »Ich brauche jetzt einen Wodka.« Er schien trübsinnig zu sein. Er wich meinem Blick aus. Ich dachte mir, er bedauerte wohl unsere bevorstehende Trennung.

»Unsinn«, sagte Nikita. Er verzog verächtlich den Mund. »Die Russen und die Juden sind unschuldige Kinder. Im Grunde sind sie Sklaven. Wir sind wie Kinder. Wir quälen uns gegenseitig, weil wir Kinder sind. Wir behandeln unsere eigenen Kinder schlecht . . .«

Grania, die lockige Tänzerin mit dem herzförmigen Gesicht, ließ das nicht gelten. Sie gab einen Laut des Mißfallens von sich. »Niemand liebt die Kinder mehr als wir Russen!«

Boris warf ein: »Kosaken machen mit jüdischen Kindern aber nicht viel Federlesens . . .«

»Paß auf, was du sagst, Benja«, warnte Ljova ihn lächelnd. »Bei uns sitzt ein kosakischer Hetman.« Wir hatten alle daran unseren Spaß.

»Wir *sind* Kinder«, beharrte Nikita auf seiner Meinung. »Wir lieben unsere ›Väterchen‹, unsere ›Batkos‹. Und deshalb sind wir solche Materialisten. Denn wir sind arm, die meisten von uns, arm wie Kinder. Wir haben keine Macht, keinen Reichtum, kein Recht außer dem Recht des Autokraten. Dauernd streiten wir uns um Besitz. Wir sind bestimmt die einzige Rasse der Welt, die sentimentalen Lyrizismus mit emotionaler Reife gleichsetzt. Unsere Literatur ist voll von Bäumen und naiven Protagonisten. In russischen Romanen gibt es mehr Bäume, als zur Herstellung des Papiers nötig wären, auf dem sie gedruckt wurden.«

Ich glaube, kaum einer von uns verfolgte Nikitas abstruse Argumentation. Es war das erste Mal, daß er sich so ausführlich äußerte. Er ging später als Journalist zu einer Bolschewikenzeitung und verschwand Mitte der dreißiger Jahre von der Bildfläche (ich traf seine Schwester kurz in Berlin). Boris der Buchhalter schien jedoch mit Nikita einer Meinung zu sein. »Wir befinden uns in der Gewalt wahnsinniger Kinder«, sagte er. »Russen tun alles mögliche, um nicht erwachsen zu werden. Deshalb ist es so leicht, sie zu regieren.«

»Und deshalb werden wir auch den Krieg verlieren«, sagte Shura und gab Boris das Gefühl, etwas Bedeutendes festgestellt zu haben. Boris baute seine Ausführungen weiter aus:

»Eine öde, infantile Nation. Was man hier unter Reife versteht, ist die Reife, die ein Jugendlicher erlangt zu haben glaubt, wenn er bei Grundideen wie Liebe, Tod und Natur sentimentale Anwandlungen bekommt.«

Wir lachten, wie nur sentimentale Jugendliche lachen können, die solche Vorstellungen noch nicht gänzlich verloren haben.

Diese Gespräche gebe ich hier nur wieder, um einen Eindruck von den damals in Odessa kursierenden Ideen zu vermitteln, nicht etwa weil sie besonders tiefschürfend waren.

»Deshalb ist Tolstoi bei den jungen und leidenschaftlichen ja so populär«, sagte Boris. »Natascha *ist* Rußland. Selbst der älteste und würdigste Graubart ist im Grunde ein Kind. Wie sonst konnten sie so bereitwillig dem Marxismus zu Füßen fallen?«

Bei dieser politischen Bemerkung war ich sofort auf den Beinen. Die meisten Juden wie Boris waren Radikale und mußten gemieden werden. Marxisten, Kropotkinisten, Proudhonisten, sie alle waren für mich dasselbe. Sie alle verbreiteten eine Hirnkrankheit, die um so gefährlicher war, als sie von Mund zu Mund übertragen wurde. Ich hatte Angst vor ›So-So‹. Wenn man von dem Teufel redete, erschien er vielleicht. Ich beschloß nachzusehen, ob Katjas Kunde bereits gegangen war. Als ich aufstand, kam sie herein. Sie stürmte mir entgegen, umarmte mich und küßte mich in einer Weise, die ich von ihr nicht kannte. Der Bombenüberfall hatte viele von uns nachdenklich werden lassen und daran erinnert, unserem Leben und unseren Beziehungen einen höheren Wert beizumessen.

Shura blieb in seiner seltsamen Stimmung. Er beachtete Katja kaum, sondern beobachtete die fremde Sängerin, die immer noch mit ihrem komischen jiddischen Lied gegen unsere lautstarke Unterhaltung anpiepste. Mehr Wodka wurde an unseren Tisch gebracht. Wir tranken. Wir prosteten der Sängerin zu. Boris verlor jegliches Interesse an der Politik, als seine fette Freundin erschien und ihm eröffnete, ihre Eltern hätten sich zusammengesetzt und beschlossen, das junge Paar solle endlich heiraten. Er wurde totenblaß und begann, auf den leeren Rändern seiner anarchistischen Zeitung Berechnungen anzustellen.

Das war der Tag, als die Kosaken durch die Moldowanka ritten und jeder Jude in der Stadt das Zittern kriegte. Die Sängerin war verstummt, und wir waren ziemlich berauscht. Katja bereitete sich auf ihr Abendgeschäft vor, aber es war noch nicht dunkel. Der Lärm der Kavallerie in der Stadt erscheint vielen unheimlich, die so etwas noch nie gehört haben. Zuerst glaubten wir, wir würden wieder bombardiert, und deshalb verstummten wir.

Wenn sie noch weit entfernt ist, hört die Kavallerie sich an wie der Wind aus der Steppe; allmählich wird sie lauter, bis man einen synkopierten Rhythmus erkennen kann, unregelmäßig wie Wasser, das sich an verschieden großen Felsen bricht. Dann wird das Geräusch noch lauter und erinnert an einen durch einen Tunnel donnernden Expreßzug. Und dann hört man das Galoppgetrappel und sollte sich schnellstens in Sicherheit bringen.

Die Kosaken galoppierten durch unsere Gasse, und die tapfersten von uns oder die neugierigsten, wie in meinem Falle, steckten die Köpfe aus dem Eingang und beobachteten die Kosaken, wie sie durch die Straßen des Moldowanka-Gettos sprengten.

»Sie jagen uns Angst ein, weil sie es bei den Türken nicht geschafft haben«, sagte Boris. »Das machen sie immer«.

Shura hänselte ihn. »Sie sind unterwegs zu ihrer Garnison. Es ist der kürzeste Weg vom Güterbahnhof, wo sie aus dem Zug gestiegen sind. Sieh sie dir doch an. Das ist keine Operettentruppe oder Miliz, diese Jungs. Das ist eine Kampfeinheit.«

Es stimmte. Die Kosaken trugen zerschlissene Mäntel und waren staubbedeckt. Ihre Waffen sahen aus, als wären sie in einer richtigen Schlacht benutzt worden und nicht nur während eines Pogroms.

»Nichtsdestoweniger«, sagte Boris, »hatte der Stadtrat Gründe, sie im Güterbahnhof aussteigen zu lassen und ihnen zu sagen, sie sollten hier durchreiten. Warum reiten sie auf der Straße im Galopp? Auf den Pflastersteinen? Das ist nicht gut für die Pferde.«

Wir hießen ihn schweigen. Die Kosaken hatten niemandem Schaden zugefügt (es sei denn, jemand hatte einen Herzinfarkt bekommen), und ich für meinen Teil empfing von ihnen eine gewisse Inspiration. Mit solchen Kämpfern mußte uns der Sieg sicher sein. Und es gab Tausende – vielleicht sogar Hunderttausende – von Kosaken aus den verschiedensten Stämmen, die jetzt gegen die Türken zogen, die es gewagt hatten, uns anzugreifen. Ich konnte mir lebhaft vorstellen, welche Freude in den Kosakendörfern bei der Nachricht herrschen mußte, daß sie wieder Gelegenheit bekamen, Türken zu töten. Ich beneidete sie. Nur Verräter und Erz-Zionisten mußten den Anblick unserer wilden Kavalleriereiter als beunruhigend empfinden.

Mittlerweile hatten sich bei mir Kopfschmerzen eingestellt, die mich mein ganzes späteres Leben regelmäßig quälen sollten. Ich entschuldigte mich und kehrte nach Hause zurück. Das Haus war verwaist. Niemand war da. Ich ging in mein Zimmer, dachte daran, etwas Kokain zu nehmen, beschloß aber dann, mich hinzulegen, die Fensterläden waren bereits vorgeklappt, und zu schlafen.

Ich verbrachte den Abend im Bett und ging spät zum Essen nach unten, wo ich Onkel Semja, Tante Genia und Wanda traf.

Die Stimmung war gedrückt und die Konversation schleppend. Irgendwann machte Tante Genia den Vorschlag, wir sollten alle nach Kiew umziehen. Onkel Semja meinte, daß Grundstücke dort sehr teuer wären und wir uns ein Leben wie in Odessa nicht leisten könnten. Nach dem Essen fragte ich Wanda, was los sei. Es wäre nichts besonderes, meinte sie. Die Kriegsmeldungen seien deprimierend. Onkel Semja hatte sich in Fountain eine Datscha angeschaut, die er für den Winter mieten wolle. Ich fand das seltsam, denn man mietet sich keine Sommerdatscha für Odessa-Winter, die bekanntlich sehr hart sind. Er habe es sich anders überlegt, erzählte Wanda. Wahrscheinlich ein leichter Anfall von Kriegshysterie. Ich hatte mal was darüber gelesen. Wanda schien traurig zu sein, als sie in meinem Zimmer saß, aber sie wollte nicht gehen. Ich dachte daran, sie zu trösten, fürchtete aber, daß dies sicher falsch verstanden werden könnte. Ich sagte ihr, ich sei müde und wolle schlafen. Sie brauche mir am Morgen kein Frühstück zu bringen, da ich bis Mittag schlafen wolle. Gewöhnlich begriff Wanda sofort, was man von ihr wollte, doch jetzt stellte sie sich stur und blieb noch einige Augenblicke bei mir. Endlich ging sie. Ich fragte mich, ob sie sich vielleicht in mich verliebt hatte. Alle waren ein bißchen seltsam seit dem Bombenüberfall. Sie nahmen die Sache weitaus mehr zu Herzen als ich. Vielleicht hatten sie Vorahnungen von bevorstehendem Unheil.

Nun, da ich zurückdenke, dürfte das »seltsame Verhalten« meiner Verwandten meine ureigenste Interpretation sein. Ich war hypersensibel. Wenn man Kokain über einen längeren Zeitraum hinweg konsumiert, nimmt man die Handlungen seiner Mitmenschen weitaus deutlicher auf und sucht besonders tiefschürfende Erklärungen dafür. Damals nahm ich seit mehr als einer Woche täglich meine Ration Kokain und stand sicherlich kurz vor dem Punkt, an dem der übermäßige Konsum kurzzeitig den Geist verwirrt (wovor ich mich in der Folgezeit sorgfältig hütete, nach der alten polnischen Regel: Alles in Maßen). Damals wußte ich noch nicht, wie ich Drogen dosieren mußte, waren sie nun narkotischer, alkoholischer oder gar spiritueller Art.

Zum erstenmal seit meiner Ankunft in Odessa war ich deprimiert und spürte Heimweh. Ich dachte an Flieder im Sommerregen, an den Rauch über den steilen gelben Straßen, an die Güte und Fürsorge meiner Mutter, etwas, das mir noch nicht einmal meine liebe Katja ersetzen konnte. Die Stimmung war verflogen,

Ein oder zwei Tage später fragte Shura mich, ob ich nicht auf einen englischen Dampfer mitkommen wolle. Er brauche einen Dolmetscher, um ein Geschäft mit dem Schiffsmaat abzuwickeln. Der Kapitän sei nicht an Bord. Er wäre krank geworden und man hätte ihn in Jalta an Land gebracht. Ich nahm an, daß der Maat deshalb daran interessiert war, schnellstens seine Ladung, woraus immer sie bestand, loszuwerden und eine neue Ladung aufzunehmen. Es liefen immer weniger Handelsschiffe in Odessa ein, dank des Winters und der Patrouillenschiffe der Türken. Ich glaube, sie suchten sich auch wegen der deutschen Unterseeboote andere Routen. Ab und zu lagen auch australische Kriegsschiffe im Hafen, jedoch hatten wir mit deren Besatzungen wenig Kontakt. Ich war dankbar für die seltene Gelegenheit, meine Englischkenntnisse auszuprobieren. An jenem Abend gingen wir in den Quarantäne-Hafen und zeigten Pässe vor, die Shura besorgt hatte. Dann wurden wir von zwei Matrosen in einem Beiboot hinaus zur S. S. *Kathleen Sisson* gerudert, die noch hinter der Mole lag. Sie war kein eindrucksvolles Schiff, ein typischer Trampdampfer, wie man ihm an den Küsten der Ägäis und des Asowschen Meeres immer begegnen kann. Nach dem Eintritt der Türkei in den Krieg verschwanden sie so schnell, daß Odessa als Handelsstadt praktisch über Nacht vor die Hunde ging. Ich glaube, die *Kathleen Sisson* sollte in ihren Heimathafen Piräus zurückkehren, und wahrscheinlich wollten die Offiziere, die einzigen Briten an Bord, so schnell wie möglich aus dem Kriegstheater verschwinden. Der Rest der Mannschaft bestand aus Griechen und Armeniern, gegen die ein Rudel Hyänen geradezu vertrauenerweckend gewirkt hätte.

Wir stiegen unter die Brücke ins Kapitänsquartier und trafen mit Mr. Finch, dem Maat, zusammen. Damals hielt ich ihn für einen netten, ruhigen Iren, doch ich fürchte, heute würde ich anders über ihn denken. Er war groß und trug eine schmuddelige weiße Uniform. Er bot uns einen Drink an, höchstwahrscheinlich Arrak, den ich dummerweise für schottischen Whisky hielt. Er verkrampfte meine Halsmuskeln, so daß ich einige Tage nicht richtig sprechen konnte. Wir nahmen an einem Tisch Platz, und Mr. Finch fragte Shura, ob er das Geld mitgebracht habe. Shura wies mich an, Mr. Finch zu erklären, das Geld sei hinterlegt und würde zu gegebener Stunde an gegebenem Ort übergeben. Mr. Finch schien das nicht zu gefallen, doch er schenkte uns mehr

»Whisky« ein (seit dem Tage habe ich kaum mehr Whisky getrunken). Shura wollte eine Probe sehen, und Mr. Finch verschwand für eine Weile mit ihm. Ich wartete und betrachtete bewundernd die Gerätschaften, die Seekarten und andere Seefahrerutensilien. Ich war zum erstenmal an Bord eines Schiffes, und obwohl es nur ein heruntergekommener Kasten war, war es für mich wie ein Traum.

Shura und Mr. Finch kamen zurück. Mr. Finch bat mich, Shura auszurichten, daß sie sich, wenn Shura zufrieden sei, auf »neutralem Boden« treffen sollten. Shura schlug den Matrosenclub am Hafen vor. Dort hielten sich die englischen und amerikanischen Seeleute am liebsten auf. Mr. Finch würde sich dort wohlfühlen. Der Maat war einverstanden, und er und Shura schüttelten sich die Hände. Finch sagte mir, es wäre »von Malakka eine üble Plackerei« gewesen und er sei froh, »bald wieder in Dublin zu sein«. Überrascht fragte ich ihn, ob er den ganzen Weg per Schiff gemacht habe. Er lachte. »In Trapezunt habe ich auf dieser Blechbüchse angeheuert. Seit Basrah bin ich in verdammten alten Zügen unterwegs gewesen. Jede Minute, die ich an Land verbrachte, machte mich mehr und mehr fertig. Ich hab diese Sache lange vor dem Krieg angefangen. Und jetzt wäre ich froh, ich hätte mich nie dazu entschlossen.«

Es war nicht klar, was alles zu dieser »Sache« gehörte. Ich hatte den vagen Verdacht, es handelte sich um etwas Illegales. Shura segelte immer gern hart am Wind, doch diese Angelegenheit konnte uns Schwierigkeiten mit der Polizei bescheren. Wir kehrten in den Hafen zurück, und ich verabschiedete mich von meinem Vetter. Ich war froh, daß die Affäre für mich beendet war. Zwei Tage später kam Shura ins Haus und gab mir genug Kokain, »um die Saison zu überstehen«. Er schien zu mir sogar noch netter zu sein als sonst. Ich nahm an, er hatte ein schlechtes Gewissen, weil er mich in etwas Gefährliches hineingezogen hatte. Das Kokain war von bester Qualität. Jetzt war mir klar, was Mr. Finch den ganzen Weg von Malakka mitgebracht hatte.

Fünf

Der Nebel in Odessa wurde dichter und kälter und dämpfte die hohlen Seufzer der letzten Schiffe im Hafen. Immer weniger Menschen waren auf den Straßen zu sehen. Weihnachten stand vor der Tür, und die besseren Geschäfte waren prächtig erleuchtet und dekoriert. Plakate tauchten an den Wänden auf und wiesen auf Winterbälle und andere Vergnügungen hin. Die Einnahmen waren für die Kriegskasse bestimmt. Eisverkäufer überließen ihre Plätze den Kastanienverkäufern, und die Stauer in den Docks zogen ihre wattierten Jacken und Handschuhe an, und ihre Atemwolken mischten sich mit dem Dampf der Schiffe. Meine Stimmung verschlechterte sich rapide. Der Winter machte aus Odessa eine Stadt wie jede andere. Katja sah ich so gut wie überhaupt nicht mehr (sie sei müde, sagte sie), und ich nahm Kokain in immer stärkeren Dosen, um gegen eine wachsende Todessehnsucht anzugehen. Ich hatte mich übernommen, hatte die Erfahrungen von Jahren in wenige Monate gezwängt. Ich hatte meine Arbeit vernachlässigt. Ich versuchte, mich auf meine Bücher zu konzentrieren und Katja zu vergessen, doch es war unmöglich. Ich beschloß, sie frühmorgens aufzusuchen und sie zu bitten, von ihrem Gewerbe zu lassen und öfter mit mir zusammenzusein. Sie war intelligent und hätte leicht eine Stelle in einem Büro oder in einem Geschäft bekommen können. Bestimmt könnte Onkel Semja bei der Suche behilflich sein.

Ich kaufte ihr ein Geschenk. Wenige Tage vor Weihnachten wickelte ich es in Silberpapier, verzierte das Päckchen (es war eine Clownsfigur aus ukrainischer Keramik, die ich im Magasin Wagner erstanden hatte) mit einer grünen Schleife und machte mich auf den Weg nach Slobodka. Mit meinem dunklen Anzug, weißem Hemd, Fliege, dunkelbraunem Bowler und dazu passendem englischen Mantel, mein Päckchen unterm Arm, mußte ich ausgesehen haben wie ein junger Mann auf dem Weg, die »Frage aller Fragen« zu stellen (dabei war ich noch nicht mal fünfzehn). Um den Effekt meiner Erscheinung noch zu verstärken, kaufte ich eine teure importierte Blume. Dazu trug ich einen weißen Elfenbeinstock mit geschnitztem Knauf. Den hatte ich eine Woche zuvor von Shura geschenkt bekommen.

Ich erreichte das heruntergekommene Haus in der Gasse, wo Katja wohnte. Der Eisenwarenladen im vorderen Teil war noch nicht geöffnet, jedoch kannte ich einen Trick, wie man die Tür aufbekommen konnte, selbst wenn sie verschlossen war. Ich huschte durch den dunklen, mit Gerümpel übersäten Raum und tastete mich auf Zehenspitzen die enge Treppe zu Katjas Zimmer hinauf. Bestimmt hatte sie ihren letzten Kunden längst nach Hause geschickt. Doch ich wollte ihr jede Peinlichkeit ersparen und vergewisserte mich erst. Entschlossen, mich sofort zurückzuziehen, wenn ein Mann bei ihr wäre, schob ich die Tür einen Spalt auf. Ich sah eine Gestalt im Bett, die die Arme um Katja geschlungen hatte. Ich unterdrückte das Gefühl der Eifersucht. Dann glaubte ich die Schulter zu erkennen. Sie war jung, Es war eine Jungenschulter. Natürlich, das war Shuras Schulter!

Ich reagierte nicht so, wie ich heutzutage reagieren würde. Ich verlor jegliche Kontrolle. Ich brüllte und stieß die Tür auf. Jetzt wußte ich, warum Shura immer so freundlich zu mir war, warum ich Katja immer seltener sah und warum Shura bei Esau niemals ein Wort mit ihr redete. Man hatte mich betrogen.

Ich kann mich nur noch an einige Eindrücke erinnern: an das Blut, das in meinem Kopf hämmerte, daran, daß ich den Elfenbeinstock umklammerte und damit auf Shura losging. Er sprang mit einem Schrei hoch, lachte, bekam es dann mit der Angst zu tun, versuchte Katja zu beschützen, schleuderte mir schließlich ein Kissen entgegen. Ich hob den Stock. Sein nackter Körper flog mir entgegen und erwischte mich in Gürtelhöhe. Ich schlug auf seinen Rücken ein, sein Gesäß. Ich stürzte. Der Kampf hatte ein trauriges Ende. Ich verlor den Stock. Erschöpft ließen wir voneinander ab. Ich erinnere mich, daß Katja weinte. »Siehst du denn nicht, daß ich dich geliebt habe?«

Shura lehnte sich keuchend an die Wand, an der, als wollten sie das Drama genau verfolgen, Kakerlaken herunterkrochen. »Sie liebte uns beide, Xima. Ich liebe euch beide.«

Ich sagte das übliche über Verrat, Betrug, Schwindel, Doppelspiel. Ich bin seitdem so oft betrogen worden, daß ich mich kaum an die Einzelheiten erinnere. Katja wollte Shuras Reife und meine Unschuld. Im Grunde *war* sie eine Hure. Sie konnte keinem von uns beiden widerstehen. Wahrscheinlich gab es neben den zahlreichen Kunden auch noch andere Liebhaber. Ich denke, sie war eine von jenen willfährigen, leicht verängstigten Mädchen, die dem leichtesten Druck nachgeben und dann ihr Leben lang versuchen, mit allen gut auszukommen, und viel zu viel Angst haben, die Wahrheit zu sagen, die sie aus derartigen Situationen befreien könnte. Eine solche Denkweise ist charakteristisch für die ukrainischen Mädchen. Es gibt sogar Jüdinnen, die so sind. Sie können keine Intrigen spinnen, machen jedoch jeden Schwindel mit. Und solche Mädchen nennt man dann *femmes fatales*, obwohl sie genau das Gegenteil sind. Davon hatte ich mit meinen vierzehn Jahren keine Ahnung. Von einer Droge ausgelaugt, die ich in späteren Jahren als heilsam und stärkend zu schätzen wissen sollte, das Unglück beklagend, das Katja mir angetan hatte, lag ich in einer Ecke und wischte Spinnweben und Staub von meinem Anzug, während Shura mich zu besänftigen versuchte, sich dabei anzog, und Katja schluchzend weinte, sie wünsche, sie hätte uns nie kennengelernt.

Shura machte den Vorschlag, wir sollten etwas trinken gehen. Ich war einverstanden. Bei Esau kaute Shura Sonnenblumenkerne, erzählte mir »von der Welt« und daß er längst etwas hätte sagen wollen, doch daß Katja Angst gehabt hätte, mich zu verletzen. Nach und nach wurde die Schuld der Frau zugeschoben. Ein paar Gläser Wodka später schimpften wir gemeinsam, daß wir von einer kleinen Schlampe hereingelegt worden waren und ich brach beinahe in Tränen aus. Ich entschuldigte mich bei Shura, daß ich ihn fast getötet hätte. Shura meinte, es sei schon verblüffend, daß wegen einer billigen Hure eine tiefe Freundschaft zerbrechen konnte. Wir tranken auf den Untergang aller Frauen. Wir tranken auf unsere Freundschaft. Nach einigem Hin und Her einigten wir uns darauf, daß ich Katja das Versprechen abnehmen sollte, nur noch mich zu empfangen. Wir verließen Esau. Wir hatten dieselbe Richtung. Am Ende der Gasse blieben wir stehen. Eine Frau ging vorbei mit zwei Kühen am Halfter (die damals wegen ihrer Milch sogar in den Städten gehalten wurden), und wir wurden getrennt. Wir stürmten beide los, um als erste beim Eisenwarenladen zu sein. Die Folge war, daß wir, betrunken wie wir waren, in die aufgestapelten Töpfe und Pfannen stürzten und alles mit lautem Getöse aufs Pflaster knallte. Aus dem Geschäft tauchte mit rudernden Armen der jüdische Inhaber auf und verfluchte die Wollust der Männer und die Willfährigkeit der Frauen. Warum hatte Gott es so gefügt, daß er, ein unbescholtener Ladeninhaber, seine tugendhafte Familie damit am Leben erhalten muß, indem er Zimmer an Frauen von losem Lebenswandel vermietete (ich wußte, daß seine exorbitant hohe Mietforderung auch einen kostenlosen Nachmittag mit Katjas Mutter einschloß)? Wir forderten ihn auf, beiseite zu treten und uns durchzulassen.

»Um mein Geschäft von Besoffenen verwüsten zu lassen?« Er nahm eine Axt aus seinem Warenangebot. »Um die Polizei herzulocken? Wunderbar! Kosaken in der Moldowanka! Ein neuer Pogrom, was? Haut ab, ihr beiden, sonst liefere ich der Polizei einen Grund, mich zu besuchen. Eher spalte ich euch die Schädel und erhänge mich anschließend, als euch reinzulassen!«

Katjas schlampige Mutter mit ihren zerzausten gelben Haaren tauchte hinter ihm auf. Sie hatte sich in einen schmuddeligen chinesischen Hausmantel gehüllt. »Shura? Maxim? Was ist los mit euch? Wo ist Katja?«

»Wir wollten sie sprechen«, erklärte ich. »Sie muß sich zwischen uns entscheiden.«

»Vor einer halben Stunde ist sie ausgegangen.«

»Und wohin?« erkundigte sich Shura.

»Zu Esau, dachte ich.«

»Hat sie gelacht?« fragte ich.

»Nicht daß ich wüßte. Was wollt ihr von ihr? Ihr Jungen solltet euch nicht wegen eines Mädchens streiten. Sie mag euch beide.«

»Sie ist eine Betrügerin«, schimpfte ich. »Eine Lügnerin.«

»Sie ist ein bißchen schwach, mehr nicht«, wiegelte Shura ab.

»Ich hab' ihr gesagt . . .«

»Ich dulde keine Diskussionen in meiner Straße vor meinem Geschäft.« Der Jude näherte sich mit der Axt. Wir traten den Rückzug an.

Katjas Mutter schüttelte den Kopf. »Beruhigt euch. Macht einen Spaziergang. Geht schwimmen.« Sie schien nicht bemerkt zu haben, daß der Winter angebrochen war.

»Sie war nicht ehrlich zu mir«, beklagte ich mich.

»Ehrlich? Was heißt hier ehrlich?« fragte der Ladeninhaber.

Er wedelte mit seiner großen Axt. »Die Juden sind nicht die Herren von Kiew. Solchen Luxus können sie sich nicht leisten.«

»Dafür haben sie eine große Begabung zur Heuchelei«, entgegnete ich.

Er lächelte. »Wenn wir jetzt eine rabbinische Diskussion beginnen wollen, eine Orgie der Selbstkritik, dann laß uns vor dem großen Buch Platz nehmen, mein junger Litvak.«

Hielt er mich für einen Juden? Ich war geschockt. Ich betrachtete seine schmutzige Haut, seinen strähnigen Bart, die Hakennase und die dicken Lippen und begriff, was für einem schrecklichen Irrtum ich erlegen war. Zu glauben, daß Juden meine Freunde sein könnten, daß ich in ihrer Gesellschaft existieren könnte, ohne daß etwas von ihren Untugenden auf mich abfärbte! Ich wich zurück. Ich rannte durch die Gassen des Gettos, stieß alte Männer und Kinder beiseite, trat auf Katzen und Hunde, riß Wäscheleinen herunter, warf Milchkannen um, bis ich Onkel Semjas Haus erreicht hatte, mit wehendem Mantel, ohne Hut und ohne Stock, die ich bei dem Kampf um Katja verloren hatte. Schnell die Treppen hinauf und ins Haus. Rauf in mein Zimmer. Dort lag ich schluchzend auf meinem Bett und gelobte, nie mehr etwas mit Juden zu schaffen zu haben, die Moldovanka nie mehr aufzusuchen, meinen Vetter Shura nie mehr wiederzusehen und aus dem rohen, korrupten, vulgären Odessa zu verschwinden.

Als Wanda hereinkam, hatte ich mich von meinem ersten Schmerz erholt. Ich weinte immer noch. »Was ist passiert, Maxim? Ein Unfall?«

Ich sah auf ihren warmen, fetten Körper, ihr einfaches, besorgtes Gesicht. Ich sagte mir, daß Wanda genau das Mädchen war, das ich brauchte. Wanda würde sich niemals mit mehr als einem Mann einlassen. Sie wäre dankbar, daß sie überhaupt einen Mann hatte.

»Es ist eine Liebessache«, erwiderte ich schwermütig. »Ein Mädchen war untreu.«

»Das ist schlimm. Lieber Maxim!« Weibliches Mitgefühl sickerte wie Schweiß aus ihren Poren. »Wer kann dir so etwas antun? Was für eine schlimme Frau muß das sein?«

Ich erinnere mich, daß diese Bemerkung mir einen Stich oder auch zwei gab, doch ich sagte mir, daß Katja noch zynischer war, als ich befürchtet hatte. Ich wollte sie verteidigen, erinnerte mich an Shuras Worte. »Sie ist nur schwach . . .«

»Glaub das nicht, Maxim, Lieber. Nicht ein Wort. Schwäche ist wie eine Wand, hinter der Frauen sich verstecken. Und das versichere ich dir, diese Wand ist solide wie Stahl. Du bist betrogen worden.«

»Von einer jüdischen Hure«, sagte ich.

Sie schien zu zögern. Vielleicht paßte es ihr nicht, daß ich mit einer Jüdin geschlafen hatte.

»Niemals wieder«, schwor ich.

»Du hast nichts von ihr mitbekommen . . .?«

Ich schüttelte den Kopf.

Wanda setzte sich auf die Bettkante und streichelte meine staubigen Haare. Sie half mir aus meinem Mantel und meinem Jackett.

Und wie es sich so ergab, half sie mir auch aus meinen restlichen Kleidern. Dann zog sie sich aus und legte sich neben mich ins schmale Bett. Ihr weiches, nachgiebiges Fleisch, ihre massigen Brüste, ihre weiträumige, warme Scham, ihr Gesäß wie zwei gemütliche schwellende Kissen, ihre kräftigen Arme und Beine, ihr feuchter heißer Mund, all das ließ meine Wut verfliegen. Ich beglückwünschte mich sogar, daß ich mich nicht nur von meinem tiefen Schmerz erholt hatte, sondern daß in Zukunft immer eine Frau auf mich warten würde. So verschieden war Wanda von Katja, daß es fast so war, als liebte ich die Vertreterin einer anderen Spezies. Schlanke, knabenhafte Mädchen wie Katja und große, bäuerliche Mädchen wie Wanda, jede hat ihre Vorzüge. Hundert Frauen zu kennen bedeutet hundert verschiedene Arten von Lust auszukosten. Das begriff ich schon als Junge.

Sich aus dem feuchten und überhitzten Bettzeug schälend, sagte Wanda, sie hätte noch im Haus zu tun. Sie küßte mich. Sie fragte, ob ich mich besser fühle. Sie offenbarte mir, daß sie noch Jungfrau gewesen sei. Sie hätte mich schon immer geliebt. Nun brauchte ich meinen Trost nirgendwo anders zu suchen. Mit einem unbeholfenen Zwinkern und einem linkischen zugehauchten Kuß verließ sie mich. Ich schlief noch ein oder zwei Stunden und fand mich beim Erwachen in einem kalten, fahlen Zwielicht wieder. Ich hatte mich beruhigt und dachte daran, Katja zu besuchen. Die Vorstellung, ebenso wie sie zwei Liebhaber zu haben, gefiel mir. Doch ich erkannte gleichzeitig, daß die Organisation schwierig würde. Wanda konnte jeden meiner Schritte überwachen – und sie war eifersüchtig.

Für Shura hegte ich Rachegefühle. Ich hatte ihm vertraut, hatte ihm gestanden, ich liebte Katja. Er hatte mir Kokain, weiße Kleider, Elfenbein geschenkt, um mich von seinen finsteren Machenschaften abzulenken. In einem Zweikampf konnte ich ihn nicht besiegen. Er war zu stark. Ich konnte nicht zur Polizei gehen und ihn anzeigen. In einige seiner Gaunereien war ich mitverwikkelt, desgleichen einige meiner Freunde in der Moldowanka. Wahrscheinlich hatten sie gewußt, das Shura mich zum Deppen machte, und ihren Spaß daran gehabt. Ich hatte den Dorftrottel gespielt. Es kursierten bestimmt ein halbes Dutzend gute Geschichten über Max den Hetman in Odessa. Ich hatte das Gesicht verloren. Ich fragte mich, wie ich es Shura heimzahlen konnte. Nichts fiel mir ein. Er saß zu fest im Sattel. Egal was ich unternahm, er konnte es zu seinem Vorteil ausnutzen. Es gab nur eine Person (außer Mischa den Japs), der er etwas schuldete, die er respektierte, und das war Onkel Semja. Ich grinste. Es wäre nicht mehr als meine Pflicht, zu Onkel Semja zu gehen und ihn vor Shuras »kriminellen« Aktivitäten zu warnen. Mein Onkel wäre entsetzt. Er würde Shura holen lassen. Er würde ihn bestrafen. Es war eine hervorragende Rache, denn am Ende stände ich in gutem Licht da und Shura in schlechtem.

Ich wandte meine Aufmerksamkeit Katja zu. Vielleicht konnte ich sie meinem Onkel als die Nutte angeben, die meinen Cousin auf Abwege gelockt hatte. Doch Onkel Semja wurde von so etwas kaum geschockt. Er betrachtete das Ungestüm der Jugend mit unendlicher Toleranz. Wie würde er reagieren, wenn ich ihm erzählte, Shura wäre Katjas Zuhälter? Das würde Onkel Semja immer noch nicht dazu bringen, gegen Katja vorzugehen. Ich mußte mir als Rache an Katja etwas anderes ausdenken.

Besonders stolz bin ich auf solche Überlegungen nicht. Doch ich war zutiefst verletzt, fühlte mich von allen Freunden und der ganzen Welt verraten. Ich verhielt mich bigott, dabei liegt Bigotterie mir so fern wie nur irgend etwas. Meine Abneigung gegen die Juden, meine Wut, mit ihnen gleichgesetzt zu werden, hatte ihre Ursache in der Tatsache, daß wir Ukrainer von den Juden geradezu weggeschwemmt wurden.

Die Revolution wurde von den Juden ausgelöst. Als Slawe gehörte man in Odessa zur Minderheit. Als Angehöriger einer Minderheit bin ich darauf bedacht, mich von den Vertretern orientalischer Herkunft zu distanzieren, die unsere Presse, unser

Verlagswesen, unsere Rundfunk- und Fernsehstationen, unsere Industrie, unsere Fabriken, unser Finanzwesen kontrollieren. Wie viele Ukrainer besetzen in England derartige Positionen?

Katja der Polizei zu melden war ein leichtes. Doch das würde ihre Verhaftung und Deportation (da sie und ihre Mutter aus Warschau stammten) und möglicherweise auch einen Gefängnisaufenthalt bedeuten. Selbst in Momenten glühendster Rachegefühle scheute ich davor zurück, meine kleine Camille aus dem Getto ins Gefängnis zu werfen. Außerdem stellte ich mir eine persönlichere Rache vor.

Mir fiel der Clown aus dem Magasin Wagner ein, der jetzt in Scherben auf der Erde lag. Ich würde ihr ein anderes Weihnachtspräsent schicken. Von einem unbekannten Verehrer. Ich wußte, daß sie Spinnen haßte: Spinnen erschreckten sie mehr als alles andere. Ich würde sie sammeln, in einen Karton setzen und ihr diesen Karton, eingewickelt in das herrlichste Geschenkpapier, überbringen lassen. Sie würde den Karton am Weihnachtsabend öffnen, und ihr Schrei würde die gesamte Moldowanka zusammenströmen lassen.

Unterdessen wurde ich von meinen Rachegelüsten abgelenkt. Die liebe, willige Wanda brachte mir Tee und Kuchen, streichelte meinen Körper und machte sich mit meinen Schamteilen vertraut, als betrachte sie diese als völlig losgelöst von mir, als spielte sie mit einer zahmen Maus oder einer Schlange, die sie küßte, streichelte und anlachte. Sie hatte etwas, das Katja fehlte: wenn Wanda mit mir schlief, konnte ich meinen eigenen Gedanken nachgehen. Das ist der große Vorteil bei solchen Mädchen. Ich habe das immer sehr geschätzt.

Ein anderer Vorzug Wandas war, daß sie bisher noch mit niemandem sonst geschlafen hatte. Sie war sauber. Bei ihr brauchte ich keine Vorsichtsmaßnahmen zu ergreifen. Das war angenehm. In dieser Nacht unternahm ich wenig, außer meine Pläne gegen Shura und Katja zu schmieden. Onkel Semja aß auswärts, daher konnte ich weder mich noch Shura verraten. Nach dem Essen spielte Tante Genia auf dem Grammophon einige populäre jüdische Melodien. Wanda und ich entschuldigten uns und zogen uns schon früh zurück. Mit ihr war meine Situation weitaus besser als mit Katja. Bei Wanda wurde die Beziehung zwischen Katja und mir umgedreht. Nun war ich der Lehrer und instruierte meine wunderbar passive Schülerin in jedem erlesenen Laster.

Trotzdem sann ich weiter auf Rache. Ich begann Spinnen zu

sammeln, die ich Katja als Weihnachtsgeschenk verehren wollte. Bald schon krabbelten etwa ein Dutzend in einer alten Teedose. Doch ich wollte noch mehr. Damit die gefangenen Tiere sich nicht bekämpften oder gar gegenseitig auffraßen, fing ich auch andere kleine Insekten, mit denen ich meine Beute allabendlich fütterte. Wanda wußte nicht, was ich in der Dose hatte. Ich wollte es ihr auch nicht erzählen. Währenddessen kaufte ich Geschenke, die ich nach dem Abendessen am Weihnachtsabend verteilen wollte. Mein Onkel beging das Fest nicht so, wie es üblich war. Für feierliche Gottesdienste hatte er nicht viel übrig. Am Tag vor Heiligabend suchte ich meinen Onkel in seinem Arbeitszimmer auf. Er wirkte geistesabwesend. Natürlich erschwerte der Krieg seine Geschäfte. Die Teilblockade hatte die Lieferung verschiedener wichtiger Schiffsladungen verhindert. Ich beschloß, mich so schnell wie möglich an Shura zu revanchieren. Onkel Semja stand hinter seinem Schreibtisch mit dem Rücken zum Fenster. Er trug einen schweren schwarzen Gehrock und eine schwarze Krawatte.

»Ich muß Ihnen etwas Unangenehmes mitteilen, Semjon Josefowitsch«, fing ich an. »Es ist meine Pflicht, Ihnen alles zu berichten. Was dann getan werden muß, liegt alleine an Ihnen.«

Das amüsierte ihn. Aufmerksam sah er mich an. Er bedeutete mir, auf einem der harten Stühle mit geflochtenem Sitz, die er liebte, Platz zu nehmen. Er lehnte sich in seinen eigenen ledergepolsterten Sessel zurück und zündete sich eine Burmazigarre an. Der Raum füllte sich mit schwerem, öligem Rauch.

»Ich hoffe, du bist nicht in Schwierigkeiten, Maxim?«

»Das hoffe ich auch, Onkel. Meine Mutter wäre entsetzt, wenn sie wüßte, was geschehen ist.«

»Geschehen ist?« Er merkte auf.

»Oder fast geschehen ist. Ich glaube, Shura hat sich mit Gaunern eingelassen.«

Er war überrascht. Er legte die Zigarre in einem persischen Messingaschenbecher ab. Ein schwaches Lächeln spielte um seine Lippen. »Wie kommst du darauf?«

»Er hängt in irgendwelchen Banden drin. Möglich, daß er mit Mischa dem Japs gemeinsame Sache macht.«

»Mischa dem was?«

»Dem Japs. Ein berüchtigter Bandit im Slobodkadistrikt.«

»Ich glaube, ich hab schon mal von ihm gehört.«

Das überraschte mich nicht. Mischas Unternehmungen waren

die Standardmeldungen in allen Zeitungen Odessas. Er wurde sogar in Nick Carter- und Sherlock Holmes-Romanen erwähnt.

»Er ist ein Kidnapper«, sagte ich, »ein Straßenräuber. Er zwingt die Leute, ihm Schutzgelder zu zahlen. Wenn sie sich weigern, dann erschießt er sie oder brennt ihre Läden nieder. Er handelt mit Drogen. Verdient mit der Prostitution, mit Alkoholschmuggel. Ihm gehören Cabarets, Kneipen. Er schmiert Polizeiinspektoren, Stadtverordnete, alle möglichen Leute.«

Onkel Semja wirkte wieder amüsiert. »So ein Jude sollte zu den Schwarzen Hundert gehen.«

»Und er rekrutiert junge Burschen«, fuhr ich fort. »Aller Rassen. Ukrainer, Russen, Griechen, Armenier, Georgier, Moslems, jeden. Er hat ein Netz gesponnen –« ich fühlte mich unbehaglich, »– wie eine Spinne.«

»Der Himmel schütze uns! Bist du sicher, daß dieser Bandit nicht nur in deinen Detektivromanen existiert?«

Ich versicherte ihm, daß ich die Wahrheit sagte. »Und«, fügte ich hinzu, »er hat Shura an der Kandarre.«

»Das kann ich nicht glauben.«

»Shura hat versucht, auch mich zu rekrutieren. Er benutzte mich als Dolmetscher. Ich war mit ihm an Bord eines englischen Schiffes. Er hat dort Drogen gekauft.«

Onkel Semja wendete sich ab und sah aus dem Fenster. Dort lag ein Hof mit einem Torweg, der auf die Gasse zwischen den Häusern mündete. Er beobachtete ein kleines Kind, das auf der Mauer balancierte. Das Kind fiel herunter und verschwand. Onkel Semja drehte sich wieder zu mir um. »Ich glaube, du irrst dich, Maxim. Shura arbeitet für mich.«

»Natürlich trägt er Botschaften zwischen den Schiffen und den Kaufleuten hin und her und hält Ausschau nach lohnender Fracht und wann sie entladen wird. Doch die übrige Zeit arbeitet er mit Gaunern und Prostituierten zusammen. Es gibt da eine Kneipe mit dem Namen Esau. Ein jüdisches Lokal. Bestimmt hast du schon davon gehört.«

»Ich besuche keine Lokale in Slobodka.«

»Ein schrecklicher Ort. Shura ist in schlechte Gesellschaft geraten. Er hat versucht, auch mich reinzuziehen. Ich habe abgelehnt, und jetzt ist er wütend auf mich.«

»Ihr hattet Streit?«

»Ich habe seine Art zu leben moralisch verurteilt.«

»Er ist ein junger Bohemien. Auch du hast ein solches Leben geführt.«

»Da besteht ja wohl ein Unterschied, Semjon Josefowitsch, zwischen einem Bohemien und einem Kriminellen.«

»Und junge Leute erkennen das nicht immer.« Er unterstrich seine Worte mit einer Geste.

Ich war enttäuscht. »Ich meine, Shura sollte aus Odessa fortgeschickt werden.«

Wohin? Nach Sibirien?« Er gab dem Wort einen gedehnten und spöttischen Klang.

»Vielleicht sollte er zur See gehen. Das würde ihm gut tun. Der Drill.«

»Hat er dich gebeten, mir das alles zu erzählen?«

»Aber nein.« Shura hätte einiges dagegen, aus Odessa vertrieben zu werden, weg von Katja. War Shura erst einmal weg, dann hätte ich beide, Wanda und Katja. Selbst wenn Katja den Karton mit den Spinnen öffnete, wüßte sie noch immer nicht, von wem das Geschenk käme. Ich könnte dort wieder anfangen, wo wir aufgehört hatten. Der Vorschlag, Shura zur See fahren zu lassen, entsprang einer plötzlichen Eingebung.

»Shura hat mit der Seefahrt wenig im Sinn. Außerdem befinden wir uns im Krieg . . .« Onkel Semja zündete seine Zigarre wieder an.

»Überlegen Sie doch mal, was er alles lernen würde.«

»Hast du ihm gesagt, daß du mit mir reden wolltest?«

»Nein, Semjon Josefowitsch.«

»Das wäre wahrscheinlich etwas ehrlicher, mannhafter gewesen, wenn du es getan hättest.«

»Er muß das alles von einem Erwachsenen gesagt bekommen.«

»Und du hast zu keinem anderen Erwachsenen darüber gesprochen?«

»Nur mit Ihnen.«

»Ich werde mit Alexander reden. Aber du mußt das für dich behalten, Maxim.«

»Weil es sonst einen Familienskandal gäbe?«

»Genau deshalb.«

Er seufzte. Vielleicht war er dankbar, daß wenigstens eines der jüngeren Familienmitglieder ehrlich war. »Du bist entlassen, Maxim. Wenn du Shura siehst, dann bitte ihn, zu mir zu kommen.«

»Das werde ich, Semjon Josefowitsch.«

Keine Stunde später, als ich nach unten ging, um Geschenkpapier für Katjas Geschenk zu suchen, sah ich Shura eintreffen und durch die Tür gehen, die Onkel Semjas Geschäft mit dem Wohnhaus verband. Ich hatte die Büroräume bisher nur eimal gesehen: dunkelgebeiztes Holz und kleine Glasfenster, Eiche und Mahagoni und Messingtheken, an denen Angestellte saßen, die dort schon seit Puschkins Tagen hocken mochten. Ich fragte mich, warum Shura die Büros aufsuchte, anstatt in Onkel Semjas Arbeitszimmer zu gehen.

Auf dem Treppenabsatz blieb ich abwartend stehen, beobachtete die Tür, doch Shura tauchte nicht wieder auf. Ich nahm an, er hätte das Haus durch einen anderen Ausgang verlassen.

Zufrieden mit mir selbst fragte ich Tante Genia nach Geschenkpapier. Sie gab mir einen Bogen sowie eine Schere und etwas Zierband. Ich sollte, teilte sie mir mit, Onkel Semja nicht ansprechen, falls ich ihm begegnete. Er befände sich in einer schwierigen Laune.

»Hat das etwas mit Shura zu tun?«

Sie zuckte die Achseln. »Vielleicht. Er scheint mit dir auch nicht ganz zufrieden zu sein. Hast du irgend etwas getan?«

»Nein, Tante Genia.«

Ich suchte wieder mein Zimmer auf. Ich war ein wenig verwirrt. Ich packte das Geschenk ein. Ich rief Wanda zu mir und fragte sie, ob man einen Jungen von der Straße holen und ihn dafür bezahlen könne, daß er das Päckchen nach Slobodka brächte. Sie erwiderte, sie würde sich darum kümmern. Ich hatte das Päckchen mit Katjas Initialen versehen und mit ihrem polnischen Nachnamen, der Grabbitz oder so ähnlich lautete.

»Wem schickst du das Geschenk?« fragte Wanda. »Es sieht sehr hübsch aus.«

Ich küßte sie. »Niemandem, den ich liebe. Einem Freund. Jemandem, dem ich etwas schuldig bin.«

Mit ein paar Kopeken und dem Päckchen ging sie nach unten und kam kurz darauf wieder zurück. Einer von den Eckenstehern auf dem Platz habe sich bereit erklärt, das Päckchen abzugeben. Wenn Katja den Betreffenden fragen würde, wer ihm das Päckchen gegeben habe, würde sie Wanda oder mich nicht als Absender identifizieren können.

Wanda und ich liebten uns kurz. Ich war richtig in Stimmung.

Ich überlegte immer noch, was mit Shura geschehen war. Nach meiner jetzigen Glückssträhne zu urteilen, konnte er durchaus auf dem nächsten Schiff sein, das den Quarantäne-Hafen verließ.

Ich hatte Wanda gebeten, mich für eine halbe Stunde allein zu lassen, und wollte gerade die Schublade aufziehen, in der ich mein Kokain deponiert hatte, als die Tür sich leise öffnete und wieder schloß. Ich erwartete Wanda, doch zu meinem Schrecken war Shura mein Besucher. Er grinste mich boshaft an. Er trug eine bestickte Trachtenbluse mit einem dicken, grellfarbigen Schal um den Hals. Darüber hatte er einen Pelzmantel gezogen, der einige abgewetzte Stellen aufwies. In der Hand hielt er eine dreieckige Mütze. Er sah richtig theatralisch aus.

»Du kleiner Spitzel«, sagte er. »Du mieser, kleiner Kiewjidd. Du hattest Schiß, es mir ins Gesicht zu sagen. Was für ein Gauner ich bin! Das ist ja lachhaft. Onkel Semja ist der größte Gauner von allen.«

Diese Argumente der Revolutionäre waren mir wohl bekannt.

»Kapitalismus ist kein Verbrechen.«

»Ach nein? Nun, dein Plan ging in die Hose. Ich werde nicht auf die Galeeren geschickt. Ich muß nur vorsichtiger sein, was kleine, grüne Schnüffler sehen dürfen und was nicht.«

»Hat Onkel Semja das gesagt?«

»Nicht genau. Aber sinngemäß.«

»Das glaube ich nicht.«

»Brauchst du auch nicht. Ich dachte, wir wären Freunde, Max.«

Shura redete, als hätte ich ihn verraten! Heute erinnere ich mich an ihn als an einen freundlichen, großzügigen Menschen, und ich habe ihm längst vergeben, doch war für mich in diesem Moment die Tatsache, daß Shura sich für ein Opfer hielt, geradezu lachhaft. Ich lächelte. »Shura, du warst es, der diese Freundschaft zerstört hat.«

»Du Idiot. Ich hab' schon mit Katja geschlafen, ehe du hier aufgetaucht bist. Ich hab' sie gebeten, zu dir besonders nett zu sein. Ich hab' ihr Geld zugesteckt. Was meinst du denn, warum du es mit ihr so leicht hattest?«

»Sie liebte mich.«

»Sicher doch. So viel sie konnte. Seit Jahren ist sie schon meine Freundin. Frag, wen du willst.«

»Du lügst. Du bist widerlich.«

Er lief rot an. Sein Gesicht unterschied sich in der Farbe kaum von seinen kurzgeschorenen Haaren. »Du brauchst mir nicht zu glauben. Frag Katja.«

Die Tür öffnete sich langsam. Wanda kam herein. »Was ist los, Shura?«

Shura sagte ihr, sie solle gehen. Ich nickte bekräftigend. »Das hier ist eine persönliche Sache zwischen uns.«

»Wehe, du verprügelst ihn! Dann rufe ich Tante Genia!«

»Ich rühre ihn nicht an«, versprach Shura. Das beruhigte mich.

»Wenigstens hast du mir klar gemacht, was du fühlst«, sagte ich. »Was ist mit mir? Mein Rivale ist ein Judenfreund, der kaum seinen eigenen Namen aussprechen kann. Ein Gauner.«

»Judenfreund?« Er lachte. »Und warum nicht? Weißt du, wie unser Name ursprünglich lautete?«

»Der Name deines Vaters, meinst du. Es überrascht mich, daß du es weißt.«

»Aus deinem Mund klingt das wie ein schlechter Witz.«

Wir verletzten uns, wie sich nur Menschen verletzen können, die sich einmal sehr nahe standen. Ich war es, der zuerst damit aufhörte. Wenn Shura stolz darauf sein wollte, ein Halbjude zu sein, dann war das seine eigene Angelegenheit. Es bestätigte nur, was ich annahm.

»Du tust mir leid«, sagte er. »Du hättest hier glücklich sein können. Du hättest hier viele Freunde haben können. Die Leute mochten dich. Aber jetzt nicht mehr. Ich rate dir, so schnell wie möglich aus Odessa zu verschwinden.«

War das eine Drohung? Ich sagte: »An Odessa reizt mich nichts mehr.«

Er öffnete die Tür und verkroch sich in seinen Pelzmantel. »So redest du nicht mehr, wenn dir der Schnee ausgeht.« Schnee war der Slangausdruck für Kokain.

Dann ging er. Glaubte er etwa, er hätte mich zu einem Drogensüchtigen gemacht? Quatsch. Ich war nicht der Typ des Süchtigen. Monatelang bin ich ohne den Stoff ausgekommen. Schon wegen der steigenden Preise habe ich die Gewohnheit in späteren Jahren fast ganz aufgegeben. Von Entzugserscheinungen habe ich nicht das geringste gespürt. Und man ist erst süchtig, wenn man Entzugserscheinungen hat. Nach dem ersten Weltkrieg erklärte man den Genuß von Kokain für illegal. Dasselbe hätten sie gleichzeitig auch mit Aspirin und Gin machen sollen.

Am Morgen des Weihnachtstages wurde ich wieder in das

Arbeitszimmer meines Onkels gerufen. Aus Sorge, weil er nichts von ihr gehört hatte, hatte er Mutter ein Telegramm geschickt. Antwort hatte er von Captain Brown erhalten. Meine Mutter hatte eine schwere Lungenentzündung. Sie machte sich Sorgen um mich. Es schien, als hätte die Vorsehung mir eine perfekte Entschuldigung geliefert, Odessa zu verlassen und mich vor Shuras Rachegelüsten in Sicherheit zu bringen. Onkel Semja pflichtete mir bei und meinte, ich solle nach Weihnachten aus Odessa abreisen, wenn die Züge wieder so regelmäßig fuhren, wie man es in Kriegszeiten erwarten kann. Es sei für mich ein Studienplatz am Polytechnischen Institut in Petrograd gefunden worden. Im Januar solle ich dort anfangen. Ich bekäme eine vollständige Garderobe. Von seinen Agenten in der Stadt solle ich ein kleines Taschengeld erhalten. Man würde für mich auch eine Bleibe suchen. Als Gegenleistung sollte ich ab und zu bei Geschäftsverhandlungen als Dolmetscher fungieren und kleinere Pakete zu anderen Agenten bringen. Ich sagte, es wäre mir eine Ehre, für ihn tätig zu sein.

Meinen Studienplatz habe er per Telegramm festgemacht. Eine ganze Reihe von Telegrammen waren in den vergangenen vierundzwanzig Stunden hin und her gegangen. Er hatte mit Shura gesprochen und ihm das Versprechen abgenommen, nichts zu unternehmen, was die Familie in Schande stürzen konnte. Meine Rache verpuffte wirkungslos. Ich hatte keine Zeit, einen neuen Plan zu schmieden. Wenigstens, so dachte ich bei mir, würde Katja die Dose mit den Spinnen inzwischen geöffnet haben.

Ich stieg nach oben, um Wanda zu erzählen, was los war. Wir beschlossen, aus unserer verbleibenden gemeinsamen Zeit das beste zu machen. Ich gab ihr etwas von meinem Kokain, damit sie wach blieb. So verbrachten wir den größten Teil der Weihnachtsferien mit einer permanenten Liebesorgie.

Als meine Koffer gepackt waren und die Erster-Klasse-Fahrkarte (ein Geschenk von Tante Genia) in meiner Tasche steckte, wurde mir bewußt, daß ich Wanda vermissen würde. Ich versprach ihr, ich würde so bald wie möglich wieder nach Odessa zurückkommen. Sie solle mich in Kiew besuchen. Ich sah sie nie wieder. Sie wurde schwanger, gebar einen Sohn und wurde von Onkel Semja versorgt, bis sie drei Jahre später in den schrecklichen Tagen der Hungersnot und der Revolution plötzlich verschwand.

Wanda und Tante Genia brachten mich zum Zug nach Kiew. Der Bahnhof wimmelte von Uniformen. Schon in diesem Moment begann ich Odessa zu vermissen. Ich glaube, ich weinte ein wenig. Wanda weinte ganz sicher. Tante Genia weinte. Als der Zug aus der Halle rollte, glaubte ich Shura grinsend an der Sperre stehen zu sehen, Katja an ihn geschmiegt.

Es schneite heftig, als der Zug ins flache Land hinausfuhr. Ich machte es mir in meinem gepolsterten und geheizten Abteil gemütlich. Das war viel angenehmer als die letzte Reise. Ich machte gute Fortschritte. Ich trug einen Petersburger Anzug, eine gediegene Pelzmütze, einen englischen Mantel mit Pelzkragen und schwarze Lederstiefel. Im Laufe der vergangenen Monate war ich nicht nur ein Mann geworden, sondern ein feiner Herr.

Im großen und ganzen wurde ich vom Zugpersonal ordentlich bedient. Ich saß in einem weichen Polstersessel und hatte meine Bücher und Magazine auf einem kleinen Klapptisch aufgestapelt. Kurz hinter Odessa gerieten wir in einen Schneesturm. Ich konnte nur ein weißes Gewoge erkennen, gelegentlich unterbrochen von ein paar Dächern, qualmenden Schornsteinen und Kuppeln von Dorfkirchen, von Baumsilhouetten und ab und zu einem verschneiten Wald. Ich konnte fast den Schnee riechen. Um mir die Zeit zu vertreiben, nahm ich ein »großes Frühstück« im Speisewagen ein. Ich aß Käse und kalten Braten und sah zu, wie der Schnee an den Fenstern kleben blieb. Dann taute er wieder ab oder wurde vom Fahrtwind fortgerissen und gab den Blick auf die Steppe frei. Im Salonwagen hing über der Tür der doppelköpfige Adler, das Wappentier der Romanoffs. Dort suchte ich mir einen Platz und lauschte dem Gemurmel von Generälen, Priestern, Aristokraten und feinen Damen. Viele von ihnen sprachen bereits den Getränken zu, denn die Prohibition galt nur für die unteren Klassen. Von Zeit zu Zeit wurden die gedämpften Gespräche von lautem Gelächter unterbrochen. Im wesentlichen machten sie ihre Witze über die neusten Kriegsmeldungen.

Im Salonwagen zu sitzen und mich nicht unter die Mitreisenden mischen zu können deprimierte mich. Ich kehrte in meinen Wagen zurück, wo eine ganz in Schwarz gekleidete alte Dame Gefallen an mir fand. Sie erzählte mir, sie sei die Witwe eines gewissen Generals Soundso, der im Krieg gegen Japan gefallen sei.

Sie sprach mit dem leicht französisch angehauchten Akzent von St. Petersburg. Sehr schnell nahm ich ihn auf und imitierte ihn. Die Dame meinte, ich sei ein kluger, wohlerzogener Junge. Sie bot mir von ihrem Konfekt an. Sie fragte nach meinem Reiseziel. Ich nannte ihr Kiew und sagte ihr, daß ich sofort weiter müsse nach St. Petersburg. Sie bestand darauf, daß ich sie besuchen solle, und schrieb ihre Adresse in ein kleines Notizbuch. Die anderen Reisenden im Wagen waren hohe Militärs, die nicht redeten, Landkarten studierten, *Die Stimme Rußlands* lasen und manchmal den Salonwagen aufsuchten, um eine Zigarre zu rauchen. Dazu kam eine ziemlich hochnäsige junge Frau, die behauptete, sie wäre in Moskau bei der Bühne und würde in Kürze eine Tournee durch die Provinz machen. Sie roch nach dem gleichen Parfüm wie Mademoiselle Cornelius, an die ich mich immer noch erinnerte. Diese Schauspielerin hatte nichts vom Charakter jener Dame; sie war eine typische neurotische Moskauer »Schönheit«. Ich bezweifle, daß sie überhaupt Schauspielerin war. Eher schon die Geliebte eines Generals, die getrennt reiste, um einen Skandal zu vermeiden. Ihr Schmuck und ihr Pelz erinnerten eher an Trophäen als an normale Kleidung.

Der Schnee ließ nicht nach. Es wurde schnell dunkel, und im Wagen wurden die Gaslampen angezündet. Ich fühlte mich so wohl, daß ich mir wünschte, die Reise möge nie zu Ende gehen. Wir nahmen den Lunch ein, dann das Dinner. Anschließend erzählte ich der alten Dame von meinen Ideen, meinen Plänen, meinen Hoffnungen, »etwas für Rußland zu leisten«. Sie sagte, ich würde mich in Peter verlieben. »Dort ist es richtig russisch, nicht so wie diese schreckliche Provinz. Dies hier ist das Land der Juden. Man kann ihnen unmöglich entkommen.«

Mitfühlend pflichtete ich ihr bei.

»Aber in St. Petersburg«, sagte sie, »wirst du die Summe aller Tugenden Rußlands vorfinden.«

Die Schauspielerin behauptete, daß Moskau »russischer« sei als die Hauptstadt. Es gäbe zu viele Europäer in Peter. Die Stadt wäre von einem Zaren gegründet worden, dessen Vorstellungen und Ideen sich an Deutschland orientiert hätten. Man soll sich ansehen, meinte sie, wohin uns das gebracht hatte. Nun wurden wir von denen angegriffen, denen wir unsere Gastfreundschaft gewährt hatten. Die halbe kaiserliche Familie war deutsch. Sie waren die Geißel der Erde. Sie wünschte, sie könne ihr ganzes Leben lang in Moskau bleiben. Dort gäbe es keine Sozialisten. Keine Nihilisten. Keine Attentäter. Dort gäbe es auch keine Juden und auch keine Deutschen. Es sei eine wahrlich slawische Stadt, keine Imitation von Berlin oder Paris.

Die alte Dame hörte amüsiert zu. Ihr Ehemann sei ein solcher Radikaler gewesen. Ein Pan-Slawist, der Westeuropa den Rücken kehren wollte. »Doch Westeuropa wird *uns* nicht den Rücken kehren, meine Liebe.«

»Nein, das stimmt!« sagte die Schauspielerin. »Mit ausgebreiteten Armen kommt es auf uns zu. In einer Hand ein Messer, in der anderen ein Schwert. Wir hätten schon vor Jahren alle Fremden hinauswerfen sollen. Eingeschlossen all jene, die sich als Russen bezeichnen.« Das war eine Anspielung auf unsere »Deutsche Kaiserin« und eine Reihe von Adeligen in St. Petersburg, die deutscher Herkunft waren und noch ihre deutschen Namen trugen. Sogar einige Generäle an der Front sowie einige Minister der Duma hatten deutsche Vorfahren, der Premierminister eingeschlossen. Es gingen Gerüchte um, daß deutsche Verräter im Lande seien und gegen Rußland arbeiteten. Vor allem in Moskau war es üblich, die Schuld an unseren militärischen Mißerfolgen der Korruption in der Hauptstadt zuzuschieben. Es herrschte der Verdacht vor, daß der Hof an entscheidenden Kriegserfolgen überhaupt nicht interessiert war und daß der Zar zu Friedensverhandlungen jederzeit bereitstand. Ich erwähne dies nur, um aufzuzeigen, wie schlecht es damals um die Moral bestellt war. Rußland hatte niemals einen größeren Krieg angefangen. Wir hatten keinen Krieg gewollt. Deutschland hatte uns angegriffen. Als Folge davon stand nunmehr fast die gesamte zivilisierte Welt unter Waffen. Obwohl ich damals ein stärkeres patriotisches Gefühl empfand als die meisten, konnte ich verstehen, warum sie sich so gekränkt fühlten. Auch heute ließe sich noch darüber streiten, ob Deutschland, das der Welt einen Karl Marx schenkte, den Nährboden bereitete, auf dem Marx' schädliche Doktrinen gedeihen konnten. Viele glauben, daß die deutsche Rasse den Schrecken und das Chaos geschaffen hat, aus dem unser zwanzigstes Jahrhundert besteht. Ich teile diese Auffassung nicht. Im großen und ganzen waren die Deutschen in den dreißiger Jahren zu mir sehr nett.

Mein Wunsch, die Reise möge so lange wie möglich dauern,

ging teilweise in Erfüllung. Der Zug hatte Verspätung. Aufgrund mächtiger Schneeverwehungen auf den Gleisen, bevorzugter Abfertigung von Militärtransporten und der allgemeinen Unfähigkeit der Eisenbahngesellschaft, deren beste Leute im Kriegsgeschehen eingesetzt waren, blieben wir häufig stehen. Es wurde allmählich kalt im Zug, und irgendwann verkrochen wir uns alle in unsere warmen Mäntel. Zum Aufwärmen servierte man uns heißen Tee. Draußen war nichts anderes zu sehen als Schnee. Es war, als rollten wir durch einen hell glitzernden Eistunnel.

Langsam quälten wir uns weiter. Wir befanden uns nur noch wenige Meilen von Kiew. Ich war müde, suchte aber trotzdem die Aussichtsplattform am Ende des Zuges auf. Die parallel laufenden Schienenstränge verloren sich in einem weißen Nichts. Die ganze Landschaft war wie ausradiert. Ein Gefühl der Freiheit machte sehr schnell einer tiefen Depression Platz. Ich mußte an Odessa im Sommer denken, an die lebhaften, ausgelassenen Menschen, an die Leichtigkeit, den Witz, den Großmut und die Kameradschaft. Dieser Schneesturm war wie ein letzter, endgültiger Vorhang, mit dem der Odessaner Sommer beendet wurde. Die Frostgötter zahlten es denen heim, die es einige kurze Monate lang gewagt hatten, glücklich zu sein.

Der Bahnhof in Kiew war trostlos und überfüllt wie immer. Die hohen Säulen, auf deren Vorsprüngen Tauben nisteten, die Steinmauern und Gewölbe, die Wandreliefs vermittelten einen Eindruck von Kälte. Mit meinem Koffer (voll neuer Kleider und Geschenke) trat ich auf den Bahnsteig und war wiederum verwirrt vom Betrieb, der um mich herrschte. Doch nun war da kein Shura, der mich führte.

Ich suchte mir einen Weg durch die Menge. Ich wollte mit der Straßenbahn nach Podol und von dort aus zu Fuß weitergehen oder eine andere Straßenbahn nehmen. Als ich vor dem Haupteingang sah, wie die Leute sich um die Taxis und um einen Platz in der Straßenbahn stritten, empfand ich Shuras Abwesenheit und unsere zerbrochene Freundschaft doppelt schmerzlich. Auf dem Pflaster saßen Bettler und fliegende Händler und boten von heißem Tee bis zu gerösteten Kastanien alles mögliche an. Das alles war mir vertraut. Ich haßte es. Auf eine seltsame Art und Weise war ich zu einem Menschen ohne Bezug geworden. Wir Russen tun alles, um uns eines angestammten Platzes zu versichern. Wenn Sklaverei das einzige ist, was man uns anbietet, dann nehmen wir sogar damit vorlieb, wenn es keine andere Möglichkeit zu leben gibt. Das hat schon Kropotkin richtig erkannt. Und deshalb waren der rote Napoleon, Lenin, und seine Bande so erfolgreich.

Ich sah die Stadt, die ich vor wenigen Monaten verlassen hatte und in der ich großgeworden war, mit den Augen eines Fremden. Und wie ein Fremder konnte ich mich über das, was ich sah, nicht freuen. Der Krieg übte bereits seinen schädlichen Einfluß auf uns aus. Die Menschen waren nicht so freundlich oder wenigstens so gesellig wie in Odessa. Hier wurde nicht gelacht, grüßte man sich nicht, rief sich keine Schwerzworte zu. So dachte ich jedenfalls.

Ich ging in Richtung der Straße, die damals Stolijpinskaja genannt wurde. Wenn ich dieser Straße folgte, gelangte ich auf die Wladimirskaja und zu St. Andreas, wo ich eine gewöhnliche Straßenbahn besteigen und nach Hause fahren konnte. Ängstlich mied ich die dahinhastenden Menschenmassen. Ich war in die Stolijpinskaja mit ihren hohen, gelben Gebäuden eingebogen, die mit dem Schnee auf den Dächern wie unappetitliche Kümmelkuchen aussahen, als ich hinter mir einen lauten Ruf hörte. Ich umklammerte meinen Koffer fester, und ein oder zwei Angstschauer überliefen mich, bis ich im Umdrehen Captain Brown erkannte, der wie ein alter Bär in seinem schwarzen Pelz hinter mir herhumpelte. »Maxim! Ich dachte schon, ich hätte dich verpaßt. Hast du denn die Nachricht nicht bekommen?«

Er hatte ein Telegramm nach Odessa geschickt. Wegen des Krieges war es erst nach meiner Abreise angekommen. Ich hätte an der Sperre zum Bahnsteig auf ihn warten sollen. Gemeinsam setzten wir unseren Fußmarsch fort. Er bestand darauf, meinen Koffer zu tragen. Einige Stunden habe er auf mich gewartet, weil der Zug so viel Verspätung hatte. Er nahm an, ich sei erschöpft, dabei hatte ich es wahrscheinlich weitaus gemütlicher gehabt als er. Er sah alt aus. Sein Gesicht glich dem Gemälde eines modernen Künstlers in hellen Rot- und Blautönen. Doch ich freute mich, ihn zu sehen, obwohl er durchdringend nach Wodka roch. Meine Mutter war sehr krank gewesen. Er und Esmé hätten sie wieder gesund gepflegt. Nun »saß sie schon und schimpfte«, trank Suppe und »wartete nicht mehr auf Gevatter Tod«. Natürlich hatte ich nicht gewußt, daß sie so krank gewesen war; ich hatte gedacht, es sei nur eine Grippe gewesen. Doch es hatte in den ärmeren Wohngegenden eine Art Epidemie gegeben. Viele seien gestorben, berichtete Captain Brown. Esmé hatte mir das nicht geschrieben, um mir keine Sorgen zu machen. Doch nun ging es Mutter viel besser, und sie wartete darauf, mich zu sehen. Captain Brown nahm meine Kleider zur Kenntnis – für Kiew ein bißchen zu schick, was? –, lobte mein Aussehen als viel gesünder und »reifer«. Mit dem Kokain hatte ich mich drastisch eingeschränkt. Ich nahm es nicht mehr täglich. Der Vorrat in meinem Gepäck würde lange genug reichen, bis ich wieder eine frische Quelle auftat. Ich mußte sparsam damit umgehen.

Mit der Linie 10 fuhren wir in unsere Gegend. Die Straßen von Podol wirkten ärmlicher und schmutziger, sogar mit dem Schnee, und auch die Menschen sahen jämmerlich aus im Vergleich zu denen, die ich in der Moldowanka gekannt hatte. Meine Abneigung gegen jüdische Armut, jüdische Gleichgültigkeit, jüdischen Geiz, jüdischen Stolz wallte in mir auf, aber ich unterdrückte sie. Gutes ist mir auch von Juden zuteil geworden. Es gibt eben Juden und Juden. Als Masse können sie jedoch deprimierend wirken. In unserer Straße befanden sich Schneeverwehungen, höher als ich selbst. Gänge waren hineingegraben worden, durch die man zu den Haustüren gelangen konnte. Alles erschien ungemein armselig. Ich bekam Depressionen, als wir das Haus betraten, in dem ich den größten Teil meines Lebens verbracht hatte. Wir stiegen Treppen hinauf, auf denen es nach Kohl und verkochtem Tee, nach Kwass und sauren Klößen stank. Wir betraten die Wohnung und deren niederdrückende Dunkelheit – die Rolläden waren halb heruntergelassen –, wo meine Mutter auf ihrer Couch lag, die man dicht an den schwarzen Eisenofen herangeschoben hatte. Esmé, blaß und schwermütig und so süß wie immer, rannte auf mich zu, griff nach meiner Hand und führte mich zu meiner Mutter. Mutter hustete so schrecklich, wie ich es noch nie gehört hatte. Sie redete mit einem Krächzen, das ich von früheren Krankheiten kannte. Es war ihre »Krankheitsstimme.«

»Maxim, mein lieber Sohn. Was für eine Freude! Ich hatte schon Angst, wir sehen uns in dieser Welt nicht mehr.«

Ich umarmte sie, gestattete ihr, mich auf die Wange zu küssen, und erwiderte den Kuß. Sie roch durchdringend nach einem Einreibemittel. Sie war eingehüllt in mehrere Lagen Schnürleibchen und Blusen und Stolen, und ich muß gestehen, daß mich dieser Anblick nach dem stilvollen luxuriösen Leben in Odessa doch ein wenig abstieß. Das Zimmer war völlig überheizt. Ich befreite mich aus der Umarmung und tätschelte ihren Kopf. Sie zuckte zurück. Ich ließ die Hand sinken und sagte zu Esmé: »Du bist so gut. Das mit deinem Vater tut mir aufrichtig leid. Du bist eine Prinzessin.«

Sie wurde rot. »Du bist so männlich geworden, Maxim! Allein deine Manieren! Mindestens wie ein Prinz.« In ihrer Stimme schwang leise Ironie mit, doch ich fühlte mich geschmeichelt.

Ein heftiges Husten schüttelte meine Mutter. »Er muß etwas essen!«

»Die Suppe ist fertig.« Esmé verschwand im angrenzenden Zimmer und kam mit einem Topf zurück, den sie auf den Herd stellte. »Sie ist noch warm. Es dauert nich lange.«

Trübsinnig betrachtete ich den alten Familienkochtopf. Der Geruch daraus war nicht mehr appetitanregend. Der Topf hatte mich versorgt, seit ich entwöhnt war. Man könnte sagen, er war gefüllt mit dem Schweiß meiner Mutter. Ich gedachte der Karotten und Zwiebeln und Roten Bete und Kartoffeln, die darin gekocht worden waren. Und ich sehnte mich nach der feinen, geschmackvollen Küche Odessas. Nach den verschiedensten Borschtsch-Suppen und den Jushkas, den Kuleschniks, der Schipanka, dem Zatirka, Kulisch und Rassolnik, nach den Heringen und gekochtem Stör und Sardinen, dem Braten mit Sauerkraut und Backpflaumen und Weizenbrei.

»Du hast sicher Hunger«, sagte meine Mutter.

»Ich hab' im Zug gegessen, beruhigte ich sie. »Es gab dort viel zu essen. Ich bin nicht hungrig.«

»In der Suppe ist Fleisch«, sagte sie. »Huhn. Du mußt etwas essen.« Sie begann wieder zu husten, und ihre Augen füllten sich mit Tränen.

»Nachher esse ich«, sagte ich. »Ich hab' dir etwas mitgebracht.« Ich schämte mich insgeheim, daß ich nichts für Captain Brown mitgebracht hatte. Ich holte den schwarz-roten Schal hervor, den ich für meine Mutter gekauft hatte.

»Wunderschön«, sagte sie. »Reine Seide. Kommt der von Semjon?«

»Er ist von mir«, betonte ich. »Ich hab' das Geld richtig verdient.«

»Verdient? Wie?«

»Ich hab' Frachtrechnungen bearbeitet«, erklärte ich ihr.

»Arbeitest du jetzt in Semjons Büro?«

»Das war ein privater Auftrag«, sagte ich. »Hier, Esmé. Wie gefällt dir das?«

Es war eine wunderschöne Schürze, verziert mit reichen Stickereien. Ich hatte sie im Magasin Wagner erstanden. Ihre blauen Augen strahlten mich an. In meinem Koffer fand ich noch eine Dose ›Sioux‹-Tabak. Nun war ich nicht das, was man einen regelmäßigen Raucher nennt. Ich machte den Tabak dem Captain zum Geschenk. Er war begeistert. »Das ist bester amerikanischer Importtabak«, stellte er fest. »Virginia. Oft bekommt man so etwas nicht. Ich war mal dort, wo er wächst, weißt du, in den amerikanischen Südstaaten. Meilenweit Felder, lauter Neger bei der Ernte, und sie singen dazu. Ich bin mal durch Amerika gefahren, von Charleston nach Nantucket. Mit der Eisenbahn. Ich hab' New York gesehen, obwohl ich nur ein paar Stunden dort war. Und Boston. Und Washington. Und Chicago, wo ich Freunde habe.« Er streichelte die Tabaksdose, und ich war froh, ihm dieses Geschenk gemacht zu haben. Er freute sich von allen am meisten. »Seltsam«, fuhr er fort, »daß ich ausgerechnet hier gelandet bin.« Er sagte etwas in Englisch, von dem ich nichts verstand, außer daß von einer »nichtsnutzigen Bagage in Inverness« die Rede war. Irgendwann hatte er einmal seiner Familie geschrieben und angefragt, ob dort irgendein Platz für ihn frei wäre. Er hatte darauf keine Antwort bekommen. Er behauptete, das schwarze Schaf der Familie zu sein, obgleich davon nichts zu sehen war. Er war mir fast wie ein Vater und ersetzte meiner Mutter den Ehemann.

»Der Krieg produziert viele Engpässe.« Captain Brown steckte die Tabaksdose in die Tasche. »Viele Dinge sind schwierig zu bekommen. Ich habe den Verdacht, da stoßen sich eine ganze Menge Leute gesund. Es wird noch schlimmer, je weiter man nach Norden oder nach Westen kommt. Die Leute in Moskau sagen, wir könnten uns glücklich schätzen.«

»Die haben schon immer neidisch auf die Ukraine geschielt«, sagte Esmé. »Vater glaubte, die Deutschen hätten den Krieg nur angefangen, um diesen Teil des Kaiserreichs zu annektieren. Wir haben die leistungsfähigste Industrie, die meisten Lebensmittel, die besten Häfen. Das ist doch ganz klar.«

»Dein Vater wußte, worüber er redete. Esmaja.« Captain Brown versuchte sich an den Herd zu lehnen, ohne sich zu verbrennen. »Ich rede als Soldat. Sie wollen Rußland bis zum Kaukasus, den sie sich mit den Türken teilen. Irgendein machtgieriger Hunne und ein hinterlistiger Muselmane haben sich längst darüber geeinigt. Warum sind die Türken sonst in den Krieg eingetreten?«

»Wir haben die Tataren abgewehrt«, sagte ich, »es sollte uns nicht schwer fallen, dasselbe mit den Deutschen und den Türken zu wiederholen.«

»Gott ist mit Rußland«, sagte Esmé. »Am Ende siegen wir. Das tun wir doch immer.«

»Du hast bestimmt recht.«

Das Gespräch wurde von einem heftigen Hustananfall meiner Mutter unterbrochen. Sie warf sich auf dem Bett hin und her und wäre fast hinausgefallen. Sie stützte sich mit einer Hand auf den Fußboden und winkte uns mit der anderen zu.

»Wasser?« fragte Esmé.

»Medizin?« fragte Captain Brown.

Ich half ihr auf. Sie zitterte in meinen Armen. Dann entpannte sie sich. Dafür klapperte sie jetzt mit den Zähnen.

»Sollen wir einen Arzt holen?« fragte ich.

»Es klingt vielleicht hart«, sagte Captain Brown, »aber er verlangt nur viel Geld dafür, daß er uns verrät, was wir längst wissen. Daß deine Mutter sich vor Freude aufgeregt hat, weil du wieder da bist. Sie hat die ganze Zeit von dir geredet, Maxim. Sie ist sehr stolz auf dich.«

»Stolz«, japste meine Mutter. »Nimm dir Suppe.« Ihre Freude und Sorge blieb mir nicht verborgen.

»Sie müssen schlafen, Jelisaveta Filipowna«, riet Esmé ihr. Sie holte eine Flasche Chloroform und sagte zu mir: »Sie hat die ganze Nacht auf dich gewartet. Wir haben dich früher erwartet.«

»Der Zug«, erklärte ich ihr. »Der Krieg.«

Lautstark, fast gierig, schnappte meine Mutter nach dem Löffel. Kurz darauf war sie in die Kissen zurückgesunken und schnarchte. Mißgelaunt sah ich mich in dem Zimmer um. Es erschien mir in diesem Moment furchtbar winzig und überfüllt. Ich sah mein Ofenbord. Früher hatte ich gerne darauf geschlafen. Doch jetzt sehnte ich mich nach einem Bett, egal wie schmal, mit frischen, weißen Laken.

Fast eine Woche sollte ich in der Wohnung leben, während meine Mutter abwechselnd hustete und schnarchte oder einen ihrer Alpträume hatte. Wenigstens schlief Esmé auf dem Ofenbord und ich auf ihrer Matratze im Zimmer nebenan. Es war nicht so schlimm, wie ich befürchtet hatte, wenngleich die Kochutensilien und die Lebensmittel gleich neben meinem Bett gelagert waren. Wasser holten wir von einer Pumpe im Hof, aber wir verfügten wenigstens über einen Spülstein und einen eigenen Abfluß. Das Badezimmer teilten wir uns mit einem dauernd betrunkenen Ehepaar von nebenan. Die beiden waren um die zwanzig, aber rettungslos dem Alkohol verfallen. Auch als Gesetze gegen den Alkohol erlassen wurden, waren sie wie eh und je im Rausch. Wenige Monate nach meiner Abreise nach St. Petersburg starben sie, doch bis dahin schreckten sie mich fast jede Nacht aus dem Schlaf.

Gleich am ersten Tag unternahm ich mit Esmé einen Spaziergang. Ich lieferte ihr einen gedrängten Bericht von meinen Abenteuern. Sie war beeindruckt. Ich flocht einige Anekdoten ein: mein Besuch auf dem englischen Schiff, meine Geschäfte mit den Griechen und so weiter. Ansonsten reichte es, ihr von den Wundern von Odessa zu erzählen, von Fountain und Arkadia, von den unzähligen Schiffen und Rassen, die dort zusammenkamen. Sie nahm meinen Arm, als wir durch die jedes Geräusch dämpfende weiße Pracht durch St. Kyril wanderten. Auf einer Aussichtsplattform schilderte ich Odessa in seinen schillerndsten Farben. Esmé umklammerte meinen Arm so fest und drängte sich so eng an mich, daß ich schon vermutete, sie hätte irgendwelche Absichten auf mich. Doch das war eine schreckliche Vorstellung. Esmé war rein. Sie war über solche Begierden erhaben. Zumindest war sie sich dieser Begierde nicht bewußt, und ihr Verhalten war voller Unschuld. Ich zog mich etwas zurück und achtete auf eine gewisse Distanz. Kiew erschien klein und provinziell, verglichen mit Odessa, auch wenn es unsere einzige Großstadt war. Mir fehlte das Meer, das Gefühl, jenseits des Wassers eine Welt erahnen zu können, die auf mich wartete. Das gestand ich Esmé, als sie mich fragte, ob ich mich freute, wieder zu Hause zu sein.

»Ich brauche die Möglichkeit zur Flucht«, erklärte ich. »Meine Seele hat den Duft der Fremde geschnuppert. Ich will reisen. Ich möchte Maschinen bauen, mit denen wir durch die Luft fliegen können. Weißt du noch, als ich geflogen bin, Esmé?«

»Ich weiß.«

»Wir werden beide fliegen. Ich werde in Petersburg meine

Diplome machen. Dann verfüge ich über die Autorität, die ich brauche, um meine Skeptiker zu überzeugen. Dann fahre ich nach Charkow und besorge mir Geld. Danach baue ich alle möglichen Flugmaschinen: Passagierkreuzer, kleine Flugzeuge, was immer es noch gibt. Und Flugschrauber. Und lenkbare Segler, die auf dem Wasser landen oder von dort starten können, wie immer der Pilot es wünscht.«

»Du wirst sicher berühmt«, sagte sie. »Kiew wird dich ehren. Jeden Tag wird dein Name in den Zeitungen stehen – wie der Sikorskijs.«

Sikorskij war bereits in St. Petersburg. Nachdem er die Ideen, die er von Leonardo da Vinci geklaut hatte, aufgegeben hatte, experimentierte er nicht mehr mit Helikoptern. Ich hatte Forschungen, die etwa in die gleiche Richtung verliefen, als undurchführbar fallengelassen. Eine andere Idee, die einen Pedaltreter vorsah, der seinen eigenen Propeller antrieb, wurde fünfzig oder sechzig Jahre später wieder aufgegriffen. Sikorskij antwortete nicht auf meinen Brief, in dem ich ihm fünfzig Prozent vom Gewinn anbot, wenn er mir half, die Erfindung weiter zu entwickeln. Seine Pläne sprengten alle Grenzen. Er war praktisch der Erfinder des Bombenflugzeugs. Aber es kam zu spät, um Rußland die Luftüberlegenheit zu verleihen, die die Nation brauchte. Wir hätten die Kriegshandlungen in die obere Atmosphäre verlagern können. Wir hätten uns nicht länger auf die Kampfkraft unzuverlässiger, unausgebildeter Bauern zu verlassen brauchen, deren leere Schädel jede rote Propaganda gierig aufnahm. Stalin, »der Stählerne«, ist für vieles verantwortlich gemacht worden. Doch Stalin, wie vor ihm Iwan der Schreckliche, erkannte die Vorteile, die sich ergaben, wenn er die Russen dazu ermutigte, sich ausschließlich auf russisches Wissen und Können zu verlassen. Enttäuscht ging Sikorskij wenig später nach Amerika, wo er sich ein Vermögen und ein viel zu großes Ansehen erwarb. Andere Russen erhielten nie die Würdigung, die ihnen gebührte. Stalin wußte genau, was russische aeronautische Sachkenntnis wert war. Während des Ersten Krieges hätten wir etwas von seinem Gespür sehr gut brauchen können. Dann wären wir, ironischerweise, später von ihm nicht so fürchterlich überfahren worden.

Natürlich sagte ich davon sehr wenig zu Esmé, als wir damals, während der letzten Woche des Jahres 1914, durch die Gärten von

St. Kyril spazierten. Ich hatte eine gewisse Gabe, technische Entwicklungen vorauszusagen, aber ich war kein Cagliostro!

Im Laufe der Woche, die ich zu Hause verbrachte, konnte ich mit Befriedigung beobachten, wie meine Mutter sich zusehends erholte. Schon bald konnte sie in der Wohnung herumgehen. Onkel Semjon hatte ihr anscheinend eine Rente ausgesetzt. »Er möchte einen Gentleman in der Familie haben.« Meine Mutter schwenkte seinen Brief. »Er tut alles, damit du Erfolg hast.«

»Wirst du endlich die Wäscherei aufgeben?« fragte ich. Daß meine Mutter ihren Lebensunterhalt unter derart unwürdigen Bedingungen verdiente, war für mich jetzt eine Quelle des Schmerzes.

»Ich bekomme dafür eine kleine Pacht bezahlt«, sagte sie. »Momentan bin ich noch zu schwach, um viel zu tun.«

»Sie verschlimmern Ihren Zustand nur, wenn Sie überstürzt wieder mit der Arbeit beginnen«, pflichtete Esmé ihr bei.

»Du solltest im Frühling nach Odessa fahren«, schlug ich vor. »Es ist wunderschön dort. Die Sonne macht aus dir einen ganz neuen Menschen.«

Das amüsierte sie. »Bist du mit dem alten Menschen nicht mehr zufrieden?«

»Nicht in seinem jetzigen Zustand. Du kannst bei Onkel Semja wohnen.«

»Und von den Türken erschossen werden? Es ist jetzt die ungünstigste Zeit, ans Meer zu reisen, Maxim.« Sie brachte das in einem anklagenden Ton vor, als hätte ich ihr geraten, sich in Lebensgefahr zu begeben. »Wir warten lieber, hm? Bis der Krieg vorbei ist.«

»Im Frühjahr ist damit Schluß. Mal sehen, wie der russische Winter mit unseren Feinden umspringt. Wir werden davon unseren Nutzen haben. Zu Millionen werden sie in Galizien sterben. Der Weizen wird auf von ihrem Blut getränkter Erde gedeihen.«

Das hatte ein entsetztes »Oh, Maxim!« aus Esmés Mund, ein Seufzen von Mutter und ein leises Lachen von Captain Brown zur Folge, der gerade aus einem anderen Zimmer hereinkam, wo er das Geschirr gespült hatte. »Du bist ein richtiger russischer Krieger geworden, Maxim.«

»Irgendwo müssen wir alle Krieger sein.« Ich hatte das in irgendeiner Zeitung gelesen. »Jeder Russe ist ein Soldat und trägt dazu bei, den Sieg zu erringen.«

»Jeder Russe?« Er zwinkerte mir zu. Er hatte mich als Mann akzeptiert, während meine Mutter in mir immer noch das Kind sah, das im September nach Kiew abgereist war. »Und wie steht es mit Rasputin? Meinst du, auch er trägt seinen Teil bei? Wenn ja, dann würde ich ihm gerne helfen.«

Er war betrunken. Meine Mutter rief vorwurfsvoll »Captain Brown!« und riet ihm, er solle einen Spaziergang machen, damit er sich besser fühle. Esmé errötete. Ich wunderte mich über den alten Schotten. Normalerweise, ob betrunken oder nüchtern, benahm er sich wie ein Gentleman. Wahrscheinlich hatte sein Wodkakonsum in letzter Zeit erheblich zugenommen. Mit einer gemurmelten Entschuldigung verbeugte er sich vor meiner Mutter und Esmé und verließ uns. Es dauerte einige Stunden, bis er zurückkam. Währenddessen saß ich am Tisch und tat mein Bestes, wie ich es seit meiner Ankunft täglich zu tun pflegte, meine Kenntnisse über die technischen Grundprinzipien aufzufrischen. Ich hatte zwar einen Studienplatz am Polytechnikum, jedoch würde ich eine mündliche Prüfung absolvieren müssen, wenn ich mich dort meldete. Ich wollte sicher sein können, diese Prüfung zu bestehen. Ich setzte meine Studien nachts fort, während Mutter und Esmé schliefen. Mein Vorrat an Kokain ging rapide zu Neige, während mein Vorrat an Wissen sprungartig zunahm.

Während meiner Studien tauchten alte Ideen wieder auf. Es handelte sich um Projekte, die ich zurückgestellt hatte, als ich nach Odessa fuhr. Ich hatte einen Plan entworfen, Unterwassertunnels zu bauen, mit denen sich Bezirke von Petersburg miteinander verbinden ließen, die durch Kanäle und Flüsse voneinander getrennt waren. Ich hatte auch mit der Idee gespielt, die Beringstraße zu überbrücken, um eine Verbindung zwischen Rußland und Amerika zu schaffen; natürlich wären für ein solches Bauwerk neue Arten von Stählen erforderlich, und ich hatte auch über verschiedene Legierungen nachgedacht. Kurz gesagt, ich stürzte mich mit Hingabe in meine Studien und geriet erneut in einen schöpferischen Rausch. Manchmal unternahm ich einsame Spaziergänge: zu der Schlucht, nun tief verschneit, in der Zoyjas Lager sich befunden hatte, oder zur Babi-Schlucht, wo ich geflogen war. Einmal suchte ich das heruntergekommene Haus von Sarkis Michailowitsch Kouyoumdjian auf, nur um zu erfahren, daß er seine Werkstatt geschlossen hatte. Offensichtlich war es die Affäre um die Maschine der Bäckerei gewesen, die ihn zu dem Entschluß gebracht hatte, Kiew zu verlassen. Die Aufträge wurden spärlicher, wahrscheinlich weil die Leute sich auf vorindustrielle Methoden besannen, je länger der Krieg andauerte, und er hatte sich gar nicht lange nach mir auf dem Weg nach Odessa gemacht. Von dort, so erfuhr ich, hatte er sich dann nach England abgesetzt. Eine alte Nachbarin meinte, er hätte in Manchester irgendwelche Verwandten. Ich hatte fast ein schlechtes Gewissen und fragte die Frau, ob es meine Schuld gewesen sei. Sie zuckte die Achseln. »Er hatte Angst vor den Türken. Kaum waren sie auf den Plan getreten, wurde er nervös. Er sah schon einen Moslem-Khan den Thron von Kiew besteigen. Deshalb zog er sich in das eine Land zurück, wo er sicher sein konnte, daß man dort von der Anwesenheit der Moslems nichts spüren würde.« (Ironischerweise wimmelt es in Manchester von Söhnen Allahs. Sie sitzen im Stadtrat, verleihen Geld zu Horrorzinsen und besitzen die meisten Häuser.)

Je mehr meine Mutter sich erholte, desto mehr Sorgen machte sie sich auch über meine bevorstehende Reise. »Odessa war schon schwer genug«, sagte sie, »doch Petersburg wird sicher problematisch. In Odessa hattest du wenigstens Verwandte. In Petersburg wirst du von niemandem erwartet.«

»Das stimmt nicht, Mutter. Onkel Semja hat mir die Namen und Adressen seiner Agenten aufgeschrieben. Es handelt sich um eine angesehene englische Firma. Von den Herren Green und Grunman erhalte ich mein Taschengeld, und ich kann sie jederzeit aufsuchen, wenn ich irgendwelche Schwierigkeiten habe.«

»Petersburg ist das Zentrum revolutionärer Umtriebe. Jeder weiß das. Dein Vater hatte mit Politik nie etwas im Sinn, bis er dorthin ging. Dort fing der ganze Ärger an. Die Verhaftungen. Die Progrome. Die Leute haben es ja auch einfach. Ihre Eltern sind reich. Wenn sie geschnappt werden, dann werden sie des Landes verwiesen und leben anschließend in der Schweiz. Unsereins wird jedoch erschossen.«

»Man wird mich nicht erschießen, Mutter.«

»Du mußt versprechen, daß du nichts tust, was dich in Verdacht bringen könnte«, bat Esmé.

»Ich habe keine Zeit für die Roten.« Ich lachte über ihre Befürchtungen. »Kadetten oder Sozialrevolutionäre oder Anarchisten – ich hasse sie alle, wie sie da sind.« Damals wurden die Sozialrevolutionäre, als Gegenpartei zu Lenins Sozialdemokraten, als die fanatischsten Radikalen angesehen. Man braucht nicht ausdrücklich darauf hinzuweisen, daß von Lenin, der sich in irgendeinem Luxus-Chalet aufhielt, noch nie jemand etwas gehört hatte. Später erst, als er davon ausgehen konnte, daß man ihm die Schmutzarbeit abgenommen hatte, wurde er von den Deutschen dafür bezahlt, nach Rußland zurückzukehren und die Revolution als sein Werk auszugeben. Solche Leute findet man in allen Bereichen des Lebens. Sie überlassen es dem, der die wirkliche Arbeit macht, seine Kraft zu vergeuden, dann erscheinen sie und streichen den Gewinn ein.

Genau dasselbe geschah ja auch mit mir, mit meinen Erfindungen. Thomas Alva Edisons Ruf basierte auf den Ideen seiner Assistenten. Da so etwas im Bereich der Wissenschaft an der Tagesordnung ist, überrascht es nicht, daß derlei auch im Geschäftsleben und in der Politik vorkommt. Viele Deutsche haben mir erzählt, daß Einstein seine sämtlichen Ideen von seinen Schülern stahl. In einer Kneipe habe ich mal einen jungen Mann getroffen, der mir erzählte, er habe alle Beatles-Songs geschrieben und dafür keinen Penny von den Tantiemen gesehen. Selbst Sikorskijs vielbeachtete Helikopter-Versuche hatten ihre Vorläufer in den Experimenten der Brüder Cornu in Frankreich im Jahr 1907: Nur war zwei Jahre später in den Kiewer Zeitungen nichts darüber zu lesen. In der Wissenschaft und in der Politik gibt derjenige den Städten und großen Gesellschaften seinen Namen, der das meiste Glück hat, die größte Publicity bekommt und die richtigen Leute kennt. Ich bin der Vergessenheit anheim gefallen, jedoch werden zumindest diese Memoiren den wahren Sachverhalt bekannt machen.

In Anonymität zu versinken erschien dem Jungen, der Esmé von seinen Zukunftsplänen erzählte, als ein Ding der Unmöglichkeit. Er hatte Visionen von eleganten Wolkenkratzern, die die Trümmerfelder der Slums überragen sollten; er sah Städte mit Transportbändern anstelle von Bürgersteigen, mit Lufttransportsystemen, mit Lebensmittelspendern, genetischen Auslesetechniken, die völlig gesunde Nachkommen gewährleisteten. Wir waren dabei, die Technologie zu entwickeln. Und das war die Art, wie man sie einsetzen sollte.

Esmé träumte davon, Krankenschwester zu werden, sobald sie

alt genug sei. »Bald schon wird es dazu zu spät sein«, klagte sie. »Der Krieg wird dann vorüber sein.«

»Das wollen wir hoffen.« Was würde sie tun, falls es zum Frieden käme? Sie würde immer noch Krankenschwester werden wollen. »Ich möchte mit meinem Leben etwas Sinnvolles anfangen.«

Ich drückte dankbar ihre Hand, als wir auf einer Bank in der Wintersonne saßen und in die Babi-Schlucht hinuntersahen. »Bis dahin erleichterst du einer tapferen Frau ihr Leben. Ich habe Mutter alles zu verdanken, Esmé.«

»Wenn man nur noch ein Elternteil hat, dann hängt man ganz besonders daran«, sagte sie.

Ich gab ihr recht. Sie wurde traurig, da sie an ihren verstorbenen Vater dachte.

»Er war ein tapferer Mann«, sagte ich.

Sie nickte düster. »Ja, tapfer. Aber wird es in deiner sauberen, wissenschaftlichen Welt Gerechtigkeit geben, Maxim?«

»Gerechtigkeit ist ein seltenes Gut«, sagte ich.

Sie lächelte. »Du würdest einen sehr guten Lehrer abgeben.«

Das hatte ich mir auch schon überlegt. »Vielleicht gründe ich ein eigenes Laboratorium mit Assistenten, denen ich mein Wissen weitergeben kann.«

»Dann komme ich als Krankenschwester zu dir.«

»Wir werden jeder in seinem Bereich unser Bestes tun, der Welt zu dienen.«

Selten unterlief mir der Fehler, Wissen und Gefühlsdinge in einen Topf zu werfen. Ebensowenig wie eine Nonne »für die Welt« da ist, denkt der reine Wissenschaftler daran, leistungsfähigere Suppenküchen zu entwerfen. Es ist intellektuelle Arroganz zu glauben, daß die Wissenschaft alle Krankheiten der Menschheit heilen kann. Doch in Esmés Gesellschaft wurde ich oft genug von ihrer weiblichen Sentimentalität angesteckt. Und ich bin auch der erste einzugestehen, daß die Welt ohne solche Geschöpfe noch unerträglicher wäre, als sie es sowieso schon ist.

An meinem Geburtstag bekam ich von meiner kleinen Familie recht praktische Geschenke. Bücher, Bleistifte, Papier, einen seltenen deutschen Bleistiftanspitzer und einen praktischen Aktenkoffer, alles Dinge, die ich in St. Petersburg brauchen würde. Meine Mutter weinte und hustete und lag auf ihrer Couch, beobachtete mich aus verschlafenen Augen und bat Esmé und

Captain Brown, mich vor den Roten und vor leichtlebigen Frauen zu warnen.

Ich beruhigte sie, man sei am Polytechnischen Institut sehr streng. Ich hatte es mir auf dem Stadtplan angesehen. Es lag noch nicht einmal direkt in St. Petersburg.

Am nächste Tag erhielt ich einen Brief und einige Silberrubel aus Odessa. Mein Onkel hielt mich dazu an, in Peter die richtigen Leute kennenzulernen und bei meinen Professoren einen guten Eindruck zu hinterlassen. Er teilte mir mit, ich hätte dort als Dimitri Mitrofanowitsch Krijschev aufzutreten, und hatte einen gleichlautenden Paß beigelegt. Meine eigene Fotografie befand sich darin. Das war ein Schock. Wegen des Krieges hatte er seine Beziehungen spielen lassen müssen, jedoch hatte ich nicht damit gerechnet, in das Institut unter einem angenommenen Namen einzutreten. Dieser Name würde mich durch mein ganzes Leben begleiten. Er würde auf all meinen Diplomen stehen. Damals hatte ich mich nicht an die Vorstellung gewöhnt, daß man Namen wechseln konnte wie Kleider. Die Revolution machte mich schon bald mit dieser Gewohnheit vertraut. Ich wußte von Shura, daß viele Leute Ausweise mit verschiedenen Namen hatten. Einige hatten sogar ein Dutzend davon. Jedoch waren dies Kriminelle, Radikale, die gezwungen waren, so zu verfahren. Der Paß war echt. Onkel Semja forderte mich auf, Mutter den Namen mitzuteilen, den ich in Zukunft benutzen würde.

Darüber konnte ich sofort weder mit ihr noch mit Esmé sprechen. Ich zog meinen englischen Mantel über und wanderte in den Park. Dort, auf einem Hügel, überdachte ich das Problem. Natürlich erkannte ich sofort, wie sich alles verhielt. Jetzt im Krieg waren freie Plätze im Polytechnikum sehr dünn gesät. Viele Ukrainer wollten in St. Petersburg studieren. Offensichtlich gab es zu viele Bewerber. Vermutlich hatte dieser Dimitri Mitrofanowitsch Krijschev seinen Studienplatz aufgegeben, so daß ich ihn übernehmen konnte. Vielleicht war er gestorben. Er war möglicherweise in die Armee eingetreten. Da gab es ein Dutzend Möglichkeiten. Wenn ich etwas lernen wollte, dann müßte ich eben unter falschen Namen lernen. Was den Lernstoff betraf, so machte das keinen Unterschied. Vielleicht könnte ich später unter meinem richtigen Namen auftreten und meine Diplome entsprechend korrigieren lassen.

Heuchelei und Täuschung habe ich mein Leben lang verabscheut, dennoch bin ich dem immer wieder zum Opfer gefallen. Das ist die schreckliche Ironie. Ich war gezwungen, mit einer Lüge zu leben, nicht etwa, weil ich etwas Unrechtes getan hatte, sondern weil meinem Onkel Semja jedes Mittel recht war, mir zu einer guten Ausbildung zu verhelfen. Ich hatte lernen müssen, daß die Welt aus Lügen besteht.

Ich unterrichtete meine Mutter. Sie war nicht sonderlich überrascht. Onkel Semja hatte in seinem letzten Brief etwas derartiges angedeutet. Krijschev sei ein guter, respektabler Name. Er klänge nach was.

Ich glaube, sie machte sich trotzdem Sorgen. In vieler Hinsicht war es schlecht für sie, daß ich so lange zu Hause blieb. Sogar Esmé war dieser Meinung. Die Gesundheit meiner Mutter hatte sich zwar gebessert, jedoch hatten ihre Nerven arg gelitten.

An meinem letzten Abend unternahmen Esmé und ich einen Spaziergang. Ich teilte ihr mit, daß ich in Zukunft als Dimitri Mitrofanowitsch auftreten würde und daß sie das Geheimnis um meinen richtigen Namen um jeden Preis für sich behalten müsse. Dieses Geheimnis war mein Abschiedsgeschenk an sie. Sie lächelte und versprach, nichts zu verraten. Auch sie war von meinem Identitätswechsel überhaupt nicht verblüfft.

Wir hielten uns bei den Händen wie Bruder und Schwester, und Esmé versicherte mir, daß sie sich um Mutter kümmern würde. Ich solle nur auf das Ziel hinarbeiten, ein berühmter Ingenieur zu werden. Ob ich nun als Krijschev berühmt würde – was mache das schon aus? Meine Mutter würde trotzdem auf mich stolz sein, und ich würde für sie sorgen können.

Am nächsten Morgen bestieg ich als D. M. Krijschev den Eisenbahnwagen der Wagon-Lit, in dessen Luxus, der mir bereits vertraut war, ich in die Hauptstadt reisen sollte.

Onkel Semjon hatte die Fahrkarte sowie eine Reihe von Verhaltensmaßregeln an die Adresse meiner Mutter geschickt. Er legte Wert darauf, daß ich mich in jeder Hinsicht wie ein Gentleman benähme. Um das zu gewährleisten, scheute er weder Mühe noch Kosten. Seine Großzügigkeit bewegte mich tief. Meine Mutter war außer sich vor Freude. Sie war zu schlecht beieinander, um mich zum Bahnhof zu begleiten, und ich muß zugeben, daß mir das irgendwie recht war. Es wäre geradezu erniedrigend gewesen, von einer kränklichen Mutter weinend und hustend verabschiedet zu werden. Statt dessen kamen Esmé und Captain

Brown mit zum Zug. Sie halfen mir mit meinem Gepäck und vergewisserten sich, daß der Gepäckträger es im richtigen Abteil ablud.

Ich war schrecklich aufgeregt. Noch nie hatte ich in einem Wagon-Lit-Waggon geschlafen. Als ich mein Abteil betrat, stellte ich fest, daß das obere Bett bereits besetzt war. Ich teilte die Räumlichkeiten mit einem anderen Herrn. Das war üblich, außer man war sehr reich. Fast der gesamte Zug war mit hochrangigen Militärs und deren Familien besetzt. Nie zuvor hatte ich so viel gepflegtes Russisch sprechen hören – oder auch Französisch. Die Mädchen bevorzugten das Französische. Ich glaube, sie taten sogar so, als seien sie Französinnen. Ihr Akzent verriet sie jedoch. Ich konnte das beurteilen, obwohl Französisch nicht zu den Sprachen gehört, die ich fließend beherrsche. Es ist die Sprache der Liebe, die Sprache, die eben diese Mädchen einige Jahre später sprechen sollten, als sie versuchten, die bolschewistischen Beschützer auf den Straßen Petrograds und Moskaus auf sich aufmerksam zu machen.

Esmé betrachtete das Abteil voller Staunen. So etwas hatte sie noch nie gesehen. Neben der Tür befand sich ein Waschbecken, das mit einer Holzplatte in einen Tisch verwandelt werden konnte. In einem gewöhnlichen Stuhl verbarg sich die Toilette. Die Polsterbezüge hatten die Farbe eines Konfektes, das später in Paris unter dem Namen »Fraises à la Romanoff« verkauft wurde, wahrscheinlich, weil es zur Zeit des Zaren sehr beliebt war. Die Bettlaken waren von einem strahlenden Weiß, und die Decken paßten farblich zu den Polstern. Es gab kleine Schubladen und Garderoben. Mein Reisegefährte hatte sich bereits eingerichtet. Ein Hauch von Kölnisch Wasser lag in der Luft, und er hatte einen arabischen Morgenmantel aufgehängt. Ich las die Hinweise auf der Tür. Sie waren in Russisch, Französisch und Deutsch abgefaßt. Sie lenkten meine Aufmerksamkeit auf die Klingel, die man vom Bett aus bedienen konnte und die den Wagenservice herbeirief. Man durfte nicht im Bett rauchen und wurde gebeten, beim geringsten Hinweis auf ein ausbrechendes Feuer sofort das Wagenpersonal zu alarmieren. Hinzu kamen die üblichen Regeln und Vorschriften für Bahnreisende.

Captain Brown meinte, das Abteil brauche mit den besten, die er kannte (»in Indien und woanders«), den Vergleich nicht zu scheuen, und daß er am liebsten mit mir käme. Esmé stimmte zu und sagte, sie beneidete mich. Ich war an derartigen Luxus gewöhnt, doch Esmé wurde nicht müde, alles zu betrachten und andächtig zu berühren. »Sah es so bei deinem Onkel aus?«

Ich lachte. »Nicht viel anders.«

Sie sah mich an, als wäre ich in den Rang eines Gottes erhoben worden. »Du mußt dich auf dem Polytechnikum anstrengen«, sagte sie ernst. »Das ist eine große Ehre, Maxim.«

Ich drückte ihre Hand. »Dimitri«, erinnerte ich sie nachsichtig. »All das verdanke ich der Tatsache, daß ich Dimitri Mitrofanowitsch bin, Sohn eines Priesters aus Cherson.« (Diese Angaben standen in meinen Papieren.)

»Ich hoffe, du triffst keine Freunde aus dem Klerus von Cherson.« Captain Brown klopfte mir auf die Schulter. »Mach deine Mutter glücklich, mein Junge. Ihre Briefe haben dir all das verschafft. Wenn sie vor deinem Onkel nicht auf die Knie gefallen wäre . . . Nun, er ist das einzige anständige Mitglied der Familie. Ich dachte schon, meine eigene wäre schlimm genug, aber wenigstens tun sie nicht so, als sei ich tot.«

Davon hatte ich bisher nichts gewußt. »Ich verstehe Sie nicht, Captain Brown?«

Er lächelte. »Ist schon gut, Junge. Du kannst nichts dafür, und sie auch nicht. Sie hatten etwas gegen deinen Papa. Sie schwangen sich zu Anklägern und Richtern auf. Ich nehme an, daran ist die Religion schuld.«

Mehr bekam ich nicht zu hören. Der Zugschaffner forderte die Besucher auf, den Zug zu verlassen. Dampfpfeifen ertönten. Captain Brown klopfte mir noch mal auf die Schulter, Esmé küßte mich auf die Wange. Ich erwiderte den Kuß und ließ sie erröten. Sie standen draußen vor dem Abteil, lächelten und nickten und gestikulierten, bis die Pfeife erklang, der Wagen anruckte und ich wieder einmal auf die weiße Landschaft der Steppe zudampfte.

Diesmal wurde meine Heimatstadt vom fallenden Schnee verhüllt. Der Zug jagte in die Stille zugefrorener Seen, kahler Silberbirken, weißer Tannen und winziger Bahnstationen, an deren Telegrafenkabeln Eiszapfen hingen. Vorbei ging es an alten, grauen, geduckten Dörfern, wo Bauern Schlitten mit Säuglingen, Feuerholz oder Milchkannen hinter sich herzogen und wo der wirbelnde Rauch der Lokomotive der einzige warme Hauch war, der über die kalte Landschaft hinwegwehte.

Ein hochgewachsener junger Mann betrat das Abteil. In seinem

Hemd mit hohem Kragen, einer fliederfarbenen Krawatte, schwarzer Seidenweste, hautenger Hose und einem Gehrock war er eine auffällige Erscheinung. Sein helles Haar war pomadisiert und in Wellen auf seinem attraktiven Kopf aufgetürmt. Er hatte große blaue Augen und einen dicklippigen Mund von einer Art, der ich normalerweise mißtraue. Doch er grüßte freundlich. Er streckte mir seine große Hand entgegen. Er verneigte sich so, als sei ihm diese Pose wohlvertraut. Als er zu reden begann, wurde mir klar, daß er mit der Bühne zu tun hatte. »*Bonjour, mon petit ami.*«

Sein Akzent war aufdringlich, übertrieben. Ich antwortete mit einem würdevollen: »*Bonjour, m'sieu. Comment allez-vous?*«

»*Ah, bon! Très bon! Et vous?*«

»*Très bien, merci, m'sieu.*«

Dieser lächerliche Schülerdialog dauerte an, bis Namen ausgetauscht wurden.

»*Je m'appelle* Dimitri Mitrofanowitsch Krijschev«, stellte ich mich vor.

Er hieße Sergei Andrejowitsch Zipliakow und sei, so sagte er, einen Tag hinter »dem Rest seiner Bande« zurück. Zu unser beiderseitiger Erleichterung verfielen wir ins Russische.

»Bande?« fragte ich belustigt. »Sind Sie ein Bandit?«

Er lachte. Es klang künstlich, trillernd. Ein Bühnenlachen. »So könnte man mich nennen. Darf ich ›Dimka‹ sagen?« Es war die Verkleinerungsform von Dimitri. Er ließ die Förmlichkeiten eher fallen, als mir lieb sein konnte, aber ich konnte nichts dagegen tun. Schließlich war er ein weitaus erfahrenerer Reisender als ich. Ich gestattete es ihm. »Dann mußt du mich Serjoscha nennen«, forderte er mich auf. »Wir reisen gemeinsam, und wir werden ziemlich lange auf engem Raum zusammenleben. Es ist kalt, nicht wahr?«

Ich empfand es in dem Abteil ziemlich warm. Erneut entschied ich, daß es weitaus erfahrener wirkte, wenn ich schwieg, keine Meinung äußerte, bis ich meinen Reisegefährten etwas besser einschätzen konnte.

»Meine Bande ist das Foline-Ballett.« Das erklärte seine stutzerhafte Kleidung, die Anrede mit dem Vornamen und die weichen, lebhaft gestikulierenden Hände. Ich hatte von dieser Kompanie schon mal gehört. In Kiew hatten Plakate gehangen. Ich fühlte mich geschmeichelt, das Abteil mit einer so prominenten Persönlichkeit teilen zu dürfen. Ich erzählte, ich hätte einige Monate in Odessa verbracht und wäre deshalb nicht in der Lage gewesen, eine Vorstellung zu besuchen. Er meinte, sie wären schrecklich gewesen. Es sei eine fürchterliche Bühne. Aber sie seien mit Anstand untergegangen. Ob ich dann von Odessa sei? Oder reiste ich nur so herum?

Ich erwiderte, ich hätte einige Reisen unternommen.

»Wir waren schon in der ganzen Welt«, erzählte er mir. »Kennst du Paris? Du mußt es kennenlernen. Und London?« Er verzog das Gesicht angewidert. Viel hielt er von London nicht. »Banausen«, schimpfte er. »New York hat viel mehr Kultur. Das glaubst du nicht, was? All diese Cowboys! Aber warst du überhaupt schon mal in New York?«

Mit so vielen tausend Meilen konnte ich nicht aufwarten. Ich schüttelte den Kopf.

»Du mußt so bald wie möglich hinfahren. Weg von diesem Krieg. In New York liebt man die Kunst. Sie sind richtig ausgehungert danach, diese Armen.«

Ich war von S. A. Zipliakow fast ebenso überwältigt, wie ich es von Shura gewesen war. Seine Aufmerksamkeit schmeichelte mir. Ich suchte mit ihm den Speisewagen auf. Er lud mich zum Frühstück ein und bestand darauf, daß ich ein Glas Champagner trank.

Wir kehrten in unser Abteil zurück und machten es uns auf meinem Bett gemütlich. Er erzählte mir von seinen Abenteuern, von den Katastrophen und Triumphen seiner Kompanie (einer kleinen, die in der Hauptstadt aber überaus hoch angesehen war). Er beklagte sich, daß der »schreckliche Krieg« ihre Reisen stark eingeschränkt habe. Deshalb hätten sie auch in Kiew gastiert. Eigentlich hätten sie Weihnachten in Berlin auftreten sollen. »Wir haben uns so darauf gefreut, Dimka, *mon ami*. Weihnachten in Berlin. Die wundervoll geschmückten Bäume, die Weihnachtslieder, Pfefferkuchen. Wenn du mich fragst, dann ist Weihnachten von den Deutschen erfunden worden. Es ist wunderschön. Lametta und Samt, und alle sind glücklich.« Die Schuld am Krieg schob er auf ein paar Preußen und »diese gierigen Österreicher«. Den Ungarn, so dächte er, könne man keinen Vorwurf machen. »Sie lieben die Musik und den Tanz und die Kunst überhaupt. Die Österreicher halten den Walzer für das Höchste an Kunst.«

Er jammerte, daß man noch nicht einmal nach Frankreich reisen könne, es sei denn in Uniform. Er klingelte nach dem Steward und bestellte eine Flasche Krug. Mir schwindelte fast, als die Bestellung tatsächlich aufgenommen wurde. Nach einer Viertelstunde bekamen wir einen Eiskübel, aus dem kein Krug ragte, sondern der grüne Hals der besten, edelsten Flasche Moët et Chandon. »Es ist fast unmöglich, in Rußland noch Krug zu bekommen«, sagte mein Nachbar. »Zum Glück haben die Eisenbahngesellschaften anderen Champagner. Wenn man so etwas haben will, dann darf man nur mit Wagon-Lit reisen!« Er lachte und drehte die Flasche im Eis. »Aus irgendwelchen Gründen ist jede Hauptstadt für uns gesperrt. Natürlich sind die Leute in der Provinz begeistert, wenn wir erscheinen. Wir spielen nur vor ausverkauften Häusern. Wahrscheinlich verdienen wir hier mehr Geld, als wir je im übrigen Europa verdient haben. Aber es ist so langweilig. Ich liebe die Zerstreuung, Dimka. Ich arbeite auf der Bühne sehr hart, so daß ich mich richtig entspannen muß. Was meinst du?«

Er hob die Flasche aus dem Eiskübel. Ich streckte ihm mein Glas entgegen.

Gekonnt schenkte mein neuer Freund es voll. »Wir werden eine herrliche Zeit haben. Frohes Neues Jahr!« Er leerte das Glas in einem Zug. Er seufzte und wollte etwas sagen, als der Schaffner an der Tür klopfte und sie öffnete. Er hatte ein grobschlächtiges, rotes Gesicht, einen grauen Schnurrbart und trug eine dicke, dunkle Uniform, die mit Goldlitzen bedeckt war. Er salutierte. »Verzeihen Sie, Hoheiten. Ich wurde von den Eltern des jungen Herrn gebeten, ein Auge auf ihn zu haben. Sollte es Probleme geben, dann rufen Sie mich.« Er schloß die Tür.

Serjoscha ärgerte sich. Der Schaffner sei ein »unerträglicher alter Narr«! Soviel Beachtung erfüllte mich mit Stolz. Bei meinen »Eltern« handelte es sich bestimmt um Captain Brown. Ohne Zweifel hatte er dem Schaffner ein Trinkgeld gegeben, damit er auf der Reise nach Petersburg ab und zu nach mir sah.

Während draußen weiterhin der Schnee in dicken Flocken fiel, erzählte Serjoscha mir von Marseille und Florenz und Rom und all jenen »wunderbar warmen Gegenden, die wir wohl monatelang nicht mehr aufsuchen können«. Er wurde betrunken, und seine Rede immer lockerer. Glücklicherweise war mir das nicht fremd. Ich kicherte über seine Witze und erzählte selbst einige, die er genauso ausgelassen belachte wie ich die seinen. »Wir sollten etwas Musik haben«, sagte er. »Wie schade, daß der Rest unserer Truppe den früheren Zug genommen hat. Es sind einige Leute dabei, die Gitarre und Mandoline und Balalaika und Akkordeon spielen können, weißt du? Wir könnten eine kleine Party veranstalten. Mit Mädchen. Magst du Mädchen, Dimka?« Er lächelte und legte einen Arm um meine Schultern. »ich denke, du bist noch ein wenig zu jung, um zu wissen, was du magst, was? Aber du hast doch Gefühle, oder?« Er zwinkerte.

Ich versicherte ihm, daß ich gewisse Gefühle hätte. Er drückte meine Schulter, dann meinen Oberschenkel. Er schlug vor, noch eine Flasche Champagner zu bestellen, »um uns warm zu halten«. Er betätigte die Klingel. Der Schaffner erschien. Serjoscha sagte ungeduldig: »Ich wollte den Steward!«

»Er kommt gleich, Exzellenz.«

Doch es dauerte eine Stunde, und die Flasche war leer, ehe der Steward erschien.

»Noch eine Flasche davon«, bestellte mein Freund. »Lieber gleich zwei.«

Der Steward schüttelte den Kopf. »Der Champagner ist aus.«

»Wir sind doch kaum eine Stunde unterwegs!«

»Wir fahren schon seit drei Stunden, Exzellenz.«

»Und Ihnen ist der Champagner ausgegangen?«

»Es tut mir leid. Wir haben Krieg.«

»Na ja, das ist mir ein schöner Krieg, wenn die Künstler sich noch nicht einmal ein bißchen Vergnügen leisten dürfen. Man gibt den Leuten alles, und was bekommt man dafür? Man bekommt den Champagner rationiert.«

»Es ist nicht unsere Schuld, Exzellenz.«

»Dann bringen Sie mir eine Flasche Kognak.«

»Es gibt keinen Kognak in Flaschen. Was wir haben, ist für den Speisewagen.«

»Heißt das, wir müssen speisen, wenn wir etwas trinken wollen?«

Der Steward holte seinen Notizblock aus der Tasche. »Soll ich Ihnen einen Tisch reservieren?«

»Aber schnellstens.« Serjoscha stand auf und überragte uns beide. Er streckte seine Arme, seine Beine. »Morgen früh bin ich ein Wrack.« Er griff in die Tasche seines Gehrocks, den er auf sein Bett geworfen hatte. »Können Sie uns nicht wenigstens eine einzige Flasche besorgen, Steward?« Er zauberte einen Silberrubel hervor. Der Mann machte ein Gesicht, als sähe er ein ertrinkendes Kind, das er nicht retten konnte. »Das ist nicht möglich, Exzellenz.«

Von dort, wo ich sah, gewahrte ich den Schatten des bulligen Schaffners hinter dem Steward. Er paßte auf, daß der Steward sich nicht bestechen ließ.

»Laß nur, Serjoscha«, sagte ich. »Wir hatten mehr als genug Champagner. Mehr als die meisten Leute in der nächsten Zeit je bekommen werden.«

Der Tänzer ließ sich auf mein Bett fallen und bedeutete dem Steward, zu verschwinden. »Wann kann man zu Abend essen?«

»Ab fünf Uhr, Exzellenz.«

»Dann reservieren Sie für fünf Uhr.«

»Wird gemacht.«

»Und sorgen Sie dafür, daß wir einen Aperitif bekommen.«

»Ich hoffe, das geht. Exzellenz.«

Serjoscha wollte erzürnt aufspringen, doch der Steward machte sich durch den Korridor aus dem Staub. »Dimka, mein Lieber, wir alle müssen dem Krieg unser Opfer bringen.« Er bedachte mich mit einem merkwürdigen Blick. »Du bist mir nicht böse?«

»Natürlich nicht.«

»Dann werde ich mich bis zum Abendessen ein wenig ausruhen. Warum legst du dich nicht auch ein wenig hin?«

Ich war etwas müde. Die Idee war gar nicht schlecht. Serjosha kletterte in sein Bett. Ich lag da, in Hemd und Hose, mein Jackett und die Weste hatte ich säuberlich aufgehängt, und versuchte zu schlafen. Doch nach der Atmosphäre der Aufgekratztheit, die ich soeben durchlebt hatte, verspärte ich jetzt fast so etwas wie einen depressiven Anfall. Ich hatte mich wirklich auf die zweite Flasche gefreut.

Einen Moment später hörte ich ein Rascheln aus Serjoschas Bett. Der Ausbuchtung der Matratze über mir nach zu urteilen, saß er jetzt mit gekreuzten Beinen im Bett. Einige Sekunden verstrichen. Ich hörte, wie er einmal scharf einatmete, dann ein zweites Mal. Das war ein vertrauter Klang. Ich stand auf und kam gerade noch rechtzeitig, um ihn zu überraschen und zu sehen, daß er ein kurzes Silberröhrchen an seiner Nase hielt. Es steckte in einem kleinen Döschen, ähnlich einem Behältnis für Schnupftabak. Um seinen Champagner gebracht, suchte Serjoscha

Zuflucht zu Kokain. Er sah mich an und steckte den Apparat weg. »Du hast mich erwischt, wie ich meine Medizin nehme.«

»Du hast Kopfschmerzen?« fragte ich betont unschuldig

»Nur ein bißchen. Die Kohlensäure, weißt du. Und dann dieser schreckliche Auftritt mit dem Steward.«

»Du solltest schlafen.«

»Ich bin aber nicht müde. Du etwa?«

»Ich döse vor mich hin.« Das stimmte nicht ganz, aber ich hielt es für raffiniert. Vielleicht bot er mir etwas Kokain an. In meinem Gepäck hatte ich noch etwa ein Gramm als eiserne Reserve. Das wollte ich mir aufsparen, falls ich es während meines Studiums nötig haben sollte. Nun hatte ich eine neue Quelle gefunden. Ich war entschlossen, die Verbindung zu dem Ballettänzer nicht abreißen zu lassen. Ich mußte an seine Adresse herankommen. Durch ihn würde ich eine neue Quelle auftun können. Damit war eine meiner geheimen Befürchtungen ausgeräumt.

Serjoscha fuhr mir mit seiner weichen Hand durch die Haare. »Mach dir wegen mir keine Sorgen, du dunkeläugige Schönheit. Es geht mir schon besser.«

Ich wich zurück. Damals hatte ich wenig Erfahrung mit der Ballettbruderschaft, doch irgendein Instinkt warnte mich. Ich nehme an, der Schaffner und der Steward hatten Serjoschas Absichten erkannt und taten, was sie konnten, um ihn von seinem Tun abzuhalten. Heutzutage halten die Leute Serjoschas Eigenart für eine schicke Abweichung von der Norm. So etwas hat es immer gegeben. Praktisch jedes Charakteristikum der Gegenwart – jedes Verbrechen, jede politische Theorie, Tyrannei, Kunstform, Auseinandersetzung – hat seine Ursprünge im Rußland meiner Zeit. Die Degenerierten von St. Petersburg gaben den Ton für das ganze Land an, könnte man sagen.

Ich aß mit Serjoscha, weil ich zugesagt hatte, doch ich trank ziemlich wenig. Als wir uns zurückzogen, durfte ich mich als erster in der kleinen Waschkabine ausziehen. Ich schlüpfte in mein Nachthemd und stieg ins Bett. Serjoscha verschwand in der Waschkabine. Ich hörte die normalen Toilettengeräusche. Dann kam er heraus.

Er war völlig nackt. Das war damals unter Männern, die immer gemeinsam badeten, nicht ungewöhnlich. Was mich erschreckte, war die Größe seines Penis, der dicht vor meinem Gesicht hin und her baumelte, als Serjoscha Schwierigkeiten zu haben schien, in sein Bett zu gelangen. Der Zug hatte seine Fahrt etwas beschleunigt, jedoch war das nicht die Ursache, warum Serjoscha plötzlich halb auf mir lag und sein warmes steifes Glied mir über Hals und Schultern strich. Er machte einen großen Auftritt aus seiner Bitte um Verzeihung. Natürlich sagte ich ihm in meiner Verwirrung, es hätte mir nichts ausgemacht. Er saß auf der Kante meines Bettes und tat so, als müsse er sich erst etwas erholen. Dabei stützte er sich auf meinen Arm. »Oh, Dimka. Was für ein Schock! Fühlst du dich wohl?«

Ich bejahte. Seine Hand strich über meinen Arm. »Es tut mir so leid. Ich wollte dich auf keinen Fall erschrecken.«

»Ich hab' mich nicht erschreckt«, sagte ich.

»Aber du bist verstimmt, das merke ich.«

»Aber gewiß nicht.«

»Du bist auf einmal so förmlich.« Tränen schimmerten in seinen Augen.

»Du hast keinen Grund, dich zu entschuldigen.«

»Doch, den habe ich. Ich bin ein Monster. Du weißt, was ich bin?«

»Du hast einen überaus ehrenvollen Beruf. Die Russen waren schon immer große Tänzer.«

Das schien ihn jetzt zu verstimmen. Mit einem Ächzen stemmte er seinen großen Körper hoch und kletterte langsam in sein Bett. Kurz darauf hörte ich weitere Geräusche und schloß daraus, daß er zu masturbieren begonnen hatte. Da ich bei dieser Vorstellung ein Ziehen in meinen eigenen Lenden verspürte, gab auch ich mich heimlich diesem Vergnügen hin.

Ich schlief ein.

Ich erwachte mit einer Empfindung extremen Unbehagens. Die Lampen waren gelöscht. Eine merkwürdige Stille herrschte im Zug. Es war kälter geworden. Ich lag dicht an der Wagenwand und begriff, daß mein Reisegefährte in meinem Bett lag. Als ich meinen Arm zu bewegen versuchte, in dem tausend kleine Nadeln zu pieken begannen, sprach seine schwerfällige, fast lallende Stimme aus der Dunkelheit. Dabei konnte ich seinen schalen Atem in meinem Gesicht spüren. »Du schienst zu frieren. Ich dachte, ich könnte dich wärmen.«

»Hier ist für uns beide nicht genug Platz.«

»Du wirst noch erfrieren.« Er legte eine Hand auf meinen Arm. Er schwitzte. Ich fragte mich, ob der Champagner und das Kokain bei ihm eine Art Delirium ausgelöst hätten.

»Das ist außerordentlich ungemütlich«, sagte ich.

»Ich kann mich an dich kuscheln.«

»Danke, Sergei Andrejowitsch. Auf das Kuscheln würde ich lieber verzichten.«

»Das ist meine Pflicht.«

»Ganz und gar nicht. Warum ist es so kalt im Abteil?«

»Der Zug steht. Die Heizung ist ausgefallen. Wir stecken in einer Schneewehe.«

Ich kämpfte mich hoch. Er versuchte, mich zurückzuhalten.

»Ich danke dir für deine Fürsorge, Sergei Andrejowitsch, doch du tust mir wirklich weh.«

»Ich liebe dich«, sagte er.

»Wie bitte?«

»Du weißt, daß du mich liebst.«

»Alle Menschen sind Brüder, Sergei Andrejowitsch. Doch wir sind uns völlig fremd.« Ich begann über seinen Körper zu kriechen. Meine Hände ertasteten den Teppich. Ich spürte seine Hand auf meinem Rücken. Sie begann mein Gesäß zu streicheln.

»Du bist schön«, sagte Serjoscha.

»Ich rufe den Steward«, schlug ich vor. Ich stand auf und öffnete den Gashahn. Ich zündete die Lampe an. »Ein schwarzer Kaffee wird einen völlig neuen Menschen aus dir machen.«

»Was weißt du schon von Menschen – und Männern?« Das Licht erhellte sein düsteres Gesicht. Er starrte mich aus verhangenen Augen an. »Warum treibst du mit mir ein solches Spiel? Na los doch, ruf den Steward. Sollen sie mich ins Gefängnis werfen.«

»Gefängnis?« Ich war verblüfft. »Warum?« Er käme doch niemals ins Gefängnis, nur weil er mich hatte wärmen wollen. Natürlich hatte ich so eine Ahnung, daß er mit mir schlafen wollte, aber um das mit Sicherheit sagen zu können, fehlte mir die Erfahrung.

Er sah mich mit kummervoller Dankbarkeit an. »Jetzt habe ich dir wenigstens für etwas zu danken.«

Taktgefühl hatte ich in Odessa gelernt, deshalb bohrte ich nicht weiter. Allerdings wollte ich der bedrückenden Stimmung entfliegen. Ich schlüpfte in meinen Morgenmantel und meine Pantoffeln und öffnete die Tür.

Er keuchte. »Was hast du vor?«

»Mir die Beine vertreten«, erwiderte ich. »Frische Luft schnappen. Ich rate dir, dich in dein Bett zu legen, Serjoscha.«

»Danke.«

Als ich die Tür hinter mir schloß, sah ich noch, wie er schwerfällig auf sein Lager kletterte.

Während ich durch den Korridor ging und die grauen Schneewälle durch die vereisten Fenster betrachtete, war ich verwirrt und erfreut zugleich. Offensichtlich stand Sergei Andrejowitsch in meiner Schuld. Ich wußte zwar nicht, wodurch, aber ich war entschlossen, diese Konstellation zu meinem Vorteil auszunutzen. Je mehr einflußreiche Freunde ich in St. Petersburg hatte, desto besser war es für mich.

Am Ende des Ganges tauchte ein Schatten auf. Es war eine junge Frau in einem rot-grünen Mantel und dunklen Haaren, die sie auf dem Kopf zu einem Turm drapiert hatte. Sie schlenderte langsam auf mich zu. Sie war nur wenig älter als ich, hatte ein rundes Gesicht und hübsche, ovale braune Augen und gleichmäßige Zähne. Sie lächelte. »Sie können nicht schlafen?«

»Ich glaubte, zu ersticken.« Ich nickte in Richtung meines Abteils.

»Ich reise mit meiner schrecklichen alten Nanjana«, flüsterte sie. »Eine richtige Bäuerin, obgleich sie aus Schottland kommt. Daher hat sie auch so furchtbare Angewohnheiten. Pfui!«

»Angewohnheiten?«

»Sie redet die ganze Zeit Englisch. Auch im Schlaf.«

»So was findet man kaum bei Bauern.« Das amüsierte mich.

»In England schon, oder nicht?«

Dieses Gespräch entwickelte sich ähnlich absurd wie das, dem ich gerade entflohen war. »Auch in England gibt es Bauern«, erklärte ich ihr. »Allerdings sind die etwas gebildeter als unsere.«

»Sie waren mal in England?«

»Ich kenne das Land ziemlich gut.« Das stimmte. Meine Kenntnisse verdankte ich vorwiegend dem *Pearson's*-Magazin und Captain Brown.

Ich hatte sie beeindruckt. »Ich reise zum erstenmal. Wir kommen aus Moldawia. Wir haben dort etwas Landbesitz. Ein Haus. Das Land ist sehr schön. Kennen Sie die Gegend?«

Ich bedauerte.

»Es würde Ihnen gefallen. Aber es ist langweilig dort. Vater hat sich dort zur Ruhe gesetzt. Davor ist auch er viel gereist. In England. Dort hat er auch meine Nanjana gefunden. Sie ist keine richtige schottische Erzieherin. Sie hat mich beaufsichtigt, weil Mutter des öfteren krank war.«

»Ihre Mutter ist tot?«

»Aber nein. Ihr geht es bestens. Sie hatte Anämie. Jetzt ist sie geheilt. Sie reitet sehr viel. Sie hat mal eine englische Jagd veranstaltet. Mit Hunden und Pferden und roten Röcken und so weiter. Aber ich glaube, man braucht dazu eine andere Art von Fuchs.«

»Der englische Fuchs ist ein raffiniertes kleines Biest.«

Sie zog eine Schmuckuhr aus ihrem Busen. »Mitternacht ist schon vorbei.«

Ich war begierig, ihr weiter Gesellschaft zu leisten. »Sie reisen von Peter aus weiter?«

»Nein, ich besuche dort die Universität.«

»Die Kojorsij?« Ich hatte mich über die anderen Lehrstätten der Hauptstadt informiert. Die Kojorsij war für Frauen.

»Ja!« Sie war entzückt.

»Ich bin auch Student«, erklärte ich. »Ich werde das Polytechnikum besuchen. Ich bin zwar jünger als die meisten dort, aber ich habe eine Medaille für besondere Leistungen.«

Sie war nicht sonderlich beeindruckt. Damals betrachteten viele Leute ein Polytechnikum als eine ziemlich minderwertige Lehranstalt. Naturwissenschaft und Technik werden vielfach auch heute noch als dem gehobenen Stand unangemessen angesehen.

»Der Krieg«, führte ich aus, »erfordert neue Arten von Waffen. Und neue Männer, um sie zu entwickeln. Deshalb wurde ich nach Peter geholt.«

Sie kicherte. »Sie sind doch noch ein Junge.«

»Ich habe schon mein eigenes Flugzeug geflogen«, verriet ich ihr. »In Kiew im vergangenen Jahr. Es stand in der Zeitung. Ich war einige Minuten in der Luft. Mit einer Maschine, die ich selbst entworfen habe.«

»Ich kann mich vage an eine ganz neuartige Flugmaschine erinnern. Das war in Kiew, tatsächlich.«

»Sie unterhalten sich mit dem Erfinder persönlich.«

Ich hatte sie überzeugt. Mit einer gewissen Koketterie sagte sie: »Ich kann mich gar nicht an Ihren Namen erinnern . . .«

Das war natürlich schwierig. Ich zögerte.

Sie preßte eine Hand auf den Mund. »Es tut mir leid. Wahrscheinlich dürfen Sie gar nicht . . . Der Krieg?«

Ich neigte den Kopf. »Ich kann nicht so, wie ich gerne möchte. Ich darf Ihnen nur den Namen nennen, den ich derzeit trage.«

»Spione?«

»Die Gefahr besteht immer, Mademoiselle.«

»Ich heiße Marja Warworowna Worotinskij.«

Ich verbeugte mich. »Nennen Sie mich Dimitri Mitrofanowitsch Krijschev. Unter diesem Namen werde ich in St. Petersburg auftreten.«

Sie war entzückt. Und ich hatte gelernt, wie man Damen mit einem Geheimnis für sich gewinnen kann. Mein Dilemma verschaffte mir wenigstens bei diesem Mädchen gewisse Vorteile.

»Werden Sie mich in Peter auch mal besuchen?« fragte sie.

»Wenn Sie mir Ihre Adresse aufschreiben, gern.«

»Warten Sie hier.«

Kurz darauf kehrte sie mit einem Notizzettel zurück, den sie vom Vorsatzpapier eines Buchs abgerissen hatte. Ich nahm den Zettel entgegen, verbeugte mich dankend und schob ihn in die Tasche meines Morgenmantels.

»Sie dürfen sich aber nicht verpflichtet fühlen, mich zu besuchen«, sagte sie. »Aber ich habe in Peter so gut wie keine Freunde. Die hoffe ich an der Kojorsij kennenzulernen.«

»Ich werde mein möglichstes tun«, versprach ich, »daß Sie sich nicht einsam fühlen werden.«

»Sie werden dort sehr viel zu tun haben.«

»Natürlich. Doch eine schöne, intelligente Dame ist stets ein unwiderstehlicher Anreiz.« Ich schmeichelte ihr einerseits aus meiner natürlichen Galantheit heraus (ich bin dem schwachen Geschlecht schon immer mit Galanterie begegnet), zum anderen erinnerte ich mich an Shuras Ratschlag, junge Damen kennenzulernen, deren Väter möglicherweise meine Erfindungen finanzieren könnten. Diese Taktik erschien einerseits sicherlich arg berechnend, doch in einem gewissen Sinne war sie auch absolut edel. Ich war bereit, für meine wissenschaftliche Arbeit erhebliche Opfer zu bringen.

Sie lächelte, als ich ihr die Hand küßte. »Nanjana Buchanan ist aufgewacht«, sagte sie. »Sie hat mich im Abteil gehört.«

»Wir sehen uns bestimmt wieder.«

»Ich hoffe«, – sie ließ ihre Stimme sinken – »M'sieu ›Krijschev‹.«

Sie enteilte durch den Korridor. Ich war mit mir zufrieden, als ich in mein Abteil zurückkehrte, hatte ich doch bereits zwei nützliche Verbindungen geknüpft.

Die Stimmung wurde mir vom Anblick eines fetten, grauuniformierten Majors mit mächtigem Schnurrbart und einem funkelnden Auge (das andere wurde von einer Klappe verdeckt) verdorben. Er stampfte von hinten an mich heran und knurrte: »Sie sollten ins Bett gehen, junger Mann. Was ist los? Meinen wohl, der Boche habe den Zug geentert, was?«

»Ich wollte nachsehen, warum wir stehen.«

»Wegen des Schnees. Ich war draußen. Wir haben einige Stunden Verspätung. Die Kälte hat die Schienen verzogen. Zuviele Züge unterwegs. Sie tun, was sie können. Eine Menge Leute schuften draußen. Ich sollte längst bei meinem Regiment sein. Wenn ich in Peter ankomme, sind meine Leute längst an der Front.«

Eingedenk der letzten Szene mit meinem neuen Freund betrat ich mein Abteil nur widerstrebend. Der Tänzer lag verkrümmt auf seinem Bett, ein Arm baumelte heraus: ein gefallener Schwan. Ich mußte mich an diesem Arm vorbeischlängeln, um in mein Bett zu gelangen. Ich ließ das Licht noch eine Weile brennen, da ich in einer alten Ausgabe des Magazins *Flight* las, die Captain Brown für mich aufgetrieben hatte. Der Hauptartikel befaßte sich mit Curtiss' Versuchen mit Wasserflugzeugen in Amerika. Die Idee von einem Schiff, das sich sowohl in der Luft, auf dem Land und im Wasser fortbewegen kann, war mir schon früher gekommen. Im Schatten von Sergei Andrejowitschs sanft hin und her baumelndem Arm schlief ich ein und träumte davon, ein gigantisches Gefährt zu entwerfen, das teils Luftschiff, teils Flugzeug, teils Lokomotive und teils Ozeandampfer war. Groß wie die *Titanic* würde es Hindernisse (Eisberge zum Beispiel) einfach überfliegen können und wäre so das sicherste Schiff, das die Menschheit kennt. Ich stellte mir vor, daß mein Name auf den Seiten aufgemalt war. Ich brauchte nur ein paar Industrielle, die auf mich bauten, und schon würde ich das Transportsystem der ganzen Welt von Grund auf verändern. Kein Zug würde mehr in Schneewehen steckenbleiben. Auf Knopfdruck würde er sich in die Luft erheben. Oder sollte ich die Lokomotive mit einer Heißluftkanone versehen, mit der der Schnee zum Schmelzen gebracht würde?

Damals waren unsere russischen Züge meistens pünktlich, egal bei welchem Wetter sie fuhren. Aber der Krieg zog alles in

Mitleidenschaft. Ich habe jedoch den Verdacht, daß der Krieg mehr und mehr als Entschuldigung für alle möglichen Mißstände herhalten mußte, ähnlich wie die Revolution später für alles verantwortlich gemacht wurde. Mittlerweile sind derartige Entschuldigungen Teil des Systems. Verspätungen bei der Eisenbahn sind eingeplant. Sie gehören zu einem Fünf-Jahres-Plan, der vorsieht, daß die Gleise durch Nichtgebrauch rosten müssen. Und falls der Leser sich wundert, warum die Erfindungen, von denen ich vor einem halben Jahrhundert träumte, nie das Licht der Welt erblickten, sollte er die Schuld daran nicht den Erfindern zuschieben. Schuld waren die Narren, die zu faul waren, die Ideen zu verwirklichen, die phantasielosen Bürokraten, die die Politik in die Wissenschaft einführten und, anstatt die Reichweite von Luftschiffen zu vergrößern oder bequeme Flugboote zu bauen oder Hochgeschwindigkeits-Einschienenbahnen zu konstruieren, ihre gesamte Energie daran verschleuderten, nutzlose Wirtschaftspläne aufzustellen. Manchmal denke ich, daß Ikarus heutzutage nur deshalb abgestürzt wäre, weil jemand ihm minderwertiges Wachs geliefert hätte.

Bis zum Morgen hatte der Zug eine kleinere Strecke zurückgelegt. Zum Frühstück begnügte Sergei Andrejowitsch sich nur mit einer Tasse Kaffee und zog sich dann ins Abteil zurück, als man ihm ein Glas Wodka abschlug. Ich vermutete, er bediente sich wieder von seinem Kokain. Marja Warworowna schenkte mir einen verschwörerischen Blick, der mir richtig gut tat. Sie saß einige Tische entfernt neben ihrer steifen schottischen Nanny: eine Frau, die in kariertes Tuch gekleidet war, als zöge sie in die Schlacht bei Culloden. Dazu hatte sie eine lange, rote Nase, bleiche rötliche Haare, und sogar ihre Augen wiesen einen leichten Rotstich auf. Ich war froh, daß Marja Warworowna es nicht für angebracht hielt, unser nächtliches Treffen zu erwähnen. Wenn die Nanny zu mir gekommen wäre, hätte ich mich wahrscheinlich lieber in einer Schneewehe versteckt, als mit dieser häßlichen Kreatur zusammenzutreffen. Sogar Marja trug karierte Kleidung, allerdings in weniger vulgären Farbtönen. Sie trug ein Muster, das man, wie ich später erfuhr, »Royal Stuart« nannte. Auf Grund eines speziellen Erlasses darf jeder nicht-schottische Gemeine dieses Muster tragen. Nanny, das weiß ich jetzt, trug die Farben ihres Buchanan-Clans. Sie unterstrichen die Blässe ihrer Haut.

Ich habe die romantische Zuneigung vieler Slawen zu den Schotten nie geteilt. Eine solche Einstellung findet man bei den meisten Europäern. Ich kannte mal einen Italiener, der in der Holborn-Gegend in London eine Imbißstube hatte. Dieser Italiener war von den Schotten derart besessen, daß er während des gesamten Zweiten Weltkriegs eine schottische Tracht unter seinem Bett versteckte. Als die Briten sein Dorf besetzten, zog er sich das Kostüm an und reihte sich mitsamt seinem Dudelsack bei den englischen Truppen mit ein. Die hielten ihn für einen Highlander, der von seinem Regiment getrennt worden war. Später wurde er nach England repatriiert, wo er einen Laden eröffnete, den er *The Cutty Sark* nannte, was auf Gälisch »kleines Hemd« bedeutet.

Doch von derartigen Fish-and-Chips-Läden war ich weit entfernt, als ich im Speisewagen des Kiew-St.Petersburg-Expreß saß und mich an knusprigen Croissants, Marmelade, Käse, kaltem Braten und weichgekochten Eiern delektierte und dabei von einer jungen russischen Schönheit angebetet wurde, die mir jene sexuelle Beziehung verhieß, die ich immer dringender brauchte. Ich durfte nicht vergessen, mir Sergei Andrejowitschs Adresse geben zu lassen. Wenn ich seine Freunde kennenlernen könnte, wüßte ich, wo Kokain gehandelt wurde. Vielleicht kam ich auf diesem Weg auch in die Kreise der Bohemiens. Wie Shura mir einmal erzählt hatte, war Kokain in der Hauptstadt viel teurer als anderswo. Das meiste kam über Odessa ins Land.

Der Zug kroch noch einige Meilen weiter und blieb wieder stehen. Diesmal mußten wir warten, bis ein Militärtransport vorbeigefahren war. Der in Tarnfarben gehaltene Zug war mit dicken Stahlplatten gepanzert. Auf den Wagendächern hockten Maschinengewehrschützen, und auf auf Pritschenwagen hatte sich hinter Sandsäcken die leichte Artillerie verschanzt. Durchfrorene Soldaten in dicken Mänteln und Wollmützen kauerten dort und hielten lange Gewehre in mächtigen Filzhandschuhen. Nicht wenige Passagiere winkten und feuerten die gleichgültigen Soldaten an, die nicht zurückwinkten.

»Unterwegs zur Westfront«, sagte ein junger Hauptmann zu seiner schönen Ehefrau. »Diese Leute werfen wir dem Boche entgegen. In ein paar Wochen ist er am Ende.«

Diese Neuigkeit erfreute mich. Ich gab sie an Serjoscha weiter, der vollständig angezogen auf seinem Bett im Abteil lag. Er beklagte sich über die Kälte. »Ich werde nie rechtzeitig ankommen. Ich habe viele Neider. Meine besten Rollen wird ein anderer übernehmen. Das ist dann das Ende meiner Karriere. Du weißt ja gar nicht, wie hart der Konkurrenzkampf beim Ballett ist, Dimka. Vor allem in Rußland. In anderen Ländern ist es viel einfacher, sich einen Namen zu machen.«

»Dann geh doch nach Paris«, schlug ich vor, »und mach dort Furore.«

Er schenkte mir ein merkwürdiges Lächeln. »Ich bleibe lieber in Peter.«

»Es ist durchaus wahrscheinlich, daß alle Züge Verspätung haben«, sagte ich. »Vielleicht sitzt der Rest deiner Truppe in einem Zug vor Kiew fest, und wir haben sie längst überholt.«

Er meinte, ich sei richtig lieb und ich hätte ein gutes Herz und er sei mir für alles dankbar. Ich nutzte die Gelegenheit und bat ihn um seine Adresse. Statt dessen schrieb er die Adresse eines Freundes auf: Nikolai Feodorowitsch Petrov. Er meinte, er hätte noch keine feste Wohnung. Wenn ich ihn ganz dringend sprechen müßte, könnte ich ihn auch im Foline aufsuchen. Er hoffte, die Truppe würde im Frühjahr nach Amerika reisen. Er betete, daß Amerika nicht auch noch in den Krieg eintrat, sonst wüßte man gar nicht mehr, wohin man gehen sollte. »Wenigstens haben die Leute in Kriegszeiten Sinn für Unterhaltung. Allein die Anzahl neuer Theater und Clubs, die in Peter während der letzten ein, zwei Monate eröffnet wurden, ist unglaublich! Dabei galt Peter mal als ziemlich unfreundliche Stadt. Nicht so wie Moskau. Ich liebe Peter. Es ist der einzige zivilisierte Ort im ganzen Land. Aber richtig freundlich ist die Stadt nicht, nicht einmal jetzt.«

Irgendwie beunruhigte mich das. Ich hatte das Gefühl, als wären die Petersburger Bürger arrogant und als hätten sie etwas Teutonisches an sich. Als wir schließlich in den Bahnhof einfuhren, war er grau und verraucht und irgendwie charakterlos. Er war zu groß.

Sergei hatte es eilig, den Zug zu verlassen und sich bei seiner Kompanie zu melden, um seine Position zu sichern. Er küßte mich auf beide Wangen und drängte sich mit seinem Gepäck durch den Gang, während alte Damen und Generäle hinter ihm herschimpften. Ich war froh, daß er es so eilig hatte, denn ich hatte auf seinem Platz eine Schnupfdose gefunden. Er würde sich leicht Nachschub beschaffen können, und ich kam mit dem Fund lange hin.

Die Dose würde ich natürlich zurückgeben, sobald ich den Inhalt aufgebraucht hätte.

Mein erster Eindruck von der Stadt, die Peter der Große gegründet hatte, war armselig. Sie kam mir vor wie ein Mausoleum. Im Bahnhof herrschte hektischer Betrieb, doch es fehlte die Atmosphäre wie auf ukrainischen Bahnhöfen. Es gab wenige fliegende Händler, und die Gepäckträger waren diensteifriger, als ich es gewohnt war. Ich hatte keine Schwierigkeiten, einen zu rufen. Es gab auch Motor-Droschken, welche mich reizten, denn ich war noch nie in einer gefahren. Ich war sicher, daß sie sehr teuer waren. Die Straßen der Hauptstadt waren unendlich breit, doch in ihnen war kaum Leben. Alles schrumpfte auf Zwergengröße. Vielleicht hatte sich das Leben in die Vororte verlagert, wo die Arbeiter hausten. In gewisser Weise war St. Petersburg wie Washington oder Canberra, eine künstliche Stadt, die sich ihrer Würde überaus bewußt war. Der doppelköpfige Adler war überall zu sehen. Ebenso Porträts von Zar Nikolaus und anderen Mitgliedern der Kaiserlichen Familie. Man glaubte sich in Ausläufern des königlichen Palastes zu bewegen. Es schien, als könne man hier nicht einmal die Stimme heben, es sei denn, man riefe nach einem Diener.

Mich erstaunte auch das Tempo, das hier herrschte. Ob Gepäckträger, Droschken oder Taxis, alle bewegten sich so schnell, als trügen sie untereinander Wettrennen aus. Straßenbahnen und Motorwagen sahen gediegener aus als alles, was ich bisher gesehen hatte. Sie verursachten kaum Lärm. Und als ich dem Droschkenkutscher die Adresse von Green und Grunman, den Agenten meines Onkels, nannte, mußte ich sie zwei- oder dreimal wiederholen, ehe er mich verstand. Zum Teil war daran die mächtige Pelzkappe auf seinem Kopf schuld, zum anderen war er mit meinem weichen »südlichen« Akzent nicht vertraut. Die Peitsche knallte, das Pferd scharrte mit den Hufen, und schon waren wir unterwegs, vorbei an hohen Gebäuden, die nur elektrisches Licht zu beherbergen schienen und überhaupt keine Menschen.

Eindrucksvoll fand ich die breiten Straßen und die klassische Schönheit der Häuser. Unsere Hauptstadt ist einmal das »Venedig des Nordens« genannt worden, wegen der Flüsse und Kanäle, die die Straßen und Paläste und öffentlichen Gebäude trennen, und wegen der Hotels und Häuser, die minutiös genau angeordnet waren, um den bestmöglichen optischen Effekt zu erzielen. Odessa konnte in Größe und Art damit nicht verglichen werden und erschien daneben klein, gemütlich und anheimelnd provinziell. Ich bedauerte den Streit mit Shura und wünschte, ich hätte mich trotzdem für ein Studium in Odessa entschieden. Ich kam mir vor wie ein Bauerntölpel. Wenn St. Petersburg diese Wirkung auf jeden hatte (ausgenommen höchstwahrscheinlich einheimische Aristokraten), dann war es kein Wunder, daß die Stadt zur Brutstätte der Revolution wurde. Solche Städte schaffen mehr als Neid, sie schaffen Selbsterkenntnis. Und viele, die sich ihrer Unterlegenheit bewußt sind, suchen Zuflucht bei aggressiven politischen Parolen. An der Stadt war etwas Bedrohliches und Arrogantes, eine spürbare Distanziertheit. Der Himmel darüber war zu weit. Endlich begriff ich auch, wie die typische Literatur Rußlands entstanden war und warum die Autoren leichtfüßiger Geschichten sich in Trauerklöße verwandelten, kaum daß sie im Zentrum unseres kulturellen Lebens eintrafen.

Die Droschke blieb vor einem hohen, grauen Gebäude stehen. Ein hochmütiger Portier kam heraus, um mein Gepäck auszuladen und mir beim Aussteigen zu helfen. Ich bezahlte dem Droschkenkutscher den geforderten Preis und gab ihm ein kleines Trinkgeld. Der Portier trug eine blau-goldene Phantasieuniform. Ich wies ihn an, auf mein Gepäck achtzugeben, und nahm den elektrischen Fahrstuhl in den dritten Stock, wo die Büros von Green und Grunman lagen.

Ich klopfte an eine Glastür. Dahinter bewegten sich einige Schatten. Sie verharrten. Ein Schatten näherte sich. Die Tür wurde aufgeschlossen. Ein hochgewachsener, weißhaariger Mann beugte sich über mich. Er war einer der dünnsten Menschen, den ich je gesehen hatte. Die Haare fielen ihm ins Gesicht und berührten beinahe den herunterhängenden weißen Schnurrbart, der seinerseits seinen Kinnbart berührte (damals als »Holländer« bekannt), welcher wiederum mit dem Kragen und dem Hemd verschmolz. Er sprach ein gutes Russisch mit einem schwachen Lispeln, das ich für einen englischen Akzent hielt. Er fragte, ob er mir helfen könne.

Ich nannte den Namen meines Onkels. Ich erfuhr, daß ich erwartet wurde. Er schien erleichtert zu sein und bat mich herein. Er führte mich durch zwei Büros, in denen Schreibmaschinendamen und Angestellte an kleinen Holztischen arbeiteten, und klopfte an eine polierte Eichentür. »Mr. Green?« fragte er.

»Herein«, antwortete Mr. Green in Englisch.

Als wir eintraten, ging Mr. Green gerade von seinem Bücherregal zu seinem großen Schreibtisch hinüber. Er war mit grünem Leder ausgelegt. Mr. Green ließ sich auf einen dazu passenden Sessel nieder, öffnete den Mund und sagte: »Dobrii dehn« (Guten Tag) in Russisch zu mir. Ich antwortete mit »Zdravstvyiteh« oder »Wie geht es Ihnen«. Er sah den weißhaarigen Herrn an und fragte: «Spricht der Junge Englisch?«

»Ein wenig«, erwiderte ich.

Mr. Green lächelte und massierte seine Wangen. »Gut. Und Französisch? Deutsch?«

»Von beiden etwas.«

»Und Jiddisch?«

»Natürlich nicht!« Man lernte höchstens Hebräisch, aber auf keinen Fall jenes häßliche Mischmasch, das die schlimmsten Eigenschaften sämtlicher Sprachen in sich vereinigte. Außerdem bestand kein Bedarf nach Jiddisch, da die Juden im wesentlichen aus Petersburg verbannt waren.

Er lachte. »Auch keine oberflächlichen Kenntnisse«

»Ein paar Worte, gewiß. Wenn man in Kiew lebt, kommt man nicht daran vorbei.«

»Und in Odessa.«

»Und in Odessa.«

»Hervorragend.« Er erschien amüsiert und verwirrt zugleich. Er griff nach einem grauen Aktenordner. »Wir haben dir den Namen Dimitri Mitrofanowitsch Krijschev gegeben. Ein guter russischer Name.«

»Ich hoffe«, entgegnete ich. »Gibt es ihn wirklich?«

»Gibt es dich nicht?« Mr. Green betrachtete mich mit wachsamer Freundlichkeit, als wäre ich ein schönes Tier, das ihn jeden Moment beißen wollte.

»Sein Studienplatz am Polytechnikum . . .«

»Den hat er sich leicht verschafft. Mit seiner Goldmedaille.«

»Ich hoffe, Sie nehmen mir meine Neugier nicht übel, Sir. Ich bin gespannt, ob Sie – etwas mehr wissen. Angeblich komme ich aus Kherson, wo mein Vater Priester ist. Ich war noch nie in Cherson. Ich weiß wenig über religiöse Riten. Meine Mutter ist zwar eine gottesfürchtige Person, jedoch keine große Kirchgängerin.«

»Ein orthodoxer Priester. Das war ein Glücksfall. Besser konntest du es gar nicht treffen, was?«

»Das damit verbundene Ansehen gefällt mir, Sir. Das Rätsel läßt sich jedoch kaum ergründen. Wird man mir keine Fragen stellen?«

»Natürlich nicht. Dimitri Mitrofanowitsch wurde privat erzogen, zu Hause, von seinem Vater. Er war ein kränkelndes Kind. Kurz bevor er im vergangenen Jahr seinen Studienplatz am Polytechnikum einnehmen sollte, wurde er krank. Lungenentzündung. Das arme Kind hatte bereits Tuberkulose, klar? Der Priester war ein ziemlich armer Mann und wußte nicht aus noch ein. Die Freunde deines Onkels in Cherson wurden wegen eines Darlehens angesprochen, von dem der Junge in die Schweiz geschickt werden sollte. Sie machten noch etwas Besseres. Sie bezahlten dafür, daß der Junge in die Schweiz gebracht und dort in einem hervorragenden Sanatorium behandelt wurde. Natürlich wird er weiterstudieren. In Luzern, unter deinem Namen. Du lebst unter seinem in Petersburg. Für alles ist gesorgt, und jeder von euch bekommt die Chance seines Lebens.«

»Das klingt sehr kompliziert«, sagte ich. »Und sehr teuer. Ich glaube nicht, daß ich es wert bin . . .«

»Deinem Onkel bist du anscheinend soviel wert. Du wirst ihm später eine große Hilfe sein. Du kannst viele Sprachen sprechen. Du hast ein Verständnis für Naturwissenschaft. Du siehst gut aus, bist charmant, umgänglich. Du kannst dich benehmen. Nun, du könntest sogar als der Zarewitsch persönlich durchgehen.«

Das gefiel mir.

»Aber du bist gesünder«, fügte Mr. Green hinzu und spreizte die Hände. »Gott sei Dank.«

»Und wo wird Dimitri Mitrofanowitsch wohnen?« fragte ich.

»Wir dachten an ein Haus in der Nähe des Polytechnikums. Doch das ist zu weit vom Zentrum entfernt. Es wäre nämlich sinnvoll, wenn wir uns gegenseitig schnell erreichen können. Daher haben wir für dich eine Bleibe nicht weit von der Nyustadskaja gefunden. Du hast es nicht weit bis zur Dampfbahn, zum Finnland-Bahnhof und so weiter. Mit der Bahn kommst du schnell zum Polytechnikum. Wie lautet die Adresse, Parrot?«

»Lomankaja-Prospekt elf«, antwortete der weißhaarige Parrot.

Es klang beeindruckend.

»Du wirst auf der Stelle hingebracht. Kümmern Sie sich darum Parrot?«

»Ja, Sir.«

»Und das Semester fängt in vier Tagen an?« erkundigte ich mich.

»In vier Tagen. Vertreib dir solange die Zeit.«

»Danke sehr, Sir.«

»Mr. Parrot zeigt dir die Haltestelle und wird dir erzählen, welchen Professor du aufsuchen mußt. Ich nehme an, es gibt eine mündliche Aufnahmeprüfung. Eine Formalität. Wir haben mit dem Professor gesprochen. Es wird keine Schwierigkeiten geben. Wie lautet sein Name, Parrot?«

»Doktor Matzneff, Sir.«

»Er war sehr zuvorkommend?«

»Das war er, Sir. Sein Sohn ist heute nachmittag abgereist.«

»Dann ist das auch erledigt. Doktor Matzneff wird dir sehr nützlich sein, mein Junge.« Mr. Green strahlte und strich mir über den Kopf. Ich wunderte mich über diese vieldeutigen Bemerkungen. Mein Onkel mußte enormen Einfluß haben.

Natürlich befand ich mich auf Goldmedaillen-Niveau. Lediglich der Krieg und Herrn Lustgartens Abreise hatten mich darum betrogen. Es befriedigte mich, daß ich nun bekam, was mir zustand. Onkel Semja war ganz groß im Wiederherstellen von Gerechtigkeit. Und es war gut zu wissen, daß mein Professor mir gegenüber wohlgesonnen war. St. Petersburg erschien mir mit einemmal gar nicht mehr so ungastlich.

Mr. Green überreichte mir einen Briefumschlag, der zehn Rubel enthielt. Ich würde mein Taschengeld monatlich in Empfang nehmen. Ich solle es umsichtig ausgeben. Das Fahrgeld zum Polytechnikum betrug hin und zurück zwanzig Kopeken pro Tag. Sicher gäbe es Möglichkeiten, das Taschengeld später aufzustokken. Ich bedankte mich bei ihm, verstaute das Geld neben Sergei Andrejowitschs Schnupfdose in der Tasche und schüttelte den Männern die Hand. Dann fuhr ich mit Mr. Parrot, der jetzt einen kastanienfarbenen pelzgefütterten Mantel und einen Hut trug, ins Erdgeschoß. Dann rief der Portier eine Droschke. Es schneite. Das Verdeck der Droschke war hochgeklappt. Es war schon dunkel, doch dieser Teil der Stadt war strahlendhell erleuchtet. Und wieder fiel mir auf, daß jeder der Passanten auf der Straße, ob Zivilist oder Soldat, irgendeine Uniform trug. Wir überquerten eine lange Brücke über die breite Große Newa, einen bedrohlichen Eisfluß. Zu meiner Überraschung sah ich in der Ferne eine Straßenbahn über das Eis rattern. Mr. Parrot erklärte mir, daß das

Eis im Winter hart gefroren sei, daß man sogar Gleise darauf verlegen könne.

Wir gelangten in einen Bezirk, der bevölkerter und mir weitaus vertrauter war. Ich nehme an, es war eine ärmere Gegend. Hier gab es gewöhnliche Menschen, Gaslampen, nach vorn offene Geschäfte, dicht bewohnte Mietshäuser, Verkaufsstände für Speisen, Bekleidung, Töpferwaren, Zeitungen; es roch nach gekochtem Essen, und man hörte Straßenmusikanten, Kindergeschrei, Streit und Gelächter. Man sah düstere Treppen, Gassen, halbverhungerte Hunde. Die Gegend machte mich nervöser als jede andere Gegend zuvor, doch die Straße, wo ich wohnen sollte, war ziemlich ruhig und einfach zu erreichen. St. Petersburg war sicherlich keine Stadt, die man schnell kennenlernte. Es gab weitaus tiefere Gräben zwischen den sozialen Klassen als anderswo. Selbst in Kiew, wo es viele Snobs gab und wo die armen Leute manchmal aus den Parks oder bestimmten Straßen verjagt wurden, war es nicht ganz so schlimm gewesen. Ich würde all mein Selbstvertrauen und den zusätzlichen Mut aus meiner gestohlenen Schnupfdose nötig haben, um das alles zu verarbeiten.

St. Petersburg sollte mir viel über die Natur von Reichtum und Armut beibringen. Es war nicht nur eine Stadt der Extreme, sondern es war eine Stadt von orientalischer Dekadenz, von Grausamkeit und sinnloser Machtausübung. Ich sollte begreifen, warum Zar Nikolaus bei so vielen Vertretern der Mittelklasse unbeliebt war. Der Hof wurde von einem kruden, verrückten Mönch aus Sibirien gelenkt, der, wie im Mittelalter, irgendwann kaltblütig von einer Gruppe Adliger ermordet werden sollte. Sie würden ihn vergiften, ihn erschießen und seinen Körper unter das Eis der Neva stoßen, um sicherzugehen, daß er wirklich tot ist. Vom Hof bis hinunter in die verkommenste Gasse regierte in der Hauptstadt der Aberglaube. Talisman-Verkäufer, Okkultisten, Medien jeder Art fanden ein glänzendes Auskommen. Ihre Voraussagen füllten die Spalten der angesehensten Zeitungen. Und all dies im zwanzigsten Jahrhundert, während Telefone und Automobile und Rundfunkempfänger und Flugzeuge im alltäglichen Gebrauch waren.

Die Grausamkeit der Bolschewiken war die Grausamkeit einer Sklavenrasse. Sie verfügten nicht über das Feingefühl zivilisierter Europäer. Es waren Wilde, denen man die schrecklichsten Vernichtungswerkzeuge und die raffiniertesten Kommunikationseinrichtungen in die Hand gegeben hatte. Dennoch waren der Zar selbst und sein Hof kaum zivilisierter, sonst hätten sie längst Vorahnungen gehabt, wie ihr eigenes Schicksal aussehen würde. Natürlich gebe ich den Beratern des Zaren die Schuld. Die meisten von ihnen waren Ausländer.

Sechs

Die Uniform, die ich im Institut trug, war nicht so prächtig wie andere: eine einfache Studentenuniform aus dunkelgrauem Wollstoff mit Silberknöpfen, dazu eine Mütze mit dem Abzeichen des Polytechnikums. Diese Regelung hatte etwas für sich. Damit würde mein begrenzter Bestand an normaler Kleidung länger halten, und es wurde nicht offenbar, daß ich relativ arm war. Die meisten Jungen im Institut stammten aus bescheidenen Verhältnissen. Die Söhne der Reichen studierten an diversen Militärakademien, wo Naturwissenschaften und Ingenieurwesen gelehrt wurden, oder an der Naturwissenschaftlichen Akademie. Deren Uniformen waren entsprechend prächtiger mit vergoldeten Knöpfen und Tressen. Aber auch wir hatten verschiedene Uniformen für den Sommer und für den Winter, Mäntel, vorschriftsmäßige Handschuhe, Stiefel, Mützen und so weiter. All dies wurde am Tag nach meiner Ankunft von dem Spezialschneider geliefert, zu dem die Herren Green und Grunman mich geschickt hatten. Mr. Parrot begleitete mich an einem düsteren, schneeverhangenen Tag in die Nebenstraßen des Moskowskaja-Viertels, wo der Schneider seine geräumige Werkstatt hatte.

Das Zimmer, wo ich wohnen sollte, befand sich in dem Haus einer typischen russischen Dame in mittleren Jahren. Sie war gutmütig, ein bißchen dumm , eine redselige Quelle für jedweden Klatsch, eine überzeugte Antiradikale (sie war noch nicht einmal damit einverstanden, daß der Zar sich zur Bildung einer demokratischen Duma bereitgefunden hatte, und begrüßte die kürzlich verfügte Beschränkung ihrer Machtbefugnisse): sie sah überhaupt keinen Sinn im Studium des Ingenieurwesens. Sie haßte den Motorwagen, die Straßenbahn, die Eisenbahn, das Telefon, und für sie waren noch nicht einmal Dampfschiffe über jeden Verdacht erhaben. Ebenso wie viele andere, die an der Newa wohnten, war sie überzeugt, daß der Rauch den Lungen schadete.

Dabei bekam sie ihren Husten nur im Winter, wenn die Schiffe sowieso nicht verkehren konnten. Der nahegelegene Finnland-Bahnhof, die Endhaltestelle der Dampfbahn, und diverse Fabriken gaben ihr ebenfalls Anlaß zur Sorge. Bereits ein oder zwei Stunden nach meiner Ankunft fragte sie mich schon, was ich in dieser Hinsicht zu tun gedächte. Sie machte mich sogar für den Krieg verantwortlich. Wahrscheinlich hätte sie sogar gegen die Entdeckung des Feuers gewettert. Trotzdem war sie eine Frau, die ich auf Anhieb mochte.

Ihr Haus war einer jener reizlosen Petersburger Terrassenbauten mit einem kleinen Hof und gleich großen Zimmern von genormter Grundfläche. Mein Zimmer befand sich im dritten Stock. Es war viel größer als mein Zimmer in Odessa. Es war mit einem kleinen Ofen und einer Waschgelegenheit bestückt; hinzu kam ein Bett, das man tagsüber in eine Couch verwandeln konnte, ein Schreibtisch, eine durch einen Vorhang abgetrennte Ankleidenische und anderes mehr. Die Toilette befand sich ein Stockwerk tiefer. Ich teilte das Haus mit der Wirtin, ihren beiden Töchtern, einem Hausmädchen und vier anderen Gästen, allesamt kleineren Beamten. Unsere Mahlzeiten nahmen wir am Gemeinschaftstisch im Parterre ein. Das Essen, so sollte ich feststellen, war schwer verdaulich und nach ukrainischen Maßstäben ungenießbar, doch es machte satt. Die Hausdame brüstete sich damit, ihre Gäste gut zu versorgen. Je länger der Krieg dauerte, desto größer wurden die Engpässe. Schließlich wurden wir vor die Wahl gestellt: wenn wir etwas mehr Miete zahlten, behielt das Essen seine Qualität. Beharrten wir auf gleichbleibender Miete, wurden die Mahlzeiten bescheidener. Nach den Pferdefleischmenüs, die in den Studentenrestaurants serviert wurden, aß ich, wann immer es möglich war, bei Madame Zinowieff (sie ist nicht mit dem berüchtigten Bolschewiken verwandt).

Abgesehen davon, daß sie eine Perücke trug und viel Rouge im Gesicht hatte, um die Narben irgendeiner Krankheit zu verdekken, gab es nichts Bemerkenswertes an der Witwe. Ebensowenig fielen ihre Töchter aus dem Rahmen des Gewöhnlichen. Olga und Wera besuchten eine nahegelegene Schule und interessierten sich für russische Literatur, ein Fach, das mir nie viel gegeben hat. Sie schwärmten von Tolstoi, Dostojewski, Baschkatsewa und anderen Dichtern. Sie lasen ein Buch nach dem anderen und redeten über Puschkins und Lermontows Charaktere, als handele es sich um lebende Personen. Ich fand die Mädchen reichlich naiv. Später erfuhr ich, daß sie sich ein bißchen in mich verliebt hatten. Aber so ist das nun mal mit den russischen Mädchen. Sie sind immer in jemanden verliebt. Wenn ein Russenmädchen sich verliebt, dann mit Haut und Haar. Doch das kommt im wirklichen Leben weitaus seltener vor als in irgendwelchen Romanen, in denen sich weibliche Wesen aus Leidenschaft körperlich und geistig für einen Kavallerieoffizier oder einen verbotenen Dichter kaputtmachen. Ich habe niemals von einer Russin gehört, die sich für einen einfachen Büroangestellten oder Ingenieur ins Unglück hätte stürzen wollen. Offensichtlich sollte man keine nützliche Funktion und möglichst auch kein Geld haben, wenn man das Herz einer solche Dame gewinnen will. Darum ist es andererseits höchst seltsam, daß sie, wenn sie heiraten, recht großen Wert auf die Finanzlage ihres Ehepartners zu legen scheinen.

Ich war entzückt, als Olga mir am nächsten Tag, einem Sonnabend, etwas von der Stadt zeigte. Bisher waren meine Eindrücke ziemlich vage gewesen. Ich hatte einige breite Hauptverkehrsstraßen, ein paar schmale Gassen, den Kanal und die Kais, einige städtische Gebäude, eine oder zwei Hängebrücken und ein paar Fabrikschornsteine gesehen. Ich war entzückt, mit der Straßenbahn über die Alexandrowskibrücke zu fahren. Der Himmel erstrahlte in einem blassen Blau, eine Farbe, die vom Eis unter uns reflektiert wurde.

Kurz darauf gelangten wir in den besseren Teil der Stadt, auf den Newski-Prospekt, Petersburgs Hauptverkehrsschlagader. Der Verkehr wogte hektisch hin und her. Wie verließen die Straßenbahn etwa auf der Hälfte des Newski. Olga, die Hände in ihrem Muff vergraben, schlug vor, die Straße zu überqueren und uns die Auslagen in einer gegenüberliegenden Ladenpassage anzuschauen. Unter den Schatten der Säulen glänzten und funkelten unzählige Waren in den Schaufenstern. Etwas anderes reizte mich – ein mechanisches Spielzeug wurde vorgeführt, daher stürmte ich quer über den Newski und wäre beinahe von rasenden Troikas und Motorwagen umgefahren worden. Hinter mir erklang ein Pfeifen, aber ich konnte nicht anhalten. In Panik hüpfte ich durch den Verkehr und erreichte keuchend den rettenden Bürgersteig. Der Handschuh eines »blauen Erzengels« (eines Petersburger Gendarmen) fiel auf meine Schulter. Ein weißer Gummiknüppel klopfte auf meinen Arm. Der mächtige alte Mann schüttelte mahnend seinen Kopf. »Es gibt weniger spektakuläre Möglichkeiten, sich umzubringen.« Olga kam heran. Sie erklärte, daß ich soeben erst in der Stadt angekommen sei. Er war mit ihrer Erklärung zufrieden. Der Gendarm setzte seine Runde fort, während ich mich dem Säulengang näherte, unter den Markisen stehen blieb und ausgestellte Messinglokomotiven bewunderte. Olga schüttelte den Kopf und meinte zu mir, ich könne froh sein, daß der Erzengel gute Laune gehabt hätte.

Es war ein strahlender Tag. Auf dem Newski-Prospekt herrschte weniger Betrieb, als ich erwartet hatte. Lediglich Offiziere und Damen fuhren in Kutschen vorbei. Und dann gab es dort weitaus mehr Polizisten, als ich es aus Kiew oder Odessa gewöhnt war. Olga zeigte mir die Hauptstraßen und Sehenswürdigkeiten: den großen Winterpalast des Zaren, die Peter-und-Paul-Festung, St. Isaak und all die anderen Bauwerke aus den Reiseführern. Irritiert wurde ich durch die Größe dieser Attraktionen, die mir ein Gefühl der Belanglosigkeit verliehen. Fast konnte man meinen, daß Peter die Stadt eher für Götter als für Menschen gebaut hatte. Wir sahen die berühmten Geschäfte von Fabergé und Gratschev, das Marsfeld, wo zeremonielle Feiern abgehalten wurden, die Denkmäler und Museen im Spasskaja-Distrikt. Nur wenige davon interessierten mich, denn meine Absichten waren mehr in die Zukunft gerichtet als in die Vergangenheit. Tatsächlich verursachte die Stadt mir Depressionen. Nicht weil es eine Ansammlung prächtiger Gebäude war, die von Slums umgeben war (was in den meisten Hauptstädten der Fall ist), wo Reichtum und Armut in einer Weise aufeinanderstießen, die man in einem Roman von Emile Zola als aufdringlich empfunden hätte, sondern weil es ein künstlicher Ort war, der keine andere Funktion hatte, als den Rest des Landes zu verwalten und seine Herrscher zu glorifizieren. Ähnlich wie Washington war die Stadt das Produkt naiver, auf das achtzehnte Jahrhundert gerichteter Geister, die die Moden imitierten, die damals in Frankreich und England üblich waren. Beide Städte wurden nach den »modernen Gründern« ihrer Nationen benannt, jedoch hatten sie keine besonderen Vorzüge für Handel und Wandel (wie Moskau oder New York zum Beispiel). Was sie auszeichnete, war die Seelenlosigkeit von allem außer dem Mißstand, dessen sie sich alle schämten, nämlich den Slums.

Der Maßstab dieser öffentlichen Gebäude ist bombastisch und

kalt, sie sind die Schöpfungen naiver Architekten, die den Auftrag hatten, Ruhm und Glanz des alten Griechenland zu übertreffen, indem sie alles doppelt so groß wie normal bauten. Damit einhergehend kann man in beiden Städten eine gewisse Detailarmut beobachten,: sie sind wie die Kulissen für prächtige Hollywoodfilme; Washington hat seine Kirschblüte, Petersburg seinen Flieder. Sie sind die Verkörperung neureichen schlechten Geschmacks, erbaut zu einer Zeit, als ihre Planer sich der Unterlegenheit, der Jugend, des Barbarentums ihrer Nation übertrieben bewußt waren. In Washington ist das Innere des Capitols mit den scheußlich naiven Gemälden eines, soweit ich weiß, italienischen Immigranten geschmückt. In Petersburg wurde eine ähnlich naive Malerei in Gestalt von Ikonen und Goldblatt-Porträts der Romanoffs und ihrer Vorfahren den französischer Architektur nachempfundenen Palästen und Kirchen aufgepfropft. Es war alles zu groß und zu übertrieben. Außerdem hatten beide Städte Baunormen für Wohnhäuser, viele davon sehr elegant, jedoch waren jene eleganten Häuser mehr und mehr zu Objekten des Hasses der Ärmsten der Armen geworden! Kein Wunder, daß Neid geradewegs zum Verbrechen führt und daß die Gefahr der Revolution am bedrohlichsten wird, wenn sie sich besonders dicht am Sitz der Macht entwickelt. Kein Wunder auch, daß die Reichen sich Festungen bauen, wie Howard Hughes sich eine Festung hoch über den Straßen von Las Vegas schuf. Jemand meinte einmal, daß Las Vegas nicht ein sinistres, zynisches Unternehmen sei, zu dem Zweck erbaut, dem amerikanischen Volk sein Geld abzuluchsen, sondern der Inbegriff dessen, was ein reicher, italienischer Bauer errichten würde, um seiner Mutter eine Freude zu machen. So reflektieren die Art der allgemein beliebten Vergnügungen, die Formen des Glücksspiels und die Überladenheit von Rosa und Gold, die man überall findet, den Geschmack einer freudestrahlenden Mama irgendeines stolzen Sizilianers.

Natürlich zeigten die feinen Leute von St. Petersburg nicht den primitiven Geschmack, den ich mit der Stadt verband. Unsere russischen Aristokraten gehörten zu den kosmopolitischsten der Welt, reisten sie doch regelmäßig nach Paris und Berlin, in die Schweiz und überall hin. Sehr viele von ihnen waren ursprünglich noch nicht einmal slawischer Herkunft, sondern sie trugen deutsche, französische, skandinavische und sogar britische

Namen. Auf Grund der starken Ressentiments des Zaren traf man bei Hofe keine Juden an, aber Armenier, Polen, Georgier und Vertreter vieler anderer Nationalitäten, die allesamt mit russischen Adelstiteln versehen waren. Seit den Tagen Peters des Großen waren diese Völker dazu ermutigt worden, russische Bürger zu werden. Dies stärkte und schwächte zugleich unser Kaiserreich. Es wurden weiterhin beachtliche Gewinne erzielt. Die großen Kaufmannsfamilien, die Industriellen, sogar viele Aristokraten scheffelten wahre Vermögen, indem sie zu ihrem eigenen Vorteil Kriegsmaterial in fremde Kanäle lenkten. Sie glaubten nicht daran, daß die Deutschen, die Österreich-Ungarn oder gar die Türken gegenüber Rußland einen Vorsprung herausholen würden. Der Krieg war ein Spiel, eine Gelegenheit, ihre hübschen Uniformen herzuzeigen, ihre Frauen zu beeindrucken, sich theatralisch selbst zu opfern (soweit es sich um Frauen handelte) und die slawische Seele zu glorifizieren.

Dies war der in den ersten Monaten vorherrschende Geist in St. Petersburg. Als unsere Armeen sich als schlecht ausgerüstet erwiesen (zum Teil wegen der Geschäftemacherei, zum Teil wegen der für den zur Romantik neigenden Russen so typischen Mißachtung wichtiger Details) und in einer Schlacht nach der anderen geschlagen wurden, ähnlich wie zehn Jahre zuvor, als uns von den Japaner eine schwere Niederlage zur See bereitet wurde, wandelte sich die Stimmung von der Euphorie zur Melancholie. Nur noch die Berufssoldaten waren übrig, um etwas von der »Russischen Dampfwalze« zu retten. Sie kamen zu spät.

Als er nach dem Bürgerkrieg nach Deutschland ins Exil ging, beschrieb Krassnov, Hetman der Don-Kosaken, in seinen Büchern, wie die Dekadenz sich schon in der Hauptstadt und in ganz Rußland festgesetzt hatte. Wie immer hatten die kleineren Grundbesitzer den größten Schaden, als die Aufstände begannen. Diejenigen, die die Situation geschaffen hatten, waren bereits geflohen. Nur der arme, unwissende Zar, seine dumme, abergläubische Frau und ihre unschuldigen Kinder bezahlten den vollen Preis ihrer Torheit. Ein stärkerer Zar, so erklärten Krassnov und andere Weiße, ein würdevollerer Hof, und es wäre niemals zu einer Revolution gekommen. Wir hätten uns zu größtem Ruhm aufgeschwungen und wären gemeinsam mit Amerika von der ganzen Welt beneidet worden. Ich erzähle all dies, um einen allgemeinen Eindruck von St. Petersburg zu der Zeit zu vermitteln, als ich dort ankam, und um zu zeigen, daß es nicht nur die Lenins und die Trotzkis waren, die sich darüber beklagten, wie dieses Land gelenkt wurde. Es gab kaum jemanden in der Hauptstadt, der nicht davon überzeugt war, daß etwas getan werden mußte. Der Zar war mitnichten der populärste Herrscher, den wir je hatten. Seine fremdländische Frau scharwenzelte mit einem sibirischen *starets* herum, der noch nicht einmal ein richtiger Priester war (Briefe von ihr an ihn gingen seit drei Jahren herum), und sie war drogensüchtig und konnte nicht ohne Morphium leben. Unter den mächtigsten Familien sprach man von Absetzung und davon, einen neuen Zaren zu wählen und auf den Thron zu setzen, welchen Nikolaus, um ehrlich zu sein, im Grunde nie gewollt hatte.

An dieser Stelle muß gesagt werden, daß damals das Kokainschnupfen in Rußland, Wien, Berlin und anderen Städten eine weitverbreitete Sitte war. Als die Bolschewiken die Zügel der Macht in die Hand nahmen (ähnlich wie bei einem durchgehenden Pferd, das auf eine Klippe zurast), konsumierten sie bis zum letzten Mann und zur letzten Frau ihr Kokain. Da war kein Kommissar ohne seinen Vorrat. Daher auch der schlechte Ruf dieses Stoffes. Die gesamte hochrangige Elite des Dritten Reiches, zum Beispiel, war mit den Vorzügen dieses Destillats der gemeinen Kokapflanze vertraut. Manchmal kommt es mir so vor, als sei die Geschichte des zwanzigsten Jahrhunderts die Geschichte seines Ge- und Mißbrauchs. Es lieferte die Energie, welche die vielen Umwälzungen (nicht alle davon waren schädlich) in Gang setzte, die während meines Lebens stattgefunden haben. Auf Grund der Regeln und Pflichten, die ich in den folgenden Monaten wahrzunehmen hatte, mußte ich jedoch meinen Kokainkonsum völlig einstellen. Am Montag machte ich mich auf den Weg zu meinem Einführungsgespräch mit meinem Professor am Polytechnischen Institut. Ich benutzte die Dampftram vom Bahnhof Wylie-Klinik aus.

Meine erste Fahrt auf der Dampftram war ein atemberaubendes Erlebnis. Schon früh morgens begab ich mich zum Bahnhof. Die Trambahnen ähnelten kleinen Ein-Waggon-Zügen, fuhren auf Schienen und wurden von einer kastenförmigen Lokomotive (wahrscheinlich eine Henschel oder eine englische »Green«) gezogen. Solche Lokomotiven verkehren noch immer auf Schmalspurstrecken. Während des Sommers waren einige der Waggons an den Seiten offen, doch im Winter waren sie alle geschlossen. Die Lokomotive selbst bot zehn Passagieren Platz. Diese Sitze waren im Winter stets die beliebtesten. In dem anhängenden Wagen gab es keine Heizung. Unnötig hervorzuheben, daß ich meine erste Fahrt zum Institut auf der Linie 2 im hinteren Wagen nahe der Tür machte. In meiner neuen Uniform und meinem Mantel hatte ich es vergleichsweise warm, als wir durch die von Industrie geprägten Vororte rollten. Die nebligen Straßen wimmelten von gebückten Gestalten, unterwegs zu Fabriken wie den berühmten Putilow-Werken. Wir fuhren durch eine halb ländliche Gegend, wo kahle Bäume und Holzzäune wie willkürlich in den schmutzigen Schnee gesteckt dastanden und über allem ein Geruch nach Urin und Öl lag, bis man in die Mittelstands-Viertel gelangte und nach etwa einer Dreiviertelstunde die Gebäude des Polytechnikums erreichte. Bei diesen handelte es sich um unauffällige Institutsgebäude, die nicht im mindesten einladend erschienen. Ebensowenig die wenigen Studenten, die meine Ankunft beobachteten. Ich fragte nach dem Weg zu Doktor Matzneffs Büro und wurde durch diverse kalte Flure geschickt, vorbei an vielen düsteren, verschlossenen Türen, bis ich eine fand, auf der sein Name stand. Ich klopfte. Man wies mich an, einen kahlen, dunkelgrünen Raum zu betreten. Ich nahm meine Mütze ab und überlegte, ob ich salutieren sollte, da der Professor eine prächtige Marineuniform trug. Es war durchaus üblich, daß pensionierte Militärausbilder an zivilen Schulen tätig waren. Statt dessen schüttelte ich ihm die Hand. Er bot einen farblosen, trübsinnigen Anblick und war überhaupt nicht das Scheusal, mit dem ich gerechnet hatte. Sein Haar war schütter und grau; sein Schnurrbart hing traurig herab und war voller Schnupftabakkrümel. Er blieb an einem kleinen Fenster stehen, das auf einen Innenhof hinausging. Er konnte über den grünen Halbvorhang, der an einer Messingstange befestigt war, hinwegsehen, jedoch war ich zu klein, um feststellen zu können, worauf er starrte, wenn überhaupt auf etwas.

»Du bist also Dimitri Mitrofanowitsch Krijschev?«

»Der bin ich, Euer Ehren.«

»Du willst bei mir studieren?« Er klang schrecklich müde. Ohne einen besonderen Grund hatte ich Mitleid mit ihm.

»Das hoffe ich, Euer Ehren.«

»Du scheinst ein höflicher junger Mann zu sein.«

»Ich möchte gerne ein bedeutender Ingenieur werden, Euer Ehren. Ich bin überglücklich, die Gelegenheit zu . . .«

Er wandte sich langsam um, seine traurigen Augen starrten mich an. »Du hast den ehrlichen Wunsch, hier zu studieren?«

»Das war schon immer meine große Sehnsucht. So lange ich lebe.«

Vielleicht unterhielt er sich vorwiegend mit Studenten, die von den besseren Akademien abgelehnt worden waren und das Polytechnikum als letzte Hoffnung betrachteten. Seine Miene hellte sich etwas auf, wenngleich er seiner Natur nach kein unbeschwerter Mensch war.

»Schön, schön.« Er nahm hinter seinem Schreibtisch Platz. Ich blieb stehen, die Mütze in der Hand. »Das ist wenigstens ein Lichtblick. Weißt du, wahrscheinlich bin ich genauso verwirrt wie du.«

»Verwirrt, Euer Ehren?«

»Du bist nicht unter den üblichen Umständen hierhergekommen. Dein Hiersein verdankst du meiner Empfehlung. Normalerweise stünde dir überhaupt kein Studienplatz zu.«

»Ich denke doch, daß ich hinreichend qualifiziert bin, Euer Ehren.«

»Das ist lobenswert. Und mehr, als ich zu hoffen gewagt habe. Möchtest du, daß ich dich prüfe?«

»Ich bin bereit, Herr.«

Er holte einen Bogen Papier aus seiner Schublade. Davon las er Fragen zu verschiedenen naturwissenschaftlichen und technischen Komplexen ab. Ich beantwortete sie ohne Schwierigkeiten. Am Ende der Sitzung lag ein leichtes Lächeln auf seinem Gesicht. »Du hast recht, Krijschev. Du bist wirklich hervorragend qualifiziert.« Ich fragte mich, warum ihn das überraschte. Er zuckte die Achseln. »Da du schon mal hier bist, besteht durchaus die Möglichkeit, daß du daraus Gewinn ziehst. Aber zu welchem Zweck?«

»Ich möchte ein bedeutender Ingenieur werden, Herr. Ich möchte Rußland viele Erfindungen schenken. Ich möchte seinen Ruhm und seinen Wohlstand mehren.«

»Bist du ein Idealist?«

»Ich bin kein Radikaler, Euer Ehren.«

»Auch das beruhigt mich. Mein Sohn . . . Nun, man hat es dir doch erzählt, oder?«

»Nein, Euer Ehren.«

»Nun denn, das ist vertraulich. Zwischen deinem Mr. Green und mir. Mein Sohn war nicht so klug. Ich hatte Mr. Green für seine Hilfe zu danken . . . Er war sehr freundlich. Ich freue mich, mich für diesen Gefallen revanchieren zu können.«

»Ist Ihr Sohn in Schwierigkeiten, Herr?«

»Er hält sich im Ausland auf.« Doktor Matzneff seufzte. Er strich sich über den Schnurrbart. »An diesem Institut gibt es einige Hitzköpfe, Krijschev. Du tätest gut daran, sie zu meiden.«

»Das werde ich, Euer Ehren.«

»Wir alle geraten unter Verdacht. Vor allem durch den Krieg. Es ist nicht so schlimm wie neunzehn-fünf oder -sechs, aber es ist schlimm genug. Es sind Leute erschossen worden, Krijschev.«

»Das weiß ich, Euer Ehren.«

»Und ins Exil geschickt worden.«

»Ich habe einen Abscheu vor Politik, Euer Ehren. Die einzige Zeitung, die ich lese, ist die *Russkoye Slovo*.«

Ein noch tieferer Seufzer. »Lies nur und nimm dir alles zu Herzen, Krijschev. Daneben brauchst du nur noch deine Lehrbücher, nicht war?«

»Genau so sehe ich es, Euer Ehren.«

Wir gaben uns die Hand. Er würde mich am nächsten Tag in seiner Klasse wiedersehen. Ich fuhr mit der Dampftram zu meinem Heim hinter dem Finnland-Bahnhof zurück. Von meinen Mitstudenten sollte ich erfahren, daß Doktor Matzneff in seiner Jugend ein Radikaler gewesen war. Sein Sohn war in seine Fußstapfen getreten. Vermutlich hatten die Agenten meines Onkels Beamte bestochen, um eine Gefängnisstrafe in ein Exil umzuwandeln. So kam es, daß ich am Institut einen persönlichen Gönner hatte.

Onkel Semja und seine Gesellschafter hatten mehr Menschen geholfen als viele öffentliche Wohlfahrtseinrichtungen. Es erfüllt einen mit Zuversicht, daß nicht alle »geheimen Bünde« von Revolutionären, Freimaurern oder Zionisten gebildet werden. Aus den spirituellen Lehren Gurdjieffs (ein Armenier), Blavatskis (eine Russin) oder gar des Christen-Juden Steiner (ein Österreicher) erfahren wir von Vereinigungen, die gelegentlich »die Weißen« genannt werden: bedeutende weise Männer und Frauen mit der Weisheit vieler Generationen, die der Menschheit helfen wollen, ohne den Lauf der Geschichte zu beeinflussen. Für einige Zeit war ich ein Mitglied der Theosophen, dann der Anthroposophen, und schließlich gehörte ich in London kurz zu einer Gurdjieff-Gruppe. Natürlich darf ich nicht darüber reden, was ich dort lernte. Das wäre gegen die Gesetze der Bünde. Vor kurzem lernte ich einen Mann kennen, der das Gelübde der Gurdjieffer gebrochen hatte. Er wurde in einer Telefonzelle mesmerisiert und ist seitdem nicht wieder aufgewacht (wir lagen für einige Wochen in derselben Krankenhausabteilung, als ich aufgrund eines typischen Verwaltungsirrtums zu den senilen Patienten gesteckt wurde). Ich will nicht gerade behaupten, daß mein Onkel Semja zu dieser »Weißen Bruderschaft« gehörte, jedoch war er ein Teil einer Organisation internationaler Geschäftsleute, die ich einfach »Männer des Guten Willens« nenne. Ihnen war es zu verdanken – und es gab sie in allen zivilisierten Ländern –, daß mir eine höhere Ausbildung zuteil wurde. Und wenn ich sie unter falschem Namen erhielt, nun, ich glaube, das war aus Geheimhaltungsgründen notwendig.

Ich gewöhnte mich daran, Krijschev zu sein, und damals war ich so anpassungsfähig, daß ich manchmal meinen wahren Namen so gut wie vergaß. Schon bald war ich für Madame Zinowieffs Töchter, Olga und Vera, nur noch Dimka, und sogar die gute Witwe selbst benutzte diese vertraulich liebevolle Anrede. Ich hatte nichts dagegen, wenn wir allein waren, doch ich empfand es als peinlich, wenn andere Gäste zugegen waren. Ich hielt mich sowohl zu Hause wie auch in der Schule weitgehend für mich. Marja Warworownas Adresse wurde sorgfältig gehütet, doch ich hatte keine Zeit, sie zu besuchen. Meine regelmäßigen Tramfahrten waren meine einzige Zerstreuung. Dabei las ich Romane, gewöhnlich H. G. Wells oder Jack London in den billigen, roten Ausgaben, die von einem Londoner Verlag veröffentlicht und im englischen Buchladen in der Morskaya verkauft wurden. Wenn man Glück hatte, konnte man sie manchmal antiquarisch bei Straßenhändlern erstehen. Ein großer Teil meines Geldes ging in diesen Luxus, aber es war die Sache wert.

Zuweilen kaufte ich auch Bücher in Deutsch oder Französisch. Viele der ingenieurwissenschaftlichen Texte waren in Deutsch, und viele der besten Bücher über die Luftfahrt kamen aus Frankreich. Und so verbesserten sich meine vielseitigen Sprachkenntnisse unmerklich; denn es gab niemanden, bei dem ich sie hätte prüfen können.

In meinem ersten Jahr führte ich ein tadelloses stumpfsinniges und dem Studium geweihtes Leben. Ein besonderes Ereignis war ein gelegentlicher Besuch des Newski-Prospekts (immer noch die längste und breiteste Straße, die ich je gesehen habe), um mir die Schaufenster der großen Kaufhäuser mit ihren wundervollen Waren anzusehen. Ich ging auch in die überdachten Basare, die so typisch für das Leben in Rußland sind (mittlerweile hat man in der Portobello Road diese Idee aufgegriffen), und wo ein großes Gebäude dutzendweise kleine Kioske und Verkaufsstände beherbergt. Gewöhnlich begleitete ich die Zinowieffs zum Einkaufen; manchmal ins Kino oder ins Theater; manchmal in ein kleines Café, wo wir Kaffee oder Tee und Cremeschnitten *à la Viennoise* zu uns nahmen.

Ich verbrauchte kaum etwas von meinem eigenen Kokainvorrat, ganz zu schweigen von dem, was in der Schnupfdose war (sie lag im Eis auf der Fensterbank, um die Wirksamkeit zu erhalten). Meine Studien waren vergleichsweise einfach. Die mündlichen Prüfungen durch Dr. Matzneff hatten den Charakter von freundschaftlichen Unterhaltungen angenommen. Russische Prüfungen werden nahezu ausschließlich mündlich abgehalten, weshalb unser Erinnerungsvermögen an Gespräche und Ereignisse besonders gut entwickelt ist. Mein Professor konnte mich immer besser leiden. Er hatte erkannt, daß ich nicht nur ein ernsthafter Student der Naturwissenschaften war, sondern ein kluger dazu. Mit anderen Studenten schloß ich kaum Freundschaften. Die meisten schienen mich nicht sonderlich zu mögen. Ein- oder zweimal wurde ich gefragt, ob ich von »fremdem Blut« sein. Wenn ich antwortete, ich stamme aus der Ukraine, wurde ich sogar gefragt, ob ich nicht etwa ein »Halbjude« sei. In dieser Angelegenheit wurde ich ziemlich empfindlich. Juden durften ihre Wohngebiete nur mit einer besonderen Genehmigung verlassen. Ich hatte eine solche Genehmigung niemals bekommen, da ich sie nicht brauchte. Ich war durch und durch ein echter Slawe. Das ärgerte die wenigen jüdischen Studenten. Glücklicherweise entging ich ernsteren Auseinandersetzungen, weil einige andere Schüler sich auf meine Seite schlugen und die Juden in ihre kleine Enklave zurückdrängten.

Mein Teint war nicht dunkler als bei den meisten Leuten. Gelegentlich verglichen alte Damen mich mit dem Zarewitsch, dem armen kleinen Jungen, von dem Rasputin behauptete, ihn »geheilt« zu haben. Ich hatte keinerlei semitische Merkmale an mir, außer dem Zeichen meines Vaters, diese dumme Operation, die »aus gesundheitlichen Gründen« vorgenommen worden war. Doch die schlimmsten Gerüchte breiten sich wie durch einen bösen Zauber blitzschnell aus. Man kann sie nicht immer unterbinden, ganz gleich, wie zurückgezogen man lebt. Ich glaube, in Deutschland war diese Operation bereits weitverbreitet, und zwischen den Kriegen waren auch in England und Kanada die Leute ganz wild darauf. Die Ärzte empfahlen sie. Dasselbe trifft für Amerika zu. Doch auf keinen Fall für das zaristische Rußland! Der Fluch meines verstorbenen Vaters verfolgt mich noch immer. Ich schätze, er wird mich auch ins Grab begleiten. Möglich, daß ich sogar auf dem Judenfriedhof in Golders Green lande. Das wäre ein Witz. Die Rabbis würden sich im Grabe umdrehen, wenn sie wüßten, daß ein Nichtjude neben ihnen liegt. Ich hoffe, daß ich eine Beerdigung nach orthodoxem Ritus bekomme. So bald wie möglich werde ich mit dem Erzbischof der Orthodoxen Kirche von Bayswater reden, die ich besuche, wann immer meine Gesundheit mir dies erlaubt. Der russische Gottesdienst ist so eindrucksvoll, so bewegend; all die weißen Gewänder und der Goldornat, der Weihrauch, die Menschen, die um den Priester knien, während er ihnen den Segen gibt; dann die Ikonen, die in den Prozessionen getragen werden. In St. Petersburg habe ich mit den Zinowieffs die wichtigsten Feiertage begangen. Dies war in meiner Jugend praktisch der einzige Zeitabschnitt, in dem ich das wunderbare Gefühl der Geborgenheit und Freude des aufrichtig Gläubigen kennenlernte. Es ist schon seltsam, daß das Volk, das Gott am eindrucksvollsten zu huldigen weiß, diesen Gott heute im eigenen Lande verleugnet.

Mein Verhältnis zu den anderen Studenten ließ einiges zu wünschen übrig, doch ich fand Trost bei den Zinowieffs, in den regelmäßigen Briefen von Esmé und in den selteneren Briefen von meiner Mutter und Captain Brown und in dem aufrichtigen, begeisterten Interesse Dr. Matzneffs an meinen Fortschritten. Schon bald machte er mich zu seinem Lieblingsschüler. Da ich mir keine langen Reisen nach Kiew leisten konnte, verbrachte ich meine Ferien in Petersburg, und Dr. Matzneff lud mich in seine Wohnung ein, die zwar düster und ziemlich kahl wirkte, jedoch den Eindruck eines Heims vermittelte, das einstmals glücklich und nicht unbemittelt gewesen war. Dort fand ich Bücher über alle Bereiche, die ich studierte: Physik, angewandte Mechanik,

Elektro- und Bautechnik, technisches Zeichnen, Mathematik und so weiter, und diese konnte ich ausleihen zusammen mit Büchern über Gebiete, die nicht zu meinem Studium gehörten, die mich aber trotzdem interessierten, wie Architektur, Geographie und Astronomie.

Nur ein einziges Mal stellte Dr. Matzneff mir Fragen zu meiner Vergangenheit. Er vermutete, ich sei wegen meiner »Herkunft« zu Krijschev geworden. Ich sagte, das stimme, wir wären wirklich nicht reich. Meine Mutter könne die hohen Gebühren der angesehenen Schulen und Institute nicht aufbringen, doch mein Onkel sorge für meine Ausbildung.

»Und dein Onkel ist ein Partner von Mr. Green.«

»Mr. Green arbeitet in der Hauptstadt als sein Agent. Mein Onkel ist im Speditionswesen tätig.«

Das schien Dr. Matzneff einiges zu erklären. »Natürlich, du konntest nicht die notwendigen Reisegenehmigungen bekommen, daher benutztest du den Namen eines anderen . . .«

Ich glaube, so sagte ich, daß mein Onkel gewußt habe, daß Dimitri Krijschev seinen Studienplatz am Polytechnikum nicht wahrnehmen würde. Dr. Matzneff bedeutete mir zu schweigen und meinte, mehr brauche ich ihm nicht zu erzählen. Mehr hätte ich auch nicht gewußt. Danach zeigte mein Professor noch mehr Interesse für mich, wodurch ich ähnliche Anfeindungen zu ertragen hatte wie einige Jahre vorher als Schüler von Herrn Lustgarten.

Als Folge hielt ich mich von den anderen Studenten fern. Das fiel mir um so leichter, als einige von ihnen gefährlich gewalttätige und radikale Ideen vertraten. Die Okhrana, die politische Polizei, kam mehr als einmal ins Institut. Außerdem wurde das Gelände von der »normalen« Polizei ständig überwacht. Manchmal vermißte ich die Kameradschaft, die ich in Odessa erlebt hatte. St. Petersburg schien mir nicht der Ort zu sein, wo man Freunde kennenlernte. Ich hatte auch jede Lust verloren, Marja Warworowna einen Besuch abzustatten. Alle Jungen in meinem Alter an den angesehenen Kadettenschulen hatten ihre Geliebten unter den Verkäuferinnen und Komparsinnen, die nur zu gern bereit waren, sich einem »besseren Herrn« hinzugeben. Sogar die Eisbahnen und Tanzhallen waren im wesentlichen Enklaven für die, die Geld hatten. St. Petersburg erschien manchmal wie eine Ansammlung von Festungen, hinter deren Mauern die privilegierte Klasse jeglichem Laster und Vergnügen frönte. In den fernen Außenbezirken der Stadt hingegen lauerte das riesige Heer der Verdammten, Ausgeschlossenen. Dort befanden sich die Lager einer Kriegsmacht, die bedrohlicher erschien als alles, was bisher aus Preußen gekommen war. Von dort, aus den riesigen, düsteren Fabriken, aus den dreckigen Kanälen, aus den gelben Schwefelwolken würde eines Tages der alles verschlingende Mob hervorbrechen. Und wer war daran schuld? Die Duma. Diese tatenlose Institution eiferte den Parlamenten des Westens nach, konnte jedoch in russischer Erde keine Wurzeln schlagen und erschien der russischen Seele nicht glaubwürdig genug. Die Duma war ein Schlag ins Gesicht der Revolutionäre. Sie hätte niemals gegründet werden dürfen. Sie hatte nie irgendwelche Macht gehabt, außer der des Wortes, und die mißbrauchte sie täglich bis zum Überdruß. Die Duma erwürgte Rußland mit ihrem Gerede. Sie redete uns in den Krieg. Sie redete uns in die Niederlage. Sie redete uns in die Revolution. Sie redete sich selbst in die Gefängnisse der Bolschewiken und weiter vor deren Hinrichtungskommandos, was sie letztlich von Anfang an verdient hatte. Rußland wollte niemals eine Demokratie. Rußland brauchte eine starke Führung. Um den Preis all dessen, was der Nation heilig war, sollte sie diese starke Führung auch bald bekommen.

Während der Ostertage, wo man in die Kirche geht, »Christ ist erstanden!« singt, sich gegenseitig mit angemalten Eiern beschenkt und Fisch und Himbeerpudding ißt, begleitete ich die Zinowieff-Mädchen und deren Freunde zu einer Militärparade auf dem Marsfeld. Als wir die Kavallerie und die Wachtruppen und die Streltsi und all die anderen traditionsreichen Regimenter an uns vorbeidefilieren sahen, erschien es einfach lächerlich, anzunehmen, daß der Feind uns besiegen könne. Der Zar war bei diesem Ereignis nicht zugegen, doch sein Portrait schwebte über allem, und wir alle huldigten ihm leidenschaftlich und sangen die Nationalhymne.

Gott schütze unseren Zaren!
Den Bewahrer unseres Ruhms!
Und zerschmettere unsere Feinde!
Oh alter, orthodoxer Zar!

Das angestrengte Studium und Lesen der vergangenen Wochen hatte mich ausgelaugt. Dieses Ereignis aber gab meinen Lebensgeistern Auftrieb, und ich wurde richtig ausgelassen und versprach den Zinowieffs und deren Verlobten, mit ihnen eine Aufführung von Tschechows »Drei Schwestern« zu besuchen. Was für ein Reinfall! So gelangweilt hatte ich mich in meinem Leben noch nie.

Trotz des Krieges traten die Revolutionäre überall auf. Juden, Freimaurer, Saboteure und Vandalen versuchten weiterhin, die ehrlichen Leute zum Streik zu bewegen. Von Zeit zu Zeit tauchten Kosaken auf und spielten mit den Muskeln, wenngleich nur vereinzelt jemand verletzt wurde. Die Stimmung gegen die Roten wurde aggressiver, je trüber die Nachrichten von der Front wurden. Noch mehr »Braunröcke« – die Politische Polizei – statteten der Schule Besuche ab. Ich war total über jeden Verdacht erhaben. Daß ich bei den jungen Radikalen nicht sonderlich beliebt war, gereichte mir zum Vorteil. Dr. Matzneff wurde jedoch regelmäßig verhört.

Mehr und mehr Soldaten tauchten in der Stadt auf und setzten sich wieder ab: Marschtruppen, Militärzüge, Artilleriemannschaften ratterten durch die Straßen, und riesige Geschütze und Kanonen wurden zum Bahnhof hinbefördert oder von dort abgeholt. Die Zeitungen regten sich einmal darüber auf, daß Kiew bedroht wurde, und man schwor, daß die Deutschen uns »nie unsere Mutterstadt wegnehmen würden«. Das war kein Krieg mehr, wo eine Partei gegen die andere kämpfte. Vielmehr hatte er sich zu einem patriotischen Krieg entwickelt, ähnlich dem Krieg gegen Napoleon. Die Zeitungen nahmen immer massiver darauf Bezug. Da die Deutschen Kiew nicht einnahmen, machte ich mir kaum Gedanken und blieb von den Kriegsmeldungen weitgehend unberührt. Kiew würde nichts passieren, und selbst wenn die Deutschen dort einfielen, würde meiner Mutter und Esmé nichts zustoßen. Es war zwar die Rede von Vergewaltigungen, Kreuzigungen und Massenmord und Plünderungen durch die deutschen Truppen, doch soweit würde es in Kiew bestimmt nicht kommen, auch wenn es anderswo üblich war. Die Deutschen, das wußte ich, waren ein ordentliches, wissenschaftsorientiertes Volk. Ganz ruhig war ich bei dem Gedanken nicht, daß die Teutonen in unsere Mutterstadt einfielen. Jedoch stammten deren Gründer ursprünglich aus Nordeuropa. Lieber die Teutonen als Türken oder Tataren.

Der Petersburger Frühling kündigte sich an. Er wurde von der gesamten Bevölkerung begrüßt, als hätte Jesus ein Wunder gewirkt. Ich, der ich aus dem Süden stammte, wollte kaum glauben, daß der armselige baltische Frühling die Herzen der Menschen mit soviel Freude erfüllen konnte. In Filzüberschuhen durch tiefen Matsch zu waten, frische grüne Sprößlinge zu betrachten, auf knospende Blüten aufmerksam gemacht und darauf hingewiesen zu werden, daß der Sommer vor der Tür steht, eine Demonstration der Futuristen in orangefarbenen Hüten und gelben Gehröcken zu verfolgen, die über den Newski-Prospekt marschierten und Tafeln hochhielten, auf denen der Untergang der Kunst, das Ende »des großen Analphabetentums« verkündet wurde, war eine der enttäuschendsten Perioden meines Lebens. Ich hätte weitaus mehr erwartet. Für mich war St. Petersburg am schönsten im Nebel. Dann verschwanden fast alle großen Gebäude, und die Bäume sahen wie versteinert aus, vielarmige Marsmenschen, die eine Ehrengarde für die wenigen unter uns waren, die auf den Alleen und in den Parks spazierengingen. Dann erschienen die Bürobauten wie natürliche Klippen, bar jeden Lebens. Und am Abend verwandelten die elektrischen Lampen und die Gaslaternen jedes Gebäude in eine Höhle, in der sich die Bewohner um ihre Feuer versammelten und Raubzüge in die Welt planten. In dieser künstlichsten aller Städte, diesem Vorläufer himmelsstürmender Pseudostädte der modernen Welt, war Langeweile eine endemische Krankheit. Im weiteren Verlauf des Krieges entstanden kleine Theater und Cabaret-Bars, und Verbrechen und Vandalismus, Gewaltterrorismus, und morbide »moderne« Kunst standen in höchster Blüte. Polizei und Soldaten tauchten in immer größerer Zahl auf, doch revolutionäre Literatur ergoß sich aus geheimen Druckereien. Polizei und Soldaten waren ebenso korrupt geworden wie ihre Chefs und wurden überall von Geschäftemachern und Roten gleichermaßen mit Schmiergeldern oder Morddrohungen in Schach gehalten. Jüdische Agitatoren wußten genau, wie sie sich bei ihren »Kameraden«, den Soldaten, einschmeicheln konnten; und jüdische Spekulanten kannten genau die Schwächen ihrer »Freunde«, der Polizei und der Politiker. So wurde das russische Volk von denselben Männern in die Slaverei verkauft, die dafür bezahlt wurden, es zu schützen.

Natürlich hatte ich damals von all dem kaum eine Ahnung. Ich studierte. Sogar während der Sommerferien setzte ich meine

Studien fort. Es war ein Vergnügen, bei Dr. Matzneff zu lernen. Und er hatte seine Freude daran, mich zu unterrichten. Er versprach mir, all das Unrecht wiedergutzumachen, das ich hatte erleiden müssen. Er konzentrierte seinen gesamten Idealismus auf mich. Ich bin sicher, er machte sich dadurch unter den Schülern und seinen Kollegen viele Feinde. Als die Jahresabschlußprüfungen näherrückte, meinte er, ich bräuchte mir keine Sorgen zu machen, ich würde sie mit Bravour bestehen. Ich ich bestand sie (sie wurden vorwiegend mündlich abgehalten).

Gruppenweise besuchten wir Fabriken. Dies geschah in Form von »Exkursionen«. Wir besichtigten Gießereien mit ihren Flüssen und Tümpeln aus flüssigem Metall, ihren schwitzenden, dunkelhäutigen Arbeitern. Wir besuchten Lokomotivwerke. Wir informierten uns, wie Webstühle und Druckerpressen gebaut wurden. Nur zu den Waffenfabriken war uns der Zutritt verwehrt. Dafür durften wir uns anschauen, wie Kraftwagen zusammengebaut wurden. Die meisten dieser Ausflüge interessierten mich kaum. Zwei Jahre zuvor hatte ich unter meinem armenischen Chef weitaus mehr lernen können als dort. In Kiew hatte ich selbst mit anpacken müssen, anstatt von ferne zuzusehen und mir gehässige Bemerkungen über »Sonntagsarbeiter« anzuhörten. Die Studenten der Militärakademien, die sich selbst als die Elite von St. Petersburg betrachteten, nannten uns nur »blaues Fleisch«. In deren Augen waren wir keine Gentlemen. Wir waren klug genug, uns mit den Kadetten nicht anzulegen. Sie konnten nicht nur mehr Verbündete zusammentrommeln, sie wurden auch von der Polizei und den Soldaten besser gelitten, die sich stets auf ihre Seite schlugen. Jeder Kadett hatte die besten Beziehungen. Oft genug waren sie bereits Prinzen oder Grafen.

In den Weihnachtsferien kehrte ich nach Kiew zurück und traf eine gealtert wirkende Esmé, während meine Mutter sich gut erholt hatte.

Sie war immer noch nicht arbeitsfähig und hatte ihre Wäscherei weiterhin an eine Freundin verpachtet. Esmé arbeitete als Verkäuferin in einem Lebensmittelgeschäft in der Nähe. Sie hatte gehofft, ich würde ihr von Petrograd genauso viel erzählen können wie von Odessa, doch ich mußte ihr gestehen, daß ich mit meinen Lehrbüchern ein ziemlich langweiliges Leben führte und dank Dr. Matzneffs Hilfe gute Fortschritte machte. Sie meinte, das freue sie.

Sie war sehr fraulich geworden, und ich fragte sie scherzeshalber, ob sie schon einen Freund hätte. Sie errötete und erwiderte, sie warte auf jemand bestimmten. Ich wünschte ihr viel Erfolg bei ihrer Jagd.

Die Ferien vergingen wie im Fluge. Auf der Rückreise nach Petrograd traf ich in meinem Zweiter-Klasse-Wagen einen anderen Studenten und einige junge Offiziere, allesamt Ex-Kadetten, die ihre ersten Patente erhalten hatten und nun Pläne schmiedeten, wie der Krieg zu gewinnen sei. Sie waren in gehobener Stimmung, weil wir kurz vorher ein oder zwei Siege in Polen erkämpft hatten. Es sah so aus, als befände der deutsche Eindringling sich auf dem Rückzug. Die Meldungen aus Frankreich waren trübe. Zu Tausenden kamen die Menschen um. Meinem mitreisenden Studenten (er besuchte die Universität und betrachtete alles von oben herab) kam es so vor, als würde die Welt für immer im Krieg stehen, bis sie ein einziges Schlachtfeld wäre und die Weltbevölkerung an Gasangriffen und Granatsplittern zugrunde gegangen sei. Ich hatte für derart defätistisches Gerede nichts übrig und schlug mich auf die Seite der jungen Offiziere, indem ich ihn ebenfalls wegen seiner zynischen Haltung verdammte. Es hätte nicht viel gefehlt, und er wäre verprügelt worden. Ich verließ für kurze Zeit das Abteil und versuchte, im Restaurant eine Mahlzeit serviert zu bekommen, doch es waren keine Speisen mehr zu haben. Ich mußte daher die Toilette aufsuchen und die Wurst und die Kartoffeln essen, die meine Mutter mir mitgegeben hatte.

Aufgrund der erschwerten Reisebedingungen war ich gezwungen gewesen, Kiew an meinem Geburtstag zu verlassen. Und so feierte ich ihn auf einer hölzernen Klosettbrille in einem kalten, langsamen Zug sitzend, der über jede Eisenbahnschwelle ratterte, mit einem Festessen, das aus einer billigen Salami und halb gefrorenen Kartoffeln bestand. Ich brauche wohl nicht eigens zu betonen, daß ich nicht der einzige Russe war, der rückblickend im Winter des Jahres 1916 so etwas wie eine Goldene Zeit sah.

Als ich meine Unterkunft betrat, wurde ich von einer schluchzenden Wirtin und zwei grinsenden Töchtern begrüßt. Sie hatten ihre Eroberungen gemacht und waren nun offiziell verlobt: die ältere, Olga, mit einem Getreidehändler namens Pawlov, die jüngere, Wera, mit einem Handlungsreisenden für die Gritski Limonaden- und Mineralwasser-Gesellschaft. So hatten sie also innerhalb eines Jahres ihre Träume von Eugen Onegin aufgegeben und sich zwei Lohnempfängern mit Zukunftsaussichten zugewendet. Was die beiden Ehemänner nach 1917 trieben, weiß ich nicht. Wahrscheinlich, wenn er fähig genug war, war der eine Manager in der Staatlichen Getreide-Verteilung (mit einem adäquat häßlichen Namen wie Staatgetvert) geworden und konnte weiterhin beim Wiegen seine Kunden übers Ohr hauen, wann immer Getreide zu verkaufen war (was nicht oft der Fall war). Der andere dürfte wohl für das Staatminlim-Büro in Leningrad und im Nowgorod-Distrikt tätig sein und in dieser Position sämtliche Getränke rot färben. Da er das Zeug nicht zu verkaufen brauchte, weil es nichts anderes gab, würde er ins Staatminlim-Informationsbüro eintreten und die Vorzüge kommunistischer Limonade vor der dekadenten kapitalistischen Sorte hervorheben. Er bräuchte nicht richtig zu arbeiten, hätte eine größere Brotration und würde es riskieren, durch die Tscheka erschossen zu werden, wenn die Parteilinie hinsichtlich alkoholfreier Getränke sich änderte und er dabei erwischt wurde, die Vorzüge von Kirschlimonade über die von Himbeerlimonade gestellt zu haben, als es eigentlich umgekehrt hätte geschehen müssen.

All das lag noch in ferner Zukunft. Noch war uns ein Jahr Freiheit vergönnt. Ein Jahr, in dem die Lebensmittelrationierung immer knapper wurde und das Leben in der Hauptstadt allmählich einen Vorgeschmack auf das Leben unter der Herrschaft der Roten zu liefern begann. Indem ich etwas mehr von meinem Taschengeld abzweigte, blieb mir der widerwärtige Geschmack von Pferdefleisch erspart. Madame Zinowieff brachte weiterhin das auf den Tisch, was in ihren Möglichkeiten lag, und das war weitaus besser als das meiste, was es sonst gab. Wie so viele andere wurde sie von Green und Grunman unterstützt. Die beiden hatten früher einmal ihren Ehemann beschäftigt. Er war während einer Geschäftsreise nach Dänemark ums Leben gekommen. Mein Taschengeld wurde aufgebessert, als die Inflation immer weiter fortschritt. Dr. Matzneff gab mir weiterhin zusätzlichen Privatunterricht. Da die Zinowieff-Mädchen arbeiten gingen und den größten Teil ihrer Freizeit mit ihren Verlobten verbrachten, hatte ich äußerst wenig Gesellschaft. Durch meine intensiven Studien hatte ich das nötige Selbstvertrauen verloren, um Marja Warworowna zu schreiben, wenngleich sie Gegenstand meiner Phantasien war. Ihre Adresse wurde immer noch sorgfältig aufbewahrt, desgleichen die Adresse von Sergei Andrejowitsch. Manchmal, wenn meine Augen vom Lesen im Licht der Öllampen erschöpft waren (Gas und Elektrizität wurden oft rationiert, und Kerzen waren schwierig aufzutreiben), dachte ich daran, mich bei ihnen zu melden, oder ich überlegte sogar, Olga zu bitten, mich mit einem hübschen Mädchen bekannt zu machen. Aber ich war einfach zu müde. Wenn ich aufhörte zu lesen, schlief ich sofort ein. Vorsichtshalber ging ich stets zu Bett, sobald ich mein Abendessen eingenommen hatte, damit ich, falls ich mitten in der Lektüre eines Buches einschlafen sollte, nicht am Morgen in meiner Tageskleidung aufwachte.

Auf den trostlosen Winter von Petrograd folgte ein trostloser Frühling, der weitere kleinere Demonstrationen mit sich brachte, weitere Skandale um Rasputin und den Zarenhof, weitere Versammlungen von Kosaken und Polizei auf den Straßen. Es gab weiterhin Besuche der »Braunröcke« in unserer Schule, weitere Meldungen von Niederlagen unserer Streitkräfte. Ich wurde von den lächerlichen öffentlichen Darstellungen der sogenannten »futuristischen Künstler« in Rage gebracht, die das Zeitalter der Maschine feierten. Sie konnten das eine Ende eines Fahrrads nicht vom anderen unterscheiden und wären entsetzt gewesen, wenn sie länger als eine halbe Stunde im Öldunst, Qualm und Ruß einer Fabrik hätten arbeiten müssen. Der Schnee verwandelte sich in schmutzigen Matsch; die ersten jungen Knospen wagten sich zaghaft hervor, die Straßenbahnschienen wurden vom Eis der Newa entfernt, die »weißen Nächte« wichen Nächten mit seltsam grünlicher Aura, und das Stadtbild, dank drastischer Energieeinsparungen regelmäßig in tiefer Düsternis versinkend, wurde von schmalgesichtigen Diebinnen, zehn Jahre alt oder noch jünger, belebt, die welke Erikasträuße zu horrenden Preisen anboten und, solange kein Polizist in Sichtweite war, gegen ein paar Kopeken mehr ihr Geschlecht gleich mit.

In meiner müden und irgendwie depressiven Verfassung sehnte ich mich nach Odessa, nach Katja oder sogar nach Wanda (die mir einmal geschrieben hatte und behauptet hatte, daß ich der Vater ihres »hübschen, kräftigen Jungen« sei) und auch nach der fidelen Gesellschaft Shuras, der auf Grund dessen, was ich seinem Onkel über ihn erzählt hatte, möglicherweise arbeitslos war. Es ist kein Wunder, daß alle Dichter der Ukraine nichts mehr von ihren leichtfüßigen, glücklichen, optimistischen Texten produzieren, kaum daß sie die Hauptstadt betreten haben. Sofort erzählen sie düstere Geschichten von Armut und Tod und traurigem Schicksal, wobei sie den neurotischen Dostojewski und seine Mitstreiter imitieren. Ich verspürte zunehmend Heimweh nach Kiew, doch ich war entschlossen, erst nach Erlangung der angemessenen Leistungsnachweise und Auszeichnungen nach Hause zurückzukehren. Ich würde als fähiger und geprüfter Ingenieur in einer angesehenen Firma arbeiten, die schon bald meinen Wert erkennen und mir ein eigenes Labor zur Verfügung stellen würde. Ich dachte daran, für die Staatliche Luftfahrt-Gesellschaft zu arbeiten, wo ich problemlos sofort eine Stelle bekommen könnte, wenn ich nur erst die »offiziellen« Unterlagen in Händen hielt, die mein Können dokumentierten.

Ein weiteres Osterfest. Eier wurden hin und her geschenkt. »Christ ist erstanden!« Die Gesänge in der Kirche, die Prozession, die Gebete für unseren Zaren; für Rußland und sein Ringen gegen Chaos und Barbarei. Wie schon seit Jahrhunderten wurden wir von allen Seiten von Türken und Hunnen angegriffen. Als ich zwischen den Zinowieff-Schwestern zum Gebet niederkniete, schien es mir, als könnte die grüne Fläche, die Rußland auf der Karte darstellte, ein Sechstel des gesamten Globus, praktisch über Nacht ausgewischt werden, genauso wie das Karthagische Reich zerstört worden war. Ich erhob mich und fragte mich, ob es etwa meine Pflicht sei, in die Armee einzutreten und gegen unsere Feinde zu kämpfen, um die Zukunft des slawischen Volkes zu sichern. Diese Stimmung verging. Ich war noch zu jung, um Soldat zu werden. Dies war eine meiner wenigen Anwandlungen eines hysterischen Patriotismus. Die zähe, unsterbliche slawische Seele sollte ich erst viel später begreifen. Während meines Exils in England befand ich mich in der Lage, unsere Tugenden mit den Unarten der Angelsachsen, der Skandinavier und der Deutschen zu vergleichen. Diese Völker sind durch und durch materialistisch, sie korrumpieren die Wissenschaften und durchtränken sie mit einer Orthodoxie, die keine alternativen Interpretationen zuläßt.

Meine Absicht, meinem Land als Kanonenfutter anstatt als Kanonenbauer zu dienen. löste sich in Luft auf, als ich nach Ostern ans Institut zurückkehrte und ein Drittel aller Studenten verschwunden und drei Professoren fristlos entlassen waren. Die

Okhrana hatte sich mit dem Direktor unterhalten. Bei sich hatten sie eine Liste mit den Namen »unerwünschter Personen«, die möglicherweise die Kriegsführung sabotierten und als Spione für den Feind tätig waren. Die eingefleischten Roten hatten sich aus dem Staub gemacht, und darüber war ich natürlich froh, doch erst als ich Dr. Matzneffs Vorlesung aufsuchte, mußte ich erkennen, daß auch ich zu den Betroffenen gehörte. Dr. Matzneff war nicht mehr da. An seinem Platz saß sein Rivale, der schwarzbärtige, massige, dunkel-uniformierte Professor Merkuloff, der mich aufforderte, im hinteren Teil des Saales Platz zu nehmen und aufzupassen, da ich von ihm keinerlei bevorzugte Behandlung zu erwarten hätte. Mein »Freund Matzneff« wäre seinen Job los und könne froh sein, nicht im Gefängnis gelandet zu sein. Die von Merkuloff so offen zur Schau getragene Aggression gegen seinen Kollegen war für mich ein großer Schock. »Sie werden hart arbeiten müssen, wenn Sie am Ende des Jahres die Prüfungen bestehen wollen, Krijschev«, fügte er hinzu. Er wußte sehr wohl, daß ich der beste Schüler des Instituts war und umfassende Kenntnisse in praktisch jedem Fach hatte; das dort gelehrt wurde, und sogar noch in anderen Fächern. Nun bekam ich jedoch seine offene Feindseligkeit gegenüber meinen Fortschritten zu spüren. Professor Merkulov haßte Doktor Matzneff, und er haßte darüber hinaus jeden, der Doktor Matzneff sympathisch war.

Als ich an jenem Abend das Institut verließ, dachte ich daran, Dr. Matzneff in seiner düsteren Behausung aufzusuchen. Ich wußte, daß das dumm wäre, denn die »Braunröcke« hielten sicherlich Ausschau nach Sympathisanten des »Verräters«.

Zu Hause übergab Madame Zinowieff mir einen Brief. Er wäre kurz nach meinem Fortgehen angekommen, meinte sie dazu.

Der Brief war von Dr. Matzneff. Er schrieb, er sei entlassen worden, weil er in seiner Jugend mit den Ideen Bakunins und Kropotkins, den Anarcho-Intellektuellen, geliebäugelt hätte. Sein Sohn, wie ich wisse, hielte sich noch in der Schweiz auf und sei ein überzeugter Sozialrevolutionär. Nur durch ein Wunder sei er der Deportation nach Sibirien entgangen.

Dr. Matzneff riet mir, mit ihm keinen Kontakt aufzunehmen, außer ich sähe keine andere Möglichkeit. Bücher könne ich mir durch einen Dritten bei ihm ausleihen. Er wüßte, ich interessiere mich nicht für Politik. Ich solle nicht verzweifeln. Wenn ich weiterhin fleißig arbeitete, sähe er keinen Grund, warum ich nicht auch in Zukunft der Musterschüler des gesamten Polytechnikums bleiben könne.

Es war ein rührender, herzlicher Brief. Ich würde Professor Merkulov beweisen, daß Dr. Matzneff mich allein auf Grund meines überragenden Könnens bevorzugt behandelt hatte.

Die Tage wurden wieder heller. Die feinen Leute verließen Petrograd nicht, um an die See auf die Krim zu reisen, sondern um ihre Datschas im Landesinneren nicht weit von Moskau aufzusuchen. Ich bereitete mich auf die Prüfungen am Jahresende vor. Ich würde die hohen Herren schon auf mich aufmerksam machen. Ich hatte keine Schwierigkeiten, die üblichen Problemstellungen zu meistern, doch ich wollte noch besser werden. Ich wollte so gut sein, daß man mich mindestens ein Jahr überspringen ließ, mir mein Diplom vielleicht schon nach der bevorstehenden Prüfung aushändigte.

Ich las keine Romane mehr. Ich stellte die gemeinsamen Unternehmungen mit den Zinowieffs ein. Ich knauserte mit Schlaf. Ich dachte nicht mehr an Marja Warworowna. Ich lernte jedes vorgeschriebene Lehrbuch auswendig. Desgleichen die weiterführenden Bücher, die in den Bibliographien genannt wurden. Ich begriff ganze wissenschaftliche Bereiche, erkannte Grundprinzipien des Ingenieurwesens auf Anhieb, während mein Geist einen intellektuellen Sprung nach dem anderen vollführte. Natürlich brauchte ich ab und zu mein Kokain, doch dies half mir, gedankliche Querverbindungen herzustellen. Ich begann die Grundstruktur des Universums zu erkennen. Wenn ich schlief (was unregelmäßig geschah), sah ich jeden Planeten des Sonnensystems um die Sonne kreisen; ich sah andere Planetensysteme, die Galaxien. Das gesamte Universum entfaltete sich vor meinem geistigen Auge. Und es war das Spiegelbild der Welt der Atome. Als Folge erschloß sich mir das Verständnis der Welt mitsamt der Summe alles menschlichen Wissens und mehr. Dies waren Visionen, so erkannte ich erregt, die Leonardo und Galileo und Newton zu ihren Entdeckungen geführt hatten. Ich erfuhr das Geheimnis des Genies. Zuviel davon durfte ich meinen Lehrern, speziell Merkuloff, nicht enthüllen. Er war ein Durchschnittsmensch mit einem Durchschnittsverstand. Andere im Institut waren besser, doch auch sie würden den wahren Wert meiner revolutionären Theorien nicht erkennen. Ich hatte Teil am Wissen der Götter: ich hätte es niederschreiben können, konnte es jedoch damals nicht meiner Umwelt mitteilen.

Madame Zinowieff begann sich wegen mir Sorgen zu machen. Ich sähe blaß aus, und ich esse nicht genug. Ich reagierte darauf etwas ungehalten. Das enttäuschte sie. Sofort entschuldigte ich mich. Ich müsse eben so angestrengt für meine Prüfung arbeiten, weil so viel davon abhinge. Das besänftigte sie. Olga und Vera beachteten mich nicht mehr. Sie bereiteten ihre Hochzeiten mit dem Getreidehändler und dem Mineralwasseragenten vor. Sie träumten von einem Leben als brave, kleine Hausfrauen und vergaßen ihre kindliche Romantik. Sie dachten nur noch an Möbel und warme Winterkleidung. Ich erkannte in ihnen kaum noch die Mädchen, die ich fünfzehn Monate zuvor kennengelernt hatte.

Wenn ich von der Straßenbahnhaltestelle zu Fuß nach Hause ging, kam ich mir vor wie ein Riese, der zwischen Gebäuden dahinschreitet, die ihm kaum bis zu den Knien reichen. Es war noch immer sehr kalt. Das Wetter war mir gleichgültig. Ich erkannte die Kräfte dessen, das wir das »Universum« nennen. Im Institut besuchte ich weiterhin die Vorlesungen, wußte aber bereits über den behandelten Stoff Bescheid. Mit mühsam gezügelter Ungeduld lauschte ich Professor Merkulov. Er war ein Narr. Meinen Mitschülern schenkte ich keine Beachtung. Ich eilte nach Hause und setzte meine Studien fort. Doch mein Kokainvorrat ging zu Neige. Ich brauchte Nachschub, wenn ich mein Ziel erreichen wollte. Ich durfte keine Zeit verlieren. Ich suchte den Zettel, auf den Sergei Andrejowitsch Zipliakow die Adresse seines Freundes geschrieben hatte, wo er sich aufhielt. Ich würde den Rest Kokain verbrauchen und die Schnupfdose zurückgeben. Das wäre ein idealer Vorwand. Ich könnte ja sagen, ich hätte die Dose geöffnet und seine »Medizin« dabei verschüttet. Er würde sich für die Dose bedanken, die ziemlich wertvoll aussah. Ich würde herausbekommen, wo er sein Kokain kaufte, und würde mich ebenfalls aus dieser Quelle bedienen. Dafür würde ich das Geld nehmen, von dem ich mir sonst teure ausländische Romane gekauft hätte.

Ich fuhr mit zwei Straßenbahnen zu einer Seitenstraße des Newski-Prospektes, in der Nähe der Michailowski-Gärten. Schließlich fand ich das Apartmenthaus. Es war nicht ganz so prächtig, wie ich erwartet hatte, doch weit prächtiger als alles, was ich vorher in St. Petersburg aufgesucht hatte. Der Portier verwehrte mir den Eintritt, bis ich den Namen von Serjoschas

Freund nannte, Nikolai Feodorowitsch Petrov. Der Portier murmelte ungehalten etwas von einer »Bande Rabauken«, mit denen er sich herumschlagen müsse, und erklärte mir, wohin ich mich wenden müsse. Ich mußte den Hof überqueren und fast bis unters Dach hinaufsteigen. Die Wohnung nahm fast eine ganze Etage ein. Ich betätigte die Türklingel. Die Tür wurde von einem jungen Mädchen geöffnet, das mit kaum mehr bekleidet war als mit einem japanischen Kimono. Ihr stark geschminktes Gesicht wies leicht orientalische Züge auf, und sie bewegte sich mit einer fließenden Grazie, die zugleich steif und natürlich erschien. Vielleicht war auch sie eine Tänzerin. Sie sagte nichts, nachdem sie mich eingelassen hatte, sondern schwebte davon. Ich nahm meine Mütze ab, schloß die Tür und folgte ihr. Ich gelangte in einen großen Raum, der nach der Mode der russischen *art nouveau* eingerichtet war. Alles war voll von Pfauenfedern, was meinen Aberglauben weckte. Man hatte mich gelehrt, daß Pfauenfedern in einem Haus Unglück bringen. »Bist du ein Freund von Kolja?« fragte das Mädchen.

»Ich wollte eigentlich zu Sergei Andrejowitsch Zipliakow.«

Daraufhin warf sie sich in einen der tiefen Sessel und ließ ihren Kimono aufklaffen. Ihre Brustwarzen hatten einen Rougeschimmer. Die Brüste waren winzig. Sie hatte männliche Genitalien. Es war ein als Mädchen herausgeputzter Junge. Meine Verwirrung wuchs, doch das Kokain half mir, mich zusammenzureißen und mir nichts anmerken zu lassen.

Das Wesen wickelte sich wieder in seinen Kimono. Beiläufig meinte er: »Ich glaube, Serjoscha und Kolja reden nicht mehr miteinander. Bist du dann ein Freund von Serjoscha?«

»Wir lernten uns im Zug von Kiew hierher kennen.«

»Du bist doch nicht etwa der kleine Jidd, den er verführen wollte?«

Ich lächelte und schüttelte den Kopf. »Das muß er auf einer anderen Reise erlebt haben. Wohnt er hier?«

»Er wohnte. Es gab Streit.«

»Ist er umgezogen?«

»Nun, er ist nicht hier. Was willst du von ihm?«

»Ich hab eine Schnupfdose, die ihm gehört.«

»Und ist was zu schnupfen drin?«

»Da war nie etwas drin.«

Der Junge grinste wissend. Offensichtlich war er leidenschaftlicher Schnupfer. Ich hatte nicht vor, jemanden zu verärgern, der mir behilflich sein konnte, das zu bekommen, was von Kokain-Konsumenten in allen Sprachen der Welt »Schnee« genannt wurde.

Ich stellte mich vor: »Mein Name ist Dimitri Mitrofanowitsch Krijschev.«

»Du kommst aus dem Süden?«

Ich veränderte meinen Akzent, bis er den harten Petersburger Klang hatte. »Darf ich die Ehre haben, deinen Namen zu erfahren?« Ich verneigte mich mit dem Ausdruck spöttischer Höflichkeit, wie man sie gegenüber einer Dame von lockerer Moral zeigen könnte. Das gefiel ihm. Er stand auf, vollführte eine ähnlich ehrerbietige Geste. »Enchanté. Du kannst mich Hippolyte nennen.«

»Gehörst du auch zum Ballett?«

»Irgendwie schon.« Hippolyte kicherte. »Etwas zu trinken? Wir haben alles da. Champagner? Kognak? Absinth? Der Absinth wurde soeben in Frankreich verboten.«

»Ich nehme einen Absinth.« Ich hatte noch nie einen getrunken und wollte ihn versuchen, bevor der Wohnungsinhaber zurükkam. Er war vielleicht nicht so gastfreundlich.

Mit einem weiteren betonten Hüftschwung glitt Hippolyte zu einem Schränkchen und schenkte mir einen Absinth ein. »Wasser? Zucker?«

»Pur.«

Hippolyte zuckte die Achseln. Er reichte mir ein langstieliges, schlankes Glas, in dem eine gelbe Flüssigkeit schimmerte. Ich glaube nicht, daß mein Vergnügen sich in meinem Gesicht widerspiegelte, als ich das bittere Getränk kostete, doch in diesem Moment hatte ich ein neues Laster gefunden, eines, dem zu frönen leider immer schwieriger wird. Hippolyte ging sehr großzügig mit dem Absinth um. Er brachte mir die ganze Flasche.

Geduldig saß ich da und wartete ab, was geschah. Das schlimmste wäre ein wütender Gastgeber, der mir einige Hinweise über Serjoschas Aufenthaltsort gab, ehe er mich hinauswarf. Ich könnte auch ins Kleine Theater in der Fontanka gehen, wo das Ballett Foline irgendeinen Unsinn des großen Schaumschlägers Strawinski aufführte. Wir näherten uns damals einer Ära, in der die Taschenspieler als Schöpfer posierten. Sie nahmen die Techniken der Kuriositätenschau und machten sie zur Kunst.

Nicht lange, und jeder »sensible« junge Mensch konnte Künster werden; notwendig dazu war nur die Fähigkeit, sich anzupreisen, und die eindringliche Stimme eines jüdischen Marktschreiers.

Hippolyte überprüfte seine Lidschatten und das Rouge auf seinen Wangen. Der silberne Rahmen des Spiegels zeigte nackte Nymphen und Satyrn.

Die Tür wurde geöffnet, und der Herr des Hauses trat ein. Er war sehr groß. Er trug einen lohfarbenen Wolfspelzmantel. Sofort war ich voller Bewunderung und Neid. Einen solchen Mantel trug man immer, sogar im Sommer.

Der Wolfspelz wurde achtlos abgelegt. »Kolja« war völlig in Schwarz gekleidet mit einem schwarzen breitkrempigen Hut, schwarzem Hemd, schwarzer Krawatte, schwarzen Handschuhen, schwarzen Stiefeln und, natürlich, schwarzer Hose, Weste und Gehrock. Sein Haar war strahlend weiß, entweder so gefärbt oder natur. Seine Augen zeigen einen roten Schimmer, wie man ihn bei Albinos findet, doch ich glaube, daß Ausschweifung und eine natürliche Melancholie dafür verantwortlich waren. Seine Haut war so blaß wie die Schneeflocken in den Händen der Blumenmädchen am Newski-Prospekt. Als er meiner ansichtig wurde, machte er in gespielter Überraschung einen Schritt nach rückwärts. Mit seinem schwarzen, mit einem silbernen Knauf versehenen Stock in einer langfingrigen Hand, lächelte er mich mit derart mitfühlender Ironie an, daß ich, wäre ich ein Mädchen gewesen, auf der Stelle die seine geworden wäre.

»Mein Lieber!« sagte er auf Französisch zu Hippolyte. »Was sucht dieser kleine graue Soldat in unserem Haus?«

»Er ist wegen Serjoscha hier«, antwortete Hippolyte auf Russisch. »Er heißt Dimitri Alexeijwitsch wasweißich . . .«

»Dimitri Mitrofanowitsch Krijschev«, korrigierte ich und verbeugte mich. »Ich wollte dies hier Herrn Zipliakow zurückgeben.« Ich holte die Schnupfdose hervor.

Mit einer eleganten Geste (ich erkannte, wen Hippolyte zu imitieren versuchte) fischte Kolja die Dose aus meiner Hand. Er öffnete sie. »Leer!«

»In der Tat, Exzellenz.«

Ich schmeichelte dieser strahlenden Persönlichkeit und amüsierte sie.

»Du bist ein Freund von Serjoscha?«

»Ein Bekannter. Ich wollte ihm die Dose schon längst zurückgeben. Doch mein Studium kam dazwischen.«

»Und was studierst du? Wie ich sehe, schmeckt dir der Absinth. Trink ihn langsam und mach das Glas leer, mein Lieber. Das ist die letzte Flasche.« Nichts in seinem Benehmen verriet Ungehaltenheit über Hippolytes Freigiebigkeit. Ich hatte es mit einem wahren Gentleman englischer Schule zu tun und nicht mit einem Bauern von unserer russischen Art. »Dein Französisch ist gut«, stellte er fest. »Deine Aussprache ist nahezu perfekt.«

Hippolyte schmollte offensichtlich und beteiligte sich nicht an dem Gespräch.

»Ich hab eine Begabung für Sprachen.«

»Dann studierst du sicher auch Sprachen. Wo, An der Universität?«

»Nein, nein, M'sieur. Ich studiere Naturwissenschaften. Ich habe bereits einige Erfindungen gemacht und neuartige Fahrzeuge entworfen. Methoden, die Ozeane zu überbrücken. Nun, alles mögliche in dieser Richtung . . .«

»Dann kommst du mir ja wie gerufen!« Kolja schien aufrichtig erfreut zu sein. »Ich bin ganz wild auf die Naturwissenschaften. Hast du schon Laforgue gelesen?«

Ich hatte diesen Namen noch nie gehört.

»Ein hervorragender Poet. Der beste von uns allen. Er starb sehr jung, weißt du? An der üblichen Krankheit.«

»Syphilis?«

Er lachte. »Tuberkulose. Mein lieber Herr, ich bin ungebildet. Würden Sie mich in die Geheimnisse der Verbrennungsmaschine einweihen, mir die elektrische Kutsche erklären, die Elemente und ihre Verbindungen?«

»Es wäre mir eine Freude . . .«

»Du willst mein Lehrer werden? Wirklich? Du willst mir Bilder schenken?«

»Bilder, M'sieu. Ich weiß nicht so recht . . .«

»Die Symbole des zwanzigsten Jahrhunderts, mein lieber Dimitri Mitrofanowitsch. Wir müssen die Poesie in der Naturwissenschaft suchen. Und wir müssen die Wissenschaft mit unserer Poesie füllen.« Er redete, als hielte er diesen Vortrag nicht zum ersten Mal. Er war Futurist, aber nicht von der primitiven Art, wie ich sie auf dem Newski Prospekt erlebt hatte. An »Kolja« war etwas, was mich beeindruckte. Er hatte etwas Magnetisches an sich. Zumindest hatte er ein wenig Ahnung von Naturwissenschaft. Wenn er reich war – und das schien er zu sein –, würde er vielleicht für die Privatstunden bezahlen. Dafür könnte ich mir dann das Kokain kaufen, das er besorgen konnte.

Hippolyte funkelte mich jetzt wütend an. Ich glaube, er betrachtete mich als Rivalen. Das war lächerlich. Gelegentlich habe ich zwar unbedeutendere Affären mit Vertretern meines Geschlechts gehabt. Wer hat das nicht? Ich bin sicher, daß dieses Bekenntnis die englische Leserschaft nicht schockieren wird, denn derlei Dinge sind hier die Norm. Doch meine Beziehung mit Kolja war die einer reinen, aufrichtigen Freundschaft. Ich hatte in ihm einen Gönner gefunden!

»Magst du Baudelaire, Dimitri Mitrofanowitsch?«

»Den Dichter?«

»Ja, den Dichter!« Kolja ging zum Fenster, öffnete die Läden und ließ das fahle Petersburger Licht herein. *»Les tuyaux, les clochers ces mâts de la cité!«* Er lächelte. »Die Verherrlichung des Stadtlebens. Die größten Dichter waren keine Arkadier, die von unschuldiger Idylle und jungfräulichen Nymphen sangen. Die größten Poeten der Welt haben immer nur die Tugenden der Straßen, der Slums, der Gassen und Häuser gerühmt, eben all jener Dinge, die nicht von Gott, sondern von ihren Mitmenschen geschaffen worden waren. Wenn man ein wahrer Dichter sein will, muß man von der Stadt erzählen. Und die Stadt zu rühmen zeichnet den wahren Revolutionär aus.«

Diese Art von Revolutionär erschien mir nicht so schlimm. Ich wurde nicht beunruhigt, obwohl mir meine ersten Zweifel kamen, ob Kolja wohl der richtige Partner für mich wäre. Nach Auffassung der Polizei stand ich bereits einem Radikalen nahe, und jetzt sollte ich mich, wie es schien, mit einem weiteren verbünden. Doch ich brauchte das Kokain, wenn ich meine Karriere fortsetzen wollte.

»Villon, Baudelaire, Laforgue – sogar Puschkin, kleiner Dimka. Sie alle verherrlichten die Stadt. Das ist unsere normale Umgebung. Natur ist für uns die Fabrik, das Mietshaus, die Gaslampe, die Lokomotive. Sind diese Dinge nicht viel schöner als Wiesen und Blumen? Komplexer als Kühe und Schafe? Statt eines Sonnenuntergangs über dem Ladogasee müssen wir vom Qualm der Fabriken erzählen, der die blutroten Strahlen der

Sonne verschluckt. Wir müssen die menschlichen Dinge zur Kunst machen.

Hast du schon einmal die Sonne über den Docks untergehen sehen, Dimka? Ist dir schon aufgefallen, wie schön der rote Schein durch den Qualm und den Dampf der Schiffe wird? Wie sich die Strahlen in Ölflecken im Hafenwasser brechen? Hast du schon mal erlebt, welches Leben eine Dampflokomotive in eine ansonsten wie tot daliegende Landschaft bringt? Kennst du den Anblick goldener Sonnenstrahlen, die durch feinen Kohlenstaub gefiltert werden? Bringt dies alles nicht dein Blut zum Schäumen? Erfüllt es dich nicht mit übersprudelnder Lebenslust? Du, ein Naturwissenschaftler, müßtest doch am ehesten begreifen, was meine Mitdichter nicht sehen! Sie schimpfen über Technik und Maschinen und erkennen nicht, daß diese Dinge letztendlich ihr eigenes Menschsein erst möglich gemacht haben!«

Lag es nun an meinem Arbeitspensum, oder war es die Wirkung des Kokains – ich war, das muß ich zugeben, von Koljas Worten tief berührt. Ich begann von noch größeren Dingen zu träumen. Ich sah uns, den Dichter und den Wissenschaftler, wie wir die ganze Welt veränderten. Jene sich zusammenrottenden Futuristen waren nicht mehr als lästige Krakeeler. Sie hatten mit dieser wunderbaren Persönlichkeit wenig gemein.

»Ich würde gerne Ihre Gedichte lesen«, sagte ich.

Kolya lachte. »Da ist nichts zu lesen. Setz dich. Nimm noch etwas Absinth. Ich hab meine Gedichte im letzten Winter verbrannt. Sie taugten nichts. Sie waren zu sehr Baudelaire und Laforgue nachempfunden. Ich sah keinen Sinn darin, mich in mittelmäßigen Versen zu verewigen. Ich warte auf das Kriegsende oder auf den Beginn der Revolution oder auf den Weltuntergang. Dann erst werde ich wieder schreiben.«

Er ließ sich auf dem großen Diwan in der Mitte des Raumes nieder und griff nach der Flasche. »Möchtest du den Rest haben?«

»Wenn nichts mehr da ist . . .« Ich deckte meine Hand über mein Glas.

»Genieß es. Warum auch nicht? Wenn der Krieg fortdauert, wenn der große Zusammenbruch kommt, haben wir sowieso keinen Absinth mehr, sondern nur die bittere Neige.« Ein schwarz umhüllter Arm zuckte auf mich zu. Ein schwarzer Handschuh umklammerte den Hals der Flasche. Gelbe Flüssigkeit füllte mein Glas bis zum Rand. »Trink, mein lieber naturwissenschaftlicher Freund. Auf die Dichtung, der du neue Ideen liefern wirst.«

»Und auf die Wissenschaft, die Sie inspirieren werden.« Seine Stimmung riß mich mit. Ich trank.

Hippolyte verschwand schmollend und tauchte kurz darauf in dandyhaftem Aufzug wieder auf. Er sagte, er ginge »runter ins *Tango*«, um Gesellschaft zu haben. Er langweile sich. Kolya verabschiedete sich angemessen freundlich. Dann, er blieb kurz an der Tür stehen, meinte Kolja noch: »Du solltest mir besser sagen, wann du mich wieder hier sehen willst.«

»Wann es dir recht ist, mein Lieber!« Kolja erschien nahezu gleichgültig. »Dimitri Mitrofanowitsch und ich haben über wissenschaftliche Dinge zu reden.«

Hippolyte verzog wütend den Mund, zögerte noch und ging dann.

Nach einem kurzen Moment erschien er wieder. »Vielleicht gehe ich nachher noch woanders hin«, sagte er.

»Wie du magst, Hippolyte.« Kolja sah mich fragend an. »Möchtest du den *Scharlachroten Tango* kennenlernen? Oder findest du solche Orte langweilig?«

Ich vermutete, daß der *Scharlachrote Tango* ähnlich war wie die Künstlercafés in Odessa, wo man jederzeit Kokain bekommen konnte. Ich muß ziemlich interessiert geklungen haben, als ich erwiderte, ich würde mich dort bestimmt nicht gelangweilt fühlen.

Kolja nickte Hippolyte zu. »Wir treffen dich dort in ein oder zwei Stunden.«

Die Tür fiel krachend ins Schloß. Kolja seufzte. »Schönheit ist billig in Peter, Dimka. Doch meistens muß man gleichzeitig schlechte Manieren in Kauf nehmen. Es ist angenehm, zur Abwechslung mal mit einem gebildeten Menschen zu reden.«

Diese schwarzgekleidete Gestalt, dieser russische Hamlet faszinierte mich. Zweifellos war auch der Absinth dafür verantwortlich, daß ich den wahren Grund meines Besuchs enthüllte.

»Du bist also ein Schnupfer!« Das belustigte ihn. »Die schönen Dinge des Lebens breiten sich schnell aus. Die Revolution, das sind trotz allem wir.«

Ich erzählte ihm, daß ich neben meinen Studien auch noch andere Erfahrungen gesammelt hätte. Ich berichtete von meinem Flugversuch in Kiew und von meiner Zeit in Odessa, wo ich meine Liebe zum Kokain und zu anderen Genüssen des Fleisches entdeckt hätte.

Ich muß ihm ein wenig naiv vorgekommen sein, jedoch ließ er mich das durch nichts spüren.

Seitdem, fuhr ich fort, hätte ich diesen Lastern abgeschworen und konzentrierte mich ausschließlich auf meine Studien. Ich erwähnte meine neuen Probleme. Ich sei entschlossen, mich trotz aller Widrigkeiten durchzusetzen. Deshalb habe ich wieder angefangen, mir mit dem Stimulans zu helfen. Meine Arbeit mache gute Fortschritte. Ich habe Theorien entwickelt, die jeden wahren Wissenschaftler verblüffen müßten. Allerdings rechne ich nicht damit, bei den orthodoxen, rückständigen Lehrern am Institut Eindruck zu machen. Ich habe gehofft, von Sergei Andrejwitsch mehr Kokain bekommen zu können.

»Du bist kein Freund von Serjoscha?«

»Ein Bekannter, mehr nicht.«

»Dann gilt dein Interesse also mehr dem Schnee an sich als der Quelle, aus der er kommt.« Er lächelte verschwörerisch.

»Genau.«

»Nun, es wird nicht schwierig sein, etwas zu besorgen. Vor allem jetzt während des Kriegs. Von Morphium hältst du nichts, oder?«

»Mit dem Destillat der Mohnblume habe ich mich nie eingelassen. Die Welt der Träume reizt mich nicht. Viel eher möchte ich meine Träume der Welt mitteilen.«

Dieses Wortspiel gefiel ihm. Er schenkte mir den Rest Absinth ein. »Ich hoffe, du verachtest mich nicht, wenn ich gestehe, daß ich ab und zu die übliche Dosis injiziert habe. Immer dann, wenn ich mich aus der Gesellschaft zurückziehen wollte. Drogen können dabei sehr hilfreich sein, weißt du.«

Damals erkannte ich noch nicht, was ich heute weiß: Kokain ist ein Stimulans, während Morphium der reine Mord ist. Der Weg aus den Traumwelten hinüber in die kalten Gefilde des Todes ist nicht weit.

Ich trank die letzten Tropfen Absinth. »Ich muß betonen, daß ich diese Droge nicht zum Vergnügen nehme. Ich brauche sie, um mein Gehirn wach und meinen Körper für meine Arbeit fit zu halten.«

»Hast du keine Angst, daß du bei deiner vielen Arbeit nicht irgendwann den Verstand verlierst?«

»Möglich wäre das schon, aber ich habe mich sehr gut unter Kontrolle.«

»Genie und Wahnsinn sind sich sehr ähnlich, glaube ich.« Er ging zum Schrank, wo er seine Getränke aufbewahrte, und öffnete eine Porzellandose, deren Deckel einen Pierrot darstellte, der einen Halbmond betrachtete. »Ich habe etwas hier. Eine recht gute Qualität. Man muß heutzutage vorsichtig sein. Zu viele Kunden. Und zu viele Gauner, die die Kristalle mit allem möglichen Mist vermischen. Halt die Augen offen. In Odessa, vor Ausbruch des Krieges, gab es so etwas nicht, was?«

»Auch in Odessa gibt es schräge Vögel«, entgegnete ich.

»Das habe ich schon gehört.«

Er erweckte mich wieder zum Leben, ähnlich wie Shura mich geweckt hatte. Mehr noch. Kolja wußte sich auszudrücken, er war Theaterkritiker, schrieb Aufsätze in wichtigen Journalen, er hatte Geschmack und Lebensart und erkannte auf Anhieb Intelligenz und Kreativität. Er war eine von jenen Persönlichkeiten, die andere dazu inspirierten, sich voll zu entfalten, ganz gleich in welchem Bereich.

Sein vollständiger Name lautete Graf Nikolai Feodorowitsch Petrov, und er gehörte zur berühmten Familie Mickischewski, eines der bedeutendsten Petersburger Adelshäuser, deren Vorfahren ihre Ländereien in meiner Heimat, der Ukraine, hatten. Nikolai Feodorowitsch hatte gelegentlich die Ukraine besucht, kannte jedoch keine größere Stadt und auch nicht die Küste. Jedoch kannte er die Krim recht gut. »Dort ist es viel wärmer. Wir sollten im Sommer dorthin fahren«, sagte er. »Wenn der Krieg vorüber ist.« Diese Aussicht gefiel mir. Ich fragte, ob er nicht wenigstens einen kurzen Abstecher nach Kiew oder nach Odessa gemacht habe. Er lachte. »Was ich von den Städten weiß, gefällt mir, Dimka, aber das ist auch schon alles. Der düstere, romantische Jude hat mich als Charakter schon immer interessiert. Ich stehe ganz auf Shylocks Seite, fühle mit Fagin, eine der lebendigsten Personen bei Dickens, und bewundere den edlen Isaak in *Ivanhoe.*«

Damals kannte ich keines der Werke. Allerdings hatte ich sie schon in *Perason's* Magazin erwähnt gesehen. Die Engländer neigten zu ausgesprochener Toleranz gegenüber den Juden. Einer ihrer angesehensten Schriftsteller war damals Israel Zangwill, und wie wir alle wissen, hatten sie sogar einen Juden als

Premierminister. Mein Freund fuhr fort, die Engländer zu loben, und zitierte sogar einige Zeilen des englischen Dichters Shelley.

Meine Höflichkeit verbot mir, Kolja zu erklären, was ich von diesem Unsinn hielt. Die Engländer haben viele Tugenden. Sie sind hervorragende Ingenieure und Wissenschaftler. Als Erzähler geben sie ihren Geschichten gute, starke, spannende Handlungen. Doch als Dichter haben sie der Welt mehr Schaden zugefügt als alle anderen. Die Ideen von Byron und Shelley haben wahrscheinlich mehr junge Männer aus sinnlosen, idiotischen, romantischen Gründen in den Tod getrieben als die Ideen eines Karl Marx. Romantik ist die Krankheit der modernen Zeit. Sie ist das direkte Resultat aus einem ausgeprägteren Müßiggang einer bestimmten Klasse. Wer mir nicht glaubt, soll sich nur mal die sogenannten Hippies und »Aussteiger« ansehen, die dauernd über ihre Armut klagen und dennoch mit mir um Mäntel feilschen, die doppelt soviel wert sind, als was ich dafür verlange, und am Ende mit Geld bezahlen, das ihnen der Staat geschenkt hat!

Vielleicht stimmt es, was manchmal gesagt wird, daß die Welt nämlich heute nicht dekadenter ist, als sie es schon immer war. Doch die sogenannten Dekadenten meiner Zeit in St. Petersburg hatten wenigstens Stil, Geschmack, ein Empfinden für gesellschaftlichen Rang und eine hervorragende Bildung.

Bildung kann natürlich auch in die Irre leiten. Nikolai Feodorowitsch war ein großer Slawe, ein echter Slawe, er glaubte an die Slawische Renaissance, doch er hatte auch einen unangehmen Hang zu romantischer Dichtung wie viele seiner Helden. Auf unserem Weg zum *Scharlachroten Tango* legte er einen Arm um meine Schultern und zitierte ein paar Zeilen von Byron. Später hörte ich sie noch einmal von Miss Cornelius, die die Godolphin and Latymer School in Hammersmith besucht hatte, wo nur die besten Schüler angenommen wurden.

Eine solche sentimentale Ader ist meistens ein besonderes Kennzeichen der Dandys. Es ist so, als erlaubten sie sich wenigstens eine Schwäche. Bei einigen ist es eine besondere Liebe zu Hunden oder Pferden, die sie mit ausgesprochener Fürsorge umgeben. Nikolai Feodorowitsch hatte eine Schwäche für Juden: für ausgerechnet die Leute, die im Augenblick seine eigene und die Vernichtung seiner ganzen Klasse planten. Das war eine der Tragödien des Lebens. Wo immer ich mich aufhielt, habe ich ähnliches beobachten können. Sogar der Ewige Jude hat nicht mehr erleben können als ich in meinem Leben.

Der Scharlachrote Tango, nicht weit von der katholischen St. Katharinen-Kirche in einer Seitenstraße zwischen Juwelierläden und Schneidereien gelegen, war zum Teil Bierhalle, zum Teil Künstlercafé, wie man es am Montmartre finden konnte. Überall blitzten Spiegel und Kristallampen, und es war möbliert mit runden Tischen und vergoldeten Stühlen, auf denen junge Männer und Frauen saßen, die hauptsächlich durch ihre helle Kleidung, ihre fahlen Gesichter und ihre glühenden Augen auffielen. Make-up wurde von beiden Geschlechtern benutzt. Beide Geschlechter rauchten Zigaretten, zumeist europäische Marken, in langen Spitzen. Auf der Bühne an der Seite spielte eine vierköpfige Negerband synkopierte Dschungelmelodien: den Rag, den Cake-Walk, den Coon-Dance und den Slow-drag. War da ein Krieg im Gange? Gab es Brotknappheit? Wurde etwa gar Licht ebenso rationiert wie Frischfleisch oder Hoffnung? Hätte H. G. Wells' Zeitreisender den *Scharlachroten Tango* besucht, hätte er sicher geglaubt, daß die Welt ihre glücklichste und blühendste Phase hatte. Revolutionäre und künstlerische Journale wurden in aller Offenheit gelesen: *Wahrheit, Freiheit, New Worlds, Apollon* und das *Kosmische Manifest.* Das Etablissement hatte eine ähnliche Atmosphäre wie Esau, wenngleich größer und eleganter. Ich fühlte mich auf Anhieb wohl. Berühmte Namen konnte man dort finden. Namen, die das prägten, was man in der bildenden Kunst »die Russische Explosion« nannte. Es war eine Explosion, die ich ebenso begrüßte wie die Bomben, die während des Zweiten Weltkriegs auf Notting Hill herabfielen.

Damals, dank Koljas Absinth und seiner Begeisterung für das, was er die Moderne Erfahrung nannte, erlangte ich die Fähigkeit, die Namen ihrer Götter nachzuplappern: Stanislawski, Diaghileff, Kandinski, Malewitsch und Chagall, Blok, Mandelstam, Achmatowa, Rabinowitsch und andere. Kolja kannte sie natürlich alle, konnte sie zitieren, identifizierte ihre Bilder und konnte sogar Melodien summen, wenn es sein mußte. Die Beziehung zu Sergei Andrejowitsch hatte er hauptsächlich wegen dessen Kenntnissen von moderner Musik unterhalten. »Doch wie die meisten Ballett-Tänzer hatte er nur eine begrenzte Phantasie. Tänzer beherrschen vielleicht ein halbes Dutzend Dinge richtig: einen guten Sprung, vielleicht, oder einen pas-de-deux oder vielleicht die eine oder andere Pose, die ihnen besonders gefällt. Und die wiederholen sie dann endlos.« Ich mußte es ihm glauben. Ballett ist eine der Kunstformen, die mich nie sonderlich interessiert haben. Meine Erfahrungen mit Ballettänzern sind nie ganz glücklich gewesen. Man kann sie sehr leicht mit Lob zufriedenstellen. Geistig werden sie genauso schlaff wie ihre Muskeln, wenn sie nicht regelmäßig trainieren. Im *Scharlachroten Tango* konnte man viele Tänzer antreffen.

Später zogen wir, vom Absinth leicht berauscht, Arm in Arm weiter in den *Streunenden Hund*, wo Kolja Freunde traf, in deren Gesellschaft er mir viel lockerer und zugänglicher erschien. Meine Erinnerungen sind eher bruchstückhaft. Ich war so betrunken, daß ich mich wahrscheinlich lächerlich machte. Ich erinnere mich noch an einen netten jungen Juden, der mir irgend etwas von Ossian und Schottland ins Ohr flüsterte. Ein paar Zeilen kommen mir immer in den Sinn, wenn ich berauscht bin – was heutzutage recht selten der Fall ist:

Ich denke an die Berge
Wo Rußland unvermittelt endet
Hoch droben über schwarzer, wüster See . . .

Sollte ich je Geschmack an moderner Dichtung finden, dann nur in Koljas Gesellschaft. Sehr spät an jenem Abend fand ich mich vor dem Eingang zu meiner Behausung wieder. Dabei sah ich einer Kutsche nach, die zu dem Lichterfunkeln der Stadt zurückkehrte, während ich nach der Türglocke tastete. Ich wurde von einer verzweifelten Madame Zinowieff eingelassen, die sich über den Zustand meiner Uniform aufregte und dann, als sie bemerkte, daß ich betrunken war, anklagend rief, ich hätte sie hintergangen und wäre in schlechte Gesellschaft geraten. Ich erklärte ihr, ich hätte mit einem berühmten Grafen zu Abend gegessen, und das besänftigte sie natürlich. Als ich mich nicht mehr an seinen Namen erinnern konnte, schimpfte und fluchte sie ein wenig. Sie war mir nicht böse, aber sie hatte Mr. Parrot geschworen, mir würde nichts zustoßen. Sie sei für mein Wohlergehen verantwortlich. Ich versicherte ihr, das sei eine einmalige Gelegenheit. Ich müßte die Einladung des Grafen annehmen. Es wäre schlechtes Benehmen, wenn ich ablehnte.

Sie brachte mich ins Bett und half mir beim Ausziehen. Wäre

der nächste Tag kein Sonntag gewesen, hätte ich die Schule versäumt. Sehr spät erst erwachte ich mit einem Kater. Ein Gefühl der Niedergeschlagenheit wich erst, als ich in einer Brusttasche meiner Uniform ein Papierröllchen mit zwei Gramm feinsten Kokains entdeckte. Ich schnupfte ein wenig davon und war schon ein neuer Mensch. Für das Frühstück sei es schon zu spät, verriet mir eine grinsende Madame Zinowieff, daher setzte ich mich mit einem Buch über Elektrotechnik in ein nahegelegenes Café und trank ein, zwei Tassen Tee. Ich las das Kapitel über Lundalls belüfteten Sechs-Pol-Motor. Dabei fielen mir die konventionellen Hubmotoren ein, die man mittlerweile in einigen Kriegsschiffen einsetzte. Dies wiederum brachte mich auf die Idee, Flugzeuge von Schiffen starten zu lassen, ohne daß sie eine konventionelle Startbahn benützten. Und so kam es, daß ich in einem kleinen Café in der Vibotgskaja hinter dem Finnland-Bahnhof an einem Frühlingsmorgen des Jahres 1916 den modernen Flugzeugträger erfand. Es war nicht mehr als eine kleine Denkübung. Als ich die entsprechenden Zeichnungen gemacht hatte, knüllte ich den Notizzettel zusammen und warf ihn fort. Später kam ich wieder auf diese Idee zurück und führte sie weiter aus, aber meine Leser werden jetzt schon einen guten Eindruck davon erhalten haben, wie genial ich schon geworden war und wie leicht es mir fiel, moderne Theorien zu verarbeiten und für meine Zwecke zu nutzen. Nach dem Mittagessen zu Hause entwarf ich ein hydraulisch lenkbares Deck, das abgesenkt werden konnte, wenn es nicht gebraucht wurde, und das angehoben würde, wenn Flugzeuge darauf landen sollten. Außerdem entwickelte ich eine besondere Methode zum Vertäuen von Luftschiffen auf See, so daß sie bis zum Einsatz geschleppt werden konnten und sie damit einen weitaus größeren Operationsradius bekamen, als man von ihnen hätte erwarten können.

Hätte ich damals meine Pläne der Admiralität vorgelegt, wäre der gesamte Verlauf des Krieges geändert worden. Rußland wäre die stärkste und bedeutendste Nation geworden, hätte die Führungsposition in moderner Kriegsführung und in den Ingenieurwissenschaften übernommen. Die von den Briten umgebauten Traktoren, die sogenannten »Tanks«, wären nichts gewesen im Vergleich mit unseren Bomben-Luftschiffen und Flugzeugträgern. Ich glaube, ich hatte nicht nur den Verdacht, daß die Leute in den Ministerien korrupt oder übermäßig konservativ waren, sondern daß sie auch aktives Interesse an einem Separatfrieden mit Deutschland hatten. Wären sie dazu in der Lage gewesen, hätten sie schon achtzehn Monate vor dem Tag kapituliert, an dem die Bolschewiken große Gebiete unseres Landes hergaben. Erst nach dem Zweiten Weltkrieg wurden die alten Grenzen Rußlands wiederhergestellt. 1916 repräsentierten grüne und rosafarbene Flächen die beiden größten Kaiserreiche, die die Welt je sah. Das ihre verloren die Russen beinahe durch die Aktivitäten der Duma und der Juden. Die Briten verloren ihr Weltreich durch Faulheit, Selbstverachtung und eine übertriebene Vorstellung von der Fähigkeit der Wilden, die Prinzipien christlicher Lebensführung zu begreifen. Nur noch einige wenige Spuren ihrer Kultur haben sich in entlegenen Winkeln unserer Welt erhalten können, welche bisher noch nicht durch einen sentimentalen Liberalismus und den Wunsch verdorben wurden, mit dem verschlagenen, skrupellosen Orientalen um jeden Preis Frieden zu schließen.

Sieben

Ich erlebte nun die intensivste Periode meines kreativen Lebens. Unter der Woche besuchte ich Vorlesungen. Ich las Bücher, die meinem derzeitigen Lernstoff um Jahre voraus waren. Am frühen Abend fuhr ich dann mit der Dampfbahn nach Hause und machte meine eigenen Aufzeichnungen. Dann, gegen acht oder neun Uhr, suchte ich Kolja in seiner Wohnung oder in einem der Cabarets auf, die wir bevorzugten. Dort zitierte er endlos Gedichte in Französisch, Englisch, Russisch oder in einem abscheulichen Deutsch. Ich erklärte ihm, wie ein Zeppelin gebaut wurde, wie der Panzer funktionierte oder wie Elektrizität erzeugt wird. Ich glaube, manchmal hörte er meinen Erklärungen genausowenig zu wie ich seinen Rezitationen. Ich wurde für ihn zu einer Art Talisman der Neuzeit, dabei war er stets höflich und beschützte mich. Im *Scharlachroten Tango* und im *Streunenden Hund* trafen sich Künstler, Fremde, Kriminelle und die *crème de la crème* der Revolutionäre, die bald schon unter Kerenski oder Lenin dienen sollten, um zu diskutieren, Musik zu hören, sexuelle Partner zu finden oder zu streiten. Diese Mischung war für mich ideal. Endlich hatte ich ein Reservoir an Frauen gefunden, und Marja Waworowna war vergessen. Sie verströmten Liebe ebenso großzügig wie meine Katja. Ich hatte auch männliche Verehrer, gab deren Werben jedoch niemals nach. Es gab zu viele Mädchen oder ältere Damen, die aus den pornographischen Dichtungen Mandelstams oder Baudelaires zitierten und mich dann mitnahmen in ihre wunderschönen Betten. Dort lag ich auf Seide. Dort badete ich in warmem, parfümiertem Wasser. Ich gewann mein Selbstvertrauen zurück. Ich stellte fest, daß ich mein Lesepensum einschränken konnte. Nun gab es kaum ein Gebiet, auf dem ich nicht gründlich bewandert war.

Als die Sommerferien anbrachen, war ich reif für einen Urlaub.

Mit Kolja, Hippolyte, einem Mädchen namens »Gloria« (einer Polin) und zwei »Poeten« besuchten wir die Sommergärten und die breiten Kais an der Newa, machten mit einem Dampfer eine Flußfahrt und veranstalteten Picknicks am Ufer.

Vom Adel und den feinen Leuten verlassen, füllte St. Petersburg sich mit verwundeten Soldaten und Seeleuten, mit Krankenschwestern, die Fronturlaub hatten und Trost in den Armen unversehrter Zivilisten suchten (wir waren einfach zu wenige). Dieser Überfluß an Weiblichkeit lenkte sogar Agitatoren wie Lunarcharsky ab, der unter Lenin Erziehungsminister wurde, oder Onipko, den berüchtigten Anarchisten, der die erfolglose Revolution von 1905 in Gang gesetzt hatte. Aus verständlichen Gründen waren sie für die Armee nicht tragbar. Glücklicherweise hatte Kolja in dieser Gruppe nur wenige Bekannte, wenngleich der Inhaber des *Streunenden Hundes* (ein gewisser Boris Pronin, der sich selbst als eine Art russischen Rudolphe Salis betrachtete) nur zu bereit war, diese Brandstifter mitsamt ihren Bomben bei sich willkommen zu heißen.

Ich sollte wohl darauf hinweisen, daß ich kein Heuchler war. Oft genug äußerte ich meine eigenen Ansichten und fand genug Leute, die mir beipflichteten, vor allem in der »panslawischen« Gemeinde. Doch auch die, die anderer Meinung als ich waren, behandelten mich anständig. Hätte ich nicht das Beispiel meines Vaters vor Augen gehabt, wäre ich sicherlich von ihrer infantilen Begeisterung für Vernichtung und Umsturz angesteckt worden. Ich trank Absinth in Gesellschaft wunderschöner Huren. Meine Mitstreiter waren Revolutionäre, Vagabunden, Dichter. Sie gaben mir den Spitznamen Professor oder nannten mich den verrückten Gelehrten und spendierten mir Wein und hörten mir zu, wie mir seitdem kaum jemand zugehört hat. Diese Leute waren es, die die Revolution überlebten, wenn auch auf Kosten ihres Humors, ihrer ironischen Weltsicht, ihrer Seelen. Sie wurden die grauen Legionen Lenins und seiner Nachfolger. Einige starben früh – Blok und Grin – und erlebten nicht die tödlichen Folgen ihrer närrischen Hoffnungen. Die meisten, wie Mandelstam, mußten miterleben, wie ihre Visionen untergingen, wie ihre Hoffnungen enttäuscht wurden, wie ihr Mut und ihr Großmut zu Waffen wurden, die sich gegen sie selbst wendeten, um sie zu beleidigen und zu erniedrigen. Es war tatsächlich das letzte Jahr ihrer Revolution, jenes Jahr 1916; denn ihre Begeisterung galt dem

Traum von einem Utopia, nicht der Wirklichkeit, die mich ebenso einholte wie sie. Ich hatte das Glück, ihr entrinnen zu können. Einigen (Majakowski zum Beispiel) gelang die Flucht nur durch Selbstmord.

Der *Streunende Hund* wurde von der Polizei geschlossen, doch das Bohemienleben dauerte an. Der Krieg machte Fortschritte, und es wurden Siege gemeldet. Britische Panzerwagen und russische Kosaken wühlten sich durch den Schlamm Galiziens und zwangen die Ulanen und die österreichische Infanterie zum Rückzug. Aber das Brot wurde immer knapper. Die Reihen der bedürftigen arbeitenden Bevölkerung, die Gesichter von Mützen oder Schals halb verhüllt, als seien sie in Trauer, wurden zu einem vertrauten Störfaktor: für die Dichter, die das Pathos des Krieges besangen, für die Revolutionäre, die den Aufstand prophezeiten, und für die normalen Mittelstandsbürger, im russischen Volksmund »Boorschoo« genannt, die mehr und mehr Opfer von Dieben wurden, die ihnen Lebensmittel und Geld stahlen. Der Krieg blutete uns aus. Man hätte das Geld für Lebensmittel ausgeben und diese kostenlos verteilen sollen. Dann wäre das Chaos vermieden worden. Doch die Minister des Zaren waren vom Krieg wie besessen, und die Revolutionäre wollten tatsächlich, daß Menschen verhungerten, so daß es auch wirklich zum Aufstand käme. Die Boorschoo konnten nur an ihre eigenen Familien denken; sie hatten alles hergegeben, um die Soldaten an der Front zu unterstützen. Das Wie und Warum der Revolution braucht an dieser Stelle nicht diskutiert zu werden. Zu viele Emigranten, zu viele Historiker, zu viele bolschewistische Vergangenheitsbewältiger haben das bereits zur Genüge getan. Ich will nicht auch noch in diesen Chor mit einstimmen. Was geschehen ist, ist geschehen. Daß es geschehen würde, hatten wir nicht erwartet, obwohl viele davor gewarnt hatten. Dichtung, die zur Wirklichkeit wird, erfreut selten jemanden, am wenigsten die Dichter.

Pronin eröffnete ein neues Etablissement mit dem Namen *Prival Komendiantov* (Harlekins Zuflucht). Wir alle fanden unseren Gefallen daran und spendeten Pronin bei seinem Erscheinen begeisterten Applaus und versicherten ihm, dieses Etablissement sei noch gediegener als das vorherige. Negerjungen, die kostümiert waren, als kämen sie direkt vom Hof des Harun-al-Raschid, bedienten an den Tischen. Gemälde mit offensichtlich zweideutigen Motiven bedeckten Wände und Decken. An den Wänden hingen Negermasken, in deren Augenhöhlen Lampen brannten. Dieselbe Negerkapelle spielte dieselbe heisere Musik, wenn wir nicht gerade einer »petite chanteuse« lauschten oder einem Pierrot bei seiner schauspielerischen Darbietung zusahen, während eine pferdegesichtige Frau in langem rotem Gewand etwas vom Mond vor sich hin murmelte. Schwarze Frauenimitatoren sangen Jazzsongs. Frauenimitatoren waren die Attraktion der Kaffeehausgesellschaft. Als totalen Gegensatz zu diesen avantgardistischen Aktivitäten sah man Mädchen in schlichter Bauerntracht. Die Tischdecken zeigten bunte Volkskunstmuster. Volkskunstkeramik erinnerte daran, daß wir uns in Rußland befanden, daß wir keine Franzosen oder gar Deutschen waren. Die Pantomimen verrenkten ihre Körper zu Karikaturen der menschlichen Gestalt. Die Jazzkapelle jaulte. Die zierlichen Sängerinnen erzählten mit piepsigen Stimmen vom Tod der Vögel und Maikäfer. Wir diskutierten und tranken und hurten. Manchmal dämmerte bereits der Morgen, wenn ich (damals in Samtjacke, roten ukrainischen Stiefeln, Reithose und Kosakenhemd) auf das sonnenbeschienene Marsfeld hinausstolperte.

Dort paradierten farbenprächtig gekleidete Soldaten. Husaren und Streltsi marschierten in glänzendem Leder, in feinem Serge, in Messing und Goldtressen, und wir spazierten daran vorbei, einige von uns kaum in der Lage, sich aufrecht zu halten, und betrachteten voller Staunen diese Symbole der alten Welt. Weitergedrängt wurden wir von Polizisten, die oft genug unsere Meinung teilten. Futuristen unterbrachen ihre Streitgespräche mit Akmeisten (es gab mindestens ebensoviele rivalisierende künstlerische Lager wie politische). Sozialrevolutionäre vergaßen ihre Diskussionen mit Tolstojisten und verfolgten mit offenem Mund, wie blauberockte, rotmützige Soldaten zum Klang patriotischer Märsche exerzierten. Der allgemeine Zynismus steckte auch mich an. Ich glaube, wenn wir eines Morgens auf deutsche Invasionstruppen gestoßen wären, hätte niemand daran Anstoß genommen. Die Künstler hätten das Auftauchen der Deutschen als erstes Anzeichen für den Anbruch der »Neuen Zeit« in der Kunst interpretiert. Die Revolutionäre hätten geschlossen, daß der Aufstand der Massen dicht bevorstünde. Die Zyniker hätten verkündet, deutsche Effizienz sei besser als russische Inkompetenz. Und das wäre es dann gewesen. Wir waren nahezu davon überzeugt, daß dieser seltsame Traum fortdauern würde, bis wir alle den frühen, romantischen Tod erlitten, den wir in einer hinreichend fernen Zukunft zu sterben gedachten. Niemand nahm die Dinge zu ernst, außer Kolja, der, wie Tolstoi, an die natürliche Überlegenheit des menschlichen Geistes glaubte. Ich glaubte an den Triumph des menschlichen Intellekts über alle Widrigkeiten und Unvollkommenheiten der Natur, die menschliche eingeschlossen. Wir beide machten uns wohl ebenso schuldig wie alle anderen, indem wir die Not durch rhetorische Spitzfindigkeiten zu bewältigen versuchten. Es war einfach, Champagner zu trinken und auf den Sieg der Arbeiterklasse anzustoßen. Man vergaß die schleichende Veränderung, die überall stattfand. St. Petersburg, eine unnatürliche Stadt, durch ihre geographische Lage von allen Versorgungswegen abgeschnitten, redete sich ein, daß sie nicht belagert wurde und daß der Sieg nur noch ein oder zwei Monate entfernt sei. Im Herbst, als es so aussah, als seien wir völlig geschlagen, ähnlich wie damals in Port Arthur von den Japanern, waren die feinen Kutschen auf dem Newski-Prospekt noch seltener zu sehen. Kaufleute und Grundbesitzer betrachteten Moskau als einen sichereren Ort zum Überwintern als Peter. Kolja fiel dazu ein Zitat von Kipling ein:

Die Offiziere und die Könige gehen fort!

Rom, so meinte er, würde evakuiert, denn die Hunnen stünden wieder vor den Toren. »Byzanz! Byzanz!« sang er, als er mich an einem Morgen Ende August in seiner Kutsche nach Hause brachte. »Alle fliehen nach Osten. Warte ab, bis der Zar nach Moskau abreist, Dimka. Dann steht unser Ende kurz bevor.«

»Der Zar wird niemals die Hauptstadt aufgeben!«

»Der Zar ist selbst jetzt kaum hier. Wie oft hast du denn das königliche Banner über dem Winterpalast flattern sehen?«

»Zarskoje Selo ist vom Zentrum nicht allzuweit entfernt«, erinnerte ich ihn.

»Es gibt keinen Beweis, daß er dort ist. Es gehen Gerüchte um, daß er, seine Familie und Rasputin bereits die Koffer packen und zum Kaiser ziehen wollen. Immerhin sind sie miteinander verwandt.«

Unsere Kutsche hielt an einer Querstraße an, als eine Kompanie Kadetten vorbeimarschierte. Die Trommeln dröhnten, die

Trompeten schmetterten, die Pfeifen schrillten. Kolja lächelte bitter. Er stützte sein Kinn auf die Faust und zuckte die Achseln. »Wußtest du, daß auch ich einmal Kadett war, Dimka?«

»Das hatte ich angenommen.« Für einen Angehörigen des Adels war es selbstverständlich, eine Militärakademie zu besuchen.

»Ich riß aus. Als ich fünfzehn war. Nach Paris, denn ich wollte Dichter kennenlernen. Ich traf eine Menge Scharlatane und wurde von einigen verführt, Männern und Frauen. Doch meinen ersten richtigen Dichter traf ich nach meiner Rückkehr nach Peter! Und jetzt gehen alle russischen Dichter, alle Künstler, alle Impresarios nach Paris! Ist das nicht ein Witz? Sollen wir ihnen folgen, Dimka?«

»Die Deutschen sind bald geschlagen«, sagte ich. »Die Zeitungen sind davon so überzeugt wie seit Ewigkeiten nicht mehr.«

»Ein sicheres Zeichen für eine bevorstehende Niederlage!« Er lachte.

»Unsere Verbündeten lassen es nicht dazu kommen. England, Frankreich, Italien – sogar Japan – werden uns zu Hilfe eilen.«

»Denen geht es nicht besser als uns. Das einzige, was den Deutschen fehlt, ist die Besetzung von Paris.«

»Dann sollten wir lieber hierbleiben«, sagte ich.

»Bis der Krieg vorbei ist, wenigstens. Du solltest nur deutsche Bücher über Naturwissenschaft und Philosophie lesen, und ich sollte Goethe studieren. Ich werde nach – München gehen. Dort werde ich noch ein tüchtiger, deutscher Intellektueller. In dem neuen Deutschen Reich – dem Heiligen Römischen Reich – werden wir gute Goten sein. Wir werden Paris vergessen. Paris und Petersburg sind Provinz. Berlin ist die Hauptstadt der Welt. Dort wird die Kunst aufblühen, genährt durch unseren russischen Genius. Wir werden sein wie die Chinesen, Dimka, und lassen uns beherrschen, während in Wahrheit *wir* dank unserer überlegenen Kultur, unserer slawischen Abstammung die wahren Herrscher sind. Wir werden nicht mehr die Franzosen und die Engländer und die Italiener imitieren. Wir werden die Baumeister des neuen Reiches. Wir werden Pläne für einen Kreml in Berlin vorlegen, und der Deutsche Cäsar wird beeindruckt sein und ihn bauen lassen, so daß bald alles russisch geprägt sein wird. Warum zerbrechen wir uns den Kopf über einen militärischen Sieg, wenn unsere stärkste Waffe unser slawischer Genius ist? Und du, Dimka, wirst der Welt vorführen, was russische Wissenschaft zu erreichen vermag, denn im Grunde deines Herzens bist du ein Russe. Ein Russe wie ich!«

Er spielte wahrscheinlich auf meine ukrainische Herkunft an. Manchmal machte er solche seltsamen Bemerkungen, die mich völlig verwirrten. Doch ich konnte den Grafen Nikolai Petrov einfach nicht unterbrechen. Wenn er redete, dann war mir, als lauschte ich einer sinnverwirrenden Musik, die einem neue Kraft schenkte und einen zu großen Zielen inspirierte. Er war der treibende Geist für die Wiederentdeckung der slawischen Seele, die im neunzehnten Jahrhundert begonnen hatte. Diese Wiederentdeckung hätte sicherlich bis weit ins zwanzigste Jahrhundert angehalten, wäre sie nicht von kleingeistigen Leuten mit kleinkarierten westlichen Vorstellungen aus Deutschland und Amerika und England abgewürgt worden, nämlich von den allgegenwärtigen Juden.

Im September standen Kolja und ich uns so nahe wie nie zuvor. Ich war an die Schule zurückgekehrt, um den Eindruck eines fleißigen Studenten aufrechtzuerhalten. In St. Petersburg roch es nicht mehr nach Gleichgültigkeit, sondern nach Angst. Sie war geradezu körperlich spürbar. Nachbarn mißtrauten einander. hagergesichtige Männer in schwarzer Kleidung huschten lautlos durch die Straßen der Arbeiterviertel. Madame Zinowieff wurde immer ungenießbarer. Sie nörgelte an allem herum. Bei einem meiner monatlichen Besuche bei Mr. Green riet man mir zu einem Geldgürtel, in dem ich mein Taschengeld sicher würde aufbewahren können. Er erzählte, Onkel Semja habe sich in einem Brief nach meinen Fortschritten erkundigt. Die wären hervorragend, erwiderte ich. Im nächsten Jahr würde ich wohl eine Klasse überspringen. Mr. Green meinte, ich solle meine Sprachbegabung und mein »technisches Wissen« nutzen und für meinen Onkel nach Übersee fahren, von wo er Erntemaschinen zu importieren plane. Hieß das etwa, daß Onkel Semja für mich eine Stelle hatte, nachdem ich das Polytechnikum verlassen würde? Die Aussicht, nach Übersee zu gehen, gefiel mir.

Als sollte damit die Angst in der Stadt beseitigt werden, wurden die militärischen Demonstrationen immer großartiger. Überall wehten Fahnen, hingen Bilder vom Zaren. Die Nationalhymne wurde bei jeder Gelegenheit gespielt. Um dem zu entfliehen, gewöhnte ich mir an, mit einem Buch unter dem Arm über die

Docks zu wandern und die Schiffe zu betrachten, die immer weniger wurden, als die Newa allmählich zufror. Ich überlegte, wohin Onkel Semja mich schicken würde. Ich sah Schiffe, die nach Finnland oder Norwegen ausliefen oder sogar nach England. Ich war sicher, daß England mein eigentliches Ziel war. Es lag nicht mehr als zwei oder drei Tage von dort entfernt.

Umgeben vom Lärm der Maschinen und den Rufen der Dockarbeiter fand ich dort Frieden. Meilenweit erstreckten sich die Docks am Ufer der Newa. Sie gehörten zu den wenigen Gegenden, außer den Künstlercafés, in denen man nicht die Atmosphäre der Angst und des Schreckens spüren konnte.

Doch sogar einige der Mädchen, deren Wohnungen ich besucht hatte, boten mir nicht mehr die Annehmlichkeiten und die Zuflucht, die ich früher dort gefunden hatte. Sie erschienen mir nicht mehr so warmherzig, so weich und so sorglos. Immer öfter täuschten die Mädchen Kopfschmerzen vor oder entschuldigten sich, sie seien zu nervös. Frauen sind für den Zeitgeist weitaus sensibler. Sie sind die ersten, die in unruhigen Zeiten ans Auswandern denken, und sie haben meistens recht. Ihre Sensibilität kommt vielleicht daher, daß sie mehr zu verlieren haben als Männer. Leider war ich zu jung, um die Warnungen jener Kassandras richtig zu verstehen. Statt dessen wurde ich ungehalten und schlief nicht mehr mit Intellektuellen und Mädchen aus gutem Hause. Ich suchte die Gesellschaft gewöhnlicher Huren, deren Aufgabe es war, zu besänftigen, zu trösten, die Welt zu verdrängen. Viele von uns ließen die Schönheiten fallen, deren Gesellschaft wir früher genossen hatten. Grelles Make-up, billige Pelze und minderwertige Seide reizte uns mehr und mehr, während wir des Denkens überdrüssig wurden. Denken hieß, über die Welt und den Krieg nachzugrübeln. Die Welt war viel zu sehr mit Angst erfüllt, um noch erträglich zu sein. Wegen dieser Stimmung, glaube ich, entwickelte sich aus meinem zweiten Zusammentreffen mit Mrs. Cornelius keine Liebesaffäre.

Ich hatte von einer »atemberaubenden englischen Schönheit« gehört, einer Favoritin von Lunarcharsky und Sawinkov und ihren Radikalen, hatte sie jedoch nicht mit der jungen Frau in Verbindung gebracht, der ich in Odessa einmal geholfen hatte.

In *Harlekins Zuflucht*, am 5. September 1916, sah ich sie wieder. Sie war die einzige Frau an einem Tisch, an dem bebrillte Männer in schlechtsitzenden Jacketts den Wiederaufbau der Dichtungsindustrie planten. Sie schien mehr als leicht betrunken zu sein. Bekleidet war sie mit einem schlichten, wunderbar geschnittenen blauen Kleid. Auf ihrem blonden Haar saß ein kleiner Hut von der Art, wie sie damals gerade modern wurden. Er paßte farblich zu ihrem Kleid. An ihm war eine cremefarbene Straußenfeder befestigt, die der Linie ihres Nackens folgte und sich unter dem Kinn kräuselte. Sie trank georgischen Sekt, den wir als Ersatz für den echten Champagner hatten. In einer Spitze steckte eine türkische Zigarette. Ihr Rock war leicht gerafft, so daß oberhalb ihrer blauen Wildlederstiefel ein Streifen seidener Strümpfe entblößt wurde. Sie war die einzige Frau, die sich in dem Café richtig zu amüsieren schien. Ich war sicher, daß sie mich nicht erkennen würde, als ich grüßend eine Hand hob. Sie runzelte die Stirn, lehnte sich zurück, fragte ihren heftig duskutierenden Begleiter etwas (ich glaube, es war Lunarcharsky; er hatte einen dieser Spitzbärte, wie sie früher fast jeder trug). Er blickte kurz in meiner Richtung, schüttelte den Kopf und wandte sich wieder dem Gespräch zu. Ich hob eine Augenbraue und lächelte. Sie grinste, prostete mir mit ihrem Champagnerglas zu. Ich hörte ihre Stimme über dem Gemurmel ringsum.

»Ich glaub', ich kenn' dich, Ivan.«

Es war Mademoiselle Cornelius. Ich wollte aufstehen, um zu ihr zu gehen, doch sie schüttelte den Kopf und zeigte auf einen leeren Tisch. Er stand neben der Bühne, wo ein schwarzhäutiger Geiger seinem Instrument Töne herausquälte, die den Geigenbauer ins Grab gebracht hätten. Dort gesellte sie sich zu mir. Sie duftete immer noch nach Rosen. Sie legte eine Hand auf meinen Arm. »Bis' der Typ aus 'dessa, wa'?« Sie sprach ihr typisches Englisch. Ich bejahte. Sie meinte, »'s iss' schon 'n toller Zufall«. Die Welt sei doch kleiner, als man dächte. Sie käme in Peter ganz gut zurecht und hätte schon genug »Russki« gelernt, um sich durchzuschlagen. Was ich hörte, war die schlimmste Grammatik und der reizvollste Akzent, den man sich vorstellen kann. Ich begriff, warum sie so viele Verehrer hatte. Ich fragte sie, was sie in die Hauptstadt verschlagen hätte und wie sie an Lunarcharsky geraten sei. Wußte sie denn nicht, daß ihre Begleiter allesamt von der Polizei gesucht wurden?

Sie meinte, es wäre die ehrlichste Ganovenbande, die sie je kennengelernt hätte. Sie hätte das Gefühl, »die wissen, was läuft«. Das könne man von den anderen Idioten im Land nicht gerade behaupten, fügte sie mißbilligend hinzu. Odessa habe sie mit einem von Dr. Cornelius' Patienten verlassen, einem adligen Liberalen, der dort seine Ferien verbracht hätte. Nach dieser Affäre sei sie an die Radikalen geraten, die sie recht lustig fand und die sie, wie sie es ausdrückte, für »prima Kumpel« hielt. Ich glaube, sie dachte durchaus an die Zukunft, doch ihr Geschmack, was Männer betraf, sowie ihr Sinn für Humor sollten mich noch oft verwirren. Ich bin aber bereit zuzugeben, daß ich noch nie Witze gut begreifen konnte und daß ihr Geschmack uns in den folgenden Jahren noch oft helfen sollte.

Sie meinte, ich sähe ziemlich spitz aus und falls ich Hunger hätte, sollte ich es ihr nur sagen. Sie hätte Beziehungen. Ich beruhigte sie. Ich äße besser als die meisten. Ich studiere angestrengt für meine Abschlußprüfung. Sie wünschte mir Glück. Ihr täte es leid, nicht weiter die Schule besucht zu haben, doch in »Dale sei nicht viel los gewesen«. Wie ich später erfahren sollte, spielte sie auf Notting Dale, ihren Geburtsort, an. Später sei sie nach Whitechapel gezogen, wo sie einen »Haufen Russen« kennengelernt hätte. In Wirklichkeit waren es jüdische Emigranten gewesen, die vor den Pogromen geflohen waren. Als Mrs. Cornelius vorschlug, wir sollten woanders hingehen, wo es ruhiger sei, so daß ich ihr von mir erzählen könne, hatte ich Hemmungen, sie zu begleiten. Zu viele Frauen hatten mich in jener Zeit angesprochen. Ich war saturiert und überdrüssig. Eine Nutte fragte nur, welchen Teil ihrer Anatomie man wünsche und ob man die ganze Nacht bleiben wolle. Es koste nur einen oder zwei Rubel extra. Nicht immer forderten die Huren von mir Geld. Für ein paar Tage wohnte ich sogar völlig kostenlos in einem Bordell nicht weit von einem der Hauptkanäle. Ich hätte sogar noch länger bleiben können, wenn ich nicht wieder zur Schule gemußt hätte.

Ich sagte, ich müsse früh ins Bett. Sie lachte. »Wer muß das nicht? Ich seh' dich irgendwann, Ivan.« Sie tätschelte meinen Arm und kehrte zu ihrer Gesellschaft zurück. Ich bedauerte augenblicklich, ihr Angebot nicht angenommen zu haben. Mittlerweile glaube ich, daß es nichts Sexuelles war. Sie hatte nichts anderes gewollt als ein ungestörtes Schwätzchen.

Meine Freunde gratulierten mir zu meiner »Eroberung«, und eine der wohlerzogenen Schönheiten beugte sich vor und fragte laut, wie »die englische Hure denn so im Bett ist«. Beleidigt verließ ich *Harlekins Zuflucht*.

Das Herbstsemester fiel nur deshalb aus dem Rahmen, weil wir Hüte, Schals und Mäntel auch während der Vorlesungen tragen durften. Es gab kein Öl, um das Polytechnikum zu heizen. Der Unterricht war noch langweiliger als sonst. Das Leben schien sich zurückzuentwickeln. Während der ersten Woche meiner Rückkehr an das Institut wurden die Dampfbahnen durch Pferdebahnen ersetzt. Gelenkt wurden sie von ausgemergelten, blassen Gestalten in dunklem Filz und Serge, die gelegentlich weiße Dampfwolken ausstießen. Man hatte die Pensionäre reaktiviert, und sie sahen aus wie Kutscher des Todes. Ihre Pferde, hagere, abgetriebene Kreaturen, würden irgendwann die Mägen der ersten Waisenkinder füllen, die sich an den Bahnhöfen und in den Parks herumtrieben. In der Öffentlichkeit dauerte die Zurschaustellung von Pracht und Pomp an. Man hielt uns dazu an, die Beschwernisse geduldig zu ertragen, da der Krieg so gut wie gewonnen sei. Mehr und mehr verwundete Männer tauchten in den Straßen auf. Den Theatern ging es gut, doch viele Restaurants hatten zu wenig Lebensmittel, um geöffnet zu bleiben. Selbst das *Donan* am Moika Kanal, das von der *jeunesse dorée* und der *Apollon*-Gruppe (die im selben Gebäude saß) frequentiert wurde, entwickelte sich mehr zu einer Bar als zu einem Speiselokal. Bald gab es auch dort nur noch Pferdefleisch als einzige Delikatesse. Mit den Waisenkindern und den Verwundeten in den Straßen kam eine Rattenplage. Zeitungen berichteten über diesen »Skandal« und äußerten die Vermutung, die Ratten seien von fremden Schiffen eingeschleppt worden. Doch die wilden Katzen und Hunde, die von ihren Eigentümern ausgesetzt worden waren, gehörten zweifellos uns. In nicht ganz einem Jahr würden dieselben Leute, die sie freigelassen hatten, Jagd auf sie machen, um sie auf den Tisch zu bringen.

Unsere Lebensmittelvorräte nahmen ständig ab, während minderwertiger Alkohol immer reichlicher floß. Alle hatten zu wenig Schlaf. Eine schreckliche Spannung lag in der Luft. Die Schlangen vor den Brotläden wurden immer länger, mehr und mehr Verwundete warteten auf freie Krankenhausbetten. Mehr Bettler, Trödler und Prostituierte bevölkerten die Kais und die Prachtstraßen. Viele Adlige hatten sich in Petrograds Konkurrenzstadt Moskau verzogen. Die Zeitungen erwähnten immer häufiger den Patriotenkrieg gegen Napoleon, als wollten sie uns zu Guerillaaktionen gegen einen möglichen Feind im eigenen Land aufrufen.

Viele Menschen glaubten, wir seien längst geschlagen. Diese Niedergeschlagenheit machte sich sogar im *Scharlachroten Tango* breit. Die Negerkapelle spielte »Swing Low, Sweet Chariot« und »Nobody Knows The Trouble I See«, während knochige junge Mädchen mit geschminkten Gesichtern Balladen von Tod und erkaltender Liebe sangen.

Ich schrieb längere und optimistischere Briefe an meine Mutter, an Esmé und an Captain Brown. Das Leben in der Hauptstadt sei ein einziges Vergnügen, jeden Tag könne man den Zaren und seine Familie sehen, die Deutschen würden bald den Rückzug antreten, dieser Winter würde ihre Niederlage besiegeln. Wegen diverser Transportprobleme würde ich zu Weihnachten wohl nicht nach Hause kommen können. Sie sollten sich keine Sorgen machen, ich mache am Polytechnikum gute Fortschritte. Manchmal schrieb ich zwei Briefe am Tag. Ich hatte Heimweh nach den alltäglichen Unannehmlichkeiten Kiews. Die Antwortbriefe waren ebenso optimistisch. Meine Mutter schrieb, ihr ginge es immer besser. Mit Gottes Hilfe und sollte der Winter nicht zu kalt werden, wolle sie schon bald wieder an ihren Arbeitsplatz in der Wäscherei zurückkehren. Esmé teilte mir mit, sie hätte sich zur Ausbildung als Krankenschwester angemeldet. Sie würde in Kürze den Lebensmittelladen verlassen. Captain Browns mit englischen Worten durchsetzte Briefe verkündeten, daß »Johnny Turk« Fersengeld gäbe. Er kenne sich nur in der Taktik des Rückzugs aus. »Fritz« sei ohne seine Offiziere hilflos, und von denen lebte kaum noch einer. Britische Waffen würden die Hunnen schon aus ihren Löchern treiben. Das würde den Kampfgeist der »Frogs« beflügeln, die für den Krieg nicht viel übrig hatten, wie sie dauernd bewiesen. Er schickte mir Landkarten, auf denen militärische Positionen eingezeichnet waren. Er demonstrierte mir, wie wir an einer schmalen Front durch die deutschen »Reihen« brechen würden, wobei rumänische Einheiten den Feind zusätzlich in die Zange nehmen würden. Keine dieser Schlachten wurde je geschlagen. Der Grabenkrieg war wirklich tödlich langweilig. Viele Männer wurden getötet und verwundet. Es schien, als wollte der Sommer nicht mehr kommen. Fimbulwinter und Ragnarök waren wirklich angebrochen.

Auf dem Newski-Prospekt tauchten vereinzelt von edlen Pferden gezogene Kutschen auf. Als es schneite und die Flüsse zufroren und sich Eis auf den Straßen bildete, erschienen die ersten Troikas. Auf den Gehsteigen aber bewegte sich ein endloser Strom von Krüppeln. Ihnen fehlten Beine oder Arme, sie hatten bandagierte Köpfe und humpelten. Sie trugen Uniformen und blieben ab und zu stehen, als warteten sie auf jemanden, der ihnen helfen würde. Sie bildeten Schlangen an den Zeitungsbuden. Sie unterhielten sich murmelnd. Die *Petersburgskaja Vedomosti,* von der täglich eine Sonderausgabe für den Zaren auf Pergament gedruckt wurde, bezeichnete diese Wracks als »Helden« und zeigte Bilder von ihnen, auf den sie lachten und dem Betrachter zuwinkten: ein Symbol von Mut und Hoffnung. Die Wohlfahrtsorganisationen kamen wegen ihrer großen Zahl nicht mit ihnen zurecht. Tausende von Deserteuren mischten sich unter die Verwundeten. Einige wurden erwischt und erschossen.

Die Geschichten von Rasputin wurden immer bizarrer. Eines Nachmittags nahm Kolja mich in ein herrschaftliches Petrograder Haus mit, das an einem malerischeren Teil des Flusses lag. Verschiedene Angehörige der Familie Michischewski hatten sich zum Tee eingefunden. Weder ich noch der Graf waren willkommen. Das übermöblierte Haus enthielt eine verwirrende Mischung aus alten, wuchtigen Sofas und Tischen und den modernsten Möbeln aus Frankreich und England. Dort traf ich meine ersten Aristokraten »zu Hause«. Sie waren gediegen gekleidet, das Porzellan, aus dem sie tranken, war sehr fein, doch ihre Konversation war überhaupt nicht so brillant, wie ich es erwartet hatte.

Als die älteren Verwandten sich zurückgezogen hatten, erschienen zwei Mädchen und ein Junge, Cousins von Kolja, und diskutierten mit meinem Freund den neuesten Hofklatsch. Rasputins Einfluß auf sie Zarin hätte sich verstärkt. Als Folge verlöre der Zar, der in sie vernarrt sei, sein Interesse am Krieg. Nur seine Ehre und die Allianz mit Rumänien hielten ihn davon ab, mit den Deutschen Frieden zu schließen.

Ich schenkte der Unterhaltung wenig Aufmerksamkeit, sondern betrachtete die Einrichtung des Raumes mit seinen Nippessachen. Wo ich auch hinsah, sah ich nackte Nymphen oder Jünglinge in Porzellan oder Messing. Diese Ansammlung schlüpfriger Darstellungen und Anzüglichkeiten hätte eher in ein Freudenhaus gepaßt und galt mir nur als Beweis, wie dekadent die russische Aristokratie mittlerweile geworden war.

Etwas weniger Liberalismus, und wir hätten noch heute einen Zaren auf dem Thron.

Abgelenkt wurde ich von der Stimme eines hübschen jungen Mädchens mit allen Attributen einer echten »Natascha«, deren hellbraune Haare in vollen Locken auf ihre Schultern herabwallten. Bekleidet war sie mit einem gelben Seidenkostüm, das mit Zobel verbrämt war. »Anna Wirobouva meint, wir sollten Rasputins Beispiel folgen und Erlösung in der Ausschweifung suchen.«

Kolja amüsierte sich. »Also, Lolly, meinst du, ich wäre schon erlöst?«

»Oh, Kolja!« Sie nahm eine Zigarette, die von ihrem Bruder angezündet wurde, der die Uniform eines Leutnants in einer technischen Einheit trug.

»Sie meint, es sei eine wundervolle Erfahrung. Es hat ihren Geist frei gemacht.«

»Diese Phrase habe ich schon mal gehört. Ich kannte mal einen Attentäter, der meinte, ein Mord befreie ebenfalls seinen Geist. Hast du schon mal an einer von Rasputins Seancen teilgenommen?«

»An einer, ja, Mutter ließ mich nicht mehr hingehen.«

»Und wurdest du erlöst?«

»Lolly« druckste herum. »Natürlich nicht. Man sitzt in einem Salon an einem normalen Tisch und trinkt ordinären Tee. Aber er redet die ganze Zeit mit einem. Und dann seine Augen.«

»Wie riecht er denn?« wollte Kolja wissen. »Wie ich hörte, badet er nie.«

»Er riecht wie . . .« Lolly errötete.

»Ein verdreckter Bauer«, sagte der junge Mann. Die Mädchen lachten. »Das stimmt! Er stinkt! Er stinkt furchtbar! Nach Schweiß!«

»Unehrlicher Schweiß. Wie wertvoll der sein kann.« Kolja sah mich beifallheischend an, doch ich verstand den Witz nicht. Der junge Ingenieur jedoch lachte.

Lolly fuhr fort, »Er redet von Gott und der Welt, über unsere Seelen, unsere Körper, über Erfahrungen außerhalb unseres normalen Lebens – sogar ohne unsere Ehemänner . . .« Sie seufzte. »Er ist so überzeugend. Er kennt die einfachen Leute.«

»Er hat den Zarewitsch geheilt.« Dies kam von dem anderen Mädchen. Sie trug ein rotes Kleid.

»Der arme Junge stirbt immer noch«, sagte Kolja.

»Wenn man bei ihm ist«, berichtete Lolly weiter, »befreit er einen von allen Sorgen. Wir durften ihm Fragen stellen. Er war wie ein gütiger Vater. Dann ging er mit einer Dame – ich will ihren Namen nicht nennen – ins angrenzende Zimmer. Nach einer Weile kam er allein zurück. Die Dame benutzt eine andere Tür. Oder sie bleibt. Je nachdem, was er ihr sagt.«

Kolja runzelte die Stirn. »Findest du sein Benehmen nicht sonderbar?«

»Es ist etwas Spirituelles, Kolja. Er zeigt einem das Licht in der Finsternis. Das Göttliche Leuchten.«

»Hast du für ihn alles aufgegeben?«

»Alles. Er ist heilig, Kolja, Er *tut so,* als sei er ein Scharlatan. Er hat einen feinen Humor. Ich kenne Madame Blavatsky und die Theosophen. Dies hier ist wirklicher und stärker.«

»Er hypnotisiert die Leute«, warf der Leutnant ein. Sein Name war Alexei Leonowitsch Petrov, und er schien eifrig darauf bedacht zu sein, seinen älteren Cousin zu beeindrucken. Er ignorierte mich und verursachte mir ein unbehagliches Gefühl. »Was meinst du, Kolja? Anna Wirobouva sagt, sie gehorchten ihm aufs Wort. Ich glaube, er gibt ihnen Drogen. Hat es nicht sogar Selbstmorde in seiner Umgebung gegeben?« Er strich sich über den Schnurrbart und suchte ungeschickt nach seinem herausgefallenen Monokel.

Lolly ließ den Kopf sinken. »Anna Wirobouva behauptet es.«

»Sie bringen sich um als Beweis für ihren Gehorsam?« Alexei lachte. Sein Blick ruhte kurz auf mir, wanderte weiter.

»Das ist nicht der Grund. Es ist etwas Spirituelles«, meinte das Mädchen in Rot.

»Die Kanäle sind voll von jungen Frauen, die in diesem Moment den Geist von Rasputins Spiritualität erkennen. Ist das keine Sünde? Landen sie dafür nicht in der Hölle?« Alexei Leonowitsch machte sich lustig über sie. Ich fand seinen überheblichen Ton unangenehm. Er war nur ein oder zwei Jahre älter als ich, schien mich aber als unterlegen und minderwertig anzusehen.

Kolja unterbrach ihn. »Die Hölle ist auf die Erde gekommen, Alexei. Hast du das noch nicht gehört?«

»Du bist ein unerträglicher Zyniker, Kolja.« Das Monokel wurde endlich in das richtige Auge gedreht.

»Ich bin Realist. Warum sollen die Menschen an den herkömmlichen Gott glauben? Es gibt keinen Beweis für seine Existenz. Durchaus möglich, daß Rasputin die richtige Idee hatte.«

»Du bist ein Scheusal, Kolja«, klagte Lolly.

»Ich hör' sofort auf, wenn du willst. Erst gestern unterhielt ich mich mit einem Soldaten, einem jungen Mann, der auf einer Kadettenschule war und den Rang eines Leutnants hatte. So wie du, Alexei. Er hatte nur noch einen Arm, ein Auge, ein Bein, und ein Stück seines rechten Ohrs fehlte . . .«

»Kolja!«

»Ich befinde mich in der Flugausbildung«, sagte der Leutnant, »daher trifft das auf mich nicht zu.«

»Ich hör' sofort auf«, bot Kolja wieder an.

»Red weiter.« Lollys Ton war eine Mischung aus Mitgefühl und Sensationslust, die für die russische Frau heute typisch ist.

»Er war froh, daß er alles hinter sich hatte, sonst wäre er wahrscheinlich abgehauen, wenn man ihn wieder an die Front geschickt hätte.«

»Dann war es kein Mann von Ehre«, entschied Alexei Leonowitsch.

»Wahrscheinlich nicht mehr.« Kolja sah seinen Cousin vielsagend an. »Nur ein verwundeter Soldat. Er meinte, der Krieg sei schrecklicher als der schlimmste Alptraum. Furchtbare Dinge geschähen, aber man könne weder sich selbst noch anderen helfen.«

Wieder ergriff Alexei das Wort. »So ist der Luftkrieg aber nicht. Dort gibt es noch Kavaliersgeist – und Aktion.«

Kolja fuhr geduldig fort: »Es ist nicht so wie bei der alten Kavallerie früher, wie bei der Schlacht von Borodino, wo wenigstens Entscheidungen gefällt werden. Dieser Krieg ist seltsam. Erst hat man Angst davor, dann wird man regelrecht hypnotisiert, und am Ende wird man seiner so überdrüssig, daß der engste Kamerad vor den Augen wegsterben kann und man einfach nicht wahrhaben will, daß dies wirklich geschieht.«

»Menschen, die von Löwen angefallen wurden, sollen angeblich eine angenehme Euphorie empfinden«, sagte Lolly.

»Aber was hat das alles mit Grigorij Jefimowitsch Rasputin zu tun?« fragte Alexei.

»Eine ganze Menge, meinst du nicht?« Kolja reichte seine leere Teetasse einem Diener, der zum Abräumen des Tisches erschienen war. Er stand auf. »Paß nur auf, daß der alte Löwe dich nicht anfällt«, warnte er Lolly. »Ich stimme mit deiner Mutter in nichts überein. Doch darin bin ich ihrer Meinung. Der *starets* nutzt unser Leid aus, das wir nicht eingestehen können und wollen, bis der Krieg zuende ist.«

Keiner von uns verstand, was mein Freund meinte. Er war in einer seltsam nachdenklichen Stimmung, als wir das Haus verließen. Ich ließ ihn in Ruhe. Wahrscheinlich waren die hervorragendsten Vertreter der Familie nicht zugegen gewesen. Jedoch fühlte ich mich von »Natascha« und von dem, was sie gesagt hatte, irgendwie erotisch gereizt, und ich erkannte, wie sehr ich die Gesellschaft naiver, unverdorbener Mädchen vermißte. Ich entschied, daß es an der Zeit war, Marya Warworowna einen Besuch abzustatten. Ich suchte das Gebäude am Krjukoff-Kanal auf. Auf dem Kanal waren die Lastkähne durch Schlitten ersetzt worden, die von ausgemergelten Maultieren gezogen wurden. Auf den Treidelpfaden trieben sich derart viele Polizisten herum, daß ich annahm, die Verhaftung eines bedeutenden Verbrechers stünde unmittelbar bevor. Die Concierge, eine alte Polin, beleidigte mich mit dem Schutzzeichen vor dem bösen Blick: »Kein Zutritt für Juden!« kreischte sie. Als ich ihr erklärte, ich sei Ukrainer und von kosakischer Herkunft, schimpfte sie über die Ukrainer und darüber, was die Kosaken ihrer Heimat angetan hätten. Alles hätte man ihr abgenommen. Chopin sei direkt mit ihr verwandt. Diese Litanei kannte ich zur Genüge. Schließlich verlor ich die Geduld. »Ich wollte nur wissen, Panje, ob Marja Warworowna Woritinskij zu Hause ist.« Ich hatte das Namensschild des Mädchens bereits an der Haustür entdeckt.

»Natürlich nicht. Sie studiert. Vor sechs kommt sie nicht zurück. Wer bist du?«

Ich verbeugte mich. »Ich bin Dimitri Mitrofanowitsch Krijschev. Zur Zeit wohne ich bei meinem Freund Graf Nikolai Feodorowitsch Petrov«, ich nannte Koljas Adresse, »und bin dort zu erreichen.«

Die Frau beruhigte sich. Sie entschuldigte sich. Sie versprach, Marja Warworowna meine Nachricht zu übermitteln. Ich könne ja später wiederkommen. Doch das war mir an diesem Tag nicht möglich, da ich mit Mademoiselle Cornelius und einigen ihrer Freunde zum Abendessen verabredet war. Ich versprach, am nächsten Abend noch einmal vorzusprechen.

Wir aßen in einem Restaurant namens *Agnia,* das von einer

spitzgesichtigen Witwe geleitet wurde, die über nichts und niemanden lachen konnte. Es wimmelte dort von bourgeoisen Revolutionären, die den Untergang ihrer eigenen Klasse vorbereiteten. Ich hatte das Etablissement, das nicht weit von meiner Behausung lag, nur ungern aufgesucht. Es war durchaus damit zu rechnen, daß die Polizei dort eine Razzia durchführte. Die Speisen fand ich ungenießbar. Die Gesellschaft (Lunarcharsky und seine Freunde) war langweilig und ungehobelt, und Mrs. Cornelius bemühte sich verzweifelt um Konversation, mit der ich nicht dienen konnte. Ich interessierte mich nur für die Naturwissenschaften. Von Koljas Freunden wurde ich stets nach meiner Meinung zu wissenschaftlichen Problemen gefragt. Und wenn es nichts zu reden gab, schwieg ich eben. Natürlich war Mrs. Cornelius ausnehmend hübsch, und ich genoß ihre Gesellschaft, jedoch verbot mir nur mein Taktgefühl, meinem Ärger über den Unsinn, den ihre Begleiter von sich gaben, Luft zu machen. Ich verabschiedete mich schon früh. Ich gab meiner Hoffnung Ausdruck, sie wiederzusehen. Ich glaubte, sie konnte mich verstehen und fühlte sich ein wenig schuldig. Als ich aufbrach, küßte sie mich auf die Wange, hüllte mich in eine Wolke Rosenduft und flüsterte« »Ta, ta, Iwan. Tu nichts, was ich nicht tun würde.«

Innerlich aufgewühlt wanderte ich durch die elenden Straßen unserer belagerten Hauptstadt. Auf der Samsonevskajabrücke beobachtete ich Männer, die Löcher ins Eis hackten, das noch zu dünn war, um es als Fahrdamm benutzen zu können. Sie sahen aus wie Landstreicher. Das einzige, was sie von solchen Individuen unterschied, waren ihre Uniformen. Warum sie das Eis mit Holzbalken und Geländerstangen bearbeiteten, weiß ich bis heute nicht genau. Vielleicht wollten sie Fische angeln.

Am nächsten Tag in der Schule hatte ich eine Auseinandersetzung mit Professor Merkulov. Er hatte eine schlimmer Erkältung, und seine Nase leuchtete hellrot. Seine Augen funkelten unter einer lächerlichen Wollmütze hervor, die bis zum oberen Brillenrand heruntergezogen war. Er fragte mich spöttisch, ob ich überhaupt wüßte, was ein Dynamo sei. Ich entgegenete ruhig, das wisse ich.

Ich nannte ihm dann die übliche Definition. Er schien enttäuscht zu sein. Er fragte mich, ob ich noch mehr wisse. Ich beschrieb daraufhin die verschiedenen Dynamotypen und nannte die Hersteller. Dann berichtete ich von Versuchen mit neu entwickelten Modellen. Der Professor geriet richtig in Wut. Er schrie mich an: »Das reicht, Krijschev!«

»Aber es gibt noch viel mehr darüber zu sagen, Euer Ehren.«

»Ich hab' eine einfache Frage gestellt. Ich will einfache Antworten.«

»Ich sollte doch weiter ausholen.«

»Setzen, Krijschev.«

»Soll ich einen Bericht über die Entwicklung des Dynamos anfertigen?« fragte ich.

»Ich will, daß Sie sich setzen. Sie sind eine Landplage, Krijschev. Manchmal kommen Sie mir vor wie ein Idiot. Ja, Sie sind verrückt.«

Genau so etwas wollten meine neidischen Schulkameraden hören. Sein Spott brachte sie zum Lachen. Ich nahm mir vor, es ihm heimzuzahlen. Er hatte seinen Posten nur wegen des Krieges. Doch ich würde vom Institut fliegen, wenn ich den Mund aufmachte, und das konnte ich mir nicht leisten. Es wäre für Onkel Semja wie ein Schlag ins Gesicht, und meine Mutter würde eine solche Schande nicht überleben. Daher setzte ich mich wieder.

Irgendwann würde ich der Welt schon beweisen, was für ein Kretin dieser Merkulov war. Die mündlichen Prüfungen am Jahresende, wenn der Lehrkörper des gesamten Instituts versammelt wäre, würden dazu eine hervorragende Möglichkeit bieten. Ja, dann würde ich mich revanchieren.

Ich überhörte das Gezischel und den Spott meiner Kommilitonen, als ich die Pferdebahn bestieg, um nach Hause zu fahren. Ich las während der Fahrt einen Artikel über Freycinets Arbeit mit armiertem Beton (er hatte die berühmten Luftschiffhangars in Orly gebaut). Ich fand auch einen Hinweis auf Einstein, den ich damals noch nicht so richtig begreifen konnte. Nun weiß ich, daß wir damals in der gleichen Richtung arbeiteten. Er formulierte seine Allgemeine Relativitätstheorie, während ich meine Professoren mit meinen eigenen ontologischen Ideen zu verblüffen gedachte. Solche Zufälle sind in der Welt der Wissenschaft durchaus an der Tagesordnung.

Später an jenem Abend kehrte ich noch einmal zu dem Haus am Krjukoff-Kanal zurück. Diesmal wurde ich von der Concierge freundlicher begrüßt, und sie teilte mir mit, Mademoiselle Worotinskij erwarte mich. Wenn ich den Hof überquerte und in den ersten Stock hinaufstiege, würde die junge Dame mich dort höchstpersönlich begrüßen.

Ich überquerte den Hof, wo ich von einem knochigen Dalmatiner heiser angebellt wurde, stieg die Treppe hinauf und fand die richtige Etage. An der Tür hatten Marja Worotinskij und ihre Freundin Elena Wlasenkowa ihre Namenschilder angebracht. Ich drehte an einem Knopf und ließ hinter der Tür eine Klingel ertönen. Ich wartete. Dann öffnete mir ein sehr kleines, zierliches Mädchen mit großen blauen Augen und braunem lockigem Haar die Tür. Sie trug ein schlichtes braunes Samtkostüm. Lächelnd bedeutete sie mir, einzustreten.

»Sie sind sicher M'sieu Krijschev, nicht wahr? Ich bin Lena Wlasenkowa und sehr erfreut, Sie kennenzulernen.«

Ich küßte ihr die Hand. »Ich bin entzückt, Mademoiselle.« Das sagte ich auf Französisch.

Sie strahlte mich begeistert an. »Sie sind gar kein Russe!«

»Ich bin durch und durch Russe.«

»Ihr Französisch ist einfach perfekt.«

»Ich hab' eine Begabung für Sprachen.« Ich befreite mich von Hut und Mantel und reichte ihr beides. Wir betraten einen hellen, geräumigen Salon, der von einem wunderschönen holländischen Kachelofen beheizt wurde. Jede Kachel war handgemalt und zeigte eine Szene aus dem holländischen Landleben. An den Wänden des Salons hingen Bilder mit Darstellungen aus der russischen Geschichte. Der Ort war ein sicherer Hafen. Ich verspürte auf Anhieb den Drang, für immer dort zu bleiben. Dann erschien aus dem benachbarten Zimmer, bekleidet mit einem dunkelgrünen Kleid mit französischer Spitze, meine mandeläugige Bekannte aus dem Kiew-Petrograd-Express. »Mein lieber Freund! Warum haben Sie sich so lange Zeit gelassen, uns zu besuchen?«

Sie ergriff meine Hand und drückte sie. Ich vermute, sie tat das nur, um Lena Andrejowna zu beeindrucken, deren Gesicht immer noch dasselbe strahlende Lächeln zeigte.

»Ich hatte Gründe, mich zurückzuhalten. Es war mir unmöglich . . .«

»Natürlich. Dafür haben wir Verständnis.«

Sie und Lena Andrejowna schienen über mein »geheimes Leben« mehr zu wissen als ich. Ich überlegte, ob ich im Zug etwas gesagt hatte, das ich nunmehr vergessen hatte. Ich wurde vorsichtig.

»Der Tag ist nicht mehr fern«, murmelte Lena Adrejowna, als sie sich auf der Couch niederließ und ihren Rock glattstrich.

»Nein, wirklich nicht«, sagte ich.

»Sie bekommen doch Tee, M'sieu Krijschev?« fragte Marja Worotinskij. »Leider können wir Ihnen nichts anderes anbieten.«

»Tee ist wunderbar.«

»Er ist schon fertig«, sagte Lena Andrejowna. »Ich hole die Gläser.« Sie sprang auf und erschien wieder mit einem Tablett, auf dem drei Gläser in Korbhaltern standen. Der große Kupfersamowar dampfte auf dem Ofen.

»Sie sehen müde aus, Tovarisch«, stellte Marja fest. »Haben Sie so hart gearbeitet?« Ich saß auf der Couch und trank von dem hervorragenden Tee. Ich nickte. »Ich hatte sehr viel zu tun.«

»Sie können auf unsere Hilfe zählen«, betonte Marja. »Wir sind Ihnen stets zu Diensten.«

Ich war beeindruckt von der Großzügigkeit ihres Angebotes, von der Aufrichtigkeit, mit der sie es ausgeprochen hatte.

»Ich bin Ihnen dafür sehr verbunden.« Ich überlegte, ob sie ein gemeinsames Schlafzimmer hatten. Durchaus wahrscheinlich. Ich fand sie beide attraktiv, nicht so sehr wegen ihres Aussehens, sondern auf Grund der jugendlichen Begeisterung und der Unschuld, die mir gefehlt hatten.

»Sie können uns ruhig befehlen, still zu sein«, meinte Lena ernst, »wenn wir etwas Falsches sagen. Wir stehen hinter dem, was Sie tun.«

»Vielen Dank für Ihre Diskretion.«

»Sind Sie im Ausland gewesen?« fragte Marja. Sie hatte sich mit dem Teeglas in der Hand zu meinen Füßen auf dem Teppich niedergelassen. »Oder waren Sie die ganze Zeit in Rußland?«

»In Rußland«, erwiderte ich, »vorwiegend.«

»Wenn es nötig sein sollte, können Sie gerne hier bleiben«, sagte Lena. »Vielleicht wäre das nützlich für Sie.«

»Zuviel der Güte.« Im Grunde war es mir gleichgültig, was sie annahmen, wie meine Arbeit aussah. Sie boten mir alles an, was ich zu finden gehofft hatte. Wahrscheinlich hielten sie mich für einen Sonderkurier des Militärs, der geheime Konstruktionspläne von neuen Waffen beförderte, oder sogar für einen Gesandten des Zaren persönlich. Mir war es gleich. Ich konnte herkommen, wann immer ich dazu Lust hatte. Vielleicht würde ich schon in Kürze ganze Nächte hier verbringen. Ich überlegte bereits, welchem Mädchen ich die meiste Aufmersamkeit schenken würde. Beide hatten ihre Vorzüge. Am höflichsten wäre es sicherlich, wenn ich mich vorwiegend um meine ursprüngliche Bekannte kümmerte. Das wäre für mich sicherer, wenn Lena mir dann erlag. Sie wußte von mir noch weniger als ihre Freundin. Zwei oder drei Stunden aalte ich mich in ihrer Anteilnahme, ihrer Aufmerksamkeit. Dann verabschiedete ich mich und begab mich zu einer Verabredung mit Kolja in *Harlekins Zuflucht*. Dabei wandelte ich wie auf Wolken. In dieser Nacht würde ich mir das beste Mädchen im Hause aussuchen und mich so gründlich austoben, daß sie am nächsten Morgen nicht einen Muskel mehr würde rühren können. Ich kam mir vor wie der Zar persönlich, als ich die Treppe hinunterstieg und von meinen Freunden begrüßt wurde.

Ich trank schlechten Absinth, fand aber eine sehr zufriedenstellende Hure. Mit einem frischen Vorrat Kokain in meiner Samttasche kehrte ich mit Hilfe von Madame Zinowieffs Schlüssel, den ich ihr abgeluchst hatte, schon bald in meine Behausung zurück. Ich fand vier Briefe mit verschiedenen Stempeldaten vor. Da ich kaum noch Öl in der Lampe hatte, beschloß ich, die Briefe erst am nächsten Morgen zu lesen. Ich schlief besser als sonst und wachte schon früh auf. Ich öffnete die Briefe und breitete sie vor mir auf der Tagesdecke aus. Die ersten beiden kamen von Esmé, der dritte war von meiner Mutter. Der vierte war zu meiner Verblüffung von Onkel Semja. Esmé arbeitete in einem Krankenhaus und versorgte die Verwundeten, darunter auch deutsche Gefangene, die aus Darniza jenseits des Dnjepr nicht weit von Kiew gebracht worden waren. Sie schrieb, daß die Deutschen allesamt gleich verängstigt wären und unter Schock stünden. Die Deutschen seien bedauernswerte Sklaven, die von ihren gnadenlosen Herren in den Krieg getrieben worden waren. Unsere eigenen russischen Soldaten, so teilte sie mir mit, seien »stets gut aufgelegt und vollen Mutes, eben durch und durch echte Russen.« Im Brief meiner Mutter stand, daß ihre Gesundheit gute Fortschritte mache. Ich brauche mir keine Sorgen zu machen; sie habe zwar eine kleine Erkältung, doch sei das eher eine Folge der winterlichen Witterung. Der Fluß sei zugefroren, schrieb sie. Sie hoffe, daß die Lebensmittelversorgung in Petrograd gesichert sei. Seit

Brusilows Erfolgen gegen die Deutschen wäre ja mit einer Besserung zu rechnen. Auf jeden Fall solle ich reichlich essen. Der Brief von Onkel Semja war rätselhaft. In Odessa seien alle wohlauf. Der Krieg erschwere die Dinge, dafür habe die »Rumänische Entscheidung« (die Seiten zu wechseln) die Moral allgemein aufgebessert. Es habe kleinere Pogrome gegeben, veranstaltet von kleinen privaten Gruppen, jedoch seien sie nicht mit denen zehn Jahre vorher zu vergleichen. Zum Glück habe sich der Haß der Leute gegen alle Menschen deutscher Herkunft gewandt. Es sei schon verblüffend, fügte er mit seinem trockenen Humor an, wie viele Russen mehr es jetzt in Odessa gäbe als vor dem Krieg. Dr. Cornelius habe das Land verlassen können. Es gäbe immer noch gewisse Einschränkungen, und es sei möglich, daß ich für ihn ins Ausland reisen müsse. Er würde die notwendigen Papiere besorgen. Er wisse, er könne mit mir rechnen.

Ich antwortete umgehend. Ich habe ihm alles zu verdanken. Ich mache in der Schule gute Fortschritte. Bei den Semesterabschlußprüfungen würde ich jeden verblüffen, so wie Puschkin seine Lehrer am Lyzeum von Zarskoje Selo beeindruckt haben soll. Er könne schon in Bälde mit meinem Porträt in der Ehrengalerie der Schule rechnen! Natürlich stünde ich ihm jederzeit zur Verfügung und erwarte nähere Angaben zu dem Dienst, den ich ihm erweisen solle. Mr. Green habe mir bereits angedeutet, daß ich mit etwas Derartigem rechnen könne. Wäre es nicht möglich, mir durch Mr. Green mitteilen zu lassen, wohin die Reise gehen solle? Bis dahin solle er Tante Genia, Wanda, Shura und meinen anderen Freunden und Verwandten in Odessa die herzlichsten Grüße ausrichten. Vor allem entschuldige ich mich bei Shura. Ich hätte mich wie ein Narr benommen. Das würde Shura zeigen, so hoffte ich, daß ich ihm die Hand zur Versöhnung reichen wollte.

Ich schrieb einen kurzen Brief an Esmé. Die Dinge entwickelten sich in Petrograd zur Zufriedenheit. Wir alle müßten Opfer bringen, aber schon bald sollten wir die Barbaren für immer in ihre Höhlen zurückgetrieben haben. Unterdessen könne sie den Gefangenen helfen, indem sie ihnen die russische Sprache beibrachte. Wahrscheinlich wäre dies die Sprache, die sie nach dem Krieg sowieso beherrschen müßten! Dann schrieb ich an meine Mutter. Zu meiner Schande muß ich gestehen, daß ich auf ihre Erkältung nicht näher einging. Ich schrieb, sie würde ihren Schnupfen sicher bald überstanden haben, zumal eine Krankenschwester unter ihrem Dach wohnte. Ich sollte an dieser Stelle erwähnen, daß meine Mutter sich eigentlich bester Gesundheit erfreute. Sie beklagte sich nur, wenn sie bemitleidet werden wollte. Ich ließ ihr lieber mein Verständnis und meinen Respekt zuteil werden. Das hielt ich für würdiger. Sei begriff schon, daß ich als Intellektueller ich nicht auf jede spontane Gefühlsäußerung bei einfachen Leuten eingehen konnte.

Wenn ich ins Ausland reisen sollte, mußte ich meine Studien intensivieren. Ich schränkte meine Besuche im *Tango* und im *Harlekin* ein. Ich ging auch nicht mehr mit Kolja ins Theater oder ins Kino. Auch die Huren suchte ich weitaus seltener auf. Stattdessen suchte ich öfter die Wohnung auf, die ich insgeheim »Jungfrauennest« nannte. Dort durfte ich lesen, schreiben und Tage und Nächte verbringen, dort erhielt ich reichliche Mahlzeiten und Tee und Kaffee soviel ich trinken konnte. Marjas Vater war ein wohlhabender Getränkehändler in Jalta gewesen, ehe die Familia nach Moldawia umzog. Lenas Vater, so erzählte sie mit einem Nasenrümpfen, war »Fabrikbesitzer« in Minsk. Mein Interesse an Lena nahm derart zu, daß ich drauf und dran war, Marja um ihre Hand zu bitten. Jedoch näherte sich keine der Jungfrauen mir in eindeutiger Absicht. Obwohl sie schnurrend wie verschmuste Katzen um mich herumstrichen, zeigte ich kein weiteres Interesse an ihnen. Sie hielt ich mir als Symbole der Sicherheit und Ruhe. Sexuelle Gunstbezeugungen konnten warten, bis ich dazu bereit war.

Nach und nach fing ich an zu begreifen, daß sie mich für einen dummen jungen Bakunin hielten, der den Sturz des Zaren plante (worauf sie manchmal verstohlen mit ihren Teegläsern anstießen), und in einer Hinsicht kam mir dieses Mißverständnis durchaus gelegen. Ich hatte daraufhin noch weniger Respekt vor ihnen. Ich empfand nichts Schlimmes dabei, sie zu benützen. Bei meinem Wissen fiel es mir leicht, den Namen des einen oder anderen Revolutionärs fallen zu lassen. Das bedeutet ihnen weitaus mehr als mir. Für sie waren einige von denen, die mich in den Cafés zu Tode gelangweilt hatten, Idole. Sie waren zwei typische russische Mädchen der Mittelschicht, die nur allzu bereit waren, sich völlig aufzugeben und jemandem in die Arme zu werfen, der nicht nur ein lästiger Unruhestifter war, sondern sogar ihren Ruin beabsichtigte. Da sollten sie sich doch lieber an mich halten, der ich wenigstens ein echtes Anliegen hatte! Bald wimmelte es in der

Wohnung von *Iskras* und *Golos Trudas* und aufrührerischen Pamphleten. Sie sammelten sie, um mich damit zu beeindrucken. Am Ende mußte ich ihnen raten, daß es besser für sie wäre, ihre anarchistische Literatur woanders zu deponieren. Sie entschuldigten sich wortreich. Und bald verschwanden die mies gedruckten und schlampig formulierten Manifeste.

Ich setzte meine Arbeit fort. Ich besuchte Kolja, allerdings weit öfter bei sich zu Hause (wo immer noch Hippolyte residierte) als an unseren alten Schauplätzen. Der Krieg machte ihm zunehmend Sorge. Er behauptete, wir wären so gut wie erledigt. Ich glaube, der Petrograder Winter war für diese melancholische Phase verantwortlich. Er sagte, der Zar sei dem Untergang geweiht. Die Stimmung gegen Rasputin befand sich auf einem Höhepunkt. Die Art, wie der Zar den Krieg führte, war ebenso dilettantisch wie seine Art, das Land zu regieren. Viele Offiziere, sogar einige von der »alten Garde«, meinten, Nikolaus sollte ersetzt werden. »Die Revolution«, sagte Kolja, »beginnt diesmal nicht mit einem Aufstand auf der Straße, sondern sie kommt von innen her.«

Ich wandte ein, die Zeitungen wären voll von Meldungen über Erfolge gegen die Deutschen und die Türken. Brusilow sei ein großer Held. Schon bald hätten wir »beide Hauptstädte des Römischen Reiches« erobert. Brusilow sei ein neuer Kutusow.

Kolja lächelte mich an. Wie immer trug er schwarze Kleidung. Sein Gesicht erschien noch blasser als sonst. Seine Haare waren gegen das weiße Licht vom Fenster nahezu unsichtbar. »Was wir tatsächlich brauchen«, meinte er, »ist ein neuer Napoleon, französisch oder russisch. Wir haben keine Generäle mit Genie. Sie begreifen nicht, worum es geht. Sie haben keine Präzedenzfälle, und das, Dimka, ist ihr Verhängnis. Sie sind daran gewöhnt, sich an Präzedenzfällen zu orientieren.«

»Du meinst Tradition?«

»Ich meine Präzedenzfälle. Mit deren Hilfe kann man der Welt eine scheinbare Ordnung aufzwingen. Man braucht dazu keine persönlichen Entscheidungen zu treffen. Man sucht sich die Entscheigung, die der jeweiligen Situation angemessen ist.«

»Du hast zuviel Kropotkin gelesen, Kolja.«

»Sogar Kropotkin beruft sich auf die ›Geschichte‹. Die Geschichte wird uns alle vernichten, Dimka. Nicht mehr lang, und es gibt überhaupt keine Geschichte mehr. Analysen hätten uns vielleicht retten können. Die Grundlage aller modernen Wissenschaft, nicht wahr? Analysen, Dimka, keine Luftschlösser, Projektionen. Wenn du aufgeregt bist, dann neigst auch du zu Projektionen . . .«

»Wie bitte! Ich bin ein nüchterner Wissenschaftler.« Vermutlich scherzte er nur.

»Marx, Kropotkin, Engels, Proudhon, Tolstoi – sie alle stützen sich auf Präzedenzfälle und argumentieren so total unwissenschaftlich. Kropotkin ist vielleicht noch der wissenschaftlichste von allen. Doch die jungen Radikalen behandeln ihn schon jetzt wie einen Propheten aus dem Alten Testament. Sie zitieren seine Worte anstatt seine Methoden zu übernehmen. Ist das alles? Ersatz für vergangene Orthodoxien? Soll die Sprache der Wissenschaft die der Religion ersetzen und als bedeutungslose Litanei die herrschenden Autoritäten unterstützen?«

»Solche engstirnigen Wissenschaftler gibt es«, gab ich zu. »Aber es gibt auch andere, die sie angreifen, die so wie ich dauernd neue Ideen entwickeln und neue Analysen vornehmen.«

»Und sie werden ernst genommen?«

»Über kurz oder lang. Darauf setze ich mein Leben.«

»Über kurz oder lang? Sobald ihre Worte der Litanei einverleibt wurden, meinst du.«

»Die Wissenschaft ist weniger anfällig für Dekadenz. Sie gewinnt ihren Einfluß aus der Veränderung. Aber ist die Welt eine bessere, in der nichts als wertvoll angesehen wird, das älter als ein oder zwei Tage ist?«

»Ich kann mir nichts Langweiligeres vorstellen.«

Doch ich sollte eine solche Welt kennenlernen, und zwar während der sogenannten »Swinging Sixties« in der Portobello Road, als die Neuerungen der Wissenschaft wie eine neue Mode in den Klatschzeitungen behandelt und dann ebenso schnell fallengelassen wurden. In Rußland haben die Menschen wenigstens noch Respekt vor der Vergangenheit. Die Wissenschaft als solche kann die Leiden der Welt sicherlich nicht heilen. Konnte Aristoteles Alexander den Großen davon abhalten, Persien zu verwüsten? Hat Voltaire das Schreckensregiment Katharinas der Großen abwenden können? Ich selbst habe viele positive Dinge während meines Lebens geleistet, doch vieles wurde verzerrt oder mißbraucht oder bestenfalls fehlinterpretiert. Ähnlich erging es einem anderen großen russischen Denker, Georgi Iwanowitsch

Gurdjieff. Er war bereits eine Berühmtheit, als ich ihn in Petrograd im Kreis seines »Clans« kennenlernte. Er war ein leidenschaftlicher Gegner des Bolschewismus. Er kämpfe mit allem, was ihm zur Verfügung stand, gegen »Demokratie«, »Republikanismus« und »Sozialismus«. Nach seiner Überzeugung gab Rasputin bessere Ratschläge als viele Minister des Zaren. Rasputin begriff zumindest, daß es noch höhere Welten gab als jene, die so viele wertvolle Dinge zerstörte. Eines Abends ging ich in ein Haus in der Triotskajastraße, in der Nähe des Newski-Prospektes. Kolja wollte mich mit einem der leidenschaftlichsten Jünger Gurdjieffs bekannt machen, mit dem Journalisten Ouspenski, der damals noch in der Armee diente. Gurdjieff beschäftigte sich natürlich mehr mit der Welt der Seele als mit der Welt materieller Realität, doch für eine Weile war ich von ihm sehr beeindruckt, ebenso wie einer Reihe anderer Intellektueller. Später kehrte ich wieder zum orthodoxen Glauben zurück, der weitestgehend die selben Inhalte anbietet wie er – und das, wenn ich so sagen darf, zu weitaus niedrigerem Preis. Schon damals kostete eine Vorlesungsreihe bei Gurdjieff an die tausend Rubel.

In den Jahren zwischen den Kriegen beeinflußte Gurdjieffs Philosophie viele intelligente Leute, die darin einen Ersatz für die derzeitigen politischen Strömungen sahen. Auch bedeutende Politiker wurden von seinen Ideen angezogen. Die Welt sähe heute anders aus, hätten, sagen wir, Hitler oder Göring von diesen Lehren etwas angenommen. Gurdjieff hätte in Petrograd bleiben sollen, anstatt 1917 nach Tiflis zu gehen. Möglicherweise hätte er den Lauf der russischen Geschichte verändert. Er war ein würdiger Gegner des Anarchismus und des Sozialismus. Er konnte bolschewiken die eigenen Argumente im Munde herumdrehen und sie gegen sie einsetzen.

In jenen Monaten vor der Abdankung des Zaren wurden die Straßen immer schlechter. Der Schmutz auf dem Pflaster nahm stetig zu. Peter war ein Ort des Todes und des Verfalls. Die Kriegsberichte meldeten große Erfolge, bis Anfang Dezember, kurz vor meiner Semesterabschlußprüfung, die Eroberung Bukarests verkündet wurde. Rumänien hatte kapituliert. Wir hatten praktische über Nacht einen Verbündeten verloren. Noch mehr Verwundete strömten in die Stadt. Gerüchte besagten, daß Frankreich und England sich mit Deutschland gegen Rußland verbünden wollten. Nicht einmal ich, obwohl ich voll und ganz mit meiner Arbeit beschäftigt war, konnte ignorieren, daß wir uns in ernster Gefahr befanden.

Dann fiel mir ein, daß die Prüfer sich in derselben Stimmung befinden mußten. Ich könnte also während der Prüfung einige Ideen entwickeln, die helfen konnten, den Krieg zu gewinnen. Es wäre überdies die einmalige Gelegenheit, mein Wissen zu demonstrieren und mir die besten Beurteilungen zu sichern.

Es war kein hintersinniger Plan (obgleich ich durchaus Motive hatte, Professor Merkulov, die anderen Dozenten und meine Mitstudenten zu verblüffen), doch ich wußte, daß ich mit dieser Taktik Aussichten auf einen Regierungsjob hätte.

Ich testete die Wirkung meines Vortrags bei den beiden Mädchen. Sie waren beeindruckt, obwohl sie das meiste wahrscheinlich gar nicht begriffen. Kolja meinte, ich sei geradezu »brillant« und reagierte mit Begeisterung, als ich meine wissenschaftlichen Theorien entwickelte. Ich schrieb Briefe nach Hause, in denen ich gute Neuigkeiten ankündigte. Ich schrieb auch an Onkel Semja. Er bekäme einen Neffen, auf den er stolz sein könne. Für meine Wirtin und ihre Töchter wurde ich »unerträglich«, weil mein Selbstvertrauen so unerschütterlich war. Ich glaube, ihnen war der schüchterne Dimitri Mitrofanowitsch während seines ersten Jahres in St. Petersburg weitaus sympathischer. Je näher der Prüfungstag heranrückte, desto aufgeregter wurde ich. Die Fenster der Pferdebahn waren mittlerweile innen mit einer dicken Eisschicht bedeckt. Lange Eiszapfen hingen über mir an der Decke, doch ich beachtete sie nicht. Vor meinem geistigen Auge sah ich mich schon bei meinem Vortrag, dem die verblüfften Professoren und Studenten in atemlosem Staunen lauschten.

An den ersten Tagen mußte man einfache Fragen von verschiedenen Professoren beantworten. Geduldig unterzog ich mich den Prüfungen und ließ gelegentlich Hinweise einfließen, daß mein Wissen doch noch weiter reichte, als die Fragen erforderlich machten. Zur Halbzeit etwa wurden meine Bemerkungen deutlicher. Ich nahm Bezug auf bestimmte moderne Erfindungen, spezielle Materialien und Hersteller, aktuelle Forschungsergebnisse und komplexere Theorien. Am letzten Tag, als ich vor der Klasse einen Vortrag über ein von mir gewähltes Thema halten sollte, beschloß ich, alle Zurückhaltung abzustreifen. Ich hatte gelernt, mir Kokain in flüssiger Form intravenös zu injizieren. Bevor ich die Straßenbahn bestieg, verpaßte ich mir einen kräftigen Schuß. Als ich dann im Polytechnikum eintraf, konnten mir weder die Kälte noch die mißgünstigen Blicke meiner Mitstudenten etwas anhaben. Ich war auf alles vorbereitet.

Ungeduldig wartete ich (sogar von einigen Prüfern wurde dies bemerkt), während vier andere Prüflinge ihre kläglichen, stockenden Vorträge über irgendwelche nebensächlichen technologischen Aspekte herunterstotterten. Dann wurde als letzter mein Name aufgerufen, und ich spazierte auf das Podium, wo an einem geschwungenen Tisch der gesamte Lehrkörper und die Verwaltung des Polytechnikums saßen. Über ihren Köpfen hing sogar das große Porträt eines wohlwollenden Zaren Nikolaus, vor mir saßen die versammelten Studenten. Einige kicherten und machten spöttische Bemerkungen über mich, doch diese konnte ich mit einigen tadelnden Blicken zum Schweigen bringen.

Professor Merkulovs sarkastische Stimme erklang vom Tisch. »Nun, Kryscheff, worüber werden Sie uns etwas erzählen – vorausgesetzt, Sie haben überhaupt etwas gelernt?«

Ich wandte mich ihm zu und lachte ihm ins Gesicht, nicht spöttisch oder überheblich, sondern wie ein gleichrangiger Vertrauter. »Ich werde über einen ontologischen Ansatz zur Lösung von Problemen in Wissenschaft und Technik reden«, erklärte ich den Prüfern, »mit einer eingehenderen Betrachtung technischer Hilfsmittel zum erfolgreichen Abschluß der gegenwärtigen Auseinandersetzungen.«

»Ein weitgespanntes Feld«, meinte Vorsin, einer der älteren Professoren. Er war kleinwüchsig und hatte eine gelbliche, runzlige Haut. »Vor allem für einen so jungen Studenten.«

»In diesem Feld, Exzellenz, glaube ich recht gut bewandert zu sein. Ich habe mich in meiner Freizeit ausgiebig damit beschäftigt. Eigentlich bin ich ja nur an dieses Institut gekommen, um eine Formalität hinter mich zu bringen. Ich benötigte einige akademische Informationen, an die ich sonst nicht hätte herankommen können. Ich wollte mir auch Wissen in einigen akademischen Disziplinen aneignen. Ich glaube, das hat Professor Matzneff auf mich aufmerksam gemacht und mir die Abneigung einiger anderer Professoren eingetragen. Dennoch bin ich Ihnen, Exzellenz, und dem Lehrkörper für die Unterstützung dankbar, die mir zuteil geworden ist.«

Vorsin schien beeindruckt zu sein. Er lächelte seinen Kollegen zu.

»Und nun, Exzellenz, wenn ich anfangen darf . . .?« Ich verbeugte mich mit angemessener Würde.

»Beginnen Sie«, forderte der alte Mann mich mit einer freundlichen Geste auf. Er flüsterte kurz mit Merkulov. Sicher erkundigte er sich nach mir und würde bestimmt eine ziemlich negative Meinung zu hören bekommen. Aber die Dummheit und die Vorurteile meines Professoors amüsierten mich höchstens.

Ich fing sofort mit meinem Vortrag an. Auf Notizen verzichtete ich, sondern ich wandte mich direkt an die versammelten Studenten. Gelegentlich richtete ich das Wort auch an die Professoren, die mir mit zunehmender Verwunderung lauschten. Es war so, als säße Jesus im Tempel inmitten der Weisen. Ich fühlte mich tatsächlich so gut wie gottähnlich. Das rührte vorwiegend vom Kokain her. Wenn ich schon nicht der Messias des Naturwissenschaftlichen Zeitalters war, dann doch wenigstens sein Prophet!

Meine Worte zeigten schnell Wirkung. Ich sprach über die Probleme des Verhältnisses Newtonscher Wissenschaft zu moderneren Erkenntnissen. Ich erwähnte die Entwicklung hochfester Materialien, dank derer wir völlig neuartige Maschinen würden bauen können, gigantische Flugzeuge und Luftschiffe. Ich lenkte die Aufmerksamkeit auf den Raketenantrieb. Ich theoretisierte über gasgetriebene Flugzeuge. Dazu wären spezielle Erhitzer notwendig, die die jeweiligen Gase auf die geforderte Temperatur erwärmen würden. Ich sprach über eine Art Gatling-Kanone, die mit Preßluft betrieben wurde und Tausende von Nadeln in die Flanke des Feindes jagen könnte. Jede dieser Nadeln konnte eine Hohlspitze mit einem darin befindlichen Gift haben. Egal, wo er getroffen würde, der Feind wäre sofort tot. Vielleicht konnte man auch eine Betäubungsdroge benutzen. Das war zumindest einfacher, als mit den Gaskanistern herumzuhantieren und stundenlang eine Gasmaske tragen zu müssen. Ich beschrieb auch Monstermaschinen, tausendmal größer als der mächtigste Panzer. Diese könnten einfach durch die Reihen des Feindes brechen und alles niederwalzen, was sich ihnen in den Weg stellte. Ich stellte die Frage nach unserem Verständnis technologischer Entwicklungen. Ich wollte mich danach abstrakteren Themen zuwenden, als Merkulov – dieser mißgünstige geistige Tiefflieger! – aufsprang und brüllte:

»Ich glaube, wir haben genug gehört, Krijschev!«

»Ich habe kaum richtig angefangen«, erwiderte ich gelassen. »Es gibt noch viel mehr.«

»Setzen Sie sich! Wir wissen Bescheid.« Von der Erkenntnis überwältigt, wie Unrecht er mir getan hatte, sprach er sehr leise und sanft. Wollte er meine Kräfte schonen? In diesem Moment hatte ich eher den Eindruck, er wollte mir einen Strich durch die Rechnung machen.

»Wenn Sie gerechte Beurteilungen abgeben wollen«, erklärte ich, »dann muß ich Ihnen einen besseren Eindruck von mir verschaffen. In diesen Zeiten sind Informationen so gut wie Waffen.«

Der alte Mann, Professor Vorsin, schnitt mir das Wort ab. »Könnten Ihre Ideen nicht auch für den Feind von Interesse sein? Wenn jetzt hier ein Spion . . .?« er wies in den Saal.

Ich begrifff, was er meinte, hatte dies aber bereits beachtet. »Deshalb, Exzellenz, mache ich in meinen Vortrag keine genauen Angaben. Wenn die Regierung Einsicht in meine Pläne nehmen will, ich bin jederzeit bereit, eine autorisierte Person zu empfangen. Eigentlich habe ich bis jetzt nur ein wenig an der Oberfläche herumgekratzt.«

»Wir sind sehr beeindruckt«, sagte Vorsin.

Merkulov meldete sich zu Wort. »Sie dürfen den Saal verlassen, Kryscheff.«

War der Mann etwa noch immer neidisch? Wollte er mich vernichten? Es war unglaublich. Aber ich schätzte ihn falsch ein, glaube ich. Sein Vorgesetzter veranlaßte ihn, Platz zu nehmen. Vorsin war über Merkulovs Verhalten unverkennbar verärgert. Er wandte sich in respektvollem Ton an mich. »Mein lieber Dimitri Mitrofanowitsch, Sie haben ohne Zweifel sehr viel Arbeit geleistet. Doch Sie haben so viele ungewöhnliche Ideen geäußert, daß wir Schwierigkeiten haben, das alles kurzfristig zu verarbeiten.«

Ich nickte, während ich zu verstehen versuchte, was er zu mir sagte. Der Saal befand sich in Aufruhr. Die Studenten jubelten mir zu. Es war ein erhabener Augenblick. Auch einige Professoren waren von meinem Vortrag wie betäubt. In diesem Moment dachte ich an nicht anderes als an meine Zukunft. »Kann ich also davon ausgehen, daß ich dieses Jahr ein Diplom bekommen werde?«

»Absolut«, sagte Vorsin. »Wir stellen Ihnen ein besonderes Diplom aus.«

Das war mehr, als ich zu hoffen gewagt hatte. »Ein Sonderdiplom ist überhaupt nicht notwendig, Exzellenz.« Ich bewies damit Bescheidenheit und Selbstdisziplin.

»Es muß ein ganz spezielles Diplom sein«, meldete Merkulov sich zu Wort, nachdem er endgültig kapituliert hatte. Niemals zuvor hatte ich mich so beschwingt gefühlt. Einen solchen Erfolg hatte ich wirklich nicht erwartet.,

»Nun gut, Exzellenz, ich nehme an.« Ich verneigte mich vor dem Gremium. Dann grüßte ich auf die gleiche Weise die tobende Menge. Ich hob eine Hand und bat um Ruhe. »Doch ich werde weiterhin am Polytechnikum tätig sein, mindestens bis man mir einen Regierungsjob anbietet.« Warum sollte ich zu Kreuze kriechen? Sie waren edel genug, eine Niederlage einzugestehen. Ich würde meine edle Gesinnung im Auskosten meines Sieges zeigen.

»Natürlich«, sagte Merkulov mit gepreßter Stimme. »Im nächsten Semester bringen wir das alles in Ordnung.«

»Und das Diplom? Wird es vor Weihnachten überreicht?«

Mir war klar, das der Dienstweg eingehalten werden mußte. Ich war daher nicht überrascht, als Professor Vorsin den Kopf schüttelte. »Das dauert seine Zeit. Wenn Sie zurückkommen, wird alles bereits sein.«

Ich war zufrieden. Und Merkulov war endlich in seine Schranken gewiesen. Professor Matzneff war rehabilitiert. Mein Gönner würde sich sicherlich freuen, wenn er im Exil die Neuigkeiten erfuhr.

Triumph folgte auf Triumph. Professor Vorsin geleitete mich persönlich von Podium herab. Studenten drängten sich klatschend und pfeifend an mich heran. Der alte Professor bat mit einer Handbewegung um Ruhe. Doch der Lärm dauerte an. Hinter mir kroch, wie ein geschlagener Tyrann, Merkulov heran. Höchstpersönlich setzten Professor Vorsins Hände mir die Mütze auf den Kopf. Er befahl Merkulov, »die Troika zu rufen.« Ich fragte, ob ich ihm etwas helfen könne. »Das kommt später«, erwiderte der großzügige alte Mann, »wenn wir beide mehr Zeit haben und wenn Sie sich ausgeruht haben.« Ich versicherte ihm, daß ich keine Ruhepause brauchte. Seit Monaten hätte ich mich nicht mehr so wohl gefühlt. Ich brauche sicher nicht erneut zu betonen, daß meine tägliche Dosis Kokain mich in so guter Form hielt. Gegenwärtig brauchte ich keinen Schlaf, später schon eher.

Ich wurde auf den Hof gebracht. Dort standen Vorsins eigenes Pferd sowie seine Troika bereit. Immer noch klatschten einige Studenten Beifall. Vereinzelt hörte ich Gesprächsfetzen: »Das ist der große Krijschev!« – »Er ist Galileo und Leonardo in einer Person.« Ich verbeugte mich, winkte. Und wieder jubelten sie mir zu. Und wieder versuchte Vorsin, sie zum Schweigen zu bringen. Seine Fürsorge schmeichelte mir. Er entschuldigte sich, daß er mich nicht selbst begleiten könne. Mein eigener Professor würde mich schon sicher nach Hause bringen. Damit war Merkulov offensichtlich nicht einverstanden. Er brachte Einwände vor. Er sei nicht »qualifiziert«, um mich zu begleiten. Das klang schon ganz anders! Nun war es an mir, Großmut zu beweisen. Es sei mir ein Vergnügen, mit ihm in der Troika zu fahren. Verblüfft stieg er ein und nahm neben mir Platz. Ich winkte dem alten Professor und den immer noch Beifall klatschenden Studenten zu, dann gab ich dem Kutscher das Zeichen zum Aufbruch. Mit fröhlichem Glockengeläut rollten wir zügig durch die Straßen von St. Petersburg, während ich dem sprachlosen Merkulov meine Ideen entwickelte. Er fand noch immer keine Worte, mir einzugestehen, wie gründlich er mich verkannt hatte.

»Über das Sonderdiplom freue ich mich natürlich«, versicherte ich ihm. »Jedoch möchte ich in Zukunft vorwiegend für die Regierung arbeiten.«

Er meinte, die Regierung würde sicherlich all meine Wünsche erfüllen. Ich nickte. »Ich brauche Material und Hilfsmittel. Dann kann ich sofort mit dem Aufbau beginnen.«

Er riet mir, mich etwas zu bremsen. Ich sei überaus erregt.

»Im Augenblick ist das kaum möglich«, erwiderte ich. »Ich frage mich, ob ich am Polytechnikum bleiben oder meine ganze Energie in unsere Kriegsführung stecken soll.«

Das sei wirklich sorgfältig abzuwägen, gab er mir recht. Darüber könne man vielleicht im folgenden Semester reden, »wenn ich mich etwas ausgeruht hätte.« Erneut bekräftigte ich, daß ich im Vollbesitz meiner geistigen Kräfte sei. Allerdings wäre es bestimmt nicht von Übel, wenn ich etwas mehr Zeit für mich selbst hätte. Darin stimme er mir zu. Er schlug vor, ich solle mich beurlauben lassen, solange auf höherer Ebene Beratungen geführt würden. Verwaltung und Lehrkörper des Polytechnikums müßten erst mit den zuständigen Regierungsstellen verhandeln. Ich solle abwarten, bis ich vom Polytechnikum benachrichtigt würde. Das paßte genau in meine Pläne. Ich willigte ein. »Gleichzeitig kann man in aller Ruhe mein Sonderdiplom ausfertigen.«

Daran hätte er auch schon gedacht. Wir rollten im Galopp durch den milchigen Dunst. Als wir uns dem Zentrum von Petersburg näherten, fragte er mich, wo ich wohnte. Ich wollte ihm meine gewöhnliche Adresse nicht nennen und erklärte dafür dem Kutscher den Weg zu dem Haus am Krjukoff-Kanal, wo meine Jungfrauen wohnten.

Am Eingang wurde ich von der alten Polin weitaus höflicher als sonst begrüßt. Nun redete sie mich mit »Euer Ehren« an. Es war nicht zu übersehen, daß sie Merkulov damit verblüffte. Er war immer noch erkältet und schneuzte heftig seine Nase. Er erklärte, ich sei übermüdet. Sie solle dafür sorgen, daß ich mich ausruhte. Jemand, vielleicht sogar er selbst, würde vorbeikommen und nach mir schauen. Ich versicherte ihm, das sei nicht nötig. Professor Merkulovs Haltung mir gegenüber hatte sich vollkommen gewandelt. Ich sei sehr sensibel, meinte er. Ich brauche Ruhe. Falls ein Arzt nötig sei, würde das Institut einen schicken. Ich klopfte ihm auf die Schulter und zeigte ihm, daß ich in meiner Großmut seine Niederlage nicht auskosten wollte. »Die Mädchen sind wie seine Schwestern«, sagte die polnische Alte. »Die werden schon wissen, was zu tun ist.«

Sie geleitete mich zur Wohnungstür. Lena öffnete auf mein Klingeln. Ihr Gesicht stahlte, als sie mich sah. Die »Panje« erklärte ihr, was mit mir los war. Lena ging mit mir in ihr gemütliches Nest und versicherte der Concierge, daß alles Nötige getan würde. Ich befand mich natürlich in Hochstimmung. »Ist etwas passiert?« Sie war erregt. Ich umarmte sie. »Das war der beste Tag meines Lebens.« Ich erkannte, daß sie mir gehörte. Jetzt konnte ich feiern. Ich küßte sie sanft auf die Lippen. Sie informierte mich flüsternd, daß Marja noch nicht zu Hause wäre. Sie wollte sich von mir lösen, doch ich hielt sie an ihrem zarten Handgelenk fest. Ich sagte, daß ich sie liebte. Das war die Wahrheit. In diesem Moment liebte ich alles und jeden. Ich hatte im Institut wahre Zeichen gesetzt. Lena wollte wissen, ob ich etwas »politisch Gefährliches« getan hätte. Ich lachte. »Das kommt darauf an, was du darunter versteht, Lenuschka. Ich hab' ihnen die Zukunft gezeigt, das Zeitalter der Naturwissenschaft. Ich habe ihnen Möglichkeiten aufgezeigt, diese unsere alte Welt von Grund auf zu ändern.«

»Und du hast sie überzeugt?«

»Sie haben mir Beifall gespendet.«

»Alle?«

»Alle.«

Sie begriff nicht ganz. Ich umarmte sie erneut. Ich küßte sie mit mehr Leidenschaft. Ich brauchte diese Steigerung. Diese Belohnung. Die kleine Lena war ideal. Eine Jungfrau. Ihre Brüste begannen sich zu heben und zu senken, ihre Hände berührten meinen Rücken, als sie mich umschlangen. Dann wich sie errötend zurück. Sie wolle Tee machen. Ich warf mich auf die Couch. Sie war mit einer Flickendecke mit den hübschesten Mustern bedeckt. Sie war zart parfümiert. Ich betrachtete Lenas Körper in ihrem raschelnden Kleid, als sie durch die Wohnung schritt. Schließlich brachte sie mir ein Glas Tee. Ich nahm es an und bedeutete ihr, sich neben mich zu setzen. Wieder diese süße, unsichere Reaktion. Dann lag sie in meinen Armen. Wir tranken gemeinsam unseren Tee. Dann begann ich sie zu umwerben. Ich streichelte ihre Arme, ihr Gesicht, ihre Schenkel. Wenig später hob ich sie hoch und trug sie, schluchzend, in ihr Schlafzimmer. Sie wollte sich wehren, doch an diesem Tag hätte mir keine Frau widerstehen können. Meine Hände glitten unter ihre Kleidung und fanden Fleisch, dann ihr Geschlecht, und sie seufzte auf. Doch trotz ihres schwachen, vogelgleichen Flatterns war sie mein. Ich entkleidete sie. Dann entkleidete ich mich selbst. Ihr Gesicht war voller Frieden, ihre Augen glichen denen einer Gazelle, die sich in einen Leoparden verliebt hatte. Für eine Berührung meiner Tatze, eine Berührung ihres Fleisches durch meinen Mund wäre sie bereitwillig gestorben. Mein Körper vibrierte in der gezügelten Qual köstlicher Leidenschaften und empfindlichster Sinne. Dann lag ich auf ihr. Ich nahm sie heftig. Sie weinte und stöhnte und schrie. Ich ließ sie meine Klauen fühlen, bis Blut kam. Ich biß sie. Ich grub mich in sie hinein. Und mehr Blut kam. Und immer noch war ich nicht gesättigt. Ich rollte mich von ihr fort. Ihre Augen waren glühendes Kupfer, und ihr Haar war ein Flammenkranz, ihr Körper ein Gitterwerk von Kratzern, winzigen Bissen und blauen Flecken. Nun weinte sie richtig, weil das Weinen sie erlöste, und ich nahm sie erneut.

Als ich mich abrollte, betrat Marja das Zimmer. »Lena! Dimitri!?« Sie war entsetzt. Sie schüttelte sich in ihrem kleinen Pelzcape mit den Händen immer noch im Muff. Sie keuchte erstickt. Ich lächelte, bedeutete ihr, uns Gesellschaft zu leisten. Ich könne sie durchaus beide befriedigen. Sie warf die Tür zu. Ich lachte. Lena starrte benommen auf die Tür. Ich nahm sie ein drittes Mal. Mein Sperma füllte ihren Anus wie flüssiger Stahl. Erneut wurde sie von ihrer Leidenschaft überwältigt. Marja war unwichtig. Sollte sie das alles ruhig mißbilligen. Lena war einverstanden. Sie war zu einem wundervollen Tier geworden. Wir küßten uns und liebkosten und streichelten gegenseitig unsere Hitze und Jugend. Wir wollten uns gerade zum vierten Mal lieben, als Marja erneut die Tür öffnete. Hinter ihr brannte die Gasbeleuchtung. Es war dunkel geworden. Sie hatte ihre Straßenkleidung abgelegt. Sie war betrübt. »Ich dachte, du liebst mich«, sagte sie.

»Ich liebe euch beide. Komm.« Ich gab mich hin.

»Das ist nicht richtig. Begreifst du das nicht?«

»Was ist daran falsch, wenn man lebt?«

»Wir kommen gleich heraus«, versprach Lena ihr. »Dann erklären wir alles.«

»Dein Körper! Was hat er mit dir gemacht?«

Lena hatte die Spuren der Liebe noch nicht bemerkt. Dann betrachtete sie ihre Brüste und ihre Schenkel und lächelte erst, dann ließ ihre Begeisterung nach. Die dumme Marja hatte den Garten Eden betreten. Sie war wie Luzifer, der Adam und Eva störte. Sie hatte uns verlegen gemacht. Sie war die Schlange, die die Sünde ins Paradies getragen hatte. Ich war wütend. Ich sprang auf, stürzte mich auf sie. Ich erwischte sie bei den Haaren. »Befreie dich von derartigen Konventionen.«

»Das hat nichts mit Freiheit zu tun – das ist –« Sie brach in Tränen aus. Sie versuchte, sich von mir zu befreien. Doch ich hielt sie fest. »Komm zu uns, du Ziege! Sei eine Frau!«

Dann war es wie auf einem Riesenrad. Lena rief etwas. Sie tanzte nackt zwischen uns. Ich zerrte an Marja. An ihren Kleidern, ihrem Haar, ihrem Körper. Rundherum wirbelten wir. Wir steckten in einer Maschine, die weißglühend und weich war, die jedoch härtesten Stahl zerquetscht hätte. Das Mahlwerk zerrieb uns. Blut spritzte. Das Quietschen und Heulen wurde lauter. Es war unerträglich. Ich sah die Mädchen an. Eine war völlig nackt, die Kleider der anderen waren zerfetzt. Eine Brust war entblößt. Beide weinten und bluteten. Sie baten mich um etwas, was ich ihnen nicht gewähren konnte. Sie wollten Vergeltung, den Tod.

Sie baten mich um meine Liebe und um die Ahnungslosigkeit, die sie verloren hatten. Sie baten mich um den Glauben, den ich ihnen gegeben hatte. Den sie nun verloren zu haben glaubten. Sie baten um Gott, um den gnädigen, strafenden Jesus, der in dieser Stunde der Offenbarung über sie gekommen war. Plötzlich war ich mißgelaunt. Ich verspürte Haß auf sie. Sie wehrten sich gegen alles, was sie am meisten ersehnten. Sie wehrten sich gegen die Erleuchtung. Sie wollten mir nicht vertrauen. Und darin entlarvten sie sich selbst als kleine Masturbiererinnen. Bereitwillig hatten sie von freier Liebe und Revolution, sogar von Attentaten geträumt. Und nun konnten sie noch nicht einmal ihr mieses, armseliges Ich ablegen. Sie hatten Angst. Ich zog meine Kleider an. Ich lachte sie aus. Sie weinten und hielten sich gegenseitig fest. Sie flehten mich an, wieder zu der Illusion zu werden, die ich ihnen vermittelt hatte. Ich knöpfte mein Jackett zu. Ich schuldete ihnen nichts. Sie schuldeten mir alles. Meine Kleidung wurde zu meinem Panzer. Der Ritter hatte ihnen die Sinne geöffnet, ihnen ihre Weiblichkeit, ihre animalische Sexualität offenbart. Sie hatten das Geschenk zurückgewiesen. Ich verließ die Wohnung. Während der Revolution wurden sie, glaube ich, Huren bei den Bolschewiken und morphiumsüchtig. Stalin hat alles, was von ihnen noch übrig war, ausgemerzt. Nur die Dummen oder die in ihrem Wahn Gefangenen kamen in die Lager. Niemand wurde je zum Sterben gezwungen.

Ich wanderte am zugefrorenen Kanal entlang durch die Nacht. Ich stieß die Verkrüppelten und die Verhungernden aus dem Weg. Ich wollte Kolja im *Harlekin* treffen, doch er war bereits heimgegangen. Ich betrat seine Wohnung mit meinem eigenen Schlüssel. Hippolyte lag in seinem Bett, unter Pelzen vergraben. Kolja schlief. Hippolyte schmollte. »Verschwinde.«

Ich ging zum Schrank und schenkte mir etwas zu trinken ein. Dann suchte ich nach Kokain. Ich leerte ein Glas polnischen Wodka. Dann genehmigte ich mir aus der Pierrotdose eine Prise weißes Pulver. Eine köstliche Taubheit breitete sich in meiner Nase aus. Hippolyte war aufgestanden. »Was willst du?« fragte er mich flüsternd.

»Ich wollte zu Kolja.«

»Ist was mit dir?«

»Nein. Nichts.«

»Du hast den Verstand verloren.«

»Ich bin vielleicht etwas außer mir. Ich wollte nicht stören.« Ich streichelte ihn. »Ich liebe dich auch.« Ich liebte die ganze Welt.

Dann zeigte Hippolytes Gesicht jenes kleine, unsinnige Hurengrinsen. »Ah, ich verstehe.«

Koljas nackter Körper glänzte golden und silbern, als er das Zimmer betrat. »Guten Abend, Dimka. Es ist schon spät, was?« Er nahm mir die Wodkaflasche aus der Hand und schüttete davon ins Glas. »Wie war deine Prüfung?«

Ich beruhigte mich. Ich wollte nicht mit meinem Erfolg protzen. »Ich glaube, es war ein Erfolg.«

»Schön. Ich hatte dich im Kabarett erwartet.«

»Ich war bei einigen Frauen.«

»Hast wohl gefeiert?« sagte Hippolyte. Er war verwirrt.

»Ich hab's versucht.«

»Waren die Frauen nichts für dich?«

»Zu jung. Ich wollte ihnen meinen Körper schenken, meinen Triumph. Und sie haben alles zurückgewiesen.«

»Oh, ich weiß, was du meinst!« Kolja stimmte in Hippolytes Lachen ein. »Mädchen sind im Grunde alle ängstliche junge Dinger.« Er drängte sich wie ein Betrunkener an mich und begann, meinen Mantel aufzuknöpfen. »Haben sie deine Gefühle verletzt, Dimka?«

»Überhaupt nicht. Sie haben mich ungehalten gemacht.«

»Sie haben einfach nicht die Kraft, die man braucht.«

Hippolyte löste meinen Schal und zog meine Jacke aus. Ich war wie trunken. Ich gähnte, genoß die Aufmerksamkeit, kostete meine eigene Passivität aus. Kolja und Hippolyte führten mich in das Schlafzimmer, das vollgestopft war mit den Fellen von Wölfen und Panthern, Füchsen und Tigern. Ich wollte, daß sie mir huldigten. Das hatte ich auch von den Mädchen erwartet. Marja und Lena hatten das nicht begriffen. Kolja und Hippolyte wußten auf Anhieb, was sie zu tun hatten. Es gab mehr Wodka. Mehr Kokain. Ich war phantastisch. Sie sagten es mir mit jeder Berührung. Ich war ein Pan, ein Satyr. Ich kann es nicht erklären. Es war nichts Perverses darin. Ich war Prometheus in einer Welt, die sich nicht vor mir fürchtete. Welche Angst die dummen kleinen Mädchen vor mir empfunden hatten. Hirnlose Mäuschen! Ich war ein bronzener Titan, ein Herr von Theben, ein etruskischer Edler, ein ägyptischer Gottkönig. Ein Imperator von Karthago!

Der Rest ist verschwommen. Ich schlief lange. Kolja brachte mir

Kleider aus meiner Behausung. Er war sehr zart mit mir. Ich glaube nicht, daß Hippolyte auch anwesend war. Ich war müde. Koljas Güte war wie die Güte Christi. Es war zu viel. Eine Weile fragte ich mich, wie ich mich erkenntlich zeigen könnte. Doch am Ende erkannte ich, daß das nicht möglich sein würde.

Ein Brief war angekommen. Ich öffnete ihn nicht, bis ich noch einmal inmitten der Pelze geschlafen hatte, wobei Kolja mein Schutzengel war. Er tat nichts Unnatürliches. Er half mir. Den Brief öffnete ich am nächsten Morgen. Erfrischt durchlebte ich noch einmal die Momente meines Triumphes. Irgendwie kam ich mir bei der Vorstellung, mich vor den Mädchen entblößt zu haben, lächerlich vor. Für eine ganze Weile würde ich sie nicht mehr aufsuchen können, mindestens bis sie sich wieder beruhigt hatten. Verraten würden sie mich nicht, denn damit würden sie gleichzeitig auch ihren Idealismus preisgeben. Das Päckchen war mit rotem Wachs versiegelt. Ich brach das Siegel und fand einen weiteren Beweis für meinen Sieg über meine Vergangenheit. Einen Paß. Und einen Brief von Mr. Green. Ich sollte nach Weihnachten in Richtung England aufbrechen. Ich hätte in Liverpool etwas Geschäftliches zu erledigen. Ich sollte Mr. Green so bald wie möglich aufsuchen. Er würde mir Einzelheiten zu meiner Reise mitteilen. Ich hatte einen Paß. Ich hatte ein Sonderdiplom. Ich hatte Anerkennung. Und all das praktisch im Handumdrehen. So etwas kommt nicht selten vor. Manchmal kommt alles Unglück auf einmal. Doch mit solchen Reminiszenzen möchte ich mir nicht die Laune verderben. Ich bin nicht der Typ, der sich über das den Kopf zerbricht, was alles hätte sein können. Mein Schicksal liegt in Gottes Hand. Der Himmel ist meine Belohnung. Ich habe gesündigt. Das gebe ich zu. Doch mein Wissen und meine Unschuld schenkte ich der Welt, und wenn die Welt mich nicht in der erhofften Weise dafür belohnte, dann nur deshalb, weil sie kurzzeitig von meinen Feinden regiert wurde. Wenige nur können leugnen, daß sie auch Gottes Feinde waren. Die Welt befindet sich in der Macht der Antichristen. Deshalb werde ich auch bestimmt in die Arme Christi zurückkehren, werde im Kreis der Heiligen einen Platz erhalten und dem Herrn selbst gegenübertreten und vor seinem Altar, seiner Liebe, seiner Herrlichkeit, seiner Gnade niederknien.

Kolja meinte, ich könne bis zu meiner Abreise nach England in seiner Wohnung bleiben. Das kam mir sehr gelegen. Nach jener ersten Nacht wurde mir von Kolja keinerlei Aufmerksamkeiten mehr zuteil, und nur wenige von Hippolyte.

Rasputin wurde ermordet. Erschossen, erstochen, vergiftet und unter das Eis gestoßen, dennoch lebte er und trieb sein Unwesen. Er war Rußland. Das geheimnisvolle Rußland, mystisch und nicht gewillt zu sterben. Doch dafür, daß es eine Erneuerung durch Wissenschaft und moderne Erkenntnisse zurückgewiesen hat, hat Rußland einen furchtbaren Preis gezahlt. Das Land hätte nicht seine Seele aufgeben müssen. Es muß ein Gleichgewicht geben. Weder »die Erlösung durch die Sünde« noch die mächtige »Russische Dampfwalze« konnten uns retten. Dazu war es schon zu hoffnungslos. Wir konnten nicht von unserer göttlichen Verantwortungslosigkeit unter einer autokratischen Herrschaft erlöst werden; nichts von der Macht unseres slawischen Nationalgefühls; nicht von der selbstlosen Tapferkeit unserer Kosaken und auch nicht von unserem Vertrauen auf einen geschlagenen Christus. Christus schlief, und Rußland wurde ihm gestohlen.

Es war sinnlos, zu Weihnachten nach Kiew zurückzukehren. Die Züge verkehrten wahllos. Der Feind drohte Weißrußland und Teile der Ukraine zu besetzen. Meine Briefe und Telegramme erreichten meine Mutter noch rechtzeitig. An meine Mutter: PRÜFUNG GROSSER ERFOLG. ERHIELT SONDERDIPLOM. DIE GANZE SCHULE FEIERT. DEIN DICH LIEBENDER SOHN. Von Captain Brown kam die Antwort: GLÜCKWUNSCH. LIEBE GRÜSSE VON UNS ALLEN. WIR SIND SEHR STOLZ. VIEL ERFOLG FÜR DIE ZUKUNFT. An Onkel Semja schickte ich eine ähnlich lautende Nachricht, doch ich fügte noch etwas hinzu: REGIERUNGSPOSTEN WAHRSCHEINLICH. DANKE FÜR VERTRAUEN. WERDE IHNEN DIENLICH SEIN WO ICH KANN. GOTT SEGNE DEN ZAREN UND RETTE RUSSLAND.

Das bedeutete, daß all meine Familienangehörigen die Saison unbeschwert verbringen konnten. Ich verlebte sie recht still mit Kolja. Glücklicherweise fanden wir anständiges Essen in dieser Stadt des Unglücks. Der Geist Rasputins und des Volksaufstandes hing wie Dunst über den Straßen und Kanälen. Die Speisen waren schrecklich teuer. Hippolyte leistete uns kaum Gesellschaft. Er verließ die Wohnung manchmal tagelang. Kolja versicherte mir, das hätte nichts mit mir zu tun.

Wir standen uns weiterhin sehr nahe, jedoch nicht sexuell. Tatsächlich war der Akt an dem Abend meiner erfolgreichen Prüfung nicht von fleischlichen Gelüsten bestimmt gewesen. Es war vielmehr ein Akt der Liebe und der feierlichen Würdigung meines Erfolgs. In den Augen Gottes beging ich keine Sünde. Nirgendwo ist Gott besser verstanden und leidenschaftlicher geliebt worden als in Rußland. Nirgendwo sonst gehorchte man ihm so ehrerbietig. Rußland war Gottes edelste Schöpfung. Doch Gott schlief, müde vom langen Krieg. Christus wurde von Luzifer verraten. Rußland wurde gestohlen. Und nirgendwo sonst in der Welt außer in den griechischen Kirchen habe ich ihn finden können. Sein Sohn wurde im Byzanz Konstantins, das von uns Zargrad, die Stadt des Kaisers, genannt wird, aufgenommen. Er rettete das Römische Reich. Sein gehorsamer Sohn, den die niederträchtigen Juden gekreuzigt haben, bot sich Rußland an und wurde angenommen. Christus ist Grieche. Christus ist Gott. Sie sind eine Einheit. Der jüdische Gott ist falsch. Die Juden verrieten Gott und Rußland. Sie brachten uns Wahnsinn und Not und Untergang. Der Zar zog eine Linie quer über die Landkarte. Er bestimmte: »Juden, diese Grenze dürft ihr nicht überschreiten.« Doch sie schlichen hinüber und zerrten den Zaren vom Thron. Sie brachten ihn um. Sie überließen Rußland dem Teufel. Christus war mit so vielen sterbenden Seelen beschäftigt. Christus schlief mit all den Millionen, die im Krieg umkamen. Und als er erwachte, war Rußland ihm gestohlen worden. Wie könnte ein Jude so etwas glauben? Ich lehne diesen jüdischen Gott ab. Ich akzeptiere Christus. Kein Jude könnte das. Karthago kam aus dem Orient und bedrohte Rom. Karthago kam aus Afrika. Altes, wildes Blut. Karthago war der Geist, der mit den Tatarenkhans ritt, der Kiew schleifte und Moskau in die Knie zwang. Jene Khans werden wiederkommen. Warum sprechen aufrechte Russen von ihren »chinesischen Genossen«! Haben sie die selben Wahnvorstellungen? Vielleicht. Aber sie sind nicht vom gleichen Blute oder gleicher Kultur. Sollen die Chinesen uns ruhig »fremde Teufel« nennen. Wir wissen, wer der Teufel ist und wer ihm huldigt. Rußland hält sich bereit. Das Land hat Christus den Rücken gekehrt, doch Christus hat seine Slawen nicht vergessen. Sollen die Juden doch weiterhin ihre verdorbenen Ideen verbreiten und ihr schmutziges Geld verleihen. Die Vernichtung ist ihnen sicher. Die Zeichen stehen danach. Sogar unter Stalin wurde ihren Ideen mehr Interesse geschenkt. Stalin lernte daraus. Stalin hätte mit der Reinigung Rußlands begonnen, wenn er nicht vergiftet worden wäre. Glauben Sie nicht, daß ich Stalin, diesem abtrünnigen Priester, vergebe. Doch in hohem Alter begann er seine Fehler einzusehen. Er sammelte seine Kraft für den Krieg gegen die gespenstischen semitischen Reiche, gegen Babylon und Tyros, Phönizien und Karthago, gegen Israel, gegen die östlichen Horden, die davon träumten, daß der Ruhm Dschingis Khans wieder erblühen möge . . .

Rasputin verdiente seinen Tod. Er predigte Unwissenheit, nicht Erkenntnis. Den wahren Glauben erlangt man durch Weisheit allein. Er korrumpierte den Zaren. Gott strafte sie alle, so wie sie es verdient hatten. Der Zar wurde hintergangen. Als er zu Christus zurückfand, schlief dieser. Es war zu spät. Verzweifelt dankte der Zar ab. Seine Gebete hatten sich durch den Einfluß eines herumhurenden Scharlatans verwirrt, der vermutlich von der Zionistischen Internationalen bezahlt wurde. Der Zar war nur Christus verantwortlich, und Christus konnte ihm keinen Rat geben. Also dankte Nikolaus ab, löste den Terror aus, vernichtete die Zukunft und beraubte mich um so vieles.

Dessen nicht bewußt, fieberte ich meiner bevorstehenden Reise entgegen. Ich war in England verliebt. In meiner Vorstellung war das Land von schönen Damen und edlen Herren bevölkert. Das wußte ich aus russischen Geschichten und aus meinen *Pearson's* Magazinen. Es gab Armut, das wußte ich von Wells, doch es war nicht unsere russische Armut. Es war eine angenehme Armut. Niemand in England oder Amerika hat die wahre Armut erlebt, so wie wir sie kannten. Andererseits sehe ich in der Armut nichts Falsches. Wenn man dem Kind zuviel Milch gibt, dann hat es keinen Hunger mehr, wie man in Sibirien sagt.

Ich begann englisch zu lesen. Ich unterhielt mich mit Kolja auf Englisch (der zwar die Sprache nicht so gut beherrschte, dafür aber sehr viel mehr über ihre Literatur wußte). Ich verfeinerte mein Vokabular und meine Grammatik. Kein Tag verging, ohne daß ich meinen Paß betrachtete, der eines jener Fotos trug, das Onkel Semja in Odessa von mir hatte anfertigen lassen.

Der Paß lautete auf den Namen Maxim Arturowitsch Pyatnitski. Die Dinge verkomplizierten sich, doch ich befand mich in einer derart guten Stimmung, daß es so gut wie nichts gab, was mir etwas hätte ausmachen können. So bald wie möglich suchte ich Mr. Green auf. Er teilte mir mit, ich würde über Helsinki nach Liverpool reisen, durch Finnland mit dem Zug, dann weiter mit dem Schiff, und voraussichtlich auf dem gleichen Weg wieder zurückkehren. Möglich auch, daß meine Route über Göteborg oder Dänemark führen würde. Die Handelsschiffahrt hatte einige Probleme mit deutschen Unterseebooten.

Über das Risiko zerbrach ich mir nicht den Kopf. Die Aussicht, mein geliebtes England zu sehen, wog alles auf. Doch ironischerweise sollte ich England erst sehen, als Bolschewismus und Zionismus dort Wurzeln gefaßt hatten.

Während des Januar ruhte ich mich aus. Dann wurde ich unruhig, als ich nichts vom Polytechnikum wegen meines Diploms hörte. Danach erfuhr ich von Mr. Green, daß die internationale Lage sich verschlechtert habe. Das Päckchen, das ich ursprünglich hätte mitnehmen sollen, sei verloren gegangen. Es würde eine Weile dauern, bis ein neues bereit wäre. Tatenlosigkeit machte mich unruhig. Lena und Marja zogen sich vor mir zurück. Die dummen Gänse hatten wohl Angst vor mir bekommen. Lena hatte eine Prellung im Gesicht. Sie stamme von mir, behauptete sie, doch ich kann mich nicht erinnern, sie dorthin geschlagen zu haben.

Schließlich teilte Mr. Green mir mit, daß ein weiteres Päckchen bereitläge. Wegen einer Seeschlacht zwischen Deutschen und Engländern könne ich jedoch noch nicht gleich abreisen. Vielleicht würde dadurch die Blockade etwas gelockert. Am besten solle ich zwei Wochen abwarten. Das Päckchen enthielt geheime Briefe zwischen Onkel Semjas Firma, Mr. Greens Büro und der Firma Rawlinson & Gold, die in Liverpool eine Niederlassung unterhielt. Die Hauptfiliale, so sagte man mir, befände sich in Whitechapel, London. Ich wünschte, ich hätte nach Whitechapel reisen können. Mr. Green betonte, es sei überaus wichtig, daß ich nach Liverpool führe und schnellstens wieder zurückkäme. Ich wäre eine Art »Geheimkurier« für ihn und würde als Student reisen, der nach emigrierten Angehörigen suche. Natürlich rechnete ich damit, daß schon bald Geheimkuriere meine eigenen Pläne zwischen befreundeten Regierungen hin und her tragen würden. Ich fragte schriftlich bei Professor Vorsin wegen meines Diploms an. Dies sei in Vorbereitung, teilte er mir mit. Man schriebe meinem Vater von meinem Erfolg. Mein Vater war natürlich der Geistliche, dessen Sohn in der Schweiz seine Tuberkulose auskurierte. Nun hatte ich wenigstens etwas Schriftliches, das meinen Anspruch auf das Diplom bestätigte. Ich ging wieder mit Kolja aus. Doch in unseren bevorzugten Kabaretts machten sich mehr und mehr Revolutionäre breit. Ein- oder zweimal sah ich auch Mrs. Cornelius. Sie sagte, sie »habe es satt«, und sie würde am liebsten Peter verlassen. Ich erzählte ihr, ich führe bald nach Liverpool. Sie schlug vor, wir sollten gemeinsam reisen. Sie kenne, so meinte sie, Liverpool »recht gut«. Das waren wirklich gute Neuigkeiten. Ich erklärte ihr meine Route und versprach, mich nach den Abfahrtszeiten von Zügen und Schiffen zu erkundigen.

Es gab immer häufigere Streiks, vor allem in den Industrievororten. Zu viele Stimmen erhoben sich jetzt und unterstützten derlei Aktivitäten. Auch meine Wirtin hatte Probleme (ihr Haus stand auf der Vijborg-Seite, wo bewaffnete Deserteure sogar »Boorschoo«-Frauen ausraubten). Verwundete Soldaten mit bitteren Gesichtern unterhielten sich offen über die Kriegslage, schimpften auf Gott und den Zaren, und niemand verhaftete sie.

Am 14. Februar 1917 erhielt ich einen Brief von Professor Vorsin. Mein Diplom würde nun erstellt und mir zugesandt. Er wisse nicht, ob ich am Polytechnikum noch etwas lernen könne. Er würde sich gerne mit mir darüber unterhalten. In meinem Antwortbrief äußerte ich meine Bereitschaft zu einem solchen Gespräch. Am besten solle er mich sofort für einen Regierungsposten vorschlagen. Seine Antwort fiel ziemlich kurz aus und war von seinem Sekretär unterschrieben. Man habe von meinen Brief Kenntnis genommen, und der Professor würde in Kürze darauf eingehen. Das munterte mich auf. Als der Zar nach Mogilew abreiste, um die Kriegslage zu inspizieren, war ich so gut wie bereit, die Burg von Petrograd allein für ihn zu verteidigen.

Ich brauche nicht näher zu schildern, was später in jenem Februar des Jahres 1917 geschah. Trotz allem wurden wir überrumpelt. Streiks, Meutereien, die Abdankung des Zaren, die Errichtung von Fürst Lwows provisorischer Regierung, die wilden Gerüchte, das Chaos in den Straßen. Unsere Feinde, Rote und Juden gleichermaßen, feierten ihren Erfolg, während die Leute weiter hungerten, die Soldaten weiterhin meuterten und das Verbrechen die Hauptstadt regierte. Professor Vorsin floh mit der Hälfte des Institutslehrkörpers aus Petrograd. Mr. Green packte sein Büro zusammen. Er sagte mir, er würde das Päckchen wahrscheinlich selbst nach England bringen, »nicht, daß es jetzt noch viel Sinn machte.« Kolja trat der Sozialistischen Revolutionspartei bei. Ich wurde in meiner Verwirrung allein gelassen.

Petrograd wurde zu einer fremden, unheimlichen Stadt. Jeden Tag gab es Demonstrationen und Versammlungen. Die Leute begehrten gegen ihre Vorgesetzte auf. Anständige Männer und Frauen konnten ungehindert das Land nicht verlassen. Demokratie und Sozialismus herrschten nun. Alles wurde niedergerissen. Der Zar lebte mit seiner Familie praktisch im Exil. Wer schlau genug war, brachte sein Geld ins Ausland. Und die Provisorische Regierung verkündete in einem fort, sie könne durchaus einen Krieg führen. Man hatte Angst, die Freundschaft und finanzielle Unterstützung von Ländern wie England und Frankreich zu verlieren. Man wußte, daß Rußland ohne derartige Hilfe auseinanderfallen würde.

Ich besuchte das Polytechnikum und fand Professor Matzneff wieder auf seinem Posten. Das war wenigstens ein Lichtblick. Ich schilderte ihm mein Problem. Er versprach mir, sich um alles zu kümmern. Immerhin wisse er längst über alles Bescheid. Viele Unterlagen seien verloren gegangen. Möglicherweise hätten Angehörige des Polytechnikums sie vernichtet. Ich solle am besten zu Hause abwarten, bis sich alles normalisiert hätte. Danach würde er sich etwas einfallen lassen, um mir zu helfen.

»Mir wurde ein Sonderdiplom versprochen«, erklärte ich. »Kann ich noch damit rechnen?«

»Natürlich. Aber die Zeiten sind ziemlich unsicher. Bei der gegenwärtigen Papierknappheit ist es schwierig, noch etwas gedruckt zu bekommen.«

»Für mich ist das sehr wichtig. Ich hatte einen Brief von Professor Vorsin. Er versicherte mir, das Diplom würde vorbereitet. Ich hätte es gern meiner Mutter gezeigt.«

»Nun, dann muß der Brief vorerst reichen, nicht wahr?«

Dem stimmte ich zu. Ich gab ihm meine richtige Adresse und wollte abwarten, bis ich von ihm hörte. Ich könne dann sofort nach Petrograd kommen, um das Diplom persönlich abzuholen. Der Post sei ja bei der gegenwärtigen Lage nicht zu trauen. Ich hatte gehört, daß Briefträger nach Bekanntwerden der Abdankung des Zaren ihre Postsäcke einfach in den Straßengraben oder auf den Müll geworfen hätten. Ich glaube, mein alter Freund Matzneff hatte auch so eine Ahnung von den bevorstehenden

Dingen und wollte mich vor dem Schlimmsten bewahren. Schon in wenigen Monaten hätten die Bolschewiken alles unter Kontrolle. Der Bürgerkrieg würde unser Land verwüsten und mehr Schaden anrichten, als die Deutschen es je getan hätten.

Ich drückte Matzneff die Hand, wünschte ihm Glück und wiederholte mein Angebot, ihm als Lehrer behilflich zu sein, falls es nötig sein sollte. Er bedankte sich, meinte aber, im Augenblick brauche man vordringlich erfahrene Lehrer. Er versuche, Vorsin und einige andere wieder ans Institut zurückzuholen.

Ich bin doch froh, daß ich seinem Rat gefolgt bin. Wenn nicht, wäre ich mit ziemlicher Sicherheit genau wie Vorsin ein Opfer der Tscheka geworden. Ich verabschiedete mich. Dann sagte ich auch Kolja Lebewohl. Er versprach, sich sofort zu melden, wenn sich alles wieder beruhigt hätte. Er hatte plötzlich einen gewissen politischen Einfluß. Sollte er Ministerpräsident werden, dann würde er mich zum Minister für Wissenschaft machen. Das war ein Trost. Auch wenn die Revolutionäre jetzt das Sagen hatten, war es doch gut, ein paar Freunde auf wichtigen Posten zu haben.

Ich suchte *Harlekins Zuflucht* auf und fragte nach Mrs. Cornelius. Das Lokal war überfüllt. Eine Mischung aus Dichterlesung und politischer Versammlung fand soeben statt. Die Farbe Rot herrschte vor. Es war das reinste Irrenhaus. Ich drängte mich durch die Menge (ich hatte mir längst angewöhnt, alles und jeden mit »Genosse« anzureden). Ich suchte Mrs. Cornelius. Sie war nicht da. Ich hinterließ bei einem gemeinsamen Bekannten eine Nachricht. Meine Englandreise verzögere sich etwas. Ich würde mich bald bei ihr melden. Auf den Straßen zogen Studentengruppen umher und schwenkten rote Fahnen. Überall, von Militärkapellen bis hin zu Grammophonen, hörte man die *Marseillaise*. Betrunkene Soldaten, wohin man blickte. Ich fühlte mich an den Aufstand der Pariser Kommune erinnert. Ich dachte auch daran, wie jenes »soziale Experiment« ausgegangen war. Ich betete inständig darum, daß Kolja seine politischen Ansichten und Praktiken mäßigen würde.

Die Nacht verbrachte ich in Koljas Wohnung. Haufenweise lagen politische Zeitungen und Plakate herum, der ganze revolutionäre Abfall. Mein Freund nahm an einer Versammlung der Duma teil und kam nicht zurück. Am Morgen packte ich meine Koffer, lieh mir Koljas Kokainvorrat, zwei Flaschen polnischen Wodka und ein paar Silberrubel und ging zu Mr. Green. Im Büro herrschte ein totales Durcheinander. Nur Mr. Parrot sollte zurückbleiben. Er machte einen unglücklichen Eindruck. Ich sagte Mr. Green, ich brauche Geld. Er hatte offensichtlich wenig Lust, sich von dem zu trennen, was er hatte, aber schließlich reichte er mir einige Rubelscheine. Damit müsse ich wohl bis Kiew kommen, meinte er. Ich solle an Onkel Semja schreiben, wenn ich mehr brauchte. Ich dankte ihm für seine Hilfe. Ich hätte immer noch meinen Paß und sei glücklich, als sein Kurier zu fungieren, falls er mich in Zukunft brauchen sollte. Er nickte und meinte, er würde gegebenenfalls auf mein Angebot zurückkommen.

Ich stapfte durch Nebel und Schnee zum Bahnhof. Dort herrschte ein vollkommenes Chaos. Deserteure, entlassene Gefangene, Krüppel, Kundenwerber, Zuhälter, ehrliche Künstler, Bohemiens, Aristokraten, Geschäftsleute und Studenten versuchten allesamt aus der Stadt zu fliehen. Von einer gemütlichen Heimreise konnte keine Rede sein. Nach Bezahlung des dreifachen Preises war ich froh, eine Fahrkarte für die Dritte Klasse zu ergattern. Ich landete in einem überfüllten Wagen mit einem zerbrochenen Fenster (»um frische Luft hereinzulassen«, wie ein unrasierter Soldat mir erklärte). Es stank wie die Pest. Juden, Tataren, Armenier, Polen und Betrunkene sorgten für eine Duftmischung aus schlechtem Tabak, billigem Wodka und Erbrochenem. Ich umklammerte meine Koffer, zwang mich zu einem freundlichen Lächeln und quetschte mich zwischen alten Juden in schwarzem Mantel und einem jungen einarmigen Soldaten, der ebenfalls nach Kiew unterwegs war, auf die Sitzbank.

Kurz darauf rollte der Zug langsam aus dem Bahnhof. St. Petersburg war nur noch ein trauriger Schatten seiner selbst, besetzt von den Mächten des Chaos. Wir ließen alles hinter uns. Dann heulte ein weißer Sturm durch die zerbrochene Scheibe und machte es unmöglich, die Landschaft draußen zu erkennen. Ich tröstete mich damit, daß ich in der Hauptstadt in kurzer Zeit sehr viel mehr erreicht hatte, als ich anfangs für möglich gehalten hatte. Wenigstens kehrte ich einigermaßen erfolggekrönt nach Hause zurück!

Acht

Vier Tage später kam der Zug in Kiew an. Als ich aus dem eiskalten Abteil in die trübe Nachmittagsstimmung hinauskroch, war ich um ein paar Bücher, zwei billige Nippesfiguren, die ich für meine Mutter gekauft hatte, und ein Paar Handschuhe ärmer. Zum Glück hatte ich noch Koljas Pelzhandschuhe. Die zog ich über, packte meine Koffer und machte mich zu Fuß auf den Weg zur Kirillowskaja und zur Wohnung meiner Mutter.

In der Stadt wimmelte es von Abschaum: Deserteure die ihre Offiziere umgebracht hatten, Bauern, die ihre Herren ermordet hatten, Arbeiter, die ihre Arbeitgeber bestohlen hatten. Sie alle waren nach Kiew gekommen, um ihr Geld bei Wein und Weibern zu verprassen. Im Zug hatte ich eine Menge Geschäftsleute, Adlige und Intellektuelle aus Petrograd und Moskau getroffen. Sie wollten nach Odessa oder Jalta oder sonst einem Ort an der Küste. Keine Ahnung, wohin sie von dort aus weiter wollten. Türken und Deutsche hatten auf jedem Meer ihre Blockaden errichtet. Vielleicht waren diese Städte weniger von der Revolution verseucht. Hier flatterten rote Fahnen zwischen den Häusern; es gab Inschriften auf Mauern (einige in Ukrainisch, was mich verblüffte); an jeder Straßenecke wurden Versammlungen abgehalten, und Musikkapellen spielten Schewchenkos *Die Ukraine wird nie untergehen* genauso wie *La Marseillaise*. Der Boden im Eisenbahnwagen war voll von zerkauten Sonnenblumenkernen und diversem anderem Abfall gewesen. Die Parks und die Straßen sahen hier nicht viel anders aus. Kiew war als zivilisierte Stadt zusammengebrochen. Die Straßenbahnen fuhren nicht mehr pünktlich; es gab keine Taxis mehr; Banden von Betrunkenen in Matrosenkleidung und Armeemänteln machten die Straßen unsicher und bettelten Passanten um Geld, Schnaps, Essen und Zigaretten an. Da die demokratische Rada keine genaue

Regelung getroffen hatte, waren Polizei und kosakische Miliz sich ihrer Kompetenzen nicht ganz sicher. Sollten sie Verhaftungen vornehmen? Oder sollten sie das Volk auf der Straße nur mündlich zur Ordnung anhalten? Sollten sie von der Schußwaffe Gebrauch machen? Oder sollten sie die Aktivitäten der neuen Herren einfach ignorieren? Die Deserteure und Exsträflinge waren bis zu den Zähnen bewaffnet und nur allzu bereit, sofort zu töten, wenn jemand sie reizte: in den Tagen Kerenskis eine durchaus alltägliche Situation in russischen Städten. Es sollte noch schlimmer werden. Die Bolschewiken würden den Terror legalisieren und ihm die moralische Rechtfertigung liefern. Jedes Mordopfer wurde als liquidierter Bürgerlicher verbucht, so wie man sie heutzutage als Verkehrstote zählt. Die halbe Stadt schien betrunken zu sein. Podol, das Getto, war völlig rot geworden: die Juden feierten ihre Erfolge. Ich kaufte die *Stimme von Kiew*. Sie hatte bereits einen nationalistischen Ton.

Als ich in unsere stille, unbeleuchtete Straße einbog, war mir längst klar, daß ich jede Autorität unterstützen mußte, sogar wenn sie sozialistisch war. Meine Arme und mein Rücken schmerzten furchtbar. Ich schleppte die Koffer die finstere, übelriechende Treppe zu unserer Etage hinauf. Ich klopfte an die Wohnungstür. Es blieb still. Ich stieg eine Etage höher und zog an Captain Browns Türglocke. Kurz darauf stand der alte Schotte zitternd in der Türöffnung. Sein Atem roch durchdringend nach selbstgebranntem Wodka. Er konnte kaum noch geradeaus schauen.

»Ich bin es.«

Er bekam einen Hustenanfall. Er wischte sich über seinen wildwuchernden Schnurrbart. »Da wird sich deine Mutter aber freuen.«

»Mutter ist nicht da.«

»Hol deine Koffer rauf.« Er machte eine Willkommensgeste. »Überall Diebe. Hättest auch ermordet werden können. Die bringen jeden um, der nach was Besserem aussieht.« Er stolperte hinter mir her, um ebenfalls einen Koffer hochzutragen. Er schaffte es nicht. Ich hatte ihn noch nie so hilflos erlebt. Er war alt und sah erbärmlich aus.

Wir betraten seine Wohnung. Während meiner Kindheit war dies immer ein Teil Englands gewesen, den ich innig liebte: Trophäen an den Wänden, englische Bilder und Bücher. Sogar die Teppiche schienen englisch gewesen zu sein. Nun hatte der Hauptmann alles, was von Wert war, verkauft. Ich war entsetzt. Hätte mich doch jemand vor seinem Niedergang gewarnt. Er saß auf einem kahlen Tisch und entschuldigte sich. »Schlechte Zeiten. Der Krieg. Deine Mutter macht in der Wäscherei Überstunden. Die mußten dort die halbe Belegschaft entlassen. Andere sind wer weiß wohin verschwunden. Wahrscheinlich aufs Land, um sich an den Plünderungen zu beteiligen. Die Regierung versucht, dem einen Riegel vorzuschieben. Es könnte schlimmer sein. Die ersten Tage waren furchtbar.« Er schenkte milchigen Wodka in ein Glas »Willst du einen?«

Ich nahm dankend an. Das Zeug sah giftig aus. Er fuhr fort: »Wenn wir Glück haben, dann läuft bald alles wieder normal. Fürst Lwow liegt nichts an der Unabhängigkeit der Ukraine, und Kerenski will, daß wir gegen die Deutschen kämpfen.«

Ich lächelte und trank von dem schrecklichen Gesöff. »Sie sind ja von der Politik angesteckt worden, Captain Brown.«

»Dies ist eine politische Welt.« Er sank in sich zusammen. »Esmé ist in Galizien. Hat sie dir geschrieben?«

Ich war enttäuscht. »Wann ist sie gefahren?«

»Vor zwei Wochen. Gemischte Einheit. Britische motorisierte Einheit und kosakische Kavallerie. Viele Deserteure. Hoffe nur, der Kleinen geht es gut.« Er verlor den Faden. Erneut wischte er sich über den Schnurrbart. »Die sind zu Frauen nicht gerade nett, oder? Sie haben Bauern eingezogen. Und Mongolen.«

Ich begann mir Sorgen zu machen. »Die Krankenschwestern sollten wieder abgezogen werden.«

»Die kommen nicht zurück. Die sind zu edel.«

Ich machte Captain Brown begreiflich, daß ich mich ausruhen mußte. Ob er mich in die Wohnung meiner Mutter einlassen könne. Er meinte bedauernd, daß es da einen Vorfall gegeben hätte. Genau könne er sich nicht erinnern, doch er hätte anschließend meine Mutter gebeten, seinen Schlüssel wieder an sich zu nehmen. Der hinge jetzt in der Wäscherei. Ich hatte nicht mehr die Energie, in die Wäscherei zu gehen, daher blieb ich in dem letzten jämmerlichen Sessel des Captains sitzen. Ich hatte keine Lust, meiner Mutter nach billigem Wodka stinkend guten Tag zu sagen, doch das Zeug ließ mich immer hochschrecken, wenn ich einzudösen begann. Captain Brown war ins Englische verfallen. Er erzählte eine Geschichte von den Pathanen an der Nordwestgrenze, gemischt mit nahezu identischen Geschichten aus dem Malaiischen Archipel und von den Kohlegruben in walisischen Tälern, wo Dynamit ganz Dörfer vernichtet hatte. Dynamit war das Thema aller drei Geschichten. Es ging um seinen Mißbrauch durch Leute, die nicht damit umgehen konnten, die nicht wußten, wo man es am günstigsten plazierte. Pathanen tauchten in Merthyr Tydfil auf und keltische Grubenarbeiter in Surabaya.

Irgendwann hörte ich von unten ein Geräusch. Ich ging zum Geländer und schaute hinunter. Meine Mutter, wie immer in gerader, aufrechter Haltung und mit ihrem wunderschönen Haar, außerdem mit einem schicken schwarzen Mantel und schwarzen Stiefeln bekleidet, öffnete die Tür zu unserer Wohnung. »Mutter!« Ich rannte die Treppe hinab.

Sie drehte sich um. Sie fing an zu weinen. Sie machte keine Anstalten, mir entgegenzukommen. Vielleicht hatte sie sich mit meinem Verschwinden oder sogar mit meinem Tod abgefunden. Nun konnte sie nicht fassen, daß ihr Sohn (elegant und gepflegt, wenn auch sehr müde) vor ihr stand. Ich umarmte sie, küßte ihre Hand, und sie küßte mich auf die Stirn. Sie fragte, ob ich zum Essen bliebe. Ich beruhigte sie, ich würde für längere Zeit bleiben. Vor innerer Bewegung zitternd, führte sie mich in die Wohnung. Ich fand es dort richtig heimelig und gemütlich. Mit einem Seufzer blieb ich stehen und schaute mich um. »Es ist schön, wieder da zu sein.«

»Ach, mein lieber Sohn.« Erneut umarmten wir uns.

Sie beschäftigte sich nun mit dem Herd, mit dem Samowar, mit dem Suppenkessel. Captain Brown klopfte leise an die Tür, ehe er meine Koffer hereinschleppte. Ich erklärte, ich hätte Geschenke gekauft, die man mir aber gestohlen hätte. Sie äußerten ihr Bedauern. Captain Brown ließ sich auf die Couch meiner Mutter fallen. Er meinte, ich hätte Glück gehabt, so früh angekommen zu sein und noch soviel gerettet zu haben. Wie es denn in der Hauptstadt aussähe? Nicht so gut, meinte ich. Captain Brown hatte gehört, die Amerikaner kämen jetzt in riesigen Luftschiffen mit einer Art Lichtstrahl, der auf einen Schlag Tausende von Menschen tötete. »Vielleicht beendet er den Krieg und gestattet dem Zaren, die Ordnung wiederherzustellen. Ein Ende des Grabenkriegs. Aber die scheinen sich ja in ihren Erdlöchern festgefressen zu haben. Wie die verdammten Waliser!« Er lachte über seinen krampfhaften Witz. Meine Mutter hatte nicht bemerkt, daß er geflucht hatte. In ihrer Gegenwart fluchte er nicht auf Russisch. Allein durch Umfang und Farbigkeit seines Vokabulars hätte Captain Brown in Kiew jede verbale Auseinandersetzung als Sieger beendet. Nun jedoch fiel sein Kopf auf die Brust, und er begann zu schnarchen.

Mutter deckte hastig den Tisch, wärmte die Suppe, schnitt das Brot und beklagte sich, es sei wie Sägemehl. Im letzten Laib hätte sie zwei Kakerlaken gefunden. Und danach hatte sie nach der Arbeit stundenlang Schlange gestanden. Und das in der eisigen Kälte. Einige Frauen hätten sich beim Schlangestehen schon Lungenentzündungen geholt. Dabei war die Ukraine der Brotkorb Rußlands. Das klang fast wie der Aufschrei eines Nationalisten. Ich sagte, wir seien zwar besser dran als die Leute in Petrograd, aber daß es in Sibirien und im Kaukasus Leute gebe, die noch besser lebten als der Zar. Versorgungszüge wären umgeleitet worden, und sie müßten die Güter verzehren oder sie verfaulen lassen. (Diese Nationalisten träumen doch immer nur von fetten Bäuchen und satter Zufriedenheit. Ich sehe sie noch mit ihren lächerlichen Fahnen und ihren Hungerstreiks vor der russischen Botschaft. Ich lache über sie. Wenn ich in der Botschaft säße und ihnen zusähe, würde ich sie für komplette Idioten halten. Ihre »Nation« ist viel unabhängiger als je zuvor. Warum gehen sie nicht zurück? Vielleicht ziehen sie es vor, in einem Land zu leben, wo sie frei reden und sich jeden Tag mit Suppe und Fleisch vollstopfen können. Zu Hause sehen sie die ganze Woche nichts anderes als Kohl oder Rüben. Ich möchte in meiner Heimaterde begraben werden. Doch die Bolschewiken haben ein gutes Gedächtnis. Sie haben Krassnov aufgehängt, als er schon über siebzig war, denn er war Hetman der Don-Horde gewesen. Sie stöberten ihn 1945 in Deutschland auf. Sein Name stand auf der Liste ihrer Feinde. Er hatte nichts anderes getan, als mit seinen Kosaken eine siegreiche Schlacht zu schlagen und gute Bücher über das russische Problem zu schreiben. Doch die Roten holten diesen klapprigen, harmlosen alten Knaben aus seiner Wohnung und hängten ihn auf. Auch ich habe den Bolschewismus angegriffen.)

Captain Brown erwachte und setzte sich an das untere Ende unseres Tisches. Einige Zeit starrte er die Suppenschüssel an, dann begann er zu essen wie jemand, der wenig Übung im

Gebrauch eines Suppenlöffels hat. Meine Mutter betrachtete ihn zärtlich. »Ich hab' ihn nicht richtig verpflegen können.«

In Anbetracht ihrer langen Arbeitsstunden und ihrer Not sähe sie gut aus, meinte ich. Sie gab mir recht. Sie war wieder zu Kräften gekommen. Selbst alle Arbeit zu tun sei einfacher, als die Mädchen zu beaufsichtigen. Manchmal käme sie sich mehr wie eine Äbtissin als wie eine Wäscherin vor. Captain Brown lachte darüber und kleckerte mit der Suppe. Er entschuldigte sich. Dann legte er den Löffel fein säuberlich in den Teller und schlief wieder ein. »Es geht ihm nicht gut«, erzählte meine Mutter. »Sein Trinken ist die Wurzel des Übels. Ich war zu müde, um jeden Tag für ihn zu kochen. Man kommt nur noch nach Hause, um zu schlafen.« Es stimmte schon, die Wohnung machte einen vernachlässigten Eindruck, doch so gefiel sie mir. Wohnung und Mutter erschienen beide irgendwie ausgeruht und ausgeglichen. »Natürlich vermisse ich Esmé.« Sie seufzte. »So ein wunderschönes Mädchen.« Sie erkundigte sich, wann ich wieder nach Petrograd zurückkehren wolle.

»Man riet mir, sich die Dinge etwas beruhigen zu lassen«, erwiderte ich. »Noch ein oder zwei Monate, und ich kann mein Sonderdiplom abholen. Das wird ganz nützlich sein. Ich wollte eigentlich in den Dienst der Regierung treten, doch nun sehe ich mich nach einer Stelle um. Vielleicht finde ich in Charkow eine angesehene Firma. Ich habe viele Ideen, die sich patentieren ließen. Durchaus möglich, daß ich sogar freiberuflich tätig werde.«

»Und was willst du anfangen, bis du dein Diplom bekommst?«

»Schlafen.« Ich tätschelte ihre Schulter und küßte sie auf die Wange.

»Du kannst Esmés Bett haben«, sagte sie.

Neun

Schon bald fühlte ich mich in einem chaotischen Kiew viel wohler als in Petrograd. Ich kannte die Straßen meiner Stadt, die Gassen und die Abkürzungen. Ich kannte die Gegenden, in denen Gauner ihr Unwesen trieben, und wußte, wie ich sie am besten meiden konnte. Ich kannte die besten Verstecke. Unsere Gegend war relativ ruhig, weil es bei uns nichts zu holen gab. Außerdem war Podol das beliebteste Ziel der Plünderer. Als das Eis auf dem Dnjepr zu brechen begann und das Klirren und Ächzen der mächtigen Schollen durch die Stadt hallte, stellte ich fest, daß ich mir etwas vom Gleichmut meiner Mutter angeeignet hatte. Der Geist meines Vaters war endlich zur ewigen Ruhe gebettet worden. Meiner Mutter, der Witwe eines den Märtyrertod gestorbenen Revolutionärs, konnte es kaum besser gehen. Es konnte alles nur noch besser werden. Meine Aussichten hellten sich auf. Ich beschloß, Sarkis Michailowitsch Kouyoumdjians alte Kundschaft abzuklappern. Ingenieure waren knapp. Ein oder zwei Leute hatten sich bereits nach meinem Ex-Chef erkundigt. Da er Kiew verlassen hatte, lag fast die Hälfte der Maschinenfabriken still. Auch wenn ich nur einen Bruchteil des technischen Wissens und der Fertigkeit des Armeniers besaß, müßte ich trotzdem genug zu tun bekommen.

Ich erledigte einige kleine Aufträge für die Podol-Juden, für die bereits Kouyoumdjian gearbeitet hatte. Sie waren überschwenglich dankbar und zahlten praktisch jeden Preis, den ich nannte. Wie mein ehemaliger Boß war ich ein Hans Dampf in allen Gassen und reparierte alles, was nicht von Mensch, Kind oder Tier angetrieben wurde. So hatte ich schon bald einen ansehnlichen Geldbetrag zusammen, um mir besseres Werkzeug zu kaufen und etwas zurückzulegen. Captain Brown diente zeitweilig als mein Handlanger. Da er nun eine Beschäftigung hatte, wurde er tagsüber auch etwas nüchterner. Meine Mutter hätte ihre Arbeit in der Wäscherei aufgeben können, doch auch ihr schien ihre Beschäftigung zu gefallen. Schön wäre es gewesen, wenn Esmé dagewesen wäre. Sie hätte sich über meinen Erfolg sicher gefreut. Frauen, um meine sexuellen Bedürfnisse zu befriedigen, gab es mehr als genug. Mit Geld in den Taschen wurde ich in den Kabaretts, wo ich in der Woche ein oder zwei Abende verbrachte, schnell eine populäre Erscheinung. Mich störte lediglich, daß ich noch immer nichts von Professor Matzneff wegen meines Diploms gehört hatte. Ohne dieses Dokument konnte ich mich bei keiner wichtigen Firma um eine Stelle bewerben, die mir auch geholfen hätte, dem Dienst in der Armee fernzubleiben. Meinen Kokainkonsum hatte ich weitgehend eingeschränkt, obgleich unsere »Mutterstadt« sich zu einem der Hauptumschlagszentren entwickelte. Viele Frauen waren alte Freundinnen aus Petrograd. Da waren Dichter und Maler und Entertainer, die mich kannten. Meine gesellschaftlichen Kontakte waren sehr vielseitig und nützlich. Ich fing auch an, mich modischer zu kleiden. Als der Frühling wärmer wurde, kaufte ich einen Strohhut und einen Spazierstock mit silbernem Knauf. Ich konnte in jedes Geschäft auf dem Kreschkatik gehen und kaufen, wonach mir der Sinn stand. Ich konnte Kutschen mieten. Und alles mit ehrlich erworbenem Geld. Tagsüber, und manchmal auch nachts, war ich ein Mechaniker in einem schmutzigen, ölverschmierten blauen Overall. Wenn ich in Kiew ausging, dann verwandelte ich mich in einen der elegantesten jungen Männer. Ich war immer so vorsichtig, nur wenig Bargeld bei mir zu tragen, und war stets nur in Gesellschaft unterwegs. Ähnlich wie früher in Petrograd hatten in der Stadt viele neue Theater und Kinos eröffnet. Die Foline Ballett Compagnie traf in Kiew ein, und mit ihr mein alter Freund Serjoscha Andrejowitsch Zipliakow. Er begrüßte mich überschwenglich, als ich mich mit ihm in einem Privatzimmer im Hotel *Arson* traf. Das Haus war renoviert und von Uljanski übernommen worden. Dekoriert war es mit bizarren, eindeutigen Wandgemälden, die man vor einigen Monaten niemals geduldet hätte. Ich achtete nicht darauf. Das Etablissement war einer der Haupttreffpunkte für Künstler und Emigranten. Serjoscha war von meiner Eleganz zutiefst beeindruckt. Er drückte mich an sich. Ich erwiderte seine Umarmung. Ohne ihn hätte ich niemals Kolja kennengelernt.

Wir setzten uns zu Tisch. Ich fragte ihn, ob er unseren gemeinsamen Freund gesprochen hätte.

Er erzählte mir, Kolja wäre zu stolz geworden und hätte seine alten Freunde fallengelassen. Er sei jetzt ein richtiger Fürst und hätte mit dem Ministerium für Kunst und Kultur zu tun. Serjoscha meinte, er wolle die Ballettgruppe verlassen und bei der nächsten Gelegenheit nach Amerika gehen. Er fragte, wo er kleine Jungen und Kokain bekommen könne. Ich erklärte es ihm, und wir trennten uns. Ich hatte ein unerklärliches Heimweh nach Kolja und Petrograd. Ich zog sogar in Erwägung, dorthin zurückzukehren. Doch die Fanatiker bekamen in der Regierung allmählich die Oberhand. Der »Bolschewisten-Coup« im Oktober war eine natürliche Konsequenz, und jedermann hatte damit gerechnet. Kerenski hatte den Wirbelsturm entfesselt und wurde davon selbst verschlungen. Es ist eine Schande, daß Stalin die Macht nicht sofort übernehmen konnte, doch die Geschichte, jene mystische Kraft, die die Bolschewiken an Gottes Stelle gesetzt hatten, war gegen ihn. Niemals würde er sich von dem Tataren Lenin und dem Juden Trotzki befreien können. Sie hockten auf seinen Schultern und flüsterten ihm ins Ohr, obwohl er sie beide hatte umbringen lassen.

Iwan der Schreckliche wird manchmal als der Macbeth Rußlands dargestellt. Stalin war unser Richard III. Er tötete Millionen. Er hockte in seinem eigenen leeren Kreml-Kino und sah sich Mickey-Mouse-Filme an, während Rußland auf sein Geheiß starb. Er hatte Gott mal nahe gestanden. Obwohl er sich erbittert dagegen wehrte, war Gott noch in ihm. Er tötete im Namen der Zukunft, wie die Kosaken im Namen Christi töteten. Doch er konnte die Geister nicht loswerden: Bolschewistenfürsten, die ebenso gestorben waren wie Bojaren unter Iwan. Stalin meinte, Iwan hätte alle Bojaren umbringen sollen. Wäre Stalin so alt geworden wie Methusalem, hätte es am Ende außer ihm keinen lebenden Menschen mehr gegeben. Dann hätte er seinen ersehnten Himmel auf Erden gehabt. Er mordete in der Hoffnung, jeden möglichen Ankläger zum Schweigen zu bringen. Man sagt, ein Mörder könne nicht schlafen. Es ist umgekehrt: diejenigen, die nicht schlafen können, werden zu Mördern. Von ihren Träumen abgeschnitten, setzen sie harmlose Alpträume in grauenhafte Wirklichkeit um.

Ich wollte meine eigenen Träume Wirklichkeit werden lassen.

Während meiner Tätigkeit als Mechaniker arbeitete ich an meinen Erfindungen weiter, fertigte genaue Zeichnungen auf entsprechendem Zeichenpapier an. Wenn ich mich dann in Charkow oder Cherson vorstellte, würde ich den bestmöglichen Eindruck machen. Der Sommer war sehr schön. Von St. Alexander aus konnte ich nach Darniza hinübersehen, wo sich das deutsche Kriegsgefangenenlager befand, und die Gefangenen beim Baden beobachten. Sie waren in einer jämmerlichen Verfassung. Während der Kriegshandlungen hatten sie große Not leiden müssen, und wir konnten es uns nicht leisten, sie angemessen zu verpflegen. Sie aßen Läuse. Ich hatte eine Lösung für sie. Dazu müßte ich Fabrikanten am Ort für meine Patente interessieren. Die Deutschen könnten dann als Arbeiter eingesetzt werden. Sie wären glücklich, für Lebensmittel arbeiten zu dürfen. Doch war Rohmaterial genauso knapp wie Arbeitskräfte.

Außerdem entwickelte ich eine aufregende Idee: eine Vorrichtung, um Licht zu bündeln, einen zugegebenermaßen primitiven Vorläufer der modernen Maser und Laser, welche heutzutage Medizin und Astronomie revolutionieren. Ich wollte mit unsichtbarem Licht arbeiten (heute »Ultraviolettlicht« genannt). Mit der entsprechenden Ausrüstung und mehr Vertrauen von seiten jener ängstlichen ukrainischen Geschäftsleute, die eher daran interessiert waren, ihr Geld aus Rußland herauszubringen, als es in unsere Kriegsbemühungen zu investieren, hätte ich vielleicht das Blatt wenden können. Die Vorrichtung hatte ihre Mängel und wäre zu groß gewesen, um sie schnell transportieren zu können, dennoch hätte ihr Einsatz unter den Feinden nachhaltige Verwirrung gestiftet.

Mutter bewies eine wache Intelligenz, die mich überraschte. Meine simpleren Ideen entlockten ihr recht gezielte Fragen. Ich erzählte ihr von meinem Druckluftmaschinengewehr und meinem pilotlosen, ferngesteuerten »Feuerballon«, der mächtige Bomben mit sich führen konnte, von einem Flugzeug in Position geschleppt und über dem Ziel abgeschossen würde. Ich hatte weitaus mehr Ideen als in Petrograd. Nun hatte ich Zeit und Selbstvertrauen, um sie auszuarbeiten. Ich entwickelte außerdem den Nachrichtensatelliten (für den ich nie auch nur einen Penny an Tantiemen erhalten hatte), das Fernsehen, die funkübermittelte Zeitung, die Sprengrakete und die Transportrakete. Haushaltsautomaten waren eine weitere Idee (noch gab es nicht das tschechische Wort *Robot* für Diener, das von dem linken Autor Čapek geprägt wurde). Ich beschäftigte mich auch mit den Plänen für ein unbemanntes Flugzeug, das mittels Funk vom Boden aus gelenkt würde. Ich sehe jetzt ein, daß ich damals zu viel und zu offen redete. Das gilt nicht nur für Rußland, sondern auch für meine Aufenthalte in Deutschland, Amerika und England, wo viele meiner Ideen von skrupellosen Geschäftsleuten »ausgeliehen« und an jüdische Firmen verhökert wurden, die sich damit heute noch goldene Nasen verdienen. Ich will jetzt keine Namen nennen. Es reicht wohl zu erwähnen, daß Marx und Spenser nicht als Erfinder der Unterhose anzusehen sind.

Ich glaube, damals in Kiew muß ich für die Leute, die mich kannten, eine ziemlich seltsame Erscheinung gewesen sein. Meine Mutter hingegen störte es nicht, daß ich unsere Wohnung als ölverschmierter Mechaniker betrat und sie als eleganter Lebemann wieder verließ. Ich sammelte in jeder Richtung meine Erfahrungen. Meine Aktivitäten beschränkte ich vorwiegend auf Podol. Im Getto gab es mehr als genug Arbeit. Die Juden taten alles, um ihre Betriebe produktionfähig zu erhalten. Es schien, als normalisierte sich alles.

In meinem weißen Anzug, meinem Strohhut und mit meinem versilberten Spazierstock unternahm ich Sonntagsspaziergänge auf der Flußpromenade. Ich mietete ab und zu eine Kutsche und fuhr zum Picknick mit Mutter und Captain Brown aufs Land. Esmé kam auf Urlaub. Sie sah erschöpft und dünner aus, als ich sie in Erinnerung hatte. Endlich konnte ich ihr von Nutzen sein. Ich brachte sie in einem guten Hotel unter, im *Jewropjaskaja* am Kreschkatik. Sie wurde wie eine Gräfin empfangen und entsprechend bedient. Sie war begeistert. Sie umarmte mich, küßte mich und meinte, dies sei ein wunderschönes Geschenk. Sie freute sich über mein Diplom und hatte unzählige Fragen auf der Zunge. Ich erkannte, daß sie Schlaf brauchte, und ließ sie im eleganten Sommerzimmer inmitten von Silber und Gold und Seide allein. Ich würde mich am Abend bei ihr melden. Bis dahin würde ich ihr Kleider schicken und bestellte eine Kutsche für sechs Uhr vor das Hotel.

Um sechs Uhr trug sie ein perfekt geschnittenes blaues Kleid, ein dazu passendes Hutband, Federn, »Tango«-Schuhe. Sie hatte nur wenig Make-up aufgelegt, und ihre blauen Augen bildeten einen hubschen Kontrast zu ihrer rosigen Haut und der Goldflut ihrer Haare. Ich war stolz, mit ihr gesehen zu werden, als die Kutsche uns zum Zarskaya Platz und einem der besten Restaurants Kiews brachte. Sie kostete einen Gang nach dem anderen, war aber zu aufgeregt, um richtig essen zu können. »Ich hörte, daß zu Hause alle kurz vor dem Verhungern stünden!«

»Nicht alle«, sagte ich. »Die Lebensmittel gelangen einfach nicht bis zu den Soldaten. Daher müssen sie verbraucht werden.« Ich berichtete von Leuten, die mit Körben voller Lebensmittel nach Moskau fuhren und praktisch als Millionäre wieder zurückkamen.

»Bestreitest du so deinen Lebensunterhalt?« erkundigte sie sich.

»Lieber Gott, nein! Ich leiste ehrliche Arbeit.« Ich war etwas verletzt durch diese Unterstellung. Sie entschuldigte sich. Ich schenkte ihr mehr französischen Wein ein und klärte sie auf. »Ich habe Sarkis Michailowitschs Geschäfte übernommen. Man könnte sagen, daß die Profiteure mir ihren Profit abgeben. Doch im wesentlichen sind es ehrliche Leute. Jedermann kauft oder verkauft etwas. Hast du die Märkte gesehen? Die Bessarabskaja? Dort ist das ganze Jahr der Hauptumschlagplatz für alles mögliche. Bauern bringen ihre Produkte in die Stadt, weil niemand mehr aufs Land reisen kann. Ganze Herden treiben sie nach Kiew. In der Bessarabskaja kann man praktisch alles bekommen.« Ich brauchte ihr den Hintersinn meiner Worte nicht zu erklären. Ihr Leben unter den Soldaten hatte sie welterfahren gemacht.

Eine Musikkapelle begann zu spielen. Zigeunermusik, sehr schwermütig. Esmé entspannte sich. Sie war bildschön. Ich betrachtete sie noch immer wie eine Schwester. Ich konnte sie nicht als Sexualpartnerin sehen. Sie sollte ihre Jungfräulichkeit behalten. Ich konnte ihr helfen, wohlhabend zu heiraten. Ich war ihr Bruder und Vater. Freunde und Geschäftspartner sahen uns zusammen. Mehr als einmal zwinkerte man mir vielsagend zu, und wenn Esmé nicht in Hörweite war, dann gratulierte man mir zu meiner Eroberung. Ich widersprach nicht. Es war mir recht, mit ihr gesehen zu werden. Nach dem Krieg, wenn ich für die Vertreter der Schwerindustrie Empfänge gäbe, würde Esmé eine perfekte Gastgeberin sein. Ich könnte sie in meine Firma nehmen. Ich hatte begonnen, das zu entwerfen, das die Deutschen einen »Lebensplan« nennen. Ich würde mich an Thomas Edison orientieren, dem amerikanischen Erfinder und Unternehmer. Mein

Name würde zum Synonym für Fortschritt und Aufklärung werden; vielleicht würde man ihn sogar in einem Atemzug mit Galileo und Newton nennen. Aber ich würde meinen praktischen Sinn behalten. Ich würde die Kontrolle über meine Patente nicht abgeben.

Ich erklärte Esmé mein Vorhaben und meine weiteren Pläne. »Du wirst meine richtige Partnerin sein«, sagte ich ihr. »Das ist nur fair. Deine Unterstützung und die meiner Mutter haben mich so weit kommen lassen.«

Sie blickte auf ihren Teller und lächelte leicht. »Ich wollte eigentlich Ärztin werden«, offenbarte sie mir. »Ich glaube, ich bin dazu berufen.«

»Und vielleicht wird Captain Brown eine Wäscherin!« Dies sollte ein harmloser Scherz sein. Die Vorstellung von meiner Esmé in maskuliner Kleidung und mit einem Arztkoffer war lächerlich. »Warum nicht? Im Neuen Rußland ist alles möglich!« Ich benutzte eine populäre Phrase der provisorischen Regierung. Ich wechselte das Thema. »Es wird von Meuterei geredet. Bist du sicher an der Front?«

Sie blickte auf und lachte. »Sicherer als auf dem Kreschkatik, lieber Maxim. Die Soldaten sind wie Kinder. Wenn sie einen Offizier oder eine Krankenschwester mögen, dann tun sie alles für sie. Die Bedingungen sind unbeschreiblich. Sie sind dankbar, wenn man ihnen nur den Schweiß von der Stirn wischt. Es sind ehrliche, anständige Russen.«

»Kinder können über Nacht zu Feinden werden«, sagte ich.

»Wir sind ihre Nanjanas. Sie haben Zutrauen zu uns. Sie wissen, daß wir genauso leiden wie sie, daß wir freiwillig an der Front sind.«

Ich ließ die Rechnung kommen. Esmé hatte mich etwas beruhigt. Aber sie war immer noch sehr naiv.

Wir fuhren in der Kutsche durch die engen Straßen Kiews. Überall brannten Kerzen und Öllampen. Ich träumte von früher, als der Kreschkatik von elektrischem Licht und Gaslaternen erleuchtet war. Deutsche Musikkapellen spielten Walzermelodien. Damals hätte ich meinen Triumph und Esmés Freude richtig auskosten können.

Esmé meinte, sie fühle sich schuldig. So viele Menschen wären heimatlos, krank und verkrüppelt. Ich beteuerte, daß ich dem Unglück nicht blind gegenüberstand. Ich spendete großzügig an verschiedene kirchliche Institutionen, die die Not der Armen zu lindern versuchten. Selbst die Juden in Podol wußten, daß ich stets eine Münze in jedwede Sammelbüchse steckte. Geiz kannte ich nicht. Wenn ich Geld hatte, dann gab ich es auch her. Und dann sparte ich natürlich. Ich hatte gegenüber meiner Mutter und allen, die ich liebte, gewisse Verpflichtungen. Ich mußte dafür sorgen, daß sie nicht unter den politischen Wirren litten. Irgendwann würde meine Mutter auch nicht mehr in der Wäscherei arbeiten können. Solange man abgesichert ist, kann man leben, wie es einem gefällt, sagte ich. Und das haben die Bolschewiken nicht begriffen. Freiheit basiert auf einem Sinn für Verantwortung. In meinem ganzen Leben habe ich nur einen Wahlspruch akzeptiert: »Leben und leben lassen!«

Esmé fragte, wohin ich mit ihr fahren wolle. Ich nannte ein beliebtes Kabarett, den *Roten Affen* oder den *Grünen Sioux*. Sie wollte aber lieber in die Wohnung fahren, um mit meiner Mutter und Captain Brown gemütlich Tee zu trinken. Captain Brown würde mittlerweile schon mehr als ein gemütliches Glas Wodka intus haben und entweder schlafen oder irgendein obskures Lied grölen, doch ich sah ein, daß das Luxusleben auch ganz schön anstrengend sein konnte. Ich dirigierte die Kutsche in unsere kleine Straße in Kirillowskaja. Esmés Instinkt war richtig gewesen. Plötzlich war ich völlig locker und gelöst. Nur wenig hatte sich dort verändert: die Holzvorbauten, die verwinkelten Häuser, das ferne Gebell der Hunde, die streitenden Ehepaare. Wir waren wie zwei glückliche Kinder, die am Tag in Herrn Lustgartens Schule gesessen hatten. Wie wenig Zeit doch vergangen war seit meinem ersten Flugversuch. Nun hatte ihr Vater die ewige Ruhe gefunden, und, so seltsam es klingt, meine Mutter schien ihre geistige Ruhe gefunden zu haben.

Obwohl ich einen Schlüssel besaß, klopfte ich an. Die Tür wurde sofort geöffnet. Meine Mutter hatte Esmé bereits gesehen, als ich ihr das Hotelzimmer besorgte, doch sie umarmte sie, als begrüßte sie sie zum erstenmal. »Was für ein schönes Mädchen. Du bist immer noch ein Engel. Sieh sie dir an, Maxim.«

Ich betrachtete sie. »Hast du uns erwartet, Mama?«

Sie wurde sichtlich nervös. »War das Restaurant gut?«

»Das beste. Du mußt mal hingehen.«

»Ach, ich bin immer zu aufgeregt. Mir wird schlecht, ehe ich auch nur einen Bissen genommen habe.« Das war auch der Grund, warum ich es aufgegeben hatte, mit ihr auszugehen.

Esmé setzte sich in ihren Lieblingssessel und zog die Schuhe aus. Sie raffte ihren Rock hoch und kratzte ein in hellblaue Seide gehülltes, perfekt geformtes Bein. Natürlich war ich den Umgang mit Frauen gewöhnt, und die meisten hatten nicht den geringsten Anstand, doch von Esmé hätte ich ein anderes Verhalten erwartet. Das war dumm von mir. Immerhin gehörte sie praktisch zur Familie und hatte an der Front gedient. Meine Mutter tat Zuckerstücke und Zitronenscheiben in Esmés Teetasse. »Ich hab' ihn etwas stärker gemacht. Du bist doch starken Tee gewöhnt, oder?«

»Nicht mehr.« Esmé fing nicht an zu klagen. »Er ist sehr gut, Jelisabeta Filipowna.« Sie sah mich lächelnd an. »Das beste, was ich heute zu mir genommen habe.«

»Und dafür habe ich ein Vermögen ausgegeben!« sagte ich in gespielter Verzweiflung. Ich setzte mich ebenfalls und erhielt ein Glas Tee.

»Du ißt nicht tüchtig genug«, sagte meine Mutter zu Esmé. »Ist das Essen so schlecht?«

»Nicht so schlecht wie das, was die Soldaten bekommen.«

»Käferchen im Brot, nicht wahr?«

»Manchmal.«

»Mutter«, mischte ich mich ein. »Kritisier nicht so herum!« Sie zuckte die Achseln. »Jetzt lassen sie uns kritisieren anstatt essen.«

Esmé amüsierte sich. »Wir verwandeln uns alle in Revolutionäre.«

»Wir hängen unser Fähnchen nach dem Wind«, sagte meine Mutter. »Was sollen wir sonst tun?«

Ich wußte, was sie dachte. Mein Vater hatte sich niemals beeinflussen lassen. Er hatte stur an seiner Religion der Anarchie und der Gewalt festgehalten. Seltsam, daß meine Mutter nun, da von allen Seiten das Chaos drohte, ihre Angst verloren hatte.

Esmé erklärte, sie wolle nicht über den Krieg diskutieren, »wenigstens nicht heute abend«. Wir sprachen über einen Brief Onkel Semjas an meine Mutter. Es war einer von vielen, die er geschrieben hatte. Die anderen waren allesamt verlorengegangen. »Es geht ihm gut. Sie machen das Beste aus ihrer Lage. Sie haben sich ein Haus in Arkadia gemietet. Ist es dort schön, Maxim? Jedenfalls klingt es danach.«

»Es war dort schön«, erwiderte ich. »Vielleicht ist es das immer noch.« Ich wünschte in diesem Moment, wir wären alle dort und könnten die warme, salzige Luft eines Abends in Odessa genießen. Ich sehnte mich nach dem Geruch welkender Blumen, nach der Kameradschaft Shuras und seiner Freunde. »Sollen wir morgen hinfahren? Mit der Eisenbahn?«

»Fahren denn noch Züge?« Die Miene meiner Mutter hellte sich auf.

»Müßten sie eigentlich. Es ist eine Hauptstrecke.«

»Die Idee ist verlockend.« Doch sie zögerte.

Esmé leerte ihr Glas. »Ich muß in zwei Tagen wieder zurück. Ihr könnt ja fahren.«

Die Idee erschien mir immer reizvoller. »Und was ist mit einem Urlaub aus dringenden familiären Gründen?«

Esmé schüttelte bedauernd den Kopf. »Das ist nicht fair. Wir sind nur so wenige.«

»Sie hat ihre Pflichten, Maxim.«

»Ja, Mama.«

»Und wir haben die unseren.« Mutter räumte die Gläser zusammen. »Ohne mich würde die Wäscherei zusammenbrechen. Alles käme durcheinander.« Sie kicherte. »Die Frauen bekämen Herrenoberhemden geliefert, und die Männer müßten mit Damennachthemden vorlieb nehmen.« Sie schenkte sich ein frisches Glas Tee ein. Wir wurden von ihrem Kichern angesteckt.

»Es ist wie in alten Zeiten«, sagte meine Mutter, und ihr Gesicht verdüsterte sich.

»Die Zukunft wird besser«, sagte ich. »Wir kaufen uns ein eigenes Haus. Auf der Truchanow-Insel. Wir werden eine Yacht haben und auf dem Dnjepr herumsegeln. Mit dem Motor kommen wir nach Odessa. Und nach Sewastopol. Und nach Jalta. Nach Italien und nach Spanien. Und nach Griechenland. Zur Kur fahren wir nach Baden-Baden, das dann zu Rußland gehören wird, und den Sommer verbringen wir in England. Paris wird unsere zweite Heimat. Du, Esmé, wirst von Fürsten umworben, vom Prinzen von Wales. Ich werde einen Kreis adliger Damen um mich sammeln, die um meine Gunst wetteifern. Und du, Mutter, wirst die Königin der Salons.«

»Ich würde bald vor Langeweile sterben.«

»Ich werde eine neue Reinigungsmethode erfinden. Eine universelle Wäscherei sozusagen. Man drückt auf einen Knopf, und schon ist die Welt blitzblank sauber.«

»Kann ich denn beides gleichzeitg machen – den Salon und diese Weltwäscherei?«

Wir lachten wieder. Diese Momente waren die glücklichsten meines Lebens.

Meine Mutter erzählte, daß Onkel Semja sich über mein Diplom freue. Nur zu gern würde er mir behiflich sein, eine angemessene Anstellung in Odessa zu finden. Jedoch hätte ich »anderswo« bessere Möglichkeiten. Er dächte wohl an das Ausland, meinte meine Mutter. Ich überlegte, ob er mich immer noch nach England reisen lassen wolle. Diese Vorstellung reizte mich. Da ich nun ein Mann von Welt war, würde ich überall bestens zurechtkommen. Der Paß blieb mein wertvollster Schatz. Es war ein sogenannter »offener« Paß, überaus schwierig zu bekommen, vor allem während des Krieges. Ich konnte das Land verlassen oder betreten. Ich konnte ungehindert alle mit Rußland befreundeten Länder besuchen. England, Amerika und Frankreich standen mir offen. Falls Frieden geschlossen wurde, konnte ich sogar nach Berlin reisen. Mit meinen siebzehn Jahren war ich schon recht gut ausgerüstet. Ich hatte praktisch alles erreicht, wovon ich geträumt hatte, außer den Geldmitteln, um meine eigenen Erfindungen zu konstruieren und zu bauen. Ich brachte Esmé zurück und dachte auf dem Weg in mein Hotel über meine derzeitige Lage nach.

Ein oder zweimal hatte ich im vergangenen Monat an Professor Matzneff geschrieben. Wahrscheinlich waren die Briefe in Petrograd gar nicht angekommen, oder er hatte das Institut verlassen. Andere Briefe hatte ich Freunden mitgegeben. Bis ich darauf eine Antwort erhielt, würde es noch einige Zeit dauern. Ich hatte auch mit Repräsentanten des Technischen Instituts in Kiew verhandelt, doch die waren zu sehr mit ihren eigenen Dingen beschäftigt, um sich meine Probleme anzuhören. Ein Mann, mit Pincenez, einem grauen Bart und der Erscheinung eines Anhängers des Ancien Regime sagte etwas von »russischen Qualifikationen«. Falls ich mein Diplom in Kiew bekommen wolle, müsse ich meine Prüfungen wiederholen, und zwar in Ukrainisch. Daraufhin gab ich meine Bemühungen auf. Unterdessen baute ich meine Position aus. Bauern, Arbeiter, Deserteure, Flüchtlinge, einflußreiche Leute kamen nach Kiew und brauchten alles mögliche, wozu Maschinen notwendig waren. So gediehen meine Geschäfte. Ich erkannte, daß Naturwissenschaft und Technik

Rußlands Rettung waren. Putilow, jener visionäre Industrielle, teilte meine Ansichten. Das galt später auch für Stalin. Wir brauchten keine Revolutionen. Ich glaube, wir brauchten von Gott ein Zeichen, daß er der Naturwissenschaft wohlwollend gegenüberstand. Stolijpin hatte erkannt, daß Ignoranz der schlimmste Feind Rußlands ist. Meiner Stadt haftet der ewige Makel an, Schauplatz des Mordes an diesem großen Politiker gewesen zu sein. Vielleicht war Stolijpin von Gott gesandt? Die Mächte des Antichristen, als Polizisten verkleidet, vernichteten ihn. Wie ich hörte, empfand der Zar kein Bedauern. Er hielt Stolijpin für einen Judenfreund. Vielleicht war er das, und vielleicht war dies sein schwacher Punkt. Er hatte darauf hingewiesen, daß Deutschland seine Juden sinnvoll verwendete. Doch die Juden infiltrierten die deutsche Kultur, bis sie totale Kontrolle darüber hatten. Das tun sie immer, sobald sie dazu die geringste Chance sehen.

Die Deutschen nahmen Riga ein, und noch mehr Menschen kamen nach Kiew. Livland hatte schon seit längerem nationale Unabhängigkeit gefordert, daher erfolgte der Sieg in gewissem Sinn nicht auf russischem Boden, doch jeder echte Russe empfand die Einnahme Rigas als furchtbaren Schlag. Natürlich war es den Juden egal, wer siegte. Vielleicht glaubten sie, da sie Jiddisch sprachen, daß das Leben unter den Deutschen leichter sei.

Bald käme ich für die Armee in Frage. Ich war entschlossen, mich nicht als Kanonenfutter verheizen zu lassen. Ich fertigte einige Kopien des Briefes an, in dem Professor Vorsin mein Sonderdiplom erwähnt hatte. Damit wurde wenigstens nicht der Eindruck erweckt, ich wollte mich einer groben Fälschung bedienen. Diesen Brief verschickte ich zusammen mit einem Brief von mir und bot diversen Unternehmen in der Ukraine meine Dienste an. Das einzige Problem war nur, daß der Brief des Professors an M. A. Pyatnitski lautete. Dies war die einzige Änderung, die ich vornahm. Professor Vorsins Schrift war sehr einfach zu imitieren, und nach einigen Versuchen gelang mir ein Faksimile mit genau seinem Text, jedoch mit dem Namen, der in meinem Paß stand. Dies alles erscheint vielleicht wie ein ausgetüftelter Betrug, dabei wollte ich nichts anderes als Gerechtigkeit. Mit Hilfe eines Drukkers reproduzierte ich den Briefkopf des Institutes für Technologie in Petrograd. Auf diese Briefbögen schrieb ich den Brieftext des Professors, in dem er mir das Sonderdiplom in Aussicht stellte. Danach fühlte ich mich irgendwie erleichtert. Irgendwann würde ich schon bekommen, was mir zustand. Durch Vermittlung eines Bekannten in Podol ließ ich zwei Kopien meines Passes drucken, komplett mit Fotos von mir. Der eine lautete auf den Namen Dimitri Mitrofanowitsch Krijschev, so daß er zu dem Diplom paßte, falls es auf den falschen Namen ausgestellt war. Der andere Paß war eine genaue Kopie meines derzeitigen Dokuments. Captain Brown machte mich mit einem Tommy bekannt, der in Kiew im Hospital lag. Er wollte in Kürze über Archangelsk in seine Heimat zurückkehren. Er hatte sein rechtes Bein verloren. Ich bot ihm eine stolze Summe an, falls er meinen Paß mitnähme. Diesen solle er in London in einem Schließfach deponieren und den Schlüssel in London hinterlegen. Er zwinkerte mir verschwörerisch zu, als er meine Goldrubel einsteckte. »Keine Angst, Kumpel. Ich würd's genauso machen.« Er sagte, ich solle in London das Postamt an der St. Martin's Lane aufsuchen. Dort bekäme ich den Schlüssel ausgehändigt. Außer meinem Paß nahm der Engländer auch einen Brief Captain Browns an dessen Verwandte in Schottland mit. Der junge Soldat trug den Namen Fraser. Er sollte in Portsmouth als Schuhverkäufer viel Erfolg haben.

Wahrscheinlich fing er damit an, seine überzähligen Schuhe zu verkaufen. Es gab damals sehr viele Männer in London, die nur einen linken Schuh brauchten.

Es war klug von mir, daß ich meine Vorbereitungen getroffen hatte. Im September 1917, als Kiew in voller Blüte stand, machte Kerenski sich zum Ministerpräsidenten und erklärte Rußland zur Republik. Damit hatte er sich übernommen. Er war von der Idee besessen, »Rußland zu retten«. Er hatte Lenin unterschätzt. Fast im selben Moment, als wir den Krieg hätten gewinnen können und als die ersten amerikanischen Divisionen uns zu Hilfe kamen, übernahmen Lenin und seine Bande die Herrschaft in Rußland und schickten sich an, mit Deutschland einen Separatfrieden zu schließen. Das ist auch die Ursache für meine Abneigung gegen den Genossen Bronstein, was seine strategischen Fähigkeiten betrifft. Ein Frieden wäre nicht nötig gewesen. Wir hatten fast gewonnen. Es war eine typisch bolschewistische Entscheidung. Es sollte so aussehen, als wäre das Chaos vorausgesehen worden, das nun entstand. Geschichte? Die Männer desertierten schneller aus der Armee, als sie an die Front geschickt werden konnten. Daher behaupteten die Bolschewiken, das gehöre zu ihrem Plan. Kurz darauf sollten sie schon ganz anders tönen. Der größte Teil der Bevölkerung erhob sich gegen sie. Sie mußten eine Tscheka und eine Rote Armee schaffen, um die Menschen zu terrorisieren, die sie zu retten vorgaben. Am Tag der ersten bedeutenden Panzerschlacht bei Cambrai erklärte die ukrainische Rada die Provinz zur Republik. Plötzlich waren wir keine russischen Bürger mehr. Wenigstens hatten wir mit dem bolschewistischen Wahnsinn nichts mehr zu schaffen. Obwohl meine Verbindungen mit Petrograd nahezu vollständig abrissen, hatte ich das Gefühl, als hätten wir wieder mehr Raum zum Atmen. Wir hatten eine freie Marktwirtschaft, wodurch ich meine Arbeit fortsetzen konnte.

Die Schneemassen deckten Kiew zu. Der Fluß begann zuzufrieren. Der Waffenstillstand war so gut wie geschlossen. Unterzeichnet wurde er offiziell von den Bolschewiken. Damit hörten die Kampfhandlungen zwar nicht auf, aber eine Reihe Soldaten kehrte nach Hause zurück, und mit ihnen auch Esmé. Geheizt wurde die Stadt in jenem Winter durch den Protest der Menschenmenge, die sich dicht an dicht durch die Straßen und über die Plätze schob. Esmé ließ ich bei meiner Mutter wohnen, während ich das *Jewropjaskaja* aufsuchte, wo es von Delegationen verschiedener Parteien wimmelte. Dort konnte man keinen Frieden finden. Ich zog um ins teuere *Savoy*. Sogar dort wurde ich von Polizisten belästigt. Nach ein oder zwei Wochen kehrte ich zu Uljanski zurück. Das Hotel hatte den Namen *Arson* abgelegt und hieß jetzt »Der Kubus«, ein völlig unzutreffender Name für ein heruntergekommenes Gebäude mit pseudogotischen Erkern und Zwiebeltürmen. Im Innern fiel die Mischung verschiedener künstlerischer Stilrichtungen weitaus deutlicher auf. Akmeisten, Futuristen, Konstruktivisten, Kubisten; Poeten, Musiker, Maler und Journalisten tranken genausoviel wie die Politiker. Sie redeten auch genauso viel. Sie paarten sich auch ebenso oft, wenn nicht öfter, aber sie ließen einen wenigstens in Ruhe. Während der zwei Wochen in den Hotels am Kreschkatik hatte ich einen lebenslangen Vorrat an Kokarden verschlissen. *Der Kubus* stand in der Nähe des Chateau des Fleurs, nicht weit vom Stadtpark. Das Chateau (ein Lustgarten mit Theater) war vor dem Krieg durch ein Feuer vernichtet worden. Als ich mich im *Kubus* häuslich niedergelassen hatte, kam ich mir vor wie in den alten Tagen in Petrograd. Ich hatte eine kleine Suite im obersten Stock mit Blick über verschneite Parks und kahle Bäume und den Dnjepr.

Ich war immer noch als Mechaniker tätig. Mein Werkzeug und meine Overalls hatte ich bei meiner Mutter deponiert. Esmé war beruhigt, als sie mich einer ehrlichen Arbeit nachgehen sah. Sie arbeitete weiter als Krankenschwester, nunmehr im Alexander-Hospital nicht weit von meinem Zuhause. Manchmal nahm ich sie im Taxi mit, und als die immer seltener wurden, fuhren wir ab und an gemeinsam mit der Straßenbahn. Als Treibstoff und Schmieröl knapp wurden, gaben viele meiner Kunden in Podol ihr Gewerbe auf oder verlegten sich auf primitivere Fabrikationsmethoden. Bald schon würde ich mich in der Lage eines Arztes sehen, dessen sämtliche Patienten verstorben waren, deshalb sah ich mich nach lukrativeren Einkommensmöglichkeiten um. Die waren nicht schwer zu finden. Einige von den größeren Maschinenfabriken, Kaufhäuser mit eigenen Stromgeneratoren, Krankenhäuser und Behördenhäuser brauchten mich. Das war mehr nach meinem Geschmack. Nach und nach erstellte ich nur noch Diagnosen und leistete kaum noch körperliche Arbeit. Es gab auch noch andere freiberufliche Ingenieure in Kiew, Leute, die vom Militärdienst befreit waren oder sich abgesetzt hatten. Meine Kenntnisse von komplizierteren Maschinen waren anfangs vorwiegend theoretisch. Ich brauchte nicht lange, um mir – manchmal auf Kosten des Kunden – die nötige Praxis anzueignen. Bald schon tauschte ich meine Overalls gegen einen dunkelgrauen Anzug, einen grauen Homburg und einen grauen Mantel mit Fuchspelzkragen aus. Ich muß damals in derart feiner Kleidung unglaublich jung ausgesehen haben, aber ich wußte, was ich tat, und konnte den Ratsuchenden Vertrauen und Zuversicht einflößen. Manchmal wiesen Maschinen überhaupt keinen Defekt auf. Dann lag es an denen, die sie bedienten. Heilung konnte ich dann mit ein paar mystischen Gesten und Schlägen bringen. Ich berichtete meiner Mutter von meinen Erfolgen. Sie fragte sich, ob ich nicht »zu schnell zu weit nach oben« käme. Doch ich nutzte meinen Vorteil, solange es möglich war. Niemand konnte sagen, wie lange die Ukrainische Republik bestehen würde. Bolschewiken wie Deutsche schielten gierig auf das ukrainische Getreide und die Bodenschätze.

Ich ermöglichte meiner Mutter die schönsten Feiertage ihres

Lebens. Das Weihnachtsessen nahmen wir in einem separaten Zimmer in einem feinen Restaurant ein, wo ich meine Mutter sogar dazu bewegen konnte, ein oder zwei Gläser Champagner zu trinken. Sie amüsierte sich königlich. Die Kellner bedienten sie zuvorkommend. Esmé und Captain Brown sangen Weihnachtslieder, und wir beschenkten uns gegenseitig. Es war wundervoll. Gegenüber meiner Mutter hatte ich keinerlei Schuldgefühle. Wenn möglich, revanchierte ich mich angemessen für die Sorgen und Probleme, die sie mit mir hatte. An jenem Abend lernte sie den Himmel kennen. Als wir Likör tranken, erzählte ich von meinem großen Plan. Ich wollte ein ordentliches Geschäft aufmachen. Ich wollte eine Firma gründen und eine Reihe Ingenieure einstellen.

»Was immer auch in Zukunft mit Kiew geschieht«, erklärte ich, »uns wird man immer brauchen. Wir werden neue Fabriken entwerfen, Maschinen aufstellen, Ratschläge erteilen. Wenn die Ukraine aufblüht, werden auch wir davon profitieren. Wenn unser Land in Schwierigkeiten gerät, werden wir diese Schwierigkeiten meistern.«

Meine Mutter war verblüfft. Ihr Gesicht umwölkte sich. »Und wie willst du das Unternehmen nennen?«

»Groß-Ukrainischer Technischer Beratungsdienst«, sagte ich. »Das klingt recht gut.«

Sie beruhigte sich. Esmé grinste mich an, als hätte ich soeben einen Geniestreich gelandet. »Und dein derzeitiger eigener Name?«

»Pyatnitski bis auf weiteres.«

»Dein Vater . . .« fing meine Mutter an. Doch dann nickte sie. »Es ist wohl besser so. Du paßt doch auf?«

»Die Zeiten haben sich geändert«, erwiderte ich. »Ich habe mich mit ihnen geändert. Ich wurde geboren, um diese Zeiten zu prägen.«

»Du hast einen Blick für die Zukunft«, murmelte Captain Brown hinter seinem Champagnerglas. Er prostete mir zu. »Ein glückliches Neues Jahr wünsche ich dir.«

Meine Mutter fing an zu weinen. Fast im selben Augenblick begann Esmé zu kichern. Es war irgendwie seltsam. Ich wußte nicht, wie ich reagieren sollte. Schließlich wandte ich mich meiner Mutter zu. »Warum weinst du denn?«

Sie sagte, sie weine vor Glück.

Zehn

Die Bolschewiken betrieben den Ausverkauf Rußlands, und die Ukraine wurde wieder eine Republik. Ich blieb im Gefängnis, wohin die Roten mich aus mir unerfindlichen Gründen gesteckt hatten. Die Rada hielt es nicht für angebracht, mich freizulassen. Ich hatte nichts getan. Schließlich konnte ich mich mit der Sicherheitspolizei der Varta von Hetman Pawlo Skoropadskja einigen, indem ich versprach, bei der Identifikation der Haupträdelsführer mitzuhelfen. Dann war ich frei. Während des Nachhausewegs über die Brücke sah ich meinen Retter selbst, wie er eine Parade anführte. Skoropadskja war jeder Zoll ein Kosake, mit seinem weißen Reitmantel, der weißen Schapka, der Seidenhose, den roten Stiefeln, auf seinem englischen Hengst und mit einem versilberten Säbel an der Seite. Die Deutschen glaubten, er hätte die Hand am Puls des ukrainischen Geistes. Zu den Sozialisten und den Anarchisten war er sicherlich die bessere Alternative. Unter Einsatz unserer deutschen Verbündeten sorgte er in Kiew für Recht und Ordnung. Pan Hetman Skoropadskja, wie er in offiziellen Verlautbarungen genannt wurde, verfügte über die Hälfte der Intelligenz und das Doppelte an prahlerischem Auftreten wie Mussolini. Hinzu kamen sein Kosakenschnauzbart und sein nach saporischianer Mode rasierter Schädel. Er stellte für uns alles dar, wofür die Kosaken als Vorbilder galten: Selbstvertrauen und Mut. Uneins mit ihm war ich nur wegen seiner Absicht, alle Symbole der modernen Welt zu vernichten. Die drei furchtbaren Wochen bolschewistischer Okkupation hatten mich einige meiner besten Geschäftsverbindungen gekostet. So viele waren getötet worden. Doch die Deutschen waren daran interessiert, unsere Fabriken in Gang zu halten. Skoropadskja konnte es sich nicht leisten, sie vor den Kopf zu stoßen.

Offensichtlich war der Hetman ein sentimentaler Romantiker

mit einer seltenen Gabe, militärische Spektakel zu organisieren, bei denen seine »Freie Kosakenhorde« (von denen viele aus der Gosse aufgelesen, bestimmt keine echten Slawen und schon gar keine Kosaken waren) gemeinsam mit graublau uniformierten Austro-Ungarn, Deutschen und Galiziern exerzierte. Das war eine Alternative zu den Straßenversammlungen, die verboten wurden.

Am besten konnte ich mit den Deutschen, in der Hauptsache praktisch orientierte, gutmütige Burschen. Die Bauern waren der wesentlich Grund für all unsere Frustrationen. Den Deutschen war Getreide verprochen worden. Doch die abgefeimten Ukrainer wehrten all unsere Versuche ab, es ihnen abzunehmen. Sie konnten ganze Getreidefelder und Viehherden ebensogut verstecken wie ihr Gold und ihre Ikonen. Deutsche Requirierungskommandos, ausgestattet mit offiziellen Befehlen von Hetman Skoropadskja, durchsuchten Scheunen und Häuser und fanden nicht ein Hühnerei. An Drohungen gewöhnt, wiesen die Bauern auf ihre Armut hin und behaupteten, Machnos Guerillas oder Grigorievs Banditen oder irgend ein anderer Haufen hätten ihnen schon alles abgenommen. Das klang durchaus glaubwürdig. Speziell Machno bewies bei der Durchführung seiner Überfälle einigen Witz. Er schwang die schwarze Fahne der Anarchie und schien schneller zuzuschlagen und wieder zu verschwinden als ein Expreßzug. Sein beliebtester Trick war, Uniformen der Varta anzuziehen, so zu tun, als sei er hinter sich selbst her, sich in eine Varta-Garnison hineinzuschwindeln und dann die Besatzung zu erschießen. Für viele war er bereits ein Robin Hood oder ein Jesse James, und es wurden die ersten Legenden über ihn erzählt. In den Zeitungen durfte er nicht in günstigem Licht geschildert werden. Die Ukraine brauchte keine weiteren Volkshelden. Was gebraucht wurde, waren anständige Transport- und Kommunikationsmöglichkeiten.

In Kiew gab es wenigstens Ansätze von Recht und Ordnung. Deutsche Geschäftsleute kamen in die Stadt. Ich konnte meine neue Firma vorstellen und schildern, was sie vorhatte. Wichtig wäre vor allem, die Produktion zu steigern, so daß der Export zunahm. Ich erwähnte britische und amerikanische Maschinen, die alles übertrafen, was uns zur Verfügung stand. Ich sprach von neuen Fabriken, neuen Energiequellen, neuen Produktionsanlagen. Die Deutschen waren beeindruckt. Viele von ihnen vertrauten mir an, ihrer Meinung nach würde Deutschland den Krieg wahrscheinlich nicht gewinnen. Man müsse den Wiederaufbau schnellstens in Angriff nehmen, damit das Land nicht in die Hände der Sozialisten fiele. Sie rieten mir, in Berlin eine Filiale meiner Firma einzurichten. Je eher in unseren Ländern wieder normale Verhältnisse herrschten, desto eher könne man die Roten auch zurückdrängen. Durch meine Geschäftsfreunde lernte ich hochrangige Beamte kennen, und diese wiederum ermöglichten mir den Zugang zu Kiews feinster und edelster Gesellschaft. Ich nannte mich jetzt Pyatnitski: geboren in Zaritsyn, meine Familie wurde 1905 von Bauern ermordet, aufgewachsen war ich bei Verwandten in Kiew, Odessa und Petersburg. Das entsprach im Grunde der Wahrheit. Über unsere heruntergekommene Wohngegend zu reden, hätte häufiges Naserümpfen zur Folge gehabt und mir zu viele Türen zugeschlagen. Da die Familie meiner Mutter höheren Kreisen zuzurechnen war, hatte ich die angeborene Fähigkeit, mich in den feinsten Kreisen sicher zu bewegen. Man war auf meine »Petersburger Manieren« neidisch und versuchte, sie zu imitieren. Oft genug kopierten Leute meine Gestik, oder sie wiederholten irgendwelche Bemerkungen aus meinem Mund. Ich zog in Erwägung, meinem Namen den Titel »Fürst« voranzusetzen, jedoch wäre das in der damaligen politischen Situation nicht allzu klug gewesen.

Ich verabredete mich weiterhin mit weiblichen Bekannten im *Kubus*, allerdings hatte ich mich wieder im *Jewropjaskaja* einquartiert, wo viele meiner deutschen Freunde wohnten. Ich zog die klassische Eleganz dieser Herberge mit ihren Spiegeln und Kristallustern und makellos gekleideten Kellnern vor. All das gab es wieder, nachdem die bolschewistischen Barbaren abgezogen waren. Die Deutschen genossen es, und der letzte Schub russischer Emigranten ebenfalls.

Falls Kiew wieder übervölkert wurde, dann wenigstens mit Vertretern einer besser gestellten Klasse: Leute mit Geld, gesundem Menschenverstand und festumrissenen Vorstellungen, wie man sich gegen den Bolschewismus zur Wehr setzen konnte. Fabrikbesitzer aus Petrograd und Moskau hatten sich stets für eine schnellere und umfassendere Industrialisierung eingesetzt. Sie hatten die Revolution vorhergesehen und warfen dem Zaren seine Kurzsichtigkeit vor. Sie meinten, das »sozialistische Experiment« würde nicht länger dauern als Cromwells Commonwealth.

Es würden schlimme Zeiten kommen, Zeiten der Zerstörung und Intoleranz. Cromwell hatte den König umgebracht, Kirchen niedergerissen und Kathedralen vernichtet, doch bis auf den heutigen Tag gab es in England Könige, Kirchen und Kathedralen. Das war ein überzeugendes Argument und ein ermutigendes dazu, doch es war eine Illusion. Um Lenin zu zitieren, was die Welt retten kann, sind allein Gott und die Elektrizität.

Meine Mutter empfand die Veränderungen als beängstigend. Während die Bolschewiken die Stadt besetzt hielten und überall rote Fahnen flatterten und ich im Gefängnis saß, war meine Mutter guten Mutes gewesen. Jeder Schicksalsschlag wurde mit einer launigen Bemerkung begrüßt. Esmé und ich hatten sie wegen ihres Mutes bewundert. Sie hatte die Roten mit einem Bluff davon abgehalten, ihr Heim zu durchsuchen. Sie hatte ihnen sogar Sonderrationen herausgelockt. Sie wusch die Wäsche eines Kommissars der Tscheka. Sie kannte die Namen vieler kleinerer Bolschewiken. Sie sang Loblieder auf den Genossen Lenin. Sie erwähnte die Namen Zinowieff und Radek, als seien sie alte Freunde. Mit ziemlicher Sicherheit hat sie meine Hinrichtung verhindert und mir so das Leben gerettet. Doch die Anspannung hatte ihren Tribut gefordert. Nachdem die Bolschewiken sich zurückgezogen hatten, bekam sie einen ihrer Bronchialanfälle und legte sich ins Bett. Als das Hetmanat sich etabliert hatte, hustete sie noch, bestand aber darauf, wieder ihre Arbeit aufzunehmen. Sie roch wieder nach ihrem Einreibemittel und nach Karbolseife. Die Wohnung wurde wieder in ihren früheren, makellos sauberen Zustand versetzt. Sie entschuldigte sich unaufhörlich für ihre »Selbstsucht«. Sie sagte, sie wäre mir eine »schlechte Mutter« gewesen, daß es ihre Schuld wäre, daß ich keinen Vater hatte.

»Ich hätte nie mit ihm gehen sollen«, sagte sie. »Er war schlecht für mich, und ich war schlecht für ihn. Wir paßten nicht zusammen. Aber es hat zehn Jahre gehalten. Und so schlimm waren die auch nicht.«

Ich konnte ihr nur schwer folgen. Sie war völlig erschöpft. Sie machte sich Sorgen wegen der neuen Welle von Pogromen in Podol. Ich beruhigte sie, diese Brände würden sich schon nicht ausbreiten. Dann hatte sie Angst, daß ich in die Armee des Hetmans eingezogen würde. Auch in dieser Hinsicht zerstreute ich ihre Sorgen. Meine Freunde würden sich schon um mich kümmern.

»Du hast einem nie Sorgen gemacht«, sagte sie eines Abends. »Das sagen alle. Sie haben mich beneidet. Du warst immer brav. Schon als Baby. Du bist zu weichherzig, Maxim. Laß dich nicht von den Frauen verführen.«

»Aber Mutter, ich bin erst achtzehn . . .«

Sie lächelte. »Die Mädchen mögen dich, was? Esmé, sind nicht alle Mädchen hinter ihm her?«

»Ganz bestimmt«, erwiderte Esmé. »Er ist ein richtiger Dandy.«

»Weißt du noch, als du und Esmé hier geschlafen habt? Du über dem Herd und Esmé in ihrem Zimmer?« Sie wurde ganz aufgeregt. »War das nicht eine schöne Zeit?«

Ich konnte mich an nichts Bestimmtes erinnern, brachte es aber nichts übers Herz, das auch auszusprechen. »Es war sehr schön«, meinte ich. Danach mußte ich gehen, weil ich noch etwas zu erledigen hatte.

Als ich in die Kirillowskaja einbog und in die Stadt hinunterspazierte, war es noch hell. Der Sommerabend atmete eine einladende Trägheit. Wenige Fabrikschornsteine qualmten noch. Viele kleinere Firmen hatten die Tore geschlossen. Über Podol hing eine dickere Qualmwolke. Gedämpft drangen die Signale der Flußschiffe zu mir. Die gelben Backsteine der Häuser strahlten die am Tag aufgenommene Wärme ab. Der Geruch nach Gras, Bäumen und Blumen aus den bewaldeten Senken vermischte sich mit dem Geruch von Öl und Ruß und jenem schwachen Lederhauch, den man stets mit einer großen Besatzungsarmee verbindet. Ich konnte die Pferde riechen. Stadt und Land verbanden sich in perfekter Harmonie. Auf eine Straßenbahn zu warten, versagte ich mir wegen der herumstreunenden Banden in den Parks. Ganz automatisch sah ich mich sichernd um. Als ich mich der Stadt näherte, glaubte ich ganz klar zu spüren, daß Gott sein Antlitz verhüllte. Was hatten wir falsch gemacht? Nie waren die Kirchen, orthodoxe wie katholische, voller gewesen als in jenem unsicheren Sommer.

Ich kehrte in mein Hotel zurück zu einem zweiten Abendessen mit einem preußischen Major, einem österreichischen Hauptmann, einem ukrainischen Bankier und zwei Emigranten aus Wologda, wo jeder, wie sie berichteten, der über ein Vokabular von mehr als zweihundert Worten verfügte, von der Tscheka auf offener Straße erschossen wurde. Ich hörte Geschichten von Bolschewiken, die »Regierungs«-Offiziere ihrer Kleider beraubten und ihnen ihre Rangabzeichen in die nackte Haut schnitten, ehe sie sie töteten. Die französische Revolution war nichts, verglichen mit den Jahren des bolschewistischen Terrors. Und was hatten wir dagegenzusetzen? Humanität? Religion? Alles, was wir hatten, war *paschlost*, jener graue, halbtote Geisteszustand, in dem man sich während des Winters befindet, wenn nichts der Mühe wert ist und man nur hoffen kann, bis zum Frühling zu überleben.

In jenen Tagen gab es keine geordneten militärischen Operationen. Der Krieg war völlig aus den Fugen geraten. Nach und nach wurde daraus unser Bürgerkrieg. Im Nordosten standen Tschechen und Japaner, Weißrussen und kleinere Einheiten Amerikaner und Briten. Finnen, Letten, Litauer, Ostdeutsche, Polen, Franzosen, Griechen, Italiener, Rumänen und Serben kämpften an anderen Orten. Nur wenige Gruppen, auch wenn sie Verbündete gegen die Deutschen waren, konnten sich über eine gemeinsame Strategie oder ein gemeinsames Ziel einigen. Von chinesischem Gebiet aus fanden sogar über die Grenze hinweg Überfälle durch gemischte Gruppen aus Chinesen und abtrünnigen Kosaken statt, die plünderten und mitschleppten, was nicht niet- und nagelfest war. Es war wie im Mittelalter, nur schlimmer. Panzer, Maschinengewehre, Flugzeuge und Panzerzüge standen wilden, ungebildeten Barbaren zur Verfügung. In Amerika galt es als Verbrechen, Indianern Gewehre zu verkaufen. Das war nichts im Vergleich zu dem Verbrechen der Briten, die den Tatarenstämmen Feuerwaffen zur Verfügung stellten. Es ist ähnlich wie heute in Afrika, wo Granaten und Raketenwerfer die Knüppel und die Keule ersetzt haben. Aus einem kleinen Krieg mit wenigen Opfern wird ein totaler Krieg mit Tausenden von getöteten Zivilisten.

Wir stehen vor dem Rückfall ins finstere Mittelalter und pfeifen *Die Rote Fahne*, als wäre es ein Gassenhauer. Nur wenige erheben warnend die Stimmen. Auch sie werden in den Strudel hineingezogen. Diesmal kann niemand entkommen. Die ganze Welt wird von Zeichen Zions und Maos beherrscht werden. Dennoch müssen wir uns wehren. Vielleicht ist das alles nur eine Prüfung, die wir erfolgreich bestehen müssen, anderenfalls Gott sich von uns abwendet. Möglich, daß er uns längst im Stich gelassen hat und sich um einen anderen Planeten in einem fernen Sonnensystem kümmert, dessen Bewohner sich als seines Schutzes würdiger erwiesen haben.

Meine Mutter schrieb mir in den folgenden Wochen verschiedentlich Briefe, in denen sie sich dafür entschuldigte, mich zu belästigen, und mich bat, sie nicht mehr zu besuchen und auf mich aufzupassen. Die Mitteilungen wurden meistens von Esmé auf ihrem Weg zur Arbeit im Hotel abgegeben. Manchmal fügte sie ein eigenes Postscriptum an, in dem sie mich drängte, »zu meinem eigenen und zum Wohle meiner Mutter« wegzubleiben. Meine arme Mutter litt unter hysterischen Anfällen. Sie würde sich bald wieder erholen. Doch ich fühlte mich weiterhin unbehaglich.

Meine Tage und Abende verbrachte ich damit, Unternehmer im Aufbau und Einsatz ihrer Maschinen zu beraten. Dafür wurde ich auf verschiedenste Weise bezahlt. Entweder erhielt ich Bargeld oder Aktien oder Schuldverschreibungen. So konnte ich Geld in Frankreich, in der Schweiz, in England und natürlich in Deutschland anlegen. Ohne Büro und nur in einem Hotel wohnend, wurde ich zu einem wohlhabenden Mann mit Einfluß. Das konnte nicht ewig dauern. Noch hatte ich keine Unterstützung für meine Großprojekte gefunden. Das politische Klima war zu unsicher, so daß niemand bereit war, in die Ukraine und ihre Zukunft zu investieren. Außerdem waren in Kiew und den umliegenden Gegenden starke Pogromaktivitäten zu beobachten. Das machte die deutschen Finanzleute nervös. Viele hatten ganz spezielle jüdische Kontakte: jüdische Herren, denen sie verantwortlich waren. Ich erwog, nach Berlin zu reisen, doch die angegriffene Gesundheit meiner Mutter hielt mich davon ab, eine endgültige Entscheidung zu treffen.

Als die Abende dunkler und kälter wurden, hörten wir von deutschen Niederlagen und revolutionären Aktivitäten ähnlich denen, die den Petrograder Aufständen vorausgegangen waren. Meine deutschen Freunde fragten sich, ob sie überhaupt ein Land hatten, in dessen Sicherheit sie sich flüchten könnten. Unterdessen sammelte Ataman Petljura seine Streitmacht. Seine Kosaken-Kavallerie und seine Sich-Schützen bekamen reichen Zulauf von Partisanen, und es schien, als sei seine Streitmacht stärker als die Skoropadskjas. Die Deutschen dachten schon, sie hätten den falschen Mann unterstützt.

Der Hetman hätte wenigstens den Anschein erwecken sollen, den Forderungen der Bauern nachzukommen, doch er war viel zu ehrenwert, um etwas anderem zu gehorchen als seinem eigenen Gewissen und Gottes Willen. Und so ging er unter. Der Winter bedeckte Kiew, und meine Hoffnungen waren zerstört. Praktisch über Nacht setzten meine deutschen Handelspartner sich ab, ließen meine Kontakte zum Hetmanat mich im Stich, und die Politiker vertrieben mich erneut aus dem *Jewropjaskaja*. Deutschlands Hindenburg-Linie war unterbrochen. Der deutsche Kanzler deutete an, er würde einen Waffenstillstand akzeptieren, der von den Amerikanern ausgearbeitet wurde. Die Briten weigerten sich, darüber auch nur nachzudenken. Sie wollten Blut sehen. Im November wurde in Bayern eine Räterepulik ausgerufen, und in Berlin brach die Revolution aus. Der Kaiser dankte ab. Prinz Max von Baden, der Kanzler, überließ seinen Posten einem Sozialisten. Deutschland wurde Republik und war nicht mehr länger ein Verbündeter gegen den Bolschewismus. Landkarten wurden entfernt und Grenzen neu eingezeichnet. Wir hatten unser Krim-Gebiet an die Tataren verloren. Trotz des mit den Don- und den Kuban-Kosaken geschlossenen Friedensvertrages hatten wir keinen echten Verbündeten gegen die Sozialisten an unserer Seite. Kurz vor Weihnachten 1918 übernahm Petljura wieder das Kommando und prophezeite eine sichere nationale Zukunft. Nicht nur die Russen empfanden seine Aufschneidereien als gefährlich, eine Reihe aufrechter Ukrainer meinten, es sei klüger, den Streit zu beenden. Fast die Hälfte der Industriellen verschwand. Während der Feiertage bewirtete ich meine Familie wieder in einem gediegenen Hotel. Dort erwähnte ich erneut meine Pläne von einem technischen Planungsbüro. Aber es schien, als hätte ich außer der Tatsache, etwas Geld verdient zu haben, keinerlei Fortschritte gemacht. Das meiste Geld würde ich sowieso nicht eintreiben können. Sogar meine Arbeit wurde von den Sozialisten behindert. Ich besaß kein Sonderdiplom. In der Ukraine gab es so gut wie keine arbeitende Industrie mehr. Die meisten Zeitungen konnte ich nicht mehr lesen, weil sie plötzlich in einer fremden Sprache gedruckt waren. Ich konnte die simpelsten Formulare nicht mehr ausfüllen, und ich wurde beschimpft, wenn ich mich nach dem Fahrpreis in der Straßenbahn nicht in Ukrainisch erkundigte. Auf einmal war ich ein Bürger zweiter Klasse. Ich dachte daran, nach Odessa zu gehen, wo man wenigstens eine

Schiffspassage buchen konnte. Doch wollte ich erst einmal abwarten, bis die Grünen sich etabliert hatten. Ich kehrte in die Wohnung zurück. Meine Mutter hatte sich erholt. Das war ein Segen, doch ihre Stimmungsumschwünge sind mir bis heute ein Rätsel.

Esmé hatte jetzt unter drei Regimes als Krankenschwester gearbeitet. Sie war es nun, die unter Erschöpfung litt. Meine Mutter stürzte sich voller Eifer auf das Erlernen der ukrainischen Sprache. Neue Schulen und Universitäten waren gegründet worden. Überall wurde nur Ukrainisch gesprochen. Es gab keine Aussicht mehr für mich, eine Stelle als Lehrer zu bekommen. Auf meine Bewerbungen hatte ich keine einzige Antwort erhalten, obwohl es unter meinen Freunden und in der Geschäftswelt unbestritten war, daß ich mich in Petrograd hervorragend geschlagen hatte. Damals wurde ich oft mit »Doktor« oder gar mit »Professor« angeredet. Das tröstete mich und richtete keinerlei Schaden an. Nach Erhalt meines Sonderdiploms konnte ich so gut wie überall mein Doktorat beginnen. Ich möchte jedoch nicht, daß jemand auf die Idee kommt, ich hätte nur egoistische Motive gehabt. Das Leben ist manchmal schwer genug, und es ist nicht selten sinnlos, jedem Gerücht, daß über einen in Umlauf ist, entgegenzutreten. Esmé, so überarbeitet sie auch war, konnte manchmal richtig scharf und ätzend werden, wenn ich über meine Zukunftspläne sprach. Meine Mutter nannte mich dafür des öfteren »Doktor«, weil ihr der Klang des Titels gefiel. Zum Beispiel stand sie auf dem Treppenabsatz und sagte: »Sieh mal, Doktor, wir bekommen Besuch von unserem alten Freund Captain Brown.«

Captain Brown verfiel von Tag zu Tag mehr. Sein Gesicht war aufgedunsen, und seine Hände zeigten ein deutliches Trinkerzittern. Seine Gier nach Alkohol war schlimm. Manchmal wollte ich seinen Bitten nicht nachgeben. Doch dann meinte Esmé: »Welche Freude hat er sonst noch im Leben?« Dagegen hatte ich nichts anzuführen. Seine Geschichten wurden immer verworrener, wenn sie auch zum Teil recht vertraut klangen. Er ärgerte sich über, wie er es nannte, »diese Pseudosprache mitsamt einer Pseudoregierung, ihrem Pseudogeld und ihrer Pseudogeschichte.« Wenn er solche Gedanken in Russisch aussprach, brachten wir ihn zum Schweigen. Wenn er Englisch sprach, war das alles nicht so schlimm. Esmé hatte etwas Englisch von mir aufgeschnappt, jedoch reichte es nicht aus, um zu verstehen, was er murmelte. Einmal habe man ihn auf dem Markt in Bessarabskaja aufgegriffen, wo er sich einem von Petljuras Gewehrschützen genähert habe und ihn neugierig gefragt haben soll, zu welchem Zirkus er denn gehöre. Erst hatte er Englisch, dann Französisch, dann Deutsch, dann Russisch, und am Ende, ich glaube Polnisch gesprochen. Der Soldat hatte ihn entweder nicht verstanden, oder er hatte einfach keine Lust, auf diese Beleidigung zu antworten. Zwei Freunde hatten den Captain nach Hause gebracht.

Ich begab mich selbst nach Bessarabskaja. Kokain gab es reichlich, wenngleich nicht in sonderlich guter Qualität. Ich legte mir einen Vorrat für schlechte Zeiten an. Der Markt blühte. Ganze Familienschätze konnten für ein oder zwei *chags* erstanden werden. *Chags* und *karwowantsis* waren die neuen Zahlungseinheiten. Die Noten ließen sich so leicht fälschen, daß niemand sich die Mühe machte, sie auf ihre Echtheit zu überprüfen, außer auf dem Postamt. Die Inflation galoppierte mit atemberaubendem Tempo. Wenigstens wurden die Prostituierten kurzfristig jünger und hübscher. Zwei waren tatsächlich die Jungfrauen, als die sie sich ausgaben. Ich war wieder in der Stimmung, mich mit Haut und Haar ins Vergnügen zu stürzen, so lange es noch möglich war.

Wenn alle Kosaken und jene, die die Freiheit der Kosaken forderten, sich zu einer einzigen Streitmacht zusammengeschlossen hätten, wären die Roten ohne Schwierigkeiten nach Moskau (mittlerweile deren Hauptstadt) zurückgedrängt worden. Trotzki, Lenin, Stalin und der Rest hätten ihre Tage als klägliche Exilanten beenden müssen. Eine herrliche russische Renaissance wäre in Gang gesetzt worden. Unser Land hätte sich zum Zentrum für Kunst und Kultur entwickeln können, wie man es nur zur Zeit der Medici in Italien gekannt hat. Das sagen alle. Wer hat Sikorskij vertrieben? Bolschewiken. Wer Prokofjew? Bolschewiken.

Ich erinnere mich noch genau an jene »Lorelei«-Tage in den zwanziger Jahren. Die Roten versuchten, die Künstler, Wissenschaftler und Intellektuellen zurückzuholen. Viele wurden von den Versprechungen eingelullt. Und sie folgten dem Ruf: Gorki, Alexej Tolstoi, Samjatin und viele mehr; und gegen Ende der dreißiger Jahre waren fast alle tot. Soviel Wert legten die Bolschewiken auf russische Talente. Als die Nazis kamen, mußte Stalin verhungernde, ausgemergelte Rotarmee-»Helden« freilassen, um mit ihnen Krieg zu führen. Es hätte sowieso keinen Unterschied gemacht. Stalin führte den Krieg. Gut für die Welt, daß er mit dem Krieg beschäftigt war, wie jemand auch mal von Hitler gemeint hatte. Es war ein Krieg zwischen zwei Psychopathen, die von den Menschen als alles mögliche verehrt wurden. Millionen Menschenleben wurden vernichtet, und erreicht wurde nichts als einige kleinräumige Grenzverschiebungen. Solche Leute sollte man mitsamt Landkarten und Spielzeugsoldaten zusammen einschließen und sich selbst überlassen. Das hat H. G. Wells mal einem meiner Freunde geraten.

Meine Mutter blühte unter Petljura zusehends auf, mehr noch als unter den Bolschewiken. Dafür eine Erklärung zu finden überlasse ich dem Leser. Immerhin war es in den Vororten ruhiger. In Podol wüteten keine Brände mehr. Meine Mutter wurde von Unmenschlichkeit jeglicher Art abgestoßen. Wenn die Leute ihrer Abneigung gegen die Juden Luft machten, regte sie sich immer darüber auf und weigerte sich, in den Chor mit einzustimmen. Sie meinte dann, daß »Gott jedem seine Rolle zugewiesen« habe. Nicht Rasse oder Religion seien wichtig, sondern jeder einzelne Mensch, Mann oder Frau. So wuchs ich in einer Atmosphäre der Toleranz auf, wodurch es mir später leichtfiel, mich unter Angehörige der verschiedensten Rassen zu mischen. Als wir erfuhren, daß französische Suaven Odessa besetzt hatten, um Denikin zu unterstützen, und daß die Stadt nun von »Schwarzen kolonisiert« würde, wie die Zeitungen schrieben, waren wir alle entsetzt. Doch Mutter lachte darüber. »Ein bißchen Farbe wird der Ukraine sicher guttun«, meinte sie. Nun begriff ich auch, wie sie und mein Vater hatten zusammenkommen können. Sie glaubte an das Schöne in der Welt, an eine natürliche Bereitschaft der Menschen, sich gegenseitig zu helfen. Er hatte die gleichen Ideale, fühlte sich jedoch von denen verraten, die er zu unterstützen gesucht hatte. Die Menschen waren viel komplexer und zugleich viel durchschnittlicher, als er hatte glauben wollen. Ein sozialistisches Utopia ließ sich nicht über Nacht aus dem Erdboden stampfen. Er attackierte die, welche er dafür verantwortlich machte, seine Hoffnungen zerstört zu haben. Dabei ist es ganz einfach: Mutter war auf ihre frauliche Art reifer als er. Der einzige Weg, Dinge zum Guten zu verändern, bestand für sie darin, ein anständiges, untadeliges Leben zu führen.

Revolutionäre neigen dazu, die Bedeutung menschlicher Herzensgüte herunterzuspielen. Dieser unser Planet ist voll von großzügigen, warmherzigen, wohlgesonnenen und intelligenten Frauen, die tolle, verrückte Idioten wie meinen Vater umsorgen. Es war einzig und allein seine eigene Menschlichkeit, die verraten wurde. Wie lange kann eine Frau mit einem eifersüchtigen Mann zusammenleben? Dies ist die simple Frage, welche die Antwort zu meinen Lebensumständen und meiner Herkunft beinhaltet.

Jene Monate des Direktorats wurden mit der Zeit erträglicher. Ich begann mich wieder am Geschehen zu beteiligen. Viele von den neuen Politikern zeigten Interesse an meinen Ideen zur Mechanisierung und Industrialisierung. »Wir müssen den Reichtum der Ukraine nutzen«, sagten sie, »um stark und unabhängig zu werden.« So wandelte ich mich einstweilen zum Nationalisten. Zum Glück hatten die Briefköpfe und Geschäftskarten, die ich hatte drucken lassen, »GROSSUKRAINISCHE TECHNISCHE BERATUNGSGESELLSCHAFT, *Geschäftsführender Direktor Dr. M. A. Pyatnitski* den angemessenen Klang, und das *Hotel Jewropjaskaja,* mittlerweile eine Art Hauptquartier für Petljuras Unterführer, war eine perfekte Adresse. Ich bezog wieder meine alte Suite. Ich empfing Gäste, wie ich es früher getan hatte. Die Inflation, der Rückzug der Deutschen, mangelndes Vertrauen in Petljura und seine Reformen bei russischen und ukrainischen Investoren machten es erforderlich, daß ich mich anderweitig um ein geregeltes Einkommen bemühte. Das war recht einfach. In jedem Teil der Stadt hatte ich meine Beziehungen. Doch es wurde ein wenig lästig, für Leute, die nicht wollten, daß ihr Kokainkonsum publik wurde, den Kurier zu spielen, oder für irgendeinen Unterminister ein Treffen mit einer Prostituierten zu arrangieren, ohne daß seine Frau dessen gewahr wurde, oder für irgendeinen Fabrikbesitzer Besorgungen zu machen. Immerhin konnte ich dank meiner Tätigkeiten meinen Lebensstandard und meine Freunde halten.

Ich wurde nun nicht mehr durch Nachrichten von meiner Mutter belästigt. Ich nahm dafür verstärkt Esmés Freizeit in Anspruch. Mit ihrem erdbeerblonden Haar und ihrem erlesenen Geschmack war sie die perfekte Gastgeberin bei meinen Abendgesellschaften. Jedermann beglückwünschte mich zu Madame Pyatnitski oder zu meiner Verlobten oder meiner Cousine. Besonders guten Freunden gegenüber ließ ich durchblicken, daß sie meine Halbschwester war. Rein spirituell war sie durch und durch meine Schwester. Auch noch etwas Blut hinzumischen, empfand ich nicht als Lüge. Esmé fand ihren Gefallen an dem, was sie meine »Farcen« nannte. Bereitwillig stellte sie ihre Energie und ihre Phantasie zur Verfügung, während sie weiterhin darauf bestand, daß ihre Welt draußen die »reale« Welt sei. Das lag daran, daß sie Krankenschwester war und soviel Krankheit, Unterernährung und Verwundungen gesehen hatte. Banden obdachloser Kinder wurden mehr und mehr zum Problem. Sie waren wie hungrige Wolfsrudel. Die Krüppel und Versehrten auf den Straßen waren nicht mehr zu zählen. Bettler erhielten ihre kostenlose Verpflegung, jedoch waren sie zu zahlreich, um allesamt versorgt zu werden. Eine starke Polizeimacht war dringend notwendig. Die Haidamaki-Miliz ging entweder zu brutal vor oder reagierte zu träge, wenn es darum ging, die Einhaltung der Gesetze zu gewährleisten. Es gab Versuche, frühere Polizeioffiziere wieder in Dienst zu stellen. Im Laufe der Zeit hätte Petljura seine Forderungen sicher modifiziert und die Verhältnisse verbessert und sich vielleicht sogar von der Bürde des Nationalismus befreit. Er sagte, er hasse Rußland nicht. Er hasse die »Institutionen der Unterjochung«. Ich weiß, daß er auch die Orthodoxe Kirche haßte. Er war als Katholik aufgewachsen, wie so viele Ukrainer, und dort lag der wesentliche Unterschied. Wir wurden Zeugen eines unterschwelligen Glaubenskrieges. Einer meiner Freunde unter den Petljuristen drückte das in einem hintersinnigen Witz aus: »Man sagt, daß ein Jesuit im Grunde ein Jude ist, der zufällig als Christ geboren wurde.« Und dort liegt der Hund begraben. Viele »alte« Bolschewiken und einige neue in der Partei von heute unterhalten geheime Beziehungen zur Kirche, die sie nicht offen eingestehen wollen. Wieviel besser wäre es doch für uns alle, wenn sie es täten. So würde wieder ein wenig Vernunft in Rußland Einzug halten.

Wir bekamen einen Nachgeschmack jener alten Rivalität zwischen dem Römischen Reich des Westens und dem Hellenischen Reich des Ostens mit. Kiew hatte so viele Herrscher in derselben kurzen Zeit kommen und gehen gesehen wie Rom und Konstantinopel, als jene Reiche zerfielen. Meine Mutter pflegte zu sagen: »Unter den Rus oder den Tataren hatten die Menschen wenigstens Gelegenheit, ihre Herrscher kennenzulernen. Heutzutage kann man doch gar nicht wissen, wem man jeweils zuzujubeln hat.« Doch sie mochte Petljura und sein weißes Pferd und seine farbenprächtigen Haidamaki mit ihren Pumphosen, eleganten Westen und kahlen Schädeln. Die Haidamaki hatten im achtzehnten Jahrhundert die Ukraine vor der polnischen Unterdrückung bewahrt. Sie stellten einen Aspekt der Vergangenheit dar, der den Weg in die Zukunft bestimmen könnte.

Meine Mutter hoffte, die Wäscherei würde nationalisiert. Als Geschäftsführerin wäre sie abgesichert, ohne die selbe Verantwortung tragen zu müssen. Petljuras Version des Sozialismus erschien ihr annehmbar. Petljura war gezwungen, die noch übriggebliebenen Geschäftsleute zu hofieren. Und wieder eroberte ich mir meinen Platz in der Welt. Ich kannte alles und jeden. Ich wurde zu Zusammenkünften auf höchster Ebene eingeladen. Ich wurde von jedermann »Doktor Pyatnitski« genannt und als naturwissenschaftliches Wunderkind angesehen. Ich durfte über die Möglichkeiten ukrainischer Einschienenbahnen reden, über ukrainische zivile Fluglinien, ukrainische Gartenstädte für die Arbeiter. Meine Ideen kamen den Zuhörern nicht mehr zu phantastisch vor. Die gesamten Reserven der Ukraine waren gefordert. Ich sprach von speziellen Filmtheatern, von Ausbildungszentren, von Wachluftschiffen, die unsere Grenzen vor bolschewistischen Aggressoren schützen sollten. Schon bald, so verkündete ich, würde sich die Creme russischen Geistes wieder in Kiew einfinden. Kiew würde zur Hauptstadt eines neuen Russischen Reiches werden (diplomatisch redete ich von einem »erweiterten ukrainischen Staat«). Ich schilderte meine Träume und half anderen, ebenfalls zu träumen. Das war meine Gabe. Ich bot sie der Regierung an, und endlich griff die Regierung zu. Ich hatte keine offizielle Position inne. Ich hielt es für dumm, eine anzunehmen. Ich war gerade erst neunzehn Jahre alt. Endlich hatte ich eine interessierte Zuhörerschaft für kompliziertere Ideen gefunden, wie zum Beispiel meine Apparatur zur Bündelung unsichtbaren Lichtes. Ich stellte keine übertriebenen Prognosen auf. Solche Maschinen könnten jedoch einen Verteidigungswall um eine Stadt bilden und sie somit uneinnehmbar machen. Das kam den Energieschirm-Theorien der Amerikaner aus jüngerer Zeit schon ziemlich nahe.

Wir mußten uns schnellstens etwas einfallen lassen. Die Polen griffen uns von Westen an, die Weißen von Süden, die Roten von Norden. Rumänen drangen in Bessarabien ein. Französische und griechische Einheiten waren in Odessa gelandet. Verschiedene kosakische und pseudo-kosakische aufständische Häuptlinge *(atamany)* und anarchistische Banditen, wie zum Beispiel Machno, wechselten die Seiten fast ebenso schnell wie die regulären Truppen. Einige wenige unterstützten immer noch Skoropadskaja. Ataman Grigoriew stellte sich gegen das Direktorat und schlug sich auf die Seite der Bolschewiken. Er nahm einen Haufen sogenannter »aufständische Kavallerie« mit, Plünderer und Pogromfanatiker bis zum letzten Mann. Wir in Kiew glaubten nicht an die Gerüchte. Wenn es hieß, die Bolschewiken besetzten das linke Ufer des Dnjepr, dann schüttelten wir den Kopf. Wenn wir kein außerplanmäßiges Artillerie- oder Gewehrfeuer hörten, gingen wir unseren Geschäften nach. Damals schien Petljura durchaus in der Lage zu sein, die Bolschewiken aus Rußland zu verjagen. Dann ließ er den Unsinn der »Ukrainisation« der Kirche zu. Plötzlich wurden orthodoxe Gottesdienste in Ukrainisch abgehalten, und fast die Hälfte der Kirchen-Intellektuellen wurde aus ihren Ämtern entlassen oder von ihren Gemeindemitgliedern umgebracht, weil sie die unbestreitbare Tatsache anzweifelten, daß es keine eigene Ukrainische Kirche gab, da wir alle dem Patriarchen von Konstantinopel unterstanden. Die nationalistische Manie breitete sich rasend schnell aus.

Sie sollte meine Heimat, die Geburtsstätte der russischen Kultur, zerstören.

Elf

An einem Abend Mitte Januar 1919 wurde ich von einer Gruppe Industrieller, Pädagogen und Politiker zum Abendessen ins *Hotel Savoy* eingeladen. Das Treffen sei von beträchtlicher Bedeutung, und meine Anwesenheit sei absolut notwendig.

Angemessen gekleidet betrat ich das Hotel. Mantel, Handschuhe, Hut, Gummigaloschen und mein versilberter Stock blieben an der Garderobe im Foyer. Der Manager teilte mir entschuldigend mit, der Fahrstuhl sei außer Betrieb. So stieg ich die breite Treppe in die erste Etage hinauf. Vor einer großen Tür, die, wie ich vermutete, zum Ballsaal führte, blieb ich stehen. Eingelassen wurde ich von einem Bediensteten in Livree. Tatsächlich handelte es sich um die größte Suite des Hotels, gegenüber welcher meine eigene kleine Suite im *Jewropjaskaja* zu einer ärmlichen Behausung verblaßte. Ich schritt durch einen kurzen Durchgang, der an den Seitenwänden und an der Decke mit Spiegeln verkleidet war. Ein grüner Vorhang wurde beiseitegezogen, und ich fand mich im Speisesaal wieder, der sich mit seiner Kristall- und Goldblattpracht seit den Tagen des Zaren nicht verändert hatte. Bevölkert wurde der Raum von Zigarre rauchenden Männern. Einige trugen Abendkleidung, andere waren uniformiert. Wieder andere waren ebenso gekleidet wie ich, in dunkle dreiteilige Anzüge, die man damals als geschmackvolle, klassenlose Ausstattung ansah. Begrüßt wurde ich von dem Journalisten Elanski. Es hieß von ihm, er sei für die Bolschewiken und ein Terrorist. Er war ein friedlich aussehender Mann mit Brille und einem Kinnbart. Kennengelernt hatte ich ihn im *Kubus,* wo man mich auf Grund meiner Friedfertigkeit für einen Sozialistenfreund hielt. Elanski machte mich mit einer Reihe Männer bekannt, deren Namen ich bereits kannte. Sie schüttelten mir die Hand und dankten mir für mein Kommen. Offensichtlich hielten sie mich für eine wichtige

Persönlichkeit, jedoch hatte ich keine Ahnung, inwiefern ich für sie wichtig sein sollte. Kurz nach meiner Ankunft erschien auch unser Oberbefehlshaber Semjon Petljura. Er war kleiner, als ich vermutet hatte, und hatte diese rosige, weiche Haut, die man als »typisch ukrainisch« kannte. Außerdem zierte sein Gesicht ein kleiner Schnurrbart, und wenn er redete, erinnerten seine nervös zuckenden Finger an aufgeregt flatternde Vögel. Er trug eine grün-goldene Uniform. Ich redete ihn mit »Pan« an, ein Wort, das nur in der Ukraine und in Polen benutzt wurde. Er meinte, die Anrede »Genosse Petljura« gefiele ihm besser. Dabei fühle er sich heimischer und mehr unter Freunden. Auch er dankte mir dafür, daß ich die Zeit gefunden hatte, der Einladung Folge zu leisten. Wir nahmen am Tisch Platz. Zu meiner Überraschung wurde mir ein Platz links neben Petljura zugewiesen, während Elanski an seiner rechten Seite saß. Neben mir saß ein General, und dem General gegenüber erkannte ich einen hochrangigen Ministerialbeamten aus dem Kriegsministerium. Während des Essens war ich für alle »Genosse Pyatnitski«, was mich im stillen amüsierte. Während des Essens verstand ich etwas mehr von der Euphorie, die einen überkam, wenn man politische Ämter innehatte und Macht ausüben konnte. Dies bestärkte mich in meinem Entschluß, niemals in die Politik zu gehen. Alle machten sich Sorgen wegen der Siege der Bolschewiken. Ohne Verbündete wären unsere Versorgungs- und Kommunikationskanäle bald unterbrochen. Kiew müsse dann wohl aufgegeben werden. Auf die Aufständischen könne man sich nicht verlassen. Sie kämpften nur für Raumgewinn, wobei sie daran dächten, wie Petljura meinte, hinter den kosakischen Linien ihre eigenen Ministaaten zu gründen. Er könne noch nicht einmal für seine eigenen Saporoschjischen Kräfte garantieren, wenn sie erst einmal erreicht hätten, was sie wollten. »Wir haben eine Menge Kavallerie, genug Infanterie, eine ansehnliche Anzahl Maschinengewehre, genug Eisenbahnzüge, keine Flugzeuge, kaum nennenswerte Artillerie, keine Panzer oder Panzerwagen. In Wirklichkeit sind wir kaum besser für einen Krieg ausgerüstet als Stenka Rasin.« Während wir über diesen Vergleich noch lachten, wurde Petljuras Gesicht wieder ernst. Er schob das Kinn unternehmungslustig nach vorne. »Und deshalb, Genosse Doktor, interessieren uns Ihre Ansichten zu diesem Thema.«

Ich war verblüfft. »Ich bin kein Stratege.«

»Aber Naturwissenschaftler.« Elanski beugte sich vor. »Und ein brillanter dazu. Alle sprechen von Ihnen. Ich habe mich mit Leuten aus Petrograd, aus Moskau, aus Odessa unterhalten. Alle meinen, Sie seien einer der weitblickendsten Männer unserer Zeit. Ein junges Genie, das schon mit acht Jahren seine erste Flugmaschine baute.«

Ich lächelte und hob beschwichtigend die Hand. Ich trug an den Fingern Ringe aus ukrainischen Silberschmieden. Sie verliehen mir ein gewisses nationales Flair, ohne mich in irgendeiner Richtung eindeutig festzulegen. »Solche Geschichten sind meistens übertrieben. Ich hab' einige Erfindungen gemacht, Theorien entwickelt, Ideen entworfen. Doch ohne die notwendigen Rohstoffe kann ich die notwendigen Experimente nicht durchführen. Daher, meine Herren, sind mir praktisch die Hände gebunden.«

»Können Sie uns Flugzeuge verschaffen?« fragte der General. Er hieß Konowalez und war kaum älter als ich, wenngleich sein Gesicht wie verwitterter Fels aussah.

»Nicht ohne entsprechende Fabriken und Fachleute. Das sollte Ihnen längst klar sein. Französische Flugzeuge wären die einzige Hoffnung.«

Petljura meldete sich mit leiser Stimme zu Wort. »Wir müssen gegen Lenin und Trotzki Zeit gewinnen.«

Ich blickte fragend zu Elanski, der die Schultern zuckte. »Die geben uns keinerlei Garantien.«

Ich war immer noch mißtrauisch. Sollten die Bolschewiken in der nächsten Woche in Kiew einziehen, würde Elanski möglicherweise ganz anders reden. Typen wie er wurden im modernen Rußland immer zahlreicher.

»Wir haben da von einer Art Strahl gehört. Wie konzentriertes Sonnenlicht«, meinte jemand vom anderen Ende des Tisches. »Haben Sie diesen Strahl entwickelt?«

Nun lachte ich lauthals. Noch vor wenigen Monaten hatte niemand diese Idee ernstgenommen, die sie unter normalen Umständen als billige Phantasterei abgetan hätten. Doch nun standen die Roten vor den Toren Kiews. Einige der Anwesenden hatten immer noch ihre Zweifel. Ich konnte sie kaum überzeugen. Ich beabsichtigte das auch gar nicht. Ich konnte ohne Prototyp keinerlei Forderungen stellen. »Eine Strahlkanone kann man nicht so einfach aus dem Ärmel schütteln. Dazu braucht man eine Menge Geld und Ausrüstung.«

Petljura war ungeduldig. »Sie bekommen, was Sie brauchen. Doktor Braun –« er wies auf einen älteren Herrn, »– ist Wissenschaftler an der Universität von Kiew. Er kann Ihnen alles zur Verfügung stellen, was Sie brauchen.«

»Erst wenn ich mir die Ideen des jungen Mannes angehört habe«, bremste Braun mit tiefer Stimme. Er starrte mich argwöhnlisch an.

»Ich habe einige Untersuchungen angestellt«, sagte ich. »Ich bin überzeugt, daß man Licht so stark konzentrieren kann, daß man mit dem Strahl dicke Stahlplatten zerschneiden kann.«

»Das ist keine ganz unbekannte Theorie«, stimmte Braun mir zu. »Ich wüßte nicht, wie Sie das bewerkstelligen wollen.«

»Man brauchte dazu eine Vakuumröhre, ähnlich der in einem Radio, nur viel größer. Soll ich es möglichst simpel erklären?«

»Ich bitte darum«, entgegnete er. Der alte Mann verfügte über einen ironischen Humor, der den meisten seiner Kollegen völlig abging. Vielleicht hatte er weniger zu verlieren. Ich beschrieb, wie Quecksilber in der Röhre zum Sieden gebracht würde, um die Luft auszutreiben. Der Quecksilberdampf bliebe in der Röhre, die dann verschlossen würde. Eine niedrige Spannung könne mittels herausragender Drähte an ein Heizelement im Innern der Röhre angelegt werden. Sobald eine Temperatur von 175 Grad Celsius erreicht wäre, würde eine hohe Spannung an die Elektroden angeschlossen und eine elektrische Entladung im Quecksilberdampf erzeugt. Die erregten Quecksilberionen würden daraufhin ein Licht außerhalb des vom menschlichen Auge sichtbaren Spektrums abgeben.

»Dies nenne ich Ultraviolettlicht«, fuhr ich fort. »Um es zu bündeln, kann man Spiegel oder Quarzlinsen einsetzen.«

»Und wieviel elektrische Energie brauchten Sie dazu?« Braun war beeindruckt. Stirnrunzelnd las er die Notizen, die er sich während meines Vortrags auf der Tischdecke gemacht hatte.

»Je ergiebiger die Energiequelle, desto stärker ist auch der Strahl.«

»Die Farbe des Strahls ist violett?« wollte jemand anderer wissen.

Ich setzte zu einer Erklärung an, doch Petljura ergriff meinen Arm. »Wie viele dieser Strahlapparate könnten Sie bauen, um uns sagen wir einen Monat Zeit zu geben, bis Unterstützung eintrifft?«

»Erst brauchen wir ein Modell zum Experimentieren. Danach dürfte es nicht allzu schwierig sein, mehr Geräte herzustellen. Falls die Generatoren vorhanden sind, sie mit Energie zu versorgen.«

»Reichen die Generatoren in den Elektrizitätsstationen?« wollte Petljura wissen.

»Ich denke schon.« Ein solches Angebot hatte ich nicht erwartet. Das bedeutete, daß die gesamte Energieversorgung von Kiew umgekrempelt würde. Ich fühlte mich geschmeichelt. »Es müßten entsprechende Kabel verlegt werden.«

»Wo stellt man die Maschinen am günstigsten auf?«

»Auf den Hügeln.« General Konowalez hatte mitgedacht. »Damit bekommen sie eine größere Reichweite. Wenn man sie in den Vororten einsetzte, könnte man sie nicht schnell genug an andere Standorte bringen, nicht wahr?«

»Die Menschen selbst lassen sich genauso transportieren wie normale Artillerie, die Energieversorgung ist das Problem.« Er hatte wirklich eine schnelle Auffassungsgabe. »Man kann nicht einfach dicke Kabel quer durch Kiew spannen. Die Menschen, die Straßen und die Häuser wären im Weg.«

»Das sind sie immer!« klagte Konowalez in gespielter Verzweiflung. »St. Andreas wäre ein guter Standort.«

»Meinen Sie die Aussichtsgalerie unterhalb der Kuppel?« Ich überlegte. »Ich frage mich nur –« Ich wußte nicht, ob ich das Thema Religion in eine Diskussion mit Sozialisten, viele davon sicherlich Atheisten, einbringen sollte.

»Ein Sakrileg?« fragte Petljura. »Machen Sie sich darüber Sorgen? Sind Sie gläubig? Und gleichzeitig Naturwissenschaftler?«

»– wie man in dieser Höhe die Energieversorgung bewerkstelligen soll.«

»Es ist kein Sakrileg«, sagte Konowalez leise, »wenn wir uns gegen den Bolschewismus verteidigen. Schließlich will der ja alle Religionen abschaffen.«

Er hatte recht. Gott schien unsere Strategie zu unterstützen, so daß wir den Glauben an ihn erfolgreich verteidigen konnten.

»Wir werden ein Versuchsmodell auf dem Hügel von St. Andreas installieren.« Petljura zündete eine Zigarette an, als die Kellner das Geschirr abtrugen. »Läßt die Energie sich abzapfen?« Er blickte fragend seinen Minister an.

»Nicht so einfach, Chef.«

»Aber es geht?«

Braun nickte. »Man sollte für den Notfall vorsorgen und einen Dieselgenerator bereithalten oder eine Reihe galvanische Batterien.«

»Galvanische Batterien sind ein bißchen altmodisch.« Ich lächelte.

»Ich hab sie stes als zuverlässig kennengelernt. Sie versagen nicht.«

»Aber sie sind schwierig zu transportieren. Und dann die Leitungen.«

Braun zuckte die Achseln. »Ich rate zu einer zusätzlichen Energiequelle. Wenn die Bolschewiken unsere Elektrostationen besetzen, haben wir keinerlei Waffen mehr.«

Dem mußte ich beipflichten. Jetzt begriff ich, was er meinte. Ich hatte wieder einmal alle praktischen Erwägungen außer acht gelassen und mich ausschließlich der Verwirklichung meiner Idee verschrieben. Allein der Begriff »Todesstrahl« war mir widerwärtig. Heutzutage spricht man von »gegen Personen gerichtete Vorrichtungen«, wodurch die ganz Sache ins rechte Licht gerückt wird. Viele solche Begriffe liehen die Deutschen sich bei den Bolschewisten und den Amerikanern aus, als letztere nach dem Zweiten Weltkrieg den besten deutschen Wissenschaftlern eine neue Heimat boten. Sie verwässern die Technik der Kriegführung nicht zu etwas Abstraktem. Dadurch kann der Techniker seine Arbeit tun, ohne sich mit unnötigen Überlegungen aufhalten zu müssen. Den Priestern und Schriftstellern obliegt es, Fragen der Moral, falls solche sich überhaupt aufwerfen, zu beantworten und zu klären. Mit dem Ende des Zeitalters des Individualismus verlor der Mensch die Fähigkeit zum logischen Denken. Kunst und Wissenschaft vermischten sich; denn der Mensch glaubt, er müsse in jedem Bereich seines Lebens unabhängige, unbeeinflußte Entscheidungen treffen. Es ist jedoch nur erforderlich, die Autorität der Kirche anzuerkennen, um die wahre Klarheit zu erlangen.

Plötzlich sah ich mich als vollwertiges Mitglied der Sozialistengruppe um Petljura. Das machte mich nervös. Ich fragte Petljura, wie weit meine Macht ginge.

»Sie haben ein Anrecht auf alles, das Ihnen hilft, die gestellte Aufgabe zu lösen.« Er war sehr großzügig. »Sie können fordern, was immer Sie wollen – Männer und Material –, solange Sie unsere derzeitigen militärischen Operationen nicht behindern. Wir haben uns mit russischen und polnischen Chauvinisten herumzuschlagen. Und Denikin ist, wenn überhaupt, ein reichlich windiger Verbündeter. Auch er ist ein Chauvinist, doch momentan haßt er Trotzki mehr als mich. Was wird aus ihm, wenn die Franzosen seiner überdrüssig werden?«

»Soll er mit hundert Reitern in die Türkei abziehen«, sagte Konowalez. »Dort sieht es so mies aus, daß er das Land innerhalb einer Woche unterwerfen und sich zum Zaren von Konstantinopel krönen lassen kann.«

Petljura hob sein Champagnerglas. »Tod allen Feinden der Ukraine!«

Ich trank widerstrebend. Als »russischer Chauvinist« war ich nicht so ganz derselben Meinung wie unser Ataman.

»Methoden des zwanzigsten Jahrhunderts schaffen eine Revolution des zwanzigsten Jahrhunderts«, sagte Petljura. »Und es wird die abergläubischen Bauern von der Bedeutung der Naturwissenschaft überzeugen. Ich höre, Sie beherrschen mehrere Sprachen, Genosse Pyatnitski?«

»Ich beherrsche Englisch, Deutsch und etwas Französisch«, erwiderte ich. »Außerdem ein wenig Polnisch und Tschechisch.«

»Und Ukrainisch?«

»Den hiesigen Dialekt?« Für einen Moment durchfuhr mich ein eisiger Schreck.

Petljura wechselte das Thema. In meinen Augen war er ein Gentleman, ganz gleich, was er sonst trieb. Meine Diplomatie hatte nicht funktioniert, hatte aber auch keinen Schaden angerichtet. Das amtliche Ukrainisch war eine Form des Galizischen, das noch nicht einmal von den Bewohnern Kiews ohne Schwierigkeiten erlernt werden konnte, zumal sie einen eigenen Dialekt pflegten. Die Sprache war etwa genauso echt wie die gebräuchliche republikanische Banknote.

Unnötig festzustellen, daß alle in dem von Kerzen erleuchteten Raum das reinste Petersburger Russisch sprachen. Petljura meinte: »Ich könnte mir vorstellen, die Franzosen würden für das Geheimnis Ihrer Strahlen eine Menge bezahlen.«

Daran hatte ich noch gar nicht gedacht. Petljura sah es mir wohl an und klopfte mir beruhigend auf die Schulter. »Ist schon gut, Bürger. Sie wären nicht hier, wenn Sie ein Verräter wären. Ich werde jedoch einen Kurier losschicken und Freydenberg melden lassen, daß wir am Bau einer geheimen Waffe arbeiten. Er soll seine Streitmacht schnellstens in Marsch setzen, sonst fällt er den Bolschewiken in die Hände.«

»Das nenne ich Strategie.« Konowalez war damit einverstanden.

»Das ist Diplomatie«, korrigierte Petljura. Seine rosigen Wangen strahlten. »Und wir dachten, es wäre so einfach, die Ukraine zu retten.«

»Ich brauche eine gewisse Autorität«, sagte ich.

»Geben Sie ihm einen Rang, Konowalez«, meinte Petljura lässig.

Konowalez zuckte die Achseln. »Sie sind jetzt Major der Republikanischen Armee.«

Und so gelangte ich zu meinem ersten militärischen Titel, ohne auch nur einen Tropfen Blut vergossen zu haben.

»Halten Sie das fest und bestätigen Sie das«, befahl Petljura einem Adjudanten. »Gibt es noch etwas, Genosse Doktor?«

»Ich erwarte Papiere aus Petrograd«, sagte ich. »Sie wurden zurückgehalten. Wahrscheinlich sind sie mittlerweile vernichtet. Ein Sonderdiplom.«

»Ein russisches Diplom? Ist hier nutzlos. Professor Braun?« Petljura hatte seine Leute fest in der Hand. Sie hingen an seinen Lippen. Der Professor begriff ebenso schnell wie der General. »Was brauchen Sie? Ein Diplom? Sie können einen Ehrendoktor der Universität haben.«

»Das wäre nicht dasselbe.« Ich erzählte von meinen Erlebnissen in Petrograd. »Meine Prüfung sollte von einem Diplom, einer Art Doktorgrad, gekrönt werden.« Ich griff in die Jackentasche und reichte ihm Professor Vorsins Brief.

Braun las erst die Unterschrift. »Ich kenne Vorsin. Das ist seine Schrift. Wenn der Genosse Sekretär – Ach, Pan . . .« Er blickte Petljura an, als sei er sich nicht mehr so ganz sicher.

»Ist das so wichtig für Sie?« fragte Petljura mich. Er nahm Braun den Brief aus der Hand und las ihn. »Nun, das bestätigt, was wir hörten. Ist das Ihr Preis, Genosse?«

»Es gibt keinen Preis dafür, sich gegen Trotzki und Antonow zu stellen«, sagte ich. »Ihnen kann ich es verdanken, daß ich nichts Schriftliches habe.«

»Der Brief spricht doch eine deutliche Sprache, nicht wahr, Braun?«

»Absolut. Wir könnten – auch ein Diplom . . .« Der Professor spreizte die Hände. »Wenn ein Dr. rer. nat. ausreicht . . .«

Petljura zuckte herum, starrte mich an, dann betrachtete er seine Serviette. »Wäre Ihnen das genehm, Major Pyatnitski?«

Ich seufzte und griff nach meinem Kristallkelch. »So, wie die Zeiten nun mal sind . . .«

Petljura sprach seinen alten Kameraden, Winnischenko, ebenfalls pro-bolschewistisch, am Ende des Tisches an. »Sind Sie damit einverstanden, Genosse Präsident?«

Winnischenko, ein belesener Mann mit wenig Sinn für das, was um ihn herum geschah, sah müde aus. Er meinte säuerlich: »Aber ja doch, Genosse Oberbefehlshaber. Wenn die Praetorianer ihr Einverständnis erklärt haben.«

Konowalez kratzte sich am Hinterkopf. »Das ist lächerlich. Die Sich-Schützen sind loyal eingestellt. Wir wollen nichts erzwingen.«

Ich wurde Zeuge einer Auseinandersetzung zwischen den verschiedenen Fraktionen des Direktorats. Winnischenko sagte müde: »Ich bitte um Verzeihung, Konowalez. Aber Sie sind der einzige, dem die Franzosen zu trauen scheinen.«

»Aber nur, weil sie noch nie von mir gehört haben.« Der General lächelte.

Ich lachte höflich. Konowalez sah aus wie jemand, der schon bald die Zügel der Macht an sich reißen würde. Das war jedoch nicht der Fall. Hauptmann Freydenberg, der die Franzosen führte, konnte den einen Sozialisten nicht vom anderen unterscheiden. Er hatte darauf bestanden, alle »Roten aus dem Direktorat zu entfernen. Petljura, Winnischenko und die anderen kontrollierten das Direktorat. Freydenberg forderte die Ablösung der gesamten Regierung, bevor er mit seinen Truppen nach Kiew käme, um die Stadt zu befreien. Für Freydenberg waren Petljura und seine Bande nicht mehr als kriegspielende Banditen. Seine Sympathie galt allein den Weißen Denikins. Die russische Freiwilligenarmee war größer, zuverlässiger und repräsentierte den Zaren.

Konowalez galizische Scharfschützen waren das Rückgrat des Direktorats. Deshalb hatte Winnischenko sie Praetorianer genannt. Sie lagen in den Vororten und wartete darauf, daß die Bolschewiken sich der Stadt näherten. In keiner Zeitung stand etwas darüber. Auch ich ahnte nichts von der unmittelbaren

Gefahr, nachdem ich die Zusammenkunft verlassen hatte. Kiew erschien sehr ruhig. Der Winter war eisig kalt, der Schnee sehr hart. Mir erschien es unmöglich, daß sich bis März grundlegendes ändern würde. Ich hatte meinen Doktor der Naturwissenschaften und war Major geworden. Wie in meinem Jugendtraum hatte eine Regierung mir ihre Ehrerbietung erwiesen. Ironischerweise konnte ich ihrer idiotischen Politik nichts abgewinnen, aber ich muß auch eingestehen, daß ich an nichts anderes dachte als daran, eine meiner Erfindungen weiterzuentwickeln. In einem Brief an meiner Mutter teilte ich ihr die guten Neuigkeiten mit. Sie ließ mir durch einen Boten bestellen, ich solle vorsichtig sein. Wegen ihr solle ich mir keine Sorgen machen. Immer wenn ich Erfolg hatte, schien sie Angst zu bekommen. Sie hatte zu lange mit eingezogenem Kopf gelebt. Man konnte ihr deshalb keinen Vorwurf machen.

Am nächsten Tag wurde ein Diplom der Universität von Kiew auf mein Zimmer geschickt. Maxim Arturowitsch Pyatnitski war nun ein Dr. rer. nat. und hatte am 15. Januar 1919 seine Prüfung abgelegt. Kurz danach erschien ein Offizier der Sichowi Streltsi, redete mich mit »Major« an und übergab mir einen Umschlag, der sämtliche Rangabzeichen enthielt. Offensichtlich erwartete man, daß ich mir selbst eine Uniform besorgte. Ich dachte an eine weiße. Dann ließ ich mir die Angelegenheit noch einmal durch den Kopf gehen. Ich deponierte den Umschlag in einer Schublade meines Schreibsekretärs. Ich war im Begriff, mich einer politischen Gruppierung anzuschließen. Falls die Bolschewiken durchkämen, würde ich sicherlich verhaftet und diesmal endgültig erschossen – wenn ich mich nicht in acht nahm.

Ich betete darum, daß mein »Ultraviolettstrahl« gegen die Roten nachhaltige Wirkung zeigte. Petljura hatte mich auf die Idee gebracht, das Geheimnis schnellstens nach Odessa zu übermitteln. Die französische Garnison würde das Gerät Denikin zur Verfügung stellen. Das Schicksal Rußlands lag in meinen Händen. Ich erhielt eine weitere Botschaft, diesmal von Petljura, in der er mir bezüglich meiner Kompetenzen praktisch einen Blankoscheck ausstellte. Die Mönche und Priester von St. Andreas waren enteignet worden. Ich war nun der Chef des Hauses. Das verursachte mir Unbehagen. Doch Gott hat seine eigenen Methoden. Und ganz sicher würde mein Lichtstrahl, der aus dem blau-weißen Turm hervorstrahlte, sogar die Bolschewiken vom sprachlosem Staunen vor Gottes Allmacht erfüllen.

Wir begannen an diesem Tag damit, eine Vakuumröhre herzustellen. Von allen Seiten wurden uns Hindernisse in den Weg gelegt. In den Glaswerkstätten verschwand das Personal; man versprach uns Kupferdraht, der überhaupt nicht leitete; Ingenieure waren plötzlich wie vom Erdboden verschluckt; russische Monteure erfuhren von irgendwelchen Siegen der Bolschewiken und versuchten, sich nach Odessa oder Jalta durchzuschlagen, ehe alle Fluchtrouten versperrt waren. Das Chaos kehrte in die Straßen zurück. Petljuras Streitkräfte schmolzen zusammen. Die Franzosen hatten recht gehabt, ihm nicht zu trauen. Unterdessen verwandelte sich der Glockenturm von St. Andreas in das Gehäuse der Ersatzenergiequelle meiner Anlage: Reihen von Batterien, untereinander verbunden mit dickem Kupferdraht, betrieben von einem mächtigen Nife-Schalter. In der Kammer darunter installierte ich Röhre für Röhre, Spiegel um Spiegel. Stromkabel wurden durch die Gänge geschleppt und dafür vorbereitet, die Verbindung zu meiner Maschine herzustellen, sobald sie fertiggestellt war. Die Mönche waren verwirrt, doch Petljura hatte sie überzeugen können, daß dieser Ort eine wichtige Rolle im Kampf gegen die Bolschewiken spielen würde. Die Röhre wurde auf einem stabilen dreibeinigen Stativ aus Aluminium und Holz befestigt. Die Spiegel waren entsprechend ihrer Größe angeordnet, die größten in der Nähe der Röhre, die kleinsten weiter außen. Quarzlinsen wären geeigneter gewesen. Es wurden zwar einige »requiriert«, aber sie gelangten nicht zu uns. Wir blickten hinunter über das Getto von Podol. Weiter oben auf dem Hügel konnte ich unsere Straße erkennen. Einer der Soldaten meinte: »Wenn wir schon Antonow nicht ausradieren können, dann machen wir wenigstens mit den Juden kurzen Prozeß.«

Mit Hilfe einiger Prisen Kokain arbeitete ich hektisch an dem Gerät. Petljura besuchte mich dreimal. Ich erklärte ihm die Wirkungsweise des Gerätes, indem ich den Strahl kurz auf eine Zeitung richtete und diese zu schwelen begann. Er war beeindruckt.

»Aber wird das Ding auch die Bolschewiken verbrennen?«

»Es kommt auf die Energiezufuhr an«, sagte ich. »Wenn genügend Elektrizität vorhanden ist, dürfte die Leistungsfähigkeit so gut wie unbegrenzt sein.«

Petljura schien nicht geschlafen zu haben. Träge sah er mich an. »Ich schenke Ihnen die ganze Stadt, die Ukraine«, versprach er mir, »wenn Ihr Plan funktioniert. Die Menschen würden wieder Mut fassen und die Soldaten zurückkehren.«

Die Verzweiflung übermannte ihn. Ich überlegte, was ich tun sollte. Bei der ersten Gelegenheit ließ ich mich in meinem Dienstwagen zu meiner Mutter bringen. Ich warnte sie davor, daß die Bolschewiken die Stadt wieder besetzen könnten. Sie lachte mich aus.

»Die Bolschewiken waren schon früher mal hier. Und wir leben immer noch. Was haben wir also zu befürchten?«

»Es könnte darauf hinauslaufen, daß wir nach Odessa gehen müssen, Mutter. Dort sitzen die Franzosen. In Odessa sind wir in Sicherheit.«

»In Odessa in Sicherheit?« Aus irgendeinem bizarren und geheimnisvollen Grund begann sie gackernd zu lachen.

Ich wartete auf Esmé und berichtete ihr das Neueste. Es wurde spät. Ich mußte zurück an die Arbeit. Ich durfte Petljura nicht verärgern, zumal er völlig übermüdet war. Ich gab ihr einen kurzen Abriß der jüngsten Ereignisse und bat sie, alles für eine Abreise meiner Mutter und Captain Browns vorzubereiten.

Sie reagierte verwirrt. »Auf dem Land wimmelt es von Banditen. Außerdem habe ich meine Arbeit.«

»Du wirst auch in Odessa genug zu tun haben.«

Das sah sie ein. »Wann geht es los?«

»Am besten brecht ihr schon vor mir auf. Wenn sich alles beruhigt hat, werde ich mich bei euch melden. Ich arbeite gerade . . .« Ich verstummte. »Es gibt einen Hoffnungsschimmer.«

»Ich werde nicht nach Odessa gehen«, bestimmte meine Mutter. »Ich war noch nie in Odessa.«

Ich zog meine Uhr aus der Tasche. Es wurde immer später. »Was soll dir schon passieren? Wohnen kannst du bei Onkel Semja.«

»Semja ist sehr nett. Aber Jewgenia wird etwas gegen meinen Besuch einzuwenden haben. Sie hat in einem Brief so seltsame Dinge von dir geschrieben. Und von einem Mädchen. Ich hab' den Brief verbrannt. Sie hat uns nie leiden können.«

»Mutter, die Bolschewiken können jederzeit in Kiew einziehen, wenn meine Arbeit ohne Erfolg bleibt. Du sollst doch nur aufbruchsbereit sein. Wenn sie erst mal hier sind, dann wird man nicht einmal mehr mit dem Zug fahren können.«

»Das stimmt«, pflichtete Esmé mir bei. »Sie sollten auf Max hören, Jelisabeta Filipowna. Wir wollen doch Ihr Bestes.«

»Meine Wäscherei«, meinte sie, »ist mein Leben. Ich wäre dumm, wenn ich nach Odessa zöge. Soll ich mich in einer Datscha am Meer zur Ruhe setzen?«

»Warum nicht«, entgegnete ich. »Es würde dir gefallen.«

»Das würde es nicht.«

Ich hatte keine Zeit mehr für weitere Diskussionen. »Versprich mir, Mutter und Captain Brown mitzunehmen. Sobald du von mir hörst.« Ich sah in Esmés wunderschöne blaue Augen und küßte sie zum Abschied auf den Mund.

Kiew schien weniger eine belagerte Stadt zu sein als vielmehr eine, die bereits gefallen war. Die Haidamaki hatten so gründlich geplündert, daß sie noch nicht einmal Zeit für ihre üblichen Pogrome fanden. Kein Brand wurde entfacht, kein Jude getötet, solange sie sich nicht unangenehm bemerkbar machten. Schemenhafte Gruppen huschten auf der Straße hin und her, als mein Wagen unter Petljuras Stander über das verschneite Pflaster rollte. Ich war froh, in die relative Sicherheit der Kreschkatik zurückkehren zu können. Diese Gegend wurde von disziplinierteren Truppen gesichert. Im halbverlassenen *Savoy* suchte ich sofort einen ängstlichen Petljura auf, um ihm meine Fortschritte zu melden. Seine Miene hellte sich auf, als er sich zu Winnischenko umwandte. Dieser lugte durch einen Vorhangspalt nach draußen. »Gibt es etwas Neues zum Thema ›Unterstützung« und ›Evakuierung‹?« Winnischenko zuckte die Achseln. Es paßte ihm vermutlich nicht, daß er Trotzki, Stalin und Antonow nicht persönlich begrüßen dürfte. »Wie sieht es in der Stadt aus?« fragte Petljura mich.

»Die Truppen sind dabei, sie zu plündern, Oberbefehlshaber.«

»Wir hätten denen niemals trauen sollen, die aus Skoropadskaja zu uns kamen.«

»Wir hätten uns nie dazu versteigen dürfen, daß wir Kiew halten könnten.« Winnischenko kehrte uns beiden den Rücken. »Wir hätten bei den Bauern bleiben und uns nicht mit den Russen und den Juden einlassen sollen.«

Petljura klopfte mir sacht auf den Rücken. »Glauben Sie es

nicht, wenn man Ihnen weiszumachen versucht, ich hätte etwas gegen Ihre Leute.«

Ich lächelte und war mir der Macht bewußt, die ich über ihn hatte. »Hassen Sie uns nicht mehr?«

»Es sind diese Bauern«, sagte er. »Russen und Juden besitzen alle Geschäfte, alle Fabriken, alle Maschinen.« Seine Stimme begann sich zu heben. Er riß sich zusammen. »Ist der Strahl für einen abschließenden Test bereit?«

Dazu brauchte ich mehr Energie. Ich hielt es für unsinnig, den Bürgern den Strom abzuzapfen und damit die Kampfmoral der Leute zu schwächen.

Petljura beruhigte sich sofort, als mache sich bei ihm die Wirkung von Morphium bemerkbar. Er strich sich über den Schnurrbart und zwinkerte mir aufmunternd zu. »Dann gehen Sie mal wieder ans Werk, Professor.«

Im *Savoy* herrschte zunehmend Leere. Einige der Spiegel waren entfernt worden, als würde das gesamte Gebäude reisefertig gemacht. Auf dem Kreschkatik waren nur noch wenige Geschäfte geöffnet. Viele waren mit Brettern vernagelt. Ich hatte Lust, nach Bessarabskaja hinunterzufahren und mir eines der jungen Mädchen zu nehmen, die dort arbeiteten. Ich hatte eine gewisse Vorliebe für sie entwickelt. Bestimmt war ich ein besserer Kunde, als sie erwarten konnten. Doch resignierend dirigierte ich den Fahrer zur St. Andreas-Kirche mit ihrem Turm, der in helles Licht getaucht war und wie ein Leuchtturm in der Finsternis und der Verwirrung erschien. Aus der Stadt hörte ich gedämpften Lärm: Ich fragte mich, ob ich davon etwas vermissen würde, wenn es je aufhörte.

Größere Röhren waren geliefert worden. Ich bewunderte die Handwerkskunst. Der Korporal, der mir half, meinte, dies wären wohl die letzten, die wir bekämen. Ich wollte wissen, warum.

Er grinste. »Weil vor zwei Stunden die Glasfabrik geplündert wurde.«

«Was wollen die denn mit Glas?«

»Sie dachten, sie fänden Gold.«

Ich untersuchte die Röhren. Sie waren hervorragend gemacht. Vorsichtig ersetzte ich eine kleinere Röhre auf dem Stativ durch die neue, größere. »Gold?«

»Sie nahmen an, die Juden stellten Gold her«, erklärte der Soldat. »Wegen der Schmelztiegel und so weiter.«

»Die Glaswerke gehören gar nicht den Juden.« Ich verband die Leitungen miteinander.

»Sie wurde noch wütender, als das herauskam.« Der Korporal lachte.

Ich trat zurück, um die Maschine zu betrachten. Wenn die Spiegel erst einmal richtig justiert waren und mehr Energie zur Verfügung stand, könnte man die Wirkung des Strahls an einem der Bäume in der Nähe des Yachtclubs testen. Einsam stand das Clubhaus auf der Truchanow-Insel jenseits des eisbedeckten Flusses. Ich zündete eine Zigarette an und bot kurz darauf in einer demokratischen Anwandlung dem Soldaten eine an. Die Geste beeindruckte ihn. »Danke, Genosse.«

»Wie steht's mit den Bolschewiken? Besiegen wir sie?« Ich hielt es für wichtig zu erfahren, wie ein einfacher, aber im Kampf erfahrener Soldat darüber dachte.

»Kommt drauf an. Es sind fast ausschließlich Russen. Und die schauen auf die Ukrainer herab. Das verbindet sie. Ukrainer können sich noch nicht einmal darüber einigen, wie sie ihren Anführer anreden sollen.«

Ich nickte. »Die verbünden sich mit jedem, scheint mir. Mit dem Hetman, Petljura, Grigoriew, Trotzki, Kornilow . . .«

Der Soldat sog an dem langen Pappröhrchen. »Guter Tabak. Türkischer?«

»Ich glaube schon.«

Er wies vage auf die Vororte. »Die armen Bastarde da draußen haben nichts. Die haben kein Vertrauen zu den Regierenden – seien sie Nationalisten, Zaristen, Bolschewiken, Polen oder Franzosen. Sie glauben an den Frieden und hoffen auf ein eigenes Stückchen Land.«

»Um ihre eigenen Gärten zu pflegen«, meinte ich.

»Wenn Sie meinen.«

»Voltaire«, erklärte ich.

»Ich weiß.« Er amüsierte sich. »Deshalb hat man mich ja zu Ihnen gesteckt. Ich bin der Divisions-Intellektuelle.« Er begann zu lachen. »Ich besuchte ein Jahr lang die technische Hochschule, ehe ich einberufen wurde.«

»Sie waren auch an der Front?«

»In Galizien.«

»Treten Sie gegen die Bolschewiken an, wenn sie kommen?«

»Sie spinnen wohl«, erwiderte er. Er tätschelte meine Röhre.

»Das hier wird die Bolschewiken vertreiben, Professor. Ich sehe zu, daß ich mit dem nächsten Zug von hier fort komme.«

Ich stimmte in sein Lachen ein. Wir waren vom gleichen Geist.

Ich ließ ihn weiter Wache schieben, nachdem ich die vorhandenen Spiegel aufgestellt und den Projektor ein weiteres Mal mit einem Stück Papier getestet hatte. Ich hatte in der vergangenen Woche nur wenige Stunden geschlafen, dennoch dachte ich nicht daran, zu Bett zu gehen. Ich wies den Fahrer an, mich nach Bessarabskaja zu bringen. Er machte mich darauf aufmerksam, daß es bereits vier Uhr morgens sei. Von überall hörte ich Scheibenklirren, schrilles Gelächter, laute Rufe. Die Plünderungen waren im vollen Gange. Im Hotel fand ich eine Botschaft von Esmé vor. Am Morgen würde ein Zug nach Odessa abfahren. Sie wolle alles in ihren Kräften stehende tun, um mitzufahren, doch dazu brauche sie spezielle Papiere, Reisegenehmigungen. Im dafür zuständigen Ministerium fand ich einen guten Freund, der ebenfalls nicht schlafen konnte. Und innerhalb einer Stunde hatte ich die Dokumente für mich, meine Mutter, Captain Brown und Esmé in Händen. Ich packte alles zusammen und schickte damit einen Soldaten zu Esmé. Ich war froh, daß weder Esmé noch meine Mutter sich meinen Anweisungen widersetzten. Danach schlief ich schnell ein, um kurz darauf von einem Alptraum geweckt geweckt zu werden. In diesem Traum war ich einige Jahre jünger und wand mich mutterseelenallein auf einem verlassenen Schlachtfeld im Schlamm. Ich hatte einige Bauchschüsse abbekommen.

Anfang wollte ich die Augen nicht öffnen, weil ich mich in Odessa wähnte und die Brandung von Arkadia zu hören glaubte. In meinen Augen lag ein gelbes Licht, wie Blut. Ich erkannte, daß die Sonne aufgegangen war. Der erste Sonnenschein seit langer Zeit. Ich wälzte mich herum und verschaffte mir einen Überblick. Mein Apartment war wahnsinnig. Ich hatte vorher niemals bemerkt, daß es so unordentlich war. Gelbes Blut von der Sonne. Es floß in zahlreichen Kanälen quer durch die Steppe. Die Strömung war heftig und ließ sich nicht unter Kontrolle halten. Das Dröhnen hielt an. Es handelte sich natürlich um Artilleriefeuer. Möglich, daß es unser eigenes war. Man konnte Freund und Feind nicht mehr unterscheiden. Es wurde um Kiew gekämpft. Sie kamen und gingen. Alle wollten sie uns beschützen. Einigen Städten ist es vom Schicksal vorbestimmt, zu Symbolen zu werden. In jenen Tagen führten wir ein symbolisches Leben in einer symbolischen Stadt. Das verrückte Universum der Symbolisten war für einige Zeit Realität geworden. Es war die Welt eines Wahnsinnigen. Jemand betrat das Zimmer. Ein junger Korporal in einem Kosakenmantel. Er hielt eine Pelzmütze in der Hand. Ich glaube, er sagte, es sei dringend. Immer noch füllte gelbes Blut meine Augen. Ich stand auf. Ich trug meine Kleider.

Hannibals numidische Kavallerie drang immer tiefer in Spanien ein, dieses fromme Land, näherte sich dem Schrein der Heiligen Jungfrau. Und die Steppe war von schwarzen Bäumen bestanden. Glühende Bronze wälzte sich durch die Schluchten Kiews. Auch ich stand in Flammen, und die schwarzen Kleider meiner Mutter brannten. »Ein Zug?«

Kosake: »Man nahm an, Sie seien gefallen. Der Feind ist ganz nahe. Sie werden gebraucht, Pan.«

Er sprach mit einem kräftigen polnischen Akzent. Mein Polnisch war schlecht. Mutter hat es mir mal beigebracht. Und ich hatte ihren Alpträumen gelauscht.

»Ist der Zug abgefahren? Der Frühzug nach Odessa?«

»Der Sonderzug? Ja.«

»Unter hinreichendem Schutz?«

»Ich glaube, er ist gepanzert.«

Ich folgte diesem polnischen Kosaken. Kleine Mädchen sangen in meinem Geist im Chor. Reine, russische Stimmen. Es gibt nichts Schöneres. Ich zwinkerte das Sonnenblut fort. Es war Liszt. Ich hatte die Melodie in der Oper von Odessa gehört, mit Onkel Semja. Dante. Ich konnte nicht mehr. Mein Geist war geschwächt. Jemand hatte ihn angegriffen, während ich schlief. *Magnificat anima mea Dominum!* Hinein ins Fegefeuer. Soviel zur Göttlichen Komödie. Ich war von ihnen umringt. Hatte ich ihnen etwas angetan? Unmöglich. Ich nahm alles so, wie alle anderen es nahmen. Ich bin kein Priester. Das habe ich nie behauptet. Es war in der Albert Hall. Ich hätte nicht hingehen sollen. Rot wohin man sah, bis hin zur Hölle auf der Bühne; der Bolschoi-Chor. Aber ich war einsam. Ich hatte alles verloren. Jemand anderer hätte vielleicht einen Hund adoptiert. Ich war Hunde satt. In meinem Rußland gab es zu viele Hunde. Und Kinder trauten mir nie über den Weg. Wußten sie es? Ich bin nicht ungebildet. Der Kosake setzte mich in eine Kutsche, und ich wurde den Berg hinauf nach Andrejwska gebracht. Die rote Hölle der Albert Hall.

Ich erinnere mich an die Lichter. Die kleinen Mächen in ihren weißen Kleidern. Am Ende mußten sie mich nach Hause bringen. Ich wollte die Stimmen hören, auch wenn sie lateinisch sangen.

Rom und Rom und Rom. Es hieß, Großbritannien sei das Neue Rom. Alles, was sie erbten, war der Patrizier. Moskau verblieb der Priester. Rom und Byzanz, Kiew und Moskau. Die Stimmen sind noch immer süß, und ich fügte ihnen kein Leid zu. Ich war rein, reiner als die anderen. Wir gelangten zur Kirche, und Petljura selbst war da. Er war wütend. »Geschlafen, Genosse?«

»Ich habe bis tief in die Nacht gearbeitet.«

»Der auch?« Es war der Soldat, mit dem ich die Zigarette geteilt hatte. Er sah schuldbewußt aus. Petljura hatte ihn offenbar angeschrien. Verschiedene Generäle standen herum. Einige trugen keine Rangabzeichen. Einige hatten die Epauletten von ihren Mänteln entfernt. Das war genau so, als würde man mit der weißen Fahne wedeln. Unten in der Kirche hielten die Priester einen Gottesdienst ab. Ein Omen, dachte ich. Kirche und Naturwissenschaft verbündeten sich, um den Roten Juden zu vernichten.

»Meine Maschine ist so gut wie fertig«, erklärte ich voller Würde. »Ich habe auf Befehle gewartet.«

»Antonows Streitkräfte nähern sich von allen Seiten.« Petljura war ungehalten. »Wir haben keine Zeit, weitere Stützpunkte aufzubauen. Es bleibt bei dem hier. Heute abend lenken wir den Strahl dorthin.« Er wies in die Richtung meines Heims. Ich war froh, daß Esmé und meine Mutter abgereist waren. Ich blinzelte Petljura an. »Sie sind sicher, daß das Licht unsichtbar ist?« wollte er wissen.

Ich beruhigte ihn.

»Das schwächt ihre Moral, und wir bekommen Zeit, die andere Hälfte des Plans durchzuziehen.«

»Beabsichtigen Sie einen Gegenangriff?«

»Kümmern Sie sich um die wissenschaftlichen Dinge, Professor.«

Der Soldat funkelte mich böse an. Ich wich seinem Blick aus. Ich wollte keinen Streit. Ich hatte Kopfschmerzen. Ich hatte mein Kokain vergessen. Ich bat um die Erlaubnis, ins Hotel zurückzukehren, um meine Medizin zu holen. »Nehmen Sie von meiner«, sagte Petljura. Er reichte mir ein kleines goldenes Döschen, das Kokain enthielt. Das überraschte mich nicht. Die ganze Revolution, der gesamte Bürgerkrieg stand im Zeichen des »Schnees«. Das war der Treibstoff der Auseinandersetzungen. Wieder im Vollbesitz meiner Kräfte bemerkte ich, daß der Soldat mich angrinste. »Sie meinen wohl, ich weiß nicht, was ich tue?«

»Im Gegenteil, wahrscheinlich sind Sie der einzige, der es weiß, Genosse.«

Petljura blickte säuerlich. »Ich kann Sie erschießen lassen, Korporal.«

»Ich glaube, die Chancen, daß mir das heute passieren wird, stehen nicht schlecht, Genosse Oberbefehlshaber.« Ich empfand tiefe Sympathie für den Korporal. Wir waren ausgetrickst worden. Selbst Scipio hatte eine Armee gebraucht, um den karthagischen Elefanten zu vernichten. Damals wurden die Schlachten noch vom Kampfgeist vorangetrieben. Nur Hannibal kannte den Schnee, und das war der Schnee der Alpen, kein russischer Schnee. Ragnarök war zurückgekehrt. Entropie.

Petljura murmelte etwas in seinen Bart. Er konnte es sich nicht leisten, jemanden zu erschießen. Möglicherweise bestand seine Armee nur noch aus ein paar schweigenden Generälen, dem Korporal und meiner Lichtstrahlmaschine. Er sagte etwas auf Französisch zu dem einzigen anderen Mann in Zivil außer mir. Doch Petljuras Akzent war so schlimm, daß niemand etwas verstand. Wahrscheinlich handelte es sich bei dem Zivilisten um den französischen Konsul. Er nickte. Petljura wies mich an, die Linsen auf den Wald von Truchanow auszurichten. »Können Sie jene Bäume treffen?«

»Natürlich. Aber dazu brauche ich Energie.«

»Das Nötige wird abgezweigt.«

Ich richtete meine Maschine auf das Dnjepr-Eis. Als ich den entsprechenden Schalter betätigte, zog ich eine dünne Hitzelinie über die weiße Fläche. »Ich habe es geschmolzen. Man bedenke die zivilen Einsatzmöglichkeiten des Geräts.«

»Eis zu schmelzen ist wohl kaum die Aufgabe . . .« meinte einer der Generäle.

»Auf Schiffen wäre ein Einsatz vielleicht sinnvoll«, sagte ein anderer. Sie redeten wie Automaten. Es schien, als erhielten sie ihre sämtliche Energie von Petljura, einer Quelle, die sie nicht mehr mit dem versorgen konnte, was sie brauchten. Meine Erfindung bedeutet ihnen so gut wie nichts. Sie hatten keine Ahnung, warum sie hier zusammengekommen waren.

»Sie haben das Eis zerschnitten?« Petljura lieh sich ein Fernglas. »Hervorragend. Das wird uns noch nützen, wenn sie den Fluß überqueren wollen.«

Er reichte mir das Fernglas. Ich konnte nichts damit anfangen. Ein General beugte sich vor und nahm es mir mit einem seltsamen Lächeln aus der Hand. »Danke sehr«, sagte er so langsam, als verstünde ich kein Russisch.

Die Priester sangen immer noch in der Kirche. Petljura fühlte sich durch die Stimmen belästigt, ich empfand sie als angenehm. Damals schon empfing ich meine Inspiration von Gott und nicht von den Menschen. Später sollte ich mich an diesen Augenblick der Stärke noch einmal erinnern.

»Diese Bauern«, sagte Petljura, »sind wahrer Abschaum. Sie sind hinterlistig und dumm. Sie haben mich hintergangen. Sie sind wie Tiere.«

»Das sind wir alle, Genosse«, meinte der Soldat. Er lehnte sich gegen die Brüstung und sah aus dem Fenster. »Aber viele von uns sind harmlose Tiere. Das ist der einzige Unterschied. Sie hätten mehr Zeit bei der Herde verbringen sollen . . .«

Petljura biß sich auf die Unterlippe. Er blickte von General zu General, fand dort jedoch keinerlei Reaktion. »Korischenko«, sagte er, »Sie werden dafür sorgen, daß alle Energie für die Maschine des Professors reserviert wird.«

Froh, sich entfernen zu können, salutierte Korischenko und trat ab.

»Wir warten bis zum Einbruch der Nacht«, bestimmte der Oberbefehlshaber. »Bestehen irgendwelche Gefahren? Eine Art Rückschlag der Maschine?«

»Das ist unwahrscheinlich.«

»Und wenn Menschen in den Strahl geraten?«

»Geben Sie Befehl, daß alle im Parterre bleiben sollen«, schlug ich vor. »Nur für den Fall der Fälle.«

»Wir haben nicht vor, einen armen Juden in zwei Hälften zu schneiden«, sagte der Korporal.

Petljura und seine engsten Berater verließen bereits den Turm. Petljura sagte etwas in seinem verwirrenden Französisch. Ich hörte den Zivilisten eine Frage stellen: »Was geschieht mit den Juden? Wieder ein Pogrom?«

»Aber nein.«

»Juden gibt es auch bei uns in Frankreich.«

Die Männer tauchten im Gesang der Kirche unter, und ich blieb mit meinem Korporal zurück.

»Hat er zu dem Franzosen irgend etwas von einem Rückzug aus Kiew gesagt?« wollte der Soldat wissen.

»Nein.«

»Und was meinte er über die Juden?«

»Nichts.«

Der Korporal hob den Arm, als wolle er meine Maschine umstoßen. »Ich hab keine Vorurteile, aber ich warne Sie . . .«

»Was meinen Sie?« Seine Geste haftet noch heute in meinem Gedächtnis. Hielt er mich für einen Juden, weil ich Interesse an den Naturwissenschaften bewies? In der Hinsicht teilte ich die Auffassung Petljuras und der Bauern. Die Juden in der Ukraine und in Polen haben die Erde weiß gemacht, sie haben beide Länder ausgeblutet. Die schwarze Erde war so tief ausgetrocknet, daß allein Blut sie zum Leben erwecken konnte. Blut und die Sonne und unsere breiten Flüsse, von denen die Roten behaupten, sie gebändigt zu haben. Wer kann schon einen russischen Fluß zähmen? Er ist für alle Ewigkeiten frei und ungebunden. Sie haben uns alle zu Angehörigen der europäischen Bourgeoisie machen wollen, doch ohne Erfolg. Wir gehören eben nicht der Mittelklasse an. Wir sind Intellektuelle, Arbeiter, Bauern. Sollen die Juden ihr Zion woanders suchen. Ganz bestimmt nicht in Rußland. Nur Slawen können auf slawischer Erde überleben. Den Tataren gelang dies nicht. Das Land vernichtete ihre Khantümer. Sie sind sich gleich: phönizischer Kaufmann oder zionistischer Fünft-Kolonnler. Ich weiß das ebenso, wie ich weiß, daß in jedem Menschen ein Teufel steckt. Auch in mir selbst. Ich bot dem Soldaten eine Zigarette an.

Die Sonne sank dem Horizont entgegen. Kiew schwieg. Stille herrschte. Eisenbahnzüge verließen die Stadt. Ich konnte ihre Dampfwolken sehen. Ich erkannte Gestalten auf dem Eis. Ich wußte nicht, wer sie waren. Der Gesang unter uns war verstummt. Ich fühlte mich einsam. Ich dachte an Kolja. Saß er mittlerweile in Petrograd im Gefängnis? War er emigriert? Versuchte er, gemeinsam mit Kornilov oder Denikin wieder an die Macht zu kommen? Warum drangen die Polen in der Ukraine ein? Sie wollten ihr Reich zurückhaben. Kein Wunder, daß die Deutschen sie zu fürchten begannen, wie sie bereits die Tschechen fürchteten. Die Tschechen waren berühmt für ihren Mut und ihre kämpferischen Fähigkeiten. Quer durch Sibirien haben sie sich bis in ihre Heimat durchgekämpft. Wenn das Reich doch nur zusammengehalten hätte. Ein slawisches Reich. Wir hätten längst eine neo-hellenistische Welt. Wir sind die Erben der Griechen. Das slawische Blut, und nicht der Kommunismus, vereint uns, für die Angelsachsen und die Chinesen ist der Zug abgefahren. Sie haben eine Stabilität erreicht, die dem Zustand des Todes gleichkommt. Negatives Denken war noch nie eine slawische Taktik. Eher unternehmen wir irgend etwas, als daß wir untätig bleiben. Hätten die Polen ihre Gebiete in Deutschland gesucht, wäre es nie zum Krieg gekommen. Nationalismus widerspricht allem rationalen Fortschritt, jeglicher Wissenschaft, allen Erfahrungen der Menschheit. Israel! Der neueste Witz, denn jetzt spielen die Juden sich als »Nationalisten« auf. Und wir müssen das Schlimmste befürchten.

Warschau, Prag und Kiew waren wundervolle Städte. Und wer zerstörte sie? Bolschewistische Juden! Hitler hat sich nur gegen ihre Bedrohung zur Wehr gesetzt. Er mußte sich ausbreiten und gegen sie verteidigen. Rußland war seit Urzeiten ein Freund der Deutschen. Und wer hat dieses Band zerbrochen? Der jüdische Landjunker, der jüdische Intellektuelle, der jüdische Politiker. Unternimmt die Welt etwas gegen diese Bedrohung? Nicht überstürzt wie Hitler, sondern maßvoll und gezielt? Soll man ihnen doch Israel überlassen, auch den Mittleren Osten. Und dann müßte man eine hohe Mauer um den Juden errichten und ihn sich selbst überlassen. Soll er hinter seiner Mauer heulen und mit den Zähnen knirschen. Mich stört es nicht.

Als es dunkler wurde, stellte ich fest, daß die erforderliche Energie abgezapft wurde. Der Korporal besorgte uns etwas zu essen. Er berichtete, daß die Leute angewiesen worden waren, in den Kellern zu bleiben. Einige glaubten, es stünde ein Zeppelin-Angriff bevor, andere hatten bereits von meinem »Violetten Strahl« gehört. Es ist erstaunlich, wie schnell Neuigkeiten in einer belagerten Stadt die Runde machen. Klatsch, sagt man bei uns in der Ukraine, macht den Hunger erträglich. Meine zusätzlichen galvanischen Batterien waren ebenfalls einsatzbereit. Ich schloß sie an den Transformator an, falls der andere Energiekreis zusammenbrechen sollte. Die Dunkelheit brachte mir Erleichterung. Meine Augen schmerzten. Ich konnte die Bilder von Tod, von Blut nicht aus ihnen vertreiben. Wenigstens waren Esmé, meine

Mutter und möglicherweise auch Captain Brown unterwegs nach Odessa, wo französische Ordnung herrschte. Im schlimmsten Fall würde Onkel Semja ihnen helfen, das Land zu verlassen. Ich nahm mir vor, daß ich selbst, sobald ich erkannte, woher der Wind wehte, meinen Strahl ausprobieren, den Apparat mit Hilfe des Korporals auseinandernehmen und damit zu den Franzosen verschwinden würde. Und dann nichts wie weg nach Paris.

Nirgendwo brannte Licht, doch das Artilleriefeuer hatte begonnen. Lichtblitze flammten auf der Truchanow-Insel auf. Ich richtete den Projektor auf die Insel. Der Korporal bat mich um eine Zigarette. Ich reichte ihm die ganze Schachtel. Er nahm eine Papyrossi heraus und schob mir die Schachtel wieder in die Tasche. Er rauchte. Hoffentlich entdeckten die Bolschewiken nicht den roten Glutfleck. Vereinzelt fielen Schüsse. Ich hörte laute Rufe, Motorengebrumm und Hufgetrappel auf den Straßen. Ich drückte auf den Knopf an meinem Projektor. Ich sah einen Lichtblitz. Ich glaube, ich vernichtete eine Kanone. Ich wollte meinen Erfolg dem Korporal mitteilen, doch der war verschwunden. Die gesamte Kirche war leer. Kiew war voller Gespenster. Wahrscheinlich hatte der Korporal den richtigen Riecher gehabt und lief jetzt gerade zu den Bolschewiken über, oder er kehrte in sein Heimatdorf zurück. Ich wollte gerade den Projektor zerlegen, als ich Schritte auf der Treppe vernahm. Ich war so aufgeregt, daß ich schon Antonows Geist zu sehen glaubte. Doch es war Petljura in seiner grünen Uniform, mit schwarzer Schapka auf dem Kopf und einer Reitgerte in der Hand. Irgendwie sah er lächerlich aus. Wie eine Figur aus *Der Gefangene von Zenda*.

»Haben Sie den Strahl schon eingesetzt?«

Ich meldete ihm, daß ich ein Geschütz zerstört hätte.

»Ein Geschütz reicht nicht.«

»Die Maschine muß justiert werden. Jeder Schuß verschlingt eine Menge Energie. Bisher habe ich meine Sache gut gemacht.«

»Sie haben mir Hoffnung gemacht und sie dann vernichtet.«

Zwei Generäle standen hinter ihm sowie einige Soldaten niederen Ranges. Sie trugen unterschiedliche Uniformen: blaue, weiße, grüne.

»Ich habe Ihnen erklärt, was ich schaffen könnte. Mit einem weiteren Tag Frist . . .«

»Antonow ist schon fast in Kiew. Er rückt mit seinen Truppen sehr schnell vor. Wir müssen die Stadt evakuieren. Sie halten die feindliche Vorhut mit Ihrer Strahlkanone auf.«

»Allein?«

»Sie sind Major der Republikanischen Armee, Genosse. Sie können wegen Befehlsverweigerung erschossen werden.«

Jemand grinste. »Stimmt.«

»Und Sie verschwinden?« Ich konnte eine derartige Treulosigkeit nicht fassen.

»Wir ziehen uns aus dieser Position zurück. Ich glaube, wir können uns auf Grigoriew verlassen. Vielleicht leiht die Entente uns Hilfstruppen. Denikin und Krassnow werden sich mit uns verbünden müssen. Es wäre zu ihrem Vorteil.«

»Wie soll ich denn wegkommen, wenn die Bolschewiken mich erwischen?« erkundigte ich mich.

»Sie schaffen es schon«, meint ein Hauptmann. »Sie tragen ja Zivilkleidung.«

Hoffentlich schaffte ich es noch, mein Gepäck aus dem Hotel zu holen, falls es noch nicht gestohlen worden war. Ich salutierte. »Dann werde ich meine Pflicht tun.« Zu meinem und zum Nutzen meiner Schutzbefohlenen natürlich. Mit meinem Strahl-Apparat würde ich die Bolschewiken sicher nicht aufhalten können. Petljura hatte sich völlig verschätzt. Ich fragte ihn, wo ich wieder zur Armee stoßen solle.

Er zögerte. »Das erfahren Sie noch.«

Er wollte nicht, daß ich seine Position verriet, falls ich doch gefangengenommen würde. Einige seiner Generäle bedachten mich mit teilnahmsvollen Blicken.

»Und wenn Antonow den Apparat einkassiert?« fragte ich.

»Sie werden ihn vorher vernichten.«

Er schenkte meiner Loyalität zu einer Sache, die ich niemals vertreten hatte, eine Menge Vertrauen. »Und wenn sie mich schnappen, ehe ich die Maschine vernichten kann?«

Petljura wandte sich um und schlug mit einer arroganten Geste mit der Gerte gegen den Apparat. Das Stativ schwankte bedenklich. »Die raten doch nie, was das ist. Sie haben kein Geld. Man kann Sie nicht bezahlen. Nehmen Sie das Ding mit zu den Franzosen. Die geben Ihnen, was Sie verlangen.« Er hatte irgend etwas im Sinn. Er war verrückt.

Ich versuchte, die Maschine zu sichern, ehe die unbezahlbare

Vakuumröhre sich aus ihrer Position verschoben hatte. Aber Petljura hatte bereits sein schlimmes Werk vollbracht. Es würde Stunden dauern, die Maschine wieder neu einzustellen. Davon erwähnte ich jedoch nichts. »Sie haben mich aufgefordert, das Gerät zu bauen.«

»Und es funktioniert nicht.«

»Sie haben mir keine Chance gegeben.«

»Na schön. Dann zeigen Sie, was Sie können. Vernichten Sie die Truchanow-Insel.«

»Ich tue mein Bestes. Wahrscheinlich haben Sie es unmöglich gemacht . . .«

»Weg mit Truchanow!«

Ich zuckte die Achseln und richtete den Projektor auf die Insel aus. Ich schwenkte ihn hin und her wie ein Maschinengewehr. Nicht, absolut nichts, geschah.

Petljura brach in Gelächter aus. »Ich hab's eilig, Genosse!«

Ich stellte mit Hilfe meiner Instrumente fest, daß zu wenig Strom durch den Transformator floß. »Die Energiezufuhr läßt nach. Ich muß die galvanischen Batterien zuschalten.« Ich wies auf die schmale Treppe, wo sie aufgebaut waren. »Jemand muß den großen Schalter umlegen, wenn ich das Zeichen dazu gebe.«

Petljura starrte mich an wie einen Irren. »Klappt das?«

»Schalten Sie!«

Irgendein Idiot sprang sporenklirrend durch den Raum. Er betätigte den Schalter, ehe ich das Zeichen geben konnte. Die Batterien begannen zu sprühen. Der Soldat stolperte zurück. Lärm und grelles Licht überall. Petljura kreischte auf und verschwand, seine Männer mit ihm, während ich mich mit dem Rest meiner Anlage herumschlug. Ich konnte nichts tun. Ich öffnete eine der mit Stroh gefüllten Munitionskisten, in denen meine Vakuumröhren transportiert worden waren. Eine Röhre lag noch darin. Jetzt brauchte ich nur noch die Linsen. Ich montierte sie ab, so schnell es ging. Jemand kam zurück. Ein Pistolenschuß peitschte auf, die Röhre auf dem Stativ zerplatzte, und als ich meine Augen bedeckte, spürte ich auf meinen Händen und meiner Stirn einen feinen Glasregen. Ein weiterer Schuß wurde auf mich abgefeuert. Petljura gönnte den Bolschewiken auch nicht den geringsten Vorteil. Fast erschien es wie ein bizarrer Racheakt gegen mich. Ich glaube, es war Petljura selbst, der schoß. Ich kann mich aber auch irren. Ich sah Mündungsfeuer und eine dunkle Silhouette. Ich ging hinter einer Säule auf dem Außenbalkon in Deckung. Alle sechs Schüsse wurden abgefeuert, ehe die Gestalt davonrannte. Etwas stand in Flammen. Mein Stroh. Ich wollte wenigstens eine Röhre in Sicherheit bringen, doch es bestand die Gefahr, daß sie in der Hitze explodierte und mich tötete. Elektrizität knisterte. Die Verbindungen waren nicht richtig geschlossen worden. Die größte Gefahr ging von dem brennenden Stroh aus. Ich rettete nicht eine einzige Linse, eine einzige Röhre. Ich schlich die Trepppe hinunter und hielt nach dem Attentäter Ausschau. Doch er war verschwunden. Ich hörte einen Wagen wegfahren. Mönche tauchten auf. Sie beschimpften mich. Meine Augen baten um Vergebung, doch die Mönche kehrten mir den Rücken. Ich war zu vorsichtig, um laut zu sprechen. Ich konnte es kaum fassen, daß jemand mich mit derartigem Haß verfolgte. Ich schlich aus der Kirche. Ein Jude mit Käppchen rannte vorbei. Er keuchte. Er hielt etwas in den Armen. Ein Bündel. Ein Baby vielleicht. Oder eher den Familienschatz, den er vor den Eindringlingen in Sicherheit zu bringen hoffte. Er war ziemlich jung, Anfang Zwanzig, und blond. Abgesehen davon, daß er Jude war, hätte man ihn als gutaussehend bezeichnen können. Nach seinem Verschwinden war da nur noch schmutziger Schnee. Alles war tot. Nervös kehrte ich zum Kreschkatik zurück, doch ich wurde nicht aufgehalten. Alle Bewohner hockten in ihren Kellern. Die Haidamaki waren verschwunden. Ungehindert betrat ich das *Jewropjaskaja*. Niemand war zu sehen. Mein Zimmer war durchsucht, aber anscheinend war nicht mitgenommen worden. Ich stopfte mein Diplom, den Paß und andere Papiere sowie einige Goldmünzen in eine Geheimtasche meiner Hose. Ich sammelte meine Aufzeichnungen und stellte fest, daß die Pläne für meine Maschine und die Beschreibung ihrer Wirkungsweise verschwunden waren. Ich verteilte kleine Kokainpäckchen auf die verschiedenen Taschen meiner Jacke und meiner Weste. Ich fragte mich, ob Petljura vielleicht selbst beabsichtigte, meine Pläne an eine der feindlichen Mächte zu verhökern. Ich konnte nichts dagegen tun. Ich hatte keinerlei Nachweis mehr in Händen, daß ich meinen »Todesstrahl« entworfen und gebaut hatte. Ich war gründlich betrogen worden. Ich beschloß, soviel wie möglich mitzunehmen und mich zum Bahnhof durchzuschlagen. Nachts wäre das ein gefährliches Unterfangen. Ich würde besser bis zum Tagesanbruch warten. Ich legte mich völlig angekleidet ins Bett, um zu schlafen. Ich hörte Schüsse. Gelbes Blut wogte in meinen Augen. Ich wälzte mich im Schlamm. Meine Mutter stand in Flammen. Bronze sprudelte durch die Schluchten Kiews. Sonnen gingen auf und unter über einem Schlachtfeld, das die ganze Erde war. Jahre verstrichen, während ich nach etwas suchte.

Am Morgen blickte ich aus dem Fenster und sah die Kavallerie der Roten Armee den Kreschkatik heraufreiten.

Zwölf

Sie wälzte sich wie eine braune und rote Schlammflut durch die breite, kahle Straße. Unbarmherzig und geordnet wallte sie zum Dröhnen der Maschinen und zum Hufgetrappel der Pferde. Sie ergoß sich in die Gebäude, diszipliniert wie Deutsche und angsteinflößend wie die Haidamaki. Ich sah endlich eine richtige Armee, und ich hatte Angst. Das war es, was Trotzki und Stalin und Antonow aus unserer alten Zarenarmee geschaffen hatten: sie hatten sie mit Bolschewismus vollgetankt und mit Versprechungen auf eigenes Land und ein Utopia entflammt. Ein Traum, für den man töten konnte. Und es war eine russische Armee. Sie sang. Die Männer auf den Pferden oder in den Autos oder auch die, die in Reih und Glied marschierten, lachten in jener unbeschwerten, verzweifelten Art der Russen, wenn sie in den Kampf ziehen. Nicht eine einzige nationalistische der republikanische Flagge wehte auf dem ganzen Kreschkatik. Kein einziges Geschäft hatte geöffnet. Nur Eis und Bolschewismus beherrschten die Straße. Ohne große Hoffnung packte ich zu Ende. Ich zog meinen alten »klassenlosen« schwarzweißen Anzug an. Ich konnte mir noch gerade eine Zigarette anzünden, bis jemand an der Türklinke rüttelte und eine müde Stimme fragte, wer die Suite bewohne. Ich ging zur Tür und öffnete sofort. »Guten Morgen, Genosse«, grüßte ich. »Ich bin froh, daß Sie endlich gekommen sind. Pyatnitski ist mein Name.«

Vor mir stand ein Tschekistenkommissar in Lederjacke, wie alle sie trugen (viele tragen diese Jacken heute noch, und sie sind genauso leicht zu identifizieren wie die Anoraks der Spezialabteilung). Er hatte gelbblonde Haare und einen breiten, prüden Mund. Drei Rotarmisten standen hinter ihm. Sie trugen Marineuniformen mit roten Sternen und Patronengurten. Als Waffen hatten sie lange Gewehre mit aufgepflanzten Bajonetten. Der

Tschekist hielt das Melderegister des Hotels in der Hand. Er blätterte darin herum. »Sie haben hier längere Zeit gewohnt, Bürger. Ist das Ihr Zuhause?«

»Mein eigenes Zuhause habe ich verloren«, berichtete ich ihm. »Ich wurde von den Leuten des Hetman und von Petljura ausgeplündert.«

»Viel scheinen Sie dabei nicht verloren zu haben.« Er betrat das Zimmer.

»Ich war arm. Ich habe bei den Sowjets gearbeitet. Pyatnitski!« Ich wußte nicht, welche Lüge ich noch erzählen sollte. Ich überlegte nur verzweifelt, wie ich mich vor diesem schrecklichen Kerl schützen konnte.

»Sie haben hier gewohnt, sind dann ausgezogen, haben wieder hier gewohnt, sind wieder ausgezogen. Warum?«

»Ich war im Gefängnis«, gestand ich ihm.

»Was haben Sie verbrochen?«

»Nichts. Mit den Bolschewiken zu sympathisieren reicht in Kiew für einen Aufenthalt im Gefängnis aus.«

»Waren Sie denn während der letzten Okkupation nicht hier?«

»Ich hielt mich in Charkow auf, wo ich Genossen besuchte.«

»Und wen unterstützen Sie? Die Kiewer Gruppe?«

Von den verschiedenen Fraktionen innerhalb der Partei hatte ich ebensoviel Ahnung wie von den Blumen, die man bei einem Landspaziergang am Wegesrand antreffen kann. »Ich gehörte nirgendwo hin«, erwiderte ich. »Meine Sympathien gehören Moskau. Ich hab mich bemüht, dorthin zurückzukehren.«

»Haben Sie irgendwelche Papiere?«

Ich war schlau genug, ihm nicht meine echten Papiere auszuhändigen, doch ich hatte immer noch einen Reserve-Satz in meinem Gepäck. Diesen holte ich aus dem Koffer. »Wie Sie sehen, bin ich Naturwissenschaftler.«

»Doktor Pyatnitski, nicht wahr? Sie sind noch sehr jung.«

»Ich war in Petrograd recht erfolgreich, Genosse.«

»Ihren Titel erhielten Sie in Kiew.«

»Ich wurde versetzt. Darum bin ich hergekommen. Sie werden feststellen, daß Genosse Lunarcharsky ein Bekannter von mir ist. Er wird für mich bürgen.«

»Sie haben gute Beziehungen.« Er lächelte spöttisch. »Man trifft eine ganze Menge Spontanbolschewiken mit den besten Beziehungen.«

»Ich kannte viele Genossen in Petrograd. Vor der Revolution. Ich hatte einen guten Ruf. Eine ganze Reihe Leute kennt mich.«

Der Tschekist seufzte und kratzte sich mit meinen Papieren unterm Kinn. Er stülpte sich einen breitkrempigen Hut auf den Kopf und betrachtete mich aus grünen, fast mitfühlenden Augen. Es waren die Augen eines Mannes, der im Begriff war, mich zu töten. Er wandte sich ab. Ein Ritual hatte begonnen. »Gestatten Sie diesen Genossen, Ihr Zimmer zu durchsuchen?«

»Wenn Sie das für notwendig halten.« Der Hauch des Todes wurde immer stärker. Ich hatte ihn schon ein oder zweimal gerochen. Ich sollte es in den folgenden Monaten und Jahren lernen, ihn noch schneller zu identifizieren.

»Sie leben recht angenehm.«

»Ich hatte Glück.«

»Womit haben Sie Ihr Geld verdient?«

»Als Mechaniker.«

Er schnüffelte. Ich wünschte, ich wäre bei Mutter geblieben oder ich wäre wenigstens früh genug aufgestanden, um den Zug nach Odessa noch zu bekommen. »Natürlich habe ich meine Arbeitskleidung nicht hier.«

Er nahm wieder seinen Hut ab. Einer der Seeleute fand in einer Schublade einen Umschlag und brachte ihn herüber. »Wir brauchen geschickte Mechaniker, Genosse.« Er kippte Petljuras Rangabzeichen aus dem Umschlag in seine Hand.

Ich brach in lautes Gelächter aus.

Er starrte mich mißbilligend an. Er gehörte zu jenen phantasielosen Typen, die Gelächter verwirrend empfinden. Ich verstummte. »Mir wurde ein Amt angeboten. Natürlich habe ich abgelehnt. Das sind Souvenirs.«

»Als Major?«

Normalerweise hätte mich diese schulmeisterliche Art aufgeregt, wie man sie bei vielen Tschekisten und Polizisten überall antreffen kann.

»Als Major also? Ich fühle mich geschmeichelt!« Ich bekam es mit der Angst zu tun.

»Warum wurde Ihnen diese Stelle angeboten?«

»Man brauchte meine Hilfe zur Lösung industrieller Probleme.«

»Fabriken in Betrieb zu halten? Autos zu reparieren? Oder was?«

»Ich erteilte Ratschläge. Ich habe mitgeholfen, Kiew am Leben zu erhalten.«

Er massierte seine hellen Augenbrauen. Er kniff seine puritanischen Lippen aufeinander. »Sie haben doch nicht etwas mit dem Feuer in dieser Kirche zu tun? Es war wie ein Leuchttum. Deshalb konnte wir die ganze Nacht marschieren und uns daran orientieren. Petljura oder die Franzosen sollen angeblich hier eine geheime Waffe installiert haben. Sie habe nicht funktioniert, heißt es. Waren Sie das?«

»So ist es«, sagte ich. »Ich hab' sie sabotiert.«

Er lächelte.

»Ich wurde von Petljuras Männern beschossen», erzählte ich, »während ich damit beschäftigt war. Ich sollte damit arbeiten. Ich war einverstanden. Sie sollte gegen unsere Streitkräfte eingesetzt werden, doch ich setzte die Visiereinrichtung außer Betrieb. Es kam zum Kampf. Das Ding explodierte.«

»Ich glaube, wir sollten Sie besser erschießen«, entschied der Kommissar. Ich hatte ihn erzürnt. In den vergangenen Monaten hatte er es offensichtlich verlernt, sich die Aussagen seiner Opfer anzuhören. Dafür hatte er gelernt, Verzweiflung und Angst zu identifizieren und sie, wie schlichte Geister es stets zu tun pflegen, als Schuldeingeständnis zu werten. Ich konnte nur fortfahren, die Namen wichtiger Bolschewiken zu nennen, die ich in Petrograd kennen gelernt hatte. Diese Namen riefen bei ihm Pawlovs »bedingten Reflex« hervor. Er zögerte. Sicherlich haßte er Unsicherheit, doch noch mehr haßte er die, welche für dieses Gefühl der Unsicherheit verantwortlich waren. Ich spielte ein gefährliches Spiel. Diese Moskauer Lederjacken waren für ihre spontanen Entscheidungen berüchtigt: ein Blick auf die Kleidung, eine Kontrolle der Hände, um sich zu überzeugen, ob sie jemals handwerkliche Arbeit geleistet hatten, eine kurze Überprüfung hinsichtlich »bourgeoiser Herkunft«, und ab vor das Erschießungskommando. Jemand hat mal gesagt, daß die gesamte Führerschaft der Bolschewiken, wenn man sie an dieser Elle mäße, von der Tscheka hätte erschossen werden müssen. Meine Hände waren nicht weich. Ich hielt sie dem Tschekisten hin, zeigte ihm die Blasen und Schwielen von meiner Arbeit als Mechaniker. Er hustete und fingerte eine Zigarette aus einer Schachtel. Dabei mußte er das Pistolenhalfter verschieben. Er riß ein Zündholz an. Ich suchte meine eigene Zigarette. Ich hatte sie fallengelassen, doch nichts war in Brand geraten. Meine Papiere wanderten in die unergründlichen Taschen des Kommissars. »Sie stehlen mir die Zeit. Sie stehen unter Arrest.«

»Hausarrest? Was habe ich getan?«

»Dieser Raum wird gebraucht.«

Schritte draußen auf dem Gang. Eine Frauenstimme. Mrs. Cornelius kam herein. Sie trug ein weites, einteiliges Gewand aus hellroter Seide und auf dem Kopf einen roten glockenförmigen Hut. Ihre Lippen und Wangen waren karminrot und hoben das Blau ihrer Augen und das Blond ihrer Haare hervor. Als sie meiner ansichtig wurde, blieb sie abrupt stehen und brach in schallendes Gelächter aus.

»'allo, Iwan!« Sie umarmte mich. »Bist mir schon 'n richtich lieber falscher Kopeke, wa'?«

»Sie sind bei den Roten?« fragte ich auf Englisch.

»Schon die ganze Zeit, gut, nich? Naja, da is' mehr los als bei den andern. Früher wenigstens. Hab 'n neuen Freund. Iss'n richtich hohes Tier.«

Der Tschekist betrachtete jetzt, angestrengt die Stirn runzelnd, seine polierten Stiefel. Er gab den Seeleuten einen scharfen Befehl. Sie schleppten Mrs. Cornelius' Koffer in die Suite. Sie sah sich um. »Ich schmeiß' dich doch nich' raus, oder? Die tun für mich einfach alles. Aber das iss zuviel, wirklich. Man weiß nie, in welchem Bett man als nächstes schläft, eh?« Sie warf den Kopf in den Nacken und röhrte vor Lachen. Sie kicherte. Sie legte eine weiche Hand auf meinen Arm. »Da mußte auch lachen, wa?«

Ich tat mein Bestes, zu lächeln und bei dem Tschekisten den Eindruck zu erwecken, ich gehöre zur Parteiprominenz. »Ist Lunarcharsky auch hier?« fragte ich.

»Der iss schon seit 'n paar Jahren nich mehr richtich in Form. Und seine Frau oder so wurd' 'n bißchen lästig. Nee. Ich bin wohl mit Leo zusamm', aber der treibt sich ja immer wer weiß wo 'rum. Den erwisch' ich nie. Iss mir auch egal.«

»Leo?«

»Lev«, sagte sie. »Kennste doch, Trotzki. Kleiner Trotzkopf sach ich immer zu ihm. Ha, ha, ha.«

»Sie sind seine – Geliebte . . .«

»Iss richtich nett, wie de das sagst, Iwan. Iss schon richtich. Iss auch am besten so. Ich versuch', wieder in' Süden zurückzukehr'n. Willste das auch? Noch 'nen Winter pack ich nich, oder du?«

»Nach Odessa?«

»Warum nich? Der kann kein Englisch«, informierte sie mich über den Kommissar, der uns säuerlich beobachtete. »Un' er haßt mich. Aber so richtich scheint er dich auch nich zu mögen.«

»Das mag stimmen. Dann wollen Sie also zur Küste?«

»Am Meer hat's mir immer gut gefall'n.« Sie zwinkerte. »Verrückte Zeit fürn Seeurlaub, wa?«

Sie wußte, daß ich in Schwierigkeiten war. Das spürte sie sofort. »Wie iss'n hier der Service?« fragte sie beiläufig.

»Kommt drauf an, wer Sie sind.«

Die Lederjacke meldete sich zu Wort. »Würden Sie bitte Russisch sprechen, Genossin. Wenn man in Rom ist . . .«

»Russki?« wiederholte Mrs. Cornelius in ihrem fürchterlichen und reizvollen Russisch. Mit ihrer Schönheit, ihrem Geist und ihrem Akzent war es ihr zweifellos leichtgefallen, die führenden Bolschewiken für sich einzunehmen. Sie verwirrte den Tschekisten noch mehr, als ich es getan hatte. Sie lachte. Er wandte sich ab, um sein beleidigtes Gesicht zu verbergen. »Paß mal auf, Iwan.« Sie schien jeden mit demselben Namen anzureden. »Das ist ein guter Genosse. Er ist unterwegs nach Odessa, um dort etwas für die Partei zu erledigen. Er kennt aus seiner Zeit in Petrograd eine Reihe wichtiger Genossen. Genosse Stalin und er sind gute Freunde.« Die sogenannten »sibirischen« Bolschewiken hatten damals weitaus mehr Einfluß. Stalin war für mich nur ein Name, den ich mit einigen ziemlich unwesentlichen Bürgerkriegsaktionen in Verbindung brachte und der meiner Meinung nach bei den jüdischen Intellektuellen, die die Parteipolitik bestimmten, nicht allzu populär sein konnte.

Ich holte meine Uhr hervor und meinte, ich hätte wohl den Zug nach Odessa verpaßt. Der Tschekist drückte seine Zigarette in einem Spucknapf aus. »Er wurde angehalten. Er wird in Fastow durchsucht.«

»Na schön.« Ich versuchte gar nicht erst, Mrs. Cornelius' Russisch zu imitieren. »Schicken Sie ein Telegramm und geben Sie Anweisung, daß er noch etwas länger aufgehalten wird.«

»Aber wie kommen wir nach Fastow?« stellte ich eine begründete Frage.

»Genauso wie die Truppen«, verriet sie mir. »Mit dem Auto.«

»Ich habe nicht das Glück . . .«

Sie schlug mir auf die Schulter. Sie zog sich einen dicken Fuchspelzmantel sowie die dazu passende Pelzmütze an. »Teufel!« sagte sie auf Englisch. »Wir fahr'n in meiner ollen Karre!«

Auf ihre Anweisung hin nahmen die Matrosen mein Gepäck. Sie verstauten es in dem großen Mercedes, der vor dem Portal parkte. Ich sah Öltropfen im Schnee. Ich hielt es für Blut. »Spring rein«, forderte sie mich auf. Ich nahm auf der Rückbank Platz. In einem solchen Wagen hatte ich noch nie gesessen. Das Polster fühlte sich warm an. Auf Russisch sagte sie zu dem Fahrer« »Wie sieht es mit Benzin aus?«

»Um wohin zu gelangen?« Der Fahrer trug eine Armeemütze mit Ohrenklappen und einem vorne aufgenähten großen roten Stern. Ansonsten bestand seine Kleidung aus der typischen Kluft eines zaristischen Soldaten: Trenchcoat, Handschuhe, Schal, als Schutz vor der Kälte um die untere Hälfte des Gesichtes geschlungen, und Schutzbrille.

»Nach Fastow, nicht wahr?« Mrs. Cornelius sah mich fragend an.

»Fastow«, bestätigte ich.

»Da kommen wir hin.« Der Fahrer hatte seinen Spaß. »Und sicher auch zurück.«

»Sehr schön.«

Der Tschekist stand vor dem Hotel. Seine Hände hatte er tief in den Manteltaschen vergraben. Er machte einen selbstgefälligen Eindruck. Dann fiel es mir ein. »Sie haben noch meine Papiere, Genosse.«

Er gab sie mir mit einem Gesicht, als würde er seiner letzten Zuflucht beraubt. Er mußte sie befingert haben. Ganz offensichtlich empfand er Mrs. Cornelius' Verhalten als untragbar, jedoch hatte er keine Macht über sie. Nun konnte er noch nicht einmal mehr über mich bestimmen. Er kam mir vor wie ein Dämon in einem Pentagramm.

»Vergessen Sie das Telegramm nicht«, erinnerte Mrs. Cornelius ihn. »Und falls Genosse Trotzki nach mir fragt, teilen Sie ihm mit, ich brächte den Genossen Pyat zum Zug nach Odessa.«

»Ja, Genossin.« Er starrte uns wütend an. Zwei der Seeleute nahmen auf den Vordersitzen Platz, der dritte sprang auf das Trittbrett, und schon ging es los, unter flatterndem Hammer-und-Sichel-Stander: ein offizieller Bolschewikenwagen! Auf unserer Fahrt durch Kiew wurden wir mehr als einmal von den roten Besatzern lautstark gegrüßt. Mrs. Cornelius schien das zu genießen. Oft winkte sie zurück, doch eher wie eine Königin als wie eine Genossin. Damals erlebte ich eine meiner ersten »Epiphanien«. Derer gibt es eine ganze Reihe. Ich messe ihnen große Bedeutung bei. Sie sind alle typisch für dieses Jahrhundert (d. h. ich schließe die Epiphanie der sexuellen Erfüllung nicht mit ein): die Epiphanie des Fliegens; die Epiphanie des Dampfschiffahrens; die Epiphanie des Expreßzugreisens; die Epiphanie des Autofahrens. In jenem riesigen deutschen Automobil, bewacht von ausgesuchten Angehörigen der Revolutionsarmee, mit einer bildhübschen fremdländischen Frau an meiner Seite (Rosenduftparfüm, Pelzmantel, makellose Haut, gepflegtes Selbstbewußtsein) lernte ich die Epiphanie des Autofahrens kennen. Ich beschloß, mir so bald wie möglich einen solchen Wagen anzuschaffen. Auch sie genoß die Fahrt. Sie lachte verhalten. »Wir sind schon die richtigen Kriegshelden, du und ich, was, Iwan? Ich glaub', das gefällt mir am besten an dir.«

Ich war von dem soeben Erlebten noch wie benommen. Allein sie war es, die mich gerettet hatte. Ohne sie wäre ich längst tot. Sie gab mir einen Knuff in die Seite. »Nie die Hoffnung verlieren, was?«

Plötzlich lachte auch ich.

Über baumbestandene Alleen fuhren wir in Richtung Fastow. Ich dachte an meine Zigeunerin, Zoja. Ich stellte mir vor, mit ihr gemeinsam in diesem Wagen unterwegs zu sein. Das sollte keine Undankbarkeit gegenüber meiner Retterin sein. Mrs. Cornelius hatte keinerlei sexuelle Forderungen an mich. Und ich nicht an sie. Sie ist die beste Freundin, die ich je hatte. Und das nur, weil ich in Odessa einen Zahnarzt aufgesucht hatte und die englische Sprache beherrschte. Seitdem hat sie meinem Glück immer wieder auf die Sprünge geholfen. Sie wurde mir Mutter, Schwester, Göttin, Schutzengel. Und dennoch nahm sie mich die ganze Zeit kaum zur Kenntnis. Ich amüsierte sie. Ich war für sie wie ein Schoßhund. Nicht mehr und nicht weniger. Und wie ein Schoßhund überlebte ich alle Gefahren, um ihr im Alter Nähe und Wärme zu schenken. Sie hielt sich sehr gut. Erst in den fünfziger Jahren ging sie etwas in die Breite, obwohl ihr Körper bis dahin geradezu perfekte Proportionen aufgewiesen hatte. Ich hasse diese knochigen Mädchen, die versuchen, wie Jungen auszusehen. Kein Wunder, daß heutzutage fast jeder homosexuell ist. In den zwanziger Jahren hatten wir schlanke Mädchen, doch Mrs. Cornelius war immer fraulich. Ich kann nicht behaupten, daß ich mir über meine eigene Sexualität immer klar gewesen bin, doch dafür muß ich Prinz Nikolai Feodorowitsch Petrow und vielleicht auch meinen Cousin Shura verantwortlich machen. Ohne Hinterlist zeigte Shura mir, daß man Frauen niemals trauen dürfe. Sie sind zu sehr darauf bedacht, vielen Leuten zu gefallen. Es ist eine Männerwelt. Diese Idioten, die sich in meinen Laden drängen, haben keine Ahnung, was ich erlebt habe. Ich verstehe jedes Wort, jede Anspielung, jede Geste. Die Welt fing nicht erst im Jahr 1965 an. Vielleicht hörte sie damals auf. Zuneigung, Großmut, Verständnis waren nun die Tugenden der Älteren. Und die Alten werden nicht mehr geachtet. Wenn ich in Rußland lebte, würde man mich einen alten Langweiler, einen *boltun*, nennen. Solche Typen hatten wir in Kiew immer ausgelacht: die Juden von Podol, die nichts als ihren Klatsch und ihre Erinnerungen hatten, die sie als echte Erlebnisse betrachteten. Kein Wunder, daß deren Söhne rebellierten und sich zu grausamen, pragmatischen Revolutionären entwickelten.

Die Seeleute schienen den Ausflug zu genießen. Sie hatten schon viel von der Welt gesehen und wußten, was es heißt, sein Leben aufs Spiel zu setzen. Auf ihre Art waren sie stets guten Willens. Wesentlich haben sich unsere russischen Seeleute nicht verändert. Wenn ich bei den Docks meinen Wodka trinke, treffe ich ab und zu mit ihnen zusammen. Sie sind von derselben selbstsicheren Toleranz und Zähigkeit wie einst. Sie mochten Mrs. Cornelius. Sie machten ihr Komplimente und erwiesen ihr Aufmerksamkeiten, und sie antwortete, indem sie ihnen Küsse zuhauchte und ihr Essen und ihre Zigaretten mit ihnen teilte.

Massenweise lagen tote Pferde an der Straße nach Fastow. Sie verfielen nach und nach in Totenstarre. Einige waren noch warm; man konnte sie riechen. Auch menschliche Körper lagen in der Wintersonne. Junge Bauern waren darunter, die Petljura zurückgelassen hatte, um seine Flucht zu verschleiern. Petljura war noch so ein Sentimentalist, der alles, wofür er einstand, verraten hatte. Und wie gewöhnlich hatte er die, die er in die Irre geführt hatte, als Verräter angeprangert, hatte sie dem Feind geopfert, wenn sie ihm nicht mehr vertrauen. Sie verdienten ihr Schicksal. Einige waren noch im Besitz ihrer Beute: einem Paar Frauenschuhe, einem Stück Stoff, einem Zierschwert. Das meiste war jedoch schon von den Anhängern Marx und Lenins mitgenommen worden. Wir rollten an einer Reihe toter orthodoxer Priester vorbei. Sie waren gegen eine steile Schneewächte gesunken. Hinter der Wächte stand eine nahezu identische Reihe von Birken. Es war, als seien die Schatten vertauscht worden; denn die Sonne stand nun diesseits der Bäume.

Blut war auch dort, und es war schwarz. Die Priester waren schon seit einer Weile tot. Man hatte ihnen ebenso die Kreuze abgeschnitten wie ihre Ringe, jedoch waren ihre Gewänder säuberlich geordnet. Ich nehme an, daß sie von katholischen Petljuristen erschossen wurden.

Mrs. Cornelius wandte den Blick ab. »Ganz unter uns, Iwan«, gestand sie ein, »sowas hab ich nich' erwartet. Das kommt wohl davon, daß ich 'ne Engländerin bin. Drüben würd' sowas nich passieren. Du willz sicher nach London, Freund.«

»Ich hatte darüber nachgedacht.«

»Wahrscheinlich bin ich schon vor dir da.« Sie reichte dem Matrosen auf dem Trittbrett eine Zigarette, die sie bereits angezündet hatte. Sie zwinkerte ihm lächelnd zu. »Ich steh' halt auf Matrosen; das hat mich in diese Lage gebracht, oder nich?«

»Waren Sie nicht wieder in Odessa?«

»Nee! Hab' doch gehofft, ich käm' auf'n Finnlandzug und dann nix wie weg. Wir ham doch drüber gesprochen. Irgendwie ging das dann alles schief. Und Leo kann ein richtig eifersüchtiges, mieses Schwein sein. Obwohl er noch nich mal richtig ledig iss.«

»Warum kommen Sie nicht mit mir nach Odessa? Dort haben die Franzosen die Kontrolle.«

»Und 'n Haufen verdammte Bolschis, wa? Hab' sowas gehört.«

»Haben Sie Angst vor denen?«

»Nee! Sie ham keine Achtung vor Frauen. Un' die iss meine Stärke, ne? Du weiß' doch, was ich meine?«

»Ich denke schon.«

»Sie glauben nich', daß auch Frauen zählen. Es sei denn, sie gehör'n zur Partei. Ich bin für die nur 'n Teepüppchen. Ich werd's denen zeigen! Wenn Leo erführe, daß ich mit dir in dem verdammten Zug sitze, dann läßt er ihn nochmal anhalten und holt'n zurück, klar?«

»Das glaube ich auch.« Ich bedauerte es, daß meine Prinzipien mich davon abhielten, mich mit den Kommunisten zu verbünden. Sie wußten besser als alle anderen, wie man an die Macht kommt und sie festhält. Zweifel und Unschlüssigkeit ließen sie nicht gelten. Viele Nichtbolschewiken kamen irgendwann zu Lenin. Es war besser, eine bolschewistische Ordnung zu haben als überhaupt keine.

In Fastow entdeckte ich am Turm der Kirche eine rote Fahne. Eine Synagoge brannte. Rote Kosaken trieben sich herum, und es herrschte überall Durcheinander und Verwirrung. Über uns kreiste ein Doppeldecker, beobachtete uns und entfernte sich dann gen Westen. Als warteten sie darauf, einen Zug besteigen zu können, drängten sich Kanonen und Pferde auf der Straße, die zum Bahnhof führte. Der lange Zug nach Odessa war von der Hauptstrecke auf ein Nebengleis umgeleitet worden. Es wimmelte von Menschen. Rotarmisten, Tschekisten, Frauen mit Babys, die sie wie Talismane hochhielten, Juden, die heftig auf Beamte einredeten, Männer in Uniformen, von denen sämtliche Rangabzeichen entfernt worden waren. Halbwüchsige übten den Bolschewikengruß, alte Männer suchten im Schnee nach eventuell verlorenen Gegenständen, hübsche Mädchen klapperten mit den Wimpern und versuchten, mit den Lederjacken zu flirten. Kosaken, mit roten Sternen an ihren Mützen, hockten auf ihren Pferden und bedachten alles und jeden mit rüden Beschimpfungen (es gibt nichts Schlimmeres als einen heruntergekommenen Kosaken), während Matrosen Arbeiter und Bauern neben dem Zug zu langen Reihen formierten und sie in die Erster Klasse-Abteile einsteigen ließen. Scharfer Uringeruch machte sich breit. Die reicheren Leute mußten die Vierter-Klasse-Abteile oder sogar die Viehwagen am Ende des Zuges besteigen.

Der Wagen hoppelte über die Gleise und stoppte. Ein Offizier, bekleidet mit der alten blauweißen Zarenuniform und einem weiten Umhang, auf dem der unvermeidliche rote Stern zu erkennen war, näherte sich dem Wagen. Er salutierte nicht. Die übliche Disziplin war bereits abgeschafft worden. Doch sie sollte strenger als zuvor wiederkehren. Im Zweiten Weltkrieg war man allgemein erstaunt, als Stalin das ganze System von militärischen Rängen und soldatische Etikette wieder einführte. Er handelte sehr klug. Solange es Kriege gibt, muß es auch Soldaten geben; und solange es Soldaten gibt, muß man nach geeigneten Mitteln suchen, sie unter Kontrolle zu halten.

Mrs. Cornelius kannte den Offizier. Sie begrüßte ihn. Er grinste sie an. »Was kann ich für Sie tun?«

»Es geht um meinen Freund«, erklärte sie. »Er muß nach Odessa. Parteigeschäfte. Er ist ein Kurier von Kommissar Trotzki.«

»Vorne befindet sich ein Wagen für Vertreter des Proletariats, die französische Soldaten von ihren Ideen überzeugen wollen. Glauben Sie, sie haben Erfolg, Genosse?« Meine Meinung schien ihm sehr wichtig zu sein.

»Die Aussichten sind gut«, antwortete ich. Insgeheim hoffte ich, daß das Krebsgeschwür des Bolschewismus Frankreich niemals angreifen möge. Doch es war wie ein tödliches Gas, das sich in den Schützengräben ausbreitet. Jeder wurde davon berührt. Sicherlich wäre der Bolschewismus längst ausgestorben, wenn der Schuß in Sarajewo nicht gefallen wäre.

Ein paar Leute in Zivilkleidung wurden zusammengetrieben. Einige von ihnen hatte ich erst kürzlich gesehen – in Uniformen Petljuras. Sie wurden hinter einen Erdwall geführt. Ein oder zwei Maschinengewehrsalven ertönten, dann lautes Gelächter. Die Wachsoldaten kamen ohne ihre Gefangenen zurück. Ich dankte Gott und Mrs. Cornelius für meine Flucht. Indem ich mich verschlafen hatte, hatte ich den Zug und wahrscheinlich dieses Erschießungskommando verpaßt.

Mit einer Geste, die mich an meine Mutter erinnerte, begann Mrs. Cornelius sofort mit den Matrosen zu scherzen, und fragte sie, welche Mädchen sie jetzt wohl am liebsten bei sich hätten. »Das wäre mir im Augenblick völlig egal«, sagte einer. »Ich würde es sogar mit 'nem Pferd treiben, wenn der Kosake für eine Minute absteigen würde.«

Es fiel mir schwer, mich unter Kontrolle zu halten. Meine Lippen waren völlig ausgetrocknet.

Ein anderer Matrose klopfte mir auf die Schulter. »Es ist nicht Ihre Schuld, Genosse.«

Dankbar lächelte ich ihn an. Er grinste zurück. »Der Himmel weiß, was ihr Bolschis im Schilde führt.«

Das verwirrte mich.

»Nicht bös gemeint«, fügte er hinzu. »Ich hab nichts gegen die Bolschewiken, solange sie für sowjetische Belange kämpfen.« Er sagte das mit einer gewissen Schärfe, als wolle er damit Lenin selbst herausfordern. Ich begriff das nicht. Ich erklärte, ich sei ganz seiner Meinung. Doch er wandte sich bereits ab und verfolgte interessiert eine Diskussion zwischen einem Tschekisten und einer Frau mit drei kleinen Jungen, die ihre zu Bündeln gepackten Habseligkeiten nicht vorzeigen wollten.

Flüsternd und auf Englisch wandte ich mich an Mrs. Cornelius. »Warum erschießen sie sie so gnadenlos? Damit wird doch noch mehr Gewalt erzeugt.«

Sie runzelte die Stirn, zwinkerte mir dann zu und meinte ernst: »Die ham doch die Hosen voll, Iwan. Leo und sein Haufen noch mehr als diese Mörder, denen es piepegal iss, wen sie alle machen. Iss genauso, als säße man auf 'nem Vulkan, wa? De kriegen jetzt den Stopfen nich mehr rein. Rumzuschreien hilft auch nich weiter! Also dann richtich mit Dynamit, klar?« Plötzlich brach sie in kreischendes Gelächter aus. »Die armen Säcke!«

»Ein Vulkan setzt seine Energie frei, ohne Leben zu vernichten«, sagte ich.

»Nich' in Scheiß-Bali.« Mrs. Cornelius verzog geringschätzig den Mund. »Die rennen dann alle den verdammten Berg rauf und legen sich vor die Scheiß-Lava. Die meinen, wenn genug von ihnen dran glauben mußten, dann hört die Scheiße auf.« Sie zupfte ein Taschentuch aus dem Muff auf dem Sitz neben ihr und schneuzte sich. »Ich hab' das«, erklärte sie mit einigem Stolz, »im *Penny Pictorial* gelesen. Du hast nicht zufällig mal 'ne Ausgabe vom *Penny Pictorial* gesehen, oder?«

»Niemals.«

»Ich auch nich'. Ich könnt jetzt was Hübsches zum Lesen gebrauchen. Ehe es hier losging, war es für mich nich' so langweilig. Wie lang iss das her? Zwei Jahre? Nun, vor gut 'nem Jahr hat der Alte – mich konnte der auch nich' leiden – beinahe seine letzte Chance versiebt. Der gibt Antonow doch nicht die geringste Unterstützung, oder?«

Ich verstand sie kaum. Sie steckte so tief im bolschewistischen Politikerklatsch, daß sie glaubte, jeder müsse ihre Anspielungen sofort begreifen.

»Hab noch nie 'n solchen Haufen eingebildete Fatzken gesehen. Jedem von denen sollte man 'n kleines Königreich geben. Kein Wunder, daß ich mich an den verdammten Matrosen nicht sattsehen kann!« Sie seufzte. »Naja, war ja doch ganz nett, als sie nur 'rumdiskutierten. Bin froh, wenn ich die Scheiße hinter mir hab'. Hauste auch ab ins Kingdom?«

»Ich hoffe es.«

»Ich geb' dir meine Adresse in Whitechapel. Irgend jemand wird dir sagen können, ob ich schon da bin und was ich so treibe. Eines sach ich dir, Iwan, bei der erstbesten Gelegenheit mach' ich in den Westen.«

Mit diesen Worten beugte sie sich über mich und öffnete die Beifahrertür. Während ich hinauskletterte, holte sie ein Flugblatt aus derbem Papier aus der Tasche und schrieb mit einem Bleistift eine einzige Zeile darauf. Sie reichte mir das Blatt. »Sei nicht böse, daß ich mich von hier aus verabschiede. Hab' keine Lust, in dem Scheiß-Schnee herumzustiefeln.«

Zwei Matrosen schulterten ihre Gewehre und holten mein Gepäck aus dem Kasten am Wagenheck. Mit ihnen marschierte ich dann durch den dreckigen Matsch zum ersten Wagen hinter der Lokomotive. Eine Sammlung Desperados, männliche und weibliche, musterte mich durch die Zugfenster. Die Matrosen setzten mein Gepäck auf dem Trittbrett ab. Ich stolperte durch die Tür und fand mich in einem Schlafwagen wieder. Die Abteile waren jedoch ziemlich dicht besetzt, so daß ich wohl kaum Gelegenheit haben würde, mich richtig auszustrecken. Die Mehrzahl der Leute war als Arbeiter oder Bauern gekleidet. Nur ein oder zwei »Intellektuelle« sah ich, die ähnlich wie ich lange, dunkle Mäntel trugen. Natürlich wollte ich mich zu ihnen gesellen. Ich hatte kaum mein Gepäck (zusammen mit einem kleinen Korb von Mrs. Cornelius) verstaut, als mir klar wurde, daß ich einen bösen Fehler gemacht hatte. Ich würde ihre Fragen ja gar nicht beantworten und ihre Anspielungen nicht verstehen können. Sie nannten mich Genosse. Ich schüttelte verschiedene Hände und ging dann zur Wagentür, um Mrs. Cornelius zuzuwinken. Fuchspelzarme winkten mir einen Gruß zu. Der Wagen wendete bereits. Einer der Matrosen, der jetzt neben ihr saß, grinste seine Freunde und mich an. Ich hörte ein schwaches »Halt die Ohren steif, Iwan!«, und sie war außer Sicht. Zurück blieb ich mit den fluchenden Kosaken, den bleichen Tschekisten, den müden Matrosen. Ich kehrte in die relative Sicherheit des Abteils zurück und bekam eine Flasche Wodka angeboten. Ich nahm dankend einen Schluck. Es war der schlimmste Fusel, so wie sie ihn in Schuljawka, dem dreckigsten Slum von Kiew, brennen. Die Wirkung auf meine Stimmbänder war dieselbe wie damals in Odessa, als ich zum erstenmal Arrak kostete. Der rundgesichtige

Ukrainer mit dem buschigen Bart und der dickglasigen Brille lachte.

»Sie sind wohl Besseres gewöhnt, was?«

Ich bedeutete ihm, ich sei kein großer Trinker. Das amüsierte ihn noch mehr. »Dann sind Sie kein echter Russe. Was sind Sie dann? Ein Muselmane?«

Ich wollte schon erwidern, ich käme aus Georgien oder Armenien, doch es war durchaus möglich, daß sich jemand in dem Eisenbahnwagen befand, der diese Gegenden kannte. Ich schüttelte daher den Kopf und erwiderte, ich stamme aus Kiew. Ich hätte mich einige Zeit in Petrograd und anderen Städten aufgehalten.

»Ich heiße Potoaki«, meinte er. Es war ein polnisch klingender Name, kam jedoch in der Ukraine nicht allzu selten vor. »Und Sie?«

»Pyat.« So hatte Mrs. Cornelius mich genannt. Es hieß auf Russisch einfach »fünf«. Ich fand, der Name paßte zu mir.

Er machte mich mit den übrigen drei Männern und der Frau in dem Abteil bekannt. Ich erinnere mich nur noch an den Namen der Frau. Sie hieß Marusja Kirillowna, hatte dunkle Haare und ein feingeschnittenes, düsteres Gesicht. Meine Mutter mußte früher so ausgesehen haben wie sie. »Guten Tag, Genosse«, begrüßte sie mich. Sie trug enge Lederhandschuhe und barg eine in einem Halfter steckende Mauser Automatik in ihrem Schoß. Sie hatte einen Fensterplatz. Sie las in einem Gedichtband von Mandelstam. Die anderen im Abteil waren gutmütige Idioten, doch Marusja Kirillowna schien eine Frau von verläßlichem Instinkt zu sein.Mit ihr würde ich nur reden, wenn sie mich direkt ansprach. Rußland brachte damals bessere Frauen als Männer hervor. Alle wertvollen Männer waren umgekommen. Und sie waren brutaler, zumindest einige Frauen. Sie waren hart zu sich selbst. Sie waren eine Gefahr für jeden, der nicht so fanatisch war wie sie. Deshalb hielt ich mich im Gespräch ziemlich zurück. Solche Frauen kann man nur beeindrucken, wenn man sich in Schweigen hüllt und sie sich ihre eigenen Vorstellungen machen läßt. Sie neigen dazu, Schweigen als Tugend zu deuten. Für sie gilt der Mann als intelligent, der nichts von sich gibt. Die Beziehungen zu Frauen, die ich seit meiner Zeit in Rußland unterhalten habe, dauerten nur deshalb so lange, weil ich klug genug war, meinen Mund zu halten. Es gibt Frauen, die Spiegel als Symbole der

Eitelkeit abtun, die aber darauf bedacht sind, sich in ihren Liebhabern widerspiegeln zu können. Jedenfalls, als der Zug unterwegs war und Leichen und begeisterte Kosaken zurückließ, behandelte sie mich bereits mit ausgesprochenem Respekt. Ich zog mir den Hut über die Augen und stellte mich schlafend.

Der ins Exil vertriebene Dante inspirierte Liszt zu jenen leidvollen Bolschoi-Kompositionen, jenen russischen Mädchen mit ihren lateinischen Gesängen. Was wissen die Engländer schon vom Exil? Sie können es nicht ertragen. Wo immer sie sich aufhalten, schaffen sie sich ein neues Surrey. Neuseeland-Hammel und Pfefferminzsauce. Und dann das schreckliche Australien mit seinen zweibeinigen Eidechsen, sogar dies haben sie in ein geistiges Torquay umzuwandeln versucht. Die Römer hinterließen Straßen und Landhäuser. Die Engländer lassen Tassen mit kaltem Tee und aufgeweichte Kuchenreste und »Pensionen» zurück, die die Welt von China bis Rio de Janeiro verschandeln. Ebenso wie die Amerikaner können sie sich nicht mit dem Tod abfinden. Also übergehen sie ihn mit höflichen Floskeln und gemütlichen Kaffeekränzchen. Und weil der Tod so unangenehm ist, weil sie dem Grauen nicht ins Auge schauen können und ihm mit einem Lächeln begegnen, lassen sie ihre Rechte verfallen, ihre Weltreiche hinsinken – und auch sie haben ihre Ehre längst verloren. Was kann die Welt retten? Nicht der jüdisch-moslemische Gott. Wir kennen die Macht des Rabbis und des Khans. Unsere Kosaken haben sich damit auseinandergesetzt, und sie werden es wieder tun, falls es nötig sein sollte. Nur der Sohn Gottes kann uns retten. Christus ist ein Grieche. Die Griechen wußten das. Sie lachten die Juden aus, als diese von fremdartigen, neuen Ideen redeten. Die Griechen brachten diese Ideen nach Palästina. In Byzanz wurden sie erneut willkommen geheißen. Griechenland muß verteidigt werden! Und wie verteidigten die Engländer Zypern? Sie ließen zu, daß die türkischen Bauern sich dort breitmachten. Diese Söhne des Islams hatten keine Ahnung. Sie konnten die Häuser, die sie stahlen, nicht erhalten, und auch nicht die Olivenhaine und die Weinberge. Die Griechen verloren alles. Der Islam erblüht, Zion steht auf. Und aus dem Osten kommen die Khans herangeritten mit Schädeln als Fahnen, doch nun ist es der Schädel Maos, der von den Lanzenspitzen auf uns herabgrinst. Muß Rußland den Westen allein verteidigen? Immer noch? Muß die Ukraine in frischem Blut ertrinken? Ihn bete ich an: Kyrios, den Herrn, den Christus von St. Paul, den griechischen Christus. Ihn bete ich an. Plato, Archimedes, Homer und Sokrates wurden von Gott geschaffen, um die ersten Propheten Jesu, des griechischen Messias, zu sein. Deshalb haßten die Juden ihn. Er sprach von Einsicht und Liebe. Ihre neiderfüllten Augen blickten über die Wasser des Mittelmeeres und sahen ein Licht leuchten. Ah, Jerusalem. Oh, Karthago. Man sollte eine Mauer quer über die Erde bauen. Was heißt schon Rasse? Nichts. Eine Beschreibung des Geistes. Christus ist ein Grieche. Islam und Zion starren mit heißen Augen nach Westen. Das Licht ist zu hell für sie. Es war ihnen fremd. Sie kreuzigten ihn. Diese alten Teufel, diese primitiven Seelen. Mit ihren Korans und Talmuds, was wissen sie schon von Bescheidenheit? Sie kennen nur die Rache. Man sehe sich nur einmal an, wie sie kämpfen. Sie kennen nichts als Vergeltung. Was haben wir ihnen getan? Feuer wüten im Mittleren Osten, in Afrika, in Asien. Es sind die Feuer der Ignoranz. Gott versuchte, seinen eigenen Sohn zu töten, doch ohne Erfolg. Sein Sohn kehrte aus dem Exil nach Byzanz zurück, und dort haust er noch immer. Wo Osten und Westen sich in Harmonie verbinden, dort ist Christus. Und dieses Wissen steckt in jedem Russen. Das hat Tichon uns mitteilen wollen, unser Märtyrer Tichon. Herodes. Nero. Stalin. Sie wollten den Schäfer töten. Doch sie schlachteten nur Schafe hin. Die Räuberkönige kommen und gehen. Sie sterben und fragen sich, warum sie nichts errungen, niemanden besiegt haben. Und die Großmut des Schäfers ist größer denn je. Er ist unser Beschützer, unsere Zuflucht und unsere Hoffnung.

Gegen Abend, als es im Zug kälter wurde, mußte ich aus meinem Korb Hühnerfleisch und Salami mit meinen Mitreisenden teilen. Sie waren mir dankbar. Selbst die Frau aß mit unweib licher Gier. Der Zug bewegte sich langsam vorwärts. Da wir noch nicht durch Winnitza gefahren waren, würde es noch lange dauern, bis wir Odessa erreichten. Ein oder zweimal hörten wir Gefechtslärm, sahen wir in der Ferne Mündungsblitze von Gewehr- und Artilleriefeuer, doch niemand konnte mit Sicherheit etwas über die Identität der kämpfenden Parteien aussagen. Marusja Kirillowna äußerte sogar den Verdacht, daß verschiedene Haidamaki-Gruppen gegeneinander kämpften. Möglicherweise hatte sie recht. Manchmal erklangen auch Schüsse aus dem Zug. Im Zug befand sich eine Eskorte der Roten Armee, die für den Schutz der Reisenden verantwortlich war. Es gab genügend Banditen, die sich selbst als Bolschewiken ausgaben, auf diese Art und Weise Waffen und finanzielle Unterstützung erhielten, um ihre eigenen habgierigen Ziele zu verfolgen.

Potoaki langweilte sich. Ab und zu verließ er den Wagen, wahrscheinlich um die Toilette aufzusuchen, und kehrte dann zurück, wobei er mit den Füßen aufstampfte und die behandschuhten Hände gegeneinanderschlug. Die Frau sah ihn mit unverhohlenem Unwillen an. »Sie wollten den Zug wohl zu mehr Eile antreiben, was, Genosse?«

»Morgen früh muß ich bei den Docks sein«, erklärte er. »Dann läuft ein französisches Schiff ein.«

»Was haben Sie vor?« ergriff ein anderer Mitreisender das Wort. »Jeden französischen Matrosen ansprechen, sobald er an Land kommt? Ihm erklären, daß er den Lauf der Weltrevolution aufhält?«

»Es werden Nachschubgüter ausgeladen.« Potoaki nahm wieder neben mir Platz und holte seine Wodkaflasche hervor. »Ich muß feststellen, mit welchen Waffen wir es zu tun bekommen.« Er leerte seine Wodkaflasche.

»Ich hoffe, Sie melden diese Information an die richtigen Stellen weiter«, sagte sie. Sie stand auf, glättete ihre dunkle Bluse und setzte sich wieder. »Kann mir jemand die Zeit sagen?«

Ich holte meine Uhr hervor. Sie war stehengeblieben. Ich schob sie in die Tasche zurück. »Tut mir leid.«

»Ich glaube, wir nähern uns dem von Grigoriew besetzten Gebiet.« Potoaki lehnte sich über den Mann am Fenster, der in einer Zeitung las. Er wischte über die beschlagene Fensterscheibe. Sie war drinnen und draußen mit Eis bedeckt. »Ihre Salami muß aus Katzen und Ratten gemacht worden sein.« Er rülpste. »Bestimmt nicht aus Hundefleisch. Mit Hunden vertrage ich mich nämlich.« Er lachte. Allmählich wuchs unser Zorn. Er spürte das. Er entschuldigte sich, furzte und ging wieder auf den Korridor. Trotz der Kälte ließen wir die Tür offen, damit der Gestank sich verflüchtigte. Der Zug blieb stehen. Von der Lokomotive erklangen laute Rufe. Soldatenstiefel rannten an unserem Wagen entlang. Lautes Poltern. Die Stiefel kamen zurück. Unser Zug setzte sich wieder in Bewegung. Potoaki kam herein und erzählte, auf dem Gleis hätten Baumstämme gelegen. Soldaten hätten den Weg freigeräumt. »Die kennen das schon.« Er zögerte.

»Ich hatte gehofft, wir kämen glatter voran. Flüchtlinge müßten sie doch ungehindert durchlassen.«

Der Mann mit der Zeitung blickte verdutzt auf. »Wir sind keine Flüchtlinge.«

»Das wissen die doch nicht. Diese Bastarde sind ja noch schlimmer als die Polen.«

»Kommen Sie aus Galizien?« fragte die Frau.

»Ich hab' jahrelang in Moskau gelebt. Und zwei Jahre in Sibirien.«

»Wo in Sibirien?« fragte der Mann, der ihm gegenübersaß.

»Bei Kondinsk. Damals war ich einige Monate in der Armee.«

»Ich kenne Kondinsk«, sagte der Mann, der die Frage gestellt hatte. Er sah mich an. »Sind Sie auch ›Sibirer‹?«

»Zum Glück«, entgegnete ich, »nicht«.«

»Das ist eine Erfahrung«, sagte Potoaki. »Man bekommt eine bessere Vorstellung davon, wofür man kämpft. Man lebt wie ein Bauer. All unsere Leute sollten das einmal freiwillig tun. Danach steht man mit beiden Füßen auf dem Boden.«

»Oder darunter«, meinte der dunkelhaarige Mann. Nur ich und Marusja Kirillowna lachten nicht darüber.

»Man bekommt dort die Milch in Scheiben.« Potoaki hatte nostalgische Anwandlungen.

»Sie hatten Milch?«

»Die Bauern. Sie waren oft sehr großzügig. Man mußte sie sägen. Haben Sie schon mal gesehen, wie man Milch sägt?«

Der Mann gegenüber nickte, betrachtete Potoaki nun jedoch ziemlich skeptisch, als glaubte er nicht, daß er je ein politischer Gefangener gewesen war. Es war eine Frage des Ansehens. Je länger man in einem sibirischen Straflager gesessen hatte, desto mehr Gewicht bekamen die Argumente, mit denen man diskutierte. Sie waren wie Wilde. Dabei waren sie ursprünglich alle bestens erzogen.

Der Zug fuhr schneller. Das munterte uns auf. »Am Morgen sind wir bestimmt in Odessa«, meinte Potoaki. Er machte es sich gemütlich.

Sein Mitsibirer meinte leise: »Ich fühle mich jetzt nie mehr einsam. Nach soviel Abgeschiedenheit. Der Frühling ist für mich wie eine Wiedergeburt. Ich werde ein neuer Mensch. Mit denselben politischen Ansichten natürlich. Der Verstand bleibt, aber der Geist, die Seele wird wiedergeboren.«

Er wurde langsam genauso langweilig wie Potoaki. Der Mann am Fenster hüstelte tuberkulös. Der Husten wurde schlimmer. Er schnaufte und keuchte.

»Ich glaube, das ist Asthma«, stellte die Frau fest. Sie schickte sich an, das Fenster zu öffnen. Wir protestierten.

»Ich bringe ihn auf den Korridor.« Potoaki half dem Mann beim Aufstehen. Auf seinen Lippen war Blut. Er schnappte nach Luft. »Wir brauchen einen Arzt.«

Aus Langeweile und weil ich beweisen wollte, daß ich ein guter Genosse war, ging ich durch den Wagen und fragte nach einem Arzt. Natürlich gab es keinen. Jeder, der einem richtigen Gewerbe nachging, hätte sich geweigert, im »politischen« Wagen mitzufahren. Das Husten ließ nach, als ich zurückkam. Eis blätterte vom vorderen Fenster, geschmolzen vom Dampf der Lokomotive. Ich sah ein paar kahle Bäume und kleine schneebedeckte Hügel. Wir fuhren an Zigeunerfeuern vorbei. Jetzt, da wir schneller vorwärts kamen, fühlte ich mich viel besser.

In den nächsten zwei Stunden hielt ich mich auf dem Gang auf und rauchte und dachte nach. Ich hatte Glück gehabt. Keiner der Bolschewiken hatte mich ausgefragt. Alle nahmen an, ich hätte einen wichtigen Auftrag auszuführen, da ich mit einem Dienstwagen zum Zug gebracht worden war. Die Dämmerung brach an. Wir hatten die Hälfte des Weges nach Odessa hinter uns. Die Frau kam aus dem Abteil hervor. Sie reckte und streckte sich wie eine Tänzerin. Die Pistole hing an ihrer Hüfte. Ich bemerkte, daß der Rock und die schwarze Bluse aus schwerer Seide waren. Sie hatte keine arme Kindheit gehabt. Sie war nur das Beste vom Besten gewöhnt. Sie nickte grüßend und bat mich um eine Zigarette, die ich ihr bereitwillig gab. Ich hatte einige hundert in meinem Gepäck. Wahrscheinlich würden sie sich noch als unbezahlbar erweisen. Wir rauchten. Sie massierte ihren Nacken. Sie schien blasser zu sein. Ob sie eine Jüdin war? Ihre Mundpartie ließ mich darauf kommen. Sie gähnte und sah hinaus in den grauen Schnee. Gelbgrauer Dunst hing zwischen Erdboden und tristem Himmel. Ein solches Bild habe ich seitdem nicht mehr gesehen. Es schien sie zu deprimieren. Ich verspürte den lächerlichen Impuls, meinen Arm um ihre Schultern zu legen (obwohl sie fast ebenso groß war wie ich). Ich machte eine Bewegung. Sie blickte mir ins Gesicht. Sie schien zu erschrecken. Hastig stieß sie hervor: »Sie sind müde. Sie sollten sich ausruhen.«

»Aha«, sagte ich. Das war eindeutig, sogar für mich.

»Ihnen geht sicher viel durch den Kopf. Zuviel nachdenken strengt einen an, eh?«

»Aber ja, Marusja Kirillowna.«

Sie wurde unsicher. »Störe ich Sie?«

»Überhaupt nicht.« Ich streckte ihr eine Hand entgegen, ohne sie zu berühren. »Ich langweile mich.«

Das erleichterte sie. »Ich kann nicht still sein. Ich glaube, das macht den wahren Revolutionär aus. Seine Ungeduld.«

Als jemand, dessen Haupttugend die Geduld ist, konnte ich nichts dazu sagen. Vielleicht war ihre Verallgemeinerung richtig und das der Grund, warum ich kein Revolutionär war. Mit Narren habe ich nie Geduld, jedoch wird man mich nicht schimpfen hören, wenn ein Autobus mal fünf Minuten Verspätung hat.

Sie fuhr fort: »Man möchte am liebsten über Nacht ein Utopia erschaffen. Man kann nicht verstehen, warum die Menschen sich dagegen wehren. Ich glaube, ihnen fehlt die Phantasie, die klare Sicht der Dinge. Und das müssen wir ihnen geben. Wir haben alle eine Aufgabe zu erfüllen.«

Ich nickte. Der Zug bremste, dann beschleunigte er wieder. Er donnerte durch eine langgestreckte Kurve, und alles war grau, die Lokomotive eingeschlossen, von der ich jetzt ein Stück sehen konnte. Unsere Haut war grau. Die Fenster waren grau. Der Rauch unserer grauen Zigaretten sammelte sich unter der Decke zu einer einzigen grauen Wolke.

»Aber was *ist* Pflicht?« fragte Marusja Kirillowna.

Von draußen drang Lärm herein. Ich blickte auf den Erdwall. Ich erkannte Männer in schweren Mänteln hinter Maschinengewehren. Andere saßen im Pferdesattel. Sie schossen mit Karabinern auf uns.

Glas klirrte. Ich ließ mich fallen und zog Marusja Kirillowna mit hinunter. Der Zug kreischte und zitterte. Kalte Luft wehte durch den Korridor. Der Zug zuckte zusammen, als sei er tödlich getroffen worden. Er rutschte ein paar Meter weiter. Dann blieb er leblos stehen. Der Dampf, der dem Kessel der Lok entwich, erinnerte an den letzten Atemzug eines Sterbenden.

Marusja Kirillownas Blut tränkte mein Hemd und meine Jacke. Es wärmte meine Hände. Ihr Gesicht war voller Blut. Ich erkannte nur ein trauriges, vorwurfsvoll blickendes Auge. Während ich rückwärts ins Abteil kroch, dachte ich, daß sie genauso gestorben war, wie ihre romantische Seele es sich gewünscht hatte. Nur wenige von uns haben dieses Glück.

Die Bolschewiken in meinem Abteil suchten in ihrem Gepäck nach den Pistolen, die sie alle bei sich zu haben schienen. Ich war überrascht, soviel Metall in solch schlappen Händen zu sehen. Ich zerrte mein eigenes Gepäck aus dem Netz und kroch damit durch die Verbindungstür in den nächsten Waggon. Ich hatte keine Lust, zu den Roten gezählt zu werden.

Ich landete in einem Haufen Bauern, die wie entfesselt schrien oder einfach dasaßen und mit den Händen ihre Köpfe bedeckten. Auch hier waren Scheiben zu Bruch gegangen. Einige Leute waren verwundet, während andere bereits tot waren und aufrecht zwischen ihren Nebenleuten, die sich nicht zu rühren wagten, auf den Sitzbänden saßen. Es war ein seltsamer Augenblick. Die Bauern hielten mich für einen Eisenbahnangestellten. Sie fragten mich, was passiert sei. Sie drängten sich gegenseitig zurück und zogen ihre Mützen, um mich durchzulassen. Wieder feuerten Maschinengewehre. Diesmal von unserer Seite. Auf dem Erdwall erklangen laute Rufe, und unsere eigenen Soldaten antworteten. Die Schießerei hörte auf. Man schien zu verhandeln.

Ich gelangte ans Ende des zweiten Wagens und beschloß abzuwarten. Die Toilette war besetzt. Ich schob mein Gepäck ein Stück weg und tat so, als wartete ich nur darauf, daß die Toilette frei wurde. Durch die geborstene Scheibe sah ich stämmige Gestalten den Erdwall hinunterstolpern. Sie hinterließen dunkle Spuren im Schnee. Sie lachten und riefen Worte wie »Genosse« und »Sowjet«. Meine anfängliche Angst legte sich ein wenig. Dies waren Bolschewiken, die irrtümlich auf uns geschossen hatten. Sie waren weit von den bolschewistischen Kampflinien entfernt und trugen keine rotenSterne. Und sie hatten auch keine identifizierbaren Uniformen an. Ich vermutete, es waren Freischärler.

Dreizehn

Sie bedienten sich einer Mischung aus Russisch und Ukrainisch, die leicht zu verstehen war. Mindestens die Hälfte dessen, was sie sich zuriefen, waren Schlagworte. Die Angreifer diskutierten mit den Verteidigern. Sie brauchten Nachschub. Die Rotarmisten wiesen daraufhin, daß der Zug ausschließlich Passagiere beförderte. Ich hörte einen Neuankömmling lachen. »Die haben Proviant. Was sind das für Leute? Kriegsgewinnler auf dem Weg nach Frankreich?«

»Es sind wichtige Genossen an Bord. Sie haben in Odessa zu tun.«

»Wir haben auch zu tun. Gebt uns die Juden und ein oder zwei Geldsäcke. Wir brauchen Lebensmittel. Wißt ihr überhaupt, wie lange wir schon hier draußen herumhängen?«

»Zu wem gehört ihr?«

»Grigoriew.«

»Der hat die Seiten gewechselt.«

»Er ist wieder umgekehrt.«

»Das sollen wir glauben?«

Stille trat ein, Dann Gemurmel. Dann einige Flüche. Sekunden später liefen Matrosen am Zug entlang und schlugen mit ihren Gewehrkolben gegen die Seitenwände. »Alle raustreten zur Inspektion, Bürger!«

Sie blieben stehen, als sie zum »Parteiwaggon« kamen. Ich wollte dorthin zurückkriechen, doch jetzt waren die Bauern noch kopfloser und versuchten, ihre Habseligkeiten einzusammeln. Ich wurde zurückgestoßen. Ich bekam einen Koffer zu fassen. Den anderen mußte ich zurücklassen. Ich beschloß, außerhalb des Zugs in mein Abteil zurückzukehren. Ich hatte keine Galoschen. Ich watete durch den schmelzenden Schnee. Es fror. Als ich endlich den Wagen erreichte, waren meine Schuhe und meine

Hose völlig durchnäßt. Ich kletterte in den Wagen, als ein Soldat mich bemerkte. »Stehenbleiben!«

Ich sah ihn lächelnd an. »Ich will nur in meinen Wagen steigen. Ich hab' hinten den Leuten geholfen, die verwundet wurden.«

Der Soldat, eine Russe mit stumpfsinnigem Gesichtsausdruck, hielt inne. Er überlegte kurz. Ich setzte meinen Weg fort. Er fragte: »Warum haben Sie einen Koffer?«

»Den hab ich ganz automatisch mitgenommen. Meine Genossen bürgen für mich.«

Ich öffnete die Waggontür. Der Soldat entsicherte sein Gewehr. »Warten Sie einen Moment. Ich muß das überprüfen.«

»Sie stellen sich aber an.«

»Ich muß vorsichtig sein.«

Glücklicherweise hatte ich den Koffer mit meinen Reservepapieren erwischt. Wenigstens wiesen sie mich als harmlosen Ingenieur aus, meine Rolle für meine Odessa-Mission. Draußen im Schnee standen weitaus mehr Menschen als in Fastow. Ich hörte einen Bauern fragen, wo wir seien. Bei Dmitrowka, lautete die Auskunft. Das war eine Stadt etwa fünfzig Werst von Alexandrija entfernt. Das bedeutete, daß wir nicht auf der Expreßroute unterwegs waren, wenngleich unser Ziel nach wie vor Odessa hieß.

Ich war froh, daß wir noch nicht das von dem berüchtigten »Batko« Machno kontrollierte Gebiet betreten hatten. Batko hieß »Kleiner Vater« oder »Ältester«, jedoch im mehr demokratischen Sinn. Machno kämpfte angeblich auf der Seite der Bolschewiken, jedoch war er bekannt für seinen verräterischen Charakter. Fast allein hatte er im November bei Jekaterinoslaw die Nationalisten besiegt.

Grigoriews Männer stellten eine kleine Einheit dar, die an der Strecke zurückgelassen worden war, um jeden vorbeifahrenden Zug anzuhalten. Die Leute wiesen darauf hin, daß die Lokomotive mit roten Fahnen versehen worden war. Die Haidamaki behaupteten, sie seien durcheinandergebracht worden. Nationalisten waren für jede List gut.

Der untersetzte Anführer erschien. Er hatte einen faßähnlichen Körper und buschige schwarze Augenbrauen. Bekleidet war er mit einem dunklen Kaftan mit rotem Gürtel und Patronentaschen, einer Schafsfell-Schapka, französischer Armeehose, und Reitstiefeln. Er trug zwei Mauser-Pistolen, diverse Messer und, natürlich, einen Kosakensäbel. Hinzu kam eine bösartig aussehende Pferdepeitsche. So ein Ding konnte töten. Der Gauner kostete seine Macht aus. Allmählich sagte ich mir, ich wäre bei den Tschekisten viel besser aufgehoben gewesen.

Wie ich erwartet hatte, blieb er stehen, als er bei mir ankam. Leicht amüsiert betrachtete er meine gediegene Kleidung. Sie war bis zu den Knien tropfnass, und außerdem war ich noch immer mit Marusia Kirillownas Blut befleckt. »Was befindet sich in dem Koffer?« frage er hochnäsig. »Gold?«

»Natürlich nicht. Ich bin im Auftrag der Partei unterwegs.«

»Von Moskau?«

»Von Kiew.«

»In Moskau gibt es mittlerweile nur noch Jidden.« Er spielte versonnen mit seiner Peitsche.

Ich nickte.

»Und in Kiew. Das ist es, was ich nicht mag. Wir helfen praktisch den Jidden.« Angewidert wandte er sich von mir ab und ließ seine Blicke über die ängstlichen Fahrgäste schweifen. »Wohin wollen sie?«

»Nach Odessa«, begann ich.

Er fuhr herum. »Ich hab' mit denen da geredet. Wohin wollt ihr?«

Sie nannten ihm verschiedene Klein- und Großstädte. Er kratzte seine buschigen Augenbrauen. »Das reicht.« Er zeigte mit der Peitsche auf einige Juden, darunter zwei mit Käppchen auf dem Kopf, und befahl ihnen, vorzutreten. Raschelnd drängten sie sich durch die Menge. Sie hatten sich in ihr Schicksal ergeben.

»Alle anderen zurück in die Wagen«, sagte er.

Ich schickte mich an, die Stufen hinaufzuklettern, doch es hieß »nicht Sie« und »Zurück«. Ich wurde ungeduldig. »So geht das nicht, Genosse.«

»Sie sind ein verdammter Bolschewiken-Jid!!«

Diese doppelte Beleidigung schockierte mich. »Mein Name lautet Pyatnitski. Ich bin Ingenieur.«

»Und Ihr richtiger Name?«

»Ich besitze einen Paß«, erzählte ich ihm. Ich legte meinen Koffer auf die Treppenstufen und öffnete ihn. Ich holte meinen Satz Reservepapiere heraus. Diese reichte ich ihm. Sein wütender Blick, als er die Papiere so entgegenahm, sagte mir sofort, daß er nicht lesen konnte. Doch er hielt sie sich dicht vor die Nase und ging sie langsam und sorgfältig durch. Er schob sie in seinen

Ärmel, nachdem er die Fotografie genauestens studiert hatte. »Pyatnitski. Das ist ein russischer Name.«

»Für meinen Namen kann ich nichts. Ich setze mich für die Ukrainischen Interessen ein.«

»Die Nationalisten?«

»Mir ist es gleich, wie sie genannt werden. Ich möchte die Ukraine aus den Klauen internationaler Interessenten befreien.«

»Die Jidden eingeschlossen?«

»Natürlich.«

»Dann sind auch Sie ein Verräter.«

»Ich bin kein Jude.«

»Dann wären Sie der einzige Bolschewik, der es nicht ist.«

»Darf ich jetzt in meinen Wagen zurückkehren?«

»Warum sind die nicht auch draußen.« Er schaute zu den Fenstern hoch.

»Wir gehören zur Partei.«

»Jidden auf dem Heimweg nach Odessa.« Er schlug mit der Peitsche nach dem Glas im Fensterrahmen. Es zersprang. Er lachte. »Vorwärts, Genossen. Alles raus. In den Schnee mit dem Proletariat.«

Sie wollten nicht herauskommen. Am Ende mußten einige Banditen in den Wagen steigen und alle hinaustreiben. Wie aufgebrachte Hühner standen sie in Gruppen herum. Ihre Waffen hatten sie in den Taschen oder im Gepäck verstaut. Viele protestierten. Nicht wenige zeigten Sonderausweise und Sonderpässe vor. Sie machten mehr Lärm als alle anderen Zugpassagiere zusammen. »Ruhe!« brüllte unser Peiniger. »Wieviel Geld habt ihr bei euch?«

»Geld?« Ich glaube, diese Frage kam von Potoaki. »Kaum etwas.«

»Verdammte rote Juden! Gold!«

»Teufel!« schimpfte eine hagergesichtige Frau mit Kopftuch. »Ihr habt fast die Hälfte der Insassen umgebracht. Überall Leichen. Sogar ein Mädchen habt ihr auf dem Gewissen!«

»Wir sind ans Töten gewöhnt, gnädige Frau. Das bedeutet uns nicht viel.«

»Davon wird Trotzki erfahren«, sagte jemand anderer.

»Dann wird Trotzki auch erfahren, wie wir in der Ukraine mit Juden umspringen. Wir arbeiten nicht für die Jidden, ob rote, weiße, grüne oder gelbe. Uns stehen sie bis hier.«

»Antisemiten, Ignoranten, Kapitalisten . . .«

»Das gebe ich alles zu, Genosse. Grigoriew kämpft Seite an Seite mit euern Herren, weil es ihm so paßt. Um die Großgrundbesitzer davonzujagen. Ihr glaubt, ihr benutzt uns, dabei benutzen wir euch.« Er schlug mit der Peitsche in die Luft. Die Schnur pfiff über den Kopf der Frau hinweg. Sie schluchzte erstickt auf. »Ihr Bastarde.«

»Wir wollen Gold und Proviant. Beides wurde uns von Antonow versprochen. Wo sind die Sachen?«

»Im nächsten Zug«, meldete ich mich zu Wort. »Einem Sonderzug.«

»Woher wissen Sie das?«

»Wir haben vor meiner Abreise darüber gesprochen. Wir wußten, wie dringend es ist.«

»Auf dieser Strecke?«

»Nicht weit hinter uns.«

»Stimmt.« Jemand hatte begriffen, was ich beabsichtigte. »Vielleicht eine halbe Stunde zurück.«

»Gut«, sagte der Kosake. »Dann warten wir auf den Zug.«

»Es könnte zu einem Zusammenstoß kommen«, warnte ich.

»Schön. Dann können wir ganz sicher sein, daß er anhält, nicht wahr?

»Ihr verletzt das Bündnis«, sagte Potoaki. »Ihr verliert jegliche Unterstützung.«

»Bisher sind wir ganz gut ohne zurechtgekommen. Wir brauchen etwas Proviant und Munition. Ehe der Frühling vorbei ist, könnt ihr uns in Moskau besuchen.« Er prahlte mit seinen dürftigen Erfolgen bei einigen bedeutungslosen Gefechten in der näheren Umgebung. Er war wie die Wikinger, die eine Stadt an der Seine besiegten und zu Hause erzählten, sie hätten Rom eingenommen. Er schniefte und betrachtete mich dann von oben bis unten. »Sie sind Ingeniuer. Was für einer?«

»In den meisten Bereichen.«

»Kennen Sie sich mit Motoren aus?«

»Natürlich.«

»Können Sie so ein Ding reparieren?«

Ich beschloß, mich mit diesem Idioten zu arrangieren, sonst würde ich doch noch erschossen. »Wenn keine Ersatzteile benötigt werden. Das ein oder andere könnte ich improvisieren. Doch wenn etwas Wichtiges fehlt . . .«

»Wir haben einen Lastwagen«, sagte er. »Er ist stehengeblieben. Sehen Sie ihn sich einmal an?«

»Wenn Sie mir garantieren, daß ich dann mit dem Zug weiterfahren kann . . .«

»Na schön«.

Ich wußte nicht, ob er auf den angeblichen Versorgungszug warten wollte oder ob er davor Angst hatte. Ich brachte meinen Koffer in mein Abteil zurück. Auf ein Blatt aus meinem Notizbuch schrieb ich Onkel Semjas Adresse. Diese Blatt legte ich in den Koffer. Der andere Koffer enthielt nur Kleider. Der erste war der wichtigste, denn darin befanden sich meine Pläne, meine Entwürfe, meine Notizen.

Ich ging mit dem knurrigen Kosaken. Seine Männer plünderten bereits den Zug, während die roten Matrosen hilflos zusahen. Nicht nur die Juden mußten viel erdulden, wenngleich diese die härteste Behandlung erfuhren. Ein Chassid lag mit blutendem Unterleib ausgestreckt und halbtot auf dem Erdwall.

Ich folgte dem Kosaken, als er sich die Böschung hinaufwühlte. Nach kurzer Zeit war ich über und über mit Schnee bedeckt. Ich fror und fühlte mich unbehaglich. Wir gelangten auf den Damm. Unter uns lag eine schmale, unbefestigte Straße. Einige Ponys standen dort, bewacht von einem Jungen in einem abgewetzten Schafsfellmantel. Ein Stück weiter auf der Straße warteten drei Karren mit vorgespannten Pferden und ein Motorlastwagen. Von letzterem stiegen Qualmwolken in den Himmel. Die deutschen Hoheitsabzeichen waren von den Seitenwänden gekratzt worden. Eine rote Fahne flatterte am Kühler. Die Motorhaube war geöffnet. Zwei Kosaken diskutierten miteinander und schauten ab und zu in den Motorraum. Sie sprachen Dialekt. Als wir uns näherten, verstummten sie. Einer von ihnen nahm die Mütze vom Kopf, dann setzte er sie verlegen wieder auf. Der Anführer stellte mich vor. »Hier ist ein Mechaniker aus Moskau. Er wird sich den Schaden ansehen.«

Ich erkannte sofort, daß sich der Kühlerschlauch gelöst hatte und daß er lediglich mit einem Lederriemen wieder befestigt werden mußte. Ich beschloß, auf die Männer einen nachhaltigen Eindruck zu hinterlassen. Mein Leben hing davon ab. »Wer fährt?« Der Kerl, der die Mütze gezogen hatte, hob die Hand. »Dann laß mal den Wagen an«, befahl ich seinem Kollegen. Er drehte an der Kurbel, als wolle er einen Wassereimer aus einem

Brunnenschacht heraufziehen. Der Motor hustete, knallte, dann sprang er an und überhitzte sofort. Ich ging vor dem Wagen auf und ab, als dächte ich angestrengt nach. Ich befahl, den Motor auszuschalten. Sie sollten zurücktreten. Sie gehorchten voller Eifer. Ich nahm den Schlauch und verband ihn wieder mit dem Kühler. Mit einem Lederriemen fixierte ich ihn. Dann öffnete ich den Kühler und wies die Männer an, einen Eimer mit Schnee zu füllen und diesen mit Hilfe der Motorwärme zu schmelzen.

»Schnee!« schimpfte der Anführer. »Das Ding läuft mit Benzin!«

Sogar ich war verblüfft über soviel Unkenntnis. »Tut, was ich gesagt habe.«

Die beiden Männer fanden einen Wasserbehälter und stopften ihn mit Schnee voll. Nachdem dieser geschmolzen war, ließ ich sie den Kühler damit füllen. »Aber nicht zu schnell.«

Schon bald lief der Kühler über. Ich wies die beiden an, den Motor wieder anzulassen. Als der Lastwagen spuckte und erbebte, schrie der Anführer mich an: »Es hat nicht geklappt. Was ist sonst noch kaputt?«

Dann lief der Motor. Der Kosake, der ihn angeworfen hatte, sprang zurück. Es fiel schwer zu entscheiden, welchen Treibstoff sie benutzten. Dem schwarzen Qualm nach zu urteilen konnte es sogar Petroleum sein. Der Wagen rollte auf mich zu. Der Fahrer brüllte und kurbelte am Lenkrad. Ihre Fahrkünste waren nicht viel besser als ihre Kenntnisse von der Verbrennungsmaschine. Eine Bremse wurde gezogen. Ich wühlte mich aus einer Schneewehe heraus. Hinter dem Erdwall stieg Dampf auf. »Der Zug fährt ab!«

»Sie haben sich gerade das Leben gerettet.« Der Anführer grinste. Er freute sich, den Lastwagen wieder fahren zu sehen. »Danken Sie Gott, wenn Sie wollen. Was bedeutet jetzt schon eine Fahrt nach Odessa? Ihnen ist gerade eine Fahrt in die Hölle erspart geblieben. Ich weiß nicht, was Sie sind: Jid, Kriegsgewinnler oder Bolschi. Dafür sind Sie jetzt offizieller Ingenieur der Truppe des Hetman Grigoriew und dienen unter Sotnik Grischenko. Sind Sie nicht stolz darauf?«

Die Banditen kamen zurück und schwenkten stolz ihre Beute. Das Zeug wurde auf den Lastwagen geworfen. Ich mußte ebenfalls hinaufklettern. Ich landete zwischen Maschinengewehren, Munition, gepökeltem Schweinefleisch und zwei kichernden

Mädchen, die mir Hering anboten. Ich nahm dankend an. Vielleicht war das das letzte Essen, das ich bekam. Die Mädchen versuchten sich leise mit mir zu unterhalten. Sie stammten aus einem Dorf, das von den Roten und den Nationalisten umkämpft worden war. Der Lastwagen fuhr an. Sotnik (Hauptmann) Grischenko blieb dicht hinter uns. In seinem Gesicht lag ein selbstzufriedener Ausdruck. »Schließen Sie das Verdeck, wenn Sie wollen. Dann haben Sie es wärmer. Und essen Sie nicht zuviel. Die Lebensmittel sind für eine Menge Soldaten bestimmt.«

»Wohin zum Teufel fahren wir?« Es hätte wenig ausgemacht, wenn ich höflich geblieben wäre.

»Keine Sorgen, Jid. Sie befinden sich in sicheren Händen.«

Ich brüllte ihn wütend an. »Ich bin kein Jude. Ich bin in Angelegenheiten der Partei unterwegs.«

»Dann haben Sie jüdische Angelegenheit zu erledigen, nicht wahr?« Er sonnte sich in seiner eigenen Scharfsinnigkeit. Er trieb sein Pferd zu einer schnelleren Gangart und verschwand. Ich blickte hinaus in eine öde, wenig einladende Hügellandschaft. Der gelbe Dunst bedeckte jetzt die Erde. Ich suchte nach Rauchwolken von einem Zug oder einem Bauernhaus, wohin ich mich flüchten könnte. Doch da war nichts.

Meine gesamte Arbeit befand sich in einem Koffer, der wiederum in einem Eisenbahnwagen voller Bolschewiken lag, die ihn ohne Hemmungen stehlen würden. Sicher warteten meine Mutter und Esmé am Bahnhof und würden bald von meinen Schicksal erfahren. Ich konnte nichts tun außer hoffen, daß wir irgendwann durch eine Stadt fuhren. Dort würde ich zu fliehen versuchen und ein Telegramm nach Odessa schicken. Ich suchte mir an einem Maschinengewehrstativ eine etwas bequemere Lage. Am Ende mußte ich meine Ellbogen auf eine gepökelte Schweinehälfte stützen. Es wurde kälter. Ich zog die Schutzplane herunter, ließ jedoch eine Ecke offen. So würde ich rechtzeitig sehen, wenn wir uns einer größeren Menschenansiedlung nähern sollten.

Ich befand mich in der Position eines gefangenen Zauberers. So lange ich diesen Barbaren irgendwelche simplen Kunststückchen vormachte, blieb ich am Leben. Entsetzt war ich über die Vermutung des Banditen, ich sei Jude, denn Kosaken haben nicht die geringsten Skrupel, einen Juden umzubringen. Man beschuldige einen Sklaven, Jude zu sein, und schon raubt man seinem Körper den Atem, seinem Mund den Speichel, und seinen Augen die

Seele. Ich fürchte den Tod nicht. Ich habe Gott und meine Ehre. Der Stolz ist mir vergangen. Sie lachen mich auf dem Markt aus. Sie belegen mich mit Schimpfworten, nennen mich sogar Jude. Sie bestehlen mich in meinem Geschäft und betatschen mit fettigen Händen meine Kleider, und sie stellen mir dumme Fragen. Mrs. Cornelius hat sie angeschrien und sie vertrieben. Die jungen Mädchen sind so nett. Sie kaufen weiße Nachthemden und zarte Blusen und Seidenhöschen, und sie sind so hübsch. Sie sollten das »Dante« von Liszt zur Harfenmusik singen. Trauert um die Vertriebenen. Trauert um Dante in seinem Exil und in seiner Größe. Trauert um Chopin, der nie mit seiner slawischen Seele zurecht kam und ebenfalls ins Exil ging. Ich würde gerne in Kiew im Angesicht des Flieders und der Kastanienbäume sterben. Wahrscheinlich haben die Bolschewiken sie alle gefällt, um Platz für Autostraßen zu schaffen. Es ist genau wie mit den Wohnungen hier. Die Rationalisten zerstören unsere Welt. Man gebe mir die alten russischen Knüppeldämme über die endlose Steppe zurück, und sofort werde ich Gottes Geschenk der Naturwissenschaft und des Wissens vergessen. Die Menschen wollen keinen Prometheus. Prometheus ist belastet von seinem Wissen.

Die Straße wurde nicht besser. Der Lastwagen hatte keine richtige Federung. Der Fahrer ersetzte Erfahrung durch Wodka. Er brauchte wirklich Mut, betrachtet man die Geschwindigkeit, mit der er fuhr, und den Zustand der Straße. Pferde und Karren verschwanden hinter uns. Ich hätte jetzt sicherlich vom Wagen springen und fliehen können, doch ich wäre wohl erfroren. Ich hatte keine entsprechende Kleidung und keine Landkarte von der Gegend. Ich wußte noch nicht einmal, in welcher Provinz wir uns befanden. Gegen Abend überkam mich jedoch ein Gefühl des Friedens. Der Lastwagen verlangsamte seine Fahrt. Ich hob die Plane und erkannte zu meiner Freude, daß wir durch ein recht großes Dorf rollten. Ich wollte mich gerade durch den Spalt in der Plane schieben, als der Lastwagen anhielt. Ich fragte die Mädchen, wo wir seien, doch sie verstanden mein Ukrainisch nicht. Stimmen erklangen auf der Straße. Ich zog die Plane zurück und sprang nach draußen. Ich landete vor zwei Männern, die blaue Jacken mit goldenen Tressen trugen. Einen Moment lang hielt ich sie für Offiziere und war erleichtert. Dann bemerkte ich, daß sie auch Patronengurte trugen. Einer hatte eine Matrosenmütze auf dem Kopf. Der andere eine Pelzmütze mit Ohrenklappen. Sie hatten üppige Bärte und vermittelten einen leicht orientalischen Eindruck. Es waren Banditen.

»Brüderliche Grüße, Genossen.« Ich breitete die Arme aus, als wollte ich sie umschlingen. »Pyatnitski. Ingenieur und Mechaniker.«

Auf Russisch fragte einer von ihnen teilnahmslos: »Was?« Ich wiederholte meine Begrüßung. Ein Mann in einem sauberen Mantel und mit einer Dienstmütze auf dem Kopf näherte sich. Er lächelte mich freundlich an. »Sie verstehen kein Russisch, außer es handelt sich um militärische Belange. Sie können Befehle ausführen, aber noch nicht einmal einen Witz verstehen. Sie kommen aus Wolhynien. Sie verstehen Polnisch.«

Ich hielt es für das beste, nichts von meinen Polnischkenntnissen zu verraten. Wissen ist manchmal mehr von Nutzen, wenn man es für sich behält.

»Wo sind wir?« erkundigte ich mich.

Er amüsierte sich. »Im Fegefeuer. Wir haben die Stadt zu unserem Stützpunkt erklärt. Zu wem gehören Sie?« Er war frischrasiert und sprach mit einem gebildeten Akzent. Er gab dem Lastwagenfahrer ein Zeichen, zu einer Kirche zu fahren, die als Vorratslager benutzt wurde.

»Ich war unterwegs nach Odessa. Grischenko bat mich, den Lastwagen zu reparieren, und ich mußte tun, was er verlangte. Kann ich von hier aus ein Telegramm aufgeben?«

»Jemand repariert die Leitung. Morgen früh sollte sie wieder funktionieren. Wenigstens bis Jekaterinoslaw.«

In Jekaterinoslaw müßte ich auch einen Zug erwischen können. Sotnik Grischenko und seine Männer kamen auf müden Ponys herangetrottet. »Hab' mir schon gedacht, daß du mit den Juden zusammensteckst, Jermelow!« Er stieg aus dem Sattel und gähnte.

Jermelow lachte. »Er behauptet, sein Name sei Pyatnitski.«

»Er hat auch Papiere, um das zu beweisen.« Sie wurden aus einem verdreckten Ärmel gezogen. »Siehst du?«

Jermelow konnte lesen. In dem schlechten Licht betrachtete er sie und zuckte die Achseln. »Es sind gute Papiere. Sind Sie im Begriff, Rußland zu verlassen?«

»Natürlich nicht.« Ich griff nach meinem Paß. Jermelow zögerte, schaute zu Grischenko, dann gab er sie mir zurück. Ich steckte sie in meine Tasche. »Ich bin für die Partei tätig.«

»Sie kommen aus Moskau?«

»Nein. Aus Kiew. Ich bin ein guter Ukrainer wie jeder andere. Ich möchte, daß die Ukraine wieder ihren alten Stolz zurückgewinnt.«

Grischenko grunzte. »Kriegsgewinner und Jidden halten eben zusammen. Viel Glück mit ihm, Jermelow. Aber laß ihn nicht entkommen, klar? Wir haben Verwendung für ihn. Er hat irgendeinen Zauber mit dem Lastwagen gemacht, und schon fährt er so gut wie früher, wenn nicht noch besser.« Er ging zur Kirche, hatte die beiden Mädchen an die Hand genommen und ging durch die Tür wie ein Vater auf dem Weg zur heiligen Messe.

Jermelow sagte: »Sie brauchen keine Angst zu haben. Ich habe jüdische Genossen.«

»Ich habe Kosakenblut in meinen Adern,« erklärte ich ihm. »Es ist mein Pech, daß ich Ihnen jüdisch vorkomme. Ist jeder, der nicht blond und hellhäutig ist, für Sie ein Jude? Ist Ihr Anführer ein Jude?«

»Jeder ist für Grischenko ein Jude. Das macht ihm das Töten einfacher. Sie reden wirklich nicht wie ein Jude. Ich bitte um Verzeihung.«

Ich nahm mir vor, den Kontakt mit diesem wohlerzogenen Mann zu pflegen. Vielleicht brauchte ich später mal einen Verbündeten wie ihn.

Wir hatten ein Haus auf einer Seite der breiten, schlammigen unbefestigten Straße erreicht, das in einiger Entfernung von der Kirche stand. Es war um einen Hof herum gebaut, auf dem zwei Pferde und eine Ziege angebunden waren. »Sind Sie wirklich Ingenieur?« fragte Jermelow. «Oder hatten Sie bei Ihrer Reparatur nur Glück gehabt?« Er betrachtete mich mit gelinder Neugier. Er lachte. »Ich war Leutnant in der Zarenarmee. Bei unserem Ataman bin ich Hauptmann. Würden die Bolschewiken mich zum General ernennen, was meinen Sie?«

Wir betraten das Haus. Eine schwarzgekleidete Frau unbestimmbaren Alters huschte an uns vorbei. An den Wänden waren Flecken, wo früher Bilder und Ikonen gehangen hatten. »Das ist unsere Wirtin.« Sotnik Jermelow machte sich bemerkbar. »Ist noch Tee übrig, Pani?« Sie verschwand in ihr Zimmer. Riegel wurden vorgeschoben. Er zuckte die Achseln. »Sie tut so, als sei sie taub. Sie wären überrascht zu erfahren, wieviele Taube es in diesem Bezirk gibt. Und überall dort, wo wir uns länger aufgehalten haben. Im Alter von neun Jahren werden sie alle taub. Davor sind sie ohne Ausnahme stumm.«

Wir gelangten in einen quadratischen Raum mit einem Ofen darin. Der Ofen war mit schlichten Bildern verziert worden. Die meisten waren abgeblättert oder vom Ruß und von der Zeit geschwärzt. Drei andere Offiziere, alle in unterschiedlichen Uniformen, saßen auf Bänken um den Ofen herum. Sie teilten sich ein großes Stück Fleisch, das von Hand zu Hand wanderte. Dazu gab es Schwarzbrot und etwas Wodka.

»Was dagegen, wenn dieser Genosse sich dazu setzt?« Jermelow trat dicht an den Ofen. Sie sahen mich an. Einer von ihnen mit einem dunklen Backenbart und narbiger Stirn lachte verhalten. »Überhaupt nicht. Hier ist Brot. Und dort ist Schweinefleisch.« Ich hatte bereits den Hering gehabt und verspürte wenig Lust, den Speichel dieser Rohlinge zu kosten. Wahrscheinlich hatten sie drei verschiedene Arten von Geschlechtskrankheiten. Ich begnügte mich mit einem großen Stück Brot und einem Becher dicken, schwarzen Tees, der auf dem Ofen stand. Wodka wurde mir nicht angeboten. Ich war sehr müde. Ich hatte seit einigen Nächten nicht richtig geschlafen und keine Gelegenheit gehabt, mich mit einer Portion Kokain aufzufrischen. Ich fragte nach der Toilette. »Im Hof bei den Pferden. Das richtige Scheißhaus wurde gestern abend beschädigt. Wir wollten Juri rausziehen, weil er zu lange drauf war, doch wir haben ihn durch das falsche Loch gezerrt.« Ich verließ diese lustige Runde und ging in den Hof zurück. Es war so kalt, daß jeder Wunsch, dem Ruf der Natur zu folgen, sich sofort verflüchtigte.

Die geschlossene Haustür im Rücken, betrachtete ich die Ponys. Die Ziege stand nun in der Ecke, wo sie von einem leicht verrückt erscheinenden Mädchen gemolken wurde.

Heimlich suchte ich nach meinem Kokain und fand ein kleines »Portionspäckchen«, zog mein Taschentuch hervor und tat so, als würde ich mir die Nase putzen. Es ist zwar nicht die beste Methode, Kokain zu konsumieren, doch es war in diesem Moment die einzig mögliche. Ich leerte das Päckchen in mein Taschentuch. Erst inhalierte ich mit einem Nasenloch, dann mit dem anderen, bis ich alles aufgesogen hatte. Es war eine große Portion. Während meiner Arbeit an der Lichtstrahlanlage hatte ich meine Dosen kontinuierlich vergrößert. Sogar diese Dosis hatte nur geringe Wirkung. Ich fühlte mich noch immer träge und benommen. Doch wenigstens war mein Kopf etwas freier geworden.

Niemand wußte genau, was damals in der Ukraine im Gange war: Armeen kamen und gingen, gewannen und verloren Schlachten, plünderten Städte und wurden glorreiche Verbündete, barbarische Feinde, niederträchtige Genossen genannt – oft in einem Atemzug: Banditen, Kosaken, Anarchisten, Bolschewiken, Nationalisten. Die Worte waren bedeutungslos. Die Loyalitäten dieser Armeen waren im höchsten Maße labil. Ich hatte keine Ahnung, ob Grigoriew (der bereits gemeinsam mit Skoropadskja und Petljura gekämpft hatte) auf seiten der Bolschewiken stand oder nicht. Er könnte so tun, als sei er auf ihrer Seite; er könnte vorgeben, gegen sie zu sein. Er könnte sich auch ganz heraushalten, um seinen Männern Zeit zu verschaffen, ihre Überfälle erfolgreich durchzuführen. Es war im Grunde ein Guerillakrieg. Unser Land war so schlimm wie die Prärien des Wilden Westens zu Custers Zeiten. Es war vielleicht noch schlimmer, und es gab keine Regierung, die alles lenkte. Möglich, daß die 7. Kavallerie wirklich erschien; doch sie konnte gemeinsam mit den Indianern auftauchen oder auf eigene Faust operieren wie Quantrill im amerikanischen Bürgerkrieg.

Die Öllampe in dem Raum war heruntergedreht worden, als ich zurückkam. Alle Soldaten außer Hauptmann Jermelow hatten sich in Matten und gestohlenen Hemden eingewickelt und schlafen gelegt. Jermelow knöpfte seinen Mantel auf. Er versuchte sich aus Zeitungspapier und Teeblättern eine Zigarette zu drehen. Ich holte zwei Papyrossi aus einer meiner Taschen und bot ihm eine an. Er griff dankbar zu. Wir zündeten die Zigaretten an. Dieses Anbieten von Zigaretten und das gegenseitige Anzünden ist ein typisches Ritual des zwanzigsten Jahrhunderts. Man müßte es einmal eingehender analysieren. Wir setzten uns und lehnten uns an die Wand neben der Tür. Jermelow stellte die Öllampe zwischen uns. Es war kalt. Die anderen Soldaten hatten sich die besten Plätze am Ofen gesichert. »Wo ist Ihre Hauptstreitmacht?« fragte ich.

»Grigoriew? Sein Hauptquartier? In Alexandrija. Wir sind eine Plünderungsarmee.«

»Mein Vater war saporoschjischer Kosake«, erzählte ich. »Deshalb gibt es Blutsbande zwischen mir und dem Ataman.«

»Wahrscheinlich haben Sie recht.« Jermelow zuckte die Achseln. »Im Moment führt er an die fünfzig Titel. Mehr als Krassnow.« Er genoß die Zigarette. Er ließ sie ausgehen und zündete sie an der allmählich verlöschenden Flamme wieder an. »Seltsam, vor fünf Jahren waren wir hauptsächlich Bauern oder Arbeiter, oder wir gingen noch zur Schule. Infanteristen, Kavalleristen. Und jetzt sind wir alle Kosaken. Wir müßten zahlreich genug sein, um jeden Türken und jeden Tataren über den Rand der Welt zu jagen. Statt dessen schießen Christen auf Christen, und Sozialisten jagen ihre Bajonette anderen Sozialisten in den Bauch.« Er kratzte sich am Kopf und lachte.

»Sie sind kein Kosake?«

»Ich gehörte zu einer Kosaken-Brigade.« Er zuckte die Achseln. »Ich kann auf einem Pferd reiten. Das reicht. Wir reiben uns in Kavalleriegefechten auf. Ist das nicht seltsam? Um hundert Jahre haben wir uns zurückentwickelt. Sehen Sie mal.« Aus seinem Gürtel unter dem Mantel zog er zwei wunderschöne Steinschloßpistolen. Sie sahen so aus, als funktionierten sie. »Die habe ich aus einem Museum mitgenommen, als alle anderen nach Gold und Fleisch suchten. Ich habe bis jetzt zwei Männer damit erschossen. Man nimmt Kugellagerkugeln vom entsprechenden Kaliber. Und ich verlasse mich auf sie. Sie sind geladen. Überlegen Sie mal, wieviel arme Judenärsche sie schon hochgescheucht haben!« Er liebkoste sie mit einer behandschuhten Hand. »Als Antiquitäten sind sie ein kleines Vermögen wert.«

»Aber praktisch sind sie doch nicht, oder?«

»Sie töten.« Er sprach mit gedämpfter Stimme. »Und wenn ich stiften gehen würde – nach Berlin oder sonstwohin –, könnte ich mindestens einen Monat von ihrem Verkauf leben. Ich hab' in der vergangenen Woche gesehen, wie Männer sich mit Säbeln und Peitschen bekämpften, wie in den Tagen Taras Bulbas. Geschieht das überall auf der Welt? Ist dies das neue Mittelalter?« Er schien begierig, meine Meinung dazu zu hören.

»Es sieht so aus«, sagte ich. »Doch die Entente-Mächte haben immer noch Flugzeuge und Panzer. Sogar die Bolschewiken haben eine Spad. Ich sah sie außerhalb Kiews. Sie fliegen gut.«

»Wie lange noch?«

»Glauben Sie im Ernst, dies sei das Ende der Zivilisation?«

»Wenn ich davon nicht überzeugt wäre, säße ich nicht hier. Ich will erfahren, wie man überlebt. Ich möchte ein erfolgreicher Wilder sein. Verstehen Sie, was ich meine?«

»Das ist Defätismus.«

»Nicht mehr als meine Desertion von der galizischen Front.«

»Sie sind desertiert?«

»Wie alle anderen. Ich bin kein Individualist, Genosse. Ich bin ein saporischjischer Kosake, wie Sie. Ich hab' meinen Tolstoi und meinen Dostojewski weggeworfen. Nun singe ich schmutzige Lieder und reiße Witze über Jidden und besaufe mich mit schlechtem Wodka. Ich pinkle in einer Reihe mit dreißig anderen Säufern, die alle furzen und fluchen und damit prahlen, wie viele Menschen sie getötet, wie viele Mädchen sie vergewaltigt und wie viele Pferde sie gestohlen haben. Ich akzeptiere die Zivilisation als ein Geschenk. Ich hab' mir weiter keine Gedanken darüber gemacht. Nun bin ich moralisch dazu verpflichtet, die Barbarei zu akzeptieren. Ich habe nicht vor, darüber nachzudenken. Und das ist das Ende von allem.« Er stand auf, fand eine Tasche, in der noch etwas ätzender Wodka schwappte. Ich dankte, und er leerte die Tasse. »Wie hat Grischenko Sie geschnappt?«

»Er hielt einen Zug an. Ich saß drin. Ich reparierte seinen Lastwagen, und er ließ den Zug abfahren. Dabei hatte er versprochen, mich mit dem Zug mitfahren zu lassen.«

»Hat er auch sicher gewollt. Aber er ist ein Bastard. Niemand kann ihn leiden oder traut ihm über den Weg. Man sagt, er sei ein jüdischer Spion, ein bolschewistischer Spion, ein Spion der Weißen. Ihm ist es egal, wen er ausraubt. Doch er wird am Ende Erfolg haben. Dies ist seine Welt. Ich eifere ihm nach. Wir sind Freunde. Er überließ Sie mir als eine Art Geschenk. Er weiß, daß ich lesen kann.«

»Er mag Sie?«

»Das würde ich nicht gerade behaupten. Doch jeder braucht einen Freund, und ich bin Grischenkos Freund.«

»Und was denken Sie von ihm?«

»Er ist ein Tier. Er hat keine Moral. Anstelle eines Gehirns hat er einen Klumpen Haß. Er hat kein Herz. Ich möchte sein wie er. Zur Zeit sind wir beide Sotniki, doch er wird aufsteigen. Grigoriew ist bereits auf ihn aufmerksam geworden. Der Ataman tut so, als sei er mit ihm uneins, wenn die bolschewistischen Verbündeten zugegen sind. Doch das macht ihm nichts aus. Grischenko ist ein Wolf. Grigoriew sucht sich ein ganzes Rudel von dieser Sorte zusammen. Wie Iwans Oprischniki: einen eisernen Ring aus gefletschten Zähnen. Er ist schlau genug, moderne politische

Schlagworte zu benutzen, doch er beabsichtigt, Zar zu werden. Wenn er das schafft, werde auch ich ein Wolf sein. Die Oprischniki waren die einzigen, die vor der Blutlust Iwans des Schrecklichen sicher waren.«

Er schien etwas verrückt zu sein. »Sie könnten doch emigrieren«, sagte ich.

Er schüttelte den Kopf. »Überall auf der Welt sieht es gleich aus. Rußland war nur der Anfang. Das hat der Krieg bewirkt. Deutschland fängt bereits an. In England gibt es die ersten Arbeiterräte. Die stabilsten Nationen brechen auseinander. Es ist wie ein Erdbeben. Man kann es nicht aufhalten. Vielleicht ist diese Entwicklung ganz natürlich. Vielleicht hat es etwas mit der Sonne oder dem Mond zu tun. Was meinen Sie?«

»Es ist kaum möglich«, sagte ich mit spöttischer Ernsthaftigkeit, »eine Analyse auf derartigen subjektiven Daten aufzubauen. Aber Sie sind nicht der erste Russe, der eine Philosophie entwikkelt, die auf Verzweiflung basiert. Und Sie sind auch nicht der erste, der sich geirrt haben wird.«

»Ich kann nur nach eindeutigen Beweisen vorgehen. Lesen Sie moderne Dichtung?«

»Das ist nicht ganz nach meinem Geschmack.«

»Unsere Dichter prophezeiten ein Zeitalter voller Blut und Feuer. Die Apokalypse. Haben sie sich nicht selbst mit dem Untergang der Welt identifiziert?«

Ich war mir nicht sicher. Es gab in Petrograd so viele -ismen und -isten, daß ich bis heute nicht ganz durchblicke. Sie sind allesamt vergessen, jene Acmeisten und Konstruktivisten. Sie verloren den Verstand oder begingen Selbstmord oder wurden von Stalin umgebracht. Wie ich kürzlich erklärte, bin ich im Grunde nichts anderes als ein »Lisztist«. Natürlich begriff keiner dieser Einfallspinsel im Pub ein einziges Wort. Ich fange jetzt an zu glauben, daß Jermelow recht hatte. Nur lief der Prozeß langsamer, weniger dramatisch und weniger interessant ab, als er angenommen hatte.

»Wird man mir gestatten, ein Telegramm an meine Mutter in Odessa aufzugeben?« wollte ich wissen.

»Wir Wilden sind da ein bißchen empfindlich, was Telegramme betrifft.« Er bückte sich zu der Lampe hinunter, um seine Zigarette erneut anzuzünden. »Die Nachricht muß militärischen Inhalts sein.«

»Steht der Ataman immer noch loyal zu den Bolschewiken?«
»Eigentlich schon.«
»Dann werde ich mich ihm als Genosse vorstellen. Ich werde sagen, die Angelegenheit sei politischer Natur.«
»Er ist ziemlich clever.«
»Wie alt ist er denn?«
»Etwa in meinen Jahren«, meinte Jermolow.
»Vierzig?«
»Fünfunddreißig. Bin ich tatsächlich nur um fünf Jahre gealtert? Ich scheine mich ja besser zu halten als erwartet.« Er nahm mir meinen Fauxpas nicht übel. »Ich könnte das alles überleben, nicht wahr? Vielleicht erlebe ich sogar noch die Wiedererfindung des Rades mit.«
»Ist Grigoriew wie Grischenko?«
»Er ist viel klüger.«
»Warum hält Grischenko jeden für einen Juden?«
»Er genießt es, wenn andere leiden. Und niemand genießt das Leiden so wie die Juden. Also schließt Grischenko sozusagen den Kreis. Ich glaube, es ist eine Art Abmachung zwischen den beiden Parteien.«
»Er hielt mich für einen Juden. Aber er tötete mich nicht.«
»Er ist sich nie ganz sicher. Er nennt jeden einen Juden, der ihm etwas komisch vorkommt. Wenn der Betreffende zu jammern und zu klagen beginnt, dann weiß er, daß er richtig getippt hat. So kompliziert ist seine Logik gar nicht, oder? Es ist nichts Geheimnisvolles daran. Er ist ein wilder Hund. Er kann Angst riechen. Wenn man sein Wohlwollen will, dann muß man sich so wild und blutrünstig verhalten, wie man es eben vermag.«
»Ihren Zynismus ertrage ich nicht.« Mein Kopf schmerzte.
»Wir haben alle unsere Überlebensstrategien. In einer Welt wie dieser müssen wir uns starke Herren suchen.«
»Warum versucht man nicht, sein eigener Herr zu sein?«
»Es sind die im zweiten Glied, die überleben. Ich hab' Geschichte studiert. Als Kadett. Die meiste Zeit meines Lebens war ich in der Armee.«
Das hatte ich bereits vermutet. Er hatte die Art und Haltung eines Soldaten an sich. Er war stets diszipliniert. Gott allein wußte, welche Leidenschaften in ihm schlummerten. Er würde sie nicht hervorbrechen lassen. Das war die Folge seiner Ausbildung. Er machte seine Arbeit, so gut er es vermochte. Da er kein

Ziel, keinen Zaren, keinen Gott hatte, rationalisierte er die Situation für sich und suchte nach dem, der dem Zaren am nächsten kam. Das glaubte ich jedenfalls.

Jetzt erst wird mir klar, wie dicht wir davor standen, in Rußland eine neue Dynastie zu gründen. Eigentlich sollten wir jetzt einen Zaren Grigorij aus der ein oder anderen Familie haben. Einen Rasputin vielleicht oder einen Grigoriew. Oder einen neuen Peter, in Krassnow. Ich denke, daß keiner von denen sich seine wahren Absichten eingestand. Jedoch hätten sie sich von ihren Anhängern zu Zaren ausrufen lassen. Rasputin: der Theokrat von Groß-Rußland. Was hätte er bewirkt? Eine große Erleuchtung? Oder eine Ära des Terrors wie unter Lenin? Brauchten wir einen Lorenzo den Prächtigen oder Savonarola? Oder beide in einer Person vereint? Offensichtlich ja. Der Theologiestudent aus Georgien, Stalin, wurde am Ende Priesterkönig. Er vergrößerte das russische Reich. Kerenski scheute davor zurück, die Peitsche zu gebrauchen. Er schrie uns an wie eine hysterische Mutter ihre Kinder und flehte uns an, gut zu sein. Stalin verkündete, daß in Rußland geordnete Verhältnisse herrschten, und so geschah es. Wir hatten Zeitalter der Eintönigkeit in Rußland, und Silberne Epochen. In der fernen Vergangenheit hatten wir sogar kurze goldene Phasen. Wir sehnen uns nach diesen goldenen Zeiten. Doch wenn sie eintreten, dann sind sie wie das Gold des arktischen Herbstes – man sieht sie nur einen einzigen Tag. Dann bricht der Winter herein.

Ich fragte Jermolow, warum Grischenko nicht wie angekündigt auf den zweiten Zug gewartet hatte.

»Wenn es ein bolschewistischer Zug gewesen wäre, hätte er alle auslöschen müssen: alle Zeugen; Passagiere, Soldaten, Zugführer. Alle. Das wäre nicht besonders wirtschaftlich gewesen. Er hatte das Beste bekommen, das er erreichen konnte. Wertsachen von den Juden und einen Mechaniker, der unser Transportproblem lösen konnte. Sie waren der beste Griff. Ich habe die Ehre, Sie zu besitzen.«

»Was für ein Treibstoff war in dem Lastwagen?«

»Schwarzgebrannter Wodka«, sagte Jermolow. »Höchstwahrscheinlich.« Er wandte mir den Rücken zu und begann, tief und regelmäßig zu atmen.

Ich schlief nicht. Ich ging hinaus auf den Hof. Ich wünschte, ich könnte reiten. Ich überlegte, ob ich den Lastwagen stehlen sollte.

Doch es war nicht so einfach, ihn zu starten, und vielleicht war kaum noch Treibstoff im Tank. Ich wollte nicht Grischenkos Wut auf mich ziehen. Ich würde warten, bis wir nach Alexandrija kämen, und dort nach bolschewistischen »Genossen« Ausschau halten. Mit Politikern konnte man leichter umgehen als mit Wölfen, und Jermolow war lediglich ein Trost für mich und kein Verbündeter. Er diente seinem eigenen, persönlichen Zaren: dem Herrn der Zerstörung, dem Gott der Verzweiflung. Es war fast ein traditioneller Schritt: sich mit dem Teufel zu verbünden aus der Überzeugung heraus, daß Gott die Welt fallengelassen hatte.

Vierzehn

Musik soll beruhigen. Sogar die Kosaken verstanden dies. Sie hatten ihre Trinklieder, ihre schwermütigen Balladen von Tod und Liebe und ihre Wiegenlieder. Ein Kosake, Gewehr auf dem Rücken und Säbel an der Seite, der einem Kind ein Wiegenlied vorsingt, ist mit das Schönste, was man auf dieser Erde sehen und hören kann. Ich erlebte das, als wir auf dem Weg nach Alexandrija unser Lager aufschlugen. Ich war in den Beutewagen gesetzt und weit vor der Schwadron durch den eisigen Februarschnee gefahren worden. Nach der Einnahme Kiews stieß Antonow jetzt nach Süden vor, sagte Jermelow. Wir alle sollten für den Sozialismus kämpfen.

In dieser Epoche des Ichs sollte ich erfahren, daß »Sozialismus« alles sein kann, was man darin zu sehen wünscht. Diese Banditen waren allesamt Katholiken. Der Katholizismus ist die letzte Sprosse auf der Leiter zum Kommunismus. Sozialismus oder Freimaurerei, nennen Sie es, wie Sie wollen, ist von dem selben falschen Stolz befallen. Nur die griechisch orthodoxe Religion ist frei von diesem Makel. In unserer Religion ist Christus der Herrscher. Es gibt kein unabhängiges Gewissen. Es ist die einzige Religion, die uns vor Karthago retten kann. Die Araber stellen ihr Koran-Recht nicht in Frage. Das ist ihre Stärke. Gott wird die Unschuldigen beschützen. Soll das Mittelalter, die Eisenzeit, ruhig anbrechen, so daß uns noch einmal das Licht gezeigt wird; eine neue Morgendämmerung, die uns vom allzeit gnädigen Gott gewährt wird. Wir dürfen sein Vertrauen nicht enttäuschen. Ich spreche aus Erfahrung. Ich dachte, Gottes Geschenke an mich wären genug. Doch sie wurden mir weggenommen, weil ich sie ohne den dazugehörigen Glauben annahm. Deshalb hat die Welt heute ihr Pollo alla Kiew, ihr Boeuf Stroganoff, ihre Erdbeeren Romanow: weil die Generäle, die Politiker, die Rechtsanwälte

Gottes Vertrauen mißbrauchten. Sie mußten, über die ganze Welt zerstreut, Kellner, Pförtner und Köche werden. Deshalb verkaufe ich auch gebrauchte Kleidung in der Portobello Road an Deutsche, die mich vom Bürgersteig drängen, um irgendein indisches Armband aus Silberimitat zu erstehen, damit sie es nach München in ihre Heimat mitnehmen können; an französische Mädchen, die über mich lachen und sich miteinander unterhalten und dabei nicht ahnen, daß ich jedes schmutzige Wort genau verstehe; an Amerikaner mit ihrer angststarren Gönnerhaftigkeit.

Mit einem so großen Lager hatte ich in Alexandrija nicht gerechnet. Die Stadt selbst war eher von durchschnittlicher Größe. Aber sie stellte Grigoriews Basis dar: hier lebten seine Frau und seine Familie. Er verfügte über eine weitaus größere Armee, als man in Kiew angenommen hatte. Dort war nur von ein paar linken Banditen die Rede gewesen. Dabei standen hinter ihm Tausende von Kosaken. Sie umschwärmten ihn und erkannten ihn als ihren Ataman an. Er war so mächtig wie Krassnow vom Don, der dieses bedeutende Buch über Juden, Katholiken, Freimauerer und ihren Verrat an Rußland geschrieben hatte. Es wurde in den Zwanziger Jahren in Deutschland in einer vierbändigen Ausgabe veröffentlicht: *Vom doppelköpfigen Adler zur Roten Fahne.* Es kommt der Wahrheit näher als alles, was seither geschrieben wurde. Deshalb hängten die Kommissare ihn auch auf, als sie nach Deutschland kamen. Er hätte seinen Namen ändern sollen. Ich sehe ihn vor mir, wie ihn das Exekutionskommando in den Wald führt, und das nur, weil er die Wahrheit ausgesprochen hatte.

Grigoriew hatte weder die Würde noch die Wortgewandtheit Krassnows. Seine bombastischen Proklamationen waren in Alexandrija und Umgebung auf jeder freien Wandfläche zu lesen. Sein Lager befand sich außerhalb der Stadt jenseits der Eisenbahngleise. Dort standen die gepanzerten Wagen, die Frachtwaggons, Personenwagen, Geschützlafetten und die restliche Beute aus den Plünderungen. Sie hatten Armeezelte, Baracken, jegliche Art von provisorischer Dauerbehausung; ein riesiger Wasserwagen war dauernd mit Wodka gefüllt, von dem jeder Soldat trinken durfte. Nicht nur Kosaken, sondern reguläre Infanteristen, Artilleristen und Haidamaki waren zu Grigoriew gestoßen. Sie waren alle betrunken. »Unbeständig«, warnte Jermelow mich. Er half mir beim Aussteigen aus dem Wagen und hob dann die Mädchen heraus. Er wies eine Frau, die vor einem stillgelegten Eisenbahnwaggon Wäsche wusch, an, sich um die Mädchen zu kümmern und ihnen zu essen zu geben.

Nun war ich Jermelows Maskottchen. Er knotete mir ein rotes Band um einen Ärmel und erklärte mir, ich sei nun ein Verbindungsmann zu unseren »Freunden der sozialistischen Revolution«. Die meisten Kosaken unterstützten die Linkssozialistische Revolutions-Vereinigung, die man unter dem Namen »Barotbisten« kannte. Sie hatten damals in Charkow erheblichen Einfluß (Barotba heißt soviel wie *Kampf,* was gleichzeitig auch der Name ihrer Zeitung war). Grigoriew orientierte viele seiner Proklamationen an den Interessen dieser Fast-Bolschewiken. Möglich, daß er nicht an ihre Ziele glaubte, jedoch war er so schlau, so zu tun als ob. Der Kosake dient seinem Ataman nur, wenn dieser Ataman auch ihm dient. Einige von ihnen würden sogar ausspucken, wenn das Wort Bolschewismus auch nur geflüstert wurde. In der Stadt fielen mir auch einige »Lederjacken« auf. Offensichtlich hatte Antonow bereits seine Offiziere losgeschickt, um mit Grigoriew zu verhandeln. Ich fragte Jermelow, ob ich das Telegraphenbüro aufsuchen dürfe. Er schüttelte den Kopf. »Sie stehen unter meiner Bewachung. Ich muß Sie im Auge behalten. Grischenko will das so.«

»Sie stehen im selben Rang. Warum gehorchen Sie?«

Wir kamen an einer kaputten Nieuport und einer Albatros vorbei. Jemand hatte idiotischerweise versucht, die Teile miteinander zu kombinieren. Keine der Maschinen würde jemals wieder fliegen. Jermelow überging meine Frage. Er ließ mich die Flugzeuge eingehender betrachten. Dabei meinte er: »Sie sollten sich nicht an die Kommissare wenden. Grischenko will, daß Sie bei uns bleiben. Wir brauchen Mechaniker, müssen Sie wissen.«

»Grigoriew wird ihn erschießen lassen. Grischenko will mich für seine eigenen Zwecke benutzen.« Ich geriet in Wut. Ich befand mich tatsächlich in der Rolle eines Sklaven.

»Möglich, daß Grigoriew so tut, als würde er Grischenko erschießen lassen. Doch Grischenko stirbt nicht.« Jermelow schien sich zu amüsieren. »Ich würde jedoch erschossen, wenn ich Sie laufen ließe. Begreifen Sie, welches Spiel Grischenko spielt? Sie stehen jetzt unter meiner Verantwortung.«

»Das ist doch ein Spiel für Kinder!«

»So wie jeder Krieg. Übrigens, haben Sie irgendwelche Titel?«

»Ja, ein Doktorat von der Universität Kiew. Und dann hat Petljura mich gegen meinen Willen zum Major gemacht.«

»Major ist gut. Sie sind jetzt Major Pyatnitski von der Technischen Brigade. Wenn Sie ordentliche Arbeit leisten, werden Sie schnell befördert.« Er bahnte mir den Weg durch eine Gruppe betrunkener, hustender Partisanen, die vor einer Hütte herumlungerten. Dem Geruch nach wurde die Behausung als Latrine benutzt. »Sie stehen rangmäßig ja bereits über mir.«

Ich war immer noch müde. Es war alles sehr verwirrend. Ich mußte bei Jermelow bleiben. Er war in diesem Chaos meine einzige Verbindung zur Normalität. Nichtsdestoweniger lehnte ich ihn ab. Er machte sich über mich lustig. Meilenlang erstreckte das Lager sich entlang den Bahngleisen. Gelegentlich dampften lange Züge heran. Sie luden Soldaten, Waffen und Beute aus. Kosaken stolperten zwischen hin- und herfahrenden Lokomotiven umher.

Das waren also unsere edlen Roten Krieger. Die meisten konnten Grigoriews Bekanntmachungen nicht einmal lesen. Und die, die lesen konnten, hatten zu sehr dem Wodka zugesprochen, um die Worte erkennen zu können. Dennoch waren viele von ihnen echte Kosaken, die für die Freiheit kämpften, welche von einem Dutzend Zaren schrittweise per Dekret eingeengt worden war. In den dreißiger Jahren stellten sie für Stalin eine Quelle des Schreckens dar. Er löste alle Kosakeneinheiten auf. In den vierziger Jahren wurden diese Einheiten wieder zusammengestellt. Der alte Ruhm wurde aufpoliert, um ihnen die richtige Einstellung zum Kampf gegen die Deutschen zu vermitteln. Viele liefen sofort zu den Deutschen über und kämpften für ihre eigenen, persönlichen Ziele. Stalin raste vor Wut. Er gab den Befehl, alle zurückkehrenden Kosaken als Verräter zu erschießen, egal ob sie Kriegsgefangene oder Partisanen waren oder auf seiten der Achsenmächte gekämpft hatten. Die liberalen Briten und die gutmütigen Amerikaner pferchten sie in Eisenbahnzüge und Schiffe und schickten sie in einen schrecklichen und entehrenden Tod. Nur wenige entkamen. Einige halten sich in Kanada auf, wo das Wetter und das Land (wenn nicht sogar die streitlustigen MacDonalds und Campbells) mehr nach ihrem Geschmack sind. Sie flohen, doch sie verloren ihre russischen Seelen, jenes Innenleben, das jedem Russen so lebensnotwendig ist und kein Amerikaner je begreifen kann. In Rußland gibt es immer noch einige, die allnächtlich ihre Seele verkaufen, indem sie für die Touristen ausgelassen tanzen und singen. Selbst Grigoriews Partisanen tranken nicht, um ihr Bewußtsein abzutöten, sondern um ihre Seelen zu finden; um von Gott die Bestätigung zu erhalten, daß das, was sie taten, richtig war. Doch Gott schwieg. Daher tranken sie weiter. Damals machten sie mich nervös. Wenn ich heute zurückschaue, empfinde ich Mitleid mit ihnen.

Wir betraten ein Zelt, in dem zwei Feldbetten standen. Jermelow kratzte sich am Kopf und dachte nach. »Wir brauchen für Sie einen Strohsack.«

»Sie teilen das Zelt schon mit jemandem?«

»Mit meinem Freund Grischenko.«

Danach sollte ich also bei Jermelow und seinem Herrn schlafen. Ich, der Sklave eines Sklaven. Aus einer Munitionskiste holte Jermelow eine Flasche besten Wodka, eine Marke, die ich aus Odessa kannte. Ich trank gleich aus der Flasche. Alkohol wärmt und verwischt Eindrücke. Kokain vermittelt eher Kälte und bringt Klarheit. Damals brauchte ich Alkohol. Jermelow bedeutete mir zu warten. Durch einen Spalt in der Zeltplane sah ich ihm nach. Nicht weit von den Eisenbahngleisen unterhielt sich lachend mit einem Soldaten. Dabei bewegte er sich so herrisch, daß ich annehmen mußte, daß seine sanfte Art mir gegenüber nur eine Fassade war. Auf einem der Betten sitzend, dachte ich nach und versuchte Ordnung in das Erlebte zu bekommen. Ich befand mich in der Gewalt von Kosaken. Am Leben war ich nur, weil Grischenko mit mir sein Ansehen aufzupolieren hoffte und weil Jermelow einen Zuhörer für seine sentimentalen Ergüsse brauchte. Dennoch konnte ich jederzeit erschossen oder gefoltert werden. Ich lachte und nahm einen zweiten Schluck. Ich empfand das Ganze als Prüfung meiner Raffinesse. Der Alkohol würde mir beim Einschlafen helfen, doch am nächsten Tag wollte ich mich auf das Kokain verlassen. Ich würde Jermelows Beispiel folgen. Nur würde ich mir meine Position allein mit meinem Intellekt erkämpfen. Ich würde mich für diese Wilden unentbehrlich machen.

Jermelow kehrte zurück. Er nahm mir die Wodkaflasche aus der Hand. »Das Zeug ist schwierig zu bekommen. Ich mußte eine Frau für drei Flaschen hergeben.« Er trat beiseite, als zwei verdreckte Partisanen eine Strohmatratze und eine Decke auf dem Erdboden ausbreiteten. Darauf legten sie einen alten Überzieher, eine Schafsfellmütze, an der noch Fleischfetzen hingen, ein Paar klobige Filzstiefel und mottenzerfressene Pelzhandschuhe. »Verdammt teuer.« Jermelow verkorkte die Wodkaflasche. »Ziehen Sie das Zeug an.«

»Mein eigener Mantel . . .«

»Wir Kosaken mögen Leute nicht, die sich nicht so kleiden wollen wie wir.« Er sagte das gleichgültig, unterstrich seine Bemerkung jedoch mit einer derart unmißverständlichen Geste mit der Flasche, daß ich seinen Rat befolgte. Mein guter Mantel wurde durch den Lumpensack ersetzt. Schon spürte ich Läuse über meinen Körper kriechen. Die Filzstiefel waren groß genug, daß ich sie über meine Schuhe streifen konnte. Augenblicklich fühlte ich mich wärmer. »Lassen Sie sich einen Bart stehen«, meinte Jermelow. Das hatte ich bereits versucht, sah damit jedoch höchstens unrasiert aus. Vorerst würde ich mich mit einem schmalen Schnurrbart zufrieden geben müssen.

Jermelow trat zurück und begutachtete mich. »Die Pelzmütze sollten Sie etwas weiter nach hinten und leicht zur Seite schieben.« Er rückte sie zurecht. »Sie kennen sicher das Sprichwort: Traue keinem, der seine Mütze in die Stirn zieht. Sie brauchen Ihre Augen nicht zu verdecken. Sie sind ein tapferer Russe, ein kühner Kosake, der vor niemandem Angst haben muß. Ihr Vater war doch ein Saporoschje. Hat er Ihnen das nicht beigebracht?«

»Er ist tot.« Wie sich die Dinge gewandelt hatten. Zog ich doch meinen Nutzen aus dem, was früher meine Schande gewesen war. »Er war ein sozialistischer Revolutionär. Ein Attentäter. Er wurde wegen seiner Teilnahme an den Aufständen 1906 erschossen.«

Das schien Jermelow zu gefallen. »Sie sind wirklich ein Rätsel, Major. Ein junges Genie, ein überzeugter Sozialist und ein halber Saporoschjischer Kosake. Was war Ihre Mutter?«

»Ihre Familie stammt aus Polen.«

Das schien bedeutsam zu sein. Er nickte, schwieg aber. Ich ließ mich wieder auf der Bettkante nieder, und er reichte mir die Wodkaflasche. »Aber nur einen kleinen Schluck. Bei Wodka von dieser Qualität bin ich eigen.«

»Dann sollten Sie die Flasche immer wegschließen, damit sie nicht gestohlen wird.«

»Kosaken bestehlen einander nicht. Saporoschjen haben ihren Stolz.« Er knöpfte seinen Mantel auf und wischte sich mit einem

Stoffetzen über den Nacken. »Wir sind keine Diebe. Wir requirieren, was wir brauchen, vorwiegend in Gettos. Und wir bedienen uns aus unbewachten Eisenbahnzügen.«

»Man lehrte mich, nach kosakischen Ehrbegriffen zu leben. Die Männer dort draußen sind Abschaum.«

»Das waren die Kosaken im Anfang auch. Als Moskau ihre Unterstützung gegen die Tataren brauchte, machte man sie zu romantischen Gestalten. Dasselbe geschieht heute mit den Trappern und Cowboys in Amerika.«

Das war lächerlich. Doch ich gab dazu keinen Kommentar. Jermelow holte eine seiner Steinschloßpistolen hervor. »Wenn man sie benutzt wie moderne Feuerwaffen, dann sind sie nutzlos. Aber ich komme damit bestens zurecht. Sie sind das Symbol meines Überlebens.«

Ich blieb unbeeindruckt. Jahre später sollten Paris und Berlin an Waffenarsenale des neunzehnten Jahrhunderts erinnern. Jeder »Ataman« würde dann nämlich seine Kriegsbeute als echte Familienerbstücke verkaufen.

Die Zeltplane wurde zurückgeschlagen. Grischenko wankte herein. Er hatte ein grobknochiges Mädchen bei sich. Er sagte nichts, doch Jermelow knöpfte seinen Mantel zu und gab mir ein Zeichen. Wir gingen. Grischenko lachte verhalten und sagte auf Ukrainisch etwas zu dem Mädchen. Ihr Kichern war schrecklich. Eine solche Reaktion hätte ich bei einer erfahrenen Hure nicht vermutet.

Jermelow blickte zum grauen Himmel. Er fluchte. »Ich hab' den Wodka dagelassen. Grischenko macht die Flasche bestimmt leer.«

»Ich dachte, Kosaken bestehlen einander nicht.«

Jermelow ging voraus. Seine Stimme klang hart. »Grischenko ist mein Freund. Was mir gehört, gehört auch ihm.«

»Und was ihm gehört?«

Jermelow blieb stehen, lachte. »Gehört ihm.« Er legte einen Arm um meine Schulter. Ich dachte an Mrs. Cornelius und ihren Fuchspelz. Ich sehnte mich nach ihrem Mercedes, nach Odessa, meiner Mutter und nach Esmé. Jermelow steuerte auf den Wassertank zu. »Kosten wir mal von dem gewöhnlichen Zeug.« Die Banditen kümmerten sich nicht um mich. Rein äußerlich unterschied ich mich nicht von ihnen. Eine Blechtasse ging herum. Der Wodka war nicht schlechter als der, den ich im Zug getrunken hatte. Potoaki war sicher längst in Odessa und genoß die Segnungen der Gesetze, deren Zerstörung er plante. Die Revolution war ein Werk der modernen Kunst: impulsiv, undiszipliniert, gefühlsüberladen und ohne feste Form. Lenin und Denikin versuchten, sie nach ihrem Geschmack umzumodellieren. Trotzki war der Katalysator dieses Krieges gewesen und vergnügte sich nun damit, auf Waggondächern herumzustehen, aus Automobilen Worte an Soldaten zu richten oder vor seinen Generälen herzustolzieren. Wie närrisch dieser Jude erschien. Eine Gans im Reiherteich. Ein wandelnder Witz mit seiner Brille, seinem Bart und seiner Uniform. Ich begriff nicht, warum Mrs. Cornelius ihn attraktiv fand, außer seine Macht reizte sie. Er war ein Stümper. Nahezu jedes Fiasko nach 1918 ist ihm zu verdanken. Man nannte ihn den größten General seit Joshua: die reinste Beleidigung für Joshua. Lenin liebte ihn. Sie waren von derselben Art. Antonow war ein Intellektueller, aber er konnte kämpfen. Mrs. Cornelius hätte sich mit ihm zusammentun sollen. Aber vielleicht war Antonow zu stark. Damals liebte sie Männer, die sie manipulieren konnte. Sie hatte eine Schwäche für Narren. Am liebsten war es ihr, wenn sie sicher verheiratet waren. Ich glaube nicht, daß Antonow verheiratet war. Ich weiß nichts von ihm. Wahrscheinlich hat Stalin ihn bei einer seiner Strafaktionen töten lassen. Zwischen den Kriegen mied ich die Russen. Manchmal gab ich mich sogar als Pole oder Tscheche aus.

Wir gelangten zu einem Rangiergleis, wo an einem Telegrafenmasten eine Verlautbarung angeheftet worden war. Der Wodka griff meinen Magen an. Ich machte darüber zu Jermelow eine Bemerkung. »Sie haben Hunger«, entschied er. »Wir besorgen uns was zu essen.«

Ein ehemaliger Erster-Klasse-Waggon war zur Kantine umfunktioniert worden. Aus der Küche drang ein fürchterlicher Gestank nach draußen. Mir wurde noch übler. Jermelow schwang sich die Stufen hinauf. Ich folgte ihm. Platz fanden wir zwischen einer Gruppe Kosakenoffiziere, die Suppen aßen und sich darüber beklagten. Ein Junge brachte jedem von uns eine Schüssel und ein Stück Brot. Die Suppe war von einem kräftigen Gelb und enthielt einige Stücke fahles Fleisch. Ich nahm meinen Mut zusammen. Jermeloff und die anderen lachten über mich. »Er ist neu hier. Ein Ingenieur. Major Pyatnitski.« Ich grinste mit trockenen Lippen. Ich nippte von der Brühe. Der Geschmack war widerlich. Ich knabberte von dem Fleisch. Es war seltsam zart. Ich schluckte und biß schnell in das Brot. Es war hart und erinnerte an billige Seife.

»Woher kommen Sie, Genosse?« Die Frage kam von einem untersetzten Kosaken mit Bart und Schnäuzer im alten Zaren-Stil. Er trug eine ordentliche Uniform, allerdings mit der unvermeidlichen roten Kokarde an der Mütze und einem Band um den Ärmel.

»Aus Kiew.«

»Dort gibt es aber junge Majore.«

»Es war nicht schwierig«, verriet ich ihm. »Als Zivilist war ich bereits Ingenieur.«

»Für wen haben Sie gearbeitet?« Ich hatte keine Ahnung, was die Frage bedeuten sollte. Ich blickte hilfesuchend zu Jermelow, der mich rettete. »Sein Vater war ein sozialistischer Revolutionär.«

»Oho«, sagte der Kosake, »dann regiert der Nepotismus sogar in revolutionären Kreisen. Wo ist Ihr Vater zur Zeit?«

»Er wurde 1906 getötet. Meine Mutter wohnt in Odessa.«

Er sah mich mitfühlend an. »Keine Angst, kleiner Major. Wir kommen schon rechtzeitig. Diese Nigger werden nicht Hand an unsere Frauen legen.« Es hieß, daß französische Suaven sich mit den Juden von Odessa verbündet hätten. Asien und Afrika, sagte man, schissen auf die Erde Rußlands. »Zuerst Nikolajew oder Cherson, um Nachschub zu fassen. Dann sind wir schon in Odessa. Wir sind die größte Armee der Ukraine. Niemand wird uns aufhalten.«

Ich stellte mir Esmé in den Pranken eines grinsenden, befezten Niggers vor. Mein Magen revoltierte. Seltsamerweise bekam ich Brot und Suppe nun viel leichter herunter. Jermelow wendete sich an den Mann, der mich angesprochen hatte. »Haben Sie die Verlautbarung gelesen, Stoichko? Um was geht es?«

»Das übliche. Wie gut wir sind. Welche Ehre wir dem Ataman machen und welche Unterstützung wir den Barotbisten geben. Wie wir uns der Bolschewiken bedienen, um das Chaos aus dem Land zu verjagen.«

»Nichts sonst?«

»Die 4te und die 15te fahren morgen früh um halb sieben los an die ›neue Front‹.«

»Und wohin geht es?«

Stoichko räusperte sich. Er nahm ein Stück Brot, das ich liegengelassen hatte. »Nach Süden. Wie gewöhnlich gibt es jede Menge Gerüchte.« Er kaute. »Wie geht es dem Bastard Grischenko?«

»Befreit sich im Zelt vom Druck seiner Männlichkeit.« Jermelow wischte sich den Mund ab. Die anderen verstummten.

Ich sah aus dem Fenster. Zwei Priester spazierten vorbei. Ihr Anblick machte mir das Herz leicht. Sie waren von orthodoxem Glauben. Später sollte ich sie dabei beobachten, wie sie die rote Fahne segneten. Schlimm, schlimm. Ein schlechter Priester ist nach meinem Dafürhalten das Schlimmste überhaupt: er verwendet Gottes Worte, um die Befehle des Teufels zu verkünden. Wie bereitwillig diese Priester den Bolschewismus annahmen. Die wenigen, die sich dagegen sträubten, wurden liquidiert oder von ihren Kollegen fertiggemacht. Ich sehnte mich danach, die Kiewer Mönche das *Deus irae* wieder singen zu hören. Sogar ein Atheist, ein Jude, würde davon bewegt. Rachmaninows Vesper – es gibt Leute, die diese Komposition extrem nennen. Sie begreifen nicht, daß es in Rußland keine Extreme gibt. Wir alle müssen unseren Verstand unter Kontrolle haben, müssen unsere Wahrnehmungen begrenzen. Inselbewohner können dies selten verstehen. Amerikaner haben diese Inselmentalität noch immer. Sie umgeben alles mit hohen Mauern. Ich kenne Landsitze, wo man einen Freund nicht besuchen kann, ohne vorher einem Wächter Bescheid zu sagen, als beträte man ein Irrenhaus. Mauern sind Wahnsinn. Wahnsinn ist eine Mauer. Das Leben ist zu kurz.

Stoichko sagte mit vollem Mund zu Jermelow: »Wollt ihr bei uns schlafen? Wir haben noch Betten übrig.«

Jermelow nahm die Mütze ab und kratzte sich. Auch er war mit Läusen übersät. Läuse sind nicht so übel. Oft genug sind sie die einzigen Gefährten, denen man trauen kann. Leuten, die nicht an sie gewöhnt sind, jagen sie Angst ein. Nur in großer Zahl sind sie unangenehm. Sie zu suchen und zu zerquetschen vertreibt die Langeweile im Soldaten- oder Gefangenendasein. Angehörige einer Militärkapelle, die ich einmal kennengelernt hatte, veranstalten mit ihren Läusen Rennen auf Trommelfellen. Große Geldsummen wechselten dabei die Besitzer. Einige behaupteten, ihre favorisierten Rennteilnehmer genau erkennen zu können. Das glaube ich nicht. Für mich ist eine Laus wie die andere. Sauberkeit kommt gleich nach Göttlichkeit. Es gibt Sekten in Rußland, die genau das Gegenteil behaupten. Sie schneiden Geschlechtsteile ab, um Gott näher zu kommen. Das Geld, das sie dabei verdienen, geht an ihre Familien. Ich finde das widerwärtig. Doch es ist verständlich.

Jermelow zerquetschte ein oder zwei Läuse, wobei er sich Stoichkos Angebot durch den Kopf gehen ließ. Dann lehnte er ab. »Grischenko braucht niemals lange.«

»Kein Mädchen würde ihn überleben«, meinte einer der anderen, »wenn es anders wäre. Ich hatte mal nach ihm 'ne kleine Jüdin. Ich dachte, sie stöhnte vor Lust. Dann bemerkte ich, daß ihr Arm gebrochen war. Er ist ein Bastard. Sicher, die Kleine war willig. Man brauchte keine Gewalt anzuwenden.« Er bildete sich auf sein Können als Frauenschänder eine Menge ein. »Ein kurzer Wink mit dem Bajonett wirkt Wunder. Die arme Kleine. Ich bat Jaschka, mit ihr vorsichtig zu sein, als er an der Reihe war. Ich kam mir richtig närrisch vor.«

Trotz meines Interesses an dem Gespräch stand ich auf. Ich fragte nach der Latrine. Jermelow sah mir ins Gesicht. »Der Wodka ist wohl schlecht. Gehen Sie lieber raus. Ich komme gleich nach.«

»Aber wohin?«

»Sie finden es sowieso nicht mehr. Gehen Sie schon. Diese Genossen können sehr ungehalten werden, wenn Sie sie vollkotzen.«

Unter lautem Gelächter stolperte ich zum Ausgang. Der gesamte Speiseraum war verdreckt. Mehr als einem war hier vor mir schon schlecht geworden. Auf der Aussichtsplattform kamen mir Wodka, Suppe und Brot hoch. Ich fröstelte. Ich verkroch mich in meinen Fellmantel. Jermelow konnte mich nicht sehen. Vor mir in der Dämmerung lag die Stadt. Dort waren Bolschewiken und wahrscheinlich auch etwas zivilisiertere Offiziere. Meine Beine waren noch schwach, aber ich rannte los, bis zwei oder drei Wagenreihen zwischen mir und Jermelow lagen. Ich kroch durch eine Zaunlücke, rannte an einem Giebelhaus vorbei, aus dessen Parterrefenster mich ein ausgestopfter Adler beobachtete, und bog in eine Seitenstraße ein. Alexandrija war unantastbar. Nur Grigoriew und sein engster Stab benutzten den Ort. Kaum etwas wies auf das Lager am Bahnhof hin. Ich fragte mich, ob Jermelow mich verfolgen und erschießen würde. Zwei Lastwagen fuhren vorbei. Hatte Jermelow mich bewußt laufen lassen, weil er mir eine Falle gestellt hatte? Oder hatte Grischenko sein Interesse an mir verloren, und Jermelow wußte es, und es war ihm egal, wenn ich floh.

Ich folgte der Straße. Die Hauptstraße war mit Holzbohlen

befestigt. Endlich befand ich mich wieder in der Zivilisation. Ich hielt einen Kosaken an, der einigermaßen intelligent aussah. Ihm stellte ich mich als Major Pyatnitski vor. Wie ich gehofft hatte, tat er so, als sei dieser Name ihm geläufig. »Ist Ataman Grigoriew schon zurück?« fragte ich.

»Ich glaube nicht, Genosse Major.«

Ich mimte den Ungeduldigen. »Wo ist die Telegraphenstation? Das Hauptquartier?« Ich folgte seinen Blicken. Er sah auf ein Gebäude mit einer großen Fahne auf dem Dach. »Dort?«

»Ich denke, ja.«

»Na schön.« Ich salutierte nicht. Meinen Mantel ließ ich trotz der schneidenden Kälte offen, damit jedermann meinen »klassenlosen Anzug« sah und mich, wie ich hoffte, als Kommissar einstufte. Ich blieb kurz stehen und benutzte erneut mein Taschentuch, um mir eine »Portionsdosis« Kokain zu genehmigen. Fühlbar gestärkt setzte ich meinen Weg fort. Mit einem Nicken zu dem wachhabenden Infanteristen ging ich durch ein schmiedeeisernes Tor und schlenderte einen Pfad hinauf zum Haus, wo ich von einem Podporutschik (Leutnant) in grüngoldener Kosakenuniform begrüßt wurde. »Ich bin Major Pyatnitski«, stellte ich mich vor. Ich wollte lediglich ein Telegramm, mit vorgeblich politischem Inhalt, an Onkel Semja schicken. »Ich bin der technische Offizier. Ataman Grigoriew sagte, ich solle mich hier melden.«

Der Podporutschik war kaum älter als ich. Er hörte sich an, was ich zu sagen hatte, dann führte er mich durch einen Flur mit normalen Wohnmöbeln und einem ausgestopften Bären. Ein oder zwei Hirschgeweihe hingen an der Wand. Das Haus war früher wohl ein kleines Hotel gewesen. In einem Büro saßen einige junge Damen und arbeiteten an Schreibmaschinen und mit Lineal und Zeichenstift. Eine rechnete mit einem Abakus und trug Zahlen in Listen ein. Sie erinnerte mich an Esmé. Grigoriew war kein ordinärer Bandit. Ich befand mich in einem leistungsfähigen militärischen Hauptquartier. Wir eilten durch den Saal, durch eine hüfthohe Barriere und gelangten zu einem großen, hohen Schreibtisch. Ein Offizier in zerschlissener Jacke, von der die Epauletten entfernt worden waren, betrachtete mich aus müden, sanft blickenden Augen. Er spielte mit seinem tiefschwarz gewachsten Schnurrbart. In der anderen Hand hielt er einige Formulare. Er war etwa fünfzig Jahre alt. »Genosse?« Er musterte meinen Anzug. »Kommen Sie von Cherson? Ist der Nachschub schon eingetroffen?« Er überprüfte eine maschinegeschriebene Liste.

»Ich bin kein Versorgungsoffizier. Ich bin Major Pyatnitski.« Meine Jugend und mein Rang hatten eine seltsame Wirkung. Er hielt mich in dieser Welt der Wunder und Absurditäten für eine wichtige, politische Persönlichkeit. Das Kokain milderte meine Magenkrämpfe und beruhigte meine Nerven. »Ich muß ein Telegramm nach Odessa aufgeben.«

Er hob verzweifelt eine Hand. »Haben wir Odessa schon eingenommen?«

»Noch nicht. Aber wir haben dort Agenten.«

»Ein Telegramm müßte über Jekaterinoslaw gehen.«

»Mir ist es egal, wie es dorthin gelangt, Genosse.« Ich sprach in ruhigem Ton. »Es wird natürlich als persönliche Nachricht verschlüsselt.«

Er war verwirrt. »Vielleicht sollten wir lieber einen politische Offizier hinzuziehen.«

»Ich bin ein politischer Offizier.«

»Ich habe nicht die Autorität . . .«

Und das war der Schrei, von dem ganz Rußland widerhallte. Bis heute kann man ihn hören. Früher kam die Autorität von Gott über den Zaren zu den Offizieren. Sie wußten, wo sie standen. Ihre Autorität war die Autorität Gottes. Heute, im Namen des Kommunismus, weisen sie jegliche Autorität von sich. Ich hätte doch angenommen, daß die erste Pflicht eines Kommunisten darin besteht, seine eigene Verantwortung zu übernehmen und die seiner Untergebenen gleich mit. Aber vielleicht bin ich zu dumm, um Marx' komplizierte Gedankengänge zu begreifen.

»Wo sind die politischen Offiziere?« erkundigte ich mich. Es war ein gefährliches Spiel, aber meine einzige Chance. »Die Angelegenheit ist von höchster Dringlichkeit.«

»Eine Etage höher, Genosse.« Er tat so, als zeigte er direkt zum Himmel. »Wußten Sie das nicht?«

»Ich bin gerade erst angekommen – mit einem Lastwagen. Ich wurde von einem eurer Banditen einkassiert, der so bald wie möglich bestraft werden muß.«

»Ich verstehe Sie nicht, Genosse. Wer war es?«

»Sotnik Grischenko.«

Das schien ihm etwas zu sagen. Er schrieb den Namen auf, zog einen Kreis darum und unterstrich ihn. Er schürzte die Lippen. »Grischenko schießt oft übers Ziel hinaus.«

»Er hat mich aus dem Zug nach Odessa herausgeholt. Begreifen Sie endlich?«

Die militärischen Klischees gingen mir leicht von den Lippen. Ich brauchte gar nicht nachzudenken. Jedermann redete so, wenn er einigermaßen gebildet war. Nur die Dummen und Analphabeten in Grigoriews Armee formulierten eigene Sätze. Die Befehlsgebenden taten nichts anderes, als die Offiziere nachzuäffen, die sie bei ihren diversen Meutereien und Desertionen getötet oder ausgeraubt hatten. Das verriet mir mein Instinkt sofort. Derartige Instinkte sind recht nützlich, können einem aber auch das Leben erschweren.

»Würden Sie sich um Grischenko kümmern?«

»Ich werde das sofort an den zuständigen Divisionskommandeur melden, Genosse Major.«

»Andere Genossen wurden in Mitleidenschaft gezogen, einige sogar getötet. Ich wurde gefangengenommen. Reicht das nicht?«

»Das ist eine ernste Sache.«

»Grischenko müßte streng bestraft werden.« Endlich bekäme ich meine Rache. »Er gehört degradiert.«

»Er ist ein guter Feldoffizier«, meinte der Mann an meiner Seite. Ich fuhr herum. »Gut? Indem er Genossen erschießt?«

Alle Frauen sahen hoch. Einige waren hübsch. Sie waren wie unschuldige Nonnen, die still und gehorsam ihrer Arbeit nachgingen – und das in der Hölle. Wir stiegen eine Treppe hoch. Auf dem Absatz unterhielten sich einige Männer halblaut. Sie verstummten, als wir uns näherten.

»Pyatnitski«, sagte ich. »Aus Kiew.«

Keiner von ihnen war ein Partisan. Einige waren genauso gekleidet wie ich. Andere trugen neutrale Uniformen, wie Trotzki und Antonow sie bevorzugten. Sie wiesen die gerade erst geprägten bolschewistischen Insignien auf: Metallsterne an den Mützen und aufgenähte Filzsterne auf den Ärmeln. Die Roten stellten derlei Dinge in hoher Stückzahl her. Fast die Hälfte der Bevölkerung des von Bolschewiken besetzten Rußlands war mit der Produktion von roten Fahnen und Metallsternen beschäftigt.

Die Männer begrüßten mich. Einige streckten mir ihre Hände entgegen. »Ich war unterwegs nach Odessa. Parteiangelegenheiten. Ich wurde im wahrsten Sinne des Wortes von einem der Banditen am Bahnhof gekidnapt.«

»Beruhigen Sie sich, Genosse.« Eine kleine greisenhafte Gestalt mit weichen Lippen und weißen Händen trat vor. »Ich bin Brodmann. Dieses Problem kennen wir schon. Gehen wir dort hinein.« Er führte mich in einen Raum mit hochlehnigen Stühlen. Eine Karte der Süd-Ukraine hing an der Wand. Jemand schloß die Tür leise hinter uns. Die Männer schienen sich zu entspannen. Sie schienen noch ängstlicher zu sein als ich. Brodmann sagte: »Wir sind Menschen, die politisch denken. Bolschewiken und Barotbisten. Es gibt den Vorschlag, Grigoriew zu liquidieren. Das ist im Augenblick nicht zu machen. Er ist unser bester Kommandierender. Damit will ich natürlich nichts gegen den Genossen Antonow gesagt haben. Auch er hat sich hervorragend geschlagen. Grigoriew führt eine große Armee. Er unterstützt unsere Ziele. Doch man kann ihm keine Vorschriften machen. Er hat keine richtige ideologische Ausbildung genossen. Deshalb müssen wir ihn mit Samthandschuhen anfassen, solange wir seine Soldaten ausbilden. Wenn das abgeschlossen ist, dann werden unsere Probleme einfacher sein.« In dieser Art redete er noch zwanzig Minuten. Wer Bedürfnis nach weiteren Ergüssen dieser Art hat, sollte einen der Romane lesen, die alljährlich den Stalin-Preis für Literatur gewinnen. Ich filterte die für mich wichtigen Informationen heraus und fragte dann: »Gibt es keine Möglichkeit für mich, nach Odessa zu gelangen?«

»Sie waren im letzten Zug.« Ein hochgewachsener, schlanker Mann in einem Ledermantel meldete sich vom Fenster zu Wort. »Sie hatten Pech. Die Franzosen haben weitere Züge untersagt.«

»Kann ich ein Telegramm aufgeben?«

Sein düsteres Gesicht zeigte einen Anflug von Belustigung. »Grigoriew betrachtet den Telegraphen als sein persönliches Kommunikationsinstrument. Einer von unseren Leuten sollte ihn überwachen, aber Grigoriew hat ihn bereits auf seine Seite gezogen. Er tut nichts ohne ausdrücklichen Befehl des Atamans. Wir dürfen den Telegraphen nur benutzten, um mit Grigoriew oder mit Antonow Verbindung aufzunehmen.«

»Und wo ist Antonow?«

»Er versucht, Grigoriew einzuholen. Der Bastard bewegt sich verdammt schnell. Deshalb erhält er auch soviel Unterstützung.«

Ich schäumte innerlich vor Wut. Das war tätiger Sozialismus:

Tod, Vernichtung und langsame Erdrosselung in Verwaltungskram. Keines meiner Wagnisse war auch nur eine Kopeke wert gewesen. Ich hätte bei Jermelow bleiben sollen. Am besten wäre es, einen Zug nach Kiew zu besteigen. Dort befände ich mich wenigstens auf heimatlichem Boden. Mrs. Cornelius könnte mir dort behiflich sein. »Fährt noch ein Zug nach Kiew?«

»Wahrscheinlich«, sagte der dünne Mann. Er zog an seiner Zigarette wie ein verhungernder Säugling am Schnuller. »Wir erfahren nie etwas Genaues.«

»Und Grischenko? Kann man ihn bestrafen?«

»Das kommt darauf an, was Grigoriew vorhat. Je größer seine Zuversicht ist, desto mehr ignoriert er uns.« Brodmann bot mir einen Stuhl an. Er half mir aus dem Mantel, den er in eine Ecke des Raumes legte. In meinem blutbefleckten Anzug und den Filzstiefeln muß ich seltsam ausgesehen haben. Ich setzte mich. Vom Fenster aus konnte ich auf den vorbeiziehenden Konvoi hinunterschauen. Es war sehr eindrucksvoll.

»Haben Sie eine offizielle Beschwerde eingebracht?«

»Falls der Offizier unten es zur Kenntnis genommen hat.«

»Er ist tüchtig. Das kann man nicht von sehr vielen anderen behaupten. Die Beschwerde wird dem zuständigen Divisionskommandeur zugeleitet.«

Nun war ich zufrieden. Grischenko würde ernsthaft bloßgestellt werden. Eigentlich hätte er dafür, daß er mich von meiner Familie getrennt, mich mit Schimpfworten bedacht und mich gezwungen hatte, mit Idioten und Zynikern wie Jermelow zu leben, Schlimmeres verdient gehabt. Meine neuen Kameraden fragten mich nach meinen Aktivitäten in Kiew. Ich erzählte, ich hätte Petljuras Verteidigungsnetz sabotiert. Das nötigte ihnen Bewunderung ab. Ich berichtete, wie Grischenko mich gezwungen hatte, seinen defekten Lastwagen zu reparieren. Ich sei ein ausgebildeter und erfahrener Ingenieur. Ich hatte wichtige Arbeit an den Docks von Odessa geleistet. Ich spürte meine Bedeutung wachsen, während ich redete. So wurden meine lückenhaften Kenntnisse der Parteietikette verdeckt. Ich war nicht nur ein »politischer Genosse«, sondern ein »Aktivist«. Deshalb nahm ich in ihrer Hierarchie einen recht hohen Rang ein. Ich bediente mich verschiedener Bekannter aus meiner Zeit in Odessa und in Petrograd. Ich erzählte von gesprengten Eisenbahnzügen und vernichteten Maschinengewehrnestern. Zwei oder drei Männer in dem

Raum deuteten an, mein Name sei ihnen geläufig. Meine Entführung nahm immer neue Dimensionen an. Außerdem halfen mir meine Eleganz und meine Wut. Ich glaube, ich hätte damals meine eigene sozialistische Gruppe gründen können. Tausende wären meinem Aufruf gefolgt.

Damals war es einfach, ein Anführer zu werden. Die meisten Russen kannten den Begriff Unabhängigkeit nicht. Wir müssen, so sagten sie, gegen den Volksfeind zusammenstehen. Doch der einzige Volksfeind, den ich fand, war Bilderstürmerei und Egoismus. Doch Trotzki wollte nicht, daß Rußland gerettet wurde. Er wollte ein Gott sein. Als Gott wollte er auf dem Dach seines Roten Zuges stehen und verkünden: »Es werde Friede!« Trotzki wünschte sich inständig, als unser Retter verehrt zu werden, ähnlich einem alttestamentarischen Propheten. Dieser Aussicht beraubt, wendete er sich gegen Stalin. Ich frage mich, wie er wohl vor Gott getreten ist, nachdem Stalin ihn verjagt hatte und er mit einem Eispickel im Schädel in einem mexikanischen Puff endete. Ich kann mir die Szene gut vorstellen. Ob Gott auf dem Dach eines Eisenbahnzuges stand und zu Trotzki sagte: »Dir ist vergeben«? Ich bezweifle es. Der Eispickel erweist sich wahrscheinlich in der Hölle als ziemlich nützlich.

Meine neuen Freunde brachten mich in den hinteren Teil des Hotels. Dort befand sich ein kleiner Speisesaal. Der dünne Mann verließ uns. Wir nahmen an kahlen Tischen Platz, und gutes, einfaches Essen wurde serviert (die Parteileute bekommen in Rußland stets das Beste vom Besten). Ich aß wenig. Ich spürte immer noch die Nachwirkungen meiner Übelkeit. Es gab Kaffee. Ich trank mehrere Tassen. Das beruhigte meinen Magen. Der dünne Mann kam zurück. Er hatte sich um meine Unterbringung gekümmert. Die meisten politischen Leute schliefen in den Wagon-Lit-Abteilen auf den Abstellgleisen. Ich hatte natürlich keine besondere Lust, dorthin zurückzukehren. Ich erklärte den Grund.

»Ich habe mit unserem Freund bei der Telegrafenstation gesprochen«, berichtete der dünne Mann. »Er hat Tausende Nachrichten von Grigoriew. Wie gewöhnlich widersprechen sie sich alle. Ich gab eine Beschwerde über den Offizier auf, der Sie aus dem Zug holte. Sie wurde empfangen und bestätigt. Der Offizier soll erschossen werden. Ich sah den entsprechenden Befehl.«

Obwohl der Kerl das verdient hatte, wollte ich nicht, daß das Blut eines Menschen an meinen Händen klebte. »Reicht es nicht, ihn zu degradieren?« fragte ich. »Oder ihn auszupeitschen?«

»Grigoriew kennt nur eine Strafe. Den Tod. Sie sind sehr großmütig, Genosse. Doch vielleicht bekommen wir keine andere Chance, diesen pogromgeilen Kerlen eine Lektion zu erteilen.«

Ein Grischenko weniger wäre nicht von Nachteil für die Welt, doch ich hatte auch nicht so brutal Rache nehmen wollen. Ich habe keinen Killerinstinkt. Ich bin in erster Linie Naturwissenschaftler. Wenn das Schicksal mir bessere Karten ausgeteilt hätte, dann würde ich jetzt vielleicht im National Physics Laboratory arbeiten oder an der Uni London lehren.

Es wurde entschieden, daß ich in Brodmanns Zimmer ziehen sollte. Brodmanns Partner würde am Bahnhof unterkommen. Ehe ich mich mit dem kleinen Revolutionär entfernte, fragte ich den dünnen Mann: »Wann findet die Bestrafung statt?«

»Sofort. Verhaftung. Anklage. Das Erschießungskommando. Ich vermute, er ist als Offizier nicht allzu beliebt.«

»Das stimmt.« Ich hoffte nur, Jermelow machte mich nicht dafür verantwortlich und suchte nach mir.

»Dann dürften wir keine allzu großen Probleme haben.« Er verstummte, als hätte er sich bei einem ernsten Fauxpas ertappt. »Wollen Sie dabeisein?«

»Nein, nein.«

»Er muß erschossen werden. Grigoriew könnte zurückkehren, es sich anders überlegen und statt dessen uns erschießen. So etwas ist schon mal vorgekommen.« Seine Lippen verzogen sich zu einem Lächeln.

Ich wanderte mit Brodmann durch die lärmerfüllte Dunkelheit einer Stadt, die von militärischen Atktivitäten heimgesucht wurde. Lastwagen mit Geschützlafetten hupten, Artilleriepferde wieherten. Kavallerie und Infanteriesoldaten stritten miteinander und gingen dann ihrer Wege. Männer in voller Kampfkleidung rannten über die Straße zu ihren Divisions-Hauptquartieren. Wir wanderten zum anderen Ende von Alexandrija und gelangten in eine Straße mit ansehnlichen Häuschen. Hier herrschte Frieden. Brodmann öffnete mit einem Schlüssel die Tür zu einem von einer Mauer umgebenen Garten. Wir spazierten über einen Steinpfad. Dieser Teil der Stadt wirkte beinahe idyllisch. »Unser Wirt«, sagte Brodmann, »ist ein Arzt, der sich zur Ruhe gesetzt hat. Er haßt uns. Er nennt uns Vampire. Natürlich ist ›Jude‹ die von ihm bevorzugte Art der Beleidigung. Lassen Sie sich von ihm nicht in ein Streitgespräch hineinziehen. Er ist im Grunde harmlos.«

»Juden! Vampire! Ihr habt den Herrscher getötet!« Eine hohe Stimme ertönte in der Halle.

Brodmann und ich schlichen die Treppe hinauf. Der Doktor zeigte sich nicht. Ich glaube, er hatte Angst vor uns.

Das Zimmer war einigermaßen sauber. Die Betten waren ungemacht, die Laken leicht graustichig. Doch es war besser als das, was Jermelow mir angeboten hatte, bevor Grischenko uns rausgeworfen hatte. Grischenko würde diesen Schritt bald schon bereuen. Wahrscheinlich war er längst tot. Nur wenige Möbel standen herum. Ich konnte haufenweise Pamphlete und Flugzettel entdecken, die sicher nicht Eigentum unseres Wirtes waren. Hinzu kamen zwei Stühle mit geflochtenen Sitzflächen und zwei Bauernbetten aus Holz. Brodmann zog die Jalousien herunter. Er ging hinter den Wandschirm und zog sich bis auf seine rote Weste und seine lange Unterhose aus, ehe er in sein dickes Flanellnachthemd schlüpfte. »Er hat alles verkauft oder verschenkt. Er hat Angst vor Plünderern. Sicher hat er noch das ein oder andere draußen im Garten versteckt. Ich glaube, viel hat er mit seiner Herumdokterei nicht verdient. Nicht in diesem Dorf. Er kannte Grigoriew den Atamanen noch als Kind. Niemand in Alexandrija scheint viel gegen den Atamanen zu haben. Der Doktor meint, er wäre ganz in Ordnung, vertritt er doch die Interessen des Zaren. Das soll er dann auch ruhig glauben, nicht wahr?« Brodmann fuhr mit seinem Monolog fort. Er war einer von jenen Politikern, die gerne »realistisch« klingen wollen. Sein billiger Zynismus störte mich nicht mehr, als ich ebenfalls hinter den Wandschirm verschwand, mich auszog und ins Bett stieg. Ich trug nur mein blutbeflecktes Hemd, von dem ich Kragen und Manschetten entfernt hatte. Es war sehr kalt. Ich war noch hellwach vom Kokain, doch Brodmanns ruhige, gleichmäßige Atemzüge ließen mich friedlich einschlafen.

Am nächsten Morgen war ich schon früh wach. Geräusche im Parterre hatten mich hochgeschreckt. Schwere Stiefeln polterten die Treppe hinauf. Ich bekam es mit der Angst zu tun. Das Gekeife des Arztes folgte dem Stiefeldröhnen. Ich räusperte mich, konnte jedoch keinen Laut herausbringen. Ich blinzelte in Zwielicht, als die Tür langsam aufschwang. Sofort erkannte ich die

Silhouette von Grischenko, dem Kosaken. Er war dem Tod entronnen. Er strahlte unbändige Wut aus. Das war kein Alptraum. Deutlich erkannte ich die Peitsche an seinem Gürtel.

Ich erinnere mich nur noch an seine körperlich spürbare Brutalität, seine mächtigen Hände. Ich wußte, daß er mich töten wollte. Er hielt zwei Pistolen in den Händen. Ich fröstelte, als ich mich aufrichtete.

Ich wartete auf den Schmerz der Schüsse.

Doch die Pistolen wurden umgedreht. Er reichte sie mir. Sollte ich ihn töten? Ich streckte ihm meine beiden zitternden Hände entgegen. Jermelows Pistolen mit ihren runden Kolben. Ich umklammerte sie unbeholfen. Ich hatte einen Kloß im Hals. Ich legte meine Finger nicht auf die Abzugshebel. Die Pistolen zogen meine Arme nach unten. Sie waren zu schwer. Grischenko forderte mich heraus, nahm ich an. Ich sagte nichts.

Seine Stimme war ein rauhes, wütendes Flüstern. »Sie sind von Jermelow. Ein Geschenk.«

Brodmann stöhnte in seinem Bett. Grischenko starrte ihn geistesabwesend an. Dann schien er ihn aus seinem Bewußtsein zu streichen, als er seine Aufmerksamkeit wieder mir zuwandte. »Er bat mich, sie Ihnen zugeben. Sie gehören jetzt Ihnen.«

Ich begriff nicht.

Grischenko hatte eine Träne im linken Auge. Er zog einen seiner langen Dolche aus seiner roten Samtscheide. Er beugte sich über mich. »Wir sind frei. Wir haben unsere eigenen Gesetze.« Er setzte mir die Dolchspitze unters Kinn. »Hoch!«

»Warum?« Ich fing an zu husten, unterdrückte es aber schnellstens. Die Dolchspitze drückte auf meinen Adamsapfel. Eine Vene pulsierte unter dem Stahl.

»Hoch, Jidd!«

Ich erinnerte mich an Jermelows Warnung. Grischenko war wie ein verwilderter Hund, der nur dann angriff, wenn man Angst zeigte. Ich betätigte die Abzugshebel. Die Pistolen waren nicht gespannt. Mit ihnen konnte ich nicht schießen. Grischenko bückte sich noch tiefer. Sein Atem verbrannte mich. »Hoch!«

Ich hatte keine andere Wahl. Ich ließ die Pistolen auf das Bett fallen. In meinem Hemd stand ich schließlich da. Meine Beine und meine Genitalien erstarrten vor Kälte. Er legte mir seine freie Hand auf die Brust und stieß mich gegen die Wand.

Brodmann fing an, in seinem Bett Schlagworte herzubeten. Er

faselte von »Rechten« und meiner »Wichtigkeit«. Der Kosake meinte beiläufig zu ihm: »Ich bring' dich um. Sei still.«

Ich glaube, mein Hals hatte angefangen zu bluten.

Grischenko umklammerte meine Schulter. Das Messer glitt an meinem befleckten Hemd hinunter, und das Hemd wurde zerteilt. Die Klinge berührte meine Leistengegend. »Er meinte, Sie wüßten, was die Pistolen ihm bedeuteten. Er war ein Heiliger. Ich liebte ihn. Ich beschützte ihn. Ich dachte, Sie würden ihn aufmuntern. Er war kein glücklicher Mensch.« Die Spitze wurde erst über das eine Bein, dann über das andere gezogen. Ich spürte es kaum, dennoch floß Blut. Ich bettelte nicht. Meine Ehre verbot das. Ich winselte nicht wie andere. Als er mir befahl, mich mit dem Gesicht zur Wand zu drehen, gehorchte ich. »Er wollte, daß Sie leben. Ich verstand das nicht. Doch Jermelow stand Gott näher als ich. Nehmen Sie sein Geschenk an?«

»Ja«, entgegnete ich. Ich glaube, ich dankte ihm.

»Jermelow wurde gestern abend erschossen. Weil er Sie fliehen ließ. Nicht weil die Bolschewiken es so befohlen hatten. Er bat mich, Ihnen die Pistolen zu übergeben. Deshalb habe ich sie mitgebracht.«

Ich konnte nicht erkennen, was er tat. Der Dolch war auf mein Herz gerichtet, doch er löste irgend etwas aus seinem Gürtel. »Ich mußte ihm versprechen, Sie nicht zu töten.«

»Sie . . .«

»Mund halten. Ich hab's versprochen. Aber ich werde dafür sorgen, daß Sie sich stets an ihn erinnern. Ich glaube nicht, daß Sie seine Pistolen behalten werden.«

Ich hörte Grischenkos schreckliche Peitsche durch die Luft pfeifen. Wir schrien gemeinsam. Ich spürte den Schmerz. Es war der schlimmste Schmerz, den ich je empfunden hatte. Er kam völlig unerwartet. Doch kein Knochen wurde gebrochen. Dennoch trage ich die Spuren der kleinen Bleigewichte bis auf den heutigen Tag auf meinem Gesäß.

»Jetzt wirst du dich immer an Jermelow erinnern, Jidd.«

Er stieß mich aufs Bett , so daß mein Gesicht auf die Kolben der Pistolen schlug. Ich weinte. Er war immer noch im Zimmer, verstaute die Peitsche wieder in seinem Gürtel und den Dolch in der Scheide. Dann wandte er sich um und ging hinaus. Er schloß die Tür leise hinter sich. Das Monster war verschwunden. Das Monster, das seinen eigenen Freund getötet hatte, um die eigene Haut zu retten.

Die Pistolen habe ich immer noch. Tausend Pfund hat man mir dafür schon geboten.

Fünfzehn

Die Geschichte ist niemals gleich; doch es kommt vor, daß Ereignisse sich wiederholen. Dadurch erfährt man, daß die Menschen sich überall sehr ähnlich sind. Stets neigte man dazu, hinsichtlich meiner Person zu voreiligen Schlußfolgerungen zu gelangen. Sehr selten nur war ich an irgend etwas schuld. Kann ich etwas dafür, daß sie ihre Hoffnungen und Ängste auf mich übertragen? Ich bin durch und durch Wissenschaftler. Nur wenige begreifen das. Grischenko demütigte mich. Brodmann sprach von »Gewalt« und von »Disziplinlosigkeit« und flüchtete sich in sein marxistisches Gefasel, um Grischenkos Untat zu verdammen, doch ich konnte mich nicht überwinden, die Angelegenheit weiter zu verfolgen. Ich kann verzeihen. Irgendwie konnte ich Grischenko sogar verstehen. Auch ich hatte Jermelow gemocht. Allerdings sollte es noch einige Wochen dauern, bis ich wieder richtig sitzen konnte. Die Pistolen gab ich Mrs. Cornelius zur Aufbewahrung und sollte sie erst 1940 wieder zu Gesicht bekommen.

Brodmann zwang den Arzt, mich zu behandeln. Unter vier Augen hätte ich vielem zustimmen können, was der Doktor gegen die Roten vorbrachte, doch Brodmann wollte mir nicht von der Seite weichen. Wir hatten es eilig, denn wir sollten schnellstens zu Grigoriew stoßen. Auf dem Weg zum Bahnhof verspürte ich nur noch leichte Schmerzen.

Grischenko sah ich noch einmal, als wir den Zug bestiegen. Er grinste mich an, ich errötete wie ein junges Mädchen. Niemand bemerkte meine Reaktion. Brodmann hatte nichts Wichtigeres zu tun, als Grischenko zu beschimpfen. Dieser ritt schließlich in seiner zusammengeplünderten Pracht davon, wobei er sein Pferd mit der Peitsche zur Eile antrieb. Die Kolben der Pistolen drückten gegen meine Hüften. Sie paßten genau in die Taschen meines verlausten Fellmantels. Außerdem hatte ich meine Papiere wieder, die Doktorenurkunde eingeschlossen.

Die Sitze im Zug waren zum Glück angenehm weich. Brodmann, der mir gegenüber am Fenster saß, schimpfte halblaut vor sich hin und starrte hinaus in den grauen Schneematsch, als hielte er Ausschau nach Grischenko. Ich lachte und meinte, er solle endlich Ruhe geben.

Irgendwie fühlte ich mich an diesem Morgen wie befreit. Ich lachte verhalten. »Mir ist schon Schlimmeres zugestoßen, Brodmann. Sie sollten mal an meiner Stelle sein.«

»Ich hasse Gewalt.« Sein weiches, Altmännergesicht verdüsterte sich.

»Dann haben Sie das falsche Gewerbe gewählt.« Unser dünner Freund kam herein, zog seinen langen Mantel aus, legte ihn zusammen und deponierte ihn im Gepäcknetz.

»Ich war Pazifist. Die Bolschewiken versprachen den Frieden. Ich gab Zeitungen, Flugblätter heraus.« Brodmann lehnte sich zurück, als der Zug anfuhr. »Weiß jemand, wohin die Reise geht?«

»Grigoriew braucht uns in seinem Hauptquartier. Er will Cherson oder Nikolajew einnehmen. Vielleicht ist er schon dort.«

»Diese Städte werden zu gut verteidigt. In der einen sitzen die Griechen und Franzosen, in der anderen die Deutschen.«

»Die Deutschen kämpfen nur ungern für die Alliierten und die Weißen. Unter Umständen laufen sie zu uns über.«

»Aber nicht zu Grigoriew. Er hat bewiesen, wie er über die Deutschen denkt. Die trauen ihm nicht mehr über den Weg.«

Der Zug rollte nun über eine weite, horizontale Steppe. Grauer Matsch wurde durch weißen, unberührten Schnee ersetzt. Bald schon würde er in der Frühjahrssonne schmelzen. Auch dürften bis dahin die Auseinandersetzungen ein Ende gefunden haben. Die Erfolge Grigoriews und der Bolschewiken waren beträchtlich. In Kürze müßte es zur Entscheidungsschlacht kommen. Ich hatte nur Angst, daß sie sich am Kampf um Odessa entzünden könnte, ehe ich Mutter und Esmé in Sicherheit gebracht hätte. Grigoriews Vorrücken erschien unaufhaltsam. Wenn Machno sich mit uns verband, würden Weiße und Alliierte ausgelöscht. Im stillen betete ich um Einigung unter den verschiedenen linken Gruppierungen. Nichts kann die Menschen mehr entzweien als der Sozialismus. Die Fahnen waren von der gleichen Farbe wie die

Rosen, die ich Mrs. Cornelius verehrte: ein tiefes, blutiges Rot. Die Farbe meines eigenen Blutes. Hervorgelockt durch den Stich der Dornen, benetzte mein Blut die Blüten: sie war meine Schwester, meine Mutter, meine Freundin. Rosen. Ich blicke niemals zurück. Ich empfinde keine Nostalgie. Dies ist die Welt. Gottes Absichten werden im Himmel offenbar. Ich hatte keinen Glauben. Gottes Gaben wurden mir genommen. Ich verkaufe die gleichen Pelzmäntel (nur sauberer) wie die, die ich damals selbst zu tragen gezwungen war. Die jungen Männer stolzieren einher wie Operetten-Tschekisten. Einer trägt sogar das Abzeichen der Anarchie. Was kann er davon schon wissen? Er spricht ein bißchen Russisch. »Was soll das?« frage ich ihn. Das Abzeichen. A steht für Anarchie. Warum nicht ein Abzeichen von A bis Z wie Zionismus. Er findet mich amüsant. Er ist ein Narr. Immer nur Mord und Verschleppung. Die Anarchisten sind und bleiben Narren. Sie lehnten die Macht ab und haben doch die Verantwortung für ihren Terrorismus übernommen. Was haben sie erreicht? Was hat die Welt erreicht? Anarchie? Keine Regierung? Es wurde mehr erreicht, eine schlimmere Regierung. Chaos. Das Universum dehnt sich aus. Es kühlt ab. Bald wird alles mit Schnee bedeckt sein.

Der Schnee wird zu Eis und die Erde erdrücken. Das Eis wird sich weiter zusammenziehen und schließlich verschwinden. Dann ist da nichts mehr. Ein physikalisches Gesetz. Die Entropie. Das Zweite Gesetz der Thermodynamik. Der Wärmetod des Universums. Das Ende. Diese Echo-Theorie, die man entdeckt hat: was ist sie mehr als Hoffnung? Und was ist Hoffnung anderes als Glaube? Die Echo-Theorie: nichts verschwindet im Universum, nichts stirbt. Sie haben nichts anderes getan, als Gott wiederzuentdecken! Das ist der heutige Stand der Wissenschaft. Energievorräte und Geld werden vergeudet, um herauszufinden, was die Welt von Beginn an gewußt hat: daß Gott die Welt liebt. Dies ist nicht die Wissenschaft, die man mich lehrte. Die meine war eine Welt der Maschinen und Motoren, nicht der theoretischen Phantastereien. Jedermann möchte ein Einstein sein. Einstein hatte die Größe, seine Quelle preiszugeben. Er war ein frommer Narr. Das, was die Russen einen »Erleuchteten« nennen. Dabei war er Jude und Zionist. Aber vielleicht lasse ich ihm zuviel Ehre zuteil werden. Wie diese beiden Juden die Welt in Verwirrung gestürzt haben! Sie haben dem zwanzigsten Jahrhundert mehr Aberglauben beschert, als unsere Wissenschaftler aus dem neunzehnten entfernten. Sex? Freud verwechselte Sex mit Zuneigung; dem Bedarf nach Liebe. Physik? Wurde zu Dichtung. Alle sagen das. Riesige Laboratorien wurden gebaut, um poetische Theorien zu überprüfen. Wo ist der alte Pragmatismus abgeblieben?

Nach zwei Stunden hielt der Zug an. In der Steppe war ein geordnetes Militärlager errichtet worden. Soldaten kamen mit großen Suppenkannen zum Zug. Es handelte sich um einen eingeplanten Verpflegungsstop. Bandit oder nicht, Grigoriews Logistik war beispielhaft. Er kontrollierte ein weitgespanntes Streckennetz und konnte dank des Telegraphen seine Befehle in kürzester Zeit übermitteln. Den Weißen im Süden ging es nicht so gut. Sie standen technischen Neuerungen mißtrauisch gegenüber. Da hatten die Roten erhebliche Vorteile. Sie besaßen zwar weniger Flugzeuge, aber sie konnten sie einsetzen. Die Weißen verließen sich auf ihre Kavallerie. Sie waren tapfere Romantiker. Die berechnenden Juden waren es, die in die Zukunft blickten. Doch sie sahen nicht alles. Ich will nicht leugnen, daß es ein Verbrechen war. Doch es war ein Verbrechen der Rache. Ich haben in verschiedenen Büchern gelesen, daß nur zwei oder drei Millionen in den Lagern umkamen. Ich glaube eher, daß es sechs Millionen waren. Stalin hatte noch mehr auf dem Gewissen. Der Tod beherrschte das zwanzigste Jahrhundert ebenso wie das sechste, das vierzehnte und das siebzehnte. *Memento mori*. Die westlichen Demokratien sollten sich das Goldene Zeitalter von Florenz vor Augen halten. Savonarola vernichtete es innerhalb eines einzigen Monats. Freiheit und Verantwortung sind dasselbe. Selbstdisziplin, nicht Schwerter, hat Sparta gerettet. Brüderliche Liebe rettete Sparta. Aber sie rettete nicht jene bedauernswerten, edlen Griechen bei Cherson, als die Diener des Satans sich auf sie stürzten. Es heißt, ich verstünde nichts von Religion. Dabei habe ich den Weg dorthin gefunden. Mein Herz und mein Verstand brachten mich auf den edlen Glauben Rußlands, der Afrika und Asien widerstand und in London, New York, Paris, überall Wurzeln faßte. Ist dies ein toter Glaube? Der wahre Glaube Konstantins, der Rom christianisierte und Byzanz gründete? Es gibt keinen reineren Glauben. Es ist der Glaube der Griechen, welche die christliche Religion erfanden. Die Juden übernahmen ihn und gaben ihn zurück, als hätten sie ihn erschaffen. So haben die Juden es immer getrieben. Paulus hat das begriffen. Die Griechen gaben uns alles, dennoch haben wir sie immer wieder betrogen. Man denke nur an Zypern. Die Briten liebäugeln mit den Moslems. Sie schenken ihnen Land für ihre Moscheen. Sie spenden ihnen in ihren Büchern Beifall; sie laden sie in die Park Lane ein. Sie flirten mit dem Islam. Sie sind töricht. Ihnen fehlt die Erfahrung Rußlands. Hütet euch vor Karthago! Auf eigene Kosten ließ ich Flugblätter drucken. Man lachte mich aus. In meinem Laden habe ich sie verteilt. Die Nationale Front ist nichts wert. Vor Indern habe ich keine Angst oder vor den Chinesen, die die Imbißstube gegenüber betreiben. Erkennt niemand außer mir die Zeichen? Die Straßen sind voller Spione. Ein einziger Alptraum. Nazis und Nationale Front haben nur Akne und Neid gemeinsam. Kommunisten und Fremde stehlen unsere Seelen, unser Blut, unseren Verstand. Doch dies sind keine Marsianer. Dies ist nicht der *Krieg der Welten.* Wir können nicht damit rechnen, daß sich das Problem auf natürliche Weise und von selbst löst. Ein normaler Organismus wehrt sich gegen jede Störung, jede Krankheit. Gesunde Zellen vernichten die kranken. Erst wenn Intelligenz hinzukommt, wird es gefährlich. Der Krebs kommt und geht, der Körper wehrt sich. Genauso sollten wir reagieren. Es ist nichts so auffällig wie der Gorjnik-Drachen. *Chur menia! Chur menia!* Aber wer hört schon darauf? Nicht die Chinesen oder die Afrikaner oder die Inder. Nicht die Italiener. Nicht einmal die Griechen. Gut, hinter der Bibliothek steht eine Serbische Kirche, und in Bayswater gibt es eine griechische Kirche. Ich bin zuversichtlich. Überall Klöster und Konvente, überall katholische und irische und Neger-Kirchen. Einige von den jungen Leuten begreifen, worum es geht. Vielleicht können wir uns durchpfuschen. Wenn wir erst mal die Fremden vertrieben und Golders Green dem Gelobten Land gleich gemacht haben. Aber ich glaube, es ist zu spät. Oh, Byzanz! Komme mit deinen Rössern und deinen Schwertern, uns zu retten!

Der Zug setzte sich wieder in Bewegung. Brodmann war eingeschlafen. Die anderen lasen oder kritzelten in Notizbüchern. So führten sie unseren Bürgerkrieg. Dennoch hatte jeder in diesem Wagen mehr Blut vergossen als ein Dutzend Kosaken. Manchmal ritt Kavallerie neben dem Zug her. Die Reiter grüßten und verständigten sich mit den Soldaten. Jeder Wagen war gepanzert und bewaffnet. Die Fenster waren weitgehend ungeschützt. Bei einem Angriff mußten wir uns auf den Boden werfen. Doch dazu kam es nicht. Grigoriew und die Bolschewiken hatten dieser Gegend so etwas wie den Frieden gebracht. Nicht mehr lange, und sie wendeten sich gegeneinander. Ebenso wie die Weißen haßten sie die Nationalisten bis aufs Blut. Doch der Teufel war schon unter uns. Niemals zuvor war Rußland derart zerrüttet gewesen. Erst jetzt heilen die Wunden allmählich, doch Islam und Zionismus werden die slawische Rasse auf ewig bedrohen.

Am nächsten Tag sollte ich Grigoriew sehen. Nach alter Sitte hatte er eine mittelgroße Stadt besetzt. Wie Skoropadskja auf einem weißen Araberhengst sitzend, nahm er die Parade seiner Truppen ab: buntscheckige, prahlerische Kosaken in tausenderlei Kleidung, bewaffnet mit guten Karabinern. Wie immer waren ihre Ponys bestens gepflegt. Der saporischjische Ataman war ziemlich kleinwüchsig, sein Schädel war rasiert, er hatte graue, mongolische Gesichtszüge, doch er war kein Schauspieler. Er hatte sein Pferd fest im Griff. Seine Uniform war rein kosakisch und ohne läppische Verzierungen. Seine Kraft gewann er aus seinen Truppen wie einst Konstantin, als er aus England zurückkehrte, um Anspruch auf das Römische Reich zu erheben. Er war durch und durch Soldat. Er hatte tapfer im Krieg gedient. Er lachte, gestikulierte. Nun begriff ich auch, warum Jermelow sich für den Ataman unentbehrlich hatte machen wollen, warum Grischenko so nützlich war. Wenn Lenin und Trotzki nur halb soviel Charakter besessen hätten wie Grigoriew, wären uns die Katastrophen und die Folgen des Kriegskommunismus erspart geblieben. Es gibt niemanden, dem ich bereitwilliger gedient hätte als Grigoriew, dennoch hatte ich vor seinen Anhängern Angst. Indem er sich nach außenhin gegen die pogromfreudigen Banditen aussprach, setzte er sie nichtsdestoweniger für seine eigenen Zwecke ein, ähnlich wie Königin Elizabeth mit ihren Piraten verfahren war. Am Ende würden sie wahrscheinlich, entgegen Jermelows Prophezeiung, aus der Armee ausgestoßen werden, wie Lafitte es nach seiner Mitwirkung in der Amerikanischen Revolution hatte erfahren müssen. Trotzki tötete bis 1921 die meisten seiner Verbündeten. Er lud sie zu Friedensverhandlungen oder politischen Konferenzen ein und ließ sie erschießen. Trotzki kopierte die Brutalität der Banditen, jedoch nicht ihren Mut. In diesen Dinge kenne ich mich aus.

Der Zug blieb einen weiteren Tag auf einem Nebengleis stehen, dann brachte er uns von Grigoriews Garnison in ein Bolschewikenlager. Hier gab es mehr Uniformen, doch es herrschte kaum weniger Ordnung als in einem Partisanenlager. Viele Kosaken der Roten Kavallerie waren betrunken, obgleich Tschekisten auf Zucht und Ordnung achteten. Diese Kommissare hatten weitaus mehr Autorität als gewöhnliche Offiziere. Sie waren gefürchtet, so wie Lenin es beabsichtigt hatte. Zum Glück war ich ein »Aktivist« und hatte Genossen, die nach Möglichkeiten suchten, mich irgendwie nach Odessa zu bringen. Ich glaube, wir waren der Stadt um dreißig oder vierzig Werst näher gekommen. Damals war ich im Schätzen von Entfernungen und Zeitabschnitten nicht besonders gut. Nikolajew, falls diese Stadt unser Ziel war, lag relativ nahe bei Odessa in östlicher Richtung. Cherson lag noch weiter östlich am Dnjepr, während Nikolajew am Bug lag. Die beiden Städte waren strategisch sehr wichtig. Sie hatten direkte Verbindung zum Meer. Eine feindliche Armee brauchte von Alexandrija kommend, diese beiden Städte nur zu besetzen, und Odessa war von jeglicher Versorgung abgeschnitten. Darüber wurde in den folgenden Tagen nahezu ausschließlich diskutiert. Alliierte »Interventionstruppen« verteidigten Cherson, und eine lustlose deutsche Garnisonseinheit saß in Nikolajew. Obwohl sie von englischen und französischen Kriegsschiffen unterstützt wurden, waren die Städte verwundbar. Dennoch gab es zwischen Grigoriew und den Bolschewiken Uneinigkeit hinsichtlich einer gemeinsamen Strategie. Ich habe den Verdacht, daß Antonow den Sieg alleine an seine Fahnen heften wollte. Brodmann behauptete, täglich massenweise Partisanen für die Ziele der Bolschewiken zu gewinnen. Statt »Barotbisten« nannten sie sich jetzt »Bolschewiken«. Das ließ mich unbeeindruckt. Sie stürzten sich auf Parteien und Schlagworte, weil sie nicht mehr für Gott kämpfen konnten. Wenigstens wußten die Weißen, was für sie von Wert war. Mit besseren Führerpersönlichkeiten hätten sie uns Gott und den Zaren zurückgegeben. Das Römische Reich ist niemals gefallen. Es lebte im Geiste weiter. Gott wird nach Rußland zurückkehren. Es wird eine religiöse Wiedergeburt geben. Byzanz steckt in der Erde, in den Herzen der Menschen.

Der Zug kam jeden Tag einige Werst vorwärts. Der Schnee schmolz und legte ein gepeinigtes Land frei.

Wir sahen zerfetzte menschliche Leichen, die nicht von Tieren angefressen waren, sondern von Menschen. Bauern wurden wegen Kannibalismus erschossen und dafür, daß sie Menschenfleisch verkauften. Wir sahen ausgebrannte Häuser und Farmen, verbogene Pflugscharen und Pferdekutschen; die Kadaver von Rindern und Schafen, die im Schlamm verfaulten. Es war unsere Schande. Wir hatten sie im Winter verborgen, wie wir es stets tun. Doch kaum erschienen die ersten Knospen an den Baumästen, kaum schoben sich die ersten Schößlinge aus der Öl- und blutgetränkten Erde, wurden unsere Sünden offenbar. Kein Feind hatte sich diese Grausamkeiten zu Schulden kommen lassen, es sei denn, es war Karl Marx. Dies geschah im Namen der ukrainischen Nation: im Namen Rußlands: im Namen der Einheit: im Namen der Menschlichkeit: im Namen der brüderlichen Liebe. Kein Kreuzzug war schlimmer pervertiert worden. Und das Gefühl der Schuld machte unsere Soldaten noch wilder. Die Berichte, die wir hörten, waren fürchterlich: von Juden und Weißen, von Schändungen und Vergewaltigungen; von den schlimmsten sexuellen Verfehlungen zwischen Männern und Frauen. Der Frühling kam, aber kein Frieden. In Rußland lautet das Wort für Welt Frieden; das Wort für Frieden lautet wir, uns; das Wort für uns heißt Erde. Deshalb sprechen wir von unserer Erde, unserer Welt, unserem Frieden. Fremde begreifen das nicht. Die Erde zu schänden heißt, alles zu schänden. Wir sind keine Mystiker. Es ist unsere Sprache, die mystisch ist. Sie schenkt uns unsere Literatur, unsere Dichtung, unsere Lieder, unsere Musik. Erst wenn man die russische Sprache fließend beherrscht, begreift man dies. Die Kosaken kämpften nicht für den Bolschewismus, nicht für die Weißen oder die Grünen oder die Schwarzen; sie kämpften einzig und allein gegen die Straßen, die Eisenbahn, die Städte. Ihr idyllisches Rußland war ein Rußland mit grenzenlosem Himmel und kleinen Dörfern, mit Pferden und Rindern. Hätten sie das zwanzigste Jahrhundert annehmen können, hätten sie in einer schönen Welt gelebt. Sie hätten mehr Freiheit schaffen können. Doch sie überfielen die Städte, um sie zu plündern und Beute zu machen. Selbst Grigoriew, sogar Machno, beide hervorragende Strategen und nicht ungebildet, konnten nicht begreifen, daß Städte das Fundament dieser Welt sind. Diese Ignoranz war in erster Linie für ihren Untergang verantwortlich. Die Kontrolle der Städte war der Schlüssel zu dem Frieden, den sie suchten. Sie diskutierten darüber, doch sie spürten es nicht. Ein Kosake muß etwas in seinen Knochen spüren, ehe er es akzeptiert. Der Jude war es, der die Städte kontrollierte. Er ist der erste, instinktiv moderne Stadtbewohner. Sogar die Bewohner der »shtetl« haßten die Steppe.

Unser Ukrainischer Krieg war die erste Auseinandersetzung zwischen Städtern und Landleuten. Um heutzutage zu überleben, muß man sich in die Obhut der Stadt begeben. Diejenigen, die sie verlassen, sind bestenfalls Sentimentalisten, schlimmstenfalls Deserteure. Die Ukraine war ein Land reicher Industriestädte und wohlhabender Dörfer. Mehr als sonstwo in Rußland zeigte die Ukraine sowohl das Dilemma als auch die Lösung. Deshalb mußten wir bis auf den heutigen Tag soviel erleiden. Aus mir spricht kein Selbstmitleid. Das liegt nicht in meiner Natur. Die Ukraine hätte die modernste Zivilisation der Welt werden können. Trotzki und die Nationalisten haben das gründlich verhindert. Zwei negative Mächte kollidierten. Jeder glaubte, es besser zu wissen, und Chaos und Finsternis brachen über die Welt herein.

Brodmann und ich wurden fast so etwas wie Freunde. Er bewunderte mich und fragte mich oft um Rat. Ich erfand ständig neue Erlebnisse während meines fiktionalen roten Aktivistenlebens. Infolgedessen wuchs mein Ansehen. Bei unserer Fahrt von Lager zu Lager wurden meine Kenntnisse als Ingenieur dringend benötigt. Ich war noch immer ein Gefangener. Natürlich wußte das niemand. Dutzende Male wies ich daraufhin, daß ich ihnen in Odessa weitaus nützlicher sein könnte. Man ignorierte mich. Man schmiedete ernsthafte Pläne, auf Grigoriew ein Attentat zu verüben. Sie hatten dazu direkte Befehle von ihren Moskauer Vorgesetzten. Der Ataman handelte nach eigenem Gutdünken, befolgte keine Befehle und stieß einige seiner besten Leute vor den Kopf. Man bat mich, eine Maschine zu basteln, die den Kosakenhäuptling in die Luft jagen würde. Mein Gewissen ließ das nicht zu. Ich behauptete, ich hätte dafür nicht das richtige Material zur Verfügung. Natürlich bot man an, alles zu requirieren, was ich brauchte. Ich wies daraufhin, daß neben Grigoriew auch andere Menschen ums Leben kommen könnten. Man sagte mir, daß seine engsten Vertrauten ebenso schuldig wären wie der Ataman selbst. Ich bekam die ganze Litanei zu hören: die sattsam bekannte Art des bolschewistischen Rationalisierens von kaltblütigem Mord. Auch dies sollte man in allen Formen des Sozialismus wiederfinden, den Nationalsozialismus eingeschlossen, der die Taktiken der Ideologie übernahm, die er bekämpfte. Hinzu kam die bolschewistische Begabung, Neologismen zu schaffen. Lenin und Trotzki und Stalin waren dafür genau die richtigen. Stalin hielt sich selbst für einen Philogogen. Das überraschte mich nicht. Immerhin hatte er die Sprache erfunden, die zu untersuchen er vorgab. Samjatin beschrieb dies in seinem berühmten Buch, *Wir*. Seine ganzen Ideen wurden ihm später von Huxley und Orwell gestohlen, jenen billigen Imitatoren von H. G. Wells. Die Anarchisten dagegen hatten schon immer Schwierigkeiten im Erfinden neuer Worte, wenngleich die meisten ihrer besten Slogans von den Bolschewiken übernommen wurden. Dies war vielleicht der Grund für das Versagen des Anarchismus. Er konnte Probleme nicht vereinfachen. Lenin begriff, wie wichtig die Vereinfachung ist. *Tscheka*. Dieses Wort allein ist eine eingängige Abkürzung für die schlimmste Abteilung des Geheimdienstes. Und wie gerne benutzten die Tschekisten diesen Begriff!

»Tscheka!« Und schon flogen Mützen und Hüte von den Köpfen. Es kam sogar vor, daß Männer und Frauen niederknieten. Die Russen begriffen lange nicht, daß sie keine Sklaven mehr, sondern Genossen waren. »Tscheka!« Und schon wurde um Gnade gebettelt. Und auch die Maschinengewehre meldeten sich zu Wort. *Tscheka-tscheka-tscheka-tscheka* . . . Ihre Botschaft lautete, daß ein schneller Tod einem langsamen vorzuziehen ist. Natürlich wandten die Tschekisten sich später gegeneinander. Sie tauchten in Kellern, Kanalisationen, in Gräben und Lagern unter, bis ihr Name so sehr stank, daß er geändert werden mußte, und Beria begann sein Regiment, indem er Stalin Worte der Angst ins Ohr flüsterte. Er soll gelacht haben, als er sah, daß Stalin wirklich tot war. Er dachte, er hätte endlich gesiegt. Wir hätten auf dem russischen Thron einen jüdischen Zaren haben können. Glücklicherweise ereilte Beria das gleiche Schicksal wie Rasputin; er war ein Amateur in Sachen Manipulation verglichen mit seinem berühmten Vorgänger. Stalin war so weit, Aktionen gegen die Juden einzuleiten. Deshalb vergiftete Beria ihn. Doch diese Tatsachen werden verschleiert. Zum Beispiel, was machte Stalin mit Hitlers Leiche? Nach dem Verständnis des Georgiers gehörte sie ihm aufgrund der Gesetze der Blutrache. Oder war Stalin der erste echte Roboter; dieser »Stählerne«? In Rußland nennt man den KGB immer noch »Tscheka«; das Wort hat in den Slang Eingang gefunden.

Brodmann gestand mir schließlich, daß er von dem Attentatsplan nichts wissen wolle. Ich gab ihm recht. Als professionellem Saboteur war die Ermordung Grigoriews unter meiner Würde. »Ich vergreife mich nur an Maschinen und Nachrichtennetzen«, sagte ich. Wir teilten uns einen Schlafwagen. Er stand auf einem Abstellgleis irgendwo nördlich von Nikolajew. Ich erhielt ein paar Informationen. Grigoriew schien unschlüssig zu sein, welche Stadt er zuerst angreifen sollte. Antonow hingegen wollte nicht, daß Grigoriew einen Angriff startete. Er wollte angeblich die Bürger vor Ausschreitungen »bewahren«. Er mußte sich gegenüber seinen Oberen als wirklich fähig beweisen, wollte er Grigoriew den Ruhm streitig machen. Grigoriew prahlte mit einem Dutzend Gefechten täglich. Die Hälfte der Städte, die er angeblich einnahm, waren lediglich »Shtetls« oder Zigeunerlager. Doch seine Aufschneiderei hatte die gewünschte Wirkung. Mehr und mehr Partisanen stießen zu ihm, als er auf die Städte vorrückte. Außerdem schickte er Telegramme zersetzenden Inhalts voraus, um die Moral seiner Gegner zu untergraben.

Irgendwann im März erfuhren wir, daß Grigoriew Cherson im Sturm genommen hatte. Seine Telegramme »An alle, alle, alle!« wurden überall in der Süd-Ukraine aufgehängt. Die Stadt wurde im Namen »Der arbeitenden Bevölkerung der Welt« besetzt, doch der Tenor der Botschaften war eindeutig: Grigoriew, Ataman der Saporoschjischen Kosaken, hatte geschafft, was die Bolschewiken nicht fertiggebracht hatten. Die Pogrome dauerten an. Selbst Antonow in Kiew hatte die Plünderung Podols durch Soldaten der Roten Armee nicht verhindern können.

Es gab zahlreiche Gerüchte. Fünfzig Meilen hinter den Linien bekamen wir keine direkten Informationen. Ich war nur an Grigoriew interessiert, soweit es mich direkt betraf. Ich konnte noch immer keine Erlaubnis zur Weiterreise nach Odessa bekommen. Antonow hatte die Bolschewiken im Verdacht, sich mit Grigoriew zu arrangieren. Der Bolschewik, der die Freischärler befehligte, tat stets das, was Grigoriew von ihm verlangte. Man zweifelte jedoch daran, ob der Hauptmann sich halten konnte. Aus diesem Grunde wollte Antonow ihn liquidieren lassen.

In Cherson war folgendes geschehen: Grigoriew stellte dem Befehlshaber der dortigen Garnison ein Ultimatum. Der Grieche erwiderte, es sei seine Pflicht, die Stadt bis auf den letzten Mann zu verteidigen. Er habe Linke und ihre Familien als Geiseln in ein

Warenhaus eingesperrt. Die französischen Fregatten auf dem Fluß eröffneten das Feuer auf Grigoriews Kosaken, als sie in Cherson eindrangen. Die Franzosen setzten Brandgeschosse ein. Diese setzten das Warenhaus in Brand. Hunderte von Männern, Frauen und Kindern kamen in den Flammen um. Grigoriew nahm furchtbare Rache. Die Franzosen entkamen, doch kein einziger Grieche wurde verschont. Sie wurden getötet, ob sie nun kämpften oder sich ergaben. Grigoriew belud ein Schiff mit ihren Leichen und ließ es auf dem Fluß nach Odessa treiben: das erste moderne Leichenschiff. Der Effekt auf die Moral der französischen Garnison in Odessa und auf Nikolajews deutsche Garnison war vernichtend.

Cherson hatte alles aufgegeben: Tanks, Gewehre, Munition, Lebensmittel. Die Stadt wurde nach alter Kosakensitte geplündert. Grigoriew tat weiterhin so, als diene er »sowjetischer« Autorität. Seine Soldaten verkauften ihre Beute in unserem Lager.

Kurz danach streckte auch Nikolajew die Waffen, und Grigoriew wurde noch stärker. Tausende von Kosaken, Haidamaki, Partisanen, Panzer, Infanterie in gepanzerten Eisenbahnzügen rückten auf Odessa vor. Ich geriet in Panik. Alles mögliche konnte meiner Mutter und Esmé zustoßen. Ich ersuchte bei Antonow um die Genehmigung, nach Odessa zu fahren, erhielt jedoch keine Antwort.

Mir kam ein Gerücht zu Ohren. Einer unserer Züge sollte zur »Odessa-Front« fahren. Er beförderte bolschewistische Truppen. Antonow wollte damit die Einheiten Grigoriews verstärken und den Eindruck erwecken, als wäre der Sieg allein den Bolschewiken zu verdanken. Mit Brodmann und jemand anderem konnte ich mich am Ende doch noch als Politkommissar einteilen lassen; da ich die Stadt gut kannte, könne ich sofort mit bolschewistischen Genossen Verbindung aufnehmen, die bereits Propagandamaterial unter den Franzosen, den Stadtbewohnern und den Weißen verteilten.

Den Stabswagen teilte ich mit einem Dutzend halbbetrunkener Offiziere, Brodmann und dem anderen Kommissar. Sein Name lautete Kreschkenko oder so ähnlich. Als der Zug unterwegs war, gaben die Offiziere ihre Befehle bekannt. Wir fuhren nicht auf direktem Weg nach Odessa. Zuerst sollten wir mit Machno Verbindung aufnehmen, seine Sympathie gewinnen und seine

Unterstützung bei der Einkreisung Grigoriews erbitten. Offensichtlich war auch Machno mit Grigoriew unzufrieden. Er hatte nur widerstrebend seine Einwilligung gegeben, dem Ataman zu helfen. Die Rotarmisten im Zug meinten, die Franzosen wären schwach und hätten keine Ahnung, worum es überhaupt ging. Jene Moskauer Bolschewiken hätten dasselbe ebensogut von sich selbst behaupten können. Sie hatten keine klare Vorstellung von Machnos oder Grigoriews politischer Position. Ihre Abneigung gegen die Freischärler war offensichtlich (sie waren allesamt Zaristen). Ich hielt mich mit meiner Meinung zurück. Ich wollte überleben. Sogar die Roten Kosaken glaubten, daß *»russische Chauvinisten«* keine echten Kommunisten waren. Die Kosaken, so meinten sie, seien Kommunisten aus Tradition und Erfahrung. Trotzki wußte lediglich, daß ukrainische Partisanen schwer zu bändigen waren. Die Überreste der Zarenarmee auf seine Seite zu ziehen, war einfach gewesen, doch er haßte die Kämpfer aus dem Bauernlager. Sobald sie ihren Dienst abgeleistet hätten, würde er von ihnen so viele wie möglich umbringen. Stalin beendete seine Arbeit. Sogar der Erfolg der Bolschewiken war nur möglich durch eine Wiederbelebung zaristischer Methoden. Wer will mir sagen, wer für den Pan-Islam verantwortlich war? Es gibt keine Kosaken mehr.

Die Geister der ermordeten Griechen schweben über den trüben Wassern des Dnjepr; sie tanzen über den Wogen des Schwarzen Meeres. Ihnen wurde das Mark aus den Knochen gesogen. Griechenland, Mutter der Zivilisation: deine Kinder entehren deinen Namen. Und wenn Kassandra sie gewarnt hätte, hätten sie die Warnungen befolgt? Die Guten hören nicht zu, und die Unschuldigen auch nicht; nur die Bösen haben die Ohren offen. Ihre Gesichter wurden von Gewehrkolben zerschmettert, die Kleider ihnen vom Leib gerissen. Wie fauliges Fleisch wurden sie in Boote gestapelt und auf unserem russischen Fluß zum Meer geschickt. Wie muß der Türke sich amüsiert haben, als er erfuhr, mit welcher Brutalität wir aufeinander losgingen. Diese edlen Griechen. Von Franzosen und Russen gleichermaßen betrogen. Und wir wagen es, von Demokratie zu sprechen. Wir bedienen uns ihrer Sprache, ihrer Religion, ihrer Kultur, ihrer Logik, und lassen sie verrotten. Wir überlassen sie den Ungläubigen. Griechenland ist der wahre Grund für unseren Kampf, und wir begreifen das nicht. Die Touristen gaffen die Gebeine Griechen-

lands an, sie betrachten lüstern die nackten Statuen und machen sich über die Lehren Platos lustig. Sie machen sich mit Kebab und Retsina und närrischen Tänzen lächerlich. In Athen verkaufen die Griechen sich an alles und jeden; sie treten ihre Ehre in den Staub: aber kann man ihnen das zum Vorwurf machen? Griechenland, die Mutter der Welt, von ihren eigenen Söhnen vergewaltigt. Wurde sie zur grellgeschminkten Hure? Odysseus! Nach dir nannten wir eine Stadt, und wir haben sie geschändet. Wir brachten deine tapferen Männer um. Wir vergewaltigten deine Priesterinnen. Wir stürzten deine goldenen Statuen um und zerfetzten deine Goldmalereien. Doch Griechenland muß wieder auferstehen, wie Christus auferstanden ist, durch Opfer geadelt, gestärkt durch Leid. Sie schlagen mich mit ihren Ruten. Und Gott kommt zu mir. Istanbul, was für ein lächerlicher Name für eine Stadt Konstantins des Großen, der Rom den Glauben brachte? Rom! Byzanz! Dies sind Namen, die klingen. Aber Istanbul! Das ist ein Name, den man aus den Trümmern hinausschreien kann.
Айя-софия . . . и всем векам - пример Юститиниана . . .
Tausend Jahre bewachte die Stadt den Osten. Selbst die Türken konnten sie nicht einnehmen. Unter den trüben Symbolen des Kommunismus lebte sie noch, die Ikonen leuchten, die Muttergottes, der Sohn Gottes; und der alte Mann Stalin windet sich im Todeskampf. Gottes Sohn ist nicht hingegangen. Noch ist sein Tag nicht gekommen. Byzanz und Rom werden sich gegen den Tataren, den Neger, den Juden, den Teutonen verbünden. Sollen die Türken doch ihre Suleimans und Haruns, ihre hinterlistigen Lawrences feiern. Ihr Öl wird ins Meer fließen, und die Welt wird sterben. Fürchtet Afrika. Niemand will zuhören. Sie sind Narren. Sie sind Unschuldige. Sie nennen mich einen Rassisten. Das bin ich nicht. Die Rasse ist nichts. Ihre Religion fürchte ich. Religion gründet auf Haß und Neid. Karthago, mit seinen dunklen, alten Augen, seinen roten Lippen, seinem blau-schwarzen Bart brüllt nach Rache. Byzanz soll auferstehen. Die Trommeln sollen verstummen. Die Gongs sollen nicht mehr ertönen. Der Schnee ist unser, und unsere Flüsse werden zu Silber. Wir verteidigten Europa. Wir bauten eine byzantinische Kolonie auf den Ruinen von Karthago, doch der Untergang war vorbestimmt; denn die Römer weihten die Ruinen den Göttern der Unterwelt und holten das Böse in seine Mauern, wo es bis heute sein Unwesen treibt. Ich war dort. Wenigstens in Tunis. Wir müssen bereit sein.

Tapfere freie Kosaken und byzantinischer Glaube. Soll all das denselben Weg gehen wie Griechenland? Werden unsere Kosaken auf roten Bühnen tanzen und singen, und werden unsere Priester in den Straßen Leningrads schmutzige Fotos verkaufen? Wo ist der Friede. Wo ist das Lamm Gottes? Sie holten Krasnow und erhängten ihn an einem verbrannten Baum. Sie planten den Tod Grigoriews. Sie brachten Machnos Kommandeure um. Sie trieben andere in den Selbstmord. Und dann will man mir weismachen, man brauche keine Angst vor ihnen zu haben? Ist das Gottes Plan? Wie ist das möglich? Hat Gott die Seiten gewechselt? Wie konnte der Türke sein Ziel erreichen? Sind wir nicht geprüft genug? Zweitausend Jahre lang haben wir gelitten. Ist das Schuld? Karthago wurde zerstört. Ist das Schuld? Schuld woran?

Brodmann blickte seinem Besuch bei Machno voller Unruhe entgegen. Er saß in einer Ecke und beklagte sich. Er haßte Anarchisten noch mehr als Weiße. Wahrscheinlich hatte er beide schon mal unterstützt. Er meinte, die Geschichte sei für Kropotkins Traum noch nicht reif. Man müsse die Menschen wie Hunde mit kommunistischen Ideen abrichten. Er war wie ein religiöser Konvertit, der sich gegen alles wandte, was er einmal bewundert hatte, weil es sich nicht als vollkommen erwiesen hatte. Ich kenne diesen Typ. Ob Christ oder Kommunist – das Testament ist das gleiche. Damals haßte er Machno, die Bolschewiken, die Weißen, die Alliierten. Er war nicht nur genauso erfolgreich wie Grigoriew, sondern er hat sich auch besser halten können. Er wurde in Paris zum Trinker. Ein verlorener, verkommener, verwirrter Schwindsüchtiger, dessen Frau und Kind ihn verlassen hatten und der sich zu Tode redete, hustete und weinte. Ich sollte ihn dort wiedersehen, in Paris, wo so viele einsame Russen leben.

Sechzehn

Ich entschloß mich zur Flucht. In der Nacht, als wir standen und alles schlief, nahm ich die Landkarte vom Tisch, eine Flasche Wodka und etwas Proviant und stieg aus dem Zug. Der Schnee war kaum der Rede wert. Ich wollte die nächste Stadt suchen. Da ich nunmehr auch die Methoden der Partisanen kannte, würde ich vielleicht sogar eine Transportmöglichkeit nach Odessa organisieren können. Einen Lastwagen vielleicht. Ich befand mich in einer Art Trance. Meine Erinnerung an jene Zeit ist unklar. Ich wollte nur zu meiner Mutter und Esmé. Ich wollte Jermelows Pistolen verkaufen und mit dem Erlös eine Passage nach Jalta buchen, das fest in Denikins Hand war. Niemand wußte genau, wie lange die Franzosen Odessa zu verteidigen gedachten.

Die Götter der Finsternis haben ihre Streitmacht gesammelt. Sie reiten auf dem Wind, der nach Westen jagt. Nika! Sieg. Die Briten sind schuld. Sie lassen alles Böse herein. Sie dulden den Osten im eigenen Land. Man betrachte die Portobello Road, Birmingham. Thiyjat hametim. Karthago liegt auf der Insel, die die Phönizier als Handelsposten eingerichtet haben. Hat sich etwas verändert? Die Briten verkaufen den Phöniziern gegen ein paar bunte Schals und einen dilettantisch geschnitzten Holzelephanten ihr Geburtsrecht. Eine Kultur kann Licht und Dunkel nicht ewig im Gleichgewicht halten. Persien wußte das. Was haben die Briten aus ihrem Weltreich gemacht? Einen leeren Namen. Und Karthago bleibt. Die Götter von Babylon und Tyros werden London unter ihren Steinfüßen zermalmen. Der Moloch wird seinen Feuerschlund öffnen: und die Briten werden hineinmarschieren, einen ihrer Songs auf den Lippen. Weg mit ihnen! Sie haben es verdient. Sie werden Phöniziern wieder als Sklaven dienen. Sie werden ihre Ehre vergessen, und sie werden von ihrer Vergangenheit erzählen, als sie noch groß waren, und man wird ihnen voller Haß lauschen, denn sie werden nicht mehr groß sein. Nie mehr.

Ich kam zu einem dunklen Dorf. Es stank, und nichts rührte sich. Die Häuser glichen eher Baracken. Es erschien eher wie ein größerer, verkommener Bauernhof. Ich kannte solche Dörfer, hatte sie brennen gesehen. Kurz vor Tagesanbruch lehnte ich mich an eine Wand und schlief ein wenig. Als ich erwachte, stand ein Jude vor mir: ein chasidischer Rabbi. Auf Jiddisch fragte er mich, ob ich Hunger hätte. Ich verneinte und stand auf. Ich war Zion in die Hände gefallen. Ein Shtetl. Überall jiddische und hebräische Zeichen. Ich hatte neben einer Synagoge geschlafen. Meine Knochen taten weh. Ich bat den Fremden, nicht Jiddisch zu reden. Er lächelte. Er versuchte es mit Hebräisch. Auf Russisch machte ich ihm klar, daß ich auch diese Sprache nicht verstand. Er verstand mein Russisch nicht. Ich versuchte es mit Deutsch. Das war besser als Ukrainisch, das mir wie Jiddisch erschien. Selbst jetzt war es schwierig. Der Rabbi bedeutete mir, ihm zu folgen. Ich schüttelte den Kopf.

»Emmanuel«, sagte jemand in der Gruppe. Es waren schwarz gekleidete Männer und Frauen; wahrscheinlich hatten wir Samstag. Ich war wütend. Mein Kopf begann zu schmerzen. Er tut jetzt weh. Ich raffte mich auf. Ich erklärte dem Rabbi, ich vertrete die sowjetische Regierung. Er nickte und lächelte. Ich glaube, er wollte mich übertölpeln. Wahrscheinlich nahmen sie an, ich besäße Geld. Ich griff in die Tasche und fand meine Pistolen. Ich hatte auch etwas Petljura-Geld zusammen mit meinen Papieren in meiner Geheimtasche. Ich war vorsichtig genug, nicht dorthin zu fassen. Sie würden es sofort wissen. Sie würden sich auf mich stürzen. Sie würden mich ausnehmen. »Sind Sie Jude?« fragte ein junger Mann auf Russisch.

Nennt mich Judas. Oder Petrus. Ich wollte es nicht bestätigen: aber ich war zu ängstlich, es zu leugnen. Ich beschrieb mit der Hand eine Geste.

»Warum haben Sie Angst?« Er trug einen schwarzen Anzug, einen Gebetsschal und ein bäuerliches Hemd. Auf seinem schwarzen Haar trug er eine Mütze. Sein Gesicht war ein Bild der Unschuld. Das machte mich mißtrauisch. »Kosaken? Wurden Sie verfolgt?«

Sie waren aus der Synagoge gekommen. Meine Hände lagen

auf den Pistolengriffen. Sie brachten mich zu einer Art Wirtshaus. Esaus Kneipe in Odessa war dagegen ein Luxusetablissement. Ich erzählte ihnen, ich hätte Verwandte in Odessa; ich sei unterwegs dorthin. Sie fragten, wo meine Leute wohnten. Der junge Mann war schon mal in Odessa gewesen. Ich erinnere mich an das Gefühl der Erniedrigung, als ich meinen Stolz vergaß und ihnen sagte, in Slobodka. Ich mußte raffiniert vorgehen. Ich litt darunter, daß man mich als Jude betrachtete. Jetzt konnte ich wenigstens einen Nutzen daraus ziehen. Ich bedauerte, den Zug verlassen zu haben. Ich holte die Landkarte hervor. Ich bat jemanden, mir zu zeigen, wo wir uns befanden.

Wir waren in der Gegend von Huljai-Polje, einem größeren Dorf, das mit Machno sympathisierte wie Alexandrija mit Grigoriew. Diese Orte waren grundsätzlich Kosakenstützpunkte. Odessa war gut hundert Meilen entfernt; wenn nicht sogar zweihundert.

Bedauernswerte arme Teufel, diese Juden. Ich fing an zu frösteln. Meine Selbstkontrolle ließ nach. Ich brauchte Kokain. Es war kaum noch etwas übrig. Das durfte nicht vergeudet werden. Hielt Machno sich in Huljai-Polje auf? Sie glaubten, nein.

»Er ist weg«, sagte der Junge, »und kämpft für uns.«

»Für euch?« Fast hätte ich laut gelacht. Nicht einmal ein Anarchist würde sich mit solchen Kreaturen zusammentun. Sie hatten keinen Stolz, kämpften nicht. Sie beteten und wanden sich am Boden. Damit wollen sie ihre Feinde erschrecken. Sie berauben Christen und verlassen sich auf die christliche Nächstenliebe. Ich hasse sie nicht, weil sie Jesus getötet haben. So einfältig bin ich nicht. Ich habe keine Schuld. Jahwe, sagen sie, vernichte unsere Feinde! Doch sie tun es nicht für sich selbst. Was ist Israel anderes als ein Brückenkopf für den Sprung nach Europa? Ein Brückenkopf, der verfault, weil niemand ihn benutzt. Die Alliierten haben ihn vergessen. Sie umwerben die Türken und die Afrikaner. Diese Juden hocken so stolz in ihren amerikanischen Flugzeugen, in ihren britischen Panzern. Es ist eine Sünde. Sie schlagen mich mit ihren Ruten, aber ich zeige keinen Schmerz. Zu winseln heißt sterben. Jermelow hat mich das gelehrt. Sie boten mir etwas zu essen an. Ich lehnte ab. Ich trank von meinem Wodka. Ich bot davon an. Sie dankten. »Wo ist Machno?« fragte ich.

»Er kämpft, erwiderte der Junge. »Warum sprechen Sie kein Jiddisch?«

»Mein Vater«, entgegnete ich, »war Revolutionär.« Der Rabbi erriet, was ich damit meinte, und schüttelte den Kopf. Er war ungebildet. Den Priester und das Wirtshaus umgab eine Aura der Armut. Mich derart zu beleidigen! Noch nie zuvor hatte ich mich an einem heruntergekommeneren Ort aufgehalten. Hier fiel alles zusammen. Konnten sie denn ihre Häuser nicht in Ordnung halten? Ich hätte an ihrer Stelle wenigstens einen Zaun errichtet. Die Baracken mit ihren jiddischen Schildern waren farblos grau. Russische Dörfer konnten einen ähnlichen Eindruck hinterlassen, jedoch gab es dafür einen plausiblen Grund: die Bauern waren ausgeraubt worden. Doch wer hatte den Rabbi und seine Leute beraubt? Mehr will ich dazu nicht sagen. Sicher war die Synagoge sauber und gepflegt. Und zweifellos gab es dort reichen Goldschmuck und wertvolle Wandbehänge.

»Das sind schlechte Zeiten«, sagte der Junge. »Hier genauso wie überall. Unter welcher Fahne kämpfen Sie? Rot oder schwarz?«

»Ich kämpfe unter überhaupt keiner Fahne!« erwiderte ich. »Ich stehe für mich alleine ein.« Eine Schwäche überkam mich, ein kaltes Gefühl in meinem Magen. Es ist noch immer da. Es war schon immer da. Wie ein Stück kaltes Metall, das nicht erwärmt werden kann, noch nicht mal mit Blut. Die Wimpel flatterten über dem Rauch, den Schafsfellen, den Schapkas, den Hengsten. Irgendwann würden sie fallen. Alle Wimpel; alle Kosaken mitsamt ihren Pferden und ihren Maschinengewehren. Grigoriew ignorierte Befehle, daher rächten Lenin und Trotzki sich, indem sie Chinesen, Ungarn, Rumänen, Tschekisten und jüdische Kommissare auf die Ukraine hetzten. Die Kommissare griffen ihr eigenes Volk an. Die Juden mußten am meisten erleiden. Die Roten nahmen fünfzig von ihnen zur Grenze mit und schnitten ihnen die Zungen heraus: alten Männern, jungen Mädchen, Knaben. Zehn Millionen Menschen tot. Nur Blut konnte die Feuer löschen. Blut vermischt mit Asche; es wurde zu einer harten Kruste auf unserer Erde. Der Gestank nach verbranntem Fleisch betäubte die Schleimhäute der Lebenden. Er erstickte neugeborene Kinder, sobald sie ihren ersten Atemzug machten. Schicksalsergeben versanken wir im Krieg. Nichts war übrig als Qualm und Feuer, das Hämmern der Maschinengewehre. Ganze Städte schrien vor Grauen und Schmerz auf. Ihre Schreie erstickten den Lärm der Gewehre, der Panzerzüge, der Kosakenhufe.

Die Apokalypse? Vietnam? Lidice und Lezaky? Nichts im Vergleich mit dem, was wir in der Ukranie erleiden mußten. Dann kam Stalin. Dann Hitler. Und nun besuchen deutsche Touristen das freundliche Land der Ukrainischen Sozialistischen Sowjetrepublik. Alle hinterlassen sie ihre Spuren. Die Berge schützen uns nicht mehr.

Ich fühle mich krank. Mir ist kalt. Metall in meinem Magen. Russen sind großzügig. Sie wollen jeden lieben. Nun sagt man ihnen, die Liebe zu fürchten. Wofür haben Budjennij und Timoschenko und Woroschilow gekämpft? Für Kaugummi? Amerikaner schenken Russen Kaugummi im Tausch gegen die Abzeichen von ihren Mützen. Es ist stimmt. Es ist gestattet. Fragen Sie. Sie haben sich durch die Ukraine gekämpft. Sie haben Bauern hingerichtet. Sie haben sich das Getreide genommen. Die Pferde. Stiefel. Sie sagten, sie seien die Retter der Ukraine, wir würden frei sein. Der Bauer wollte Land. Er haßte die Juden nicht. Er haßte die Geschäftsleute in den Städten: Kriegsgewinnler und Juden, deutsche Kaufleute, Griechen. Denn sie haben ihn beraubt. Dann kamen die Bolschewiken und beraubten ihn noch gründlicher. Als alles gestohlen war, stahlen sie Leben. Das war ihre Rote Kavallerie. Mützenabzeichen gegen Kaugummi tauschen und in japanische Fotoapparate grinsen. Wo ist die russische Ehre? Der zweiköpfige Adler wird zum doppelgesichtigen Kommissar. Und der Islam wächst im Bauch des Imperiums heran. Die Slawen sind in der Unterzahl. Ist es da ein Wunder, daß sie ihre Grenzen schützen? Was in der Tschechoslowakei geschah, ist nur zu verständlich.

Die Briten, die Amerikaner, die Franzosen und die Schweden, sie alle brauchten niemals so zu kämpfen wie wir. Wir wehrten den Islam ab. Wir trieben die Tataren zurück. Die jüdischen Polen wurden besiegt, doch sie blieben hartnäckig. Sie warteten ab. Das war Trotzki. Jeder stimmt mir darin zu. Wäre ich Jude, würde ich unter dem Gewicht der Schuld zusammenbrechen. Doch ich bin ich. Ich folge keiner Fahne. Sie begreifen nicht, wie stark die Menschen waren. Sie glauben, wir töteten, weil wir stark waren. Dabei töteten wir aus Schwäche. Wir hatten nichts von unserem Wohlstand.

In jenem Frühling herrschte in der Gegend um Huljai-Polje vollkommene Ruhe. Nur bei den Anarchisten fand man Frieden. Die Welt ist voller Widersprüche. Ich blieb in dem Dorf, doch ich war vorsichtig. Als die Soldaten mit Brotrationen für die Juden durchkamen, setzten sie mich in einen Takanki, einen jener kleinen Maschinengewehr-Karren, die durch Machno zur Berühmtheit gelangten. Es waren echte Russen: großzügig und freundlich. Ich weiß nicht, warum sie Machno unterstützten. Es waren Cherno sametsija (Schwarzfahnen), doch sie erinnerten eher an beispielhafte bolschewistische Verfechter des sowjetischen Traums. Wir hielten in einem anderen Dorf. Dort trafen wir Griechen an. Brot und Mehl. Man bot uns Zatsiki an. Sie nahmen nichts. Wir hielten in einer landwirtschaftlichen Kommune, die nach der Jüdin Luxemburg benannt worden war. Ich war betrunken. Ich war verwirrt. Sie fragten nach meinem Rang. Ich sagte ihnen, ich sei Oberst. Das ließ sie in Gelächter ausbrechen.

Ich war Genosse Pyat. Ich war Kommissar Pyat. Ich war Oberst Pyat. Sie hielten fünf Finger hoch, wenn sie meinen Namen riefen. Sie hatten gesunde Gesichter. Ich glaube, sie waren treue Diener des Satans, denn sie erschienen so normal. Der Lärm war verstummt, und es gab keinen Schlamm mehr. Manchmal überquerten wir ein Bahngleis, das war alles. Ich sagte, ich müsse nach Odessa. Alle flohen aus Odessa, sagte man mir. Grigoriew hätte die Stadt eingenommen. Die Franzosen hätten sie verlassen. Grigoriew und die Bolschewiken hätten Streit. Die Bolschis verlören die Kontrolle. Grigoriew sei ein Schwein, aber ein cleveres. Die Schwarzfahnen warteten ab. Die Sonne schien mir ins Gesicht. Es war Frühling. Die Äcker waren bestellt. Die Dörfer träumten vor sich hin. Hier herrschte Ruhe und Frieden. Jetzt begriff ich, welcher Reiz von der Steppe ausging, von den Äckern, den Dörfern, den Wäldern und Flüssen. Der Himmel wurde strahlend blau. Die Machnowischini redeten abends am Feuer leidenschaftlich auf mich ein. Sie bestürmten mich, ihren Glauben anzunehmen. Sie waren wie die frühen Christen. Ich glaubte an Gott, nicht an Regierungen. Einige stimmten mir zu. Sie waren auch recht clever, Machnos Männer, meine ich; fast hätten sie mich überzeugt. Kurz bevor die Einheit sich auf den Weg nach Huljai-Polje machte, gab ich vor, den Schwarzfahnen beizutreten. Wir passierten Soldatenlager. Wir erreichten die Stadt. Ich wollte Batko sehen, den Alten Mann, den Kleinen Vater. Ich wurde zu ihm gebracht. Er befand sich in einem langgestreckten Raum, wahrscheinlich eine Schule, zusammen mit einigen Genossen in der üblichen Kluft: Matrosenmützen,

Zarenjacken, Patronengurte. Er selbst trug einen grünen Militärmantel mit schwarzen Biesen sowie eine Schafsfellmütze, die er in den Nacken geschoben hatte. Er war klein, und er war betrunken. Er hatte ein offenes slawisches Gesicht, eine breite Stirn. Er redete mit weicher, freundlicher Stimme, wie ein Mafioso. Er sprach reinstes Russisch. Er bot mir Wodka an. Ich bedankte mich. Ich trank schon seit Tagen. Er fragte mich, welche Gruppierung ich unterstützte. Ich nannte ihm die Nabat. Ein Mann in schwarzem Mantel mit einem schwarzen, breitkrempigen Hut auf dem Kopf und einem schmalen Schnurrbart kam zu mir herüber. »Aber Sie sind ein Bolschewik.«

»Unsinn. Anarchist.«

»Sind Sie Pyat?«

»Ja.«

»Ich habe von Ihnen gehört. Ein Saboteur aus Odessa.«

»Wer hat Ihnen das verraten?«

»Brodmann.«

»Er war hier?«

Auch Machnos Lachen war weich. »Er ist immer noch hier, irgendwo. Nicht wahr?«

»Wir haben ihn zurückbefördert«, sagte der Mann mit dem Schnurrbart.

Eine Frau kam herein. Sie war klein, rundlich, wie Machno. Vielleicht seine Schwester. Jedenfalls begrüßte er sie wie eine enge Verwandte. Sie bestellte ihm, sein Bruder bäte ihn, essen zu kommen. Er war friedlich gestimmt. Er schlug mir auf die Schulter und nannte mich Genosse. Er humpelte aus dem Raum. Das war der Anarchist, Nestor Machno, auf dem Gipfel seiner Macht. Er war der beste von allen, die in unserem Krieg kämpften, und das besagt einiges. Sogar damals trank er, doch er blieb stets umgänglich. Er hatte vergewaltigt. Das verriet er mir in Paris, nachdem Semjon Karetnik und Fedor Schkusa und seine anderen Leutnants von der Tscheka verraten worden oder in der Schlacht gefallen waren. Machno war damals für jeden Zuhörer dankbar.

Ich wurde in eine kleine Scheune gebracht und mit zwei verwirrten, ungepflegten Individuen zusammengesteckt, die anfangs zu nichts anderem in der Lage waren, als sich vorzustellen. Sie lungerten im Stroh und warfen Knüppel gegen die Wand. Auch sie waren betrunken. Jedermann war hier betrunken. Sie hießen Abramawitsch und Kasarow. In den zwanziger Jahren gab es einen Abramawitsch, der wegen Sabotage verurteilt worden war. Möglich, daß es derselbe war. Es waren Bolschewiken. Man hatte sie verhaftet, weil sie im Nachbardorf ein Revolutions-Komitee gründen wollten. Revolutions-Komitees waren von Machno verboten worden. Sie waren wie die anderen ihres Typs: voller Selbstmitleid und Selbstgerechtigkeit, wütend auf Moskau, wütend auf Machno, der, wie sie meinten, ein politischer Ignorant sei. Abramawitsch hatte dunkle Haare und jüdische Gesichtszüge. Er war ziemlich jung und hatte eine Narbe auf der Lippe. Kasarow war älter. Es gibt Typen, die sehen in dem einen Jahr wie Nijinski aus, im nächsten wie Breschnew. Er gehörte zu dieser Sorte: fett von gestohlenem Brot und Alkohol. Ich hielt mich auf der anderen Seite der Scheune auf. Ich fragte lediglich nach dem Datum. Es war der 1. Mai. Demnach war ich seit zwei Monaten Gefangener der Bolschewiken, Juden und Anarchisten. Nun wurde ich nüchterner. Es waren seltsame Ferien.

Bei den gefangenen Bolschewiken blieb ich nur zwei Tage. Sie wußten nichts über Odessa. Ich wurde von zwei Machnovischini aus der Scheune geholt und zu einem Haus am Ende der Straße geschickt. Niemand begleitete mich. Ich hatte noch die Pistolen, Papiere, einige Banknoten in der Tasche. Ich muß völlig verdreckt gewesen sein. Seit sechs Wochen hatte ich meine Kleider nicht mehr gewechselt oder mich rasiert oder gewaschen. Ich war neunzehn Jahre alt. Sie lachten mich aus und salutierten. Für alle, die an mir vorbeikamen, war ich »Oberst Pyat«. Meine Jugend war meine Rettung. Das Haus war aus Holz und wies den typischen ukrainischen Giebel auf. Gestrichen war es mit hellen Farben und verfügte über eine Veranda und eine massive Doppeltür. Diese öffnete ich. Ein Soldat bedeutete mir, nach hinten durchzugehen. Ich nahm an, Machno hätte nach mir geschickt. Ich hörte Wasser laufen. Es war warm und still in dem Haus. Ich hörte ein Mädchen lachen. Ich klopfte an die Tür. Ich solle nur eintreten.

Esmé war nackt. Sie saß in der Zinkbadewanne und lächelte mich an. Sie breitete mit Seifenschaum bedeckte Arme aus und entblößte ihre Brüste. Ihre goldenen Haare waren dunkel vom Wasser. Ihr Körper duftete nach sauberer Haut und Seife. Sie war schamlos. Ich wandte mich ab. Ein Mädchen in grauem Kleid schrubbte Esmés Rücken. »Er schämt sich.« Es war ein Trick.

Ich setzte mich neben einem Wandschirm auf einen Stuhl. Ich

kehrte ihr den Rücken zu. »Wie bist du denn hergekommen? Sind die Anarchisten in Odessa?«

»Die Weißen haben Odessa eingenommen«, berichtete sie.

Das graue Mädchen begann eine Volksmelodie zu pfeifen.

»Ich bin dort gar nicht angekommen.« Esmé stand in der Wanne auf. Ich hörte sie. Ich sah ihren Schatten. Die Sonne schien durch ein Türfenster. »Wir hielten an einem Bahnhof an, um Proviant aufzunehmen. Ich wurde von Soldaten mitgenommen. Ich wurde vergewaltigt. Ich wurde so oft vergewaltigt, daß ich Schwielen an der Möse habe.« Das graue Mädchen prustete und kicherte. Sie hatten es so eingefädelt, damit ich mich aufregte. Aber was mochte Esmé gegen mich haben?

»Und Mutter?«

»Verließ den Zug. Ist noch in Kiew. Bei Captain Brown.« Esmés Stimme klang weicher. Ich spürte, wie sie näher kam. Ich stand auf und ging zur Tür. Sie trug ein Schafsfell. Sie lächelte mich an. »Max?«

Ich weiß nicht, warum ich zu weinen anfing. Es war sicherlich eine Mischung aus Erschöpfung und Wodka. Ich hatte mich bei dem Bemühen, nach Odessa zu gelangen, nahezu völlig verausgabt. Ich haßte sie, als ich weinte. Sie streichelte mein Gesicht, und ich haßte sie immer noch. Ich hatte für sie und meine Mutter gelitten. Keine war je angekommen. Ich hatte gelogen, das Grauen erlebt, Schmerzen ertragen. Ich hätte bei Mrs. Cornelius in Kiew bleiben konnen; bei meiner Mutter. Sicher, es war nicht Esmés Schuld, doch ich machte sie dafür verantwortlich. »Sie hatte niemals vor, nach Odessa zu fahren«, sagte Esmé. »Sie hörte, es wäre der letzte Zug. Sie meinte, du würdest nicht kommen. Sie käme schon zurecht.«

»Und du wurdest vergewaltigt?«

»Jetzt nicht mehr. Ich habe eine Stellung bei der Ausbildungseinheit. Wir fahren mit einem Zug voller Lebensmittel und Bücher und Kleidung in die Dörfer. Der Bahnhof ist etwa fünf Meilen entfernt. Ich bin gerade erst wieder hier. Ich hörte von dir. Ich wollte dich sehen.«

»Du hast dich verändert«, stellte ich fest.

Sie fand das amüsant. »Sieh mich an, Max. Möchtest du baden? Das Wasser ist noch heiß.«

Esmé war meine jungfräuliche Schwester gewesen; ohne Hintergedanken und Begierde. Meine älteste Verehrerin. Meine

Freundin. Meine Rose. Sie nahm schlimme Worte in den Mund und hatte keine Scham. Sie sagte mir, ich solle baden. Ich war noch immer betrunken und benommen. Ich ließ mich von den Frauen ausziehen. Es machte mir nichts aus, wenn sie meine Wundmale sahen. Ich hatte von den Kosaken mit ihren Peitschen und Messern viel zu erleiden gehabt. Und ich ließ zu, daß sie mich wuschen. Esmé war weich und zart. Sie murmelte leise, als sie mir den Kopf einseifte. Sie hatten dem Wasser etwas zugesetzt. Es brannte. Und tötete die Läuse.

Sie wuschen mich mit ihren Händen, die eine in Grau, die andere nackt bis auf ein abgewetztes Schafsfell. »Ich dachte mir, daß du es bist«, sagte sie. Sie war so oft gevögelt worden, daß sie Schwielen an der Möse hatte. Ich fröstelte. Ich weinte immer noch. Mir wurde sehr kalt. Ich zitterte. Esmé brachte mich in einen Schlafsaal mit zwei Reihen freier Betten. Ich hätte Fieber, sagte sie. Eine harmlose Form von Typhus. Ich weiß es nicht. Wo warst du? Überall, erwiderte ich. Bei den Bolschewiken? Bei Brodmann und seiner Bande, die vor kurzem da waren? Ich war nicht dabei. Nein, sagte ich, ich war nur bei denen, weil ich nach dir suchte. Ich dachte, du wärest in Odessa. Bist du eine Anarchistin, Esmé? Sie meinte, das brauche sie nicht zu sein. Sie sei Krankenschwester. Es gäbe zwei Ärzte, beide Juden, die ebenfalls halfen. Dazu Näherinnen. Es sei eine Gemeinschaft, in der eine gewisse Ordnung herrsche. Obgleich sie von Machnos Bajonetten beschützt würde. Bald würden die sich zurückziehen. Warum? Weil die Weißen vorrückten. Die Don-Kosaken seien auch unterwegs, und Machno hatte zu viele Einheiten den Roten zur Unterstützung geschickt. Doch bis dahin würde es noch einige Zeit dauern, dächte sie. Wer hat dich vergewaltigt? Ich wollte es wissen. Viele, erwiderte sie. Wer? Es stimmte, daß mich ein Kosake ausgepeitscht habe. Diese Bestie. Hat Brodmann dich vergewaltigt? fragte ich. Das Schwein! Sie verneinte. Machno? Er hat mir das Leben gerettet, erwiderte sie. Es war weniger eine Vergewaltigung. Eher eine Belohnung. Seine Frau weiß, was er tut. Sie versucht, ihn zu bremsen. Nachher fühlt er sich immer schlecht. Er ist betrunken. Seine Männer erwarten das von ihm. Nicht hier, aber draußen. Die hier Anwesenden kennen ihn und seine beiden Brüder. Er hätte dich nicht vergewaltigen dürfen, Esmé. Es war eine symbolische Handlung. Du hättest hier sein sollen, als es zum erstenmal geschah. Ich zitterte. Mir war schlecht, aber ich hatte nichts im Magen außer Wodka. Er kam als Galle wieder hoch. Esmé! Esmé! Ich kann dich heute pflegen, sagte sie. Es wäre gut, daß ich hergekommen sei. Wer sonst sie vergewaltigt habe? Sie lachte. Viele. Es ist vorbei, sagte sie. Ich gehe wieder meiner Arbeit nach. Ich habe einen Jungen. Er will mich heiraten. Es war still im Schlafsaal. Niemand war da. Ich war durcheinander. Sie streichelte meinen ganzen Körper. Meinen neuen, sauberen Körper. Sie hielt meinen Schwanz. Sie streichelte ihn. Ich fing an, mich zu entspannen. Ich liebe dich, Esmé. Ich liebe dich, Max. Sie streichelte meinen Schwanz. Sie streichelte meine Brustwarzen. Sie streichelte mein Gesicht. Sie schmierte Salbe auf Grischenkos Spuren. Sie beruhigte mich, es würde bald heilen. Sie liebte mich. Esmé. Von Juden und Bolschewiken vergewaltigt, war sie dennoch voller Mitleid. Wir hätten heiraten können, wie Mutter es gewünscht hatte. Hätten in jenem Dorf leben können. Wo bist du? Du sagtest, ich hätte Fieber. Ich wußte nicht, daß du gegangen bist, während ich schlief.

Eine Woche später kehrte sie zurück. Nun war der Schlafsaal voller verwundeter Männer. Sie war müde. Sie war schmuddelig. Sie war eine Schlampe. Sie half den anderen mehr als mir. Dabei war ich ihr Bruder. Sie pflegte die Männer, die sie vergewaltigt hatten. Ich schwitzte. Ohne Wodka stieg das Fieber. Diese Juden hatten mich vergiftet. Sie hatten mir ein Stück Eisen in den Magen geschmuggelt. Monatelang war mir schlecht gewesen. Ich starb. Sie umhegte die anderen, als wären sie ich. Mrs. Cornelius hätte das nicht getan. Sie hätte mich in Ruhe gelassen. Sie haben mich vergiftet. Ich hatte jedes Recht, ihnen zu mißtrauen. Ich war ein Narr gewesen. Die Männer machten zuviel Lärm. Sie stanken nach Gangrenen, nach Blut und Kordit. Sie waren widerwärtig.

Ich wurde mit ihnen in Karren zu einem Zug transportiert. Ich sah Esmé in der Menge. Ich glaube, sie hielt Ausschau nach mir, konnte mich aber wegen der anderen Leiber nicht sehen. Dann war sie verschwunden.

Siebzehn

Ich glaube, das Mädchen in Grau hatte meine Kleider ausgebessert. Sie waren sauber. Ich hatte einen anderen Mantel. Meine Pistolen und meine Papiere waren noch da. Die Kälte steckte mir noch immer in den Knochen. Ich hörte Gewehrfeuer. Wir wurden aus dem Zug geholt und in Bauernwagen verfrachtet. Machno war verschwunden. Er sei fortgeritten, hieß es. Dabei benutzte Machno nur selten ein Pferd, weil er sich mal den Knöchel gebrochen und Schwierigkeiten beim Aufsitzen hatte. Die anderen waren mit ihm fortgeritten. Huljai-Polje war eingenommen worden. Ich weiß nicht, welche Seite gesiegt hatte, die Weißen oder die Roten. Vielleicht beide. Sie kamen und gingen.

Anfangs kämpften die Weißen für Gott, am Ende kämpften sie für ihren eigenen Stolz. Die Roten kämpften anfangs für die Menschen, am Ende ging es ihnen nur noch um die Macht. Marx und seine Philosophie der Rache und Zerstörung hätten wir nie gebraucht. Tolstoi und Kropotkin suchten eine Philosophie, die unserem Nationalcharakter gerecht wurde. Der Kommunismus betont die Gruppe. Er sucht kein Gleichgewicht. Um zu überleben, muß die Welt sich in Harmonie befinden. Gottes bedeutendste Zeichen sind der Mensch und das Universum. Das ist das Gleichgewicht, daß wir wiederfinden sollten. Menschliche Bescheidenheit. Wenn nur der Jude mich in Ruhe ließe. Rache! schreit er. Russischer Edelmut ist verpönt. Panzer zermalmen das russische Herz. Barbarischer Stacheldraht zerfetzt russisches Fleisch. Fremde Hinterlist beutet uns aus. Die Helden von Kiew verjagten die Türken und die Mongolen, machten die Stadt jedoch für ihre Feinde sicher. Soviel hätten wir erreichen können. Es ist alles verloren.

Sie haben den russischen Geist, unsere Sprache, das russische Herz zerstört. Sie nahmen uns die alten Städte, die Kirchen. Sie buhlen mit dem Islam. Wieviele Fehler kann man noch machen? Sie schaffen eine Rasse von Brutalinskis, die die Welt bedrohen, in jeder Hand eine Wasserstoffbombe, unfähig, Lüge und Wahrheit voneinander zu trennen.

Genug Stimmen wurden laut: Kropotkin, Tolstoi, Blok, Belij. Seht auf Rußland! Doch sie schauten nach Deutschland. Sie kamen über Finnland in einem deutschen Zug zurück. Was hat Hitler dazu gebracht, dieses großartige Bündnis zu bedrohen? Die Einflüsterungen der Juden? Nicht die Griechen. Ich vertraute auf Hitler. Er hat uns alle verraten. Der Teutone hatte schon immer den Slawen beneidet. Tausend Jahre hat er gewartet, dann ist er losmarschiert. Gegen Griechenland. Es ergab einen Sinn, daß Türken und Teutonen sich verbündeten. Und die Briten pflasterten fünfzig Straßen in die Hölle. Jüdische Wundmale. Sie versengen meine Seele, verbrennen mein Fleisch. Laßt mich gehen!

Kleine Zähne saugen mir das Mark aus den Knochen. Esmé: Wie verzweifelt mußtest du sein, als deine Ideale im grauen Staub des Bolschewismus versanken. Mutter: Haben die Teutonen dich dort getötet, wo ich mein erstes Flugzeug flog? Deine Welt ging 1941 in Flammen auf. Und dann starb sie. Die Sieger machten dich glücklich. Auf dem Kreschkatik hast du den Satan als vertrauten Gegner bejubelt. Ich wollte dich nicht verlieren. Niemals war Liebe in deinen Augen. Aber du warst glücklich.

Wir hätten überleben können, doch Gott ließ uns im Stich. Er verließ Denikin. Machno und Grigoriew hätten die Bolschewiken ins Baltikum abdrängen können. Doch die Weißen waren zu stolz und die Nationalisten zu kleingeistig, und die Alliierten werden niemals begreifen, was in Rußland vorgeht. Der Glaube an Gott und seine Macht verleiht die einzige wahre Freiheit: die Freiheit, ein inneres Leben zu leben.

Es war Machno, der mich rächte. In Alexandrija wollte er Grigoriew davon abhalten, weitere Pogrome zu organisieren. Grigoriew lachte ihn aus. Ob das denn so wichtig wäre? Einer von Machnos Leutnants (Keretnik, glaube ich) zog seinen Colt und erschoß den Ataman. Machno machte ein Ende mit ihm. Die anderen Anarchisten töteten Grigoriews Leibwache. Machno schoß Grischenko zwischen die Augen und zog Grigoriews Männer sofort auf seine Seite. Die Reste der Saporischjen, von denen viele zerlumpt und barfuß umherzogen, weil Grigoriew niemals seine Beute teilte, waren bereit, dem Batko zu folgen. Doch sie waren zum Untergang verurteilt. Der judenfreundliche Anarchist entließ sie am Ende. Er flog nach Rumänien und ging nach Paris, verfolgt von der Erkenntnis, daß er Rußland im Stich gelassen hatte. Wenigstens war er kein Nationalist. Er und seine Frau und seine Tochter liebten Rußland. Sie sprachen Russisch. In Paris sah ich sie wieder. Es war schwer für seine Frau. Seine Tochter kehrte meines Wissens zurück. Er lebte von den anderen Emigranten.

Die Karren rollten durch den Sommer. Ich war fast völlig wiederhergestellt. Doch ich hielt es für unklug, den Schutz der Verwundeten zu verlassen. In einem halbzerstörten Dorf wurden wir in einer verwüsteten katholischen Kirche untergebracht. Inmitten von Ratten und Mäusen vegetierten wir dahin. Die Türen wurden abgeschlossen, und die Bauern waren zu feige, um uns endgültig umzubringen.

Mein Kokain war gestohlen worden, ich glaube von Esmé. Es hätte mir geholfen. Wir flehten um Gnade. Unsere schwachen Stimmen hallten durch die Kirche. Der Priester war tot, von irgendeiner Miliz aufgehängt. Die Bauern haßten uns. Wir versanken in einer Euphorie, wie sie zwischen Leben und Tod entsteht.

Da war Maschinengewehr- und Artilleriefeuer. Vielleicht die Rettung. Die halbverhungerten Verwundeten regten sich zwischen den Leichen. Ich hatte noch meine Pistolen, aber kein Pulver. Artilleriefahrzeuge rollten durch die Stadt. Pferde. Rufe. Die Kirche erbebte. Motorenlärm. Eine Diskussion vor der Tür. Ein Schuß. Dann stand ein Offizier der Weißen auf der Schwelle. Er preßte ein Taschentuch gegen seine Nase. Er trug eine blaßgrüne Infanterieuniform mit rot-goldenen Epauletten, auf dem Kopf eine Mütze mit dem alten Zarenabzeichen. Dazu blaue Reithosen, die er in schwarze Stiefel gestopft hatte. An seiner Hüfte hing ein Degen. Er rief den Soldaten in ihren Helmen und Khakiuniformen etwas zu. Sie rannten mit Gewehren im Anschlag durch die Kirche. Sie fingen an zu husten. Einige Leichen waren schon mehrere Tage alt. Ich kroch vorwärts und richtete mich auf. Ich lächelte. Doch ich wurde erneut enttäuscht.

Der Offizier sagte: »Bringt die, die laufen können, raus, und erschießt die anderen. Es ist ein reiner Gnadenakt.« Ich wurde ins Sonnenlicht hinausgestoßen. Ich sah eine kleine Infanterieeinheit. Da waren auch einige Reiter mit den langen Peitschen und breiten roten Streifen der regulären Don-Kosaken-Kavallerie. Reiter und Pferde sahen müde aus. Hinzu kamen zwei khakifarbene Tanks mit Geschütztürmen und Lewis-Kanonen. Außerdem drei mittelgroße Artilleriewaffen und etwa zehn Maschinengewehre. Ein großer offener Wagen. Ich versuchte, mit dem Offizier zu reden, doch er ging zu den Tanks hinüber, deren Luken sich öffneten. Hinter den Tanks knieten die Bauern in einer langen Reihe und hielten ihre Mützen in den Händen. Ich wurde vorwärts gestoßen. Ich protestierte. »Ich bin ein Zarentreuer.«

»Sagen Sie es ihm selbst«, meinte einer der Soldaten, während er seinen Helm in den Nacken schob. »Sie werden ihn bald wiedersehen.«

Ich war zu schwach. Ich mußte mich beeilen, sonst würde ich meiner wenigen, lebenswichtigen Habe beraubt. »Hauptmann! Hauptmann!« rief ich hinter dem Offizier her.

Vier von den Verwundeten wurden gegen die Wand gelehnt und rutschten daran herab, ehe sie von den Kugeln getroffen wurden.

Ein hochgewachsener Offizier in Khakihemd und -shorts mit großer Nase und energischem Kinn, zurückgeschobener Mütze und einer Schutzbrille auf der Stirn kam herbeigeeilt. Er rief etwas auf Englisch. Die Soldaten schleiften mich mit drei weiteren Partisanen zur Wand. »Halt! Seht ihr nicht, daß der da ein Gentleman ist?« Sie verharrten, sahen den Hauptmann an, der sich umgewandt hatte. Die Sonne ließ mich blinzeln. Der Hauptmann zuckte die Achseln und sagte auf Russisch: »Wir stellen fest, wer er ist.« Auf Französisch sagte er etwas zu einem kleinen, breitgesichtigen Leutnant, der das Gesagte in schlechtes Englisch übersetzte. »Soll verhört werden.«

Der Tankführer war Australier, desgleichen seine Mannschaften. Er wollte zurück nach Odessa und von dort mit dem nächsten Schiff nach Melbourne. Er massierte ständig seine Nase. Ich sprach ihn auf Englisch an. »Ich bin Ihnen sehr dankbar, Sir.«

Seine Reaktion verblüffte mich. Er grinste seine Männer an. »Der redet ja richtiges Englisch! Hast du Töne!«

Die Schüsse in und vor der Kirche dauerten an. »Jesus!« sagte der Tankführer. »Was können Sie sonst noch sagen?«

»Ich bin mit Ihrer Sprache vertraut«, verriet ich ihm. »Ich hab sie in Kiew gelernt. Ich bin Doktor der Naturwissenschaften von der dortigen Universität und ein qualifizierter Ingenieur. Ich stehe im Rang eines Majors.«

»In wessen Armee?«

»Ich bin Loyalist.« Ich wollte alles erklären, doch dann verlor ich das Bewußtsein. Ich erwachte in der Dämmerung. Ein australischer Soldat hielt mir einen Krug mit Suppe unter die Nase. Ich hatte für Speisen nicht viel übrig. Ich fühlte mich ziemlich seltsam.

»Sie müssen etwas essen.« Um ihm einen Gefallen zu tun, nippte ich von der Suppe. »Ich hasse diese Bauern noch mehr als die Roten, Sie nicht auch?« sagte der Soldat. Er war etwa in meinem Alter.

»Sie haben viel erleiden müssen«, sagte ich.

»Klar.« Er schüttelte den Kopf. »Die Rußkis machen sie jetzt fertig. Diese Wilden. Sie nehmen wir mit. Wir brauchen einen Dolmetscher und Ingenieur. Zwei unserer Jungs haben wir bereits durch Typhus verloren. Kennen Sie sich mit Panzern aus?«

»Ein bißchen.«

»Prima. Dann schlafen Sie jetzt. Wir hatten gestern einen Defekt. Morgen früh können Sie sich unsere Bessie dann mal anschauen.« Australier nennen alle ihre Tanks Bessie. Niemand weiß, warum.

Ich schlief in einem Schlafsack gleich neben dem Panzer. Die Russen trugen etwas Beute unter dem strengen Blick ihres Hauptmanns, Kulomsin, zusammen. Sie nannten sich selbst Freiwillige. Die Australier konnten sie nicht leiden. Der Französisch sprechende Verbindungsoffizier war ein Serbe. Wahrscheinlich ein Abenteurer, der sich auf die Seite der Weißen geschlagen hatte, um seine Haut zu retten. Nach dem Frühstück bekam ich eine Zigarette. Echter Virginiatabak. Ich reinigte den Vergaser und setzte ihn wieder zusammen. Die Maschine war zu stark beansprucht worden. Doch ich würde sie weiterhin warten können. Wir verließen das Dorf. Die Weißen brannten es nieder. Um die Roten abzuschrecken, sagten sie. Ich bekam davon nichts mit, denn ich saß zum erstenmal in meinem Leben im Innern eines Panzers. Diese Fahrzeuge waren enger als die modernen Modelle. Wir kamen langsam voran. Ich fragte, wohin die Fahrt ginge. Sie wollten sich mit anderen Einheiten verbinden, um richtig zu kämpfen. Dies bedeutete wohl den Angriff auf eine Stadt.

Im Panzer war es heiß und stickig. Doch zum erstenmal seit

zwei Jahren fühlte ich mich richtig sicher. Ab und zu hielten wir an. Landkarten wurden studiert. Ich dolmetschte zwischen Captain Wallace, dem australischen Kommandanten, und dem russischen Offizier in seinem Stabswagen. Mein Herz sang! Wir waren unterwegs nach Odessa.

Wir hatten August. Es wurde heißer und heißer. Wir wechselten uns in der geöffneten Geschützturmluke ab. Ich wurde richtig braun. Wir gelangten in hügeliges Gelände. Es sähe aus wie in Dorset, meinte Captain Wallace. Wir stoppten. Wallace sprach mit Kulomsin. Dieser wies auf eine schmale Straße, die für einen sorgfältig gelenkten Tank breit genug war. Er würde im Automobil vorausfahren.

Ich hatte gerade meinen Platz im Turm eingenommen, als wir den Wald hinter uns ließen und über einen verwilderten Rasen zu einem Zierteich hinunterrollten, der von einem zerbrochenen Geländer umgeben war. In der Mitte befand sich eine künstliche Insel. Jenseits des schlammigen Wassers erkannte ich ein Haus im neoklassizistischen Baustil. Es war vom Artilleriefeuer stark mitgenommen. Die ganze südliche Hälfte war eingestürzt. Zweifellos hatten Bauern, Bolschewiken, Nationalisten, sozialistische Revolutionäre, Anarchisten und Banditen jeder Couleur ihr Mütchen an dem Bau gekühlt. Eine reichliche Portion seiner antiken Würde war jedoch erhalten geblieben. Die Fahne der Freiwilligenarmee flatterte nun auf dem Dach.

Der Tank rollte weiter bis zu einem Grasflecken, auf dem bereits mehrere Panzer standen. Außerdem entdeckte ich am anderen Seeufer zwei Wasserflugzeuge. Sie waren eilig mit den Farben der Freiwilligen bemalt worden und stammten wahrscheinlich aus deutschen Heeresbeständen. Es waren eine große Maschine und ein Einsitzer. Ein Oertz-Flugschoner und eine Hansa-Brandenburg W 20, die von Unterseebooten aus starten konnte. Es war eine ideale Maschinen für diese Situation, wenn man nicht immer Wasser zur Verfügung hatte. Hansa-Brandenburgs waren wunderbare Maschinen, während die Oertz einen schlechten Ruf hatte. Man hatte seine Mühe, sie auch auf ruhigstem Wasser sicher runterzubringen. Nachdem wir ausgestiegen waren, brachte Captain Wallace mich zum russischen Befehlshaber. Wir umrundeten den See und gingen zum Haus. Ein Geruch nach Verfall lag in der Luft, den ich als angenehm empfand. Die Freiwilligen hatten das Haus zu ihrem Hauptquartier ausgebaut.

Ich stellte mir vor, wie prachtvoll das Anwesen zur Zeit Turgenjews ausgesehen haben mußte, als der Dichter über Idylle schrieb, wie man sie sich eher in Frankreich hätte vorstellen können. Die Eingangshalle war geräumig und kühl. Eine Wendeltreppe führte nach oben. Feldstühle und ein Klapptisch standen herum. An den Wänden hingen Landkarten. Die meisten Soldaten waren Russen in den schicken Uniformen der Zarenzeit. Unter ihnen bewegten sich auch französische, griechische und britische Offiziere. Ich erfuhr, daß wir weniger als zwanzig Werst von Odessa entfernt waren und die Küste ganz in der Nähe lag. Ich konnte fast die Mischung aus Blumenduft und Salzwasser riechen. Als ich einen großen Raum betrat, glaubte ich einen der Russen zu erkennen. Er war mittelgroß, trug ein Monokel und einen schmalen Schnurrbart und war mit einer dunklen Lederjacke und einem hellblauen Armeehemd bekleidet. Seine Uniform war die der russischen technischen Truppe. Er war Unterleutnant. Ich hatte ihn in Petersburg kennengelernt. Ich grüßte Major Perescharow, den ranghöchsten Russen, der nachdenklich an seinem Tisch saß und rauchte. Captain Wallace stellte mich als »Major Pyatnitski, Geheimdienst« vor. Major Perescharow betrachtete mich unfreundlich. Er sprach das reinste Französisch und fragte mich nach der Lage in Nikolajew. Viel konnte ich ihm nicht mitteilen. Er nickte. »Sie sprechen Englisch. Das ist ja schon was.« Er seufzte. »Und Sie haben die Roten ausspioniert?« Er musterte meine Kleidung. »Wir haben keine Uniform übrig.«

»Ich wurde gefangengenommen und von Captain Wallace befreit.«

»Wo waren Sie zuletzt?« »In Huljai-Polje. Davor in Alexandrija. Davor in Kiew.«

»Dann wissen Sie, was Antonow beabsichtigt?«

»Die verschiedenen Parteien sind derart zerstritten, daß mir ihre weiteren Absichten völlig unbekannt sind.«

»Schön, ihre Moral ist nicht besser als unsere.« Er wandte sich ab. Ich salutierte und schlug die Hacken vor dem Unterleutnant zusammen. »Ich glaube, wir kennen uns. Sind Sie nicht Alexeij Leonowitsch Petrow, Cousin meines alten Freundes Prinz Nikolaij Feodorowitsch Petrow? Wir haben uns vor ein paar Jahren bei den Michischewskis kennengelernt. In Peter. Dort kannten Sie mich als Dimitri Mitrofanowitsch Kryschew.«

»Ach ja.« Er zwinkerte und nahm das Monokel aus dem Auge. »Wir unterhielten uns über Rasputin.«

»Kolja und ich standen uns sehr nahe. Ich studierte Naturwissenschaften.«

Er betrachtete mich mit der sattsam bekannten Herablassung. Doch nun war ich ranghöher als er. »Wie geht es Kolja? Wo ist er? Er ging doch in die Politik, nicht wahr?«

»Kolja?« Er lachte. »Wer weiß? Bei der Tscheka?«

»Im Gefängnis?«

Petrow lachte erneut. »Unwahrscheinlich. Lange halten sie ihre Gefangenen nie fest. Vor allem keine Kerenskis.«

Eine tiefe Traurigkeit erfaßte mich. Er hatte einen anklagenden Tonfall. »Sie können Englisch, wie ich hörte?«

»Ja.« Ich trauerte um Kolja. »Ich habe bei den Australiern als Dolmetscher fungiert.«

»Ich könnte einen Dometscher gebrauchen. Ich brauche eine halbe Stunde, um eine Meldung zu übersetzen. Bei dem Tempo werden wir Odessa verlieren. Warum kommen Sie nicht zu mir? Als Beobachter?« Seine Uniform hatte mich getäuscht. Wahrscheinlich war er der Pilot einer der Maschinen am See. Ich käme in den Genuß eines ersten Fluges in einer Maschine, die ich nicht konstruiert hatte.

»In der Oertz?« fragte ich.

»Sie ist der einzige Zweisitzer. Schon mal Beobachtungsflüge gemacht?«

»Nein. Wenn Ihre Vorgesetzten nichts einzuwenden . . .«

»Ich habe keinen. Ich bin Flieger. Ich bin mein eigener Herr. Man braucht uns zu dringend, um uns den Dienstweg vorzuschreiben. Ich muß in Kürze nach Odessa. Kennen Sie die Kirche des Siegers?«

»Es ist ein seltsamer Name für ein Gotteshaus.« Ich versuchte, in den Witz einzustimmen, falls es einer sein sollte. Doch die Erinnerungen an Kolja waren zu stark.

»Nicht wahr? Im Flugzeug liegt eine Karte. Sie können dort die Position einzeichnen.« Ich hätte bei ihm vorsichtig sein sollen. Doch ich wollte Kolja vergessen und um jeden Preis den Flug mitmachen.

Petrow salutierte vor Major Prescharow. »Dieser Offizier könnte mir als Beobachter von besonderem Nutzen sein. Er kann auch die Berichte der englischen Verbindungsleute übersetzen. Ich würde ihn gerne mitnehmen.«

Perescharow zuckte die Achseln. »Dann ist er uns nicht im Weg.«

Ich verabschiedete mich von Captain Wallace und verließ das Haus. Ich wanderte mit Petrow zum See hinunter. »Kennen Sie die Oertz?« fragte er.

»Ich weiß, daß die Deutschen sie im Krieg nicht einsetzen wollten.«

»So haben wir sie bekommen. Sie ist schwierig zu lenken, aber sie hat ihre eigene Schönheit. Die Hansa ist ein Schmuckstück. Aber leider ein Einsitzer. Sie haben ja ein wenig Flugpraxis, nicht wahr? Kolja sagte etwas von Kiew.«

»Ich habe Kolja viel zu verdanken.«

»Sie waren ein besonderer Freund von ihm, nicht wahr? Er war ein echter Bohemien. Aber er kannte seine Pflichten.«

»Politik?« Ich zuckte die Achseln. Irgendwie begriff ich nicht ganz, wovon die Rede war. Wir gelangten ans Ende des Steges.

»Heiß, nicht wahr?« Petrow nahm seine Mütze ab. »Dort oben ist es kühler.« Er blickte zum Himmel. »Sie leben noch. Mit ein bißchen Schwindeleien, nicht wahr? Und dann zum Geheimdienst.«

Ich überging die Beleidigung. »Mehr hatte ich nicht zu bieten. Spionage und Sabotage. Ich mußte das Beste aus meiner Lage machen.«

»Sie waren schon immer gegen die Roten, nicht wahr? Sie waren sich mit Kolja nicht einig.«

»Nur darin.«

»Ich habe ihn unterstützt. Ich war bei Kerenski. Wir sind alle schuldig. Aber Sie und ich haben Kolja überlebt.«

»Schuldig? Wessen?«

»Nicht auf unsere Herzen gehört zu haben. Jeder verfügt über die Gabe der Vorkenntnis, meinen Sie nicht? Wir wollen nur nicht wahrhaben, was wir sehen.«

»Die Zukunft?«

»In den Teeblättern oder in unseren Handlinien. In den Karten, in einer Wolke.«

»Ich bin nicht abergläubisch. Ich bin Rationalist.«

»Aber Sie leben, und Kolja ist tot.« Er gab einigen Mechanikern, die am Seeufer herumlungerten, ein Zeichen. »Ich brauche die Oertz startklar.« Danach schienen seine Gedanken in anderen Sphären umherzuirren. Dann sah er mich an. »Ich habe etwas für Sie.«

Er hatte ein paar Brocken des damals modernen Mystizismus

aufgeschnappt, wahrscheinlich von seiner Schwester Lolly, der »Natascha« glücklicherer Tage. »Kommen Sie.«

Ich kehrte mit ihm in das Haus zurück und betrat einen Raum im Parterre, den sich eine größere Anzahl Männer teilten und der früher einmal die Küche gewesen sein mußte. Unter seiner Matratze holte er eine Flasche Kognak hervor. »Mögen Sie so etwas?«

»Früher mal.«

»Gut. Dann trinken wir – auf Kolja.«

»Da kann ich nicht nein sagen.«

Wir saßen auf der schmalen Bank des kleinen Fensters. Im verwilderten Küchengarten versuchten zwei gemeine Soldaten Ordnung zu schaffen. Petrow entkorkte die Flasche und reichte sie mir. Ich nahm einen Schluck, und er riß sie mir wieder aus der Hand. Dann schüttete er fast die halbe Flasche in sich hinein. Ich bekam noch einen weiteren Schluck, und er genehmigte sich bis auf ein paar Tropfen den Rest. »So trinken Flieger. Wir brauchen das.«

»Das beeinträchtigt doch nicht Ihre Flugtüchtigkeit, hoffe ich.«

»Sie wird gesteigert. Ich bin der letzte Überlebende der gesamten Schwadron.«

»Ich weiß, wie es ist«, ich war leicht betrunken, »wenn man abstürzt.«

»Wirklich?« Er lächelte.

»Ich hab' Flugzeuge entworfen. Eines machte eine Bruchlandung. In Kiew.«

Er leerte die Flasche endgültig. »Das ging auf die Brüder Wright. Und auf alle Erfinder.«

»Sollten Sie sich nicht ausruhen?« schlug ich vor.

»Bald, Doktor.« Er tastete unter der Matratze herum. »Schade. Das war die letzte Flasche. Jetzt nichts wie in die Luft.«

Der Propeller der Oertz drehte sich schon, als wir zum Steg kamen. Die Mechaniker hielten sie an den Tragflächen fest. »Sie zuerst«, sagte Petrow zu mir. »Nehmen Sie den vorderen Sitz. Gurten Sie sich an. Dort finden Sie auch die Brille und die Karten. Alles, was Sie brauchen.« Ich hievte mich in den vorderen Sitz. Dort schnallte ich mich an. In Seitentaschen fand ich eine Pistole, Bleistift, Landkarten, Notizblock und die Schutzbrille, deren Gummi steinhart geworden war. Die Instrumente befanden sich am zweiten Sitz. Petrow nahm hinter mir Platz. Er trug ein in

Kalikostoff eingewickeltes Päckchen bei sich. Doch nicht etwa eine Bombe? Er gab den Mechanikern ein Zeichen.

Die Maschine machte plötzlich einen Satz nach vorne. Sie war wie ein bockendes Pferd. Wasser sprühte mir ins Gesicht. Fast wäre ich daran ertrunken.

Das Flugzeug begann zu zittern, gewann an Geschwindigkeit. Und dann fiel die glatte Wasserfläche unter mir weg, und plötzlich wärmte der Alkohol meinen Körper, meinen Geist, meine Seele. Wir schwebten über dem Wald, dem halbzerstörten Haus, den verwilderten Äckern. Vor uns die Berge und das blaue Meer, ein Dunstschleier zwischen Himmel und Erde. Ich sah die Limans, Kolonnen marschierender Männer; Reiter; Automobile; Artilleriegeschütze. Das war die Epiphanie des Fliegens. Es gibt nichts schöneres. Warum stiegen die Menschen auf die Berge, wenn das Fliegen ihnen soviel geben kann? Grauer Dunst entpuppte sich als die Stadt. Von oben sah Odessa genauso aus wie damals, als Shura mir die Stadt zum erstenmal zeigte. Eine goldene Pracht im Licht der Sonne. Doch ich ließ mich nicht ablenken und begann mit einer Arbeit. Auf den Docks wimmelte es von Menschen. Wenige Schiffe lagen im Hafen vor Anker. Ich sah größere Artilleriegeschütze. In den Vororten gab es Kanonen, Kavallerie, Infanterie, doch nur vereinzelt. Die Roten waren schlecht auf ein Treffen mit Denikin vorbereitet. Von unten drang lautes Knallen herauf. Für einen Moment setzte der Motor aus, und ich hörte Petrows schallendes Gelächter. Wir wurden beschossen. Die Nase des Flugzeugs kippte nach vorn, dann sprang der Motor wieder an. Schrapnellgeschosse trafen die Bespannung der Tragflächen, richteten aber keinen ernsthaften Schaden an.

Petrow stürzte sich hinab in den Qualm und das Feuerwerk. Niedrig flog er über über Bürohäuser, Plätze und Straßen dahin, während ich meine Karten zeichnete. Er umrundete den Turm von St. Nikolaus mehrere Male, ein riskantes Unterfangen. Petrow lachte ausgelassen. Die Kanonen auf den Docks schossen auf uns. Wollte er sich abschießen lassen? Petrow holte das Bündel hervor und wickelte den Gegenstand aus. Es war keine Bombe, wie ich vermutet hatte, sondern ein Stundenglas auf einem Marmorsockel. Ich glaube, es war von Fabergé. Der Marmor war weiß mit bläulichen Adern. Der Sand war reinster Silberstaub. Petrow streckte eine Hand aus und hielt auf die

Kuppel der Kirche zu. Ich glaubte, ich müßte mich jeden Moment übergeben. Ich hörte Kanonen dröhnen.

Fast schien es, als würde die Maschine gegen das Kreuz auf der Kuppel prallen. Petrow schleuderte das Stundenglas hinab auf die Kuppel. Er lachte. Ich konnte seine Zähne sehen. Durch meine Brille erkannte ich, wie das Stundenglas auf das Kirchendach aufprallte und zerschellte. Sand rieselte wie Geld dem Erdboden entgegen. Dann segelten wir über den Kanonenmündungen an den Docks dahin. Eilig widmete ich mich wieder meinen Aufzeichnungen. Plötzlich vollführte die Maschine einen Satz. Ich drehte mich um. Petrow war von einem Schrapnell getroffen worden. Es hatte seine Jacke aufgerissen und eine blutige Fleischmasse freigelegt. Er grinste immer noch. Wegen seiner Brille konnte ich den Ausdruck seiner Augen nicht erkennen. Er salutierte mir mit seinem verwundeten Arm. Dann stieg das Flugzeug in den blauen Himmel über Odessa, und wir hatten Ruhe. Der Motor erstarb vollkommen. Wir segelten. Petrow rief meinen Namen. ich glaube, er war im Delirium, denn er nannte mich »Hauptmann« und faselte etwas vom »Sieger«. Sein Gelächter wurde immer unkontrollierter. Er brüllte »Auf Wiedersehen«, ließ den Motor wieder an und kippte die Maschine dem Meer entgegen. Ich begriff, daß er mich umbringen wollte. Etwas löste sich von dem Flugzeug. Es war ein Teil des Vorderflügels. Ich versuchte, auf Petrow einzureden. Er war verrückt. Sein Haß auf mich und alles, was ich darstellte, hatte ihn völlig betäubt. Ich kann das alles noch immer nicht begreifen. Er war tot oder zumindest bewußtlos, wie er da in seinen Gurten hing. Ich kam nicht an die Instrumente heran. Ich befreite mich von meinen eigenen Gurten und rollte mich auf dem Sitz zusammen. Wir prallten auf die Wasserfläche und sackten ab. Ich glaubte zu ertrinken. Meine Rippen schienen gebrochen zu sein. Ich stieß mich in Richtung Oberfläche ab. Petrow und die Oertz sanken weiter. Ich konnte nicht richtig schwimmen. Auf einer Woge ließ ich mich an den Strand tragen. Ich stand auf und watete zwischen glitschigen Steinen weiter. Der Strand stieg steil an und ging in Grasland über. Ich hatte schon von oben ein paar Häuser gesehen. Ich keuchte. Meine Rippen schienen heil zu sein. Nirgendwo eine Spur von Petrow und seinem Flugzeug. Diese wunderschöne Maschine war für immer und ewig dahin. Ich glaube, solche Modelle werden gar nicht mehr gebaut. Meine

Füße fanden keinen Halt. Ich mußte mich mit den Händen abstützen. Ich fühlte mich erleichtert, als ich, gegen das Gewicht der beiden Pistolen in meinem Kaftan ankämpfend, die Böschung hinaufkletterte und am Ende einer verlassen daliegenden Strandpromenade eine verlassene Orchesterbühne sah. Ich war in Arkadia an Land gegangen.

Achtzehn

Stadt der schlafenden Ziegen; Stadt des Verbrechens; Stadt der meckernden Krähen; die gerissenen Kunden liegen in den Gassen auf der Lauer; die kleinen Vögel singen trügerische Lieder. Die Synagogen brennen.

Der stählerne Zar marschiert von Süd-Osten heran; von der zerfallenden Stadt der Ziegen, von den alten Ruinen. Stahl trieb sie zurück in die Trümmer. Zu alten, fremden Meeren über morschen Fels. Fern ihrer Heimat. Hinab in die Ehrlosigkeit; Gottes verlustig. Wohin können sie ziehen? Diese edlen Menschen hatten zu lange um ihr Land gekämpft; zu lange, um sich zu erinnern. Warum kämpften sie? Warum kämpfen sie jetzt nicht, diese Russen? Die Sterne waren zerstört. Zur Hölle mit den Yaschmaks. Die Sterne marschierten in jene wüste, dunkle Sonne. Die Sonne ging über Rußland unter; und Chaos und Ewige Nacht übernahmen das schreckliche Regiment. Aus den Bergen, aus der zerfallenden Stadt der Ziegen und Trümmer kam der schwarze, georgische Zar und weinte um ein Rußland, das sein Meister zerstört hatte: indem er den Teufel pries und Gott herbeisehnte. Er betete um das pralle Leben, die Stille, die Geheimnisse alter Zeiten. Er schrie gegen frömmelnde Augen, alte Bärte, ihren stinkenden Aberglauben: ihre Khans und ihre Pharisäer. Und er schoß jeden in den Kopf, der ihn in Wort oder Tat an das erinnerte, was er verloren hatte. Rasender Mann aus Stahl; verruchter Priester, du brachtest die Religion der Rache und der Verzweiflung nach Rußland. Zwei Köpfe, zwei Seelen, zwei Flügel. Verfluchter König des zermalmenden Hammers, der pfeifenden Sichel. Maskiert und tödlich, diese Werkzeuge. Ich habe Bauern mit diesen Waffen in den Händen gesehen. Es sind die Waffen der Unmenschen. Ich hab' sie damit die Juden angreifen gesehen. Sie wurden ihres Inneren beraubt und machten aus der Not eine Tugend. Sie pflanzten mir ein Stück Metall in den Bauch. Sie tranken mein Blut. Sie vergifteten es. Das Metall ist wie ein kalter Fötus. Ich lasse ihn nicht zur Welt kommen. Bis ich sterbe, wird die Welt nicht wissen, was ich in mir trage; meine kleine, tanzende, freundliche, grinsende Blechpuppe. Sie bedroht mein ganzes Sein. Ich lasse sie nicht wachsen, nicht gedeihen. Dafür macht sie mich unbeugsam. Ist das Stolz? Gewissen? Ich habe nur Gott. Und meine Wissenschaft. Ich bin ich. Gott ist mein Vater. Mein Vater betrog mich. Christ ist erstanden. Warum bestrafen sie das Volk des Lammes? Die Griechen kamen in die Stadt des Odysseus. Die Franzosen, die Australier, die Briten und die Italiener. Sie erinnerten sich an die Natur des Türken. Sie bekämpfen ihn immer noch. Und der Islam wurde zermalmt. England verliebte sich in den Islam und ließ ihn wieder hochkommen. England und ihre romantische Einfalt, ihre jüdischen Premierminister, ihre Bankiers und Bordellchefs. Sie log mich an. Sie wurde nicht vergewaltigt. Oh, Ukraine, Kernland unseres Imperiums. Bastion gegen den Islam. Bist du so jämmerlich untergegangen? Die Hyänen heulen um deine Kirchen. Die Griechen verließen Odessa. Die alten Häuser stanken nach Verwesung und Fäulnis. Niemand hat sich bis nach Arkadia vorgewagt, außer ein paar Juden. Ein Jude nahm mich mit in ein Haus, das nicht ihm gehören konnte. Es war zu schön. Er ging mit festem Schritt. Er war recht jung. Er schrieb für eine Zeitung in Odessa, hatte die Stelle aber verloren. Zeitungen kommen und gehen, sagte er, je nachdem, wer an der Macht ist. Ob mich auch das Grauen fasziniere, wollte er wissen. Ich lag in einem schmalen weißen Bett. Die Laken waren klamm.

»Nein«, erwiderte ich, »mir reicht es jetzt.«

»Sie waren mal dort?« Er zeigte in Richtung Kiew.

»Ja, ich war dort.«

»Dort muß ich hin.«

»Man bringt Sie um. Sie sind Jude.«

»Juden überleben.«

»Einige schon.« Ich mußte höflich sein, weil er mir geholfen hatte. Außerdem hatte ich eine Schwäche für den kosmopolitischen Juden Odessas. Er sei ein besserer Jude, heißt es bei uns.

Er lachte, als hätte ich einen Witz gemacht. Ich wurde trübsinnig. Und ich hatte mich in ihn verliebt, in diesen Juden aus dem Süden mit dem weichen Mund. Ich gebe zu, ich begehrte ihn. Ich zitterte, als er mir Kraftbrühe brachte. »Ich hab' sie aus Seetang gemacht«, erklärte er. »Aber sie wird Sie kräftigen.«

Er hatte meine Kleider getrocknet, meine Pistolen poliert. Sie lagen auf dem Stuhl vor dem Kaftan. Er hatte eine dazu passende Schapka gefunden.

»Sie saßen in dem Flugzeug.«

»Als Beobachter.«

»Dann steht der Angriff bevor.«

»Nun . . .« Ich wollte seine schlanken Hände küssen. Er flößte mir die Suppe mit einem Holzlöffel ein. »Nun . . .«

»Darüber dürfen Sie natürlich nicht sprechen. Dann ist es mit meinem Job wohl aus. Wie ich schon vermutete.«

»Kommen Sie noch raus?«

»Nicht nötig. Ich gehe zur nächsten Zeitung. Davon gibt es Dutzende, aber zu wenig gute Journalisten.«

»Ich hab' gesehen, wie sie alles zerstören.«

»Ich halte mich zurück.« Er zuckte die Achseln. »Es sterben nur die, die in Not sind, wissen Sie?«

»Sie erwähnten, Sie wollten ins Landesinnere?«

»Später. Wenn sich alles etwas beruhigt hat. Wird man mich dann noch töten wollen?«

»Schon möglich.«

»Das begreife ich nicht. Sie denn?«

»Ich schon«, meinte ich. »Die Polen sind daran schuld.«

»Genau meine Meinung.« Er schlug ein kleines grünes Buch auf. Er zeigte mir eine Gedichtzeile. Ich erinnere mich nicht mehr daran.

Warum faszinierte mich dieser intellektuelle Jude? Erinnerte er mich an Jesus auf dem Ölberg? Nein, das ist reinste Blasphemie. Ich liebte ihn. Er wohnte allein in einem Haus, das er sich niemals hätte leisten können. Bald schon würde man ihn hinauswerfen. Er wußte das. Ich fragte, ob immer noch Straßenbahnen verkehrten.

»Sie kennen Odessa?«

»Ich hab' einen Teil meiner Jugend hier verbracht. Ich war hier glücklich.«

»Es gibt noch Straßenbahnen. Mit Dampf, elektrische oder mit Pferden. Kommt darauf an, welcher Treibstoff zur Verfügung steht. Der Weg ist weit, und Sie sind schwach. Sie können ja am Brunnen warten. Aber viel Hoffnung kann ich Ihnen nicht machen.«

»Ich habe dort Verwandte.«

Er zuckte die Achseln. Ich wollte nicht, daß er ging. Spielte er nur den Juden, so wie es Tertz macht? Ich ging mit ihm zur Straßenbahnhaltestelle. Um uns war alles ruhig und friedlich. Deshalb liebe ich verlassene Badeorte am Meer. Im Winter fuhr ich oft hin, mit Mrs. Cornelius, obwohl sie nicht gerade die ideale Begleitung für solche Ausflüge war. Sie suchte Zertreuung, Vergnügen. Russen lieben die Einsamkeit. Und auch dies hat man uns genommen. Man will Rußland in ein Amerika des Ostens verwandeln.

Manchmal glaube ich, daß noch ein dritter Krieg stattgefunden hat. Und daß ich ihn überlebt habe. Ich vermute, dies ist ein Zeichen dafür, daß ich alt werde. Man sagt, ich sei paranoid. Doch Paranoia ist nur Furcht. Und ich habe Angst. Ich versuche sie zu warnen. Sie sagen, daß ich mich vor den falschen Dingen fürchte. Wie kann das sein, wenn ich vor allem Angst empfinde? Mein Kopf steckt voller Möglichkeiten. Ich hänge nicht am Leben. Es ist mir gleich, ob ich sterbe. Doch ich sorge mich um das, was ich in mir trage. Meine Ehre. Die Gaben, die Gott mir nahm als Gegenleistung dafür, daß er sich mir selbst schenkte. Wissen und ein großzügiger Geist sind wertvoll. Ich hab' die Menschen nie verstanden, die nicht darüber reden wollten. Auch Mrs. Cornelius hat dieses Thema niemals angeschnitten. Sie gestand mir aber auch nie, daß sie mich liebe. Liebe wächst von innen. In meinem Leib ruht eine Spule. Aus Kupfer. Sie erzeugt Elektrizität. Sie ist kalt. Sie haben sie dort hineingelegt. Sie macht Liebe unmöglich. Kinder mögen mich, nicht wahr? Warum verfolgt man mich, wenn das so ist? Quarzfunken? Dioden? Gedruckte Schaltungen? Man stelle mir jede beliebige wissenschaftliche Frage. Ich fürchte mich vor Verrat. Ich wurde verraten. Es gab nie genug Liebe. Das wenige, das ich empfand, wurde mir genommen. Oder fehlte mir der Verstärker? An seiner Stelle wuchs nichts nach. In der Gesellschaft des Journalisten erstarkte ich dort draußen am Rand der Stadt der schwarzen, schlafenden Ziegen. Die Straßenbahn näherte sich. Freiwillige der sozialistischen Revolution besetzten sie zur Hälfte. Sie trugen dieselben Uniformen wie die Weißen. Sie kümmerten sie nicht um mich und meinen Begleiter, der dorthin wollte, »wo etwas los ist.« Auf halbem Weg nach Odessa wurde der elektrische Strom abgeschaltet. Es gab keine Pferde für die Straßenbahn. Die Soldaten beschlossen, zu bleiben, wo sie waren. Wir wanderten hinaus ins Zwielicht. Die Stadt wurde größer. Ich sah Feuer. Es stank. Mein Odessa war ein Bild des Jammers. Vandalen hatten die Stadt geschändet. Die Roten waren abgezogen, die Weißen noch nicht eingetroffen. Onkel Semjas Haus war verlassen, mein ehemaliges Zimmer ein schwarzes Loch in der Fassade. Das einzige offene Geschäft am Platz verkaufte »gemischtes Fleisch«. Alle Bäume waren gefällt worden. Aus Moldowanka wehte Rauchgestank herüber. Onkel Semja hätte alles verkauft, erzählte man mir. Ein anderer meinte, man hätte ihn beim Geschäftemachen erwischt und er säße im Gefängnis. Er sei ausgeplündert und erschossen worden. Und Shura? Zwangsverpflichtet. Tot. Und Wanda? An sie erinnerte sich niemand. Und Tante Genja? Wahrscheinlich auf der Krim. Die Ladeninhaber wollten selbst dorthin fliehen. Mein Freund weinte, als wir wieder auf der Straße standen.

»Sie sind mir ein Rätsel«, sagte ich.

»Jaja, das bin ich wohl. Wollen Sie mitkommen, während ich in Erfahrung bringe, für welche Zeitung ich jetzt arbeite?«

Ich schüttelte den Kopf. Er verabschiedete sich. Ich war froh, daß er ging. Eine solche Beziehung wäre unmöglich gewesen. Ich suchte Esaus Taverne in Slobodka auf. Ein Trümmerhaufen. Der Eisenwarenladen, über dem Katja gewohnt hatte, war ausgeplündert. Ich sah nur wenige Menschen auf den Straßen. Und vor den wenigen mußte man sich in acht nehmen. Auf dem St. Nikolaus Boulevard fand ich einen Brocken weißen Marmors mit blauen Adern. Ich steckte ihn in die Tasche. Warum hatte Petrow mich töten wollen? Hatte Kolja eine Bemerkung gemacht, die sein Cousin falsch verstanden hatte?

Auf den Kais herrschte ein reger Verkehr. Man prügelte sich um freie Plätze auf Schiffen, die ablegen wollten. Ich beschloß, nach Kiew zurückzukehren und meine Mutter hierher zu holen, wenn nötig mit Gewalt, und sie nach Jalta auf die Reise zu schicken. Jalta war noch einer der sichersten Orte.

Abgerissene Kinder umringten mich. Sie wollten mich wohl bedrohen, waren aber zu schwach dazu. Ich schenkte ihnen mein Petljura-Geld. Sie wollten mich festhalten. Doch ich hatte viel zu erledigen. Ich zog eine Pistole, und sie rannten davon. Eine Gruppe Soldaten kam auf mich zu. Sie fragten nach meinen Papieren. Ich erklärte ihnen, ich sei Major Pyatnitski und arbeite für den Militärischen Geheimdienst. Sie glaubten mir und gingen weiter. In der Hafengegend erklangen vereinzelt Schüsse.

Ich beschloß, den Bahnhof aufzusuchen. Sicher wollten viele Leute in Kürze nach Kiew zurückkehren. Da wäre es am besten, sich schon frühzeitig um eine Fahrkarte anzustellen. Doch der Bahnhof war derart überfüllt, daß ich meine Absicht bald aufgab. Außerdem besaß ich kein richtiges Geld. Also nahm ich mir vor, am Stadtrand nach australischen Panzern Ausschau zu halten.

Ich war froh, daß ich meinen Kaftan und meine Schapka trug. So fiel ich unter den zahlreichen Militärs nicht auf. In der Nähe des Theaterplatzes betrat ich in der Lanzeronowskaja ein Café. Dort sollte an diesem Abend eine Vorstellung stattfinden. Ein hervorragendes Beispiel für den ungebrochenen Lebenswillen Odessas. »Wir halten durch und haben unseren Spaß«, meinte ein Kellner. Er redete mich irrtümlich mit Genosse an und entschuldigte sich dafür. Es sei schwierig, meinte, sich daran zu erinnern, wer nun zu welcher Seite gehörte. Ob ich mit den neuen Truppen gekommen sei? Ich bejahte. Er fragte, ob ich wüßte, was mit dem Flugzeug geschehen sei, das mehrmals St. Nikolaus umkreist hatte. Wurde es abgeschossen?

»Ja«, sagte ich. »Ich weiß es genau, denn ich hab' dringesessen.«

Natürlich machten sie mich sofort zum Helden. Man kaufte mir alles mögliche. Wodka, Brot, Wurst. Man schüttelte mir die Hand. Bankiers grüßten mich. Musik erklang. Man bat mich zu allen möglichen Fragen um meinen Rat. Als ich erwähnte, ich müsse nach Kiew, wurden mir die verschiedensten Transportmöglickeiten angeboten. Ich verabredete mich mit einem Prinzen für den nächsten Tag in dessen Hotel. Ich hab' seine Karte mittlerweile verloren. In der Kutsche eines Industriellen aus Cherson fuhr ich durch stinkende Straßen zu einem kleinen, unauffälligen Hotel. Es sei das beste, meinte, das er hätte finden können. Mißtrauisch ließ man uns ein. Der Industrielle war betrunken. Er stellte mich einer unfreundlich blickenden Georgierin als seinen Bruder vor. Sie meinte, das müsse er extra bezahlen. Der Industrielle lachte. »Panje, es wird sicher nicht die Welt kosten, wenn du mir eine zusätzliche Matratze mitsamt Decke verschaffst.« Wir gingen nach oben.

Ich schlief auf dem Fußboden. Er schnarchte und schnaufte noch, als ich morgens aufstand und ging. Ich hatte Hunger – und kein Geld. Ich würde wohl die Pistolen verkaufen müssen. Auf dem alten Markt mußte ich sehen, daß es viel schönere Pistolen für ein paar Rubel gab. Ich spazierte weiter bis zur Preobraschenskaja und blieb am Eingang stehen. Das Namensschild des Zahnarztes hing noch dort: *H. Cornelius*. Ich erbrach mich im Rinnstein, wo früher einmal der Taxistand gewesen war. Ich hatte mich noch nie so schlecht gefühlt. Mein Magen war wie ein Stück Eisen. Passanten beschimpften mich. Eine Frau in schicker Aufmachung kreischte. Ich hielt sie für Mrs. Cornelius. Ich griff nach ihr. Ein Gendarm, der wahrscheinlich erst an diesem Morgen aus dem Gefängnis entlassen worden war, führte mich in eine Seitenstraße, wo er mich bat, mich doch etwas gesitteter aufzuführen.

Ich hockte mich auf die Stufen zu einem aufgegebenen Laden. Wagen und Pferde hetzten hin und her. Die Stadt war voller Leben, ähnlich der Euphorie eines Kranken kurz vor seinem Hinscheiden. Als ich mich etwas erholt hatte, stand ich auf und ging weiter. Doch die Gegend um St. Nikolaus war nunmehr abgesperrt worden. Ich hörte Gewehrfeuer. Ich fand eine Kirche. Sie war so bevölkert wie ein Bahnhof. Ich drängte mich hinein und ließ mich von den Körpern der anderen Kirchenbesucher aufrecht halten. Ich kannte weder Gebete noch Antworten, daher murmelte ich leise vor mich hin. Das Kruzifix wurde dargeboten. Der Priester sang etwas. Weihrauch stieg auf. Doch Gott hatte Odessa verlassen, und über Rußland ging die schwarze Sonne unter.

Ich hatte Durst auf Milch. Das brachte mich zum Lachen.

Kokain zu bekommen, war unmöglich, und wenn, dann nur gegen hartes Gold. An diesem Abend ging ich in das Café, wo ich meinen Prinzen und den Industriellen kennengelernt hatte. Das Café war geschlossen. Von Amts wegen, wie aus einem Schild an der Tür hervorging. Außerdem wurde noch einmal darauf hingewiesen, daß Odessa unter Kriegsrecht stand und jeglicher Schwarzhandel und Plünderungen sofort mit dem Tode bestraft wurden.

Ich war sehr hungrig. In verschiedenen Zeitungsredaktionen suchte ich nach meinem Freund, dessen Namen ich vergessen hatte. Einige Journalisten kannten ihn und meinten, er hätte entweder Odessa längst verlassen oder er versteckte sich in seinem Haus. Ob ich dort schon einmal vorbeigeschaut hätte?

Es fuhren keine Straßenbahnen nach Arkadia. Und für eine

Fahrkarte hatte ich kein Geld. Ich wartete sehnsüchtig auf die Panzer oder auf jemanden, der mich erkannte. Ich war überzeugt, daß Mrs. Cornelius mich retten würde. Nicht weit vom Alexander-Park fand ich in der Puschkinskaja einen Militärposten Ich ging hinein, stellte mich wie üblich vor und erklärte, ich sei von meiner Einheit getrennt worden. Es handele sich um eine Panzertruppe. Ich erfuhr, daß ich mich bemühen sollte, nach Nikolajew zu kommen. Dorthin wären die Panzer unterwegs. Ich fragte, ob ich ein Telegramm nach Kiew aufgeben dürfe. Falls ich keinen Dringlichkeitsnachweis vorlegen könne, müßte ich mich noch etwas gedulden. Sie boten mir sogar einen Stuhl an. Ich erzählte ihnen von meinem Flugzeugabsturz. Es wurde kälter. Immerhin war es schon bald September. Ich bekam eine Tasse Tee und ein Stück Zwieback. Angeregt unterhielt ich mich mit den Soldaten.

Ich schrieb einen Brief an meine Mutter und teilte ihr mit, ich würde entweder selbst nach Kiew zurückkehren oder sie dort abholen lassen. Sie solle Captain Brown mitnehmen, falls sie Begleitung wünsche. Ich würde für alles bezahlen. Ich bat einen der Soldaten, dafür zu sorgen, daß der Brief in den Postsack nach Kiew gelangte. Er nahm ihn entgegen und schrieb mir eine Quittung aus.

Gegen Morgen ging mein Telegramm an die Tank-Einheit in Nikolajew ab. In seiner Antwortdepesche teilte Captain Wallace mir mit, sie brauchten keinen russischen Geheimdienstoffizier mehr. Er sei froh, daß ich noch am Leben sei, und wünsche mir weiterhin viel Glück. Zwei Hauptleute kamen aus ihrem Zimmer und baten mich herein. Auch sie, eröffneten sie mir, gehörten zum Geheimdienst. Über mich hätten sie keine Unterlagen gefunden. Ein Bild des verstorbenen Zaren hing an der Wand. Es war wie in den alten Zeiten. Ich wurde ganz ruhig.

»Ich war in Kiew tätig«, sagte ich, »und dann war ich Verbindungsdoffizier bei Hetman Skoropadskja. Anschließend diente ich bei General Krassnows Don-Kosaken. Ich sammelte Informationen im Hauptquartier der Bolschewiken. Außerdem war ich verantwortlich für Sabotageakte gegen die Petljuristen in Kiew.« Sie schrieben alles auf. Ich zeigte ihnen mein Diplom und erwähnte meine enge Freundschaft mit Prinz Petrow und daß ich mit seinem Cousin mit dem Flugzeug abgestürzt war. Sie wollten wissen, ob ich früher Verhöre mit Zivilisten durchgeführt hätte. Ich verneinte, erklärte mich aber bereit, jegliche Tätigkeit zu übernehmen. Ich erhielt Papiere, eine neue Uniform, eine Handfeuerwaffe, eine Brotration, ein Bett in einem Zimmer, das ich mit nur drei anderen Soldaten teilte, und andere Ausrüstungsgegenstände. Ich hatte auch ein Soldbuch, doch warnte man mich, daß der Sold unregelmäßig ausgezahlt würde und daß ich mich wenn möglich selbst versorgen solle. Und so war ich plötzlich Geheimdienstoffizier in der Freiwilligenarmee, die dem 8. Armeekorps angegliedert war. Ich durfte Befragungen vornehmen und Pässe und andere Formulare ausgeben. Mein Dienst sollte schon am nächsten Morgen beginnen.

Nach einer Woche war ich endlich wieder wohlhabend genug, um mir Kokain zu besorgen. Deutlich kann ich mich an das euphorische Gefühl erinnern, als ich nach langer Zeit wieder mal eine Dosis zu mir nahm. Ich war nicht allein. Alle anderen Offiziere machten mit.

Odessa schien wieder zu vollem Leben erwacht zu sein. Die Vergnügungszentren waren wieder geöffnet, und Roulette war und blieb das beliebteste Spiel hauptsächlich für die Soldaten, die die Etablissements aufsuchten. Wenn wir uns zerstreuten, trugen wir unsere Ausgehuniformen. Meine war in Weiß und Gold gehalten mit grünen und schwarzen Rangabzeichen, angefertigt von einem Schneider am Ort. Er war sehr billig. In seiner Werkstatt bot er mir auch an, eine andere Uniform für mich unwesentlich zu ändern. Der Vorbesitzer hätte sie nicht abgeholt. Es war eine Ausgehuniform der Don-Kosaken. Ich willigte ein. Zwei Tage später wurden beide Uniformen zu Madame Zoja geliefert, wo ich mich eingemietet hatte.

Madame Zoja war jung, rundlich und schlagfertig. Sie ähnelte stark meiner Zigeunerin aus der Schlucht, wollte jedoch nicht klarstellen, ob sie dasselbe Mädchen war oder nicht. Sie gestattete mir auch nicht, mit ihr zu schlafen, obgleich sie für mich eine ganz besondere Zuneigung zu hegen schien. Vielleicht hatte sie eine Krankheit. Unter anderem traf ich auch Boris den Buchhalter wieder, der seine Freundin von damals geheiratet hatte. Er arbeitete für eines der wenigen Frachtkontore, die noch geöffnet waren. Wir sahen uns öfter und machten einige recht gute Geschäfte miteinander. Ich sollte ihm die notwendigen Papiere für eine Ausreise nach Berlin besorgen, was mir auch gelang, und das zu stark verbilligten Gebühren. Boris erzählte mir, Shura sei nicht tot. Er sei desertiert und hätte sich nach Osten abgesetzt.

Wanda hatte als Hure gearbeitet und war wenig später bei einem Gefecht ums Leben gekommen. Das Kind würde von Verwandten in einer kleinen Hafenstadt irgendwo an der Küste großgezogen. Onkel Semja und Tante Genja waren während der Besetzung durch Grigoriew erschossen worden »wie so viele von uns«. Ich deckte den Mantel des Vergessens über die Vergangenheit und richtete meinen Blick auf die Zukunft.

Meine Kollegen und ich leisteten hervorragende Arbeit. Wir saßen in einem großen Raum, der stets überfüllt und im Winter völlig überheizt war. Unsere wesentliche Tätigkeit bestand darin, darauf zu achten, daß nicht zu viel Gold ausgeführt wurde, wenn die Menschen Rußland verließen. Außerdem stellten wir Listen mit den Leuten zusammen, die verhört werden mußten. Ansonsten war es uns egal, was die Antragsteller machten. Wenn sie unbedingt die Heimat hinter sich lassen wollten, dann sollten sie doch. Um Weihnachten herum schmiedete ich Pläne, selbst meine Arbeit niederzulegen und Odessa zu verlassen. Da man mich sicherlich behelligen würde, wäre es wohl besser, wenn ich ins Ausland ging und mir an irgendeiner Universtät im Westen eine Stelle als Ingenieur oder Erfinder suchte. Vielleicht in Frankreich oder in Amerika. Das Kokain hatte meinen alten Optimismus wieder hergestellt. Ich konnte am Tag meiner Arbeit nachgehen und nachts dem Spiel frönen.

Verstärkt erlebte ich jetzt auch Halluzinationen. Einmal am Roulettetisch bei Madame Zoja glaubte ich sogar, Mrs. Cornelius zu sehen. Und auch Esmé, meine Mutter, Captain Brown. Kolja, Shura, Katja, Grischenko, Jermelow, Machno, sogar Wanda und Herr Lustgarten erschienen mir manchmal in der Menschenmenge. Mit meinem Geld hatte ich kein Glück. Ich verlor.

Ich erkundigte mich unter meinen Bekannten nach einer Engländerin. Ich fragte Zoja. Sie schüttelte den Kopf und meinte, daß Engländerinnen derartige Etablissements nicht frequentierten. »Die Engländer haben doch ein Weltreich, in dem ausschließlich Englisch gesprochen wird, so daß sie sich so gut wie überall heimisch fühlen können.«

Osten ist Osten, sagte Sir Rudyard Kipling, der Dichter, und Westen ist Westen, und diese beiden kommen nie zusammen. Doch in Südrußland, in der Ukraine, meiner Heimat, trafen sie aufeinander. Dort wurde 1920 auch der russische Adel vernichtet. Die Mutterstadt wurde geschändet; die Muttergottes wurde hinausgeworfen. Später kamen die Deutschen. Ich glaube, die Röntgenbilder sind nichts wert. Ich habe einen Schrapnellsplitter im Magen. Eine Kriegsverletzung. So viel zu den Ärzten und ihren sozialistischen Gesundheitsprogrammen. Warum sollen sie sich um einen alten Fremden kümmern? In Frankreich war man freundlicher zu uns. Ich lernte Willi kennen. Colette bot mir eine Stellung an. Ich kannte sie alle. Doch heutzutage regiert die Ignoranz. Gertrude Stein haßte ich. Wenigstens kannte ich ihren Namen. Belij und Samjatin? Wer erwähnt sie in Rußland heute noch? Während ich Pässe abstempelte und Formulare abzeichnete, hatte ich manchmal das Gefühl, ich reinigte Rußland von der Dekadenz.

Die Geschichte ist eine Verräterin. Menschliche Güte wird zum Übel, wenn sie institutionalisiert wird. Ich vertraue auf Gott und die wissenschaftliche Analyse. Teilen und überleben, heißt die Devise. Serin war stolz darauf, ein Russe zu sein – sein Fehler. Hütet euch vor den besserwisserischen Priestern, den törichten Wissenschaftlern, den Politikern. Hütet euch vor dem alten Karthago. Sie alle kommen in meinen Laden und lachen über meine Stimme. Sie verletzen mich. Ich hasse sie. Ich feilsche nicht. Lieber schenke ich ihnen den antiken Schamott.

Alle denken nur an sich selbst. Dies ist das Zeitalter des Egoismus. Politiker, Psychologen, Lehrer, Künstler – alle wie sie da sind. Sie ertragen den Anblick Gottes nicht. Nicht einmal zum Beten gehen sie in die Kirche. In englischen Kirchen darf niemand auch nur eine Träne vergießen.

Sie werden von ihren Eltern vergewaltigt, kaum daß sie alleine stehen und gehen können. Es gibt kein Gesetz, das entscheidet, daß verräterische Worte gefährlich sind. Die Phantasie kann schärfer, stechender sein, als das spitzeste Horn einer wütenden Ziege. Sie ist nur nützlich, solange sie sich nicht nach innen richtet. Mrs. Cornelius hatte keine Phantasie, doch sie mochte die, die welche besaßen. Sie schützte uns. Vielleicht war es unser Untergang. Einige sagen, sie benutzte uns. Sie war eine Hure, eine *femme fatale*. Muttergottes! Sie gab zuviel. So geht es den Starken immer. Sie geben alles und bekommen nichts. Und später sitzen sie neben Gottvater im Himmel und helfen ihm, die Sorgen der Welt zu tragen.

Und warum, fragt man mich, hat Gott diese Sorgen erschaffen? Das hat er gar nicht. Er schuf das Leben, den Menschen. Der Rest erschien im Garten Eden. Gott ist nicht der Teufel, hämmere ich ihnen ein. Güte ist nichts Schlechtes. Es ist allein der Teufel, der besonders fromm von Gerechtigkeit und Liebe redet, und er erscheint in allen Verkleidungen: als Künstler, Priester, Wissenschaftler, Freund. Sie sagen, ich sei paranoid, weil ich Mrs. Cornelius liebe und sie mich nie hintergangen hat. Sie hat mich niemals betrogen, weil sie mein Vertrauen nie in Frage gestellt hat. Was habe ich anderen Böses angetan? Ich hätte Brodmann nach Riga ziehen lassen sollen. Es war allein seine Schuld, daß er mich beleidigte.

Wir arbeiteten in einem Büro, das einmal einer Frachtschifffahrtslinie gehört hatte. Dort schoben sie sich in langen Schlangen an den Tischen vorbei, Alte und Reiche, Junge und Alte. Einige von ihnen bat ich in den Verhörraum, wo meistens die geschäftlichen Transaktionen vorgenommen wurden. Und ich wies die zurück, die keine Mittel hatten, an ihr Ziel zu gelangen. Es war eine Gnade: Ich hatte von Ellis Island gehört und wußte, was dort geschehen konnte. Ich wußte aus London von Frondiensten und Ausbeutung. Die Juden warteten nur auf billige Arbeitskräfte. Unter dem Sozialismus hätte es ihnen nicht schlechter ergehen können. Ich tat mein Bestes. Wir waren keine Zyniker. Oft genug ließ ich Leute durch, die an sich gar nicht weggedurft hätten.

Am Tag vor Heiligabend, während eines betriebsamen Nachmittags, wandte ich mich meinem nächsten Klienten zu. Es war Brodmann in seinem dunklen Mantel und seinem Homburg, mit Brille und zitternden Lippen. Er sah älter aus, aber auch viel harmloser. »Pyat«, sagte er. Ich hatte mit einer solchen Situation fast gerechnet. »Brodmann.« Ich sah auf den Antrag. »Sie wollen nach Amerika.«

»Ich hoffe, ich darf. Dann waren Sie also die ganze Zeit ein Weißer?« Er wurde sichtlich nervös.

»Und Sie sind immer noch bei den Roten?« stellte ich eine Gegenfrage.

»Natürlich nicht. Die haben doch in allem ihr Wort gebrochen.« Er kicherte. Ich zündete eine Zigarette an und riet ihm, das Verhörzimmer aufzusuchen. Ich käme gleich nach. Ich fertigte noch schnell zwei Frauen ab, die auf ein englisches Schiff wollten, das in Richtung Jalta ablegte, dann verließ ich meinen Tisch und ging in das kleine Zimmer. Schnee sammelte sich vor dem Fenster und auf dem Oberlicht. »Dann wollen Sie nicht nach Deutschland? Mit Ihrem Antrag können Sie bis Riga mit dem Zug fahren.«

»Von Hamburg komme ich direkt nach New York.« Er kam mir sehr ängstlich vor. Ich erlebte jetzt die Macht und das Gefühl, ein Tschekist zu sein. Ich setzte mich. »Ich war noch nie in Deutschland«, sagte er. »Ich hab' nur einen deutsch klingenden Namen. Das wissen Sie doch.«

»Ihre roten Freunde haben Sie also im Stich gelassen.«

»Ich war Pazifist.«

»Und nun haben Sie beschlossen, sich aus dem Kampfgeschehen zurückzuziehen?« Er verstand die leise Ironie in meinen Worten nicht.

»Es gibt nichts mehr zu tun, nicht wahr?« Sein Zittern wurde heftiger. »Waren Sie schon immer beim Geheimdienst?« wollte er wissen. »Damals auch?«

»Meine Sympathien haben sich nicht geändert«, erwiderte ich.

Er sah mich zweifelnd an. »Ich mache Ihnen nichts vor, Brodmann. Was wollen Sie?«

»Als Jude – können Sie mir helfen?«

»Ich bin kein Jude.« Ich erhob mich und drückte die Zigarette aus. »Meinen Sie, das wäre der richtige Moment, um mich zu beleidigen?«

»Ich beleidige Sie doch nicht, Major. Ich bitte um Verzeihung. Ich wollte Ihnen nicht zu nahe . . . Aber in Alexandrija sah ich . . .« Sein Gesicht wurde schneeweiß.

Mir dämmerte, daß er mich nackt gesehen hatte, als Grischenko mich mit der Peitsche angriff. Ich fing an zu lachen. »Wirklich, Brodmann, das haben Sie angenommen? Für diese Operation gibt es eindeutig medizinische Gründe.«

«Oh, um Gottes Willen!« Er fiel auf die Knie. Mir wurde übel.

«So geht das nicht, Brodmann.« Ich verlor allmählich die Kontrolle über mich. Er weinte jetzt. »Brodmann, Sie sollten warten. Denken Sie noch mal über alles nach.«

»Ich habe soviel leiden müssen. Seien Sie gnädig.«

»Gnädig, ja. Aber nicht ungerecht.« Ich wollte ihn schon gehen lassen. Ein anderer Offizier, Hauptmann Josetrow, kam mit einer Frau mittleren Alters herein, die dasselbe Parfüm benutzte wie Mrs. Cornelius. Mühsam kam Brodmann auf die Füße. Er zeigte auf mich. »Pyatnitski ist ein Spion der Tscheka. Wußten Sie das nicht? Ich kenne ihn. Er ist ein Saboteur und arbeitet für die Bolschewiken.«

»Der arme Teufel ist verrückt«, stellte ich voller Ruhe fest.

Josetrow zuckte die Achseln. »Ich brauche das Zimmer eine kleine Weile, Major, wenn es geht.«

»Natürlich. Sie sollten morgen noch mal wiederkommen«, riet ich Brodmann.

»Dann ist Heiligabend. Das Büro ist geschlossen. Ich hab' es am Eingang gelesen. Ich muß den Zug nach Riga noch bekommen.«

»Das hatte ich vergessen.« Ich seufzte. Josetrow runzelte die Stirn. Er entschuldigte sich bei der Dame, die grinste und sich am Ohr kratzte. Dann trat er vor.

»Kann ich behiflich sein?« Josetrows schmales Gesicht war so blaß, daß es zur Uniform so gut wie keinen Kontrast bildete. »Soll ich übernehmen?«

»Nicht nötig«, wehrte ich ab.

»Er gehört zu den Roten. Wie kommt es, daß er hier arbeitet?« Brodmanns Kopflosigkeit brachte uns beide in Gefahr.

Josetrow zögerte. Ich konnte nichts sagen. Ich schlug Brodmann ins Gesicht. Ich schlug ein zweites Mal zu. Er schluchzte, als Josetrow die Wachen hereinrief. »Er soll weggebracht werden?« fragte Josetrow. Das bedeutete, Brodmann käme ins Gefängnis und würde wahrscheinlich erschossen, wenn seine bolschewistische Vergangenheit offenbar würde. Ich schuldete ihm nichts. Er hatte seine Fehler selbst zu verantworten. Ich nickte und verließ den Raum.

»'Allo, Iwan!«

Mrs. Cornelius winkte mir. Sie war nach neuester Mode gekleidet und stützte sich auf den Arm eines sich sichtlich unbehaglich fühlenden französischen Marineoffiziers. Sie hatte neue Papiere. Diese schwenkte sie. Sie freute sich. »Hab' doch gedacht, werd' dich bald sehen. Wo hasse dich denn rumgetrieben?«

»Waren Sie mal bei Zoja?« Das Intermezzo mit Brodmann wirkte noch nach. »Vor ein paar Tagen?«

»Dieses Nuttenhaus mit den Spieltischen?«

»Genau das.«

»Klar. Siehs' richtig scharf aus. Kennste mein' Freund? Iss in der Marine. N' Franzose. Kann kaum Englisch. Sach ihm guten Tach auf Französisch.«

Ich sagte dem Marineoffizier, es sei mir ein Vergnügen, ihn

kennenzulernen. Ich fragte, auf welchem Schiff er Dienst tue. Er war Zweiter Offizier auf der *Oreste*. Am nächsten Tag wolle man mit Soldaten und Passagieren nach Konstantinopel aufbrechen. Sie hätten Schwierigkeiten mit Kemal Pascha gehabt.

»Die Briten wollen alles an sich reißen«, klagte er. »Sie benehmen sich sehr ungehobelt.« Ich fand das belustigend. Diese Spannungen zwischen den Verbündeten erinnerten an die Zeit auf der Krim. Doch ich blieb ernst. Ich hörte Brodmann kreischen »Verrat!«, als er draußen vorbeigezerrt wurde. »Und Sie lassen Mrs. Cornelius freundlicherweise auf dem Schiff mitfahren?«

Er schüttelte den Kopf. »Wir sind schon voll. Ich treffe sie in Konstantinopel. Ich hab' mit dem Kapitän eines britischen Handelsschiffes gesprochen. Er ist bereit, noch ein paar Passagiere aufzunehmen. Erst mußten wir natürlich Mrs. Cornelius' Papiere besorgen. Sie bat mich, sie hierher zu begleiten. Schade, daß wir uns nicht schon früher kennenlernten.«

»Sehr schade«, pflichtete ich ihm bei.

Wir verbeugten uns beide. Mein vorgesetzter Offizier war hereingekommen und betrachtete mich nachdenklich. Zu Mrs. Cornelius sagte ich hastig auf Englisch: »Ich habe Papiere. Können Sie mich irgendwie auf das britische Schiff losten?«

Sie mußte merken, daß ich Angst hatte. Sie lächelte und legte mit mädchenhafter Verlegenheit eine Hand auf meinen Arm. »Wir sind doch verheiratet, nicht wahr? Biss mein Mann. Das Schiff heißt *Rio Cruz*. Brauchst 'ne Urkunde oder sowas.« Und wieder war sie ganz Dame. »Es war mir eine Freude, Sie wiederzusehen, Major Pyatnitski.« Ich schlug die Hacken zusammen und küßte ihr die Hand. Ich salutierte dem Franzosen. Mein Vorgesetzter, Major Soldatow, winkte mich zu sich. Ich eilte zu ihm hinüber. In den vergangenen Monaten hatte ich ihn mit meiner militärischen Disziplin beeindruckt. Er war ein alter Ochrana-Mann, dem nichts entging. Er trug einen weißen Bart und einen Schnäuzer. Bekleidet war er mit einer dunklen Uniform. Ich betrat sein Büro. Er schloß die Tür. Er bot mir einen Stuhl an, und ich setzte mich. »Brodmann?« fragte er.

»Ein Roter«, entgegnete ich. »Ich lernte ihn in Kiew kennen. Als ich Sabotageaufträge ausführte. Natürlich machte ich ihm weis, ich stünde auf seiner Seite.«

»Er behauptet, Sie gehörten zur Tscheka? Daß Sie Verbindungsmann zwischen Antonow und Grigoriew waren?«

»Soll er das ruhig denken.«

»Ich muß das überprüfen, Pyatnitski. Routine.« Offensichtlich nahm er das alles nicht sonderlich ernst. »Sie sind ein guter Offizier, und wir brauchen jeden Mann. Die Roten kommen zurück und sind viel besser organisiert. Wir machen uns ein wenig Sorgen wegen möglicher Spione.«

»Das verstehe ich vollkommen, Herr Major.«

»Es wird ein ausführliches Verhör geben. Versprechen Sie, sich bis zum Morgen in Ihrem Quartier aufzuhalten?«

»Ich wohne«, sagte ich ein wenig verlegen, »bei Zoja.«

»Ich weiß. Dann bleiben Sie dort, ja?« Er war wie ein guter Onkel. »Beschuldigungen wie die von Brodmann hört man jeden Tag. Ich werde ihn heute abend verhören lassen. Möglich, daß er gesteht, nichts zu wissen. Wenn das der Fall ist, dann sind wir mit Ihnen schnell fertig. Bis zum Nachmittag sind Sie schon wieder auf ihrem Platz.«

»Es ist Feiertag«, sagte ich lächelnd.

»Umso besser. Nach Weihnachten dann.«

Ich bedankte mich höflich und ging. Auf dem Weg zu Madame Zoja kaufte ich einem zerlumpten Mädchen ein Bündel Zigaretten ab. Ich gab ihr einen Goldrubel und sagte, den Rest könne sie behalten, und zwar auf Englisch. Sie antwortete in der selben Sprache. Das fand ich lustig. »Du sprichst die Sprache aber sehr gut«, sagte ich.

Sie war geschmeichelt. Sie zitterte noch schlimmer als Brodmann. Sie erzählte mir, ihr Mann wäre Offizier bei den Weißen gewesen. Die Bolschewiken hätten ihn erschossen. Sie müsse für ihre Mutter sorgen. Es gab in Odessa viele junge Frauen wie sie, die irgendwelche Dinge verkauften. Sie erinnerte mich irgendwie an Esmé. Sie hatte eine so unschuldige, reine Art. Das würde sich ändern, wenn die Roten erst einmal wieder da wären. Die Alliierten bereuten bereits, sich mit den Freiwilligen eingelassen zu haben. Am meisten entsetzte sie das, was sie unsere moralische Schwäche nannten. Dabei war dies nur Ausdruck unserer Verzweiflung.

Bei Madame Zoja packte ich zwei Koffer. Ich besaß Juwelen und Gold. Mein anderes Gepäck mit meinen Plänen, meinen Hoffnungen hatte ich nie wiedergesehen. Ich hatte nur das blutbefleckte Diplom und meinen abgegriffenen Paß. Ich würde wohl wieder ganz von vorne beginnen müssen. Ich war nicht gerade begeistert über die Aussicht, in Konstantinopel zu landen, jedoch wäre sogar diese Stadt im Augenblick für mich eine sicherere Zuflucht als Odessa. Und ich war nicht mehr arm. Früher oder später hätte ich sowieso abreisen müssen. In zwei Monaten kämen die Bolschewiken zurück. Dann würde ich ein Opfer der Tscheka.

In den großen Koffer wanderten meine Uniformen einschließlich der, dich ich getragen hatte. Ich zog Zivilkleidung und meinen teuren Pelzmantel an. Die Pistolen trug ich noch immer bei mir. Mantel und Pistolen könnte man durchaus verkaufen, wenn Not am Mann war. Ich mußte Formulare ausfüllen, eine Heiratsurkunde eingeschlossen. Es war einfach, die notwendigen Angaben zu fälschen. Ich bat Madame Zoja zu mir. Ich sagte dem Dienstmädchen, die Angelegenheit sei dringend. Schon nach einer halben Stunde tauchte die Wirtin auf. Sie war nicht überrascht. Ich setzte eine zum Mantel passende Pelzmütze auf. Ich gab der Frau fünfzig Goldrubel. Mein Paß und meine Papiere waren natürlich in bester Ordnung. Ich bat sie, jedem, der nach mir fragte, zu erzählen, ich sei mit einem ihrer Mädchen zugange. Dann erkundigte ich mich, ob sie mir für fünf Uhr morgens ein Taxi bestellen könne, das mich zum Hafen bringen solle. Sie versprach es und küßte mich. »Ich werde Sie vermissen«, sagte sie. »Ich glaube, Sie haben uns Glück gebracht. Was geschieht, wenn die Roten zurückkommen?«

Ich zeigte ihr meinen Ordner mit den überzähligen Formularen. »Benutzen Sie sie für sich und für so viele Mädchen, wie Formulare da sind. Sie sind schon alle vorgestempelt. Sie brauchen nur Namen und Geburtsdaten einzutragen.«

»Sie sind so großzügig. Aber die Roten sind Männer . . .«

»Das werden sie zu leugnen versuchen«, beruhigte ich sie. »Sie sollten auf mich hören, Zoja. Zigeuner und Juden werden nicht die einzigen sein, die unter der Tscheka zu leiden haben. Sie sind eifrig bemüht, überall die Zeichen ihrer und anderer Menschlichkeit auszulöschen.« (So elegant habe ich mich damals aber nicht ausgedrückt. Die Zeit wertet alle Gespräche auf, vor allem die, an denen man selbst beteiligt war. Ich freue mich, sagen zu können, daß ich Zoja in Berlin wiedersehen sollte.) »Ihr seid nur so lange sicher, wie Männer ihre Verletzlichkeit eingestehen. Wenn sie so tun, als seien sie Halbgötter, dann solltet ihr euch vorsehen.« Wir küßten uns noch einmal. Sie fragte mich, ob ich mit ihr schlafen wolle. Ich sagte ihr, daß ich nichts gebrauchen könne, was mich ablenken würde. Danach küßten wir uns erneut, diesmal scheu und zurückhaltend.

Als ich zum Quarantäne-Hafen aufbrach, wo die *Rio Cruz* lag, war es dunkel. In einer Troika wühlten wir uns durch den tiefen Schnee und durch ein mit Leben pulsierendes Odessa. Selbst auf dem Sterbebett verlor diese Stadt ihren Charme, ihre Wärme und ihren Reiz nicht. Katarina hatte sie gegründet. Katarinas Geist, grausam und intelligent zugleich, feminin und gewalttätig, blieb in ihren Mauern hängen. Wir gelangten zum Hafen, und zu meiner Erleichterung traf das Schiff Anstalten zum Auslaufen. Menschen gingen an Bord. Es waren fast ausschließlich wohlhabende Russen.

Ich glaube nicht, daß ich verfolgt worden war. Eher vermutete ich, daß mein vorgesetzter Offizier mir die Möglichkeit zur Flucht hatte verschaffen wollen.

Meine Papiere wurden mehrmals überprüft. Erst von den Russen, dann von grimmig blickenden Engländern. Ich ging die Gangway hinauf. Sie zitterte unter meinen Füßen. Dann stand ich zum erstenmal an Deck eines großen Schiffs. Es trug englische Farben, jedoch nehme ich an, es war irgendeine Kriegsbeute. Wahrscheinlich war es mal unter der Flagge eines südamerikanischen Staates gefahren, der sich in aller Eile mit Deutschland verbündet hatte. Viele Inschriften waren noch in spanischer Sprache. Ich stieg eine weitere Gangway hinauf. Niemand half mir mit meinem Gepäck. Ich gelangte zu einer der vorderen Kabinen auf dem Oberdeck. Ich öffnete die Tür. Mrs. Cornelius war nicht anwesend. Es war dunkel. Ich schaltete das schwache elektrische Licht ein. Die Kabine war für zwei Passagiere umgebaut worden. Zwei Kojen sah ich. Waschgelegenheiten waren ebenfalls vorhanden. Ich setzte meine Koffer ab und holte meinen Kokainvorrat heraus. Ich mußte mich erst einmal sammeln. Das Kokain hatte seine übliche positive Wirkung auf mich. Ich dachte an Konstantinopel. Dort wäre es sicherlich warm. Mir war schrecklich kalt. Die Kabine hatte keine ordentliche Heizung. Ich streckte mich auf der oberen Koje aus, da ich annahm, Mrs. Cornelius würde die untere belegen. Ihr Gepäck, einige Koffer und Kisten, war in einer Ecke neben dem vorderen Bullauge aufgestapelt. Noch fühlte ich mich nicht in Sicherheit. Man konnte mich immer noch vom Schiff holen, solange die Anker nicht gelichtet waren. Die *Rio Cruz* schaukelte sacht.

Ich stieg aus meiner Koje und schaute durch das Bullauge. Das Meer war schwarz, als wäre es von Eis bedeckt. Leute umschwärmten das Schiff. Ich glaubte, Schüsse zu hören, jedoch in sicherer Entfernung. Meine Flucht war zu glatt gegangen, und dennoch nahm ich mein unwahrscheinliches Glück als Selbstverständlichkeit hin. Über die Tatsache, daß Mrs. Cornelius ein weiteres Mal meine Retterin war, hatte ich überhaupt noch nicht nachgedacht. In meinen Pelzmantel gehüllt, schlief ich ein.

Geweckt wurde ich von der Dämmerung und einem Lied. Es war Mrs. Cornelius. Sie war ziemlich betrunken. Sie hatte sich den Hut in den Nacken geschoben. Sie sang irgendeine Melodie aus einem englischen Musical. Dabei geriet sie ins Stolpern und ließ sich auf ihre Koje fallen.

»Auf Schiffen bin ich nie ganz sicher auf den Beinen, was? War schon immer so.« Sie versuchte ihre Stiefel auszuziehen. Ich betrachtete ihre wundervollen runden Schenkel. Sie spürte meinen Blick und sah hoch. Sie zwinkerte. Sie war herrlich. Ihre Kleider, ihr Parfüm, ihre Weiblichkeit. »Keine Sorge, Freund«, sagte sie, um meine Verlegenheit zu überspielen, »ich schäm' mich wegen denen nich. Bin ja schon in 'nem reifen Alter. Bin an Bewunderung gewöhnt.« Sie stand auf und streckte sich. »Mann, war datt 'ne Abschiedsparty! Egal, jetzt sind wir unterwegs, oder? Ham mir schon gesagt, du wärs' hier, als ich aufs Schiff kam.«

»Meinen Sie verheiratet und so?« fragte ich. Ich war noch nicht richtig wach.

Sie schüttelte den Kopf. Offensichtlich hatte sie moralische Bedenken. »Nur auf dem Papier, Iwan, alter Junge. Weißte, ich hab' dem Franzmann mein Wort gegeben. Hat ja nich viel zu bedeuten, aber er hat mir immerhin aus dem Rattenloch rausgeholfen. Und ich halte immer mein Wort.«

Ich nahm ihre Entscheidung an. Es sollte noch einige Jahre dauern, bis wir im fleischlichen Sinne heirateten. Das Schiff rollte. Es hatte keine ausgeklügelten Stabilisatoren, keine Pratt & Whitney-Turbinen. Trotzdem war es auf einer Werft am Clyde gebaut worden. Mir war noch immer kalt. Schnee rieselte auf das Schiff. Er legte sich auf die Geländer und Planken. Die Stadt war durch den Schneesturm nicht zu erkennen. Ich suchte nach der Silhouette der St. Nikolaus-Kirche. Doch Odessa blieb mir verschlossen. Es war verloren für mich, ebenso wie Esmé und Kolja.

Ich bin kein Jude. Ich bin kein Rassist. Ich dachte daran, wie hilfsbereit der Jude in Arkadia zu mir gewesen war; wie ich ihn geliebt hatte. Der Gedanke war nicht sonderlich angenehm. Nun, da ich alt, selbstsüchtig und nicht besonders ansehnlich bin, rufe ich mir solche Erlebnisse öfter ins Gedächtnis zurück. Die Selbstsüchtigen sind nur in der Jugend attraktiv. Ich habe immer viel von mir gegeben, doch nie soviel, wie ich bekommen habe.

Später ging ich an Deck und stand im russischen Schnee, der mich von Kopf bis Fuß zudeckte, während das Schiff der Wärme jener Heiligen Stadt, unserem Zargrad entgegenstampfte, welche die Briten vorübergehend vom Islam befreit hatten. Wir hatten mehr als einmal um Byzanz gefochten. Mehr als einmal sind wir von den Patriarchen übertölpelt worden. Doch wir wußten, was Ehre heißt, und wir haben die Ehre mitgenommen nach Kiew. Von Kiew ging sie weiter nach Moskau. Glocken erklangen am Ufer. Es war Heiligabend. Moskau war verloren. Christus war verraten. Glocken erklangen von St. Nikolaus zu Ehren der Geburt des Retters , dessen Vermächtnis verhöhnt worden war. Die Roten zogen ein; die rote Flut stieg und spuckte ihre wandelnden Toten aus, die alten Schnitter der Vergeltung mit ihren Sicheln. Karthago kam von jenseits des Meeres. Geister der Tataren und Türken lachten gemeinsam unter dem flatternden Banner des Islam, des Bolschewismus, unter den Fahnen der Barbarei, des Zynismus und einer leidenschaftlosen Rache, welche sich selbst unter das Zeichen der Frömmigkeit einreihte. Aus den Bergen kam der Banditenzar, der Stahl-Zar aus dem Osten, mit den vier Gesichtern. Oh, meine Schwester und mein Bruder und meine Mutter. Ihr liegt unter dem Kampfwagen des Antichristen. Die ich liebte und die mich liebten: sie sind gefallen. Sie kamen nicht in die Stadt der schlafenden Ziegen, in die Stadt des Juden. Sie kamen nicht nach Odessa, um von mir gerettet zu werden. Sie dachten, daß Byzanz sie rettet, doch Byzanz war dazu nicht in der Lage. Die Griechen konnten nicht nach Odessa kommen. Wir flohen lange vor Karthago. Die Griechen konnten nicht nach Rußland kommen. Rußland, das nur den Stolz kennt, sank hin. Sie setzten ein Stück Metall in meinen Bauch. Sie vergifteten mich mit ihrer Freundlichkeit. Sie verwirrten mich. Warum ließen sie mich nicht sterben? Die Deutschen kamen mit ihren ukrainischen Kosaken und schlugen in der Schlucht ein Lager auf, in der ich geflogen war. Und sie stießen eine alte Frau in das Meer von Asche, und sie ertränkten sie mit ihren Kugeln und dem Blut Tausender. Juden und Russen mischten schließlich ihr Blut. Schwarze Ziegen blöken. Welches Opfer ist ihren Tod wert?

Mit ihren Fahnen und ihren Maschinengewehren ritten sie durch Rußland und nahmen uns unsere Ehre weg. Wir überließen sie ihnen und hatten nur noch unseren Stolz. Sie nahmen uns die Sprache. Sie nahmen uns unseren Christus. Doch die Slawen kennen Karthago. Die Slawen werden die Ehre wiederfinden. Sie werden ihre Waffen aus der Erde ausgraben. Lehrt uns die Litanei der Rache; erzählt uns eure Lügen und schwelgt in eurem Kaviar, eurem georgischen Champagner, eurem Wildgeflügel und euren Suppen. Ihr seid unwürdig. Ihr habt euer Land entehrt. Ihr habt die Tugend entehrt. Klatscht in eure schweren Hände, während eure Panzer am Kreml vorbeirasseln: dann verdeckt eure Augen mit den Händen, denn die mächtigen Kanonen werden sich auf euch richten, und Rußland wird seine Rache bekommen. Ist es das, was ihr fürchtet? Verräter! Ihr seid schwach. Zion! Rom! Byzanz! Sie alle stärker als Karthago. Odysseus kehrt zurück. Der Grieche schläft. Der Grieche erwacht. Jene Städte sind für mich verloren. Desgleichen die Tugenden. Alles verloren für mich. Aber es wird irgendwann wiedergefunden werden. Die Worte des Griechen wurden verdreht, und seine Liebe wurde verraten. Prometheus! Merkur! Odysseus!

Mrs. Cornelius walzte durch den Schnee. Sie sang noch immer ihr Lied. Ich glaube, es kam ihr in den Sinn, weil sie dem Bosporus entgegenfieberte. Sie schob ihren Arm unter meinen. Schnee wirbelte hoch. Sie zerrte mich über die vibrierenden Decksplanken.

Der Stahl-Zar sehnte sich nach Gott. Er gewann unser altes Imperium zurück und stärkte uns, und obgleich es so scheint, als habe das grausame Karthago gesiegt, erwacht der Grieche. Byzanz ist überall. Es gibt ein Weltreich der Seele, wir alle sind seine Bürger.

Mrs. Cornelius meinte: »In Rußland habt ihr ja Schnee satt, das muß ich sagen.«

Ich fragte sie, wie es ihr gelungen war, Kiew und den eifersüchtigen Trotzki zu verlassen. »Ich hab' mich zu Tode gelangweilt. Ich war ganz schön sauer, was?« erzählte sie. »Hing da blöde herum und wartete bis Mai auf meinen Leon. Schwanger und alles. Bestellte mir dauernd, er wär' unterwegs, und als er kam, dann nur um Tschüß zu sagen. Ich hab' mich dann von seinen Spezis nach 'Dessa bringen lassen, und da bin ich.«

»Das Kind? Gab es ein Kind?«

Sie kehrte mir den Rücken zu und klopfte sich den Schnee vom Rock. »Dem gehts gut.«

Ich schwieg.

»Er wird eben nichts anderes kennen«, sagte sie.

Ich ging nach unten. Dem Chefingenieur taten die Russen leid. Er zeigte mir seine Maschinen. Ich erzählte ihm von meinen Plänen für neue Schiffe, Luftfahrzeuge und Einschienenbahnen. Er war interessiert. Er sei froh, meinte er, daß noch ein Ingenieur an Bord wäre. Ich fragte ihn, wann wir an unserem Bestimmungsort einträfen. Er meinte, voraussichtlich am 14. Januar 1920. An meinem Geburtstag. Dieser Zufall amüsierte mich. Wir hörten Kanonen von der Küste. Sie schossen in den Nebel.

Ich fragte ihn nach anderen Schiffen, auf denen er gefahren war. Er sagte, er hätte viele bessere Schiffe kennengelernt, doch die *Rio Cruz* sei durchaus seetüchtig. Er stamme aus Aberdeen und habe sich schon immer für technische Dinge interessiert. Wir freundeten uns an. Es gibt eine Art Bruderschaft unter den Ingenieuren der Welt.

Ich erzählte ihm von der Flugmaschine, die ich in Kiew erfunden hatte, und von meinem Lichtstrahl-Apparat. Er meinte, er hätte auch seine eigenen Ideen: Schiffe, die mit Gelenken versehen wären, damit sie besser die Wellen ausritten. Er zeigte mir einige von seinen Zeichnungen. Sie waren ziemlich grob. Ich begann wieder zu zeichnen und die Ideen zu illustrieren, die ich in St. Petersburg entwickelt hatte. Ich sagte, die Zukunft läge in unseren Händen. Es sei unsere Pflicht, unsere Begeisterung und unser Wissen für die Entwicklung einer menschenwürdigeren Welt einzusetzen. Darüber diskutierten wir auf der gesamten Strecke nach Konstantinopel.

Anhang A

Die Manuskripte des Colonel Pyat.

Die folgenden Passagen stammen aus dem Karton Nr. 1 von Pyats Aufzeichnungen. Sie standen auf Schreibpapier von minderer Qualität, das aus der Mitte der vierziger Jahre stammt, es sei denn, es wurde erst in jüngster Zeit irgendwo in Ost-Europa hergestellt. Ich gebe das Material in der Reihenfolge wieder, in der ich es vorgefunden habe, jedoch ohne die kleinen gekritzelten Zeichnungen. Die Zwischenräume habe ich eingefügt. Die abschließenden Sequenz wurde aus dem Russischen übersetzt.

ZERBRECHT SIE. NEIN. Shmetterling. Ma fie sans la prix. Den Bach hinunter. Ougron fal czernick.
Ougron in dem Feuhr, in die trá mit miene ami podanný velebný – przy tej čzerwonej rózy moja siostra. Siostra! Rózy. Siostra takiej wezesnej wiosny. Mon – meine Schwester – von der – ist es – Schwester des Vorfrühlings
Geister . . . ertrinken. Mund so voll. Ich platze.
Надо вызвать ее на бис! Sie logen
– prawda – ta wielka prawda – und erniedrigen moja siostra . . . nie znam tej rózy . . .historia Polska . . . tapiekna pani papezenstvi polska! Ich mein Fräulein . . . Nein! . . . Papezenstvi Pani – les diables – honneur . . . Rede –
физико – технический и др! –Was soll's?
Delenda est Carthago! Israel. beraubte mich.
verschworen . . . я хочу место в мятком вагоне . . .
nahmen Eisenbahnzug. Pyat. Полковник.
Prawda! Fünfmal! Пятый!
besiegt Karthago! SIE IST ZURÜCKGEKEHRT! Через!

У меня нет времени!
sagen, sie verhandeln. Skrcek.
Stastny? Wie können Sie es wagen? Azbuka – anglicina –
Keine Arbeit – DENKE! Bajka.

*

Zna arciblaz en . . . bacauce – slawisch . . . slawa! Snih . . .
rypak . . . paperka . . . snehu . . .

*

Kartago . . . seredy . . . preziti . . . pamatorati . . . vycitky.-.
zid . . . sperk . . . Juwelen . . .Israil. Shulchan Aruch. Luzifer

Zid? Juwelen? Tech . . . Технйческий . . .

Seiten überall. Seiten . . . und Kartons. Christus!
Juden beraubten dich um Gold und alles Majestät-
Schnee Blut rinnt aus den Augen, aus deiner
Nase. füllt Himmel – Fahnen in Blut
getaucht der Armen und Schwachen sie weinen,
Frieden! Alle Macht den Bauern! Sie töten.
Häute von
Schneiden Symbole in Körper. schreien: Massen
erwerben Geburtsrecht! Maschinengewehre und
Kanonen Kirchen, Ikonen, Dörfer
nur Asche. Jerusalem! Mein
Blut! Christus wurde getötet. Wo Rettung? Schuld
Lügen. Prawda! vom Papier verschlungen.
von Frauen verschlungen. vom Schnee verschlungen.
Bestie in mir Ich Angst. Es lebt
noch. Ich noch immer Angst. zu alt gebraucht zu
werden.
Zu alt gebraucht zu werden. Was kann bieten? braucht
Jugend. braucht meine Ehre. Wird nicht verschlingen . . .
Menschlichkeit . . . Es wird meine Ehre nicht verschlingen . . .
waren Teufel. machte weinen. waren Juden.
bin Silberhirn.
bin DAS. wird mich nicht verschlingen. Mein Stolz nicht
meine Ehre verschlingen. Frauen mit ihren Ruten . . . kamen

niemals nach Berlin . . . MACH MICH FREI! Versprechen.

Hamburg London

konnte nicht wollte nicht zerstören Teufel Jude ZERBRACHEN RUTEN AUF SEINEN KNOCHEN!

zerrten

von Pferden zu Tode. gesehen Feuer.
Streufeuer beraubten mich der Liebe. Terror!

Die Shtetl . . . Bin nie zu Kreuze gekrochen wie sie. möchte das Leben so sehr? Oder für erschreckte, unerwünschte Kinder! Oder muß kriechen? Ich beugte mich der Peitsche. Ist das selbe?

möchte Absolution Mord Christus?

Mord Ehre? nicht anders.

Bauern ebenso schlecht.
verschlangen sich gegenseitig. Ich hab's gesehen.
Jude oder Slawe. egal. Stolz Teufel.

Leute. Kannibalen! eine Sache: EIN KRIEG!
MEIN LAND! verging vor besitzen Bäume und Getreidebrennen. Steppe Asche. Schwarzer Schnee

nahm Hände aus niemand kam.

alles verloren. verraten. blutrote Fahne
schwarze Fahne des Todes Heere der Verzweiflung.
grüne Fahne der Eifersucht alles Dummheit.

STOLZ! STOLZ! STOLZ! alles vergessen.
Was sind sie, diese Juden? Warum suchen
Zerstörung mit solch gnadenlosem Willen?

Israel nach Byzanz. Israel nach Deutschland. Karthago kam zurück. Babylon kam zurück. Tyros kam zurück. Karthago Atome verstreut über Welt suchte Vergeltung. wir zerstörten. Karthago im Wind.
Karthago in der Luft, die wir atmeten. Brot, das wir aßen. Zion! Messingtrompeten,

Gongs aus Gold

von Ost nach West,

heimzahlen Zion Karthago Dschingis Khan.

auf einem Steppenpony, Maschinengewehrlafette
Spuren. Hannibal zweite Herausforderung an zweites Rom.

ISRAEL! Römer töteten Juden. Sie töteten den Juden. zweitausend Jahre Schweigen senkte sich herab. Dann aus dem Osten kam Sturm Er heult noch . . .

*

sind Huren, diese Frauen. sind nicht meine Huren. OH, GOTT! GIB MIR DIE HURE! GIB MIR DIE HURE! GIB MIR DIE HURE! OH, GOTT! GIB MIR DIE HURE! *WARUM NICHT!!!???*

*

Ich lebe zu lange. Neunzehnhundert Jahre vergangen ich schlief. hätte so viel lehren können. hätte alles geben können. Aber schlief.

*

ISRAEL. Wo Denkmäler? alles in Trümmern, wo sind Architektur, Maschinen, Wunderwerke? Alles in deinem Kasten? Ist Stolz? bringt nichts aber Tradition? Und heulen singen vergeuden

Seniler alter Gott beansprucht Erde. verweigert eigenem Sohn Geburtsrecht? verweigert Liebe

Ich leugene Gefasel Gott leugnet Sohn, klammert sich an Autorität, gibt Präzendenzfälle beispiellos verzweifelte Priester

teilen Macht versagen, gierig, grapschend, trauriger und alter Gott, sollte ins Altersheim. Sollte in Altersheim mit allen anderen schmutzigen, sabbernden alten Göttern;
Odin
Zeus
Gott-Magog; mit Kali voll Angst vor dem Tod schickt Schüler zu töten und töten und töten in Hoffnung
Leben endlich und wenn genug sterben, mehr Leben für sie übrig. betteln um Schweinefleisch zerknittert, unfähig zu beißen; nur lutschen. Lutschen, Lutschen, lutschen, zahnlose Götter. Sterbt! Und laßt Söhne frei

sein! Ihr pinkelt in Gewänder. schändet den Himmel mit- unkontrollierten Bedürfnissen. LASS UNS GEHEN!

*

Karthago marschiert durch Ruinen. Karthago mit schwarzen lispelnde Zunge. Karthago lacht Welt wird rot. Ich könnte alles weiß machen
WEISSES IMPERIUM. JUNGFRÄULICHES SILBER!

*

Israel zerstört in Tag. Karthago zerstört in Tag. Peru zerstört in Tag. Reiche der Sioux und der Zulu zerstört in Tag-. Mandschurisches Reich zerstört in Tag Rußland zerstört in Tag. Was bleibt übrig außer Stolz? Ehre verlustig, Ehre und Nation waren eins.
Ehre hätte sie retten können. Stolz vernichtete sie.

*

Ibe ybenester. Verbiete . . . Laßt sie schwenken Speere. Ich sah sie. Sie sind tot . . .

*

Fürchtet Afrika. Fürchtet die Tataren. Fürchtet die Rache aus Osten Ihre Elefanten, ihre Schilde. ist die Allianz wird zerstören uns. haben keine Gnade.

*

Ein unglückliches Sonnenbeben und wir sind weg.
Alle weg. der Gesang des menschlichen Vernichtungswillens! Leben ist Zerstörung. Es ist universal. ist eine großartigere- Huldigung an das Leben als Explosion der Wasserstoffbombe!

*

Ich unterwerfe mich! Ich unterwerfe mich! Ich unterwerfe mich dem Tod Widergeburt des Ego. Oh, Jerusalem.

*

Oh, Schönheit! Verwaiste Knochen. Liebling.
Glück und Elend. Zoja mit kleinen Vögeln.
Vögel füllen Brust. Vögel picken innen singen für die Freiheit. Mein Imperium, eine Seele. Vögel sterben in mir. Einer nach dem anderen.

*

Abraham, der als erster seiner eigenen Menschlichkeit ein Opfer brachte: Wo traf dein Messer deinen vertrauensvollen Sohn? Alte, geliebte, furchttriefende Sumer. Leugne den Juden, und du leugnest die Vergangenheit. In welcher mesopotamischen Ecke des Universums wurde Gott geboren, daß er seine eigene Göttlichkeit abstreifte? Seine Reinheit, durch den Tod seines eigenen Sohnes? Das Böse erkämpfte sich einen weiteren seiner vorübergehenden Siege und erlangte so genügend Selbstvertrauen, um sich selbst in der Falle zu fangen und in die furchtbare Schwäche zu versinken, aus der es erwachsen war. Berühmter Abraham; fanatischer Schöpfer des Opfer-Mythos. Der Mensch wurde zum Leben geboren und dazu, dem Leben Freude zu schenken. Der fanatische Mensch leugnet das Universum, betrachtet es als grausam, und äfft unvollkommen diese Grausamkeit nach, die keine Grausamkeit ist, sondern ein absolutes Gleichgewicht. Du bist der falsche Prophet, Marx. Marx, in deiner Todesqual hast du den Menschen in eine neue Steinzeit hineinrationalisiert. Die Städte atmen und sind sie selbst: Das Selbst und die Stadt verschmelzen. Unsere einzige Hoffnung besteht darin, uns über jeglichen Aberglauben zu erheben und uns selbst zu verstehen und unsere Funktion im Leben der Stadt. Denn die Städte sind die Testamente unserer Menschlichkeit: der Triumph des Lammes. Sollen die Wüstenkrieger ihre tapferen Pferde in das Herz der Stadt jagen: und den Schrecken dieser gewöhnlichen Komplexität erfahren, dieses simple Modell menschlichen Geistes. Sollen sie

»Zauberei!« fluchen und das Hirn eines Bruders in Brand setzen; sie vernichten damit nur ihr eigenes Seelenheil, nicht mehr.

Sie schleiften Addis Abeba; sie schleiften Nikolajew und Jekaterinoslaw. Der Jude allein kennt die Natur, das Wesen der Stadt, doch Stolz und Ritual und Gefühl verbergen das Geheimnis vor ihm. Sumer: erstes Land der Städte. Anu? Ur? Die Namen sagen mir nichts mehr. Die Reiter der Steppe und der Wüsten; die Reiter der Hochebenen und des flachen Landes; sie sehnen sich nach der Unwissenheit und dem Frieden, den sie Freiheit nennen, aber es ist die Freiheit der Kindheit; immer muß ein Patriarch da sein, der sie erhält. Und wo immer Abraham sein Messer zückt, dort ist keine wahre Freiheit: nur eine endlose Folge von Versprechungen und Täuschungen. Zion ist eine Zuflucht vor dem Schicksal, nichts als ein kurzer Trost. Warum wollen wir den Sturm erklären, wenn wir doch mit offenem Herzen seinem Lied lauschen? Das Lamm in der Stadt braucht keinen Schäfer; nur Wissen. Wenn der Mensch Gott fürchten muß, dann heißt das, daß Gott selbst sich fürchten muß.

Anhang B

Eine kurze Darstellung des russischen Bürgerkriegs.

Nach der Kerenski-Revolution im Februar 1917 stellte die Ukraine ihre eigene Rada, ihr Parlament, auf, obwohl sie die Autorität der provisorischen Regierung weiterhin anerkannte. Der erste Präsident, Michael Chruschewskij, äußerte zum erstenmal zaghafte Forderungen nach einer ukrainischen Nation, offensichtlich unter dem Druck von Soldaten und »Haidamaki« (bewaffnete Bauern, die sich nach den Vorfahren benannten, die sich in vorausgegangenen Jahrhunderten dem polnischen und russischen Imperialismus erfolgreich hatten widersetzen können). Obwohl sie sich dazu bekannte, ein Teil der russischen verfassunggebenden Versammlung zu sein, wurde die Rada in ihren Ansprüchen und Forderungen zunehmend nationalistisch. Die Partei der sozialistischen Föderalisten der Ukraine, die damals vorherrschende politische Bewegung, war eher liberal als radikal eingestellt. Chruschewskij trat schließlich der weiter links stehenden Sozialrevolutionären Partei der Ukraine bei, die schon bald die stärkste Partei in der Rada wurde. Noch weiter links stand die Sozialdemokratische Arbeiterpartei der Ukraine. Einer ihrer führenden Köpfe war Semjon (Simon) Petljura, ein überzeugter Nationalist. Unzufriedenheit über die Verzögerungen bei der Ausrufung einer unabhängigen Ukraine führten zum ersten Großukrainischen Militärkongreß in Kiew, am 18. Mai 1917. Freie Kosaken (Miliz-Einheiten) und Einheiten aus allen ukrainischen Kampfverbänden (damals noch mit den Zentralmächten im Krieg) schickten Repräsentanten und versammelten sich unter dem Vorsitz von Kerenski, dem Kriegsminister. Gewählt wurde ein Rat von 130 Vertretern, der die Zentrale Rada bildete und die Interessen der ukrainischen Soldaten und Matrosen vertrat. Andere Gruppen – darunter die

Bolschewiken und die Anarchisten – widersetzten sich der Idee des Nationalismus, die sie als reaktionär ansahen, und unterstützten dafür die Idee einer Föderation zwischen den Staaten eines aufgelösten Russischen Reiches. Im Juni 1917 waren die Beziehungen mit der provisorischen Regierung derart abgekühlt, daß die Nationalisten den Bruch herbeiführten und erklärten, es sei unmöglich, mit der russischen Regierung zusammenzuarbeiten. Eine vereinigte Rada bildete danach die erste provisorische Regierung der Ukraine. Die Russen versuchten weiterhin, mit den Ukrainern zu verhandeln. Die Ukraine war ein lebenswichtiges Gebiet, und man brauchte ukrainische Soldaten, um den Krieg gegen die Zentralmächte weiterführen zu können. Ehe sich das Verhältnis zwischen Kerenski und der Rada völlig klären konnte, setzte die bolschewistische Gegenrevolution im November (Oktober nach dem alten Kalender) 1917 ein, und die politischen Verhältnisse in Kiew verwirrten sich noch mehr, als sich verschiedene Gruppierungen bildeten, die Bolschewiken, Kerenski, demokratische Weiße, überzeugte Nationalisten oder sogar eine Rückkehr in den alten russischen Monarchismus unterstützten. Unter diesen Parteien brach ein kleiner Bürgerkrieg aus. Daraus ging als führende Macht erneut die Zentrale Rada hervor, die sich nun mit dem Problem umfangreicher Banden demobilisierter Soldaten auseinandersetzen mußte, die plündernd über Land zogen. Diese Banden nannten sich häufig »Kosaken« oder »Haidamaki« und bekannten sich zu einer Vielzahl politischer Parteien. Wer die Bolschewiken unterstützte, wurde von diesen »Revolutionssoldat« genannt, wer sie nicht unterstützte, wurde zum Banditen abgestempelt. In der Mehrzahl waren es hungrige, erschöpfte, gewalttätige und verwirrte Männer, die manchmal noch nicht einmal genau wußten, in welchem Land sie sich gerade aufhielten. Es ist so gut wie unmöglich festzustellen, wie viele von ihnen wirklich durch revolutionäres Gedankengut oder durch Treue zu einer früheren Regierung motiviert wurden. Die meisten waren schrecklich müde. Wie immer waren die Juden die bevorzugten Opfer der Auseinandersetzungen.

Am 20. November 1917 verkündete die Rada die Gründung einer Nationalen Ukrainischen Republik. Und wieder erwiesen sie dem Föderalismus ihren Lippendienst, weigerten sich jedoch, die Legitimation des bolschewistischen Regimes anzuerkennen.

Ihre Grundprinzipien waren demokratisch und enthielten die Abschaffung der Todesstrafe, das Streikrecht und eine Amnestie für alle politischen Gefangenen. Im wesentlichen fanden sie ihre Unterstützung bei der ländlichen Bevölkerung, zumal eine Landreform eines ihrer Grundversprechen war. Semjon Petljura wurde Verteidigungsminister, trat aber nach erheblichen Differenzen über die politischen Grundziele bald zurück. Verschiedene revolutionäre Gruppierungen, darunter die Sozial-Revolutionäre, die Bolschewiken und die Anarchisten, agitierten weiterhin gegen die Rada.

Die ukrainische Armee bestand zu der Zeit hauptsächlich aus Freiwilligenverbänden der sogenannten »Freien Kosaken«. Die wichtigsten dieser Einheiten waren die zwei Bataillone umfassenden *Haidamats'kyi Kish Slobids'koi Ukrainy*, die Petljura angeführt wurden, der den Titel »Ataman« trug (in seiner Urbedeutung bezeichnete dieses Wort einen gewählten Kosakenführer). Außerdem wichtig als Streitmacht war das galizische Bataillon der *Sichovi Strel'tsi* (Sich-Schützen), das sich aus west-ukrainischen Gefangenen zusammensetzte, die früher einmal im österreichischen Heer gedient hatten. Die Entente-Mächte versuchten, sich die Unterstützung durch die Ukrainer zu sichern, konnten jedoch keine entsprechende Gegenleistung anbieten, da die Türkei immer noch das Schwarze Meer kontrollierte und die Bolschewiken Murmansk in ihrer Gewalt hatten. Ein bewaffneter, von Linken angezettelter Aufstand in Kiew im Dezember 1917 wurde niedergeschlagen, und das Erste Ukrainische Korps unter General Paul Skoropadskja bereitete mit Hilfe einiger Freier Kosaken dem von Bolschewiken geführten Zweiten Wach-Korps in der Nähe von Schmerinka eine Niederlage. Der offene Krieg zwischen dem bolschewistischen Rußland und der Ukraine brach Ende Dezember aus (Die Bolschewiken nahmen für sich in Anspruch, die »offizielle ukrainische Sowjetregierung« zu unterstützen. Diese saß in Charkow und wurde von bolschewistischen Soldaten beschützt.) Die eigentliche bolschewistische Invasion begann am 25. Dezember. Organisiert wurde sie von Antonow, Anführer der Roten Armee. Die Bolschewiken agierten angesichts einer mehr oder weniger ungeordneten ukrainischen Verteidigung außerordentlich erfolgreich und nahmen viele Schlüsselstädte ein. Unter Murawiew griffen bolschewistische Soldaten Kiew an. Die 3000 mit der Verteidigung befaßten ukrainischen

Soldaten evakuierten die Stadt. Murawiew besetzte Kiew und ordnete Massenerschießungen unter der ukrainischen (»nationalistischen«) Bevölkerung an. Das Rote Kreuz hat geschätzt, daß damals in Kiew rund 5000 Menschen umgebracht wurden. Überall in der Ukraine wurden derartige Gewaltakte ausgeführt.

In Anerkennung dieser Lage unterschrieb die Rada einen separaten Friedensvertrag mit den Zentral-Mächten. Deutsche und österreichische Einheiten halfen den nationalistischen Einheiten unter Führung von Petljura, Skoropadskja und anderen, die Roten zurückzudrängen. Bei den Schlachten ging es meistens um die Kontrolle von Eisenbahnstrecken und Bahnhöfen (bei dieser Art der Kriegsführung waren gepanzerte Züge und Kavallerieeinheiten von wesentlicher strategischer Bedeutung). Im August 1918 hielten sich ungefähr fünfunddreißig Divisionen der Zentral-Mächte in der Ukraine auf, und sie führten sich wie eine Besatzungsarmee auf und diktierten der Rada die Politik, während sie ihr Bestes tat, den Forderungen der Austro-Ungarn und der Deutschen zu widerstehen (letztendlich ging es um Getreide zur Verpflegung der kämpfenden Verbände). Im April gab der deutsche Kommandierende, Feldmarschall Eichborn, Dekrete heraus, ohne sich mit der Rada abzustimmen. Die Rada war völlig machtlos und verlor ihre meisten Helfer und Befürworter an die weiter rechts stehende Sozialistisch-Föderalistische Partei. Am 25. April erließ Eichborn eine Anordnung, nach der jeder Ukrainer wegen eventueller Verstöße gegen deutsche Interessen vor ein deutsches Militärgericht gestellt werden konnte. Außerdem forderte er die Abrüstung der ukrainischen Einheiten und schickte, als die Rada dagegen Einspruch erhob, ein deutsches Kommando in das Rada-Gebäude in Kiew, um zwei Minister zu verhaften. Einen Tag später wurde Gruschewskij zum Präsidenten der Republik gewählt, jedoch sofort wieder abgesetzt, und zwar unter tätiger Mithilfe durch deutsche Interessenvertreter und Elemente der extremen Rechten. Angeführt wurden sie von Skoropadskja, der sich selbst als »Hetman der Ukraine« ausrufen ließ – wiederum ein romantischer Kosakentitel, der alle die gewinnen sollte, die die Freiheit der Ukraine mit den alten Kosaken-Aufständen gleichsetzte. Skoropadskja war eine Marionette der Deutschen, allzeit bereit, andersdenkende Elemente zum Schweigen zu bringen und den Organen der deutschen Militärpolizei ungehinderte Handlungsfreiheit zu verschaffen. Der Widerstand gegen sein

Regime und gegen die deutsche Besatzungsmacht wurde einerseits ausgesprochen erfolgreich von Petljura organisiert und, andererseits, höchst dramatisch von Nestor Machno, dem Anarcho-Sozialisten, dessen Aktionen sich als so wirkungsvoll erwiesen, daß man ihn allgemein als den »Robin Hood« der Süd-Ukraine ansah. Skoropadskjas »Hetmanat« schien eine ideale Zuflucht für Tausende von Russen zu sein, die aus verschiedenen Gründen vor den Bolschewiken flüchteten. Speziell Kiew und Odessa entwickelten sich zu Zentren der bürgerlichen und aristokratischen Opposition gegen jede Form des Radikalismus oder Nationalismus. Diese Städte, neben den meisten anderen Industriestädten der Ukraine, beherbergten eine vielköpfige »nicht-ukrainische« Bevölkerung (vorwiegend Russen und Juden). Die Pogrome wurden zahlreicher und grausamer. Skorokpadskja frönte seiner Eitelkeit und kleidete seine Soldaten in Phantasieuniformen und erließ zunehmend bombastische und sinnlose Anordnungen. Unterstützt wurde er vom extremen rechten Flügel der russischen Volksvertreter und von den Besatzungsmächten, wenngleich viele der alten Minister der Rada im Amt bleiben durften, solange sie nicht gegen deutsche Interessen verstießen. Die Union der Repräsentanten von Industrie, Handel, Finanzen und Landwirtschaft (Protofis), die sich aus Industriellen, einflußreichen Kaufleuten, Bankiers und Großgrundbesitzern zusammensetzte, unterstützte den Hetman ebenfalls. Anscheinend gehörte auch Pyat eine Zeitlang zu dieser Union, wobei über die Rolle, die er dort spielte, allerdings Unklarheit herrscht. Die Katholiken sympathisierten gewöhnlich mit den Nationalisten, während die Orthodoxe Kirche sich aufspaltete in die, welche den Führungsanspruch aller Vertreter leugneten, die sich mit den Bolschewiken arrangiert hatten, die welche die Nationalisten unterstützten, die, welche die »offizielle« russische Führerschaft anerkannten und die, welche den historischen Führungsanspruchs Rußlands rundweg ablehnten. Beide Kirchen nahmen eine deutlich antisemitische Haltung ein.

Nach der Ratifizierung des Vertrages von Brest-Litowsk besuchte der Hetman Deutschland und wurde vom Kaiser aufs herzlichste empfangen. Die Austro-Ungarn verschoben die Ratifizierung des Abkommens, weil sie insgeheim Ansprüche an ukrainischen Grenzgebieten, Galizien und die Bukowina, anmeldeten. Als Rumänien im März 1918 Bessarabien besetzte, konnte der

Hetman nur symbolisch dagegen protestieren. Weitere Probleme ergaben sich aus der Unabhängigkeitserklärung der Krim und einer angedrohten Aktion aus der Don-Region. Sie wurde von Ataman Pjotr Krassnow geführt und hatte ungebrochen an ihrer monarchistischen Grundhaltung festgehalten, doch schließlich wurde zwischen der Ukraine und dem Don-Kosaken-Führer im August 1918 ein Friedensvertrag geschlossen. Mit dem Ende der Feindseligkeiten zwischen den Großmächten zogen die Deutschen sich aus der Ukraine zurück und ließen Skoropadskja ohne Unterstützung zurück. Liberale Kräfte übernahmen wieder die Kontrolle über die Rada, doch linke und nationalistische (»Grüne«) Gruppierungen versagten ihre Mitarbeit. Im November 1918 wurde ein Direktorium der Nationalen Ukrainischen Republik gegründet, um den Aufstand gegen Skoropdskja zu organisieren. Die wichtigsten Mitglieder des Direktoriums waren Winnischenko, Petljura, Schets, Makerenko und Andrijewski. Kiew wurde von deutschen und russischen Einheiten verteidigt. Das Direktorium (»Grüne«) bot den Deutschen eine Garantie an, unbehelligt abzuziehen, wenn sie ihre Neutralität in dieser Auseinandersetzung erklärten. Die Deutschen nahmen das Angebot an. Am 14. Dezember dankte der Hetman ab und floh mit den Deutschen. Am 19. Dezember gelangten die Streitkräfte des Direktoriums nach Kiew, und die nationalistische Führung konstituierte sich als erste offizielle Regierung der Republik.

Obwohl es die Ukraine nahezu vollständig kontrollierte, sah sich das Direktorium sofort einer neuen Bedrohung gegenüber, nämlich einer Invasion durch das gerade erst unabhängig gewordene Polen, das sein ukrainisches Reich zurückforderte, durch die Bolschewiken und durch die Weißrussen (die den Hetman unterstützt hatten) im nördlichen Kaukasus. Zu dieser Zeit standen die Entente-Mächte (Franzosen und Griechen) auf Seiten der Weißrussen und bedrohten Odessa und Nikolajew. Da es grundsätzlich ein »gemäßigtes« sozialistisches Regime darstellte, fand das Direktorium bei einer ganzen Reihe von linksgerichteten Gruppierungen Unterstützung, wenngleich Bolschewiken und Anarchisten (die zu einer eher internationalistischen Auffassung neigten) das Regime als »bürgerlich-liberal« einstuften und ihm weiterhin entgegenarbeiteten. Als die Bolschewiken ihre zweite große Invasion starteten (unter Führung von Trotzki und Antonow), zeigten viele dieser Elemente die Bereitschaft, die alten

Differenzen zu begraben und gegen die Rote Armee zu kämpfen. Damals führte Machno eine umfangreiche und schlagkräftige Streitmacht und operierte mit einer neuen Taktik, die die Rote Kavallerie augenblicklich übernahm. Zu weiteren »revolutionären« oder aufständischen Führern mit manchmal recht zweifelhaften politischen Zielen gehörten Grigoriew, der in der Gegend um Cherson kämpfte, Ataman Angel in Tschernigow, Schepel in Podilia und Selenij in der nördlichen Kiewer Provinz. Einige von ihnen ähnelten den Kriegsherren, die sich später die Unzufriedenheit der chinesischen Bevölkerung zunutze machen sollten, doch im großen und ganzen waren sie damals alle darauf bedacht, ihre Territorien zu sichern, anstatt Petljura anzugreifen oder die Bolschewiken aktiv zu unterstützen, welchen sie als russischen Imperialisten mißtrauten. Im Januar 1919 jedoch, drangen die Bolschewiken, nun von einigen Aufständischen unterstützt, nach Kiew vor, und im Februar evakuierten die Direktoriums-Truppen die Stadt und verbündeten sich mit den Franzosen und infolgedessen auch mit den Weißen. Das kostete sie einen wesentlichen Anteil der Unterstützung im Volk. Grigoriew stellte seine Armee den Bolschewiken zur Verfügung und griff die Streitmacht des Direktoriums an. Danach scheint Grigoriew persönliche Ziele verfolgt zu haben und startete breitangelegte Attacken gegen verschiedene Städte und Ortschaften mit dem Ziel, Odessa zu erreichen und die Streitkräfte der Koalition zwischen Entente und Weißen zu vertreiben, die nun den wichtigsten Hafen der Ukraine besetzt hielt. Die beste Darstellung dieser Ereignisse findet man in *Bolsheviks in the Ukraine* von Arthur E. Adams, Yale Universität, 1963. Für einige Zeit war Grigoriew überaus erfolgreich und stieg als der farbigste Führer der Ukraine auf, sehr zum Unwillen von Antonow und Trotzki, die verzweifelt versuchten, die Truppen der Aufständischen auf ihre Seite zu ziehen, und dabei kläglich versagten.

Machno wandte sich schon bald wieder gegen die Bolschewiken, und kurzzeitig planten er und Grigoriew ein Bündnis, doch Grigoriews egozentrische und pogromistische Aktivitäten (Rote, Grüne und Weiße waren für unzählige Grausamkeiten gegen ukrainische und polnische Juden verantwortlich) stießen die Anarchisten ab. In einem vielfach beschriebenen Zusammentreffen in Sentowo, einem Dorf in der Nähe von Grigoriews Lager bei Alexandrija, unter den Augen von Grigoriews Gefolgsleuten, ermorderten Machno und seine Leutnants den Ataman wegen »schrecklichster Grausamkeiten und anti-revolutionärer Aktivitäten«. Die Aufständischen gelangten jedoch nicht mehr zu ihrem früheren Ansehen. Nach und nach wurden sie von den Roten verraten und ausgeschaltet. Die Taktik bestand meistens darin, daß Aufständischen-Führer zu Konferenzen und Treffen eingeladen und dann (wie Trotzki es auch mit Machnos Getreuen gemacht hatte) kurzerhand erschossen wurden. In einem Klima des Chaos und des Massenmords, das an die schlimmste Zeit während des Dreißigjährigen Kriegs erinnerte, konnten Petljura und seine Leute sich in Galizien noch eine Weile länger halten, doch gegen Ende des Jahres 1920 hatten die Bolschewiken den größten Teil der Ukraine in ihrer Gewalt und würden in Kürze Budjennis Rote Kavallerie gegen die Polen und die Reste der Weißen in den Kampf schicken. Natürlich hatte Pyat zu diesem Zeitpunkt schon kein persönliches Interesse mehr an den Vorgängen.

Lobkowitz empfiehlt Konstantin Paustowskis *Story of a Life* (»Geschichte eines Lebens«), Collins/Warvill Press, 1964–1974 (6 Bde.), als »hervorragende und sorgfältig recherchierte« Darstellung dieses Abschnitts der Ukrainisch-Russischen Geschichte. Er meint außerdem, daß »mindestens eine von Pyats Behauptungen immerhin zum Teil von Paustowski bestätigt wird: in Bd. III (In that Dawn) (»Dämmerung«), Seite 141, wo er ein Gerücht erwähnt, das damals in Kiew umging und davon sprach, daß Petljura einen ›Violettlichtstrahl‹ einsetzen wolle, um die Stadt gegen die Bolschewiken zu verteidigen. Lobkowitz meint weiterhin, man »könne zwischen den Zeilen von Paustowkis Darstellung, die natürlich zuerst in der Sowjetunion veröffentlicht wurde und daher zumindest oberflächlich betrachtet, die offizielle Beurteilung der Ereignisse beinhaltet, viel über Petljura, Machno und andere wichtige Persönlichkeiten jener Jahre erfahren«. Er empfiehlt auch eine akademische Quelle, *The Ukraine, 1917–1921: A Study in Revolution*, herausgegeben von Taras Hunczak und veröffentlicht vom Harvard Ukrainian Research Institut, 1977 (verlegt bei der Harvard University Press).

Band 13 157

Michael Moorcock

Das Bordell in der Rosenstraße

Deutsche Erstveröffentlichung

Ein alter Mann erinnert sich an die Vergangenheit, an die Düfte und Sehnsüchte einer längst vergessenen Zeit. Er erinnert sich an Mürenburg, jene kleine Stadt im Herzen Europas, wo sich der Zauber von Wien, Paris und St. Petersburg verband. Und er erinnert sich an Alexandra, seine sechzehnjährige Mätresse, hungrig nach Liebe, willig zu allem, wonach ihr junger Körper sich sehnte.
Ein Roman aus der Welt des alten Europa, symbolisiert durch das diskrete Bordell in der Rosenstraße, wo die Phantasie zur Wirklichkeit wird und die Wirklichkeit zum Traum. Erfüllt von jener verzweifelten Sinnlichkeit des *fin de siècle,* die bereits unter dem Schatten des Krieges steht, der diese Welt unwiderbringlich zerstören wird.

BASTEI LÜBBE

Sie erhalten diesen Band im Buchhandel, bei Ihrem Zeitschriftenhändler sowie im Bahnhofsbuchhandel.